PROFUNDEZAS

Também de Rebecca Yarros

Um caso improvável

REBECCA YARROS

PROFUNDEZAS

Tradução
Carolina Simmer

1ª edição
Rio de Janeiro-RJ / São Paulo-SP, 2025

VERUS EDITORA

Título original
Variation

ISBN: 978-65-5924-373-0

Verus Editora Ltda.
Rua Argentina, 171, São Cristóvão, Rio de Janeiro/RJ, 20921-380
www.veruseditora.com.br

CIP-BRASIL. CATALOGAÇÃO NA FONTE
SINDICATO NACIONAL DOS EDITORES DE LIVROS, RJ

Y32p
Yarros, Rebecca
Profundezas / Rebecca Yarros ; tradução Carolina Simmer. - 1. ed. - Rio de Janeiro : Verus, 2025.

Tradução de: Variation
ISBN 978-65-5924-373-0

1. Romance americano. I. Simmer, Carolina. II. Título.

CDD: 813
25-96654 CDU: 82-31(73)

Meri Gleice Rodrigues de Souza - Bibliotecária - CRB-7/6439

Revisado conforme o novo acordo ortográfico.

Para minha mãe

1

HUDSON

Onze anos antes

Em dias como aquele, eu entendia por que setenta e três por cento dos alunos da academia de busca e salvamento marítimo não concluíam o treinamento. Ainda faltavam dois verões para eu me tornar um dos vinte e sete por cento que iam até o fim.

A tarde daquele Memorial Day na costa sul de Cape Cod oferecia ondas de quase dois metros, com cristas espumosas e a possibilidade de uma hipotermia. O dia podia até ser desanimador e desafiador, mas era perfeito para treinar.

O cansaço tinha batido vinte minutos antes, e a exaustão viera dez minutos depois. Eu estava quase ultrapassando meu limite, mas ainda precisava de cinco minutos. Mais noventa metros e quebraria meu recorde pessoal no mar naquelas condições. Eu não desistiria antes disso.

Trezentos segundos não eram nada em comparação a todo o restante.

Foquei na respiração, mantive a cabeça baixa e segui nadando, contando cada um daqueles segundos. Quando cheguei a duzentos e onze, tomei uma golada de água salgada e voltei à superfície tossindo, arrancando o bocal assim que passei da onda que havia coberto o tubo do snorkel.

— Hudson! — gritou Gavin à minha esquerda, desligando o barco de pesca de vinte e três pés que nosso pai amorosamente chamava de quarto filho, apesar de ele ser tecnicamente o primogênito, levando em consideração sua idade. — Já chega por hoje.

— Preciso de mais trinta metros pra bater meu recorde — respondi, nadando cachorrinho para atravessar a próxima onda.

— Você precisa é voltar pro barco antes que as ondas aumentem — rebateu ele, parado diante do painel, olhando por cima de seus óculos escuros, apesar de o céu estar nublado. — Você não está mais aguentando. Esses trinta metros não vão rolar.

— Vai pro inferno.

Reposicionei o bocal e me preparei para voltar a nadar, só para mostrar que eu conseguia.

— Estou moído de ressaca, e a menos que queira a Caroline no comando durante seu próximo treino você precisa voltar para o barco antes que eu tenha de contornar essa corrente.

Ele foi até a popa enquanto o barco se afastava, então se inclinou para fora e soltou o topo da escada pendurada, jogando-a na água.

Merda. Ele estava falando sério.

Nossa irmã mais velha se preocupava com tudo e jamais sequer cogitaria me deixar entrar no mar naquelas condições, o que significava que meu novo recorde teria de esperar. A frustração me aqueceu nas braçadas seguintes a caminho do barco. Então esperei o balanço da popa acompanhar as ondas antes de subir pela escada de três degraus.

— Senti sua falta e estou feliz por você ter voltado pra casa, mas você é um pé no saco. Eu estava quase lá.

Subi na plataforma de mergulho estreita, no banco coberto por uma toalha, e então puxei a escada. Nosso pai nos mataria se não protegêssemos o couro desbotado. O barco balançou de novo enquanto eu arrancava a máscara, depois o capuz do meu neoprene, jogando tudo na bolsa de lona preta aos pés de Gavin.

— Assim você me magoa, irmãozinho. — Ele levou uma mão ao peito em um gesto sarcástico e se segurou no encosto do banco do piloto com a onda seguinte. — Vamos pra casa pra eu poder ouvir o sermão que o pai passou o dia todo preparando. Seria uma pena ele ter tanto trabalho e ninguém escutar seu discurso.

— Ele só está… — Perdi as palavras, assim como naquela manhã, quando Gavin havia anunciado sua decisão no meio da cafeteria dos nossos pais.

— Decepcionado por eu largar a faculdade — concluiu Gavin. — Ao contrário da Caroline, que conseguiu se formar enquanto era casada e tinha *dois* empregos.

— Você não precisa se comparar com nossa irmã, e dá uma folga pro papai. Ele só ficou chocado.

Tirei o restante do neoprene e me livrei das meias de mergulho, deixando apenas a velha sunga com estampa havaiana.

— Eu mudei de curso quatro vezes nos últimos dois anos — disse Gavin, se esticando por cima do leme para pegar meu boné do Boston Bruins. — Confia em mim, o pai não está chocado.

Fazia sentido. Gavin era conhecido por gostar de farra, não por terminar as coisas que começava.

— Você podia passar a noite na Caroline e no Sean enquanto a mãe acalma os ânimos.

Atravessei o deque acarpetado queimado por sal e sol, me aproximando dele.

— Não vou deixar a mãe resolver meus problemas. Mudando de assunto. — Gavin abriu um sorriso. — Você mal tem dezessete anos e está gastando seu dinheiro todo em neoprenes. Não é como se você fosse nadar até o Alasca. Eu reparei no mapa em cima da sua cama.

— Alguns sonhos não mudam. — Três anos antes, eu tinha assistido a um documentário sobre o serviço de busca e salvamento marítimo em Sitka e, desde então, era isso que queria fazer da vida. Ajudar pessoas? Sim. Adrenalina? Sim. Ir para o outro lado do país e sair do único lugar que eu conhecia? Sim. Peguei a toalha em cima do banco e usei-a para secar a cabeça e o peito antes de vestir uma camiseta. — E valeu por me trazer. O pai nem sempre tem tempo.

— Se ajudar, posso te trazer todo dia.

Gavin empurrou o boné contra meu peito, permanecendo perfeitamente equilibrado enquanto o barco balançava.

— Valeu. — Eu sabia que não poderia contar com isso. Ele era bem-intencionado, mas manter a palavra não era seu ponto forte. — Provavelmente estou exagerando nos treinos, mas eles me mantêm ocupada.

O vento causou calafrios nos meus braços enquanto eu colocava o boné para trás. Para aquela época do ano, dezoito graus estava acima da média, mas fazia um frio de rachar no mar.

— E eu respeito isso. — Ele virou a chave, ligando o motor, mas deixando-o em ponto morto enquanto olhava algo atrás de mim. — Aquilo é um barco *a remo*?

— Aqui? Impossível.

Virei a cabeça, seguindo a direção dos seus olhos, e rapidamente vi a pequena embarcação a uns cem metros para o oeste, que parecia abrigar um motor externo pequeno e duas pessoas... agachadas?

— Que diabo estão fazendo? — perguntou Gavin enquanto as pessoas surgiam e saíam de vista em meio às ondas, repetidamente abaixando em seus assentos. — Balançando?

Meu estômago embrulhou feito papel amassado, e peguei os binóculos no porta-luvas para observar o outro barco.

Droga. Duas garotas na minha faixa etária estavam no que parecia ser um barquinho de quatro metros, com um motor minúsculo que já tinha visto dias melhores, jogando água para fora com as próprias mãos.

— Elas não estão balançando, estão afundando. — E nenhuma das meninas de cabelo castanho usava colete salva-vidas. Passei os binóculos para Gavin, que os levou aos olhos. — Precisamos ajudar.

— Mas que merda. — Gavin jogou os binóculos de volta no porta-luvas. — Se segura.

Apoiei uma mão na beira do para-brisa e outra no corrimão do painel enquanto Gavin acelerava.

A proa da lancha beijou o céu antes de Gavin ajustar a posição, e quase viramos quando o barco desceu, mas não havia como amenizar o golpe das ondas contra o casco. Após a terceira porrada quase adernar nosso barco, ele xingou e mudou de abordagem.

— Vamos ter que ir até lá… — começou.

— Na direção da corrente — concluí.

A cada onda o para-brisa ficava ensopado de água. Não tirei os olhos do barquinho, e fui tomado pelo medo, rapidamente substituído pela adrenalina, quando o vi se inclinar para baixo na onda seguinte, com a água entrando aos montes pela proa.

Se elas estavam em apuros antes, agora estavam em perigo iminente.

Fui a estibordo atrás de Gavin e abri o banco do passageiro enquanto ele puxava o acelerador e diminuía a velocidade. Barcos não têm freio. Aquilo só podia ser *brincadeira*.

— Nós só temos dois coletes?

— Somos só dois a bordo — respondeu Gavin, diminuindo a velocidade até parar a cerca de vinte metros a bombordo do outro barco.

Vesti um dos coletes amarelos e fechei as três travas sobre meu torso, depois peguei o segundo e fiz a mesma coisa, puxando as cordas para aumentar o tamanho e colocá-lo por cima do primeiro.

— Você consegue chegar mais perto?

— Não sem bater ou passar direto por elas — respondeu ele, tirando os óculos. — Droga, acho que elas vão…

— Socorro! — berrou a garota de blusa rosa, levantando na proa do barco, que balançava freneticamente, acenando sem parar com as mãos, como se fosse possível *não* vê-la.

Arregalei os olhos.

— Senta!

Mas que ideia de jerico era aquela?

— Me dá um colete. — Gavin esticou uma mão.

A garota sentada tentou segurar a outra, só que não havia mais jeito. A onda seguinte acertou a lateral do barco já desestabilizado, fazendo-o virar.

As garotas desapareceram na água, e meu coração parou.

— Estou indo.

Pulei no banco do passageiro. Não dava para esperar.

— De jeito nenhum. Não vou deixar...

Mergulhei.

Com o neoprene, a água estava quase suportável. Sem ele, a temperatura me acertou como um soco, e me esforcei para manter o ar nos pulmões. Os coletes me impulsionaram para cima, e tomei fôlego assim que voltei à superfície, o sal queimando meus olhos.

— Porra, Hudson! — berrou Gavin de algum lugar às minhas costas, mas eu estava focado demais em nadar para responder.

Deus, por favor, que as duas estejam vivas.

Nadei mais rápido do que nunca, mesmo com o empecilho dos coletes, abastecido pela adrenalina e pelo pavor do que me aguardava.

Meu coração batia disparado enquanto me aproximava da proa do barco virado, onde encontrei as duas garotas agarradas na borda do casco oco. O alívio roubou minhas palavras. Elas estavam bem. Em uma situação ruim e cada vez pior, mas vivas e... brigando?

— Eu não *sabia* que tinha um buraco! — berrou a de camisa rosa para a de verde, que estava de costas para mim. — Nem que o combustível estava acabando, e com certeza não pedi pra você entrar no barco enquanto eu saía do ancoradouro!

— É claro que eu entrei — respondeu a garota de verde, sua voz surpreendentemente calma, apesar do som audível de dentes batendo. — Achei que eu conseguiria te impedir. O papai avisou pra gente não pegar o barco *nunca*.

— Eu só queria uns minutos livre *dela*! — choramingou a de rosa. — E agora ela vai matar nós duas quando descobrir que afundamos o barco!

— Que tal sairmos daqui? — perguntei, meu peito ofegante sob os coletes enquanto eu nadava para o outro lado da embarcação.

As duas viraram para trás na minha direção, os rabos de cavalo ensopados jogando água para longe enquanto elas me encaravam.

Foi o risco vermelho escorrendo pelo rosto da menina mais próxima que chamou minha atenção, mas foram seus olhos que me deixaram vidrado. Eles eram da cor de uísque puro e quase grandes demais para seu rosto em formato de coração, de um âmbar escuro, cercados por cílios grossos, molhados, que baixaram enquanto ela me analisava e observava as travas do colete sobre meu peito.

No instante em que seu olhar se ergueu para encontrar o meu, me esqueci de como *respirar*, que dirá pensar. Eu nunca tinha sido acertado por um raio, mas a sensação devia ser parecida. E ela estava sangrando. Certo. *Se controla.*

— Você se machucou... — comecei, meu peito apertando com uma preocupação completamente irracional.

— Ah, graças a Deus! — A garota de rosa se impulsionou para longe do barco e se jogou em mim.

Eu a segurei por puro instinto.

— Só tenho catorze anos, e sou jovem demais pra morrer só porque não verifiquei o combustível... nem o casco — declarou dramaticamente, agarrando meus ombros enquanto me fitava com os olhos castanhos assustados. — E não sei nadar direito.

E ela havia saído em um barco a remo pré-histórico sem um colete salva-vidas?

— Só me dá um segundo, e já vamos resolver tudo. — Nadei na direção do barco. — Se segura e não solta por nada nesse mundo.

A garota jogou a cabeça para trás, indignada, quase deslocando o maxilar.

— Ele está usando dois coletes, Eva — disse a garota com olhos de uísque, baixinho. — Você precisa vestir um antes de ir pro barco dele.

— Ah. É claro. — Eva voltou a agarrar o casco enquanto outra onda nos acertava, mas sem afundar o barco. — Você vai voltar pra buscar a Allie, né?

— Vou ficar bem, Eva... — começou a discutir a outra.

— Na verdade, acho melhor levar você primeiro — falei para a garota de verde, que presumi ser Allie, o frio me congelando até os ossos.

— Ela tem dezesseis anos e nada muito melhor do que eu — disse Eva, sua voz ficando mais estridente.

— Isso é verdade. — Os dentes de Allie batiam. — Vai primeiro com a Eva, por favor. Posso esperar.

— Você está *sangrando*, e não temos tempo pra discutir.

Bati as pernas para permanecer entre as duas enquanto a corrente nos puxava.

— É só minha cabeça, não minhas pernas. Vou ficar bem. — O olhar preocupado dela pousou em Eva.

— Como é?

Em que mundo um ferimento na cabeça era melhor do que em uma extremidade do corpo?

— Ela não sabe nadar mesmo. Tira ela daqui, por favor — implorou Allie, com água cor-de-rosa pingando do queixo. — Como é seu nome?

— Hudson Ellis. — Aquilo estava demorando demais. Abri os primeiros fechos, e Eva roubou o colete de mim assim que ele saiu dos meus ombros. — Ei…

— Prazer, Hudson. — Os dentes de Allie batiam. — Eu me chamo Alessandra. Não sei se você tem irmãos, mas não há nada mais importante pra mim do que minhas irmãs.

Irmãs. Isso explicava a recusa dela.

— Tirando a dança — resmungou Eva, enfiando um braço de cada vez no colete salva-vidas enquanto outra onda nos balançava.

— *Nada* — repetiu Alessandra, cravando os olhos em mim. — Você precisa levar minha irmãzinha primeiro. Por favor. Não posso deixar a Eva aqui. — O medo brilhava em seu olhar, franzindo sua testa e pressionando seus lábios, mas ela ergueu o queixo pontudo. — Não vou antes dela.

Merda. Eu também jamais deixaria Caroline ou Gavin para trás. Aquilo era algo que eu entendia de um jeito primitivo, nas células do meu corpo. Nós podíamos até implicar um com o outro, mas jamais nos deixaríamos na mão, e Alessandra parecia ser igual com as irmãs. Algo dentro do meu peito se partiu, e cada gota de bom senso deve ter vazado para a água, porque aquela única declaração me fez sentir como se eu a *conhecesse*.

— Eu tenho irmãos — respondi, passando para as próximas travas do colete. — Eu entendo.

Os olhos dela rapidamente se estreitaram, confusos.

— O que você está fazendo?

Tirei o braço direito do colete amarelo, depois me estiquei para me apoiar no barco entre elas antes de tirar o meu braço esquerdo e oferecer o colete para ela.

— Põe.

— Não. — Ela baixou o olhar para o colete e voltou a me encarar. — Você precisa dele. As ondas estão altas demais.

— Não preciso. Eu nado muito bem, e não consigo pensar em nenhuma outra solução. — Abri um sorriso que torci para parecer tranquilizador. — Vamos levar menos de cinco minutos para chegar no barco.

— Cinco minutos? — perguntou Eva, em pânico.

— Menos — repeti, sem tirar os olhos de Alessandra. — Qualquer coisa é suportável por cinco minutos. Não vou sair de perto de vocês. Pega o colete.

Aquilo ia contra tudo que eu já tinha lido sobre resgates, mas eu estava pouco me lixando.

— Não posso fazer isso com você. — Ela balançou a cabeça.

— Sou um desconhecido — lembrei.

— Não é, não. Seu nome é Hudson Ellis. — Os braços dela tremiam.

— Então temos um impasse, porque você não vai deixar sua irmã, e eu não vou deixar você. — Empurrei o colete na direção dela. — Eu sou bem teimoso, então ficar aqui esperando só vai servir pra passarmos mais tempo na água.

— Anda, Allie, estou *congelando*! — insistiu Eva.

Alessandra pegou o colete e, depois de vesti-lo, nós três nadamos até Gavin.

Quando as duas subiram no barco, estavam com lábios azulados, e as ondas já tinham devorado o restante do barquinho.

— Você está maluco? — brigou Gavin comigo.

— Elas estão vivas. — Dei meu moletom preto da Rip Curl para Alessandra, apesar do protesto inicial dela, então passei praticamente todas as toalhas que tínhamos para Eva antes de fazer as duas sentarem. — Acho melhor te levar pro hospital.

Alessandra balançou a cabeça, fechando o zíper do moletom.

— Nossa mãe vai perceber que saímos.

É sério? Minhas sobrancelhas quase levantaram voo.

— Se você precisa ir ao hospital, temos que ir — sussurrou Eva.

— Não preciso — garantiu Alessandra, seu tom se tornando mais irritado ao falar com a irmã. — Dá pra imaginar o que ela faria com a gente?

Oi? Mesmo quando eu e Gav éramos pegos no flagra fazendo algo que não deveríamos, a primeira reação da nossa mãe era ficar aliviada por nossa idiotice não ter nos matado.

— A gente pode ligar pro papai. Espera. Você não vai contar pra ela que eu… — começou Eva, seus olhos se enchendo de pânico.

— Eu *nunca* conto, né? — rebateu Alessandra, as mãos desaparecendo nas mangas do meu moletom. Era quase um vestido nela.

— Posso dar uma olhada na sua cabeça? — perguntou Gavin, passando por mim enquanto o barco balançava.

Nosso casco era mais fundo que o do barquinho, mas precisávamos ir embora logo, antes de a tempestade chegar.

Alessandra assentiu, e Gavin se inclinou sobre ela, analisando o ferimento.

— É pequeno e já parou de sangrar. Pelo jeito, não vai precisar de pontos — anunciou ele antes de me lançar um olhar dizendo que conversaríamos sobre minhas decisões mais tarde.

— Vocês podem nos levar pra casa, por favor? — Os ombros de Alessandra se empertigaram, e ela se recompôs com uma velocidade impressionante e ao mesmo tempo chocante, mas seus olhos deixavam o que ela não estava tão calma quanto gostaria que acreditássemos. *Quase como se ela estivesse em um palco.* — Nós moramos…

— Eu sei onde vocês moram — interrompeu Gavin, fechando a cara. — Vamos levar vocês.

Ele sabia onde elas moravam? Olhei imediatamente para meu irmão.

— Obrigada. — Alessandra flexionou os joelhos e cobriu as pernas com meu moletom, depois olhou para mim. — De verdade. Obrigada, Hudson.

— Sem problema. — Droga. Eu gostava do jeito como ela dizia meu nome.

— Vai demorar uns quinze minutos. — Gavin olhou para mim, depois gesticulou para o console, e o segui para os bancos atrás do painel. — Aquilo foi irresponsável pra caralho. — Ele balançou a cabeça para mim, e mal tive tempo de me segurar antes de ele baixar a alavanca do acelerador, seguindo para os rochedos no lado oeste da cidade, passando direto pelas praias locais. — E toma cuidado com o jeito como você está olhando para ela. Você sabe quem são essas duas, né? — perguntou Gavin baixinho.

— Não, mas pelo jeito você, sim — respondi, esfregando a toalha nos meus braços para fazer o sangue correr. Estava bem frio. — E não estou *olhando* pra ela.

Não era bem uma mentira, já que eu estava virado para a frente.

— Eu vi, tá bom? Você está olhando. — Ele bufou. — E isso só vai te arrumar problema. Essas são as irmãs Rousseau mais novas. Alessandra e Eva, se não me engano. Nem pense em chamá-la pra sair, se for isso que você estiver cogitando. Os pais não deixam interagirem com ninguém fora do círculo deles, que dirá com moradores locais.

Rousseau. Uma das famílias com casas de veraneio sobre os despenhadeiros. Milionária.

Senti uma coisa esquisita no peito.

— As bailarinas. — Não era de surpreender que eu não as tivesse reconhecido. Elas treinavam aqui todo verão, geralmente trancafiadas em casa até a mãe libertá-las em agosto para a competição que atraía um monte de turistas e famílias ricas todo ano. — São quatro, né?

Eu tinha quase certeza de que já tinha visto duas delas na cafeteria algumas vezes, mas eu costumava passar o verão trabalhando como salva-vidas na praia.

— Aham — confirmou Gavin. — E você está de olho na que a Lina chama de *quietinha*, então nem inventa.

— Quem é Lina?

Era difícil pensar em Alessandra como quietinha depois do jeito como ela havia pedido para levar Eva primeiro.

Ele vacilou.

— A mais velha. Dezenove anos, muito talentosa e linda, e *totalmente* fora de alcance. Ela é um túmulo de tão fechada e, pro seu azar, acho que isso é coisa de família.

— Pelo visto, elas interagem com *alguns* locais. — Lancei um olhar sabichão para ele.

— A Alessandra não é a Lina. Ela não vai quebrar as regras — disse Gavin enquanto íamos contra a corrente. — E esse resgatezinho vai ficar entre nós, porque a Caroline *detesta* essas garotas. Alguma coisa a ver com um incidente com um milk-shake e elas serem mimadas pra caralho.

Merda. A última coisa que eu queria era deixar Caroline chateada.

— Duvido que tenha sido a Alessandra.

Eu só tinha passado uns cinco minutos com ela, mas não ficara com a impressão de que ela fosse mimada.

— Aham. E é sério, elas não podem sair com garoto nenhum, e não quero ver você sofrendo com isso. — Gavin revirou os olhos e então parou de me encher o saco.

Olhei para trás e encontrei Alessandra me observando de um jeito que me fez pensar que notar os dois coletes salva-vidas não era incomum para ela. Eu apostava que ela era sempre atenta, sempre ligada nos detalhes. Pessoas observadoras podiam facilmente ser confundidas com quietinhas, ainda mais com tantas irmãs ao redor.

Ela inclinou a cabeça, e a necessidade ilógica de passar mais tempo na sua presença me acertou de novo. Não de um jeito romântico, é claro — ela era areia demais para o meu caminhãozinho. Eu queria saber que tipo de música ela escutava, de que livros gostava, que filmes eram seus favoritos. Eu queria saber se ela se incomodava com seu isolamento, e o que a fazia sorrir. E, quanto mais nos aproximávamos dos rochedos, mas meu peito apertava.

Minhas palavras e meus gestos nos cinco minutos seguintes determinariam se eu teria alguma chance de conhecê-la de verdade ou se aquilo seria um encontro único que se tornaria uma fonte de curiosidade eterna.

Ela abraçou os joelhos contra o peito com uma mão e se segurou no barco com a outra, então desviou o olhar quando a irmã disse algo que não consegui escutar.

Quando finalmente chegamos ao imenso píer ao pé dos rochedos em que a maioria das mansões de veraneio ficava, duas meninas de cabelo castanho nos esperavam: uma preocupada, outra furiosa.

— Ela está irritada pra caramba — murmurou Gavin, olhando para a irritada enquanto nos aproximávamos a bombordo do píer. — Como é que vai, Lina? — cumprimentou ele, deixando o motor em ponto morto quando alcançamos a distância certa.

As ondas seguintes nos levariam até a escada e, se Gav tivesse errado os cálculos, nosso pai nos mataria.

— Minhas irmãs estão no seu barco, é assim que eu vou. — Lina colocou as mãos no quadril. — Mas admito que é bom te ver, Gavin.

— Sei...

Puta merda, meu irmão estava *vermelho*?

— Como você conhece eles? — gritou Eva enquanto eu ia para estibordo e jogava as boias para não batermos o casco no píer, então me inclinava para a água, me preparando para segurar a escada.

— Não é da sua conta — rebateu Lina. — Agora, agradeçam aos irmãos Ellis e saiam daí... Merda, Allie, você se machucou?

Ela se ajoelhou acima de nós, olhando pela beira do píer enquanto oscilávamos rumo à escada.

— Ela se machucou? — A outra irmã imediatamente se juntou a Lina. — Foi muito grave? Você consegue subir a escada?

— Não foi nada de mais, Anne — respondeu Alessandra. — Eu juro.

Agarrei a escada grossa, e a madeira gemeu enquanto eu firmava o barco, rapidamente passando uma corda ao redor dela e nos amarrando no cunho para a onda seguinte não nos levar embora nem arrebentar a estrutura.

— Ela conhece eles? A Lina sai escondido? — sibilou Eva para Alessandra, e Gavin desligou o motor.

— Pelo visto, sim — respondeu Allie, contendo um sorriso enquanto ela e Eva vinham na minha direção. — Bom pra ela.

Uma fagulha de esperança se acendeu no meu peito. Talvez Gavin tivesse razão e ela não fosse de quebrar regras, mas eu podia apostar que *contornaria* regras.

Eva jogou as toalhas molhadas no chão do barco, murmurou um agradecimento e subiu a escada no intervalo entre as ondas. Água foi borrifada na plataforma de mergulho e nos bancos.

— Você devia ir antes da próxima bater — disse Gavin para Alessandra, e cogitei seriamente dar um soco na cara do meu irmão.

— Certo. Obrigada por nos salvar. — Ela abriu um sorriso rápido para mim.

— De nada.

Ofereci minha mão para ajudá-la, mas ela já estava subindo no banco, chegando à escada sem dificuldades.

Ela subiu dois degraus antes da próxima onda bater, então olhou para baixo com uma careta enquanto uma onda menor nos balançava.

— Droga. Ainda estou com seu moletom.

— Há duas opções. — Sorri para ela no alto. — Você pode ficar com ele, ou me devolver da próxima vez que eu te levar pra passear de barco.

— Atrevidinho, hein — murmurou Gavin.

Talvez fosse mesmo, mas eu só tinha uns dez segundos antes da próxima onda.

— Eu… — A boca de Allie se abriu e fechou duas vezes. — Não posso sair com garotos, e só passo o verão aqui.

— Imaginei. — Meu sorriso se alargou. — Você pode sair com amigos durante o verão?

Ela franziu a testa.

— Não sei. Não sou muito sociável.

— Você pode deixar um recado pra mim na Ellis, a cafeteria, caso se decida, Alessandra.

Eu estiquei as mãos para o cunho e nos desamarrei, sem tirar os olhos dela.

— Tudo bem. — Ela sorriu, e precisei lembrar meu coração de que nós só seríamos amigos, se muito. — Um amigo me chamaria de Allie.

Isso aí.

— Legal, Allie.

Soltei a corda da escada enquanto Gavin ligava o motor.

Ela balançou a cabeça como se mal conseguisse acreditar que tinha concordado em *cogitar* contornar as regras, e subiu a escada na direção das irmãs.

Até o final daquele verão, Allie se tornaria minha melhor amiga.

No final do próximo, ela me odiaria.

E dava para entender por quê.

2
ALLIE

Quinze meses depois

Minha visão oscilou e meus ouvidos zumbiam. O que tinha acontecido?

— Você está bem — prometeu Lina, pressionando algo na minha cabeça enquanto um líquido escorria pela lateral do meu rosto. — Você vai ficar bem, Allie. Só aguenta firme. Desculpa. Eu não devia ter feito a curva tão rápido.

Quando ergui o olhar até minha irmã, vi chamas dançando pelo canto do olho, mas eu não conseguia falar. O cheiro pungente de fumaça e borracha queimada fazia meus pulmões arderem a cada respiração.

Lina sorriu para mim.

— Eu te amo, Allie. Sinto muito.

Abri a boca para dizer que também a amava, mas tudo que saiu foi um gemido enquanto a dor me atravessava, estourando na minha cabeça e irradiando por minha perna. Tentei me mexer, mas meu pé esquerdo prendeu na grama do acostamento e o direito não reagiu. Onde nós estávamos? Na beira de uma estrada? Por que eu sentia tanto frio?

— Me escuta — ordenou Lina, seu tom se tornando mais firme, e tudo girou por um segundo antes de ela voltar a entrar em foco, com algumas de suas palavras desaparecendo no zumbido incessante que dilacerava minha cabeça. Ela pôs mais pressão em um ponto da minha testa. — Siga seu coração, e tome conta do que estou deixando pra trás.

Deixando para trás? Por que ela nos deixaria? Como eu cuidaria de Anne e Eva? Minhas irmãs precisavam dela, não de mim. Era Lina que todas nós admirávamos.

— Você precisa ficar viva. — Lina tirou seu anel, o anel da nossa mãe, e o enfiou no bolso da minha saia branca.

Pelo menos ela havia sido branca. Agora, estava marrom e cinza em alguns lugares, vermelha em outros.

Lina ergueu minhas mãos até o pano que pressionava na minha cabeça.

— Eu te amo. Fica aqui. A ajuda está vindo, é só você esperar.

Ela levantou e limpou a barra do vestido azul, então saiu correndo pelo encostamento, o longo cabelo castanho voando às suas costas enquanto ela se afastava rápido.

Fica. A palavra soava clara como a luz do dia na minha cabeça, mas meus lábios não se moviam.

As chamas subiam para o céu noturno, lambendo os galhos da árvore retorcida para a qual Lina corria.

Não era só a árvore... o carro de Lina estava ali também. Tinha batido no tronco, a porta do passageiro escancarada, com fogo saindo das laterais do capô destruído.

Um acidente. Nós tínhamos sofrido um acidente. Que diabos ela estava fazendo?

Não. Tentei gritar, mas nada saiu enquanto Lina seguia para o lado do motorista. Ela não estava vendo o fogo?

O que poderia haver de tão importante no carro?

Ai, *meu Deus*, será que Anne e Eva estavam...

Bum! Senti um calor tomando meu rosto de repente, e a noite se iluminou.

O carro explodira.

3

ALLIE

ReeseNaPonta: Nossa, ela é muito boa. Vou assisti-la dançando Giselle hoje, e mal posso esperar!

Dez anos depois

Meu dedo hesitou sobre minha playlist favorita. Aquela não era uma noite para correr riscos, então cliquei na seleção da coreografia logo abaixo antes de pôr o celular ao meu lado, sobre o lençol. Peguei a agulha e a linha, e pus a mão na massa.

Fura. Empurra. Puxa. Fura. Empurra. Puxa.

Giselle, de Adolphe Adam, tocava nos meus fones, a música familiar abafando qualquer pensamento que não tivesse relação com a próxima apresentação. Na noite anterior, eu tinha me demorado um segundo a mais nos saltos na diagonal durante a variação do primeiro ato, e isso não poderia se repetir. A memória muscular movia minhas mãos enquanto eu costurava a ponta da meia-calça a uma das sapatilhas de ponta que já estava preparada para a noite de estreia.

Lina devia estar aqui, não eu. Ela seria perfeita para o papel, como nossa mãe tinha adorado me lembrar nos últimos três meses de ensaio.

Fura. Empurra. Puxa. Eu costurava como se a linha fosse capaz de fechar a ferida de uma década que jamais havia cicatrizado.

Dane-se o tornozelo ruim, aquela noite precisaria ser impecável.

Minha mãe estaria na plateia, e tudo que ela se lembraria da apresentação seriam as falhas. Minha mão tremia, e a agulha perfurou o tecido e acertou a ponta do meu dedo. Soltei um palavrão ao sentir a dor aguda e, por instinto, enfiei o dedo na boca, depois dei uma olhada no estrago. Por sorte, eu não tinha me furado, só machucado superficialmente.

Tudo na minha vida havia me levado àquele momento. Todas as horas na barra. Todas as unhas e os dedos do pé quebrados, todos os meses de fisioterapia depois do acidente, até a tendinite que nunca parecia melhorar de verdade. Por *aquele* papel *naquele* palco com *aquela* companhia, eu tinha sacrificado meu corpo, meu tempo, minha saúde mental e qualquer possibilidade de ter um relacionamento normal com a mulher que eu estava desesperada para deixar orgulhosa naquela noite.

Eu tinha até sacrificado *ele*. Uma dor familiar latejou no ritmo das batidas do meu coração, bem mais sofrida que a picada da agulha. Ou fora ele quem tinha me sacrificado? Minha mão parou.

— Está tudo bem? — A música abafou a pergunta de Eva, então tirei um fone de ouvido e olhei para trás, para onde ela estava empoleirada sobre a única cadeira do meu camarim. Os olhos castanhos afiados da minha irmã caçula encontraram os meus no espelho enquanto ela levava o lápis de boca aos lábios. — Allie?

Ela arqueou uma sobrancelha pintada. Eva podia parecer a mais doce de nós com seu rosto em formato de coração, seus traços delicados e seus olhos redondos capazes de fingir inocência com uma credibilidade surpreendente, mas era a irmã Rousseau mais rápida no gatilho quando ferida… ou simplesmente incomodada.

Fazia sentido que ela fosse a mais parecida com nossa mãe, que tinha talento para dar sempre o primeiro golpe.

— Estou bem.

Eu abri um sorriso perfeito. Pensar na minha mãe agora não era uma opção. Se eu fizesse isso, meu coração aceleraria, minha respiração ficaria entrecortada, e minha garganta se fecharia como…

Droga. Arqueando o pescoço, engoli o nó cada vez maior na minha garganta.

Assim mesmo. Puxei o ar pelo nariz e soltei pela boca para me livrar do nó e acalmar a onda de enjoo que inundava toda vez meu estômago antes das apresentações. Naquele dia, ela parecia um tsunami.

Os olhos de Eva se estreitaram de leve através espelho.

— Por que não acredito em você?

Mas nem por um decreto eu daria motivos para ela se preocupar comigo, não antes da sua primeira apresentação como bailarina da companhia. Eu sabia de pelo menos outras quatro duplas de irmãs que dançavam nas mesmas companhias pelos Estados Unidos, mas nós éramos as únicas na Companhia Metropolitana de Balé.

Mas deveríamos ser três.

— Não é nada digno de estresse.

Voltei minha atenção para a sapatilha, deixando o fone esquerdo ao meu lado sobre o lençol cinza macio enquanto, no fone direito, a orquestra passava para a variação. *Fura. Puxa.* Focada no movimento metódico da agulha e do fio, repassei mentalmente a coreografia da variação. Era uma das minhas prediletas — não que isso a tornasse mais fácil de executar.

Aí. Foi nesse instante que a adrenalina havia parado de encobrir a dor no meu tornozelo na noite passada, durante o ensaio com figurino, me fazendo hesitar e perder o ritmo. Eu estava pegando pesado demais comigo mesma, mas o papel exigia disciplina.

— Como está o tendão? — perguntou Eva, como se conseguisse ler minha mente.

— Bem. — Qualquer outra resposta a faria ir correndo para Vasily em uma questão de segundos, pois ela se preocupava com as irmãs.

— Mentirosa — murmurou, revirando sua maleta de maquiagem, os movimentos se tornando cada vez mais agitados. — Cadê?

Puxa. Com um ouvido livre, a música se misturava com o leve remexer dos pincéis de maquiagem de Eva sobre a bancada, o farfalhar da minha calça enquanto eu mudava um pouco de posição, e o zumbido do aquecedor no canto do camarim, que afastava o frio do fim de janeiro que havia tomado conta dos bastidores da Metropolitan Opera House.

— Onde é que eu enfiei meu batom da sorte? — perguntou ela em uma voz aguda.

— Dá uma olhada na minha maleta.

— Você não usa Vermelho Víbora! — retrucou, quase histérica.

— Não, mas você usa. — Olhei de volta para ela. — E eu te amo.

Os ombros dela murcharam.

— E você sabia que eu ia perder o meu.

Eva soltou sua maleta de maquiagem e pegou a minha, dando um sorrisinho de canto.

— Exatamente. — Concordei com a cabeça.

— Obrigada. — O alívio dela era quase palpável.

Lacey bateu de leve no batente da porta, pressionando contra si sua prancheta favorita, e tirei o outro fone, perdendo completamente a música.

— Meia hora — informou Lacey. — Ah, e sua irmã está…

— Bem aqui — interrompeu Anne, se inclinando para dentro do camarim com o sorriso largo e tranquilo que ela havia herdado de nosso pai, junto com os olhos cor de mel e os cachos castanho-dourados presos em um coque sofisticado. Eu e Eva tínhamos puxado nossa mãe no quesito cabelo, com mechas mais escuras do que qualquer café expresso que eu já vira, e enquanto o de Eva era liso escorrido, meus cachos só podiam ser domados com uma montanha de produtos e visitas regulares ao salão. Os de Anne sempre pareciam naturalmente perfeitos.

A pressão no meu peito foi aliviada de imediato, e eu sorri de volta. Em nossa família de adoradores do mar, Anne era a palmeira — balançava durante os furacões, mas nunca quebrava.

— Anne! — Eva levantou com um pulo da cadeira e jogou os braços ao redor de nossa irmã mais velha.

— Eita! — Anne riu e passou os braços ao redor de Eva, os diamantes de sua aliança de casamento brilhando sob as luzes fortes.

— Obrigada, Lacey. Ela vai ficar aqui com a gente — avisei, e a gerente de palco concordou com a cabeça antes de seguir em frente.

— Você está linda! — Anne se afastou de Eva e a analisou rápido, seu olhar se tornando carinhoso. — O figurino ficou perfeito. Mal posso esperar pra te ver no palco.

— Só estou no corpo de baile. — Eva deu de ombros e se afastou. — A estrela de verdade é a Alessandra. Não é, Allie?

— Só por hoje. — Dei um nó nos pontos, depois flexionei o pé algumas vezes para verificar se estava firme.

— Todo dia, na minha opinião. — Anne ajoelhou ao meu lado, apesar do seu vestido preto elegante, e me deu um abraço carinhoso, tomando cuidado de não borrar minha maquiagem.

Eu a apertei com força, segurando a agulha entre o dedão e o indicador para não espetá-la.

— Estou tão feliz por você ter vindo.

Anne sempre conseguia fazer tudo ficar melhor. Nosso pai estava viajando a negócios? Sem problema, Anne sabia o cronograma. Nossa mãe estava brigando com uma de nós por causa de nossa rotação do quadril? Anne surgia com uma distração. Ela era a personificação de um abraço caloroso. Lina podia ter sido a primogênita, mas era Anne quem sempre se comportara como a irmã mais velha.

— Eu também — sussurrou ela antes de se afastar apenas o suficiente para me analisar do mesmo jeito que fizera com Eva. — Linda como sempre. Você vai arrasar.

— Só quero que seja perfeito pra ela — respondi enquanto Anne se sentava no lençol.

— Como se você não fosse sempre *perfeita* — murmurou Eva.

Anne lançou um olhar reprovador na direção dela, e eu trouxe meu pé direito ao colo, me retraindo um pouco porque o tendão teimava em arder.

— Está doendo?

Só mesmo Anne para perceber *tudo*.

— Eu estou… — comecei.

— Se você disser a palavra *bem*… — alertou ela, seu olhar astuto encontrando o meu.

— Ela tomou uma injeção de cortisona hoje — disse Eva, se inclinando na direção do espelho para verificar o delineador.

Anne ergueu as sobrancelhas.

— A Kenna sabe?

— Como minha melhor amiga ou como a médica da companhia? Porque a resposta é sim para as duas opções — respondi. — E você tem vinte e cinco anos, Eva. — Juntei a meia-calça com a outra sapatilha e comecei a costurar. — Em algum momento, você vai precisar parar de me dedurar, né?

— E em algum momento *você* vai precisar aprender a pegar mais leve — retorquiu Anne.

— Amanhã — respondi, costurando rápido.

Amanhã, trocaríamos *Giselle* por *Romeu e Julieta*, e enquanto Eva continuaria dançando no corpo de baile desse espetáculo, eu começaria oficialmente minhas duas semanas de folga, pelo menos das apresentações. Eu tiraria um ou dois dias para descansar o tornozelo, como Kenna havia sugerido, e então o testaria com Isaac.

— Com você, é sempre amanhã. — Anne suspirou. — Se a mãe soubesse que você está dançando machucada...

— Com quem você acha que aprendemos a fazer isso? — rebateu Eva.

Dei um sorrisinho. Ela não estava errada. Seguir em frente mesmo com dor tinha sido a primeira lição que nossa mãe nos ensinara, dentro e fora dos palcos. Infelizmente, isso nos tornara uma família não apenas de bailarinas profissionais, como também de mentirosas profissionais.

— Estou bem. Foram só duas semanas difíceis, entre ensaios, espetáculos, e trabalhar com o Isaac.

— Isaac? — Anne ergueu o olhar para Eva enquanto eu passava os dedos pela cicatriz fraca sobre meu tendão de aquiles.

O som de vidro quebrando ecoou por minha mente, mas interrompi a memória antes de ela conseguir se firmar. *Hoje, não.* Hoje, eu dançaria para minha mãe, porque Lina nunca tivera a chance.

— Isaac Burdan — respondeu Eva.

— Ah, o próximo Balanchine — disse Anne, levantando e tirando a poeira dos joelhos. — Não me olha com essa cara, Eva. Só porque eu parei de dançar não quer dizer que eu não esteja por dentro do que acontece na área. Eu sei ler.

Anne fazia mais do que ler. Ela organizava a maioria dos eventos da companhia, incluindo todo o Clássico de Haven Cove — que, graças à nossa mãe, tinha se tornado uma das principais competições de verão do sub-20.

— Eu nunca disse que você não sabia. — Eva ergueu as mãos como se estivesse sendo presa. — Só estou surpresa por você ter lido sobre o Isaac ser o próximo Balanchine.

— Só não repitam isso na frente dele. — Eu sorri, terminando os últimos pontos antes de dar um nó. — Não vai sobrar espaço para o ego dele aqui dentro.

Flexionei o pé para testar os pontos, só levantando depois de confiar no meu trabalho.

— Você leu que a Allie coreografou um balé com ele? — A voz de Eva ganhou um tom agudo travesso.

— Jura? — Anne se virou na minha direção, suas sobrancelhas subindo.

— Não foi nada. Sei lá. Ele foi o artista residente antes da temporada de *O Quebra-Nozes*, e foi mais Isaac coreografando e eu mostrando o que funcionaria ou não.

Pensar nas madrugadas no estúdio e nas manhãs na cama dele me fez sorrir. Ele não era o homem da minha vida — essa ideia era coisa do passado. Mas com certeza era o homem para aquele momento, o que era perfeito.

— Que incrível! — O sorriso de Anne iluminaria um prédio inteiro. — Um balé com a sua coreografia…

— Vamos ver.

Dei um sorriso pequeno, bem como eram minhas expectativas quando se tratava de Isaac, e peguei o figurino para o primeiro ato.

Passei os dedos pelo anel de ametista no meu bolso direito, depois abri o casaco de moletom preto gasto e desbotado, com as mangas esfarrapadas, e o pendurei nas costas da cadeira. Então tirei a calça e entrei no figurino.

— Deve ser legal ter um zíper — resmungou Eva enquanto Anne vinha fechar o meu. — O figurino do corpo de baile ainda tem ganchos, para caber em várias pessoas diferentes.

Ergui a peruca do primeiro ato quando Anne começou a subir o zíper e, de algum jeito, consegui controlar minha língua para não comentar as reclamações de Eva.

— Tenho certeza de que você vai ter um zíper no ano que vem — garantiu Anne, dando uma batidinha nas minhas costas depois de terminar com meu figurino. — A mamãe ficou muito feliz de saber que vocês duas vão estar no palco hoje.

Lá vinha outra onda de enjoo. A sopa de legumes que eu tinha tomado rápido uma hora antes ameaçou voltar.

— Ela está no camarote da família?

Com o marido de Anne, sem dúvida. Tirei o lençol do chão e o joguei sobre minha bolsa.

— Com o Finn e a Eloise. — Anne me inspecionava enquanto eu ficava em ponta, testando as sapatilhas e treinando meus arcos.

— Achei que a Eloise estivesse dando aula na Vaganova. — Controlei minha expressão enquanto a dor subia do meu tendão, em protesto.

— Ela acabou de se aposentar. E existe um motivo para você ter uma substituta — concluiu Anne com um sussurro, franzindo a testa. — Se você forçar demais seu tendão…

— Só preciso que a música comece — interrompi no mesmo tom baixo, meu olhar indo para as costas de Eva enquanto ela seguia para o corredor. — Se fosse qualquer outro papel, eu até cogitaria essa hipótese, mas sendo Giselle…

O olhar de Anne encontrou o meu, a luz destacando um brilho que ela rapidamente piscou para dispersar antes de morder os lábios e concordar com a cabeça.

— Vamos? — perguntou Eva virando a cabeça enquanto bailarinas passavam pela porta, indo na direção do palco.

— Claro. — Abri um sorriso falso e concordei com a cabeça.

Anne entrelaçou o braço ao meu e continuou falando baixo:

— Você deixa ela se arrumar no seu camarim? Ela não devia ficar com o corpo de baile? Fazendo amizades e tal?

— Apesar de botar banca, Eva fica nervosa. Todo mundo ainda considera ela a novata, menos eu. — Eu tinha começado a dançar com a companhia aos dezoito anos, fazendo a transição de aprendiz para bailarina principal quando completei vinte e cinco, mas Eva só tinha sido chamada para um teste depois de passar vários anos em Boston, depois em Houston, subindo um degrau de cada vez. — Só quero facilitar a vida dela.

— Você conseguiu o teste pra ela e aceitou usar aquele aplicativo Seconds de que ela gosta tanto — respondeu Anne, apertando de leve meu braço. — Acho que você já ajudou bastante.

Saímos para o corredor e encontramos Eva nos esperando com Vasily Koslov, o diretor artístico da Companhia Metropolitana de Balé. Senti um aperto no peito. Vasily tinha o poder de nos impulsionar ou nos destruir. Seu cabelo grisalho estava bem cortado como sempre; seu terno de três peças, perfeitamente passado. Era difícil acreditar que aquele homem alto com olhos azuis dançantes tinha vivido os mesmos sessenta e quatro anos que minha mãe.

Os dois haviam sido membros daquela mesma companhia quando tinham minha idade, mas Vasily se tornara coreógrafo e se casara com nossa diretora-executiva, enquanto minha mãe havia se aposentado com relutância no auge, para criar as filhas e depois virar professora.

— Aí está ela. — Vasily sorriu, se esticando para pegar minha mão, e a entreguei. Ele deu um beijo educado nela, como sempre fazia antes de todos os espetáculos desde que eu havia sido promovida à bailarina principal. — Pronta para nos deslumbrar, Alessandra?

— Vou me esforçar para te deixar orgulhoso. — Meu estômago se revirou.

Calma. Não vai vomitar na frente do Vasily. Ele era o mais perto de um pai que eu tinha desde que o meu morrera.

— Ela vai dançar pra nossa mãe hoje — acrescentou Eva.

— A Sophie está aqui? — O olhar dele seguiu para Anne, duas rugas se aprofundando entre as sobrancelhas, como se ele tentasse reconhecê-la. — Ela só sai daquela escolinha para cuidar do Clássico. Será que ela vai...

— Vou dizer que mandou lembranças a ela — interrompeu Anne, antes que ele pedisse para vê-la e fôssemos obrigadas a inventar uma desculpa.

— Ah. — Vasily franziu ainda mais a testa. — Annelli, não é? A filha que não dança?

— Ela também organiza eventos pra companhia, incluindo o Clássico. — Entrei imediatamente na defensiva por Anne, apesar de saber que Vasily não havia falado por mal. Ele tinha o hábito desagradável de só enxergar as pessoas que o interessavam.

— A própria — respondeu Anne com um sorriso ensaiado, então olhou para mim e Eva. — A gente se fala depois do espetáculo. Precisamos conversar sobre os planos pra casa da praia.

— Não posso... — começou Eva.

— Você pode e *vai*. — Anne lançou um olhar determinado para a caçula. — Não vamos perder a casa só porque você não vai tirar férias. — Ela focou aqueles olhos cor de mel em mim. — E isso também vale pra você. Até logo.

E saiu sem falar mais nada, desaparecendo pelo corredor tomado por bailarinas em seus figurinos.

— A casa em Haven Cove? — perguntou Vasily quando começamos a seguir na direção do palco, as bailarinas saindo do seu caminho como um rio contornando uma rocha.

— Minha mãe colocou a casa em um fundo fiduciário no verão passado, com a condição ridícula de termos que vendê-la se nós três não provarmos que passamos um tempo juntas lá uma vez por ano — respondeu Eva antes de eu conseguir falar.

— Eu nunca imaginaria a Sophie fazendo uma coisa dessas. — Vasily piscou. — Ela detestava aquela casa e o fato de seu pai obrigá-las a passar o verão lá. Tantas oportunidades perdidas de fazer cursos intensivos de verão, mas pelo menos o Clássico nasceu disso. — Ele olhou para seu relógio Rolex. — Ah, Alessandra, falei com o Isaac. Ele quer marcar uma reunião na semana que vem para discutirmos a inclusão da nova coreografia dele no cronograma de outono.

Meu coração deu um salto.

— *Equinócio*?

— Foi esse o nome que vocês deram? — Ele sorriu, pensativo. — Bonito.

Ele estalou a língua para uma jovem bailarina do corpo de baile que entrou correndo pelo corredor e ela imediatamente desacelerou com a bronca.

— Se você precisar ver qualquer parte coreografada, estou disponível — prometi, lutando para não deixar a empolgação transparecer na minha voz.

Vasily admirava a compostura acima de qualquer outra coisa.

— Eu agradeço. — Ele concordou com a cabeça ao chegarmos no ponto em que o corredor se dividia em dois, cada um levando a um lado diferente do palco. — Me deixe orgulhoso, Alessandra. Você também, Eve. Ah, Maxim, aí está você.

Ele seguiu pelo outro corredor na direção do seu insuportável filho e coreógrafo, a cópia de todas as fotos que eu já tinha visto de Vasily com trinta anos.

— É *Eva* — sibilou Eva assim que ele se afastou. — É como se eu nem existisse para ele. Mas estou empolgada por você.

Ela passou um braço por minha cintura.

— Obrigada. — Apoiei a cabeça na de minha irmã. — E até a próxima temporada ele vai ter aprendido seu nome. Você brilha mais que qualquer outra bailarina do corpo de baile, e ele vai perceber isso.

Só os anos de disciplina me impediam de gritar de pura alegria. Se *Equinócio* entrasse no cronograma de outono, eu teria um papel escrito especialmente por mim.

Adentramos o breu afável das coxias para nosso ritual pré-espetáculo, e senti os anos evaporando a cada passo conforme passávamos por uma dezena de outras bailarinas e alguns ajudantes de palco. Quando alcançamos a borda da cortina, onde poucos e preciosos centímetros nos separavam da multidão, voltei a ter seis anos, espiando para tentar encontrar meus pais na plateia.

Só que agora éramos apenas duas, antes éramos quatro.

— Achei ela — sussurrou Eva, usando seus centímetros extras para olhar por cima de mim, com meu um metro e sessenta e cinco.

— Eu também.

Minhas mãos estavam banhadas de suor, e meu coração disparou enquanto eu erguia o olhar até os lugares da minha família — mezanino direito, camarote sete —, imediatamente encontrando minha mãe e sua melhor amiga, Eloise.

Droga. Ela já estava de mau humor.

Para o mundo exterior, a lendária Sophie Langevin-Rousseau fazia parte da realeza da Companhia Metropolitana de Balé, o suprassumo da sofisticação e da elegância, mas eu só via um barril de pólvora com o detonador aceso. Ela estava sentada com os ombros empertigados, o queixo erguido, o cabelo escuro com mechas grisalhas preso em um coque francês impecável, mas eram as unhas esmaltadas tamborilando com impaciência no corrimão que a entregavam enquanto fitava a orquestra no fosso. Ela não estava assistindo, estava procurando imperfeições. Como o esperado, seus lábios perfeitamente pintados se apertaram em uma expressão de censura quando uma flautista entrou correndo, obviamente atrasada.

Anne entrou no camarote, sentando ao lado do marido em seu terno risca de giz, e eu podia jurar que ela olhou para nós antes de abrir seu programa.

— A Eloise está bonita — sussurrou Eva. — Os homens que ela trouxe também.

— Ela sempre teve muito bom gosto — concordei, uma brisa fria erguendo o cabelo na minha nuca enquanto Eva se afastava, me deixando sozinha perto da cortina.

Lutei contra o impulso, mas fui vencida — ele sempre vencia —, e olhei para a última fileira na plateia inferior. O assento no centro permanecia vazio, como estipulava meu contrato. Aquela dor voltou a surgir no meu peito, como tinha acontecido em todas as noites daquela semana.

A única vez que eu tinha sido impecável na variação, ele estava...

Para com isso.

Eu tinha conseguido uma vez — executado a coreografia com perfeição —, e faria isso de novo hoje. Arrancando o olhar do assento vazio, voltei pelas coxias até meu lugar.

Poucos minutos depois, as cortinas subiram, a música começou, e assisti a Everett entrar no palco como Hilarion, depois Daniel como Albrecht, ambos exibindo a perfeição esperada em nosso patamar.

A adrenalina inundou meu corpo no instante em que entrei sob os aplausos da plateia, rapidamente ignorando qualquer reclamação que meu tornozelo ameaçasse fazer. As luzes e a música consumiram cada pensamento, levando embora a dor, a preocupação, e o peso avassalador do olhar de minha mãe, até que eu não estivesse apenas dançando *Giselle*, mas *sendo* Giselle.

Depois de vinte minutos, a adrenalina foi diminuindo, a dor subindo pela parte posterior da perna sempre que eu ficava em ponta, e notei Eva derrapar por um instante no corpo de baile ao olhar para o camarote da família. Foi um erro quase imperceptível, mas que sem dúvida seria motivo de ouvir bronca da minha mãe pelo restante da noite. Abri um sorriso tranquilizador para ela quando virei de costas para a plateia, mas aquilo não diminuiu o rubor que tomava suas bochechas por trás das camadas de maquiagem.

A música mudou para minha variação, e respirei fundo, levantando o braço em um gesto para a única mãe que importava no momento — a que estava no palco — e então para meu futuro amado, Albrecht.

E dancei.

Eu me ergui no primeiro arabesque na ponta, e a dor irrompeu no meu tornozelo direito. *Merda.* Meu sorriso não oscilou nem um pouquinho enquanto eu trincava os dentes.

A dor foi momentânea, e o arabesque saiu impecável, e nada importava além daquilo. Enquanto eu percorria o palco, a dor diminuiu até eu repetir o arabesque. Então, subiu como chama em gasolina. Uma vez após a outra, aumentava e diminuía, se tornando mais forte conforme a variação prosseguia; cada movimento testando os limites do meu sorriso, da minha tolerância para a dor.

Anne tinha razão. Eu tinha uma alguém para me substituir. Mas eu não estava dançando só por mim. Naquele noite, eu dançava por Lina. Por minha mãe.

Só hoje, prometi ao meu tendão. Eu poderia descansar no dia seguinte, deixar minha substituta com o papel na próxima apresentação, mas naquela noite eu precisava aguentar. Eu não podia hesitar, não na frente dela.

Após uma série de piruetas, meu sorriso virou momentaneamente uma careta, e os olhos de Eva se arregalaram um pouco de onde ela estava sentada com as outras camponesas. Parei de olhar para ela e voltei a focar a plateia, passando para uma série de saltos sobre o pé esquerdo, atravessando o palco na diagonal e dando uma folga ao meu tornozelo direito para a dor voltar ao nível incômodo, chato, mas suportável.

Eu só precisava aguentar os *piqué tours*.

A música mudou e eu segui para a série de dezoito piruetas que me fariam dar a volta no palco.

Qualquer coisa é suportável por cinco minutos. A voz dele surgiu na minha mente sem ser convidada.

Aquilo levaria só quinze segundos. Eu ia conseguir.

Os rostos se tornaram um borrão enquanto eu girava na ponta, virando a cabeça para meus pontos de foco escolhidos para manter o equilíbrio, com as chamas da dor queimando minha perna e causando uma agonia tão intensa que mordi o lábio… e segui em frente. Cheguei ao lado esquerdo do palco no décimo primeiro giro, olhando para a cadeira vazia na última fileira, o único lugar no teatro que me ancorava.

Doze. Meus braços vacilaram e parei de respirar quando vi o homem que ocupava aquele assento. *Impossível.* Apenas um nome poderia retirar aquele ingresso, e ele não fizera isso nos últimos dez anos.

Treze. Minha cabeça girou com o corpo. O lugar estava vazio. A dor devia estar pregando peças no meu cérebro.

Catorze. Ou aquilo tinha sido um vislumbre de cabelo castanho-claro, bagunçado pelo vento, queimado pelo sol?

Quinze. O fogo subiu do meu tornozelo, acertando meu peito com a lembrança de olhos verdes como o mar e a covinha na bochecha esquerda quando ele sorria. Ele tinha vindo?

Dezesseis. A cadeira estava *vazia*. Fazia uma década que ela estava vazia, e continuaria assim pelo tempo que eu fizesse a companhia mantê-la desse jeito, assim como o buraco cavernoso no meu peito antes ocupado pelo meu coração, desde a noite com os cacos de vidro, o metal retorcido e meu tornozelo... *Se concentra!*

Dezessete. Dor pura. O tornozelo berrava enquanto eu fazia os dois últimos giros, obrigando o tendão a ultrapassar seus limites.

No silêncio entre as últimas batidas em staccato da orquestra, eu ouvi, como dedos sendo estalados embaixo da água.

Caí sobre o joelho direito, a última posição da variação, e estendi o braço para minha mãe no palco.

Eu consegui, Lina. Eu consegui.

Aplausos ensurdecedores vieram da plateia enquanto eu tentava levantar, mas a gravidade me puxou para a frente. Minhas palmas acertaram a superfície encerada do palco, e ouvi Eva arfar em algum lugar à minha direita.

Demorou um pouco para eu entender.

Meu pé.

Ele não reagia, quase como se pertencesse ao corpo de outra pessoa.

Fui tomada pela explosão nuclear de uma dor que assolava até meus ossos, percorrendo minhas veias como ácido, ardendo até minha alma, e então escapou pela minha boca em um grito que silenciou todos no teatro.

Minha carreira havia acabado.

4

HUDSON

NYFouette92: Alguém tem notícias da Alessandra Rousseau desde a lesão? E não estou falando de notícias recicladas. Aposto que ela se machucou mais do que divulgaram. @4IrmãsRousseau

Quatro meses depois
Costa de Cape Cod, Massachusetts

— Para com isso! — berrei mais alto que o rugido do mar raivoso e os gritos agudos incessantes do homem de quarenta e poucos anos cuja vida eu tentava salvar.

Os gritos dele nem me incomodavam tanto assim.

Mas o jeito como tentava me afogar — isso, sim, estava me deixando puto da vida.

O homem empurrou meus ombros para baixo, tentando me usar como boia e me fazendo dar de cara na água do Atlântico.

Já chega. Empurrei as mãos dele para longe dos meus ombros, me libertando e batendo as pernas para cima, puxando bastante ar antes de imobilizá-lo, mantendo as costas dele na frente do meu peito.

— Se você não parar com isso, nós dois vamos nos afogar!

— Não quero morrer! — berrou.

— Nem eu, porra! — Entrelacei meus braços aos dele e fiquei de olho na sua cadela, uma golden retriever que se esforçava para continuar nadando perto do barco virado perigosamente próximo de nós. Pela ocorrência do pedido de socorro, fazia mais de quarenta e cinco minutos que eles estavam na água, e o animal mal conseguia manter a cabeça fora da água. — Fica quieto pra eu conseguir te levar até o cesto. Depois volto pra pegar a cadela.

— Foda-se a cadela! — Ele arranhou meus braços, lutando para se libertar.

Por um instante, questionei a ordem na qual eu pretendia salvar aqueles dois. Nitidamente, a cachorra seria uma escolha melhor.

— Vocês estão chegando perto demais dos destroços, e o combustível está acabando — informou Ortiz no meu comunicador, mas não era como se eu pudesse liberar uma mão para apertar o botão e responder ao piloto voando à minha esquerda.

Em vez disso, nos impulsionei para longe da embarcação naufragada — que parecia ser um *ski boat* de vinte e um pés — e na direção do helicóptero. A água batia na nossa cara por causa do efeito causado pelas hélices, o que só fez o sujeito se debater mais. Ele soltou um braço e deu uma cotovelada para cima, acertando minha mandíbula.

A dor quase passou despercebida, mas eu sabia que a sentiria depois.

— Entra na porra do cesto!

O homem quase subiu em mim para chegar a ele. Eu me afastei do cabo e sinalizei para Beachman que o cesto estava pronto para ser içado.

— Entendido — respondeu Beachman no comunicador, posicionado no cabo. — Iniciando subida.

O cesto se ergueu das ondas, e voltei a encarar o barco.

— Onde diabos você pensa que vai, Ellis? — reclamou Ortiz no meu ouvido, sem dúvida me lançando um olhar reprovador da cabine.

Apertei o botão para responder.

— Vou pegar a cadela. — Saí nadando direto para a embarcação virada de cabeça para baixo.

A luz da manhã era refletida no casco novinho em folha — era óbvio que o barco era uma compra recente.

Eu tinha quase certeza de que ouvira Ortiz resmungar um "claro que vai" no rádio.

— É sério que você ia me dizer pra *não* salvar a cadela? — Soltei o botão e continuei nadando.

— Anda logo. Só temos uns dez minutos de combustível.

Nós estávamos fazendo a ronda quando recebemos o chamado. Caso contrário, conseguiríamos ficar voando ali por horas.

Lutei contra as ondas até alcançar o ponto em que a cadela tentava inutilmente voltar à bordo, e murmurei um palavrão. Ela estava perto demais do barco. Dei um assobio. A cadela empinou as orelhas antes de uma onda engoli-la.

Merda.

— Nem pense... — alertou Ortiz, mas eu já tinha colocado o bocal.

Mergulhei e nadei perigosamente perto da embarcação adernada, agarrando a coleira da cadela e puxando seu corpo surpreendentemente pequeno contra o meu antes de voltar para a luz do dia. Ou eu tinha me enganado sobre a raça, ou ela era um filhote.

Para minha sorte, ela puxou o ar assim que voltamos à tona. Ainda bem, porque eu não era especialista em fazer respiração boca a boca em cachorros. Prendi-a contra o peito, depois cuspi o bocal e fui nadando de costas, para longe do malfadado *ski boat*, que nunca deveria ter saído da porcaria da baía.

— Bom trabalho — falei para ela.

— Passageiro recuperado — anunciou Beachman no comunicador. — Vou mandar o cesto de volta pra você, Ellis.

— Entendido. — A cadela nem se mexeu e ficamos embaixo do helicóptero; sua respiração estava assustadoramente lenta. Hipotermia. Maio não era um mês agradável para mergulhos no mar da região. — Estamos quase chegando. Boa menina.

Fiz carinho na cabeça dela com uma mão enluvada.

Depois que o cesto foi baixado, eu a coloquei primeiro, depois entrei com o máximo de graciosidade possível para um cara com pés de pato. Coloquei-a no meu colo, me segurei bem e acionei o comunicador.

— Passageiro recuperado. Pronto para extração.

— Entendido. Iniciando subida — respondeu Beachman.

Um segundo depois, assistimos na primeira fileira ao naufrágio do *ski boat*, que foi engolido pelo mar. Eu tinha visto pelo menos uma centena de cenas semelhantes nos últimos dez anos.

— Ainda bem que você não estava lá — falei, ignorando que a cadela não conseguia me escutar, por causa do barulho do helicóptero.

Beachman nos levou até o helicóptero, parando de mascar o chiclete que não tirava da boca para abrir um sorriso largo sob seu capacete ao ver a cadela.

— Todos os passageiros a bordo.

— Entendido. Vamos voltar para a base — respondeu Ortiz do banco do piloto.

— Com o peso extra de um cachorro — acrescentou Shadrick lá da frente, olhando para trás e abrindo um sorriso.

— Com o peso extra de um cachorro. — Concordei com a cabeça, então sentei e pus minhas botas, mais práticas, enquanto Beachman enrolava a cachorrinha em um cobertor.

Agora que tínhamos saído da água, era fácil ver o tamanho das suas patas. Ela parecia ter uns sete, talvez oito meses. Beachman rapidamente me entregou o pacotinho molhado para cuidar do tutor dela, que encarava a janela com um olhar inexpressivo que eu já tinha visto em ocasiões demais durante minha carreira.

— Base Cape Cod, aqui é o eco seis-oito — anuncia Ortiz no canal geral. — Estamos chegando com um passageiro que precisa de cuidados médicos. Suspeita de hipotermia.

A base respondeu enquanto eu apertava a cachorrinha contra meu peito. Ela se esforçava para manter os olhos abertos, mesmo que eu a esfregasse para estimular sua circulação de sangue.

O voo de volta para a base aérea de Cape Cod durou vinte minutos e, para meu alívio, ela continuava respirando quando chegamos. Eu e Beachman tiramos o cara do helicóptero e saímos da pista rumo à ambulância que nos esperava, enquanto os pilotos desligavam a aeronave.

— Ela tem uns sete meses? — berrei por cima do barulho minguante dos rotores que giravam cada vez mais devagar, assim que nos afastamos o suficiente deles.

— Deve ter — respondeu o cara, apertando o cobertor ao redor de si, a camisa polo verde-fluorescente. — Não lembro.

— Qual é o nome dela?

Eu a arrumei nos braços enquanto nos aproximávamos da equipe médica — e de nosso comandante. O capitão Hewitt geralmente transmitia um ar de irritação, mas naquele dia parecia *furioso*.

— Sadie — murmurou o cara. — Foi minha ex-namorada quem deu o nome. — Ele ergueu o olhar para o meu. — Será que tem alguma chance de recuperarmos o barco?

Porra, aquilo era sério?

— Não. Ele já era — respondeu Beachman por mim antes de explicar as questões do paciente para os socorristas. — Existe um motivo para chamarem este lugar de cemitério do Atlântico.

— Você arriscou a equipe por um cachorro? — perguntou o capitão Hewitt para mim, franzindo as sobrancelhas grisalhas peludas e cruzando os braços sobre a farda perfeitamente passada.

Era nítido que eu estava prestes a ouvir outro sermão sobre minha imprudência, mas fazia muito tempo que eu tinha aprendido que era melhor me arriscar e voltar com um sobrevivente do que fazer o contrário.

— A equipe não correu risco. Nós chegamos cinco minutos antes do prazo do Ortiz — respondi antes de entregar Sadie para o socorrista. A raiva voltou a dar as caras quando o paciente ignorou completamente a cachorrinha. — Ela precisa de um veterinário.

O socorrista concordou com a cabeça.

— Você se safou, hein, bonitinha — disse Beachman, coçando a cabeça dela ao ir embora. — Nadando cachorrinho.

O suspiro do capitão Hewitt poderia competir com os rotores do helicóptero em termos de barulho.

— Existe algum motivo específico para toda vez ser o seu nome que aparece na minha mesa, suboficial Ellis?

— Parece que estou sempre no lugar certo, na hora certa.

Dei de ombros. Esse era meu maior dom e, às vezes, uma maldição.

— O desgraçado mais sortudo que já conheci. — Beachman bateu no meu capacete.

Eu e Eric tínhamos sido transferidos para a Base Aérea de Cape Cod mais ou menos na mesma época, três anos antes, e o californiano era meu amigo não local mais próximo.

O capitão Hewitt revirou os olhos.

— Vão se secar. Vejo vocês dois em vinte e quatro horas.

Isso aí. Um dia inteiro de folga antes de precisarmos voltar para outro turno.

— Sim, senhor.

— Vamos sair hoje? — perguntou Beachman enquanto voltávamos para o hangar, segurando o capacete embaixo do braço e passando a mão sobre os cachos castanhos curtos. — Caso você precise de um lembrete, a irmã da Jessica está louca pra te conhecer.

— Vou pensar.

E eu ia pensar mesmo, até abrir meu armário e me deparar com a mensagem de Caroline.

Duas horas e uma troca de roupa depois, eu entrava na cozinha dos meus pais, ou melhor, de *Caroline*, pela porta lateral destrancada. Minha irmã mais velha tinha comprado a casa dos nossos pais cinco anos antes, quando deixaram a cafeteria para ela e se mudaram para o interior, mas eu só conseguia pensar neles como donos daquele lugar.

— Cheguei! — gritei mais alto que a música clássica tocando no volume máximo no segundo andar, e coloquei as sacolas na bancada de linóleo da ilha da cozinha, junto com minhas chaves.

A cozinha não tinha mudado desde meu segundo ano do ensino médio, quando minha mãe ficara obcecada por maçãs. Papel de parede de maçã. Cortinas com estampa de maçã. Puxadores de gaveta no formato de maçã. Carolina sempre falava que trocaria tudo, mas só da boca para fora. O lugar estava parado no tempo, e eu me sentia um anacronismo desde que tinha voltado, três anos antes. Nada mais se encaixava como antigamente.

— Obrigada! — Caroline entrou correndo na cozinha, enfiando grampos no cabelo loiro para prendê-lo atrás das orelhas. — Você salvou a pátria, Hudson.

Ela me deu um beijo na bochecha e enfiou para dentro da calça a blusa branca de botão com ELLIS bordado na altura do peito.

— Você sabe onde ele se meteu?

Curvei a aba do meu boné do Boston Bruins e tentei não soar irritado. Sábado era o dia de mais movimento para Caroline, e Gavin sabia muito bem disso. Dar um bolo nela seria babaquice.

— Deve estar dormindo pra se recuperar da ressaca de ontem. — Ela deu de ombros e se esticou para pegar a bolsa pendurada ao lado da porta. — Você sabe como ele é.

— Entendi.

Infelizmente, eu sabia mesmo, e era por isso que sua mensagem naquela manhã não havia me surpreendido. Gav era tão confiável quanto papel higiênico de folha única. Alguém sempre acabava na merda quando ele não dava conta do recado, e isso já tinha perdido a graça.

— Se ele aparecer, me avisa. Saio às cinco. — Ela olhou para o relógio, cujos ponteiros quase apontavam diretamente para cima. — Você aguenta cinco horas? Ela está… emburrada.

— Ela tem dez anos.

A luminária com três lâmpadas acima da ilha piscou, e então a música foi interrompida.

— Diz a única pessoa de quem minha filha gosta. Aposto que ela viu seu carro na frente da garagem, porque está me azucrinando com essa música há duas horas. — Caroline pendurou a bolsa no ombro. — Ela deve pensar que sou a maior vilã do mundo.

— Se você matriculasse sua filha na Madeline's, talvez ajudasse.

Levando em consideração a escolha das músicas, não restava dúvida de que as aulas de dança haviam sido motivo de outra briga.

— E ver minha filha se transformar numa daquelas garotas metidas e mimadas? — desdenhou Caroline enquanto passos leves soavam na escada atrás de mim, e então pararam. — De jeito nenhum. Já é ridículo aquelas irmãs Rousseau transformarem a cidade num pandemônio com a competição todo o mês de agosto, mas o jeito como as meninas locais se enchem de esperança de conseguirem vencer aquelas pentelhas treinadas, que roubam todas as suas chances de ganhar a bolsa para uma escola idiota, é bem... — Ela se empertigou. — De jeito nenhum.

Lá vamos nós de novo.

— Talvez a Juniper seja muito boa. Você só vai saber se der uma chance a ela. — Ignorei a alfinetada contra as visitantes mais famosas de nossa cidadezinha, como eu sempre fazia, mas senti um aperto no peito enquanto enfiava as mãos nos bolsos da frente da calça jeans. Só uma das irmãs Rousseau voltava em agosto: Anne. Nunca Eva ou... Allie, e com certeza era melhor assim. Um degrau rangeu às minhas costas, sem dúvida o terceiro, que sempre me entregava quando eu era garoto. — E você nunca reclamou do dinheiro que as bailarinas trazem para Haven Cove com a competição.

O aperto se transformou em dor. Porra, como era possível ainda sentir tanta saudade dela após dez anos? Seus olhos cor de uísque, o jeito como seu nariz franzia quando ela ria, seu sorriso — o de verdade, não o educadinho e falso que ela oferecia a todas as outras pessoas —, a rara habilidade que ela tinha de realmente escutar...

— O dinheiro dos *pais* delas. E fica do meu lado nessa. — Caroline apontou um dedo para mim e ergueu as sobrancelhas. — Entre você e o Gavin dando à June tudo que ela quer... — disse ela, seus ombros murcharam, a luz diretamente no rosto destacando suas olheiras — preciso que alguém fique do meu lado.

— Esse é nosso trabalho como tios dela. Se você quiser alguém do seu lado, liga pra mãe e pro pai.

Dei de ombros, nada constrangido. Nós dois tínhamos sido indulgentes desde que Sean tinha morrido e deixado Caroline criar Juniper sozinha? Claro. Mas eu me arrependia disso? Nem um pouco. Eu tinha jurado a Sean no seu leito de morte que tentaria controlar a ansiedade de Caroline em tudo relacionado a Juniper, para que a garota conseguisse se divertir um pouco, e essa era uma promessa que eu cumpriria, e ponto-final.

— O que tem aí? — Ela inclinou a cabeça para o lado, notando as sacolas de compras.

Enfiei a mão dentro de uma e puxei um cacho de bananas.

— É melhor você ir.

— Cinco horas — prometeu Caroline. — E obrigada. De verdade, Hudson, não sei o que eu faria sem você.

Ela se viraria muito bem, mas sempre recusava a ajuda de nossos pais. Eu preferia guardar minhas opiniões sobre esse assunto para mim.

— Vai dar tudo certo. — Apontei para a saída com a cabeça, e Caroline partiu, batendo a porta de tela ao passar. Quando ouvi o carro sair para o caminho de pedrinhas que levava à rua, virei para a porta da sala. — Pode vir agora.

— Tio Hudson! — Juniper girou na coluna no final do corrimão da escada e entrou correndo na cozinha, se jogando em mim em uma confusão de membros desengonçados e cabelo castanho comprido.

— Ei, Juju. — Eu a segurei com facilidade e lhe dei um abraço apertado por um tempo antes de fazer uma expressão que torci para parecer séria e devolvê-la ao chão. — Você brigou com sua mãe de novo?

— Ela está limitando minha expressão artística. — Ela afastou o cabelo do rosto. — O que aconteceu com seu queixo?

Toquei de leve a região para onde ela apontava.

— Levei uma cotovelada de um cara que eu estava tentando resgatar.

— Que tipo de pessoa faz uma coisa dessas?

Ela franziu o nariz cheio de sardas.

— O medo leva as pessoas a fazerem coisas esquisitas. Que tipo de garota de dez anos usa Bach pra se vingar da mãe em uma manhã de sábado?

— Era Stravinsky. — Ela ergueu as sobrancelhas e me fitou com o mesmo olhar que Caroline tinha acabado de me lançar. June podia ser adotada, mas com certeza tinha puxado da minha irmã sua postura de tô-nem-aí. — *A sagração da primavera*. Só porque não posso fazer aulas não quer dizer que não possa *assistir* a apresentações de balé. — Ela cruzou os braços. — Enfim. É uma regra idiota.

— Mas é a regra dela. — Juniper tinha razão. A regra da minha irmã de proibir o balé fazia tanto sentido quanto meus pais botarem eu e Gavin de castigo quando éramos adolescentes, sendo que tínhamos uma escada inteirinha do lado de fora do quarto que dividíamos, mas eu não era pai dela. — Você mandou uma mensagem pro tio Gavin? — Mudei de assunto enquanto June sentava em um dos dois bancos diante da ilha.

— Não. Eu não posso ter um celular. — Ela tentou controlar um sorriso e se fez de inocente.

— Até parece que o Gavin não sabe.

Tirei as bananas do caminho e me encarreguei das sacolas. Com Caroline se matando de trabalhar na cafeteria, o celular parecia uma decisão responsável quando se tratava de Juniper. Sem contar que Gavin geralmente atendia nossa sobrinha, mesmo quando estava fugindo de mim ou Caroline.

Os olhos castanhos de Juniper se iluminaram.

— Tortinhas! — Ela pegou o pacote que eu contrabandeara para dentro de sua casa e o pressionou em seu o peito. — Você é o meu favorito.

— Aham. — Baguncei o cabelo dela e guardei o restante dos lanches no armário atrás da batedeira que Caroline nunca usava. Talvez eu fosse um mau irmão por traficar doces para minha sobrinha, mas eu era um tio incrível, então uma coisa compensava a outra.

Ela abriu o pacote e enfiou metade da tortinha de morango na boca.

— Tio Hudson?

— Hum?

Guardei as sacolas reutilizáveis com as outras em cima da geladeira e me preparei para a bomba, me apoiando no armário de carvalho claro.

— Se tivesse um jeito de fazer a mamãe mudar de ideia sobre o balé, você me ajudaria?

Ela partiu um pedaço pequeno, comedido, da segunda tortinha, um sinal claro de que estava tramando alguma coisa.

— Só que não tem.

Balancei a cabeça.

Ela franziu a testa.

— Mas, se tivesse, você me ajudaria, né? A turma nova começa em menos de duas semanas.

— Só pra gente não ficar dando voltas nessa conversa: se tivesse uma forma de fazer sua mãe mudar de ideia, eu ajudaria.

Uma promessa fácil, sabendo que não existia chance alguma de isso acontecer. Seria mais fácil Juniper convencer a mãe a deixá-la fazer uma tatuagem do que a pisar em um estúdio de balé.

— Jura de dedinho.

Ela esticou a mão, com todos os dedos dobrados exceto o mindinho.

Estiquei o braço e prendi meu mindinho ao dela em nosso ritual sagrado.

— Juro de dedinho.

Ela sorriu, sua covinha surgindo no topo da bochecha esquerda, e os pelos na minha nuca se arrepiaram.

— Sabe — disse ela, e jogou um pedaço da tortinha na boca e mastigou —, acho que ela odeia balé porque odeia *bailarinas*.

— É uma conclusão lógica.

Concordei com a cabeça.

— Porque ela cresceu servindo um monte de turistas ricos na cafeteria.

Juniper devorou outro pedaço coberto de açúcar.

— Tipo isso. — Virei para a geladeira e peguei um jarro de suco de laranja. — Você já pensou em fazer sapateado? Ou jazz?

— Mas você não odeia bailarinas — interrompeu ela, ignorando minha tentativa de mudar de assunto enquanto eu servia dois copos de suco e guardava a jarra.

— Não.

O aperto no meu peito voltou. Tinha que existir uma forma de escapar daquela conversa. Tomei metade do suco como se ele fosse capaz de levar embora as memórias que não paravam de me perseguir desde que eu tinha voltado a Haven Cove.

— Porque você foi apaixonado por uma — sussurrou June.

Meu estômago se embrulhou, e quase cuspi o suco, consegui engoli-lo a duras penas antes de pintar a cozinha de laranja.

— Como é?

O copo tilintou quando o baixei na bancada.

— Você foi apaixonado pela Alessandra Rousseau — declarou June, oferecendo as palavras que eu nunca ousara dizer na adolescência como se elas fossem tão comuns quanto conchas na praia. — Ou gostou muito dela, pelo menos.

Mas que diabo era aquilo? Fiquei mudo. Minha sobrinha de dez anos me fez ficar *mudo*. Como ela...? Caroline não sabia — ela teria feito um escândalo. Nem nossa mãe e nosso pai tinham percebido. Só Gavin sabia daqueles dois verões.

Eu ia *matar* aquele escroto.

— E isso significa que ela não deve ser mimada nem metida — continuou June, suas narinas dilatando como ela se conseguisse sentir o cheiro da vitória.

Allie era as duas coisas e, de algum jeito, não era nada daquilo Ela era o maior paradoxo do mundo: egoísta, porém altruísta com as irmãs; mimada, porém bondosa; motivada, porém relutante; um livro aberto de emoções no palco e um enigma impossível fora dele.

Pelo menos fora assim com dezessete anos.

— E mesmo que vocês fossem só amigos, ela não poderia ser uma pessoa ruim. — June colocou as mãos sobre o colo. — O que significa que, se a mamãe conhecesse ela, conversasse com ela, veria que eu poderia ser do mesmo jeito. — Ela soltou um suspiro melancólico, usando aqueles grandes olhos castanhos contra mim feito as armas que eram. — Você já viu a Alessandra dançar? Ela é tão linda e graciosa, e é uma das bailarinas principais mais jovens da história da companhia dela. Ela é... impecável.

Ela era isso tudo e muito mais. Allie tinha nascido para o palco. Droga, ela tinha sido criada para ele.

Eu precisava recuperar o controle da conversa e cortá-la pela raiz.

— Escuta, June. Não sei o que o tio Gavin te contou, mas...

— Não adianta negar!

Ela deslizou para fora do banco, enfiou a mão no bolso de trás da calça jeans e bateu a palma na bancada, deixando para trás uma foto.

Olhei para a polaroide, e a faca no meu peito me abriu de cabo a rabo. Fazia anos desde a última vez que eu tinha visto a foto de mim e Allie do lado de fora do Clássico de Haven Cove, meu braço ao redor dos seus ombros, as mãos dela segurando o buquê de rosas que eu tinha comprado no mercado, a caminho da competição. Dez anos depois, eu ainda conseguia me lembrar de cada detalhe daquele momento, enquanto Lina distraía a sra. Rousseau para Gavin bater a foto.

Aquele tinha sido o falso ponto alto da nossa história, o instante em que eu havia acreditado de verdade que tudo era possível entre nós, apenas para o mundo inteiro desmoronar sob nossos pés algumas horas depois.

— Você mexeu nas minhas caixas no sótão. — Não era uma pergunta.

Ela empurrou a foto na minha direção.

— Elas estão paradas lá. Quer dizer, faz anos que você voltou, e elas continuam lá. — Sua voz foi diminuindo, e ela baixou os olhos. — Eu mexi nas suas caixas — sussurrou ela.

— Isso é equivalente a eu ler o seu diário. É uma violação de privacidade.

O que mais ela havia encontrado?

— Eu sei. — June respirou fundo, como se tentasse reunir coragem, e ergueu o olhar. — E sinto muito. Mais ou menos.

— Mais ou menos? — Minhas sobrancelhas se arquearam fortemente.

— Fala sério, tio Hudson! — Ela empurrou a foto para a borda da bancada, mas eu não toquei naquela porcaria. — É óbvio que você namorou com uma das bailarinas mais famosas do mundo! A gente pode ir na casa dela e pedir pra ela conversar com a mamãe...

Levantei um dedo.

— Em primeiro lugar, eu *não namorei* com ela. — Ela era minha melhor amiga, e isso tornava o que fiz ainda mais imperdoável. — Em segundo, só porque as Rousseau têm uma casa de veraneio aqui não significa que ela esteja na cidade. E, em terceiro, acredite em mim, sou a última pessoa no mundo que ela gostaria de ver.

O peso da culpa que eu carregava quando se tratava de Allie foi aumentando até eu ter certeza de que meus pulmões seriam esmagados.

— Ela já está aqui há uma semana! — Juniper pegou minhas chaves sobre a bancada. — Ela se machucou em janeiro e veio pra cá pra se recuperar.

Meus olhos se arregalaram. Havia uma semana que ela estava aqui?

— E como você sabe disso?

Espera, em *janeiro*?

— Pelo Seconds. — Juniper me encarou como se eu fosse idiota. — Ela tem um perfil com a irmã.

— Você usa o Seconds? — Minha voz baixou, e meus olhos se estreitaram. — Achei que tivesse um limite de idade pra isso!

— Ah, fala sério. — Ela revirou os olhos. — Só tive que aumentar minha idade em três anos pra criar um perfil.

Pisquei. Aquele momento era o exato motivo pelo qual eu não estava nem um pouco pronto para ser pai. Assim que Caroline descobrisse aquilo, eu perderia todos os meus direitos de tio.

— Vamos — insistiu June. — A casa fica o que, a uns cinco minutos de carro?

— Quatro — murmurei.

Não havia chance alguma de eu aparecer na porta de Allie.

— Melhor ainda!

Juniper empurrou as chaves na minha direção.

Eu balancei a cabeça e falei a palavra que eu tinha prometido nunca dizer após a morte de Sean.

— Não.

— Você jurou de dedinho! — Ela balançou as chaves e me encarou apertando a boca com ar determinado e um olhar pidão. — Você disse que jamais quebraria um juramento de dedinho.

Puta merda.

Juramentos de dedinho eram maiores que meu desconforto.

Ergui um dedo.

— Com uma condição. Se ela não estiver lá, você vai guardar essa foto onde encontrou, e *nunca mais* vamos falar sobre isso.

Deus, por favor, faça com que ela não esteja lá.

— Combinado.

Ela tirou sua mochila do gancho e concordou com a cabeça.

Merda. E...

— O Seconds te disse exatamente quais das Rousseau estão aqui?

Se a mãe delas também tivesse vindo...

— Só a Anne e a Alessandra. — Ela pendurou a mochila em um dos ombros. — Por quê?

Se ela sabia o nome de Anne, tinha feito bem sua pesquisa.

Eu estava mesmo prestes a jogar fora dez anos de autocontrole? Encarar o maior arrependimento da minha vida? Juniper me fitava com todas as expectativas e a confiança que tinha em seu corpinho. Sim. Eu faria aquilo por June.

— Vamos acabar logo com isso.

Seis minutos depois, tirei a picape da estrada costeira que acompanhava o corpo de água cujo nome batizava a cidade e entrei no longo caminho de pedrinhas que levava à garagem do local que eu evitava desde que retornara. A casa da família Rousseau. *Casa* era um termo peculiar para uma propriedade com sete quartos, uma cocheira, oito mil metros quadrados de terreno na beira da praia, e o cobiçado píer que, de algum jeito, tinha sobrevivido aos dois últimos furacões a assolar a região.

E, droga, tudo parecia exatamente igual à última vez que eu tinha entrado escondido e escalado a treliça coberta de rosas até o quarto de Allie no segundo andar. A mesma pintura azul-acinzentada com bordas brancas, as mesmas almofadas estampadas no balanço da varanda. A nostalgia me acertou como um soco certeiro.

Todos os músculos no meu corpo se enrijeceram quando parei o carro diante da varanda que cercava a casa, ignorando o caminho à direita que levava à cocheira. Se eu não amasse tanto Juniper, se eu não valorizasse sua certeza inabalável de que eu cumpriria minhas promessas — que *alguém* faria isso —, eu teria ido embora dali no mesmo instante.

Mas Juniper já tinha saído do carro, seguindo na direção dos degraus que levavam à varanda coberta, sua mochila roxa sacudindo a cada passo. Aliás, o que havia naquela mochila? Ela estava achando que se mudaria para lá ou coisa parecida?

Desliguei o motor, guardei a chave no bolso e saí da picape, quase esperando a sra. Rousseau surgir na porta para me enxotar dali com ameaças e ofensas cruéis.

Juniper tocou a campainha enquanto eu subia os quatro degraus até a varanda, pela primeira vez sem me importar com o barulho da madeira sob meus pés. Então, quando parei ao seu lado, ela começou a bater à porta. Merda, minhas mãos suavam, eu estava praticamente com taquicardia, e meu estômago cogitava seriamente se esvaziar ali mesmo.

Eu tinha voltado a ter dezessete anos, tentando fazer a coisa certa ao levá-la até a porta de casa, ao mesmo tempo que também tinha dezoito, perdendo-a de novo. Brotar na porta dela nunca fizera parte dos meus planos, e isso me fazia sentir extremamente... despreparado. E eu *sempre* estava preparado.

Aquela era oficialmente a coisa mais insensata que eu já tinha feito.

Contei até trinta, e o alívio venceu a pontada de decepção.

— Ela não está em casa.

— Ela tem que estar!

June tocou a campainha de novo.

— Talvez o Seconds estivesse errado. Faz anos que ela não vem aqui, Juju — falei baixinho.

June me lançou um olhar que era metade triste metade em pânico, então deu meia-volta.

— Ela tem que estar aqui! — gritou ela olhando para trás antes de pular por cima dos degraus e sair correndo pela lateral da casa.

Ela só podia estar de *brincadeira*.

— June! — Eu a alcancei em questão de segundos, bem na frente da maldita treliça coberta de rosas que tinha causado duas cicatrizes nas minhas mãos. — Não podemos invadir a casa dos outros.

— Acho que ela está no quintal. — Ela seguiu marchando. — Vamos só dar uma olhada, por favor? Preciso conhecer ela. Preciso. — June praticamente implorou, usando aqueles olhos que me desarmavam.

Merda, o dia estava sendo um problema atrás do outro. Cedi. Não seria a primeira vez que eu entraria escondido naquele quintal. Além do mais, Allie estaria no estúdio naquele horário e, levando em consideração que ele ficava bem do lado da casa, ela teria escutado a campainha, o que significava que não existia possibilidade alguma de ela estar ali, independentemente do que aquele aplicativo idiota dissesse.

— Tudo bem — concordei.

Pelo menos isso acabaria com aquela loucura.

Juniper sorriu.

— Como vocês se conheceram, aliás? — perguntou ela enquanto fazíamos a curva na parte de trás da varanda, onde eu tinha passado inúmeras horas sentado no telhado, olhando as estrelas com Allie. — Imagino que vocês não conviviam com o mesmo tipo de pessoa.

— Eu estava no lugar certo, na hora certa — falei pela segunda vez naquele dia.

— E por que não são mais amigos?

June piscou e cobriu os olhos com uma mão enquanto saíamos da sombra e entrávamos no quintal ensolarado. O gramado impecável sumia de repente ao chegar no penhasco, e uma escada de madeira cobria a distância até a praia e o píer.

— Essa parte é... complicada — respondi baixinho, analisando o quintal com sua piscina e as plantas exuberantes no auge da primavera, sem ver ninguém.

— Você deu alguma mancada? — Ela estreitou os olhos para mim, pondo-se do lado de Allie em uma briga que ela nem sabia se de fato existia, e foi para os degraus no penhasco, me obrigando a segui-la. — A mamãe diz que o tio Gavin tem tendência a ser idiota, mas você devia ser aquele que faz as coisas certas.

Ai.

— A parte ruim de sempre se estar no lugar certo, na hora certa, é que existem momentos em que não há uma coisa *certa* a ser feita.

Tínhamos chegado à escada, e virei meu boné do Boston Bruins para a frente, tapando o sol enquanto encarávamos a praia. Meu olhar seguiu a linha do píer, até uma silhueta boiando ao seu lado.

— Isso não faz sentido — argumentou June.

— Pois é.

Eu me inclinei para a frente, meus sentidos bloqueando tudo que não fosse a silhueta boiando no mar lá embaixo. Ela afundou sob as ondas, e comecei a contar mentalmente enquanto June me passava um sermão sobre os segredos de como manter uma amizade com uma garota.

Quando cheguei a quarenta e nove, a figura voltou à tona, apenas para afundar de novo logo depois.

Cada átomo do meu ser berrava com a certeza inexplicável de que aquela figura era Allie.

E ela estava se afogando.

5

ALLIE

Dancarina6701: Deve ser legal conseguir entrar em todos os cursos intensivos que você quiser.

Ryenzx: Se esforça mais.

Trinta e três.

Sentada no mar, eu contava mentalmente com os olhos fechados atrás dos óculos, segurando firme no peso que eu tinha jogado na água vinte minutos antes para eu não voltar à superfície.

Trinta e quatro. O mar rugia deliciosamente ao meu redor, subindo em crescendo a cada onda que ameaçava me empurrar para a praia antes de voltar a baixar. Era o barulho que finalmente me permitia pensar, apenas existir fora das demandas incessantes de todos ao meu redor, que perguntavam quando eu voltaria, como estava a fisioterapia, se eu já tinha retornado à barra.

Trinta e cinco. Em vez de mentir, eu tinha simplesmente ido embora.

Trinta e seis. A água afogava tudo exceto os batimentos do meu coração e a necessidade agradavelmente dolorosa de ar que me lembrava de que eu continuava viva. Sempre que a pressão me obrigava a voltar à tona em busca de oxigênio, não só eu percebia que meu fôlego estava uma merda depois de meses sem treino, mas também a verdade inescapável de que eu ainda queria viver.

Trinta e sete. Por alguns meses apavorantes, eu tinha perdido um pouco dessa certeza.

Trinta e oito. Cacete, que frio. Eu devia ter posto um neoprene. A água ainda estava congelante naquela época do ano, e minha pele tinha deixado de formigar e começado a ficar dormente.

Trinta e nove. Meus pulmões ardiam. Eu estava fora de forma. Eu devia conseguir aguentar pelo menos um minuto inteiro, ou até dois, mesmo com as ondas fortes.

Quarenta...

Algo agarrou minha cintura e me puxou, arrancando minha mão do peso, inundando minhas veias de pavor. Minha respiração expeliu um grito de bolhas, e meus olhos se arregalaram, procurando um tubarão...

Disparei pela água enquanto eu era puxada para cima pelos três metros que separavam o fundo da superfície. Lutei contra a força — puta merda, eram *braços* ao meu redor — que me pressionava ao peito de alguém. Meus pulmões berravam pelo ar que eu tinha soltado sem querer, mas os braços não cediam.

Voltamos à tona, e arfei em busca de ar, então rapidamente posicionei meus pés na barriga do desconhecido e o chutei, me impulsionando para longe dos seus braços fortes, na direção do mar aberto.

— Que diabos você está fazendo? — berrei, me virando para encarar meu agressor após me afastar alguns metros.

— Te salvando! — gritou o homem, seus olhos verde-mar encontrando os meus enquanto subíamos com uma onda e voltávamos a descer.

Meu coração perdeu o compasso.

Hudson? Eu tinha sofrido uma hipóxia e começado a alucinar?

A gravidade só podia ter sofrido algum abalo. Essa era a única explicação para meu estômago embrulhar no ritmo das ondas, para eu subitamente não conseguir determinar se o céu estava acima ou abaixo de mim, para meu coração bater desordenado, para eu parar de nadar e... imediatamente afundar.

A água cobriu minha cabeça.

Tomei um susto, então bati as pernas para voltar à superfície enquanto Hudson me segurava. Tossindo ao recuperar o fôlego, afastei a mão dele com um tapa. Não havia nenhuma possibilidade de eu deixar o idiota do Hudson Ellis achar que eu precisava ser salva.

— Não estou me afogando, seu babaca!

Aqueles olhos irritantemente lindos soltaram faísca.

— Tem certeza?

Puta merda, é ele mesmo. Seu cabelo castanho-claro estava mais curto nas laterais e apenas um pouco mais comprido no topo em vez de caindo sobre os olhos, mas sua voz, o jeito como sua testa franzia, e até o fato de ele ter pulado no mar completamente vestido mostravam que aquilo não era uma alucinação.

— Que você é um babaca? Tenho. E também que eu não estava me afogando.

Os anos tinham apagado do seu rosto os traços do menino fofo que eu conhecera e deixado os ângulos de um homem adulto que havia se tornado um desconhecido. Um homem *lindo*, com um queixo quadrado bem delineado, lábios carnudos que eu nunca tivera a chance de beijar, e olhos que assombravam meus sonhos havia quase uma década. E que ódio senti do meu coração tolo feito em caquinhos indo parar na garganta.

— Então do que você chamaria o que estava acontecendo? — Ele apontou para a água com a cabeça, seus braços ocupados se movendo na água, assim como os meus. — Porque não parecia que você estava nadando.

— Eu estava treinando meu fôlego! — Qual era a razão daquilo? — Inacreditável.

Essa era a melhor palavra para descrever a situação. De todas as vezes que eu tinha ensaiado o que diria se o reencontrasse, aquela era uma hipótese que eu jamais havia cogitado.

Todas as emoções relacionadas a Hudson que eu mantinha trancafiadas em uma caixinha de aço ganharam vida, me inundando de dúvidas, saudade e raiva... tanta raiva. E foi a ela que me agarrei enquanto passava nadando por ele e seguia para a escada na terceira estaca.

Fazia tanto tempo que eu me sentia anestesiada que a raiva era um alívio.

— Espera, você estava se exercitando?

Ele nadou na minha direção enquanto eu punha os pés na madeira familiar e começava a sair da água para o píer.

— *Estava*, até alguém me interromper — falei olhando para trás, continuando a subir.

O sol não ajudava muito a combater a brisa que batia no meu corpo gelado pelo mar, e meus dentes já estavam batendo quando cheguei ao topo da escada, então rapidamente peguei a toalha que eu havia prendido entre as tábuas para que ela não voasse.

— A água ainda está uns dez graus!

A madeira gemeu sob seu peso enquanto ele subia a escada.

— E eu tenho mais três meses para me recuperar de uma lesão que deveria exigir mais seis. — Enrolei a toalha no peito, sabendo muito bem que eu usava um maiô preto nada sexy, mais adequado para uma aula de natação do que para um encontro inesperado com… bem, seja lá o que Hudson tenha sido para mim. — E quem é você pra me dizer alguma coisa sobre a temperatura da água? Sobre *qualquer coisa*? Que dirá me dar um susto desses…

— Pensei que você estivesse se *afogando* — repetiu Hudson quando sua cabeça chegou à beira do píer.

— Você já disse.

Apertei ainda mais a toalha. Isso que dava ficar fantasiando com uma vingança em que… ai, meu *Deus*.

Hudson subiu no píer, e ele estava *imenso*. Quando nos conhecemos, ele tinha pouco mais de um metro e oitenta, mas havia crescido mais alguns centímetros e ganhado uns vinte quilos de puro músculo, pelo jeito como a camisa branca do Boston Bruins moldava seu peito e sua barriga.

— Eu estava tentando te salvar, Allie! — Ele tinha a cara de pau de parecer magoado, como se eu fosse a errada. — Achei que você precisasse de ajuda.

Ele queria me salvar? Depois daquele tempo todo? A raiva me subiu pelo pescoço, levando um calor muito necessário para minhas bochechas.

— É, bom, já foi o tempo em que eu precisava que alguém me salvasse. E não quero que você me chame de Allie. Não mais.

Droga, isso tinha soado um pouco mais agressivo do que eu pretendia.

Os olhos dele fecharam como se reagindo a uma dor, e ele respirou fundo antes de voltar a abri-los, seu olhar momentaneamente me paralisando.

— Faz um tempo que você estava guardando essa, né?

Um segundo passou, depois mais alguns enquanto eu analisava todos os rumos que aquela conversa poderia tomar. Eu estava cansada demais para brigar com ele — com qualquer um, na verdade.

— Uns dez anos — finalmente admiti.

— Deve ser mais ou menos isso mesmo.

O jeito como seus ombros largos murcharam quase me deixou com peso na consciência.

Quase. Então me lembrei da internação no hospital, da fisioterapia... e do enterro, e a raiva tomou alegremente a dianteira da culpa.

— E o que você veio fazer aqui, posso saber?

Alternei o peso entre os pés por causa do meu tornozelo dolorido. A operação no tendão tinha sido feita pelo melhor cirurgião ortopédico do país, mas isso não significava que eu estava satisfeita com o tempo que ele estava demorando para sarar ou com meu prognóstico desanimador. Eu tinha sorte de já conseguir andar sozinha, apesar de isso ser algo que eu jamais admitiria em voz alta — ainda mais para Hudson.

— Eu moro aqui. — Ele bagunçou o cabelo molhado com uma mão, lançando gotas por todo canto, então olhou para a borda do píer. — E lá se vai outro boné.

— Você ainda tem o hábito de pular no mar pra salvar pessoas nadando em total segurança?

Passei uma mão pelo meu rabo de cavalo baixo, apertando o cabelo para tirar o excesso de água salgada.

— Pra começar, você não estava em segurança na primeira vez que pulei pra te salvar... — Ele afastou o olhar do mar, obviamente desistindo do boné que a enseada havia engolido.

— Faz onze anos que isso aconteceu... — argumentei.

— … e, sim, é meu trabalho pular na água e salvar pessoas, mas achei que eu tivesse aprendido a não fazer isso usando meu boné preferido.

Ele baixou os braços.

— … e eu sei nadar muito bem! — concluí, então pisquei. O trabalho dele? O silêncio pairou entre nós enquanto eu assimilava suas palavras. — Você virou mergulhador de resgate, né? Você conseguiu.

A menina de dezesseis anos dentro de mim se levantou e gritou de felicidade por ele, mas foi rapidamente silenciada pela antissocial que eu havia me tornado.

— Consegui. — Ele sorriu por um segundo, e ficou pingando no píer. Eu provavelmente devia dar uma toalha ou coisa parecida para ele, já que suas intenções tinham sido boas. — E você é uma bailarina mundialmente famosa. — Ele inclinou a cabeça para o lado e analisou meus olhos. — Ou prefere ser chamada de influenciadora do Seconds?

Bufei.

— Isso é coisa da Eva. Só emprestei meu nome e faço uns vídeos pra ajudar.

Agora nós estávamos falando sobre o Seconds? Aquela era oficialmente a conversa mais surreal da minha vida.

— Imaginei. Você sempre quis agradar só uma pessoa, não vários milhões.

Ele torceu a ponta da camiseta com as mãos, tirando mais água.

Ele não acabou de dizer uma coisa dessas. Eu tinha certeza de que minha terapeuta havia o escutado lá de Nova York.

— São só um milhão e cem mil pessoas — esclareci. — E você não me conhece mais bem o suficiente para dizer como eu sou. — Apertando a toalha com mais força, passei por ele sobre o velho píer, grata ao meu pai por tê-lo construído com mais de três metros de largura, me deixando bastante espaço. — Você não me respondeu, Hudson. Por que você está na minha casa?

Para pedir desculpa. Para explicar por que nunca telefonei. Esse era o sonho, não era?

Ele me seguiu pelo píer e pela plataforma larga que já havia sido a base do ancoradouro antes de um furacão destruí-lo.

— Estou cumprindo um juramento de dedinho.

— O quê? — Minhas sobrancelhas se ergueram em descrença quando me virei para encará-lo.

— Eu estava contando com minha sobrinha ter se enganado e você não estar aqui, e agora não sei bem o que fazer, pra falar a verdade.

Ele sacudiu a água do cabelo.

— Puxa, que barra, hein.

Meu sarcasmo era forte o suficiente para resistir às ondas quebrando. Subi os degraus de madeira que levavam à casa, com Hudson apenas um ou dois degraus atrás de mim. Mais ou menos na metade do caminho, meu tornozelo começou a latejar, e cedi à necessidade de mancar. Mas só um pouco.

— Eu não teria te incomodado se… — Ele perdeu o fio da meada. — Você está bem? A Juniper, minha sobrinha, mencionou que você estava se recuperando aqui.

O tom dele era de preocupação?

Não, obrigada.

— Eu me lembro do nome dela. A Caroline e o Sean a adotaram no último verão que passei aqui. — Não que a irmã de Hudson ao menos desconfiasse de que éramos amigos e, mesmo que soubesse, ela jamais permitiria que eu chegasse perto da sua bebê. Olhei para trás e o peguei no flagra encarando meu tornozelo, onde duas cicatrizes cor-de-rosa faziam companhia à mais antiga, e então continuei subindo a escada. — Estou bem.

— É o seu tendão? De novo?

— *De novo?* — Virei a cabeça de supetão, o rabo de cavalo molhado me acertando no ombro enquanto eu parava de subir para encará-lo do alto. — Então você sabia? — Uma cicatriz diferente se abriu dentro de mim, revelando uma nova dor de uma ferida que nunca havia sarado por completo. — Você sabia que ele foi rompido no acidente? Você sabia que *houve* um acidente? — Todos os meus piores medos e pensamentos terríveis vieram à tona. Ele sabia. Ele *sabia*, e ainda assim não tinha se dado o trabalho de me procurar. — Esse tempo todo, parte de mim se perguntava se você tinha ficado com raiva por eu não ter aparecido naquela noite, se foi por isso que você foi embora pra academia sem se despedir. Mas você *sabia* do que tinha acontecido comigo? — A boca dele se fechou em uma admissão de culpa. Ignorei a dor e tentei procurar alguma emoção além da raiva, mas só encontrei uma sensação vaga, abafada, de ter sido traída, para a qual eu não tinha forças. — Acho que eu preferia nunca ter descoberto isso.

— Allie… — Ele se retraiu. — Quer dizer, Alessandra… merda, isso também não soa bem.

Como ele tinha coragem de parecer arrasado?

— Não me olha com essa cara. — Gesticulei para seu rosto ridiculamente bonito, quase deixando a toalha cair. Era óbvio que ele tinha ficado mais lindo com a idade, enquanto meu corpo havia basicamente desistido de mim. Eu ainda nem tinha completado trinta anos, e já estava em decadência. — Você não tem o direito de parecer… triste. Não depois de ter me abandonado por completo. Sabe quantas mensagens eu te mandei? Quantas vezes eu te liguei do hospital?

Ele ficou pálido.

— Não existem palavras pra explicar quanto eu me arrependo, quanto eu me arrependi, e sei que isso não é suficiente.

Lá estavam as palavras que eu tinha desejado ouvir por tanto tempo, e agora elas não faziam diferença.

— Você tem razão. Não é suficiente. Não quero um pedido de desculpa. — Minhas unhas arranharam a madeira do corrimão. — Quero uma explicação para meu melhor amigo não ter ao menos aparecido quando eu mais precisava dele. Você só iria embora pra academia *dias* depois.

Ele abriu a boca, então a fechou e olhou para o lado.

— Se a gente estivesse namorando, eu podia ter pensado que tinha sido só um término ruim, o que já seria uma merda, mas seu melhor amigo sumir do nada?

Minha voz falhou. Nenhuma dor se comparava àquela. Eu nunca deixava *ninguém* chegar tão perto de mim de verdade, mas ele havia sido o mais próximo disso.

— Eu era um garoto babaca de dezoito anos. — Ele apertava tanto o corrimão que as juntas dos seus dedos estavam brancas, e seu maxilar não parava de mexer. — E não achei que pudesse tomar uma decisão diferente na época, o que foi um erro. Quando eu entendi o tamanho do meu erro, já estava na academia e sabia que você nunca me perdoaria.

Meu peito parecia prestes a desmoronar.

— Você era um garoto babaca? Essa é a melhor explicação que você tem pra me oferecer?

Foda-se. Hudson Ellis não entendia quanto tinha me magoado. Guardei em uma caixinha da minha cabeça a dor, o amargor da traição e a esperança moribunda de ele ter algum bom motivo para desaparecer, trancafiando-a da mesma maneira que eu fazia com a dor física durante os ensaios. Eu me recusava a deixar que aquilo me abalasse. Então abri meu sorriso ensaiado para o público.

— Merda — murmurou ele.

— Não faz diferença. — Dei de ombros, então continuei subindo os últimos degraus. — Talvez seja exagero dizer que éramos melhores amigos quando só nos víamos no verão. E esse verão específico acabou. Não precisamos ficar remoendo o passado.

As palavras soavam vazias, mas precisei me esforçar para dizê-las. Eu já tinha me convencido de mentiras muito maiores que aquela.

— Você tem todo direito de receber uma explicação.

Calma aí, aquilo no tom dele era raiva? Eu não iria me virar para olhar. Quanto mais rápido eu escapasse dele, melhor.

— Acho que prefiro não receber uma. Nada do que você disser conseguiria consertar as coisas. Então, vamos só deixar pra lá. É óbvio que você era imaturo demais pra lidar com o que houve comigo. Coisas ruins acontecem, né? Só vou passar o verão aqui. Você vai estar ocupado... salvando pessoas. Vai ser fácil não nos vermos mais.

O vento ficou mais forte enquanto chegávamos ao topo da escada e pisávamos no gramado perfeito.

Tomei um susto.

Uma menina esperava por nós, apertando um celular entre as mãos, os olhos castanhos se arregalando ao me ver. Havia algo familiar no seu nariz, no tom acobreado de seus olhos, mas eu não sabia exatamente o que era. Será que já tínhamos nos conhecido? Em um espetáculo? Em um curso intensivo?

E o que ela estava fazendo no meio do meu quintal?

Pisquei, confusa, enquanto Hudson passava por mim e parava atrás da menina, segurando os ombros dela antes de focar aqueles olhos verdes em mim com um ar estranhamente pidão. Hudson Ellis não era o tipo de cara que implorava por *nada*.

— Vim aqui porque a Juniper queria te conhecer.

Ah. Aquela era a sobrinha dele. Não era de admirar que ela parecesse familiar. Obviamente, ele tinha me mostrado fotos dela bebê. Ela era fofa, pelo que eu lembrava.

Juniper me encarou e entregou o celular para ele.

— Você salvou a Allie? — Ela arriscou se virar para Hudson.

Hudson manteve aquele olhar suplicante em mim. O quê? Até parecia que eu seria babaca com uma garotinha. Talvez eu merecesse a reputação de ser na minha, talvez até um pouco metida, mas eu nunca fui maldosa. Só Hudson despertava isso em mim.

— Eu não estava me afogando — respondi para Juniper, então ajeitei a toalha e estiquei uma mão. Seu tio podia ser um palhaço, mas isso não era culpa dela. — Oi, Juniper. — O rosto dela se iluminou e eu sorri. Ela afastou dos olhos o cabelo bagunçado pelo vento antes de apertar minha mão em silêncio. — Eu sou…

— A Alessandra Rousseau, eu sei — respondeu ela com um sorriso enorme. — Você é a dançarina principal mais jovem da história da Companhia Metropolitana de Balé, incluindo sua mãe, que também foi uma lenda antes de se aposentar — tagarelou, suas palavras esbarrando umas nas outras enquanto apertava mais a minha mão. — Você foi perfeita como a Julieta, e seus *fouettés* n'*O lago dos cisnes* na temporada passada foram de outro mundo, e quero ser igualzinha a você quando eu crescer.

Hudson fez uma careta.

Como assim? Eu era um mau exemplo? Fiquei irritada, mas não deixei que isso transparecesse.

— Bom, não sou grande coisa como bailarina agora, mas obrigada.

Eu tinha quase certeza de que ela estava cortando a circulação dos meus dedos.

Ela balançou a cabeça com um ar confiante, fazendo seus cachos balançarem.

— Você só se machucou. Vai voltar na próxima temporada.

Ela soltou minha mão e voltou a brigar com o vento por seu cabelo, em vão.

— É muita bondade sua dizer isso. — Droga, a sobrinha de Hudson precisava ser uma fofa? — Você também é bailarina? A dona Madeline é sua professora?

— Não exatamente.

Ela mordeu o lábio inferior rachado.

Levantei o olhar até Hudson, e me arrependi na hora. Aquele rosto, o jeito como ele me encarava como se *me* conhecesse por trás dos anos de disfarces que eu usava com todas as outras pessoas, perfurou minhas defesas como o peso tinha feito ao ser lançado na água, e odiei aquilo. Seja lá qual fosse o elo que nos unira anos antes — amizade ou algo que poderia ter ido além disso —, havia se deteriorado até se tornar um mero rastro, mas continuava ali, tão irritante e inevitável quanto as leis da física. *Hora de cortar isso pela raiz e seguir em frente. De superar.*

— É nesse ponto que as coisas ficam meio esquisitas.

O olhar dele percorria meu rosto como se ele precisasse memorizar os menores detalhes, para o caso de nunca mais nos encontrarmos.

— Ah, só vai ficar esquisito agora?

Arqueei uma sobrancelha.

— Retiro o que disse. — O babaca tentou não sorrir. — Pergunta pra ela. — Hudson deu um tapinha nos ombros de Juniper. — Eu fiz a minha parte e te trouxe aqui, o não você já tem.

Juniper o fitou com uma confiança parecida com a que eu depositara nele no passado, e foi impossível não me derreter um pouco e ficar muito preocupada. Eu sabia muito bem o que Hudson fazia com a confiança dos outros.

— Então, Juniper — falei, apertando minha toalha e me agachando para ficar na altura dela —, o que você queria me pedir?

O olhar dela encontrou o meu, os pequenos riscos de cobre sendo iluminados pelo sol, e ela respirou fundo.

— Quero que você mostre pra minha mãe que bailarinas não são pessoas horríveis.

Então tá.

— Como é?

— Ela acha que vocês são todas mimadas, cruéis e maldosas — disse, e a cabeça dela concordava a cada acusação —, e que, se eu fizer balé, vou acabar me tornando uma exibida com transtornos alimentares, igual às turistas — continuou, suas bochechas ficando cor-de-rosa. — Não que *eu* ache que você seja metida! Sei que não é.

— Hum. Obrigada? — Eu me levantei devagar, meu coração apertando diante da ideia de quebrar o daquela garotinha. — Escuta, Juniper, eu adoraria te ajudar a convencer sua mãe, de verdade. Mas, por mais que ela seja incrível e obviamente te ame, a menos que uma virada muito drástica tenha acontecido nos últimos dez anos, eu ainda tenho o pior sobrenome pra isso. Ela… não gosta muito da família Rousseau.

Caroline detestava todas nós, especialmente minha mãe.

— Não, ela só odeia sua irmã caçula — explicou Juniper no mesmo instante. — A Eva, não você.

Hudson gemeu, fechando os olhos por um instante.

— Bom, que ótimo saber disso. — Pressionei os lábios e lutei contra a vontade irracional de rir, algo que eu não fazia havia meses. — A Eva não é mesmo pra todo mundo. De toda forma, acho que sou a pessoa errada pra essa missão. Seria mais fácil você escolher uma bailarina local pra te ajudar. E acho que você precisa de uma toalha.

A última frase foi direcionada a Hudson enquanto eu dava um passo para trás e me preparava para voltar para casa. Anne voltaria a qualquer momento da sua audiência e surtaria se descobrisse que eu tinha entrado sozinha no mar sem neoprene.

— Estou acostumado a… — começou ele.

— Não, tem que ser você! — berrou Juniper para mim, o pânico tornando sua voz mais aguda enquanto ela se soltava de Hudson. — Ela não vai escutar mais ninguém além de você! Não só porque você é a melhor e a mais legal, mas porque, se você disser que não tem problema dançar, ela vai deixar! Ela vai ter que deixar!

Cada palavra se tornava mais agitada, até ela estar praticamente gritando.

— Não tenho tanto poder assim — falei com delicadeza.

— Só me escuta! — implorou ela. — Alguém precisa *me escutar*!

Uma dor desabrochou no meu peito, pressionando minhas costas. Quantas vezes eu tinha desejado gritar a mesma coisa?

— Juniper — alertou Hudson baixinho, mas a menina ergueu o queixo e veio marchando até mim.

— Estou ouvindo — prometi. — Por que você tem tanta certeza que sua mãe se importa com a minha opinião?

Juniper engoliu em seco e olhou para Hudson, que parecia tão confuso quanto eu, então voltou seus grandes olhos castanhos para mim.

— Porque — começou e empertigou os ombros — você é minha mãe biológica.

6

ALLIE

BrilhaEstrela: Os genes dessa família são fenomenais. @4IrmãsRousseau vocês nasceram de sapatilha?

Sua *o que* biológica?

Fiquei encarando Juniper, então me inclinei um pouco para a frente, certa de que eu tinha escutado errado.

— Não entendi.

— Já assisti a todas as suas gravações — declarou ela, suas palavras trombando umas nas outras. — A gente se mexe do mesmo jeito. Nós somos parecidas. Nosso cabelo e nossos olhos têm a mesma cor, e temos a mesma marca de nascença!

Juniper se virou, exibindo suas costas para mim e erguendo o cabelo para revelar uma mancha na nuca.

Igual à minha.

Estrangulando minha toalha, ergui o olhar para Hudson, que encarava a sobrinha como se ela tivesse duas cabeças. Pelo visto, aquilo também era novidade para ele.

— Juniper... — comecei.

— Não adianta negar! — implorou ela, seu lábio inferior tremendo um pouco antes de ela voltar a mordê-lo. — Você é minha mãe. Sei que é. É por isso que gosto tanto de balé. Está nos meus... nos nossos genes.

Os olhos dela se encheram de lágrimas.

Ai, meu Deus, ela ia chorar. Como diabos eu poderia decepcioná-la?

— É só que eu...

— Nós temos o mesmo sorriso, e as mesmas mãos — interrompeu ela, balançando as mãos para mim. — E sei que você deve estar surpresa por me conhecer, e que eu não devia ter te pegado desprevenida, mas você é minha última chance.

— Mas eu nunca... — tentei de novo.

— Olha, eu posso provar! — Ela tirou a mochila, jogando-a na grama. — Fiz um teste de DNA, e você só precisa fazer um pra...

— Você fez *o quê*? — Hudson passou para o meu lado e lançou um olhar sério para a sobrinha.

— Um teste de DNA.

A testa dela se franziu como se fôssemos nós quem não estávamos fazendo sentido, sem se abalar com o olhar que recebia do tio.

— Sua mãe sabe disso? — perguntou ele. — E como?

— Pedi pela internet, e...

— Deixa eu adivinhar, você disse que era uns anos mais velha? — interrompeu ele, cruzando os braços. — Isso não é a mesma coisa que o Seconds, Juniper.

— Se as empresas não quisessem que crianças quebrassem as regras, não seria tão fácil fazer um teste — rebateu, cruzando os braços igual a ele. — Só passei um cotonete na boca e mandei de volta. — Ela tirou o celular do bolso de trás da calça e abriu um aplicativo, mostrando-o para Hudson. — Viu? E é claro que a mamãe não sabe. Ela ia ficar *doida*. Ela diz que preciso esperar até os dezoito anos pra encontrar minha família biológica, o que é superinjusto.

— Eu nunca devia ter te dado esse celular — resmungou Hudson, pegando o aparelho e analisando o aplicativo.

— Até parece que eu não encontraria outro jeito. Minha escola tem computador, e o tio Gavin me deu um cartão Visa pré-pago de Natal.

Ela lançava um olhar para mim a cada intervalo de algumas palavras.

— Que inteligente — admiti, apesar das circunstâncias.

— Eu *sou* sua filha. — Juniper me encarou cheia de certeza. — Faz sentido. Você me deu pra irmã do seu amigo. A navalha de Ockham e tal.

— A navalha de Ockham. Ensinam filosofia do século XIV no ensino fundamental por aqui? — perguntei para Hudson.

Ele abriu a boca, mas Juniper o atropelou.

— Faço parte do programa de crianças talentosas e habilidosas. — Ela articulou cada palavra, nitidamente ofendida. — E é um distrito escolar *muito* bom. Foi por isso que a mamãe não se mudou pro interior com meus avós.

— Entendi.

Passei a mão pela testa para impedir a água salgada de escorrer do meu cabelo para os olhos.

— Escuta, uma das minhas amigas também foi adotada. A gente conversa sobre isso o tempo todo, e é óbvio que eu sei usar a internet. A questão é que não estou com raiva por você ter me colocado pra adoção, apesar de eu ter algumas perguntas que estatisticamente me ajudariam a diminuir o tempo que precisarei passar na terapia. — Ela concordou com a cabeça. — E eu amo a minha mãe; ela é ótima, mas tem esse problema de não me deixar dançar, mas acho que, se você disser que eu devia fazer isso, ela vai te escutar.

A esperança tinha voltado aos olhos dela.

Meus ombros murcharam, e fiz a única coisa que eu tinha jurado nunca mais fazer: olhei para Hudson pedindo ajuda.

Ele franziu a testa no instante em que nossos olhares se encontraram, então se ajoelhou na grama e segurou os braços de Juniper.

— Juju, você sabe que eu jamais mentiria pra você, né?

— Sei. — O olhar dela alternou entre nós dois.

— A Allie... a Alessandra... não é sua mãe biológica. — Ele soltou essa bomba com gentileza, e a parte de mim que queria jogá-lo do penhasco alguns minutos antes amoleceu. — Seria impossível.

— Você não tem como saber. — A voz dela falhou.

— Tenho, sim. — Ele concordou com a cabeça. — O seu aniversário é catorze de maio, isso foi uns dias atrás, e eu estive com ela dois meses antes de você nascer. Ela esteve aqui nas férias de primavera, e não estava grávida.

— Talvez você não tenha percebido — argumentou, então ergueu o olhar para mim como se eu fosse corrigi-lo.

— Eu nunca tive um bebê. — Balancei a cabeça devagar. — Sinto muito, mas não sou a pessoa que você está procurando.

— Não acredito em você. — Ela franziu a testa, e suas bochechas ficaram vermelhas. — Nós temos a mesma marca de nascença!

— Manchas assim são comuns...

— E podem ser hereditárias! Eu pesquisei na internet! — Ela se retorceu para escapar das mãos de Hudson e pegou a mochila, puxando o zíper. Alguns segundos depois, ela tirava lá de dentro uma caixinha branca embalada em plástico. — É só fazer o teste, e depois não vou mais discutir. — Ela esticou a caixa para mim. — Esse é o mais rápido do mercado. Eu pesquisei.

— Tenho certeza que pesquisou.

— Você não pode pedir pra ela fazer uma coisa dessas. — Hudson se levantou e passou a mão pelo cabelo.

Alguns sinais de nervosismo nunca mudavam. Se ele estivesse de boné, apertaria a aba.

— O não eu já tenho. Não foi isso que você disse? — Ela o encarou.

Ouvi o cascalho diante da casa sendo pisado, e todos nós nos viramos a tempo de ver Anne entrar com sua Mercedes azul na garagem.

Eu tinha sido pega.

— Então, você vai fazer o teste? — perguntou Juniper, sem se abalar com a chegada de minha irmã.

— Há quanto tempo você está planejando isso? — perguntou Hudson a ela.

— Quatro meses — respondeu Juniper, me encarando. — Você vai fazer?

— Não sou sua mãe — falei baixinho.

— Prova.

Ela balançou a caixa, e eu a peguei, porque parecia a coisa mais educada a ser feita. A vitória brilhou em seus olhos, e eu pisquei, de novo sendo tomada por uma sensação esquisita de déjà-vu. Eu já devia ter esbarrado com aquela menina em algum lugar.

— De jeito nenhum. — Hudson pegou a caixa antes de eu segurá-la com firmeza. — Já chega. Volta pro carro.

— Tio Hud…

— Agora, Juniper.

Eu conhecia bem aquele tom. Ele não deixava espaço para insistência e, pela forma como Juniper imediatamente murchou, ela sabia disso.

Ela lançou um olhar suplicante na minha direção, então pegou a mochila, ignorando completamente o zíper aberto e seguindo na direção oposta de Anne, voltando para o lado nordeste da casa.

— Desculpa. — Hudson ficou olhando Juniper bater em retirada pela curva da varanda.

— Me diz que você não sabia, por favor…

Eu virei lentamente a cabeça para encará-lo.

— Eu não tinha a menor ideia.

Eu não costumava vê-lo atordoado.

Estiquei a mão para a caixa e, para minha surpresa, ele a entregou.

— Ela chegou a pedir um teste de DNA.

— Eu nem sabia que ela estava procurando a mãe.

Ele torceu a ponta da camiseta, e desviei o olhar ao primeiro sinal de pele.

— Posso pegar uma toalha pra você. — Olhei de novo para ele quando notei que ele me encarava com descrença. — O quê? Sou perfeitamente capaz de aceitar que você acabou comigo na adolescência e ter educação ao mesmo tempo. Isso se chama ser adulta.

Nossos olhares se encontraram, e lutei para recuperar a raiva, para sentir qualquer coisa que me desse uma chance de escapar ilesa daquele encontro, mas só encontrei a exaustão que me acompanhava desde janeiro.

— Tenho uma no carro. Uma toalha. — Ele afastou o olhar do meu e gesticulou para a caixa. — Você pode me fazer o favor de jogar isso fora? Só Deus sabe com quem ela vai encrencar agora.

— Tudo bem.

— Obrigado.

Anne pigarreou da varanda dos fundos, e nós dois viramos para ela, do outro lado da piscina. Ela tamborilou os dedos no corrimão, deu uma olhada em Hudson e balançou a cabeça.

— Nós voltamos dez anos no passado ou coisa parecida?

— Também é bom te ver, Anne. — Hudson ofereceu uma continência de mentirinha.

— E o que você veio... — Seus olhos brilharam, e ela apontou para mim. — Você foi nadar sozinha na praia de novo, né?

— Talvez? — Abri um sorriso lisonjeiro para ela. — Mas foi super de boa. E o Hudson agora é mergulhador de resgate, então não havia nada com que se preocupar.

Anne olhou para nós como se tivéssemos voltado a ser os adolescentes que se encontravam escondidos, e ela precisasse despistar nossa mãe.

— Imagino que seja por isso que ele esteja todo molhado. E de roupa, ainda por cima.

— Isso foi culpa minha — admitiu Hudson.

— Que ótimo. — Ela concordou com a cabeça, sarcástica. — Vou... deixar vocês fazendo o que for que estavam fazendo. — Seus saltos estalaram na varanda enquanto ela seguia para dentro da casa. — Hudson, vê se me faz um favor e pelo menos se despede dela antes de ir embora, tá bom? Eu odiaria ser presa por acabar pondo em ação dez anos de planos pra te matar.

A porta de tela bateu atrás dela.

— Essa é a minha deixa. — Apertando a caixa, segui andando pela grama e dei a volta na piscina, deixando todas as perguntas reunidas ao longo dos anos morrerem na minha língua.

— Allie — chamou ele. — Alessandra.

Parei, mas não olhei para trás. Aquela era a única forma que eu tinha encontrado de sobreviver nos últimos dez anos: olhar para a frente.

— Eu sinto muito, de verdade. Por tudo.

Fechei os olhos e esperei as palavras serem assimiladas, acalmarem a ferida purulenta que se recusava a sarar, mas elas me acertaram feito moedas jogadas em um poço, pequenas demais para causar qualquer mudança — brilhantes, porém inúteis.

— Toma cuidado na estrada com ela.

Segui para casa sem falar mais nada, subindo de fininho pelos degraus acarpetados dos fundos e atravessando o longo corredor, passando pelo quarto de Eva e pelo altar que havia se tornado o de Lina, até o meu, que ficava em frente ao de Anne.

Então tomei banho para tirar o sal e o choque do corpo, me esfregando loucamente para arrancar de mim quaisquer pensamentos sobre Hudson. Minha pele estava mais do que enrugada quando terminei; vesti uma calça legging simples e um suéter leve, ignorando todas as peças da moda que Anne havia colocado na minha mala. Não era como se eu tivesse alguém para impressionar por ali.

O som de faca batendo repetidamente na tábua de cortar me recebeu quando entrei na cozinha, que mais parecia de um restaurante.

Anne havia tirado o paletó que fazia conjunto com seu vestido azul-marinho reto e picava com vontade um monte de cenoura. Alguma coisa havia dado errado na sua audiência.

Descalça no chão de madeira, fui até a geladeira e peguei duas garrafas de Smartwater, sentando no meio dos oito bancos de encosto alto que ocupavam lado a lado a ilha de mármore branco. Abri uma garrafa e esperei até minha irmã dar uma pausa no massacre dos legumes antes de deslizá-la para ela.

Anne a pegou com a mão esquerda e baixou a faca que segurava na direita.

— Valeu.

— Como foi a audiência? — perguntei, abrindo a outra garrafa para mim.

— O Finn quer a casa de Nova York e disse que posso ficar com todo o restante. — Ela desviou o olhar, mas consegui ver as lágrimas se insinuando nela. — Meu advogado acha que foi incrível. Vou sair do casamento financeiramente melhor do que entrei, o que é uma vitória para algumas pessoas, eu acho.

A tristeza tomou o espaço entre nós, pesada e amargurada.

— Sinto muito, Anne.

Ela virou a garrafa na boca como se fosse tequila. Talvez tequila fosse mesmo melhor. Então pegou a faca de novo.

— Quando você não consegue dar ao seu marido a única coisa que ele pediu em um casamento de oito anos, ele pede o divórcio. Está tudo bem.

— A vida não se resume a ter filhos.

Tomei um gole de água.

— Esse não é o caso do Finn. — Ela atacou a próxima cenoura. — O mundo dele gira em torno disso.

— Você merece alguém cujo mundo gire em torno de *você*.

Comecei a cutucar o rótulo da garrafa, desejando estar fazendo isso com os olhos de Finn.

Ela fez uma pausa.

— Ele disse que eu fui uma decepção. — A faca caiu da mão dela sobre a tábua, e Anne apoiou as palmas no mármore. — Não é uma babaquice? Fui eu quem sofreu os abortos, que passou pelas sessões de fertilização *in vitro*, que se entupiu de hormônios, que... — Ela baixou a cabeça. — Mas é *ele* que se sente decepcionado. Como se eu também não estivesse arrasada.

Saí do banco, dei a volta na ilha e a abracei por trás.

— Você não é uma decepção. Você é uma advogada, oras.

— Que parou de trabalhar depois de um ano, porque o Finn achava que isso me deixaria menos estressada e me ajudaria a engravidar. — Ela bufou.

— Você é linda, legal, inteligente e mil outras coisas maravilhosas. Com certeza você é a melhor de nós.

Apoiei o queixo no ombro dela.

Ela passou uma mão pelo meu braço e apertou, depois apoiou a cabeça na minha por um instante.

— Com certeza sou a única que sabe cozinhar, então que tal você sentar e me deixar terminar sua canja de galinha? Acho que você precisa de uma sopa depois de quase ter tido uma hipotermia.

Ela deu um tapinha no meu rosto com a mão esquerda, e voltei para o meu lado da ilha.

— Foi só por uns minutos. A piscina não tem a mesma resistência das ondas.

Terminei a garrafa de água e estiquei a mão para o aipo.

— Nada disso. — Anne pegou o saco e o prendeu em suas garras assassinas. — Você faz uma bagunça danada na cozinha. Além do mais, eu que devia estar cuidando de você, lembra? Foi por isso que viemos pra cá.

— Nós viemos pra cá por causa das exigências maléficas da nossa mãe.

Dobrei um joelho contra o peito e fiquei assistindo Anne se vingar do aipo.

— É verdade.

Naturalmente, nós tínhamos esperado até o último momento do prazo que nossa mãe havia imposto, que dizia que, uma vez a cada três anos, a casa precisava ser usada durante todo o verão por pelo menos uma de nós, e ocupada por todas as três durante uma dessas semanas. Esse parecia ser o jeito dela de garantir que ainda passássemos tempo juntas, mas eu meio que me perguntava se era uma vingança contra nosso pai, criando uma regra que estava fadada ao fracasso para perdermos a casa que ele tanto amava.

Até agora, Anne estava ocupada com seu trabalho e seu casamento, indo à casa de praia apenas uma vez por ano para o Clássico de Haven Cove em agosto, enquanto eu e Eva estávamos ocupadas demais com a companhia para conseguirmos vir. Se eu tivesse vindo nos últimos dois anos, poderia ter visto Hudson antes. Quanto tempo fazia desde que ele tinha voltado?

Não importa. Esquece isso.

— A Eva avisou quando vem? — perguntei.

— Acho que ela pretende passar a semana inteira do Clássico aqui, mas espero que ela venha pro Dia da Independência — respondeu Anne, transferindo os legumes para a panela. — É melhor ela aparecer, porque eu amo esta casa e não vou perdê-la.

— Sabe, você podia passar o ano inteiro morando aqui, se quisesse. A gente não ligaria, se isso te deixasse feliz.

— E deixar vocês duas sozinhas em Nova York, sem supervisão? Nada disso. Você quer me explicar o que o Hudson Ellis estava fazendo aqui? — Seu tom carinhoso e seu olhar preocupado me lembravam do nosso pai.

— A sobrinha dele queria me conhecer. — O restante era ridículo demais para contar depois do dia que ela tivera. — Acho que ela segue a Eva no Seconds.

— A conta é metade sua. — Ela pegou um frango assado da geladeira e fechou a porta com um chute. — E, por um acaso, ele explicou como foi engolido pela terra enquanto você estava no hospital? Ou ele foi abduzido por alienígenas?

— Não. — Apoiei o queixo no joelho. — Mas ele pediu desculpa.

— Agora está tudo resolvido. — Ela jogou o frango na tábua com um baque. — Você mandou ele ir se foder?

Um canto da minha boca se ergueu. Ela nunca falava palavrão.

— Falei que seria melhor a gente não se falar enquanto eu estiver aqui. Isso aconteceu anos atrás. Já superei.

— Hum.

Ela começou a picar o frango habilmente.

— O que isso quer dizer?

Fiquei observando cada corte, fascinada com sua eficiência.

— Eu não consigo me lembrar de quando você e o Hudson estavam na mesma cidade e conseguiam ignorar um ao outro. — Ela inclinou a cabeça. — Vocês dois viviam mais colados que o Gavin e a Lina, e os dois chegaram a namorar.

— Quando a mamãe não estava olhando.

Estar naquela casa trazia tudo de volta com uma clareza surpreendente, como se o lugar fosse uma pedra de amolar memórias. Se eu não tomasse cuidado, elas se tornariam afiadas como facas. Estiquei os braços enquanto aquela preguiça típica das tardes me dominava.

— Quando a mamãe não estava olhando — concordou ela. — Nossa, ela e o Gavin passaram meses saindo escondidos naquele verão antes de ela cansar dele e lhe dar um pé na bunda. — Ela inclinou a cabeça para o lado. — Isso foi no verão antes de ela entrar pra San Francisco? Ou pra Companhia Metropolitana de Balé?

— Acho que um pouco dos dois, mas principalmente na companhia — respondi, já que nenhuma de nós diria *o verão antes de ela morrer.* Meu maxilar quase se deslocou enquanto eu lutava contra um bocejo e perdia. — Nadar deve ter sugado toda minha energia.

— Hum. — Ela baixou a faca. — Você ligou de volta pra Kenna? Ela já tentou falar com você umas três vezes essa semana.

— Mais tarde eu ligo — menti.

Eu me sentia culpada por fugir das ligações dela? Sim. Eu melhoraria isso falando com ela? Não.

— Ela é sua melhor amiga, Allie — reclamou Anne, mas foi seu tom preocupado que me impediu de ser ríspida.

— E a ortopedista da companhia — lembrei, pegando a garrafa de água vazia e seguindo para a lixeira de reciclagem dentro da despensa. — E nós duas sabemos que não estou progredindo como ela quer, e que Keena vai ter que contar isso pro Vasily. Ele vai cancelar meu balé com o Isaac no outono, e não posso correr esse risco. Não estou de preguiça. Estou fazendo tudo. O pilates, o treino de força, o treino com os elásticos. Mas não tenho força suficiente pra ficar em meia-ponta.

— Já te ocorreu que talvez ela só queira bater um papo com a amiga? — rebateu Anne enquanto eu me apoiava no batente à sua esquerda, tirando um pouco do peso do tornozelo. — Ninguém pensa que está de preguiça. Acho que você nem sabe *como* ficar de preguiça. Todo mundo na companhia sabe que está dando seu máximo pra voltar. Essa é a *única* coisa que você está fazendo. Achei que voltar pra cá poderia te ajudar a relaxar ou pelo menos sorrir…

— Você parou pra ver a mamãe no caminho de volta?

— Não muda de assunto. — Ela me encarou.

Eu a encarei de volta.

Se houvesse uma competição na nossa casa para ver quem conseguia manter um silêncio desconfortável por mais tempo, eu sairia vencedora, e nós duas sabíamos disso.

— Sim, parei na escola e falei com a mamãe. — O suspiro dela era uma bandeira branca.

— Não sei se eu chamaria aquele lugar de escola.

Era mais uma instituição.

— Você quer dar uma volta depois de eu terminar aqui?

— Boa tentativa de mudar de assunto, mas acho que vou tirar uma soneca. — O cansaço tinha vencido. *Como parece sempre acontecer.* — Dormir cura todos os males.

— Que tal a gente ir ao cinema depois do jantar? Estão fazendo uma maratona de filmes adolescentes dos anos oitenta, e nada te deixa mais feliz que o John Hughes. — Ela abriu um sorriso carinhoso.

Só a ideia de vestir roupas de verdade e reunir energia suficiente para interpretar o papel de Alessandra Rousseau em público já era o bastante para me fazer segurar outro bocejo.

— Quem sabe amanhã.

— Tudo bem — concordou Anne, seu sorriso vacilando. — Vai descansar. Eu te acordo na hora do jantar.

— Valeu.

Saí da cozinha e subi a escada da frente, olhando para as fotos espontâneas penduradas na parede, parando na última. Nosso pai havia fotografado nós quatro sentadas lado a lado no píer, de costas para ele, em um raro momento em que até Eva estava quieta.

Ela estava sentada na ponta direita, as mãos apoiadas atrás do corpo, a cabeça jogada para trás para tomar sol no rosto; na época, tinha quinze anos. Lina e Anne ocupavam o centro, respectivamente com dezenove e dezoito anos, seus rostos virados um para outro enquanto compartilhavam uma risada, sem dúvida por causa de alguma piada interna, enquanto minha versão de dezessete anos estava sentada com o braço de Lina sobre meus ombros, a cabeça apoiada na dela enquanto eu encarava a água.

Nossa, como eu sentia falta daquela sensação, daquela paz reconfortante e da certeza sobre o futuro. Nós éramos inabaláveis como os pilares do píer, contanto que estivéssemos juntas, resistindo à tempestade que era nossa mãe, nos apoiando umas nas outras para continuarmos acima da superfície quando as ondas das expectativas dela ameaçavam submergir uma de nós.

A breve sensação de paz desapareceu em um piscar de olhos quando lembrei que Lina havia morrido apenas duas semanas depois do nosso pai tirar a foto. A vida era bem injusta. Ela devia estar aqui, ou em um palco em Nova York, dançando *Giselle*, ou onde quer que desejasse estar.

Ela devia estar viva.

Ela saberia como fazer Anne se sentir melhor, ou se eu devia forçar ou descansar meu tornozelo. Ela saberia orientar Eva e lidar com nossa mãe. Ela mostraria a todas nós o que fazer — como ser uma adulta.

Entrei no meu quarto e me joguei na cama, depois me arrastei para baixo da familiar e reconfortante colcha rosa. Em algum momento, talvez meu corpo conseguisse compensar todo o descanso que não pude ter ao longo dos anos. Até lá, eu lhe daria o sono que ele parecia determinado a sentir com ou sem meu consentimento.

Virei na direção da mesa de cabeceira de vime branco para deixar o celular. Resolvi verificar se o anel de ametista de Lina estava guardado em segurança na gaveta, e me deparei com o teste de DNA que Juniper exigira que eu fizesse. Uma pontada de pena me percorreu. Ela só queria saber seu lugar no mundo.

Por um milésimo de segundo, me senti mal por Hudson. Juniper tinha parecido arrasada.

Eu sinto muito, de verdade. Por tudo.

Pelo menos ele tinha pedido desculpas. Houve um tempo em que eu o teria perdoado, sem questionar nada, e saberia que ele só teria ficado longe de mim por motivos de força maior. Eu confiava mais nele do que nas minhas próprias irmãs. E da mesma forma que eu jamais entenderia por que Lina havia sido tirada de nós tão cedo, por que eu tinha sobrevivido ao acidente e ela, não, eu tinha que aceitar que jamais compreenderia por que Hudson havia saído da minha vida sem ao menos se despedir.

Vocês dois eram jovens. Esquece isso.

Peguei a caixa do teste e li o verso. Parecia bem simples. Eu só precisava baixar o aplicativo, passar o cotonete na minha bochecha e enviá-lo. Levando em consideração que eu nunca tivera um filho, não era como se estivesse com medo do resultado. Eu só tinha perdido a virgindade pouco antes de completar vinte anos, muito depois de Juniper nascer.

Talvez eu não conseguisse encontrar as respostas de que precisava da vida, mas podia ajudar Juniper mostrando que eu não era a resposta para a pergunta dela.

Seis dias depois, o aplicativo me enviou uma notificação.

E quase caí de costas.

7

HUDSON

NaPonta34: Não acredito que vocês estão corrigindo uma bailarina profissional nos comentários. Morri. A única pessoa melhor nisso que @4IrmãsRousseau está ausente da dupla. Ei, Eva, aparece com a sua irmã antes de organizarmos uma busca.

Girei o copo quente de cerveja Yuengling entre as mãos, arrastando o fundo saliente na mesa enquanto "Heart-Shaped Box", de Kurt Cobain, tocava no jukebox antigo no canto do bar, que Gavin só programava com sua seleção de grunge ou eventuais músicas punk.

Seis dias.

De algum jeito, eu tinha conseguido aguentar seis longos dias sem voltar até a casa de Allie e implorar por seu perdão. Nosso passado merecia mais do que um simples pedido de desculpa ou uma justificativa de merda. Muito mais. O que eu tinha feito com ela exigia sangue, implorar de joelhos, talvez até uma parte da minha alma, e mesmo assim talvez não fosse suficiente.

Um chute rápido na canela me despertou e, do outro lado da mesa pouco iluminada, os olhos de Eric Beachman me encararam cheios de expectativa.

— Não é, Ellis? — perguntou ele, olhando para a mulher sentada ao meu lado.

Certo. Merda. Eu estava em um encontro duplo. Era a primeira vez em uma semana que minha escala tinha batido com a de Eric para virmos beber, e ele havia trazido a irmã da sua namorada. Qual era o nome dela mesmo? E o que Beachman tinha perguntado?

— Ele não precisa responder — disse a morena com um sorriso rápido, alegre.

Jessica — a namorada de Eric — estreitou os olhos para mim.

— Todo mergulhador de resgate gosta de se gabar da quantidade de pessoas que já salvou — disse Eric, me ajudando ao mesmo tempo que me lançava um olhar que dizia: "Qual é o seu problema?"

Pigarreei.

— Na verdade, nunca parei pra contar.

Pronto, tinha sido fácil, mesmo tendo passado os últimos dez minutos completamente desligado da conversa, algo que havia se tornado um hábito na última semana. Se eu estivesse ocupado com alguma coisa, eu só sabia pensar em Allie. Comprando equipamento novo para a cafeteria? Allie. Confiscando o celular de Juniper? Allie. Nadando na piscina? Allie. Ela vivia no fundo da minha mente, mas, agora, estava bem na superfície e por *todo canto.*

— Isso é muito humilde da sua parte — disse Beth, esse era o nome dela, tamborilando os dedos na lateral da sua garrafa vazia e sorrindo ainda mais. — Gosto de caras assim.

Allie sabia que eu estava longe de ser humilde. Ela sabia que eu era impulsivo, convencido e arrogante para *caralho*, e gostava de mim mesmo assim.

— Tenho certeza que ele gostou de você gostar disso. — Eric tomou um gole da sua bebida.

Eu não tinha certeza. Beth era linda, com olhos azuis grandes e um cabelo castanho macio que tendia mais para um marrom-claro do que para o café escuro de Allie...

Para de comparar as duas.

Eu tinha passado a noite toda fazendo isso, comparando a mulher engraçada e extrovertida ao meu lado com a mulher que havia estabelecido meus padrões de beleza doze anos antes, e não era justo. Eu estava sendo um babaca, e ela nem desconfiava disso.

— Que tal eu buscar outra bebida pra você? — ofereci, já saindo da mesa enquanto Beachman dizia que a garçonete podia cuidar disso.

Abri caminho entre a multidão de sexta à noite, cumprimentando com a cabeça alguns colegas do ensino médio que jogavam dardos e não faziam parte das vantagens de voltar para minha cidade natal, e segui até meu irmão — que também nem sempre fazia parte da lista de vantagens. Gavin estava numa das pontas do bar de doze lugares, então aproveitei um dos dois bancos vazios perto dele e sentei.

— Que diabos deu em você hoje? — Eric se sentou ao meu lado.

— Sei lá. — Curvei a aba do boné.

— Você passou a semana inteira no mundo da lua — acusou ele, então olhou para trás, para um grupo de tipos executivos que berravam por Gavin no canto do bar. — Existe algum motivo pra alguém vir pra um bar barato usando um terno de dois mil dólares? — resmungou ele.

— É a época do ano. — Observei meu irmão atendendo a fila de clientes. Ele tinha alguns centímetros a mais que meu um metro e oitenta e sete, o que lhe oferecia uma vantagem atrás do bar e a possibilidade de enxergar por cima da multidão, apesar de eu ainda ter uns dez quilos de músculo a mais que ele, o que era uma vantagem sempre que precisava lhe dar uma surra. — Na semana que vem, isso aqui vai estar um inferno.

O fim de semana do Memorial Day sempre era o início não oficial da chegada dos turistas, e o Grizzly Bear Bar era um bom indicador da quantidade atual de visitantes. No Dia da Independência, o lugar estaria abarrotado de gente.

— Você está preocupado com a nota da sua prova? — Eric imitou minha postura, apoiando os cotovelos na beira do bar.

— Não.

O resultado das provas que tínhamos feito na semana anterior para nos qualificarmos para uma promoção só sairia em algumas semanas, mas eu sabia que tinha ido bem.

— Está com medo de sua nota ser boa e você ser promovido, mas não ter espaço pra crescer aqui em Cape Cod com outros onze mergulhadores, e então precisar escolher outra base e deixar sua família? — Ele me lançou um olhar sabichão.

— Estranhamente detalhado e bem correto, mas também não.

Mas *agora* eu estava com medo disso acontecer.

— Quer dizer, você pode ir pra Port Angeles e se esbaldar no noroeste do Pacífico, ou pra San Francisco descobrir por que eu amo tanto a Califórnia, ou quem sabe até pra Sitka. Sabe, como você sempre quis.

Ele inclinou de leve a cabeça, esperando por uma reação. Essa era a maior habilidade de Eric — sacar o que incomodava uma pessoa e protegê-la se ele a considerasse uma amiga ou, caso contrário, cutucá-la até tirar sangue.

— Eu estou bem aqui.

Eu tinha passado por outras duas bases na Costa Leste antes de conseguir a transferência para Cape Cod, e não pretendia ir embora tão cedo. Não enquanto Caroline precisasse de mim.

— É o encontro? — tentou Eric de novo enquanto Gavin anotava pedidos ao nosso lado, as sobrancelhas franzindo enquanto ele lançava um olhar perplexo na minha direção.

— Não é o encontro. — Observei Gavin servir metodicamente dois chopes a alguns metros de distância, a cabeça inclinada na nossa direção em um ângulo que me mostrava que ele estava prestando atenção. — A Beth é... legal.

— Legal? — Eric ergueu as sobrancelhas. — Ela é incrível, e não estou falando isso como um cunhado puxa-saco. Ela é professora, o que significa que é inteligente. E você viu como ela é engraçada. Além disso, ela parece ter curtido você, não que você tenha problemas nesse departamento. Então qual é o problema?

Eu me ajeitei no banco.

— Ela não é a Allie Rousseau — respondeu Gavin por mim, deslizando os dois chopes para os executivos à nossa esquerda.

— Cala a boca.

Lancei um olhar irritado para meu irmão e critiquei meu plano de fuga. Dava para perceber que ele estava no clima de me sacanear.

— Mas ela não é mesmo. — Gavin deu de ombros e pegou uma garrafa na prateleira mais alta. — Cabelo castanho, sorriso bonito, pequena. Bem o tipo dele, mas não é a Allie. — Ele serviu quatro doses da garrafa de tequila. — Sabe, Bachman...

— Beachman — corrigiu Eric.

— Que seja. — Gavin empurrou as doses para os executivos, depois pegou o tablet para registrar as bebidas na conta deles. — Você apresentou pra ele uma local legal...

— Ele quer dizer uma moradora — expliquei.

— ... mas meu irmão é caidinho pela Allie desde os dezessete anos, e não há nada que eu, você ou a professora lá na mesa possamos fazer pra mudar isso. — Ele deixou o tablet sobre o balcão do bar e nos encarou, virando seu boné do Grizzly Bear Bar para trás. — E é por isso que ele está sentado no meu bar em vez de estar pedindo uma bebida de lá. — Ele apontou para as mesas. — O Hudson pode ser o filho da puta mais fodão da Guarda Costeira americana, mas se você colocá-lo no mesmo espaço que a Allie Rousseau ele vai tropeçar nos próprios pés.

— Quem é Allie Rousseau? — Eric franziu a testa, olhando para mim e meu irmão.

— Você precisava tocar nesse assunto, né? — Estreitei os olhos para meu irmão.

— É privilégio sagrado do irmão mais velho envergonhar o caçula sempre que der na telha.

Ele abriu um sorriso desavergonhado e pegou um copo maior embaixo do bar.

— Quem é Allie Rousseau? — repetiu Eric.

— Tem dias que não sei se te amo ou se te odeio. — Quanto mais irritado era meu olhar, mais o sorriso de Gavin aumentava.

— As duas coisas, irmãozinho. — Ele bateu na aba do meu boné como se eu tivesse doze anos de novo, depois serviu uma cerveja. — Se não forem as duas coisas, estou fazendo meu trabalho do jeito errado.

— Quem é Allie Rousseau, porra? — Eric aumentou o tom de voz.

Gavin ergueu as sobrancelhas para mim com um ar desafiador e deslizou o copo de Yuengling na minha direção.

— Você é um babaca. — Peguei a cerveja.

— Alessandra Rousseau? A bailarina? — interrompeu o executivo mais próximo.

Nós três viramos para ele, surpresos.

— O quê? — O cara soltou um pouco a gravata de seda. — Eu moro em Nova York, e minha esposa gosta de balé.

— Eu não estava falando com você — respondi, ríspido.

— Eu estava. — Beachman virou o corpo completamente para ele. — Conta mais.

Tomei um gole longo da cerveja enquanto o engravatado mostrava para Eric algo no celular.

— Puuuuuuta merda. — Beachman virou o celular para mim. — É dela que vocês estão falando?

Uma busca de imagens no Google tinha revelado meia dúzia de fotos de Allie, a maioria no palco, seu corpo impecavelmente contorcido em posições impossíveis. Ele apontou para uma foto de rosto formal da companhia, que era — obviamente — de parar o trânsito. O fotógrafo a capturara sem sorrir, com os olhos arregalados como se aguardasse as próximas instruções dele.

— A própria — comentou Gavin, começando outro drinque e ignorando de propósito os clientes do outro lado que pareciam querer pedir outra rodada.

Eric devolveu o celular e agradeceu ao executivo antes de virar o banco de volta para mim.

— E você nunca me contou sobre ela porque...?

Minha boca se abriu, depois se fechou. Aquele momento com certeza entraria na lista de desvantagens de ter voltado para minha cidade natal.

— Porque ele continua apaixonado por ela. — Gavin pôs diante de mim um drinque que parecia muito com o que Beth estava tomando, rum e Coca-Cola. Apesar de oscilar no quesito confiabilidade, ele tinha uma memória de elefante.

— Não continuo, não. — Nem outro gole conseguiu apagar o gosto da mentira na minha boca.

— Continua, sim. Pode acreditar em mim — garantiu ele para Eric, concordando com a cabeça. — E é por isso que não fala sobre ela.

— Puta que pariu, você quer parar com isso? — Eu me afastei do bar.

— Ou ele é seu melhor amigo, ou não é — zombou Gavin.

— Eu sou o melhor amigo dele. — Eric se inclinou para a frente feito um velho em uma barbearia, faminto por fofocas disfarçadas como notícias.

— Ela foi minha melhor amiga — falei só para Gavin parar de encher o saco. — Os pais dela têm uma casa aqui, e nos conhecemos quando éramos adolescentes. Fomos bem próximos por dois verões, e… — As palavras desapareceram, como sempre. Tudo que havia acontecido naquela noite tinha sido e ainda era inenarrável.

— E ele era apaixonado por ela — sussurrou Gavin bem alto antes de servir um chope de Coors Light.

— Você não tem ninguém pra atender, não? — gesticulei para o bar.

— Você não tem uma moça que está evitando? — rebateu ele, deslizando o chope para Eric.

— É verdade. — Eric se retraiu, pegando o chope e olhando para trás, para as mesas.

— A questão, Bateman… — começou Gavin enquanto misturava vodca e suco de cranberry.

— Beachman — corrigiu Eric de novo.

— Foi o que eu disse. — Gavin enfiou um canudo no copo e mexeu. — A mulher que você teve a bondade de apresentar ao meu irmão não tem a menor chance. Nunca teve. A coisa mais bacana que você pode fazer por ela é deixar isso claro logo, antes do Hudson tomar uma atitude realmente idiota, como namorar com ela.

— Isso não é verdade. — Eu me levantei e peguei a cerveja.

— É, sim. — Gavin olhou para mim e empurrou o drinque na direção de Eric, focando toda sua atenção nele e me ignorando. — Sabe,

Barman, eu já passei por isso, já fiquei de quatro por uma Rousseau, e é uma paixão diferente de tudo.

Ele afastou o olhar, então pigarreou.

Apertei ainda mais a cerveja apesar da condensação que rapidamente se formava no copo. Eu não era o único Ellis que se recusava a falar sobre aqueles verões.

— Mas as irmãs Rousseau sempre tiveram aquela vibe de "você pode olhar, mas não encostar", e uma mãe do tipo "se você tocar nelas, vou acabar com a sua vida", e apesar de eu ter aproveitado o momento e seguido em frente, nosso Hudson aqui continua caidinho, e agora que já faz o quê... umas duas semanas que ela voltou à cidade? — Ele abriu as mãos e fez o som de uma bomba explodindo. — O Hudson é a Estrela da Morte, e aquela mulher é o Luke, prestes a explodir tudo.

— Que comparação idiota. — Peguei o outro drinque e pensei na distância entre o bar e a casa de Allie. Eu tinha tomado no máximo um terço de uma cerveja a noite toda. Podia dirigir.

— Foi mesmo? — Gavin inclinou a cabeça para o lado. — A gente pode dizer que você é o *Titanic*, e ela, o iceberg, ou que ela é o Oppenheimer, e você, o campo de testes no Novo México...

— Deixa pra lá. — Peguei minha carteira.

— Calma aí, você disse que também era a fim da Allie? — Eric saiu do seu banco.

— Imagina. Eu era a fim da irmã mais velha dela. Jamais da Allie. — Gavin olhou para mim, anos de história brilhando em seu olhar naquele milissegundo antes do canto de sua boca se erguer em um sorrisinho. — A Allie era nova demais pra mim. Muito cheia de frescura. Bonitinha...

Minhas costas se enrijeceram.

— ... mas careta demais, certinha demais, quieta demais, tímida demais...

— *Minha* demais — rebati com raiva, jogando uma nota de vinte dólares na bancada. — E ela não era nada disso. Você nunca conheceu a Allie de verdade. — O calor subia pela minha nuca.

— Aí está ele! — Gavin ergueu os braços, vitorioso. — Eu estava me perguntando quando você ia acordar.

Merda, eu tinha feito *exatamente* o que ele queria: reagido.

A atenção de Eric alternava entre nós como se fôssemos oponentes em uma partida de tênis.

— Agora, tenha colhões de dizer para aquela morena bonita que ela está se candidatando a um papel que foi preenchido há mais de uma década. — Ele empurrou a nota de vinte de volta para mim. — E você sabe que seu dinheiro não é aceito aqui.

— Como você sabia que ela voltou pra cidade? — Peguei o rum com Coca-Cola com a mão livre, deixando a nota de vinte onde estava.

— As notícias correm rápido. — Gavin deu de ombros e se afastou. — E nossa sobrinha é uma fofoqueira. Você sabe que ela vai querer ir atrás daquela mulher pra pedir um autógrafo.

Juniper. Era óbvio. O que mais ela havia contado para ele?

— Você vai tomar conta dela amanhã pra Caroline abrir a cafeteria, certo?

— E você vai fazer seu plantão de vinte e quatro horas? — rebateu Gavin enquanto as vozes às suas costas aumentavam para chamar sua atenção.

— Vou. — Eu só fazia isso umas quatro a seis vezes por mês.

— Então parece que não tenho opção.

Ele bateu continência para mim com dois dedos e seguiu para o outro lado do bar, um pano preso ao bolso de trás da sua calça cargo.

Eu e Eric começamos a voltar para a mesa.

— E o que foi que aconteceu entre você e a bailarina? — perguntou ele enquanto abríamos caminho pela multidão cada vez maior.

Era por isso que eu não queria ter contado para ele. Beachman gostava de consertar as coisas, e agora eu era um problema para o qual ele achava ter a solução.

— A gente se afastou quando eu tinha dezoito anos, pouco antes de eu entrar pra academia.

— Deixa eu adivinhar, ela não retribuía seus sentimentos?

Meu estômago se revirou.

— Ela… Foi complicado. Fim da história.

— Mas não é o fim se vocês dois estão aqui ao mesmo tempo. Você é realmente o desgraçado mais sortudo que já conheci.

— Confia em mim. Acabou. A Allie não é o tipo de pessoa que dá segunda chance. — Nem que deixava alguém se aproximar de verdade. Vi Jessica e Beth e baixei a voz. — De algumas coisas nem eu sou capaz de fugir, meu amigo. Me faz um favor e esquece essa história.

Ficamos quietos ao nos aproximarmos da mesa, e abri meu sorriso mais pesaroso para Beth ao sentar do lado dela, segurando as bebidas.

— Prontinho.

— Obrigada. — Ela pegou o drinque, então prendeu o cabelo atrás da orelha. — Então, você cresceu aqui, né? A gente só se mudou pra cá quando eu estava no segundo ano do ensino médio. Acho que você já tinha se formado.

Comecei a concordar com a cabeça, já que essas datas batiam com tudo que ela havia me contado antes, mas parei. Gavin tinha razão. Eu poderia continuar saindo com aquela mulher e me divertir um pouco, mas, no fim das contas, acabaríamos seguindo caminhos diferentes porque eu jamais lhe daria uma chance, ainda mais quando Allie estava a treze minutos de carro dali.

— Certo — falei devagar, notando a tensão crescendo no meu peito enquanto meus pensamentos giravam. — Sinto muito, Beth, mas…

— Hudson?

O restante da minha frase morreu, instantaneamente assassinado pelo som da voz dela. Eu me virei e me deparei com uma calça jeans que fez minhas mãos coçarem para sentir as curvas sob ela, passei pelo suéter verde leve que lhe caía do delicado ombro — exibindo uma alça de sutiã rosa-claro — e encontrei meu par favorito de olhos cor de uísque. A tensão no meu peito aumentou até chegar ao limite, e todo pensamento que não fosse tirá-la dali para implorar seu perdão se esvaiu do mingau que eu chamava de cérebro.

— Puta merda, você é a bailarina — anunciou Eric.

Caralho, alguém me mata.

Os olhos de Allie se arregalaram, e ela afastou o olhar do meu.

— Eu... sou.

— Maneiro. — Beachman sorriu e esticou a mão. — Sou Eric Beachman, o melhor amigo do Hudson.

— Alessandra Rousseau. É um prazer te conhecer.

Allie apertou a mão dele, mas não abriu um sorriso. Nem o público, educado e mentiroso.

— Ou acho que eu deveria dizer que sou *o novo* melhor amigo dele. — Ele fez uma careta, e ela se afastou, segurando a alça da bolsa com as mãos. — Não que ele fale muito sobre você ter sido a melhor amiga dele nem que você seja substituível, ou... Quer saber? Melhor eu parar de falar.

— Também acho. — Eu o fuzilei com os olhos.

O babaca sorriu para mim.

— Tudo bem. — Allie olhou para nós quatro, finalmente voltando a se concentrar em mim, e minhas costelas doeram. Meu Deus, sempre tinha sido assim quando eu estava perto dela? Com dificuldade de respirar depois de só um olhar? *Você não tem mais dezoito anos, se controla e bola um plano.* — Desculpa interromper, mas eu queria falar com você. A sós.

Óbvio que sim. Claro que sim. Sem dúvida. Foda-se o plano. Tudo que ela quisesse, ela teria.

— Tá. — *Ótimo vocabulário, idiota.* Larguei minha cerveja e saí da mesa enquanto ela dava uns passos para trás, abrindo espaço. — Na sala dos fundos?

Ela concordou com a cabeça, então virou na direção do bar e saiu andando. Não olhei para a bunda dela, e aproveitei cada segundo para planejar minhas possíveis respostas ao que ela diria. Dane-se a razão e todos os motivos muito reais para eu ter desaparecido da vida dela; todas as hipóteses que eu imaginava começavam e terminavam com a única coisa que eu nunca tinha feito por qualquer outra mulher — implorando.

Ela abriu a porta perto do canto do bar como se não fizessem dez anos desde a última vez que virara aquela maçaneta, e era impossível não me sentir com dezoito anos de novo, me escondendo com ela enquanto Gavin trabalhava, estudando para a prova de admissão e rindo e conversando sobre nada e tudo ao mesmo tempo.

Eu a segui para dentro da sala, notando o cheiro de purificador de ar e cerveja velha, e fechei a porta. Por pior que fosse o cheiro, tudo era limpo e organizado, desde o armário de metal no canto até a escrivaninha à minha esquerda. Foi ali que sentei, me apoiando na borda direita do móvel surpreendentemente firme, para que ela tivesse uma visão clara da porta e não se sentisse encurralada.

— Este lugar não mudou nada. — Ela se virou lentamente sob a luz fluorescente oscilante, assimilando os detalhes do espaço daquele seu jeito quieto, observador. Eu sempre achava que ela sobrevivia naquela casa por ser extremamente atenta, capaz de prever quando uma tempestade se aproximava. — Mas você... — Ela cruzou os braços e me analisou com os olhos livres da fúria com que havia me encarado na casa. Levando em consideração o jeito analítico, quase vazio, com que ela me olhava, eu preferia a fúria. — Você está mais largo.

— Uns centímetros a mais e a academia de busca e salvamento marítimo têm esse efeito. — Um canto da minha boca se ergueu. — E você também está bonita.

Mais do que bonita. Ela estava deslumbrante, os olhos, os lábios, as sardas fofas nas bochechas. A garota que eu sempre tinha achado linda havia se tornado uma mulher que era muito mais do que essa palavra.

Ela bufou.

— Estou com cara de quem não treina há quatro meses e não dorme desde pequena. — O comentário soou tão inexpressivo quanto seu olhar.

— Sempre incapaz de aceitar um elogio.

Uma faísca daquela fúria surgiu no seu olhar, e mal consegui engolir um grito de alegria. Ela continuava ali.

— A questão não é essa. — Ela balançou a cabeça, e seu cabelo caiu sobre o rosto como uma cortina castanho-escura macia enquanto ela mexia na bolsa. O volume ondulado estava um pouco mais comprido agora, passando um pouco dos ombros. — Eu vim porque a Anne mencionou que o Gavin continuava trabalhando aqui, e achei que ele pudesse me dizer onde te encontrar.

— Você veio atrás de mim?

Um sorriso imenso se abriu em meu rosto. A estratégia que eu estava traçando já era — passei a seguir meus instintos e torcer para eles não me decepcionarem pela primeira vez.

— Bom, vim. — Com uma mão, ela afastou o cabelo do rosto enquanto a outra alcançava o celular. — Eu não sabia com quem falar. Ou pra quem contar. Ou pra quem você contou.

— Sobre o quê?

Eu me inclinei para a frente.

— Você precisa conversar com a Caroline. Eu não sou a mãe da Juniper.

Ela não parava de mexer os dedos pela tela.

— Claro que não é. — Eu nem tinha cogitado isso.

Ela exibiu o mesmo aplicativo que Juniper tinha usado.

— Eu sou tia dela.

8

ALLIE

PrincesaNaPonta50363: Dói de assistir aquela técnica Balanchine. Traz de volta sua irmã pra te mostrar como fazer do jeito certo @4IrmãsRousseau

Dois dias depois, sentei com as pernas dobradas na poltrona larga, olhando para Hudson do outro lado da sala de estar formal, as batidas do relógio de pêndulo preenchendo os quilômetros de silêncio entre nós enquanto contava as horas daquele fim de manhã.

Depois de conseguirmos conversar por uns trinta segundos antes de Gavin aparecer, combinamos de nos encontrar em outro lugar onde ninguém nos incomodasse. Eu achava que adiar a conversa daria tempo para nos recompormos, ou para tornar a situação menos desconfortável. Mas me enganei.

— Cinco minutos — disse Hudson, quebrando o silêncio.

— Como é?

— Talvez seja mais fácil se você conseguir passar os próximos cinco minutos fingindo que não me odeia.

Ele se inclinou para a frente sobre o sofá listrado de azul e creme, apoiando os cotovelos nos joelhos, ignorando a caneca de café quente na mesa de centro entre nós. Pelo menos uma coisa não havia mudado nos últimos dez anos: ele continuava usando o boné do Boston Bruins.

— Cinco minutos não vão resolver nada, e duvido que isso tornaria a situação menos desconfortável.

— Vamos tentar. — Ele pegou o celular e exibiu o temporizador. — Cinco minutos por vez.

— Beleza. Eu meio que achava que você estaria de farda, depois de sair de um plantão de vinte e quatro horas.

Puxei as mangas do meu suéter até cobrir minhas mãos. Não demoraria muito para estar quente demais para usar minhas blusas favoritas. Junho estava chegando.

— Se você quiser me ver fardado, é só pedir. — Ele deu um sorriso brincalhão.

Minhas bochechas arderam, e rapidamente afastei o olhar. Flertar era algo que ele fazia com outras garotas.

— A Caroline vem?

— Não contei pra ela. — O sorriso dele desapareceu.

Eu me empertiguei.

— Primeiro — ele esticou o indicador —, ainda não encontrei com ela, e esse é o tipo de notícia que você dá em pessoa. E ela é totalmente contra a Juniper procurar pela família biológica antes dos dezoito anos, mas eu também acho que a Juniper tem o direito de saber coisas como seu histórico médico, então fico meio dividido nessa questão. Se a Caroline nem sequer desconfia de que a Juniper está procurando, imagine quando ela souber que te conheceu, minha irmã vai trancafiar aquela garota de um jeito que até uma prisão de segurança máxima vai parecer fichinha.

— Porque minha família é a encarnação do mal? — Inclinei a cabeça para ele e tentei não deixar a insinuação me incomodar.

— Porque, desde que a agência de adoção ligou para começar o processo, ela tem pavor de alguém aparecer e levar a Juniper embora.

Fiquei furiosa.

— Nós nunca...

— Eu sei disso. Você sabe disso. Mas é difícil usar lógica pra acalmar a ansiedade. — Ele apertou a aba do boné e olhou para o tapete de grife pelo qual minha mãe havia pagado caro demais. — Achei que seria melhor nos entendermos o máximo possível e então bolarmos um plano antes de contarmos pra Caroline.

Meu celular vibrou no braço da poltrona, e o nome de Kenna surgiu na tela. Engoli a culpa e apertei o botão de rejeitar. Era a segunda vez que ela ligava naquele dia, e por mais que eu quisesse que ela parasse eu provavelmente ficaria ainda mais arrasada se ela fizesse mesmo isso.

— E aí podemos deixar que ela decida se vai contar pra Juniper.

E, enquanto isso, aquela garotinha continuaria se questionando. Que merda. Eu me ajeitei na cadeira e peguei a garrafa de Smartwater sobre a mesa à minha direita como se Kenna estivesse no meu ouvido, me passando um sermão sobre me manter hidratada. Meu tornozelo estava dolorido por causa do treino da manhã — eu tinha forçado a barra com os exercícios na bicicleta ergométrica naquela manhã, e então me forçado ainda *mais* ao avançar meus alongamentos de panturrilha para uma quase meia-ponta.

— Você contou pra Anne? — Ele ergueu as sobrancelhas.

— Ela está... sensível. — Passei um dedo pelo rótulo da garrafa e pensei no quanto deveria contar para ele, no quanto deveria deixá-lo se aproximar. Quanto alguém mudava em uma década? Eu precisava admitir, havia algo ironicamente poético na maneira como estávamos nos obrigando a completar um ciclo — de confidentes a desconhecidos, e então voltando para o que éramos agora. — Ela está no meio de um divórcio, e seus sentimentos sobre filhos e maternidade... — Falei olhando para a foto de Anne segurando Eva ainda bebê. — As coisas estão complicadas pra ela agora.

E era por isso que eu tinha marcado aquela conversa para um momento em que sabia que ela estaria fora.

Hudson concordou com a cabeça, olhando para o conjunto de fotos em preto e branco em porta-retratos prateados nas estantes embutidas.

— Você vai falar, ou eu falo?

Acompanhei o olhar dele para a foto de nós quatro em tutus quando éramos pequenas. Nos últimos dois dias, eu tinha repassado cada possibilidade e chegado à mesma conclusão todas as vezes.

Juniper não podia ser de Eva. Ela não tinha passado mais de uma semana longe de mim naqueles anos. Nem de Anne. Ela havia ido para a faculdade no mesmo mês que eu entrara para a companhia como aprendiz — um ano inteiro antes de eu terminar o ensino médio.

— Ela só pode ser da Lina.

Por mais inescapável que fosse a verdade, eu ainda não conseguia aceitar, não conseguia fazer entrar na minha cabeça que eu não conhecia minha irmã mais velha tão bem quanto eu pensava. Parei de olhar as fotos e encontrei Hudson me observando, esperando eu terminar o raciocínio.

Essa sempre tinha sido uma das minhas partes favoritas dele. Ao tomar uma atitude, ele era decidido, até insensato, mas sempre me escutava primeiro, algo que eu nunca tinha percebido faltar em uma casa com quatro filhas e pais ocupados.

— Se a Juniper nasceu em maio, então a Lina precisaria ter engravidado em setembro — falei baixinho, dando voz aos pensamentos que tinham formado um redemoinho na minha cabeça nas últimas trinta e seis horas. — Que foi quando ela entrou para o Teatro de Balé de San Francisco.

— O que você queria, né? — perguntou ele em voz baixa, levantando do sofá e indo até as estantes.

Pressionei os lábios entre os dentes para me impedir de negar.

— Era, não era? — Ele olhou para trás, pegando um porta-retrato prateado que exibia uma foto de mim e Eva no Clássico de Haven Cove quando eu tinha dezesseis anos. — Você me disse que não queria dançar nas sombras de outra pessoa, e como sua mãe tinha dançado em Paris e Londres, San Francisco era sua opção favorita.

— Eu estava lá. Eu lembro — finalmente me obriguei a falar enquanto me levantava, baixando a água e dando a volta na mesa de centro, depois parei ao lado dele.

— O que mudou?

Meu olhar percorreu as fotos profissionais, noventa por cento tiradas enquanto usávamos figurinos, como se os únicos momentos que mereciam ser registrados para a apreciação pública fossem as apresentações.

— Você sabe o que mudou.

— A Lina morreu. — Ele enfiou as mãos nos bolsos da frente da calça. — Então você recusou todas as ofertas que recebeu naquele dia e foi pra Companhia Metropolitana de Balé, como sua mãe queria.

Aquilo na voz dele era um toque de decepção?

— Não estou te vendo em Sitka — rebati.

Aquela tinha sido nosso sonho. Ele moraria no meio do nada, sendo mergulhador, e eu estaria em San Francisco, visitando sempre que pudesse.

— O Sean também morreu. Câncer. Eu *escolhi* voltar pra ajudar a Caroline com a Juniper. Você *escolheu* alguma coisa, ou foi tudo sua mãe realizando os sonhos dela através de qualquer filha que pudesse fazer isso no momento?

Ele cruzou os braços.

— Ela tinha acabado de perder a primogênita. Eu *escolhi* honrar os desejos dela. — *E isso soou muito na defensiva.* Ainda estávamos nos primeiros cinco minutos. — Enfim, eu encontrei a Lina no Natal, mas ela não disse nada, nem parecia diferente. A próxima vez que nos vimos foi no verão. Ela tinha recusado uma oferta de renovar o contrato em San Francisco e voltou pra casa em junho, pra treinar com a gente pra fazer outro teste pra Companhia Metropolitana de Balé. Ela estava determinada e focada, mas se comportou como sempre... Estava feliz, ainda mais depois dos testes em agosto. Ela recebeu o convite pra entrar pra companhia, e isso foi quando, umas duas semanas antes do Clássico? — Balancei a cabeça. — Sei que a prova está na Juniper, mas não acredito que a Lina teria um bebê e não contaria pra nenhuma de nós. Nem pra Anne. As duas eram próximas, bem mais do que sou da Eva. Mas, a não ser que eu tenha algum irmão secreto por aí, a Juniper só pode ser da Lina.

— Existe alguma chance de a Anne saber e nunca ter te contado? — Ele se equilibrou nos calcanhares e olhou pela janela, então murmurou um palavrão.

— Claro, sempre existe essa possibilidade — admiti. — Mas por que ela guardaria segredo por tanto tempo depois da morte da Lina? Nada disso faz sentido.

— Você só pode estar de sacanagem comigo. — Hudson saiu andando para o hall de entrada.

— O que houve?

Saí correndo atrás dele, derrapando no vestíbulo por causa das meias nos meus pés.

Ele praticamente ocupou a entrada inteira ao escancarar a porta, mas me abaixei por baixo do seu braço e vi Juniper sair da scooter na frente dos degraus da varanda.

Algo no meu peito ganhou vida, então pegou fogo lentamente, como uma fogueira de acampamento feita com gravetos úmidos, enquanto Juniper soltava seu capacete roxo e o jogava no chão ao lado da scooter.

— Você devia estar na escola — brigou Hudson. — A sra. Ashbury vai ter um treco quando perceber que você fugiu.

Ela empinou o nariz erguendo o queixo para Hudson, e o sol da manhã iluminou o tom de cobre em seus olhos estreitados enquanto ela o encarava subindo os degraus. Ela era destemida e determinada, e parecia bastante indignada. A chama no meu peito se espalhou, e minha pele formigou. Não era um déjà-vu. Parecia que eu estava vendo Lina bem na minha frente, agora eu enfim *enxergava*.

Puta merda, eu estava cega. Juniper era a cara dela.

— Mandei um e-mail da conta da mamãe ontem à noite dizendo que você ia me levar pra uma consulta hoje cedo. — Ela chegou à varanda e lançou um olhar irritado para Hudson. — Os gêmeos Gibbons já estão dando bastante trabalho pra ela, então todo mundo sabe que ela não está sentindo falta de mais uma criança na sala de aula.

— Você tem a senha da sua mãe? — Hudson ergueu as sobrancelhas para a sobrinha.

Nossa sobrinha. Fiquei olhando para seu cabelo castanho soprado pelo vento, para o contorno de suas bochechas e seu queixo, notando as semelhanças com minha irmã.

— Juniper0514 não é muito difícil de descobrir — rebateu ela.

Eu me inclinei para trás, roçando a cabeça no braço de Hudson. O contato firmou meus pés, mas nada acalmaria a velocidade do meu coração. Juniper não era apenas uma notificação em um aplicativo nem uma conversa a ser tida ou uma questão a ser refletida. Ela era a *filha* de Lina.

— Você não pode matar aula e ficar zanzando por aí! — O tom de Hudson se tornou mais irritado. — É perigoso!

— Sei. — Juniper cruzou os braços. — Porque eu corri *muuuuito* perigo andando com a minha scooter por seis quarteirões depois que a mamãe me deixou na escola. O sr. Lobos disse oi, aliás. Ele estava cuidando do jardim dele quando passei. Superassustador.

Até o jeito como ela revirava os olhos era igual ao de Lina. Como eu não tinha visto? Oscilei, e Hudson passou o braço ao redor da minha cintura antes de eu cair no chão como uma idiota.

Respira. Você precisa respirar.

— A questão não é essa. Como você sabia que eu estava aqui? Ainda estou com seu telefone. — A voz autoritária dele contrastava com a pressão delicada que ele aplicava em mim para me manter de pé.

— Eu não sabia que *você* estava aqui antes de ver a picape. — Juniper gesticulou para a picape azul-royal nova na frente da casa. — Eu vim falar com *ela*. — Juniper apontou para mim. — Só porque você confiscou meu celular não significa que eu não possa entrar no site quando a mamãe não está usando o computador. Ele notifica as duas pessoas quando encontra uma conexão, sabia? — Ela me encarou, sua expressão passando de destemida para apreensiva enquanto engolia em seco, deixando as mãos caírem ao lado do corpo. — Você não mentiu. Você não é minha mãe. Mas o site disse que somos parentes. Como?

A ideia de esperar por Caroline tinha ido por água abaixo.

Respirei fundo e me preparei para o impacto.

— Eu sou sua tia.

— Vocês têm mesmo um estúdio de balé aqui? — perguntou Juniper dez minutos depois, olhando para as portas duplas que davam no vestíbulo, mantendo o estúdio isolado.

— Temos. — Entreguei um copo de limonada para ela enquanto Hudson me seguia para fora da cozinha com o seu. Nossa sessão de planejamento pós-emergência não tinha nos dado a menor ideia do que fazer. Tomei um gole da minha limonada, torcendo para a dose rápida de açúcar acabar com a sensação de joelhos bambos causada por estar completamente atordoada. — Meu pai herdou a casa. Aqui era o lugar favorito dele. Mas o único jeito de a minha mãe deixar a gente passar os verões aqui era ele transformar o salão de baile em um estúdio, para não perdermos os meses cruciais de treinamento no verão.

Eu me estiquei por trás dela e virei a maçaneta, empurrando a porta para revelar o estúdio em formato de L.

Juniper arfou, e seus olhos brilharam de um jeito que os meus nunca tinham feito naquele espaço.

— Daqui, parece menor do que realmente é, porque ele percorre a lateral da casa.

Dei a volta por ela e entrei no estúdio, apertando o interruptor à direita enquanto eu passava. As luzes acenderam, não que isso fosse necessário àquela hora. O espaço de seis por nove metros era perfeitamente iluminado pelas enormes janelas que formavam a fachada da frente e do sudeste da casa, e a fileira contínua de espelhos do lado oposto também ajudava.

O piso brilhava. Os espelhos não exibiam nem uma marca de dedo. Não havia garrafas de água esquecidas nas janelas, nem bolsas de balé jogadas perto da parede. As caixas de som no teto estavam silenciosas, e mesmo assim fui tomada por uma necessidade avassaladora de correr até a barra antes de minha mãe me pegar enrolando.

— É lindo — sussurrou Juniper em um tom reverente, entrando.

— Sem sapatos. — Balancei a cabeça.

— Ah, sim.

A limonada chegou à beira do copo, mas não caiu enquanto ela tirava os tênis com os pés e entrava correndo, como se eu pudesse desconvidá-la se ela demorasse tempo demais.

— O mesmo vale pra você — falei para Hudson enquanto ele a seguia.

— Eu me lembro das regras. — Ele indicou os pés descalços com a mão vazia. — Apesar de fazer uns anos.

Prendi o ar. A última vez que estivemos juntos naquele salão, ele tinha me visto treinar a variação de *Giselle* por horas enquanto eu me preparava para o Clássico. Ele era quem mais me incentivava e, mesmo sem saber, minha maior distração. Afinal de contas, quem conseguiria se concentrar com Hudson Ellis na sua frente?

Você conseguiria, porque não é mais uma adolescente.

Juniper passou por mim e espiou pelo canto, onde começava o espaço de verdade.

— E vocês também têm uma academia?

— Nos últimos três metros — confirmei, observando a expressão dela passar de fascínio para curiosidade conforme eu me aproximava. — O que fazemos lá nos permite dançar aqui.

— É assim que você continua treinando fora da companhia — observou Juniper, deixando a limonada no peitoril da janela e subindo no equipamento de pilates perto da esteira. — Do jeito que a Eva falou, parecia que você estava desistindo de tudo quando veio pra cá.

Eu pestanejei, e meus passos hesitaram.

— Ela usa o Seconds — me lembrou Hudson com um sussurro, parando ao meu lado.

Ah. Certo.

— Quer dizer, a maioria das bailarinas se recupera na companhia. — Ela me lançou um olhar sabichão e seguiu para os pesos empilhados junto do espelho. Aquilo era uma acusação e uma pergunta ao mesmo tempo.

— Não desisti de nada. — Eu me empertiguei diante da insinuação. — Só me recupero melhor sozinha, sem... — falei, e pensei: *adversárias torcendo para o meu fracasso* — ser o centro das atenções. — Tomei outro gole da limonada azeda e me recompus. — Além do mais, a Eva entende como os algoritmos funcionam. Tudo que for controverso ou negativo recebe engajamento.

E o que ela realmente queria eram seguidores.

— Então você vai voltar pra temporada de outono? — Juniper passou os dedos pela barra.

— O plano é esse.

A tempo de estrear *Equinócio* no outono, contanto que Vasily gostasse do que visse na gravação e nos autorizasse.

— Vai ser difícil, né? — Juniper passou direto por mim e Hudson, indo até as fotos penduradas nas paredes entre as janelas. — A Michaela DePrince levou um ano pra se recuperar, e você acha que vai conseguir fazer isso em nove meses?

— Passei por um procedimento mais novo, e vão ser oito meses, já que você quer contar. — Eu a segui até a parede. — Vou ter que estar cem por cento recuperada pra ensaiar no mês anterior. E sei as probabilidades. Nossa família passa por cima delas.

— Nossa família — sussurrou Juniper, erguendo o olhar para a foto mais antiga no salão. Nós quatro estávamos de meia-calça e colã apoiadas na barra, todas de coque. Eva devia ter só uns dois anos. — Vocês todas receberam nomes de primeiras bailarinas, né?

— Foi. Minha mãe gosta de criar expectativas desde cedo.

— Minha mãe é a Alina, né? — O olhar dela passou para minha irmã mais velha.

Esse comentário foi um soco no estômago.

— Por que você acha isso?

Senti Hudson atrás de nós, observando, mas ele continuou em silêncio conforme o olhar de Juniper passava para a fotografia de baixo, onde nós quatro usávamos colãs e saias iguais. Eu tinha sete anos, o que indicava que Lina tinha nove — um ano a menos do que Juniper agora.

Olhando para as duas, meu peito apertou. A semelhança era absurda. Eu devia ter percebido assim que meus olhos tinham batido nela.

— Até achei que podia ser a Eva — disse Juniper, percorrendo a fileira de janelas, analisando cada foto. — O formato dos nossos olhos é igual, e ela não parece o tipo maternal.

Os olhos da vovó.

— Você deve ter puxado os olhos da mãe do meu pai, sua bisavó, e só porque você segue alguém na internet não quer dizer que conheça essa pessoa.

Apesar de eu não poder discordar daquela observação.

Juniper me fitou e parou enquanto pensava no meu comentário, antes de voltar a encarar as fotos.

— Mas você saberia se ela tivesse tido um bebê, né? E você pareceu bem surpresa quando me conheceu.

— É verdade.

Acompanhei seus olhos até a foto seguinte, em que só três de nós usavam figurino, segurando buquês após um espetáculo. Anne estava ao nosso lado, sorrindo para a câmera, os braços vazios. Ela havia desistido com catorze anos, quando mamãe tinha dito que ela jamais alcançaria o patamar necessário para ser contratada por uma academia.

Eu ficara com tanto dó quanto inveja por sua liberdade.

— A Anne não dança, então não pode ser minha mãe. — Juniper suspirou para a foto e seguiu para a próxima.

— Não é assim que as coisas funcionam — rebati, seguindo-a. — E ela sabe dançar. Ela é uma ótima bailarina. — Entrei na defensiva com o ceticismo de Juniper. — É difícil crescer em uma casa como esta. É difícil ser ótima quando… — Perdi as palavras antes de criticar minha irmã.

— Quando você está cercada por pessoas fenomenais — comentou Juniper, parando na foto seguinte.

Nós quatro tínhamos acabado de sair do primeiro Clássico de todos, mas, de novo, apenas três usavam figurino. Juniper chegou à última janela e encarou a última foto.

Eu e Eva estávamos vestidas para a barra, lecionando um curso intensivo de verão, e Anne sorria ao nosso lado, usando um vestido preto e seu anel de noivado.

— Quantos anos você tinha aqui? — perguntou Juniper, pegando seu copo do peitoril da janela.

— Vinte. — Era impossível não notar que meu sorriso não alcançava meus olhos, e fiquei me perguntando se eu conseguiria sorrir, ainda que daquele jeito, se alguém tirasse uma foto de mim agora. — Eu tinha acabado de voltar da primeira ruptura do meu tendão. — As últimas palavras saíram em um sussurro.

Os ombros de Juniper murcharam, e ela ergueu o olhar para mim, segurando a limonada com ambas as mãos.

— Minha mãe é a Alina. — A declaração era tão categórica quanto carregada de tristeza.

— Acho que sim — respondi com delicadeza. — Nós chamávamos ela de Lina. Ela era a mais velha, tinha o sorriso mais feliz e a gargalhada mais escandalosa, e dava os melhores abraços, do tipo que fazia a gente achar que o amor era transmitido por osmose, como se ela conseguisse nos contaminar com sua alegria. — Minha garganta apertou.

Juniper olhou para trás de mim, para onde eu sabia que Hudson estava. Eu sempre tinha sido capaz de saber onde ele estava sem me esforçar muito. Ele era como um ímã, atraindo tudo e todos na sua direção — incluindo eu. Sempre tinha sido assim. Ele e Lina eram parecidos nesse sentido.

— E ela morreu.

Concordei com a cabeça, meu estômago se revirando, ciente de que eu provavelmente estava fazendo tudo errado. Devia haver algum terapeuta ali, e Caroline, e uma série de outros apoios, e pessoas que sabiam a coisa certa a ser dita, como Anne. Em vez disso, Juniper tinha que lidar comigo.

E eu nunca sabia direito o que ou quanto dizer, e era por isso que preferia ficar quieta.

— Como foi? — perguntou ela.

Engoli em seco, e meu estômago embrulhou mais ainda.

— Juniper. — O tom de Hudson era um alerta, então ouvi um telefone vibrando.

— Ela tem o direito de saber — falei olhando para trás enquanto ele enfiava a mão no bolso de trás da calça e puxava o celular.

Ele apertou um botão e guardou o celular. Nossos cinco minutos tinham se transformado em meia hora.

— Como foi? — repetiu Juniper.

— Foi um acidente de carro. — Forcei as palavras a saírem da minha boca seca.

— Essa parte eu vi nos jornais. — As mãos dela se retorceram em torno do copo suado. — Eu quero saber como aconteceu. Você estava com ela, né? É isso que as matérias dizem.

— Não lembro. — Ergui meu copo, mas ele estava vazio, o que não afrouxava o nó na minha garganta que sempre me assolava quando eu tentava relembrar aquela noite. — Sei que estávamos voltando pra casa depois de comemorarmos o Clássico. Me disseram que ela perdeu o controle numa curva e batemos numa árvore, e eu… — Aquilo era algo que eu já tinha repassado na terapia dezenas de vezes para tentar seguir em frente, mas as palavras entalaram na minha garganta e meu coração disparou. — Eu sobrevivi, e ela, não.

Você largou ela lá pra morrer. A voz da minha mãe gritava na minha cabeça.

Na minha memória, pneus cantaram. Vidros foram quebrados. Metal, amassado. Não importavam todos os detalhes daquela noite que tinham desaparecido, o momento do impacto não me abandonava. E partes dessa memória não batiam com o relatório oficial, me fazendo questionar todo o restante.

— Allie — murmurou Hudson, subitamente bem perto de mim. Ele trocou meu copo de limonada pelo seu. — Aqui, fica com o meu.

Tomei um gole do dele e me concentrei em respirar. Aquele era outro motivo para sempre ter limonada em casa — o sabor azedo era supostamente uma distração das crises de ansiedade… ou pelo menos era o que dizia minha terapeuta.

— Você tem todo o direito de saber — disse ele para Juniper. — Mas, por enquanto, vamos mudar de assunto.

— Eu estou bem — consegui dizer, e devolvi o copo dele. — Obrigada. — Afastei as memórias como se elas pertencessem à história de outra pessoa e encarei Juniper. Ela estava com os lábios comprimidos, a testa franzida de preocupação. — Você não precisa se sentir mal — prometi. — Se eu conseguisse me lembrar de mais alguma coisa, te contaria.

— Como você não se lembra? — perguntou Juniper.

Hudson se enrijeceu, e seu celular voltou a vibrar.

— Bati a cabeça com tanta força que perdi a memória das horas antes do acidente, e só acordei dois dias depois.

Bom trabalho. Levantei meu cabelo e inclinei a cabeça para ela ver a cicatriz no canto da minha testa.

— Ah. Desculpa. — Juniper olhou de Hudson para mim enquanto ele rejeitava outra ligação. — Você... você sabe quem é meu pai?

— Bem que eu queria saber, mas não tenho ideia. — Lina devia estar saindo com alguém em San Francisco.

Juniper assimilou a notícia, concordando lentamente com a cabeça.

— Você pode me contar mais sobre ela, sobre minha mãe biológica?

Assenti.

— Se você quiser. A gente devia conversar com a sua mãe...

— Não! — gritou Juniper, e Hudson, de algum jeito, conseguiu pegar o copo dela antes de a limonada cair no chão. — Vocês não podem fazer isso!

O telefone de Hudson vibrou de novo, e tirei os três copos das mãos dele, prendendo um entre meu antebraço e a barriga.

— Atende logo.

Ele me lançou um olhar pesaroso, então arrastou a tela para atender enquanto se afastava um pouco.

— O que foi? Estou de folga hoje. Ele fez *o que* com a cadela? — perguntou em um tom ríspido, e nós duas nos viramos enquanto ele girava o boné para trás.

Ah, era exatamente isso de que eu precisava, Hudson Ellis parecendo ainda mais gostoso que o normal. Por que diabos um boné virado para trás fazia eu voltar aos meus dezessete anos?

— Nem pensar. — Ele suspirou. — Estou ocupado agora, mas passo aí assim que der. — Ele desligou e enfiou o telefone de volta no bolso enquanto se aproximava de nós. — Desculpa. Juniper, a gente precisa contar pra sua mãe. — Ele pegou dois copos de mim. — Obrigado.

Eu quase perguntei se estava tudo bem, só que misturar minha vida com a de Hudson mais do que o necessário era uma péssima ideia, levando em consideração a situação atual.

— Ele tem razão, precisamos contar pra ela.

— Não. — Juniper balançou a cabeça, veemente. — Se você fosse minha mãe, ela se sentiria na obrigação de te escutar, mas não vai deixar a gente se ver se ela souber que você é minha tia! — Seus olhos se encheram de pânico. — Ela já deixou bem claro que só posso procurar minha família depois que eu fizer dezoito anos.

Pelo visto, Hudson não estava exagerando quando falara de Caroline. Um peso tomou meu peito. Descobrir que Juniper existia apenas para ser proibida de conhecê-la seria como perder Lina de novo. *E, se aquela noite tivesse seguido outro rumo, seria Lina quem estaria aqui, não eu.*

— Mas você já encontrou sua família — falei baixinho. — Então, se a gente não puder te conhecer, o que sobra? — Olhei para Hudson. — O que a gente faz agora?

Hudson apertou o maxilar.

— A Caroline merece saber.

— E o que *eu* mereço? — interrompeu Juniper, seus olhos ficando marejados. — Minha mãe quis me adotar. A Alina quis abrir mão de mim. As duas conseguiram o que *elas* queriam. Por que o que *eu* quero não conta? Por que eu só vou ser importante depois de completar dezoito anos?

— Você é importante — sussurrei, apertando ainda mais o copo na minha mão.

Aquilo era injusto em todos os sentidos.

— É claro que o que você quer conta — garantiu Hudson, colocando os dois copos na palma de uma mão e passando a outra pelo cabelo.

— Que bom. — Ela encarou o próprio braço. — Porque eu quero conhecer minha família biológica.

— Não sei como isso vai ser possível sem contarmos pra sua mãe — falei com delicadeza.

— A gente vai contar pra ela — prometeu Juniper, seu olhar alternando entre nós. — Só não agora. Ela precisa gostar de você primeiro.

Isso *nunca* aconteceria.

— O que também convenceria sua mãe de que nem todas as bailarinas são metidas? — Hudson ergueu uma sobrancelha, nitidamente entendendo o plano dela.

— Dois coelhos com uma cajadada só — admitiu Juniper, erguendo o queixo.

— Acho que você subestima muito como sua mãe se sente em relação à minha... — Fiz uma careta ao perceber meu deslize. — À nossa família.

— Você vai conseguir mudar a opinião dela. — Duas ruguinhas surgiram entre as sobrancelhas de Juniper, e ela ergueu o olhar rapidamente, como se estivesse pensando. O sorriso que se espalhou por seu rosto era cem por cento travesso. — O tio Hudson pode te levar à minha festa de aniversário.

Espera. O quê? Meu estômago pegou fogo.

— Geralmente, a gente só convida seus amigos de escola e a família — lembrou Hudson.

— Seu aniversário já passou. — Minhas mãos começaram a transpirar só de eu pensar em chegar perto de Caroline com um segredo como aquele.

— A gente sempre comemora meu aniversário no fim de semana do Memorial Day, pra família inteira conseguir vir. — Ela focou seu sorriso imenso em Hudson, pulando. — E é por isso que é perfeito! Ela pode ir como sua namorada. A mamãe deixou o tio Gavin levar a namorada dele ano passado.

Meu estômago virou cinzas. *Namorada* dele?

— De jeito nenhum. — Hudson ergueu as sobrancelhas. — Não.

— É só vocês fingirem. — Juniper inclinou a cabeça para mim... exatamente como Lina. — Você vai poder conhecer minha família. Eu vou poder conhecer você e, depois que a mamãe descobrir que você é legal, contamos pra ela.

Eu pisquei. A maquinação, a mentira, o desrespeito geral por figuras de autoridade — tudo isso também vinha de Lina, apesar de eu não duvidar da influência de Hudson. Mas fingir daquele jeito para Caroline gostar de mim era um absurdo… e errado.

— Juniper… — começou Hudson.

Um barulho veio da porta às nossas costas.

— Pensei ter escutado alguém aqui! — A empolgação na voz de Anne era palpável, e me virei na direção dela sem pensar, igual a Hudson. Ela espiou por trás do que parecia um arranjo de festa em suas mãos, o vaso alto cheio de flores cor-de-rosa e verdes. — Que interessante vocês estarem… — Ela ficou pálida como a tinta nas paredes enquanto nos encarava. — Lina?

O vaso escorregou de suas mãos e se espatifou no chão.

9

HUDSON

PontaCostaOeste: Nepotismo não vai ajudar com sua técnica, @4IrmãsRousseau

— Você vai aceitar! — berrou Anne enquanto eu subia os degraus da varanda de Allie pela segunda vez naquele dia.

Ergui as sobrancelhas, chocado. Em todos os anos que eu conhecia as Rousseau, nunca tinha escutado Anne gritar. Eva? Sem dúvida. Lina? Uma vez ou outra. Mas Anne? Nunca.

Ela devia estar berrando com Allie, convencendo-a a topar o plano de Juniper. Fiquei incomodado, e Sadie ganiu ao meu lado quando toquei a campainha. A pequena golden não tinha parado de tremer desde que eu a buscara no veterinário meia hora antes.

— Está tudo bem — prometi para ela, agachando para lhe fazer carinho.

A porta se escancarou, e o olhar frenético de Anne foi de mim para Sadie.

— Cadê ela?

— Não começa com esse tom, Anne — alertei. — Eu avisei que a levaria de volta pra escola.

Falei devagar, como se nós todos não tivéssemos participado da mesma conversa uma hora antes, concordando que precisávamos ter uma reunião apenas de adultos. Anne tinha perdido por dois votos contra um, mas fizera parte da decisão mesmo assim.

— Deixa ele entrar — ordenou Allie do interior da casa, seu tom inexpressivo, do mesmo jeito que estava quando eu chegara mais cedo. O tom que me fazia desejar que ela berrasse ou gritasse, qualquer coisa para provar que continuava ali.

— Ele está com um cachorro. — Anne deu um passo para o lado, revelando Allie, que estava sentada no segundo degrau da escada principal, abraçando as pernas. — Cachorros não podem entrar.

— Então vamos conversar na varanda — sugeri.

A cabeça de Allie se inclinou enquanto ela fitava Sadie.

— A mamãe não está aqui, então somos nós que decidimos as regras. Deixa os dois entrarem.

O fato de a mãe delas não estar ali era o único motivo para eu conseguir entrar pela porta da frente.

Anne suspirou, então gesticulou para nós entrarmos.

— Se ela fizer sujeira, quem vai limpar é você.

— É claro.

Passei por Anne e entrei no vestíbulo, sentando ao lado de Allie no degrau, como se me posicionar ali fosse a coisa mais natural do mundo.

— Você trouxe sua cadela? — Allie se esticou por cima dos meus joelhos e fez carinho na cabeça de Sadie.

Eu nunca fiquei tão feliz em ver um rabo balançar.

— Ela não é minha. Eu a salvei há pouco mais de uma semana. O dono disse pro veterinário que não ia buscá-la, então aqui estamos. Ela se chama Sadie.

— Oi, Sadie — sussurrou Allie, e isso bastou para a cachorrinha parar de tremer. Ela se aproximou, se enfiou entre nossos joelhos e apoiou a cabeça no colo de Allie. — Você é descarada, né?

Um sorriso discreto, mas real, se formou no rosto de Allie, e no meu também.

Parando para pensar, aquele era o primeiro sinal de alegria verdadeira que eu tinha visto nela desde que a tirara da água na semana anterior. Meu estômago embrulhou de preocupação.

— Agora que sabemos o nome da cadela — disse Anne, e fechou a porta —, você quer me explicar como diabos sua família acabou criando nossa sobrinha?

— Para com isso — retrucou Allie com delicadeza. — Não é como se ele tivesse tido qualquer influência nas ações da Lina.

— Você tem certeza? — Ela se recostou na porta e cruzou os braços. — Você é o pai da Juniper?

A mão de Allie ficou imóvel, e meu corpo se enrijeceu.

— Isso seria fisicamente impossível, já que eu nunca nem encostei na Lina.

Estreitei os olhos para Anne. Eu só tinha olhos para Allie.

— Então a *nossa* irmã teve um bebê sem contar pra ninguém e por um acaso deu a criança pra *sua* irmã? — Anne estreitou os olhos de volta pra mim.

— Eu fiquei tão surpreso quanto você quando a Allie me contou o resultado.

— Eu vi só um dia antes… — começou Allie, e imediatamente me arrependi das minhas palavras, me dando conta do que eu tinha deixado escapulir.

— Você contou pra *ele* primeiro? — berrou Anne, sua voz falhando no fim. — Não foi só porque ele apareceu com ela aqui hoje de manhã?

— Eu contei pra ele primeiro — respondeu Allie, ainda com a mão na cabeça de Sadie. — E pode ser que isso tenha sido um erro, mas ele já sabia…

— Você devia ter *me* contado antes! — Anne enfiou os dedos no cabelo cacheado.

— Eu sei… — sussurrou Allie.

— Como você teve coragem de esconder uma coisa dessas de mim? A Lina teve uma filha! — A voz de Anne ficou ainda mais alta.

— Se você deixasse ela terminar uma frase, quem sabe ela te contasse as coisas. — Soltei a guia de Sadie.

— Não fala assim com ela — rebateu Allie, se enrijecendo, e as duas irmãs me fitaram com raiva.

Merda, eu tinha feito por merecer essa. Eu devia saber que me meter numa briga das irmãs Rousseau seria um erro.

— Quero falar com ela — ordenou Anne antes de eu conseguir pedir desculpas. — Eu mal disse cinco palavras e você já tirou ela daqui, como se eu fosse causar algum mal pra ela.

— De jeito nenhum. — Allie balançou a cabeça. — Já é ruim ela ter vindo aqui sem a Caroline saber. Nós não vamos interferir na vida dessa menina, e é exatamente o que vai…

— Ela é saudável? Feliz? Como são as notas dela? As crianças são legais com ela na escola? — disparou Anne, fazendo uma pergunta atrás da outra.

— … acontecer se você se meter — concluiu Allie, coçando o queixo de Sadie.

— Sim, ela é saudável — respondi. — Ela é feliz quando ela consegue o que quer. As notas dela são boas. E, sim, todo mundo gosta dela, até onde eu sei. E a Allie tem razão. Se você aparecer lá, a Caroline vai pedir uma medida cautelar. Ela vai te encarar como uma ameaça, ela tem pavor de perder a Juniper.

— Tenho todo o direito de conhecer minha sobrinha — argumentou Anne.

— Não, a Caroline que tem todo o direito de proteger a *filha* dela — rebateu Allie. — Nós não temos direito algum quando se trata da Juniper. Não legalmente. Gostando ou não, a Lina não deixou ela com a gente, e precisa haver um motivo pra ela nunca ter nos contado que a Juniper existia.

— Só quero falar com ela. — Anne se jogou contra a porta, e os ombros de Allie murcharam.

Aquela situação toda era desastrosa.

— A Caroline é uma excelente mãe e daria a vida por aquela menina — acrescentei. — Ela está em boas mãos.

— E a gente deveria confiar em *você*? — retorquiu Anne, ríspida.

— Para — alertou Allie para a irmã. — Se você quiser brigar, briga comigo.

— Eu sou mais do que capaz de… — comecei, apenas para calar a boca quando Allie ergueu uma única mão.

— Você vai aceitar — repetiu Anne em um tom mais calmo, mas ainda determinada. — Por favor, Allie, aceita. Finge ser *qualquer coisa* do Hudson pra se aproximar da Juniper.

Allie se concentrou em Sadie, como se Anne não tivesse dito nada.

Era *tão* injusto pedir aquilo para Allie, mas respeitei sua vontade e fiquei calado.

— Ela não tem mesmo dono? — perguntou Allie, olhando para mim com seriedade. — A cadela?

Franzi a testa com a mudança súbita de assunto.

— Não. Não por enquanto, pelo menos. Meu senhorio não aceita animais de estimação, e plantões de vinte e quatro horas não são bons pra animais, mas vou achar alguém pra ficar com ela.

— Você não pode deixar ela num abrigo. — O tom dela se tornou mais firme.

— Eu nem pensei nisso.

Percorri Allie com os olhos, analisando-a rapidamente. Ela parecia exausta. Eu não tinha a menor ideia de como sua aparência costumava ser, então não conseguia avaliar se ela estava comendo direito ou se aquelas olheiras eram normais, mas eu apostava que ela estava se matando de treinar.

Sua família nunca permitia que ela desacelerasse.

— Você vai fazer isso por *mim*, Alessandra — insistiu Anne, me trazendo de volta para a conversa.

Isso que é fazer alguém se sentir culpado.

Allie suspirou.

— Você acha mesmo que a Caroline vai nos proibir de ver a Juniper se contarmos a verdade? — perguntou ela para mim, fazendo carinho atrás das orelhas de Sadie.

Apertei a aba do boné e pensei um pouco.

— Sinceramente, não sei. Ela não desgruda os olhos da Juniper desde que o Sean morreu, e acho que isso não vai mudar. Odeio admitir que a Juniper tem razão nesse ponto. Seria mais fácil a Caroline te aceitar se ela te conhecer primeiro.

Isto é, se nós sobrevivêssemos depois que alguém descobrisse aquele plano.

— Você acha que é uma boa ideia? — perguntou Allie. — Você quer que eu minta pra sua família pra conquistar a sua irmã?

— Colocando nesses termos, parece péssimo. — Virei o boné para trás. — Não sei. Se fosse qualquer outra pessoa que não você, eu não estaria nem aí. Mas *é* você. — Engoli o bolo imenso que se formava na minha garganta. — Acho que a Juniper tem o direito de saber de onde veio e, se a Caroline entender que a família biológica dela é inofensiva, um peso imenso vai sair dos ombros dela. Mas odeio a ideia de mentir pra minha irmã, e se a sua mãe descobrir...

Meu estômago embrulhou como se eu ainda fosse um garoto de dezoito anos.

— Minha mãe está ocupada demais dando aulas pra prestar atenção na gente — interrompeu Anne, e Allie afastou o olhar. — Ela não vai se meter. — A voz de Anne ficou mais baixa enquanto ela se aproximava de Allie. — A Juniper é a última... a única parte que nos resta da Lina, e esta é nossa chance de conhecê-la.

— Então vai você. — Allie acariciou o pescoço de Sadie.

— Não. — A palavra escapuliu antes de eu conseguir segurá-la.

— Não daria certo — concordou Anne. — Ele não olha pra mim do mesmo jeito que olha pra você. É só por isso que acho que esse plano... infantil pode dar certo. Ele consegue bancar essa mentira toda só de olhar pra você.

Era tão óbvio assim?

— E é uma idiotice — continuou Anne —, mas é tudo que temos, e a Juniper não está errada em achar que você é capaz de conquistar a Caroline. Você conquista *todo mundo* com esse seu jeito. E qual é a pior coisa que pode acontecer? A Caroline descobrir nosso plano e nós voltarmos pra estaca zero, proibidas de conviver com a Juniper. Não temos nada a perder, só a ganhar. Vai à festa, Allie. Por favor.

— Não vou mudar a opinião dela em um dia.

Allie nem se deu ao trabalho de erguer o olhar quando Anne ajoelhou no piso do hall de entrada, na frente dela.

— É verdade. — Concordei com a cabeça. — Conhecendo minha irmã, isso vai levar semanas, talvez meses.

— Então você vai insistir pelo tempo que for necessário. — Anne tocou os pés de Allie, e ela começou a despejar as palavras: — A gente precisa ter certeza de que a Juniper está bem. Nós devemos isso à Lina. E, se eu não posso fazer as perguntas, garantir que a filha da Lina esteja tendo uma boa vida, você precisa fazer isso por mim. Você precisa, Allie. A Juniper te pediu, e dizer não pra ela seria como dizer não pra Lina…

— Isso é um golpe baixo — interrompi quando Allie puxou o ar de repente. — Não vou fazer nada que ela não tope fazer por vontade própria.

Anne se eriçou.

— Quando é a festa? — perguntou Allie, olhando para mim.

— Você não precisa fazer isso. Nem sei se é mesmo o certo. — Busquei nos olhos dela qualquer sinal da fúria que eu tinha visto ao tirá-la da água, ou quando a provocara no bar, mas encontrei apenas pura determinação. — Nem se vamos conseguir.

— Nós vamos conseguir. — Ela empinou o queixo pontudo. — Eu estou aqui, e a Lina, não. Esse é o mínimo que eu devo a ela. Você vai me ajudar ou não?

Apertei o maxilar uma vez. Duas vezes. Eu teria dito qualquer coisa a ela para fazer aquela fúria voltar aos seus olhos. Deus era testemunha de tudo que eu seria capaz de fazer para ver um sorriso de verdade nela, para saber que ela estava feliz depois de tudo pelo que tinha passado. Talvez tirá-la daquela casa que mais parecia uma panela de pressão, fazê-la passar um tempo longe do estúdio com minha família esquisita, porém próxima de um jeito sufocante, lhe arrancasse umas risadas. Nós faríamos bem a ela, especialmente Juniper.

Mas fingir um relacionamento com Allie? Meu peito apertou enquanto ela esperava minha resposta. Como diabos eu conseguiria ficar tão perto dela sem perder o controle? Talvez eu precisasse fazer isso. Talvez esse fosse meu castigo. Nós não tínhamos nenhum tipo de futuro juntos — ela jamais me perdoaria se soubesse toda a verdade —, mas talvez aquela fosse minha chance de me redimir, mesmo que um pouco. Eu poderia ajudá-la a recuperar aquela fúria, mesmo que ela a direcionasse contra mim.

— Sábado, meio-dia. Na casa dos meus pais. É a casa da Caroline agora. Alessandra, a gente vai ter que ser muito convincente. Minha família presta bastante atenção.

— Tudo bem. — Ela levantou, e Sadie levantou junto. — Cinco minutos de cada vez, né? Não era isso que você me dizia? Se você cumprir a sua parte, posso fingir que sou sua namorada. Sou ótima em interpretar papéis. — Ela se inclinou e pegou a guia de Sadie. — A Juniper precisa entender que vou voltar pra Nova York no meio de agosto, então não vai dar pra fingirmos pra sempre. Se a Caroline não gostar de mim até lá, não tem jeito. — Allie deu de ombros. — Mas sempre fomos bons em fazer as coisas durarem por um verão, né?

Ai. Esse soco tinha me acertado nas costelas.

— Beleza. Um verão, então. — Pelo visto, nós íamos fazer mesmo aquilo. Concordei com a cabeça, me comprometendo. Se era o que ela queria, era o que eu faria por ela, por todas elas, até por Caroline. E não era como se eu tivesse que fingir desejar Allie. Pelo visto, eu era péssimo em esconder isso. — Vou mais do que cumprir a minha parte.

— Que bom, então a gente se vê no sábado. Agora, eu e a Sadie vamos tirar um cochilo. Não precisa mais encontrar um dono pra ela. Eu sou a dona dela agora. — Allie começou a subir a escada com Sadie. Sua voz, seus movimentos, eram todos tão inexpressivos que minhas costelas se apertaram enquanto eu virava para observá-la se afastar. — Ah, Hudson? — disse ela do topo da escada, voltando a me encarar. — Pra gente ser *muito convincente*, você devia desbloquear meu número para conseguir falar comigo. Deve ser por isso que você nunca me atendeu quando eu tentava te ligar.

— Aham. — Um buraco se abriu no meu estômago, porque era exatamente isso que minha versão idiota de dezoito anos tinha feito. — Vou desbloquear.

Ela entrou no quarto e fechou a porta.

— Acho que ela acabou de roubar sua cadela.

Anne se levantou e limpou os joelhos.

— Ela não era minha. Eu só a salvei. — E eu não conseguia pensar em um lugar melhor para ela estar. Eu me levantei, então desci os dois degraus até o vestíbulo. — Agora, o que está acontecendo com a Allie e por que você não está fazendo nada pra resolver o problema?

10
HUDSON

Usuario936221: Isso é uma piada, né? Sua rotação de quadril está toda errada, e nem vou falar nada dos seus braços.

Anne fechou o cardigã ao redor do corpo, na defensiva.

— Não tem nada *acontecendo* com ela. E estou ajudando. Ela se recusa a se recuperar na companhia, então vim pra cá com ela, pra garantir que…

— Ela não fique mais deprimida? — Eu estava lutando uma batalha sangrenta contra meus instintos para não ir atrás de Allie. — O problema é esse, né?

— Qual é a comida favorita da Juniper? — Ela prendeu um cacho atrás da orelha e ficou me encarando quando não respondi. — Responde a minha pergunta que eu respondo a sua, Ellis.

Avaliei minhas opções, e Allie venceu.

— Pizza. Ela tem dez anos.

— Pizza. — Ela repetiu minha resposta com um sorriso triste. — Você tem razão sobre a Allie. Mas ela está medicada e fazendo terapia. É comum que isso aconteça com atletas depois de sofrerem uma lesão e não poderem mais fazer aquilo que amam. Ela vai melhorar depois que voltar aos palcos, como antes.

Antes. Ela também tinha passado por isso depois do acidente. Meus ombros doíam com o peso da minha muito merecida culpa. Eu devia ter ficado do lado dela naquela época, mas estava aqui agora.

— Qual é o filme favorito da Allie? — perguntou Anne.

Parecia seguro responder.

— *Star Wars*. Ela maratona os filmes quando está doente. Especialmente, o episódio cinco quando só há tempo pra um. A Allie está saindo com alguém? — Fechei os olhos com força, me arrependendo na hora. — Deixa pra lá. Esquece que eu perguntei isso.

Quando abri os olhos, Anne arqueou uma sobrancelha.

— Não — respondeu ela, devagar. — Não está. São só casinhos descompromissados, e sempre com outros bailarinos. Ela diz que é porque está focada demais na carreira, ou porque fica entediada com facilidade. Na minha opinião, é porque alguém causou um trauma enorme nela quando se trata de confiar nos outros.

Foi como tomar um soco na barriga.

— Eu, no caso.

— Eu diria que sim. Do que a Juniper tem medo?

Longe demais.

— Nada disso. Você não vai ouvir os detalhes que ela escreve no diário.

Segui para a porta. Era engraçado, eu tinha passado mais por aquela porta hoje do que durante minha vida inteira.

— Isso não é justo — disparou Anne. — Eu contei da depressão da Allie.

— Pois é. — Segurei a maçaneta. — Pelo visto, eu protejo mais os segredos da Juniper do que você os da Allie. Pergunta outra coisa.

A porta rangeu quando a abri.

— O que ela quer ser quando crescer?

Bufei.

— Adivinha. Uma bailarina. Ela é parte Rousseau, não é?

Todas as células do meu corpo detestavam a ideia de deixar Allie dormindo depois dos eventos do dia, só que, quanto mais eu ficasse, mais Anne me interrogaria sobre Juniper.

— Nem toda Rousseau é bailarina — argumentou Anne, segurando a porta quando meus pés tocaram a varanda. — O que você ganha com isso tudo?

Hesitei, chegando à escada.

— A felicidade da Juniper, a eventual paz de espírito da Caroline, e uma chance de ser perdoado pela Allie.

— Que altruísta da sua parte. Você sabe que eu te vi, né?

Isso me fez virar para olhar Anne.

— Naquela manhã, antes do Clássico. — As juntas dos dedos dela embranqueceram apertando a maçaneta. — Escondido com a Lina no beco. Fosse lá o que vocês estavam fazendo, não queriam que ninguém visse.

Apertei o maxilar.

— Nada aconteceu entre mim e a Lina.

— Ainda assim, sua família acabou ficando com a filha dela. — Anne empertigou os ombros.

Olhando para o céu, murmurei um pedido rápido por paciência, então desci os degraus da varanda.

— Sabe, as barreiras da Allie tinham quase uns dois metros de altura quando éramos adolescentes, eu só conseguia dar uma espiada por cima. Nunca fui idiota a ponto de achar que ela deixaria eu me aproximar de verdade, não do jeito que sua família guarda segredos uns dos outros. — Allie só tinha me deixado ver as coisas que ela se sentia segura o suficiente para compartilhar. Eu me virei no pé da escada para encarar Anne. — Mas, agora, essas barreiras são grossas pra cacete e devem ter uns cinco metros de altura, quem sabe mais, e não tem problema, porque eu sei escalar, mas nós dois sabemos que esses tijolos todos não existem *só* por minha causa.

Anne empalideceu e afastou o olhar.

— Não sei do que você está falando.

— Eu quase tinha me esquecido de como vocês mentem bem. O que a sua mãe fez? Ela esperou um dia ou um mês até começar a cobrar a Allie pra preencher o espaço da Lina? Ela teve tempo pra se recuperar? É por isso que ela está se matando de treinar agora? — Essa última pergunta foi um palpite.

O jeito como Anne se retraiu mostrou que eu tinha acertado em cheio.

— Pergunta o que foi embora pra academia sem nem passar no hospital.

— É. — Concordei com a cabeça, aceitando a verdade que ela jogava na minha cara. — Eu fiz merda. Mas você já admitiu isso pra você mesma também? Eu *devia* estar lá, mas você *estava*.

Trinquei os dentes.

— Eu estava… na faculdade. — Anne puxou o cardigã com tanta força que achei que ele fosse rasgar. — E estou de olho nos treinos dela agora… de olho nela. Obrigada por nos ajudar, Hudson, mas não se engane. Eu quero conhecer minha sobrinha, mas não à custa de machucar a Allie. Se você sequer cogitar magoar minha irmã de novo, não vou ficar quieta desta vez. Vou contar pra ela que te vi com a Lina.

— Pode contar. — Segui para minha picape. Pelo visto, Anne não precisava de sapatilhas para aprender algumas coisas com sua mãe. Virei a cabeça para trás e peguei as chaves no bolso. — Nós estamos do mesmo lado, Anne. Eu quero o melhor pra Juniper e pra Allie. O único ponto em que nossos interesses não batem é quando se trata da Caroline, que vem sempre antes de você, do mesmo jeito que a sua irmã pra você. — Gesticulei entre nós enquanto eu dava a volta pelo capô. — Estamos do mesmo lado. Para de tentar tirar meu sangue. Eu já sangrei tudo que tinha pra sangrar quando deixei a Allie.

— Você tem certeza de que ela vem? — sussurrou Juniper naquele sábado ao pular para fora da minha picape.

— Ela disse que vinha. — Eu me estiquei para dentro da caçamba e peguei os dois dos maiores sacos de gelo que a loja do posto de gasolina vendia, que, com sorte, seriam suficiente para Caroline. — E nunca vi a Alessandra mentir.

Juniper mordia o lábio inferior, mas acabou concordando com a cabeça.

— E você acha que vai conseguir enganar a mamãe?

— Você está preocupada se nosso plano vai dar certo?

— Não. — Ela continuou andando na minha frente enquanto seguíamos pelo caminho cheio de carros diante da garagem, indo para a porta da cozinha. — Estou preocupada se você não vai fazer a sua parte e acabar estragando meu plano.

— Legal saber quanto você confia em mim. — Ajeitei os sacos nas mãos quando eles começaram a escorregar. A temperatura tinha alcançado agradáveis vinte e cinco graus hoje, nada mau para o fim de maio, e o gelo tinha começado a derreter quando ainda estávamos no carro. — Algum conselho para eu ser um ator melhor?

Gavin saiu da cozinha levando uma bandeja de cupcakes para o quintal dos fundos. Eu não estava preocupado com meu irmão, já que ele havia sido informado da mentira cujo objetivo era fazer Juniper entrar no balé.

Ele só não sabia sobre a questão do parentesco.

— Meninas gostam quando o cara busca bebida pra elas ou pergunta se elas estão com fome — explicou ela, seu cabelo balançando com a brisa. O vento estava mais forte hoje, indício da tempestade que chegaria no dia seguinte. — Pelo menos a mamãe gostava quando o papai fazia isso.

— Entendi. — Ajeitei os sacos escorregadios.

— E você devia encostar nela. Casais vivem pondo a mão nas costas um do outro ou de mãos dadas. — Ela se virou, apontando um dedo para mim. — Mas só se ela deixar.

— Pode deixar. — Gesticulei na direção da casa. — Segura a porta pra mim, por favor?

— Claro, senhor.

Ela abriu a porta da cozinha, e entrei na mais pura confusão.

— Aqui estão as toalhas de mesa — explicou Caroline para nossa prima. — As mesas do parque ficam nojentas nesta época do ano, e... aham, os pregadores são esses mesmos. Obrigada. — Ela se virou para nosso tio. — Você pode ver se o Gavin já arrumou a barraca dele e se ela está adequada para crianças?

— Trouxemos o gelo.

Os dois passaram correndo enquanto eu colocava o gelo no lado vazio da pia.

— Hudson, querido! — Minha mãe ergueu as mãos assim que me virei, e me inclinei para ela poder segurar minhas bochechas e fazer sua avaliação de sempre. Ela tinha um metro e sessenta, o cabelo loiro na altura dos ombros cujos fios brancos só se mostravam sob o sol, rugas de risada nos cantos dos olhos verdes e óculos de gatinho vermelhos com bolinhas. — Ah, você está ótimo. Anda comendo bastante?

— Sempre.

O sorriso dela era contagiante, e me inclinei para um abraço enquanto meu pai me dava um tapinha nas costas.

— Aí está ele. — Meu pai me puxou para si, me apertando rápido, mas com firmeza, antes de me soltar. — Algum resgate ousado nos últimos tempos?

— Para com isso, George. — Minha mãe deu um tapa brincalhão no braço dele com as costas da mão. — A vida dele não se resume a contar histórias pra você repetir na noite do pôquer.

Os olhos do meu pai se iluminaram quando ele viu Juniper.

— A menina do momento! — Ele a puxou para um abraço, tirando-a do chão como se ela ainda estivesse no jardim de infância. — Você viu minha blusa?

— Oi, vovô! — Ela sorriu e tirou o cabelo dos olhos para ler a breguice de lantejoulas que enfeitavam a blusa formando os dizeres DIRETOR DO PARQUE DE DIVERSÕES, depois deu uma risada. — Adorei!

Meu sorriso aumentou. Aquilo era exatamente do que Allie precisava. Barulho e risadas.

— Juniper, querida, vai lá em cima se arrumar pra termos tempo de prender seu cabelo. Tenho quase certeza de que vi seu tio pegar um spray de espuma, e *me recuso* a desembaraçar seu cabelo depois. — Caroline apontou para a escada e ergueu as sobrancelhas.

— Já vou! — Juniper saiu correndo para a escada assim que meu pai a soltou.

— Os cupcakes estão na mesa — anunciou Gavin da porta, dando um passo para o lado a fim de não esbarrar na nossa tia e nos nossos primos enquanto eles saíam apressados, os braços cheios de balões.

— Obrigada. — Caroline pegou sua prancheta e riscou com uma caneta o papel preso nela, em que sem dúvida havia uma lista perfeitamente espaçada para ser ticada. — Tudo bem, se conseguirmos terminar de arrumar em meia hora, vai dar tudo certo. As crianças vão começar a chegar ao meio-dia.

— Quantas estamos esperando neste ano? — perguntou nosso pai, passando o braço ao redor da cintura da minha mãe.

— Quarenta e duas. Basicamente toda a futura turma de quinta série. — Caroline prendeu a caneta no cabelo, pouco acima do rabo de cavalo. — Com a família, seremos cinquenta e nove pessoas. Pai, você tem tudo pra churrasqueira?

— Tudo e mais um pouco — garantiu ele.

— Na verdade, seremos sessenta — expliquei.

O olhar de Caroline foi de mim para Gavin.

— Outra? Você não acabou de terminar com a última?

— Não sou eu. — Ele apontou para mim com um sorriso sabichão.

— Você? — Caroline soltou a prancheta na ilha da cozinha. — Você está namorando?

— Estou.

Lá vamos nós. Por mais que eu valorizasse minha honra, aquela não seria a primeira vez que eu mentiria à minha família para passar tempo com Allie. Ela era a exceção de todas as minhas regras.

— É a Beth Pierre? — Caroline sorriu para mim com tanta esperança que me retraí por dentro. — Sei que você saiu com ela no fim de semana passado.

— Não. Não é. — Balancei a cabeça e falei um palavrão por dentro. *Um furo na história.*

— Aquilo não foi um encontro. — Gavin enfiou a mão em um saco de batatinha e pegou um punhado. — Pode acreditar, eu estava lá. A Beth e a Jessica devem ter se confundido, porque a Beth ficou arrasada quando descobriu que o Hudson já tinha namorada.

Ele mentia descaradamente.

— Ah. — Os ombros de Caroline murcharam um pouco. — Bom, então quem é?

— Alessandra Rousseau. — Tamborilei os dedos na beira da bancada para preencher o silêncio enquanto Caroline e meus pais me encaravam.

— A filha da Sophie e do Thatcher Rousseau? — As sobrancelhas da minha mãe subiram acima dos óculos.

— É. — Concordei com a cabeça.

— As irmãs Rousseau? — Caroline estava boquiaberta.

— Só estou namorando com uma delas, mas sim. Podem parar de agir como se houvesse mais de uma Alessandra Rousseau nesta cidadezinha do tamanho de um ovo. Vocês sabem exatamente de quem eu estou falando. — Olhei nos olhos de cada um, parando em Caroline. — E ela está bem nervosa pra festa hoje, então *todo mundo* vai ser legal, porque ela é muito importante pra mim.

Nossa, como era bom tirar aquilo do peito. Só fazia uns onze anos que eu estava guardando essa informação.

Caroline empalideceu.

— Ela é muito importante pra você? Ela só voltou pra cidade há umas semanas e já é muito importante pra você? Hudson, ela vai embora no fim do verão. No que você está pensando? Uma *Rousseau*?

— Que compreensiva — comentou Gavin, sarcástico, pegando mais um punhado de batatinha. — Com tanto apoio, nem dá pra entender por que ele não traz mais garotas pra casa.

— Ah, não. — Minha mãe balançou a cabeça, se esticou e apertou meu braço duas vezes. — É claro que vamos ser legais. — Ela empurrou os óculos para cima do nariz e se virou para Caroline. — E a gente não pode escolher as pessoas que amamos, Caroline.

A porta se escancarou, e tio Jared — irmão do nosso pai — entrou apressado.

— Já podemos levar o gelo pro cool… O que houve?

Era impossível não perceber que ele também usava uma camisa com lantejoulas anunciando FUNCIONÁRIO DO PARQUE DE DIVERSÕES.

Eu não responderia por mim se houvesse uma blusa parecida com meu nome.

— O Hudson só estava contando que sua namorada, uma tal de Alessandra Rousseau, vem pra festa — respondeu Gavin, nitidamente se divertindo.

Tio Jared piscou, então soltou uma gargalhada estrondosa enquanto atravessava o cômodo.

— Boa, Hudson. E eu achava que o Gavin era o piadista da família.

Toc-toc.

Todo mundo se virou para o som baixo vindo da porta de tela, e Gavin rapidamente foi abri-la.

— Você não morre tão cedo. Entra, entra.

Allie entrou pela porta, e meu coração disparou.

Suas pernas compridas e incríveis estavam completamente expostas pelo short cáqui que terminava na altura das coxas e que prendeu minha atenção por tempo demais para meu olhar ser considerado apenas platônico. Ela havia dobrado as mangas da camisa branca, e seu cabelo cascateava em ondas suaves, parando pouco acima de seus seios. Como seria finalmente tê-lo espalhado sobre meu travesseiro, entrelaçado em minhas mãos?

Pisquei para afastar esses pensamentos.

Pois é, não tinha nada de fingimento no quanto eu a desejava. Eu nunca tinha parado de pensar nela, de sentir saudades dela, de desejar que tivéssemos tido a chance de ter algo além da amizade que nós dois usávamos para esconder nossos sentimentos. Mas eu lembrava… e ela, não, o que era uma maldição e uma sorte ao mesmo tempo.

Ela levantou os grandes óculos escuros até o topo da cabeça e abriu um sorriso hesitante que não alcançava seus olhos para minha família, apertando uma sacola de presente na lateral do corpo. Seus ombros relaxaram quando seu olhar me encontrou.

— Oi.

— Oi.

Era assim que devia ter sido na época, eu a apresentando para minha família, nós andando juntos em plena luz do sol, em vez de nos escondendo nas sombras.

Era isso que poderíamos ter tido se eu tivesse sido forte o suficiente para ficar do lado dela.

Você é forte o suficiente agora.

Mas havia um intervalo de dez anos e um erro gigantesco no meu caminho.

Ela abriu para mim aquele sorriso falso de atriz, então atravessei a cozinha até ela e balancei a cabeça. Aquilo não enganaria ninguém. Minha família precisava ver *a Allie*, não uma máscara que segundo ela os outros esperavam. Passei um braço ao redor da sua cintura e a puxei para mim.

O sorriso de mentira desapareceu, e o som leve, porém muito real dela puxando o ar escapou de seus lábios enquanto seus olhos brilhavam. Lá estava Allie. Bem ali, na faísca de surpresa que rapidamente se transformava em indignação e logo ganhava força como... *interesse*?

Eu não era o único que não precisaria fingir estar interessado.

— Aí está você. — Sorri. — Que bom que você veio.

Escalar as barreiras dela era coisa do passado; daquele momento em diante, eu as derrubaria tijolo por tijolo. Aquela situação podia ser uma mentira para ela, mas minhas intenções eram bem verdadeiras. Allie havia me dado o verão, e eu aproveitaria a oportunidade para trazê-la de volta à minha vida.

— Não é possível que você esteja mesmo namorando com o meu irmão.

A menos que Caroline estragasse tudo.

11

ALLIE

Bway11te: Seu controle é incrível. Maravilhoso. Melhor que o da sua irmã, pra falar a verdade.

Por um instante, me esqueci de como respirar. O nervosismo de entrar em território hostil havia ficado para trás — quem se importava em ser alvo dos olhares da família dele quando Hudson estava colado em mim?

Amigos. Vocês são só amigos. Ex-amigos, ainda por cima. E aquilo não passava de fingimento, mas, droga, como ele parecia *real.*

Talvez fosse o discurso que eu tinha feito para mim mesma a caminho dali sobre me comprometer com o papel, ou o fato de que eu tinha acordado naquela manhã e me obrigado a dedicar atenção e cuidado à minha aparência pela primeira vez em meses. Podia ser porque eu não ia para a cama com ninguém desde antes de *Giselle* — nem queria fazer isso —, mas meu corpo inteiro despertou e atinou com Hudson como se alguém tivesse ligado o interruptor da minha libido.

Ele usava um boné diferente do Boston Bruins, uma bermuda de tactel preta e uma camisa atlética branca com as letras SAR bordadas no peito largo. Um peito que eu queria *muito* ver sem camisa.

— Aí está você. — Ele sorriu e meu cérebro parou completamente de funcionar quando aquela covinha em sua bochecha deu as caras. — Que bom que você veio.

Não, não, não, reclamei com meus hormônios idiotas, inconvenientes. Ele era a última pessoa na face da Terra por quem eu deveria me sentir atraída, mas a verdade era que ele tinha sido o primeiro. O primeiro amigo de verdade, a primeira paixão, o primeiro... sentimento não correspondido, seguido pelo primeiro e incurável coração partido de verdade. Eu precisava *interpretar* a namorada apaixonada, não me apaixonar de verdade.

— Não é possível que você esteja mesmo namorando com o meu irmão. — Caroline me olhou de cara feia.

O feitiço foi quebrado, e me lembrei de que não estávamos sozinhos enquanto Hudson passava para o meu lado e lançava um olhar irritado para a irmã. Reconheci sua família pelas fotos e pelos rápidos momentos em que eu os vira na adolescência, e apertei ainda mais a sacola com meu presente para Juniper, fixando um sorriso no rosto. Aquilo era só um papel, e eu era especialista em atuar. Moleza.

Não seria a primeira vez que eu teria química com outro ator.

— Se você for a Caroline, então, sim, é possível — respondi enquanto a mão de Hudson descia por minhas costas e parava no meu quadril. Senti um calor subir por mim com o contato casual. — Eu sou a Alessandra, aliás. — Acenei para a família dele em vez de apertar a mão de todo mundo, já que ele me mantinha ao seu lado. Todo mundo ficou me encarando com olhares que pareciam muito chocados. — Mas podem me chamar de Allie — acrescentei, torcendo para isso ajudar.

Hudson se enrijeceu de leve quando não fez diferença nenhuma.

— Digam alguma coisa, droga — falou Gavin à minha esquerda, segurando um saco de batatinha. — Está parecendo o climão de um baile de ensino fundamental. Oi, Allie. — Ele me ofereceu o sorriso charmoso que havia conquistado Lina durante um verão.

— Gavin. — Meu sorriso permaneceu intacto.

— E você sabia? — Caroline lançou um olhar acusador para o irmão.

— É óbvio que eu sabia. Quem você acha que o incentivou a tomar uma atitude? — Ele balançou a cabeça.

Espera… a gente ia falar que Hudson tinha dado em cima de mim? Merda. Nós não tínhamos combinado *em detalhes* nossa história. Era o primeiro dia daquela farsa, e já estávamos fazendo besteira.

— Bom, é um prazer te conhecer, Allie. — A mãe de Hudson abriu um sorriso carinhoso, então pegou a prancheta sobre a ilha da cozinha e praticamente a empurrou na direção de Caroline sem nem olhar para ela. — Todos nós estamos muito felizes pelo Hudson finalmente ter nos apresentado alguém. — Ela olhou para a filha. — Fecha a boca, querida. Temos uma festa pra organizar.

Olhei para a família dele e senti minhas bochechas esquentarem. Todo mundo usava variações de camisas e bermudas casuais. Eu devia ter perguntado como deveria me vestir.

— Vamos levar isto pra mesa de presentes — sugeriu Hudson. — Temos meia hora antes de todo mundo começar a chegar, Caroline?

— Vinte e três minutos — respondeu ela, olhando para mim como se eu fosse uma aranha venenosa que tivesse chegado perto demais.

— Vinte e três minutos — repetiu Hudson, pegando o presente. Com a mão no meu quadril, ele me guiou para fora da casa em direção ao espaço na frente da garagem que mais parecia um estacionamento. — Como está a Sadie?

— Ela é uma fofa, mas ronca. Estou arrumada demais pra festa, não estou?

Voltar para casa e vestir algo mais casual iria me tomar tempo demais, mas eu também não queria chamar atenção.

— Você está linda. — Ele parecia tão sincero que quase acreditei.

— Você não precisa fazer isso — falei, baixo. — Me elogiar.

— É a verdade, *Alessandra.*

Ele apertou meu quadril.

— E você também não precisa me tocar agora. Ninguém está vendo.

O caminho de cascalho fazia barulho sob meus Vans cor-de-rosa favorito enquanto serpenteávamos entre os carros a caminho do quintal nos fundos.

— Você está incomodada?

Entramos no caminho estreito entre a casa e a garagem.

— Não. Sim. Sei lá. — Eu estava incomodada com quanto eu gostava do toque dele, levando em consideração que fazia meses desde a última vez que eu sentira *qualquer coisa* parecida com tesão. — Acho que a gente precisa de regras.

Eu não sobreviveria se ele ficasse dando em cima de mim.

— Tudo bem. Pode falar.

O sorriso dele era mais delicioso que chocolate.

— Pelo que eu me lembro, seguir regras não é um dos seus pontos fortes.

— Normalmente, eu argumentaria que amadureci e virei um adulto desde a última vez que passamos tempo juntos de verdade, mas, como meu comandante concordaria com você, não vou discutir com isso. Pode falar suas regras.

O sorriso dele desapareceu quando paramos no meio da garagem, e olhei para os dois lados a fim de garantir que ninguém estivesse perto o suficiente para nos ouvir antes de voltar a encará-lo. Na adolescência, Hudson sempre tinha sido um perigo quando sorria, mas ao me oferecer a intensidade de sua atenção total, sendo o homem adulto que era, ele era letal.

Regras. Certo. Droga, agora eu precisava pensar nelas.

— Você pode me tocar em público pra passarmos credibilidade, mas só nesses momentos.

Empinei o queixo como se eu tivesse chance de diminuir nossa diferença de altura.

— Certo. — Ele afastou a mão, e odiei perceber que imediatamente senti falta dela. — O que mais?

Meus pensamentos correram, buscando por furos no nosso plano.

— Você não pode sair com mais ninguém enquanto estivermos fazendo isto, ou o plano todo irá por água abaixo.

Droga, ele estava saindo com alguém? Com aquela garota do bar? Meus instintos diziam que não, que ele jamais teria concordado com aquilo se fosse o caso.

— Tudo bem. Não estou saindo com ninguém e, mesmo que estivesse, é difícil pensar em outra pessoa quando você está por perto — disse ele, como se isso fosse um fato óbvio.

Oi? Minhas sobrancelhas se ergueram.

— Nada de falar coisas assim.

Dei um passo para trás, batendo na garagem.

— Você prefere que eu minta?

O fogo nos olhos dele me fez engolir em seco. Com força.

— Não é isso que estamos fazendo?

— Só para as outras pessoas. Não um pro outro. Essa é a *minha* regra. — Ele se inclinou para cima de mim, mas não me tocou. — Tudo que dissermos um pro outro precisa ser verdade.

— Porque você é ótimo nisso?

Ah, lá estava a raiva, e ela era tão mais segura do que o desejo. Eu me agarrei a ela com unhas e dentes.

— Como se você fosse um livro aberto. — Ele recuou com um suspiro cansado. — Dei mancada indo embora sem me despedir. Não há um dia em que eu não me arrependa disso. A verdade é essa. Você pode aceitá-la o suficiente pra deixar isso de lado pelos próximos meses?

Um pedacinho daquela ferida aberta se fechou, como se as palavras dele fossem pontos. Era burrice acreditar nele, mas acreditei.

— Posso.

— Tem certeza que você quer interpretar esse papel específico? Sei que é difícil, mas nosso principal objetivo hoje é convencer todo mundo de que estamos juntos. — Seus olhos se iluminaram como se ele estivesse me provocando de propósito.

Desafio aceito.

Bufei.

— Fala sério. Depois que você aprende a fingir um orgasmo, fingir qualquer coisa é fácil. Vai ser moleza.

Os olhos dele se arregalaram por um instante antes de ele se recompor.

— Tudo bem. Então vamos lá.

Eu com certeza tinha ganhado um ponto.

Entramos no quintal, e fiquei boquiaberta.

A casa dava para o parque dos Fundadores, e todos os oito mil metros quadrados tinham sido dominados para a festa de Juniper. Pequenas barracas foram arrumadas ao redor do espaço, levando a mesas de piquenique cobertas com toalhas coloridas.

— É meio exagerado, mas a gente se diverte — disse Hudson, me guiando para aquele parque de diversões. — A Juniper, o Mason e a Melody, os gêmeos da nossa prima, são as únicas crianças da família, então todo mundo se reúne nos aniversários deles. A Juniper escolheu o tema parque de diversões, então cada pessoa colaborou com alguma coisa.

Passamos por um pula-pula inflável gigante, com um escorrega que era uma pista de obstáculos.

— A Caroline é responsável por aquele, e você devia ter visto como ela entrou em pânico quando achamos que a extensão não ia alcançar nenhuma tomada. — Ele deu um sorrisinho e apontou para a barraca à direita. — A tia Jo e o tio Mark vão cuidar da barraca de dardos em balões. — Os dois acenaram enquanto balões eram estourados. — E os filhos deles estão encarregados da pintura facial.

Acenei para os adolescentes quando passamos por eles.

— Ali — Hudson apontou para as barracas do outro lado —, temos uma pista de corrida de três pernas, a barraca de arremesso de argolas em garrafas do Gavin, e o tiro ao alvo, onde me proibiram de ir, porque todo mundo sabe que vou vencer de lavada. — Ele deixou o presente de Juniper ao lado de alguns outros sobre uma das mesas de piquenique enquanto eu tentava assimilar tudo. — Os gêmeos vão trazer cadeiras para colocar no meio. Acho que vão fazer uma dança das cadeiras.

— A sua família faz isso… sempre?

Fiquei sem fôlego. A minha família nem jantava junto.

— Quer dizer, não é um chá no Plaza… — Ele ajeitou a aba do boné. — É melhor.

Fiquei observando a família dele correndo de um lado para o outro, arrumando as barracas.

— Você devia cuidar dos seus preparativos — avisou o pai de Hudson enquanto passava com uma bandeja de comida coberta por uma rede, indo na direção da churrasqueira ao lado de uma mesa cheia de pratos. Enquanto Gavin, assim como Caroline, tinha puxado a mãe deles, Hudson era a cara do pai. — Se as crianças chegarem e você não estiver pronto, a Caroline vai arrancar seu couro.

— É verdade. Já está tudo pronto na churrasqueira? — Hudson roçou a mão na minha lombar, e senti um arrepio percorrer minhas costas.

— Com certeza. — Ele ergueu as sobrancelhas grisalhas para mim e apontou para uma cadeira de camping ao lado da churrasqueira fumegante. — Se ele te encher o saco, pode sentar lá comigo.

— Sim, senhor.

Eu só pude concordar com a cabeça enquanto Hudson me guiava para longe, até uma parte vazia meio afastada das mesas de piquenique. O chão estava coberto por um tatame de três por três metros.

— Não posso negar nem afirmar que peguei ele emprestado da academia da base. — Hudson agachou ao lado de um monte de... coisas beges e marrons.

— O que é isso?

— Nós somos a barraca da batalha dos tiranossauros.

Ele se levantou, arrastando a parte de cima de uma fantasia para que ela se abrisse diante dele.

— A barraca da batalha dos tiranossauros? — perguntei, certa de que tinha escutado errado.

Havia pelo menos outras oito fantasias daquele lado do tatame.

— Pode ser que eu tenha exagerado um pouco, mas queria ter certeza de que haveria uma de cada tamanho. — Ele sorriu, e a covinha surgiu em sua bochecha, me fazendo perder completamente minha linha de raciocínio. Aquela covinha sempre tinha sido minha kryptonita. — Esta é a sua.

Abri e fechei a boca algumas vezes, buscando pela resposta correta.

— Você me ouviu — sussurrou Hudson, seus olhos brilhando como quando ele me convencia a fazer algo proibido. — Vamos derrubar alguns tijolos dessas suas barreiras imensas.

— Esse é o seu objetivo? — Levantei as sobrancelhas.

— Com certeza. — Ele sorriu. — Eu prometi que não mentiria pra você. Você não é alérgica a diversão, *Alessandra*.

Bufei.

— Boa sorte. E não sei se confio no seu conceito de diversão, considerando que você gosta de pular de helicópteros, mas te meter a porrada sem sofrer as consequências até que parece interessante. — Mordi o lábio inferior, porque ele tinha razão, aquilo parecia... estranhamente divertido. — Mas odiaria ter que explicar que machuquei meu tornozelo de novo enquanto usava uma fantasia inflável de dinossauro.

Vasily me mataria.

— Não vou deixar nada acontecer com você — prometeu ele, a covinha se tornando mais funda. — Vamos, Rousseau. Minha namorada vestiria a fantasia e meteria a porrada em mim. Você sabe que quer fazer isso.

Estranhamente, eu meio que queria mesmo.

Cinco minutos depois, me vi olhando por um quadrado transparente de dentro de uma fantasia de dinossauro, sentindo cheiro de vinil, enquanto a bomba a inflava ao meu redor, os elásticos apertados nos meus pulsos e tornozelos mantendo o ar lá dentro.

— Que coisa ridícula.

Onde eu estava com a cabeça?

— Mas aqui estamos nós. — Hudson me circundou no tatame usando a própria fantasia, olhando pela janelinha embaixo da boca do tiranossauro. — Bate com vontade. Acho que a Caroline está assistindo.

— Não é possível que você ache que vou te bater mesmo.

Girei para acompanhá-lo, o rabo me desequilibrando um pouco. Meu tornozelo soltou um pequeno protesto, mas não doeu.

— Não tenho nada contra você perder.

Ele veio correndo para cima de mim, e desviei, mas nossas fantasias colidiram, nos jogando para o lado.

Bufei, recuperando o equilíbrio, mas Hudson já estava em cima de mim, me jogando para trás. Droga, ele era rápido. Cambaleei, e a gravidade venceu, me levando ao chão. Era isso que eu merecia depois de vestir uma porcaria de fantasia inflável feito uma criança de dez anos.

A fantasia amassou, e um braço cercou minhas costas, me girando de forma que eu caísse virada para a frente — e em cima do peito de Hudson, enquanto ele sofria a maior parte do impacto. O ar escapou das fantasias mais rápido do que as bombas eram capazes de enchê-la, e senti outro braço se curvando sob minha coxa direita, mantendo meu joelho dobrado e meu tornozelo seguro.

— Venci. — Ele sorriu para mim do chão.

— Eu que estou por cima. — Eu me atrapalhei com as mãos tentando afastá-lo.

— Pra mim, isso ainda é uma vitória. — O sorriso dele mostrava que eu tinha encontrado um adversário à altura quando se tratava de atuação.

— Guardem os amassos pra mais tarde, vocês dois! — gritou a mãe de Hudson. — As crianças estão chegando.

— Ela acha que estamos dando um amasso. — Os olhos dele se iluminaram de diversão. — Viu? Está dando certo.

Revirei os olhos e saí de cima dele.

Durante as uma hora e vinte minutos que se seguiram, ajudei crianças — e alguns adultos — a porem e tirarem as fantasias de tiranossauro, assistindo completamente fascinada enquanto eles se digladiavam pelo tatame. Eu me esforcei para absorver a alegria das pessoas ao meu redor e não pensei em balé nem uma vez, nem por um segundo, até a mãe de Hudson declarar que estava na hora de comer.

— Vou buscar um prato pra você — ofereceu Hudson.

— Não precisa. — Balancei a cabeça.

— Cuidar de você é o mínimo que posso fazer nestas circunstâncias, e é o que meus pais esperariam de mim. Já volto.

Ele apontou para a única mesa de piquenique que não tinha sido completamente dominada por crianças, então seguiu para a confusão que cercava a churrasqueira.

Fui até a mesa, sentando no banco.

— Alessandra! — Juniper veio saltitando até mim usando um short rosa-choque e uma blusa de alcinha de arco-íris, com uma borboleta turquesa pintada na bochecha e o cabelo preso em uma trança embutida. — Você veio!

— Eu prometi que vinha. — Sorri ao ver o rubor em suas bochechas, a empolgação em seus olhos. Ela era o único motivo para minha presença, e eu não podia deixar isso transparecer. — Feliz dia da sua festa de aniversário.

— Valeu! — Ela sentou ao meu lado, pondo um refrigerante e um prato descartável cheio de churrasco e doces à sua frente. — Vou sentar com você.

— Você conhece minha filha? — Caroline sentou à minha frente, rapidamente seguida pela mãe de Hudson à esquerda e, para meu alívio, Gavin à sua direita, cada um posicionando seu prato em cima da mesa.

— Não precisa usar esse tom — brigou a mãe de Hudson, olhando por cima dos óculos, mas sua voz não carregava a ferroada ardida que minha mãe colocaria em suas palavras.

— Acho que eu devia saber pra quem meu irmão apresenta minha filha — argumentou Caroline enquanto Hudson sentava à minha direita e seu pai ocupava o último lugar no nosso lado.

— Escuta, Caroline — Hudson deslizou um prato para mim —, quando eu cuido da Juniper nos fins de semana pra você poder trabalhar, às vezes nós encontramos minha namorada. Agora você sabe.

Ele tirou duas garrafas de água dos bolsos, colocando uma na minha frente e ficando com a outra.

— Obrigada.

Peguei o garfo e a faca que ele tinha posto no meu prato ao lado de um pedaço de frango com molho barbecue, uma porção grande de salada, legumes com um pouco de molho ranch e um brownie. Outro pedacinho da ferida aberta dentro do meu peito se fechou. Ele se lembrava de muito mais do que eu esperava.

— Juju, tem certeza de que você não quer sentar com seus amigos? — sugeriu Caroline em um tom nada sugestivo.

— Tenho. Estou bem aqui. — Juniper sorriu para mim. — Mãe, você sabia que a Alessandra é uma bailarina famosa?

Muito sutil, Juniper. Pelo visto, estava na hora de cumprir minha parte do acordo. Cortei meu frango e esperei Caroline responder.

— É mesmo? — Caroline espetou uma batata com o garfo, e mastiguei meu frango em silêncio.

— Ela é tipo... *mundialmente* famosa. — Juniper concordou com a cabeça e pegou seu hambúrguer com as duas mãos. — Dizem até que ela vai ser a próxima primeira bailarina. Existem poucas delas no mundo, sabia?

Ela abocanhou uma quantidade impossível de hambúrguer.

— Então o que ela está fazendo em Haven Cove? — Caroline direcionou a pergunta para mim. — Ela não devia estar em Nova York, vivendo a vida de uma bailarina mundialmente famosa?

— Estou me recuperando de uma lesão. — Enfiei o garfo na minha salada. — Rompi meu tendão de aquiles durante um espetáculo em janeiro.

Era impressão minha, ou a postura dela havia se tornado um pouco menos rígida?

— Então, quando você se recuperar, vai voltar pra lá? — Ela lançou um olhar para Hudson.

— A ideia é essa — respondeu ele, completamente inabalado.

Enfiei comida na boca só para ela estar cheia caso Caroline fizesse outra pergunta. Anne teria se virado tão melhor se estivesse no meu lugar. Ela sempre dava um jeito de acalmar os ânimos de todo mundo.

Caroline estreitou os olhos.

— Ainda não acredito que vocês estão namorando. — Ela gesticulou com o garfo para nós. — Tem alguma coisa esquisita nisso aí.

— A única coisa esquisita é ela achar ele bonito — brincou Gavin.

— Por favor, ignore a nossa filha. — A mãe de Hudson lançou um olhar para Caroline que não precisava de interpretação. — Ela deve estar com insolação e ter se esquecido de como ser educada.

— Como vocês se conheceram? — continuou Caroline, e Gavin ficou nos assistindo enquanto comia, parecendo sentado na primeira fileira de um espetáculo.

Merda. Meu estômago embrulhou.

— Eu salvei a Allie — respondeu Hudson entre uma mordida e outra.

— Você caiu do iate do papai? — Caroline ergueu as sobrancelhas para mim.

— Não. — Dei de ombros. — Na verdade, ele costuma ficar no Mediterrâneo.

Gavin engasgou e rapidamente tomou um gole de refrigerante.

Hudson segurou um sorriso.

— Ela estava na enseada em um barco furado.

Quando eu tinha dezesseis anos.

— Só porque a Eva teria ido sozinha se eu não tivesse ido junto, e ela era minha responsabilidade. — Balancei a cabeça diante da memória.

Você não vai deixar sua irmã, e eu não vou deixar você. Naquele segundo, eu tinha passado a confiar em Hudson de olhos fechados.

— A sua irmã caçula, né? — perguntou Caroline. — A que derramou um milk-shake inteiro na cafeteria porque não gostou de como eu o preparei? E depois me deixou limpando tudo enquanto ela e suas amiguinhas riam e iam embora pro estúdio na sua casa?

É, parecia algo que Eva faria.

— Caroline — disse Hudson, ríspido.

Meu garfo pairou acima da salada enquanto minhas bochechas ardiam em uma onda de vergonha e raiva ao mesmo tempo.

— Peço desculpa por isso — falei devagar. — Ela foi uma adolescente difícil.

— Mas a Alessandra é muito legal — interferiu Juniper. — Ah, olha a Maia! Já volto! — Ela pulou do banco e foi correndo até a amiga.

Traidora.

— O que você gosta no meu irmão? — perguntou Caroline, analisando meu rosto.

Hudson ficou tenso, e tomei um gole da água, desejando que fosse álcool.

— Ele é decidido.

— Você gosta do fato de ele ser... decidido? — Ela franziu a testa.

— Eu não sou nada decidida — admiti. — Costumo demorar muito pra tomar alguma decisão, e depois sempre fico me questionando se foi mesmo a melhor. É um dos meus maiores defeitos. Mas o Hudson... — Eu o fitei e me permiti lembrar dele, me lembrar dele de verdade, sem a névoa da raiva com que eu o escondia. — Ele toma uma decisão e leva ela até o fim, tem essa aura de certeza que acho que nunca vou conseguir ter.

Ele esticou uma mão e pôs meu cabelo atrás da minha orelha.

— Ainda não engoli essa. — Caroline balançou a cabeça. — Qual é a cor favorita dela?

— Azul. — A mão de Hudson se afastou.

— Quando é o aniversário dele? — Caroline espetou algo no prato.

— Vinte e cinco de abril — respondi, começando a me irritar. Saber que Caroline não gostava da nossa família era uma coisa, mas me afogar no desdém dela era outra. — Próxima?

— Caroline, pare com isso agora mesmo — alertou a sra. Ellis.

— Você espera que eu aceite essa turista na família pelos próximos meses até que ela canse do Hudson e dê um pé na bunda dele? — rebateu Caroline. — E depois ela vai acampar com a gente também? Ela vai se meter na viagem da família e correr o risco de quebrar uma unha?

— Convite aceito. — Hudson deu de ombros.

Calma aí. Como é que é?

— Ela não vai passar da primeira noite — respondeu Caroline.

Droga. Eu nunca tinha acampado, mas com certeza não devia ser uma tortura, já que as pessoas faziam isso por vontade própria.

— Pega leve, Caroline — alertou Hudson. — A família da Alessandra não é de ficar fazendo piada que nem a gente.

— Não estou fazendo piada. — Ela ergueu as sobrancelhas.

— Que tal você me dar uma mãozinha? — pediu Hudson para Gavin.

— Nada disso. — Ele pegou o que restava de seu cachorro-quente. — Você está indo melhor do que eu esperava.

— Vocês estão se comportando feito crianças — reclamou o sr. Ellis, e a mesa ficou em silêncio quando Juniper voltou correndo, deslizando para sua cadeira. — Vou terminar o que deixei na churrasqueira. Juniper, está pronta pra comer bolo e tomar sorvete? Já vou deixar tudo pronto, se você quiser.

— Por favor. — Juniper concordou com a cabeça, e o sr. Ellis voltou para a churrasqueira. Ela se virou para mim, empolgada. — Minha avó fez cupcake, mas minha mãe faz o melhor bolo com recheio de morango do mundo. Você precisa provar.

Fiz uma careta.

— Ah, não posso…

— Bailarinas não comem bolo com recheio de morango, querida — disse Carolina. — Nem sorvete, nem cupcake, nem nada que possa acarretar quilinhos extras nos seus corpos de manequim.

Rezei pedindo perdão a Lina, porque eu estava *prestes* a desistir daquela merda.

— Ela não come bolo com recheio de morango porque é alérgica a morango — rebateu Hudson, irritado. — E foi por isso que peguei um brownie pra ela. Ela adora chocolate. E, antes de você começar a encher o saco de novo, vamos acabar logo com isso. Ela faz aniversário no dia sete de março. Seu filme favorito é *Titanic*, coisa que eu nunca entendi, mas tudo bem, posso assistir de novo. Ela prefere sapatilha da marca Bloch à Capezio. Ela gosta mais de assistir ao pôr do sol que ao nascer do sol, tem um talento irritante para diferenciar marcas de água engarrafada, coloca açúcar no café e leite no chá. Ah, e ela só é indecisa porque vive cercada de gente que fica dando palpite no que ela *deveria* querer, e ela põe a felicidade dos outros na frente da própria. Já está bom pra você, Caroline?

Eu o encarei e lutei para conseguir respirar. Ele se lembrava disso tudo? Palavra por palavra, ele tinha dado um jeito de dar pontos na ferida que seu sumiço inexplicável havia causado. Sem curá-lo e sem criar uma casquinha, estancando o sangue.

— Você pode ter inventado isso tudo. — Caroline balançou a cabeça. — E vocês estão juntos há quanto tempo? Duas, três semanas? Ninguém sabe tanta coisa sobre outra pessoa nesse tempo.

Meu sangue *ferveu*.

— Para com isso! — berrou Juniper, batendo as mãos na mesa de piquenique. As bebidas tremeram. — Chega, mãe! Eles não se conhecem há três semanas, eles se conhecem há *anos*.

Ela enfiou a mão no bolso de trás e jogou uma foto sobre a mesa.

Arfei ao ver a foto. Nós estávamos do lado de fora do Clássico de Haven Cove, no dia que eu tinha vencido. Hudson estava com o braço ao redor dos meus ombros enquanto eu segurava no colo o lindo buquê que ele tinha me dado. Nossos sorrisos eram radiantes e alegres, e parecíamos tão esperançosos que meu coração doía. Aqueles dois não tinham a menor ideia do que os aguardava em apenas algumas horas.

— Eles eram melhores amigos, e ele nunca a trouxe em casa porque sabia que *você* a trataria assim, do jeito como está fazendo agora. E você estragou meu aniversário! — Ela saiu correndo na direção de um grupo de amigas, e nossa mesa caiu em um silêncio desconfortável.

Caroline murchou enquanto olhava para foto. Então ela ergueu o olhar para Hudson em um pedido de desculpa silencioso antes de ir atrás de Juniper.

— As festas são tão mais divertidas quando você aparece, Allie. — Gavin piscou.

Hudson pegou a foto na mesa e a enfiou no bolso.

— A Juniper mexeu numa caixa com as minhas coisas.

— Alessandra, sinto muito. — A voz da mãe de Hudson parecia distante enquanto eu me concentrava na maneira como Caroline ajoelhava na frente de Juniper.

Juniper fez que sim com a cabeça algumas vezes para o que Caroline dizia, então deu um abraço apertado na mãe. Juniper tinha uma mãe que *pedia desculpas*. Isso era inédito.

Aquilo tinha sido um desastre. Em todos os sentidos. Caroline não odiava apenas a minha família, ela *me* odiava. Ela tornaria minha vida um inferno enquanto eu fingisse namorar com Hudson, irritando todo mundo no processo. E o pior era que ela tinha razão. Havia alguma coisa *esquisita* no nosso namoro.

Tudo que nosso plano idiota tinha conseguido até aquele momento era chatear Juniper, quando o objetivo era o oposto.

— Acho melhor eu ir. — Levantei da mesa, pegando meu prato e minha água.

— Allie… *Alessandra.* — Hudson me seguiu enquanto eu jogava fora meu lixo e agradecia ao pai dele pela comida. — Você não precisa ir embora.

— Preciso, sim. — Concordei com a cabeça, depois tirei minhas chaves do bolso e comecei a atravessar o parque rumo à casa de Caroline.

— Não desiste dela. — Hudson acompanhou meu passo.

— Não vou desistir. — Parei pouco antes da entrada do quintal de Caroline. — Mas hoje não é o dia de obrigar a Caroline a me aturar. Você viu o que isso causou na Juniper.

— Hudson! Está na hora de cortar o bolo! — gritou Caroline, e olhei para trás, encontrando-a parada no meio do parque.

— É melhor você ir. — Forcei um sorriso.

— Não abre esse sorrisinho falso pra mim — disse ele, praticamente rosnando.

— Vai. — Abandonei o sorriso, deixando meu rosto inexpressivo. — Pelo visto, isso é uma maratona, não uma corrida rápida. Quando a Juniper abrir o presente dela, que é uma caixa de joias, me faz um favor e não deixa a Caroline jogar fora só porque tem uma bailarina dentro. Ela era da Lina.

— Alessandra — sussurrou ele, e saí andando, batendo em retirada tão rápido quanto meus pés me permitiam.

Uma hora depois, Anne entrou em casa e me encontrou encolhida no sofá com Sadie esticada no meu colo.

— Como foi? — Ela pousou a bolsa na mesinha encostada no sofá e sentou à minha direita.

— Ela é meio ruim. — Fiz carinho em Sadie. — A Caroline, não a Juniper.

— Sinto muito. — Anne fez uma cara de decepção. — Eu não devia ter te obrigado a ir. Eu não pensei direito. — Ela acariciou a cabeça de Sadie. — O que você quer fazer? Vou apoiar qualquer decisão que você tomar.

— Hoje? Desistir. — Cada célula minha estava exausta, como se toda vitalidade tivesse sido sugada de mim. — Me pergunta de novo amanhã. — Meu celular vibrou sobre a mesa de centro, e Anne se esticou para pegá-lo. — Se for a Kenna, pode recusar.

— Você não pode continuar fugindo dela.

Ela me entregou o aparelho.

— Veja só.

Eu o peguei, e meu peito se apertou quando vi o nome de Hudson em cima da mensagem.

HUDSON: Sei que esta provavelmente é a última coisa que você quer agora, mas minha mãe te convidou para um dia de família na praia para compensar a palhaçada de hoje.

Mostrei a mensagem para Anne, depois deixei a cabeça cair sobre o sofá.

— Nossa, mal posso esperar pra ser o alvo da Caroline de novo.

Anne suspirou, apoiando o ombro no meu.

— Nós estamos erradas? Você acha que a Lina iria preferir que a deixássemos em paz?

Esse pensamento cortou meu coração como a ponta de uma adaga.

— Eu daria tudo pra poder perguntar pra ela.

— Eu também. — Anne tirou os sapatos com os pés e esticou as pernas, apoiando-as na mesa de centro. — Por que ela não contou pra gente? Antes disso, eu podia jurar que não guardávamos segredos uma da outra. — Ela fez uma pausa. — A gente devia contar pra Eva?

— Meu Deus, não. — Balancei a cabeça. — Ainda não. Ela não é conhecida por ser discreta.

Além do mais, se Caroline detestava uma pessoa acima de todas na nossa família, era Eva.

— Faz sentido. — Ela coçou atrás da orelha de Sadie, e fiquei encarando a mensagem de Hudson, me perguntando até quando eu aguentaria ser torturada. — Quem mais sabe? A Lina deve ter contado pra alguém, você não acha? Para o pai da Juniper?

Juniper iria querer que eu fosse à praia. Droga, ela estava contando comigo.

— Não faço ideia — falei baixinho, pegando o celular com as duas mãos. — A única certeza que eu tenho é que a Lina adorava dançar, e, se a filha dela quer dançar, nós precisamos ajudar, mesmo que eu tenha que usar um colete à prova de balas por cima do meu maiô.

ALLIE: Eu topo.

12

ALLIE

Mtn2Creek: Caramba, ainda bem que nunca dancei balé.
Isso parece tortura, não treino.

O sol surgiu no horizonte, transformando as paredes brancas do meu quarto em paredes com tons delicados de rosa e laranja quando abri os olhos. Meu quarto tinha a melhor vista para o nascer do sol.

Mas Hudson tinha razão. Eu preferia o pôr do sol, preferia a ansiedade pelos momentos em que eu poderia sair escondida para encontrá-lo, ou deixá-lo entrar escondido aqui. A ironia de termos passado de esconder completamente nossa amizade a fingirmos um romance não me passava despercebida.

Gemi de frustração, me dando conta de que eu queria vê-lo, de que meus olhos estavam abertos havia exatamente quinze segundos e eu já estava pensando nele.

Sadie bufou na minha orelha e chegou mais perto.

Certo, eu tinha acordado por causa dela.

— Mais meia hora. Anda, você sabe que consegue segurar.

Joguei um braço sobre as costas dela e me aconcheguei no travesseiro.

Ela lambeu meu rosto.

— Mais quinze minutos? — implorei.

O sono havia se tornado meu melhor amigo, e talvez, se eu fosse sincera, um mecanismo de enfrentamento que rapidamente se transformava em vício. Quando eu estava inconsciente, não existiam lesões de tornozelo, recuperação, decisões a serem tomadas sobre se e quando eu deveria pegar mais pesado comigo mesma. Havia infinitas possibilidades e nenhuma consequência.

O colchão me sacudiu quando Sadie pulou no chão, chacoalhando a cabeça e fazendo retinir as novas plaquinhas — uma com suas vacinas e outra com seu nome e meu telefone — na sua nova coleira cor-de-rosa, em um volume que minha cabeça imediatamente detestou.

— Cinco minutos?

Eu estava mesmo negociando com uma cadela?

Ela ganiu na frente da porta, me instando a sair da cama, caso contrário eu teria de limpar a sujeira com que ela logo me abençoaria.

— Tá bom, tá bom.

Eu me obriguei a sair da cama e tirei o pijama, vestindo às pressas as roupas para o treino matinal de sempre, guardando o celular no bolso lateral da legging. *Objetos em movimento permanecem em movimento.* Era isso que minha mãe sempre tinha pregado, e as irmãs Rousseau nunca podiam *parar* de se mover.

Sadie pulava, e abri a porta fazendo o mínimo de barulho possível para não acordar Anne. Ela havia voltado tarde do comitê de planejamento da festa de gala da companhia. O Dia da Independência seria dali a um mês, e ela estava em ritmo acelerado.

Não fazia sentido andar de fininho pelo corredor quando Sadie saiu correndo em disparada, suas unhas fazendo barulho nas tábuas de madeira enquanto ela pulava pela escada da frente. Desviei do caminho apenas para pegar uma garrafa de água na geladeira, então fui com Sadie pelo longo corredor central, passando pela sala de jantar, pelo escritório e pela sala até a porta dos fundos, me lembrando sonolenta de digitar o código do alarme antes de abri-la.

Sadie pulou para o outro lado da varanda e saiu em disparada pela grama.

Fechei silenciosamente a porta de tela, então me acomodei no sofá externo de dois lugares e abri a garrafa. Hidratação era sempre a primeira tarefa da manhã. Tomei metade da garrafa de uma vez, apesar do frio que fazia ali fora, e dei uma olhada em Sadie, que farejava arbustos, toda feliz. Ela ainda não tinha fugido e vinha sempre que eu a chamava, mas nosso relacionamento tinha apenas uma semana, então eu não acreditava que ela seria sempre a cachorrinha mais comportada do mundo.

A manhã estava linda, as nuvens refletindo o cor-de-rosa do nascer do sol após a tempestade do dia anterior. Só depois de quase terminar a água, tirei o celular do modo não perturbe. Três mensagens apareceram: duas de Eva e uma de Kenna.

KENNA: Se você não me ligar, vou chamar a polícia.

Estava cedo demais para lidar com a culpa que essa mensagem causava, então abri a próxima.

EVA: Amanhã você devia gravar uns vídeos sobre sua recuperação. As pessoas precisam ver que você está viva.

EVA: Talvez também fosse bom desmentir o que andam falando.

Suspirei e abri o link do Seconds que ela havia enviado junto com a mensagem. O aplicativo abriu no meu celular, e começou a passar o vídeo de uma bailarina famosa.

— Então vamos falar sobre os quatro motivos pelos quais bailarinos se machucam. Primeiro, por uma questão física. — O vídeo cortava para uma bailarino que eu conhecia de vista caindo após voltar rápido demais de sua terceira cirurgia no joelho. — O segundo é pela técnica. — Fiz uma careta quando uma dançarina distribuiu seu peso em um arabesco de forma inadequada e torceu o tornozelo. — O terceiro é azar. — Um *pas de deux* deu extremamente errado, e o homem deixou a parceira cair. — E o quarto é o esforço repetitivo.

Gelei quando eu apareci na tela, fazendo os dezoito giros da variação de *Giselle. Tira esse vídeo. Agora.* O fato de meu cérebro me dar todos os alertas não importava — eu não conseguia tirar os olhos da tela, focada no desastre que havia acabado com minha temporada… e talvez com a minha carreira. Lá estava, o segundo em que eu tinha vacilado, perdido a concentração ao achar que o vira no assento vazio. O vídeo não capturava o som do meu tendão estalando, mas meu cérebro se recordava muito bem dele enquanto eu gritava e meus colegas corriam para me tirar do palco.

— A bailarina principal Alessandra Rousseau já tinha passado por uma cirurgia no tendão de aquiles, e dizem pela companhia que ela sabia que estava machucada, mas quis dançar mesmo assim. Essa decisão pode ter custado uma carreira dos sonhos. — O vídeo então voltava para a influenciadora. — Então, o que vocês acham? Foi azar? Um problema físico? De técnica? Ou de esforço repetitivo? Me digam nos comentários.

Aquela bruxa tinha *marcado* a gente.

Como uma masoquista, abri os comentários.

BalletÉVida97: Com certeza esforço repetitivo. Ela foi burra.

Ryenzx: Pode ser físico. Ela parece meio fora de forma.

BalletÉVida97: É verdade, o figurino está quase arrebentando.

Dancarina6701: Outra lesão no tendão de aquiles? É melhor arrumarem logo uma substituta. Ela não vai voltar.

NaPonta34: Não volta mesmo. É melhor abrir espaço pra alguém do corpo de baile.

CassidyFairchilde1: Pode ser que ela consiga voltar.

Dancarina6701: Só se ela quiser virar professora. Mas pra dançar? Impossível. Não como principal.

NYFouette92: Pelo que fiquei sabendo, já estão procurando alguém pra ficar no lugar dela.

Bway11te: Como ela teve coragem de jogar fora uma carreira desse jeito?

ReeseNaPonta: Que pena. Ela é uma das maiores. Espero que melhore logo.

Tutulinda20: Que palhaçada do c*ralho.

BrilhaEstrela: Mesmo que ela volte, nunca vai ficar 100%.

PontaCostaOeste: Encontrei com ela uma vez. Pretensiosa e arrogante.

NaPonta34: Sério? Faz sentido. Nepo babies são assim mesmo.

PontaCostaOeste: Ela não vai fazer falta pra companhia. Pode acreditar. Ela é uma metida.

Fechei o aplicativo e lutei para respirar enquanto sentia uma dor avassaladora, aguda, desabrochando no peito. As críticas profissionais do *New York Times* não eram nada em comparação com a maldade despretensiosa da internet.

Sadie pulou pelos degraus e subiu no sofá, quase acertando minha coxa com a pata enquanto ela ocupava completamente meu espaço pessoal e se acomodava, dando voltas no local apertado e desmoronando no meu colo.

Enfiei os dedos em seus pelos e respirei fundo uma vez, duas vezes.

É melhor arrumarem logo uma substituta. Ela não vai voltar. Por mais que eu tentasse não me apegar aos comentários, esse perfurou fundo minha alma. Por que Eva me mandaria algo assim? Ela não sabia que eu já tinha plena noção do que as pessoas estavam comentando?

— Não consigo fugir nem de mim mesma aqui — murmurei enquanto minha frequência cardíaca ia diminuindo.

Não importaria aonde eu fosse, a internet me seguiria. Esse era um dos motivos para eu não querer ter uma porcaria de perfil no Seconds.

É melhor arrumarem logo uma substituta. Ela não vai voltar.

Eu ia voltar, sim. Simples e impossível assim.

— Vamos tomar café.

Levei Sadie para dentro de casa e alimentei nós duas, então fui para a academia. A única pessoa que diria o que eu era ou não era capaz de fazer seria *eu*.

— Ei, você está… — Anne espiou pela porta aberta do estúdio, arrumada para sair com seu short de linho branco e sua polo azul, segurando um pequeno retrato com moldura prateada. — O que você está fazendo?

Ela tirou as sandálias com os pés e entrou.

Deslizei o pé direito para a frente, voltando à primeira posição, mantendo a mão esquerda na barra.

— *Rond de jambe*. O que parece?

Repeti o movimento, *tendu* para a frente, esticando o pé, depois levando-o para o lado, então voltando antes de retornar para a primeira.

— São sete da manhã. — Ela analisou o movimento do meu pé. — Há quanto tempo você está aqui?

— Comecei às seis. — Repeti o movimento, testando meu tendão a cada flexão e esticar do meu pé. A dor era mínima, fosse lá o que isso significava. — Fiz cardio na bicicleta, pilates, tudo que a médica prescreveu. Nada de meia-ponta.

— A rotação do quadril está boa. — Ela se aproximou devagar, me fitando como se eu fosse um animal selvagem prestes a fugir. — O que mais você fez?

— Eu me aqueci com os *fouettés* de *O lago dos cisnes*.

Para a frente. Para o lado. De volta. Primeira. Os movimentos eram guiados pela minha memória muscular depois de décadas no estúdio, mas meu tornozelo não estava acompanhando bem.

— Rá-rá. Muito engraçado. — Ela cruzou os braços. — Você faz isso todo dia?

Concordei com a cabeça.

— Enquanto você está dormindo, pra eu não ouvir sermões.

— Sozinha? — Os lábios dela se comprimiram.

— A Sadie me faz companhia agora.

Sadie ergueu a cabeça no canto ao ouvir seu nome, então voltou a mastigar seu brinquedo.

— Achei que você só treinasse uma vez por dia, não duas. — Um toque de crítica surgiu no tom de Anne. — Você precisa pegar leve com seu tornozelo, ou vai... — Ela suspirou. — Se matar de treinar.

— *Já estou* pegando leve. Estou acostumada a passar dez horas por dia no estúdio.

Eu não estava indo devagar; mas sim praticamente me arrastando até o ponto em que queria — precisava — chegar.

— Se você romper o tendão de novo...

— Eu sei! — Baixei a mão e arranquei minhas sapatilhas de meia-ponta. — Tenho plena noção de que, se eu forçar a barra e ele romper de novo, vou perder tudo. — Um. Dois. Eu joguei as sapatilhas na minha bolsa de lona embaixo da janela enquanto atravessava o estúdio. — Mas, se eu não me forçar, não lutar pra melhorar, também vou perder tudo. Vão me substituir, Anne. Sempre tem alguém esperando na coxia. A Charlotte ficou no meu lugar por cinco minutos depois que me tiraram do palco naquela noite.

Peguei minha garrafa térmica e meu celular no peitoril da janela, abri a mensagem de Eva e a mostrei para Anne.

— Você é insubstituível — disse Anne com carinho. — Não existe ninguém capaz de tirar seu lugar, Allie. Você é uma bailarina que só aparece uma vez a cada década. — Ela olhou para o celular. — O que é isso?

— Assiste.

Sentei no chão e me alonguei enquanto bebia água, me retraindo ao escutar a voz da influenciadora.

— Que babaquice. — Anne se agachou diante de mim. — Allie, me diz que você sabe que isso é babaquice. — Seus olhos analisaram os meus, e como não respondi, ela foi descendo pela tela. — E, *por favor*, me diz que você não leu esses comentários horrorosos. — Ela fechou o aplicativo e colocou meu celular no chão. — Por que a Eva enviaria uma coisa dessas pra você?

— Tenho certeza de que ela achou que isso me motivaria a me dedicar mais aos treinos. E funcionou. — Posicionei meus pés em um alongamento borboleta, sola com sola, então puxei os tornozelos na direção do torso. — Depois de me deixar destroçada.

— As pessoas falam um monte de merda quando sabem que não vão sofrer consequências — resmungou ela.

— Foi um problema físico e de esforço repetitivo. — Parei o alongamento. — Meu tendão nunca voltou a ficar perfeito depois do acidente, e eu me recusei a diminuir o ritmo, mesmo sabendo que precisava fazer isso. Eu já tinha feito planos de parar um pouco depois da temporada de *O Quebra-nozes*, mas aí o Vasily me ofereceu *Giselle*, e eu só conseguia pensar em...

Meus ombros murcharam.

— Você queria deixar a mamãe orgulhosa. Eu entendo.

— Pois é.

Mas ela não entendia. Depois de Anne parar com o balé, a pressão havia desaparecido de seus ombros, apenas para ser redistribuída entre mim, Lina e Eva.

Agora, só havia duas de nós para suportá-la e, se eu desmoronasse, Eva ficaria sozinha.

— Falando da mamãe. — Ela sentou na minha frente. — Dei uma olhada nas fotos no quarto deles ontem à noite.

— Você estava se sentindo nostálgica?

Ela me entregou o retrato.

— Tinha alguma coisa esquisita com a Lina.

— Você quer dizer a parte que ela escondeu uma gravidez inteira da gente? Ou a parte que nunca mencionou que teve uma filha e a entregou pra adoção? — Olhei para a foto, observando os sorrisos radiantes da nossa mãe e de Lina, suas cabeças inclinadas uma em direção à outra na frente do pôster iluminado que anunciava *Dom Quixote*. — O que tinha de esquisito? A mamãe foi a San Francisco ver a Lina dançar. Todas nós sabíamos disso.

— Elas estão usando casacos de inverno. — Anne sentou em cima dos pés e deu uma batidinha no vidro que cobria a foto, onde o pôster dizia 3 DE MARÇO DE 2013.

— Ah. — Olhei de novo para a foto, buscando sinais da gravidez de Lina embaixo do casaco puffer grosso, sem encontrar nada. — Ela estaria grávida de sete meses.

— Exato. — Ela pegou o celular, entrando no navegador. — E eu me lembrei de que eu tinha uma semana de férias de primavera da NYU naquela semana, e a mamãe não me deixou ir junto. Ela disse que precisava conversar a sós com a Lina sobre ela fazer parte apenas da companhia do estúdio. Ela estava decepcionada por ainda não ser aprendiz, que dirá parte do corpo de baile. — Ela virou o celular para me mostrar o elenco da temporada. — A Lina não está listada. — Ela abriu outros programas do outono. — Ela está nesse. — Outro programa. — E nesse. — *O Quebra-nozes*. — Até nesse... "Lina Rousseau, companhia do estúdio." E depois ela desaparece. A mamãe trouxe esta foto pra casa, mas a Lina não foi listada no programa.

— Elas armaram a foto. — Meu coração disparou. — A mamãe sabia sobre a Juniper.

Anne concordou com a cabeça.

— Vai se arrumar.

13
ALLIE

Usuário45018: É claro que elas entraram. Olha só quem é a mãe delas.

> **CassidyFairchilde1:** Talvez a mãe tenha aberto portas, mas elas conseguiram continuar lá.

— Somos Annelli Myers e Alessandra Rousseau, estamos aqui pra ver a Sophie Rousseau — disse Anne para o guarda na frente do Instituto Brookesfield.

O rosto franzido dele desapareceu atrás da aba do boné preto enquanto ele encarava seu tablet, então reapareceu.

— Podem entrar.

— Obrigada — respondeu Anne, então fechou a janela da Mercedes enquanto o portão diante de nós se abria.

O gramado era espesso e verde dentro do caminho circular, as cercas vivas perfeitamente podadas junto do lado direito da entrada enquanto percorríamos os quatrocentos metros até a vasta propriedade em que minha mãe havia escolhido viver. Era uma mansão da Era Dourada, construída por algum magnata do petróleo mais de uma centena de anos antes e reformada nas últimas décadas.

Anne parou no pequeno estacionamento ao lado da ala norte, e saltamos do carro, ambas tirando um momento para nos alongarmos. A viagem não era cansativa, apenas cerca de uma hora e meia de Haven Cove pela costa, mas eu suspeitava de que Anne tinha ficado tensa por todo o caminho, assim como eu.

— Pronta? — perguntou ela, apertando a alça da bolsa.

— Pronta o suficiente. Vamos lá.

Passei minha bolsa pequena pela cabeça, para pendurá-la a tiracolo, e seguimos pelo caminho serpenteante, subimos os degraus largos de pedra e passamos pelas colunas da varanda.

Meu celular vibrou enquanto esperávamos a porta abrir, e rapidamente li a mensagem.

HUDSON: A praia amanhã ainda está de pé?

Certo, era amanhã. Eu já ficava cansada só de pensar naquilo.

— Está tudo bem? — perguntou Anne, puxando os óculos escuros para o topo da cabeça.

— O Hudson quer saber se ainda quero ir pra praia com a família dele amanhã.

Meus dedões pairavam sobre o teclado.

— Você quer? — Ela franziu a testa de preocupação.

Era difícil explicar como era desanimadora a ideia de ter que me tornar apresentável por dois dias seguidos, de me esforçar para parecer que estava me divertindo porque era isso que esperavam de mim. Esse era um dos motivos para eu ter trocado Nova York pela casa de praia.

— Quero. Vai ser bom ver a Juniper.

E Hudson.

A porta emitiu dois zumbidos, e Anne a abriu. Entramos no hall de mármore, que tinha até estátuas romanas, e entregamos nossas identidades para sermos registradas como visitantes. Só havia quatro pessoas que nossa mãe permitia abalar sua paz.

Então ficamos esperando.

ALLIE: Vai haver uma troca de murros verbais?

HUDSON: Só se você usar a expressão troca de murros.

ALLIE: Isso não foi uma resposta.

HUDSON: A Caroline vai se comportar.

Uma promessa de se comportar significava que ela só ficaria me olhando de cara feia.

ALLIE: Eu vou.

HUDSON: Te pego meio-dia.

Como se estivéssemos juntos, porque nós supostamente estávamos.

ALLIE: Ok.

Guardei o celular no bolso de trás da calça.

— Que silêncio — comentou Anne, olhando para o lado direito do corredor vazio, depois para o esquerdo. — Deve estar no horário das aulas.

— Quando foi a última vez que você veio? — Alisei minha blusa preta, mas não havia como dar um jeito no meu short amarrotado por passar tanto tempo sentada no carro.

— No fim de semana passado. — Anne sorriu quando uma mulher com um coque impecável e uma prancheta passou rápido por nós. — E você?

— Faz pouco mais de um mês. — Abri as mãos, verificando se eu tinha limpado bem as minhas unhas. — Ela me deixou ficar tempo suficiente para confessar quanto estava decepcionada, depois me mandou embora. Disse que estava atrasada para dar aula.

— Já era de esperar — murmurou Anne enquanto Rachel, a mais nova lacaia da nossa mãe, descia pela grande escadaria acarpetada diante de nós. — Ela vai ficar irritada por termos vindo durante a semana.

— Que bom ver vocês, meninas! — exclamou Rachel, seu sorriso enrugando os cantos de seus olhos e sua boca. O suéter azul-claro que ela usava combinava com seus olhos, e seu cabelo ruivo estava preso em um coque elegante. — Ela tem um tempinho antes da próxima aula. Vamos subir?

Ela nos guiou pelos degraus acarpetados, fazendo uma curva no topo e seguindo para o segundo andar.

— Ela tem recebido visitas? — perguntou Anne, apertando superforte a alça da bolsa.

— A dona Eloise veio há algumas semanas, mas se você estiver perguntando para saber se sua irmã veio... — Rachel balançou a cabeça.

— É claro que ela não veio — resmungou Anne.

Nós viramos para a esquerda na ala norte, passando por algumas salas com portas fechadas, música clássica escapando de cada uma.

— E como está o humor dela hoje? — perguntei, meu estômago embrulhando.

Nos piores dias, eu recebia apenas sim ou não como resposta quando ela se dignava a falar comigo, ainda mais depois de ela ter sido *humilhada* com a minha queda em janeiro, mas ela costumava ficar de bom humor perto de Anne.

— Por enquanto, é um dia bom — disse Rachel, concordando com a cabeça com um ar pensativo. — Ela gritou com uma das funcionárias novas, mas foi por causa de um atraso.

— Compreensível. — Anne empalideceu quando Rachel abriu as portas duplas de seis painéis que levavam à suíte de nossa mãe.

O espaço era decorado em tons pastel, cada elemento selecionado por nossa mãe, desde o sofá de dois lugares decorado com borlas e as cadeiras combinando, elegantemente dispostos, até a cabeceira com estofado semelhante sobre a cama cheia de travesseiros. As paredes estavam cobertas de fotografias em preto e branco de nós e de nossa mãe em momentos diferentes de nossas carreiras. A única foto de nosso pai ficava sobre a mesa de cabeceira, o vidro cheio de manchas de dedo.

E nossa mãe estava do outro lado da suíte, diante das janelas imensas, nos oferecendo seu perfil e pintando mais um quadro de mais uma bailarina. Seu cabelo estava perfeitamente preso e, pelo que eu conseguia ver, não havia nem uma gota de tinta na sua calça preta ajustada e na blusa cor-de-rosa.

— Sophie — chamou Rachel em um tom calmo. — Suas filhas estão aqui, e você tem uns vinte minutos antes da próxima aula.

Ela deu um tapinha nas costas de nós duas e saiu pela porta, nos deixando sozinhas com nossa mãe.

Eu e Anne nos entreolhamos, então ergui uma mão, e ela me imitou.

Um, dois, três, articulei em silêncio com a boca, depois pus minha mão aberta entre nós.

Anne esticou dois dedos.

Tesoura vencia papel. Droga.

— Mãe? — Caminhei pelo piso de madeira brilhante, passando pela área social à minha direta e pela porta do banheiro à esquerda, parando a alguns metros dela. — Eu e a Anne precisamos conversar com você.

Ela virou a cabeça para mim, e seu olhar intimidante me percorreu, se demorando nos meus Vans. Ela abriu e depois fechou a boca, como se não conseguisse acreditar no que eu estava usando.

— Quinta.

Argh. Soltei um suspiro e lancei um olhar para Anne.

— Quinta! — berrou minha mãe.

Juntei meus pés virados em direções opostas, o direito na frente do esquerdo.

— Ruim. — Ela voltou a pintar as linhas delicadas da saia da bailarina.

Pelo menos a crítica tinha sido breve.

— Nós queríamos perguntar sobre a Lina.

Ela deteve o pincel por um instante antes de continuar como se eu não tivesse falado nada.

Como uma idiota, insisti. Ela podia não querer falar sobre o assunto, mas nós precisávamos de respostas.

— Eu e a Anne estamos na casa de praia, como você queria — expliquei, torcendo para que o fato de estarmos cumprindo seu pedido melhorasse seu humor. — A casa de Haven Cove.

— O estúdio precisa ser encerado. — Ela continuou pintando. — Está sem brilho. Sem vida.

— Vamos cuidar disso — prometi.

— É que nem a sua dança. Sem brilho. Sem vida. — Ela pegou o copo de água e limpou o pincel. — Não tem jeito.

Ah, e chegamos à parte ofensiva da visita. Que ótimo. Olhei para Anne, descaradamente implorando por ajuda.

— A Allie está namorando com o Hudson Ellis — disse Anne, vindo na minha direção, abrindo a bolsa enquanto falava.

O pincel de nossa mãe parou na tinta cor-de-rosa, e me retraí apesar de saber qual era nosso plano. Se ela soubesse sobre Juniper, havia uma chance de ela saber quem a criava.

— O menino do rio? — Suas palavras estavam carregadas de desdém.

— O próprio. — Eu me segurei para não suspirar. Na primeira vez que minha mãe tinha me pegado com Hudson na praia, ela havia me dito: "Esse garoto é como o rio. Bonito de olhar, mas não é onde nadamos".

Na segunda vez que ela me pegara, eu tinha ficado de castigo por duas semanas, sem poder sair de casa e condenada a passar horas extras no estúdio.

— É bom te ver, mãe — disse Anne, e torci para ela ter mais sorte que eu.

Nossa mãe a analisou com o mesmo olhar crítico, então sorriu.

— Anne.

Minhas esperanças aumentaram um pouquinho.

— Oi, mãe. — Anne se meteu no meio de nós, então se inclinou e deu um beijo na bochecha dela. — A Allie não está com uma cara ótima? Ela já voltou pro estúdio. Daqui a pouquinho, já vai estar nos palcos.

— Até o outono — falei, saindo da quinta posição. — Talvez o Vasily coloque no cronograma um balé que o Isaac Burdan coreografou para mim.

— Segunda — bradou ela.

Sério?

Anne me lançou um olhar suplicante, e posicionei meus pés na segunda posição.

— O Vasily só faz o que interessa a *ele* — disse ela para Anne, franzindo a testa quando voltou a me encarar. — Ruim.

Puta merda, eu estava perfeitamente alinhada.

— Ele gosta da Allie — disse Anne em um tom tranquilo. — Sempre gostou.

— Ele gostava da Lina. — Ela apertou o pincel. — A Allie não tem nada de primeira bailarina.

Fantástico. Lina também não tinha, e levando em consideração que Lina tinha ido para Nova York e implorado para ele lhe dar uma segunda chance depois do primeiro ano em que ele não lhe oferecera um contrato, eu argumentaria que minha situação era melhor, apesar de isso não fazer diferença alguma para minha mãe. Agora, eu era apenas a filha que tinha caído diante dos olhos de Nova York inteira.

Cometi o erro de suspirar.

— Terceira! — exclamou minha mãe.

Ajustei meus pés e minhas expectativas como deveria. Eu podia ser a bailarina principal mais jovem da companhia, ter papéis feitos para mim, ser aclamada pela crítica, mas até que aquele título vago e extraordinário me fosse concedido, nada disso importaria para ela.

— Corpo ruim. Pés ruins. — Ela própria entrou na posição. — Terceira.

Reajustei a posição, apesar de ela estar perfeita.

— Terceira.

Ela me lançou um olhar que arrepiou os pelos da minha nuca antes de voltar para a pintura.

— Mãe, sabemos que você tem aula daqui a pouco. — Anne tirou o retrato da bolsa e o mostrou. — Nós só queríamos te perguntar sobre esta foto.

Nossa mãe encarou a imagem.

— Lina. — O fantasma de um sorriso surgiu em seu rosto.

— Você sabia que ela estava grávida? — perguntou Anne.

Nossa mãe ficou imóvel, e eu gelei. Ela piscou uma vez, depois virou para a pintura, saindo da posição. Ela havia se desligado de nós. Não chegaríamos a lugar algum.

— Nesta foto de vocês duas, a Lina estava grávida de sete meses. Você sabia? — tentou Anne de novo.

— Mãe, fala com a gente — implorei, baixinho.

— Quarta!

Eu me movi como o esperado.

Anne respirou fundo.

— A Lina teve um bebê?

Nossa mãe balançou a cabeça, e o pincel lhe escorregou da mão, riscando de rosa o que era uma cortina vermelha no palco.

— Estraguei o quadro. — Ela jogou o pincel no copo de água. — Saiam daqui. Tenho aula.

Meu coração batia disparado em meus ouvidos. *Porra*, ela sabia.

— A Lina teve uma filha. — Saí da posição. — O nome dela é Juniper.

— Não. Pergunte. De. Novo. — Nossa mãe praticamente cuspiu as palavras.

— Nós precisamos perguntar! Você ajudou a se livrar do bebê? — insistiu Anne. — Por que não contaram pra gente?

— Quem é o pai? — acrescentei, rapidamente caindo em silêncio quando a porta se abriu atrás de nós.

— Oi, meninas — disse Rachel da porta. — Sophie, a Elle Gibbons queria que você desse uma olhadinha na variação de Aurora dela antes da aula.

— Não. — Nossa mãe pegou o pincel, mergulhou-o na tinta vermelha e começou a cobrir o erro com o cor-de-rosa. — Quinta.

Frustrada, movi meus pés para a posição, e Anne enfiou o retrato na bolsa. Nós duas confiávamos em Rachel, mas aquele segredo era grande demais.

— O pai da Elle faz grandes doações — lembrou Rachel à nossa mãe. — Vai ser rapidinho.

— Não terminamos de conversar — disse Anne baixinho para nossa mãe.

— Terminamos — rebateu ela. — *Tendu*.

Obedeci, de tênis e tudo.

— Nós precisamos saber — sussurrei.

— *Relevé!* — exigiu ela, segurando o copo de água com uma mão e enfiando nele o pincel com a outra para limpá-lo.

— Não consigo. — Balancei a cabeça. Subir na meia-ponta ainda não era uma opção.

— Pode nos dar um segundo? — pediu Anne, passando por mim e indo até Rachel.

— Isso mexeria com o cronograma inteiro — respondeu Rachel em um tom pesaroso.

— *Relevé!* — Minha mãe me encarou com um olhar raivoso.

— Não consigo, mãe. Meu tornozelo não está bom.

Relaxei a postura.

Ela jogou o copo em mim, com água e tudo. O plástico acertou o piso de madeira a alguns metros com um baque, e a água espirrou, molhando a parte de baixo das minhas pernas. Esperei a vergonha bater, a tristeza por decepcioná-la de novo, mas não senti nada.

Ela era a água e, agora, eu era uma peneira. Estar entorpecida tinha suas vantagens.

— Mãe! — gritou Anne.

— Ah, Allie. — Rachel passou correndo por mim a caminho do banheiro, então voltou e me entregou uma toalha rosa felpuda.

— Obrigada.

Sequei as pernas, lamentando a perda dos meus Vans cor-de-rosa, agora cheios de água e tinta.

— Sinto muito. — Rachel se virou para minha mãe. — Sophie, como você teve coragem de fazer uma coisa dessas?

Empertigando minha postura, olhei diretamente para minha mãe.

— Ela sempre teve. Só não costumava fazer isso em público.

Rachel arfou, e as mãos da minha mãe se fecharam.

Merda, eu não devia ter dito isso.

— Devia… — Seu rosto ficou vermelho, e ela fechou a boca enquanto seu olhar seguia para a foto de Lina à minha esquerda.

— Pode falar. — Ergui o queixo. — Não seria a primeira vez, e quem sabe isso faz você se sentir melhor.

Pelo menos uma de nós poderia se sentir bem.

— Mãe — alertou Anne.

— Devia. Ter. — Ela apontou o dedo na minha direção, cuspindo cada sílaba. — Sido. Você.

— Mãe! — gritou Anne. — Retire o que disse!

— É. — Soltei o ar devagar enquanto as palavras esmagavam meu coração como um punho de unhas afiadas, me dilacerando em regiões que eu achava estarem tão cheias de cicatrizes que tinham perdido a sensibilidade, mas até o entorpecimento tinha limites, e aquela dor era aguda. Pura. Arrasadora. — Na maioria dos dias, eu queria que tivesse sido — respondi com sinceridade, a raiva me dominando.

Ela *sabia* sobre Juniper e não tinha nos contado. Não queria nos contar.

— Allie, não — sussurrou Anne, pegando minha mão e a apertando. — Jamais.

— Mas fico me perguntando o que você teria feito quando a Lina também não conseguisse atender suas inalcançáveis expectativas. Em quem você colocaria a culpa?

Apertei a toalha em uma mão como se minha vida dependesse disso, e a de Anne com a outra.

— Saia daqui *agora*. — Minha mãe me dispensou sem dizer mais nada, saindo da suíte com Rachel em seu encalço.

— Ela continua protegendo a Lina acima de qualquer outra pessoa — murmurou Anne.

Nossa mãe não nos ajudaria. Nós teríamos que nos virar sozinhas.

14
HUDSON

BalletÉVida97: Você parece uma obra de arte. Esse *fouetté*? Maravilhoso.

Allie Rousseau estava linda para cacete no banco do passageiro da minha picape, olhando pela janela como se já tivesse feito isso um milhão de vezes, a mão segurando a alça do teto enquanto seguíamos pela estrada esburacada que dava acesso à praia.

E era um desafio me concentrar na estrada e no que Beachman dizia do banco de trás. Ele era meu suporte, um segundo par de olhos e ouvidos para cuidar de Allie caso Caroline resolvesse voltar atrás na sua promessa de ser legal.

— Daí a gente chegou na embarcação. Estamos falando de um mar com ondas de dez metros… — continuou Beachman.

Allie virou o corpo inteiro para olhar para o banco traseiro, seus grandes óculos escuros tornando impossível interpretar o que ela estava pensando.

— Acho que eram só uns cinco — corrigi.

— Mesmo assim, as ondas estavam grandes pra caralho. — Beachman se inclinou para a frente. — E o navio de pesca boiava feito uma rolha, com água entrando por todos os lados, e nosso Ellis aqui ficava desviando da gávea enquanto trazia a tripulação.

— Isso era mais habilidade do piloto do que minha. — Passei direto pelas áreas cheias de turistas, e a estrada foi se enchendo de areia.

— Que seja. — Beachman me dispensou com um aceno de mão. — Aí ele estava descendo pra pegar o último cara, quando uma onda entra pela proa e a porra do capitão *pula*.

Os lábios de Allie se abriram, e me esqueci de manter os olhos na estrada.

— Né? Então o Rafferty assume o controle e diz pro Hudson que precisamos que ele volte pra reavaliarmos a situação, porque está escuro pra caralho e achamos que o capitão foi puxado para baixo do casco.

— Ele está exagerando. Eu conseguia ver o cara.

O novo banheiro público surgiu no horizonte, e vi o SUV dos meus pais estacionado perto dele. Mesmo que banheiros e chuveiros novos costumassem atrair turistas, aquela parte da praia ainda era o segredo mais bem guardado de Haven Cove.

— Não tinha porra nenhuma — rebateu Beachman. — Enfim, o Hudson começou a argumentar que conseguia pegar o cara, mas comecei a puxá-lo, porque, sabe como é, ordens.

— Você também é mergulhador? — perguntou Allie.

— De jeito nenhum. Eu tenho amor a minha vida, então sou mecânico de voo. Mergulhadores são perturbados da cabeça. Sem querer ofender.

Ele bateu com a mão no meu ombro enquanto nos aproximávamos do estacionamento, uma área separada por cones.

— Não me ofendi.

— Aí, no segundo que a gente tira o Hudson de perto da embarcação, o babaca se solta do cabo e cai na água, de uns sete metros de altura.

As sobrancelhas de Allie se ergueram atrás dos óculos escuros.

— Pois é. — Beachman jogou as mãos para o alto. — Então eu estava me lascando pra conseguir arrumar o cesto, e o Ellis estava lá embaixo nas ondas de dez metros...

— Cinco — corrigi.

— E aí, você não vai acreditar, ele *encontra* o capitão. O barco começa a afundar, a porra toda vira de lado, e a gávea desaba a menos de um metro do Ellis.

— Ai, meu Deus — sussurrou Allie.

— Estava a mais de três metros. — Olhei para trás para ele. — Para de exagerar.

— Quem está contando a história? Eu ou você? — Beachman levou uma mão ao peito. — Então uma onda vira o barco de novo, e o Hudson começa a puxar aquele filho da puta gigantesco como se ele fosse do tamanho de um bebê, tentando se afastar do casco, e o barco volta à tona de novo como se estivesse pulando dentro da água. Acho que aquela porcaria voltou umas três vezes pra cima dele antes de conseguirmos içar o capitão, e aí mais uma vez antes do Hudson voltar pro helicóptero. O Rafferty ficou *puto*.

Estacionei em uma vaga e desliguei o carro.

— Quando foi isso? — me perguntou Allie, tirando o cinto.

— Ontem à noite, na costa do Maine — respondeu Beachman, já abrindo a porta. — Estou falando, nosso Hudson é o desgraçado mais sortudo que já conheci na vida.

— Ontem à noite? — Allie se apoiou no console entre nós. — A gente podia ter cancelado hoje.

— Todo mundo sobreviveu, e eu estou bem — prometi, tirando o cinto. — Só um dia normal de trabalho.

— A morte batendo na porta é... normal pra você.

— Basicamente, sim. — Concordei com a cabeça.

Ela ficou me encarando por alguns segundos, mas aquelas porcarias de óculos escondiam seus olhos. Havia algo esquisito nela.

— Vamos lá, pombinhos — gritou Beachman dentro da picape antes de fechar a porta.

— Ele... hum... ele sabe, né? — perguntou Allie.

— Sobre nós fingirmos que estamos namorado pra Juniper conseguir fazer balé? Claro. Ele adorou a ideia. — Beachman tinha ficado empolgadíssimo para ajudar com o que considerava ser a solução para o meu problema. — Não contei o restante.

— Que bom. Para quanto menos pessoas precisarmos mentir, melhor. — Ela colocou um chapéu de praia com aba mole, e saímos para o sol do meio-dia.

Para aquela época do ano, vinte e cinco graus era quente, mas eu não reclamaria do calor nem do céu sem nuvens.

— Você está bem? — Inclinei a cabeça. — Está mais quieta do que o normal.

— Estou bem, sim. Tive um dia péssimo ontem, e não quero pensar nisso.

Ela pendurou no ombro a bolsa de praia, que era da metade do seu tamanho.

— Nem falar sobre isso — concluí.

— Acertou.

Ela balançou a cabeça, o que não me surpreendeu. Era mais difícil de entender Allie do que resolver um cubo mágico.

— Então vou te distrair com areia, mar e o que espero ser um pouco de diversão. — Gesticulei para a praia.

— Uma distração cairia bem, na verdade. — Ela me concedeu a honra de não fingir um sorriso.

Eu e Beachman dividimos o que precisava ser carregado e, alguns minutos depois, seguimos pela areia, passando pelo banheiro público com paredes azulejadas e cercado por um deque, acessando a praia onde meus pais e Caroline esperavam.

Meu pai havia se superado, como sempre, fincando na areia quatro guarda-sóis imensos — suas bordas onduladas balançando a cada brisa — com duas cadeiras de camping embaixo de cada um, a cerca de cinco metros das ondas.

— Que os jogos comecem — murmurou Allie, sua mão firmando o chapéu no lugar.

— Estou do seu lado — prometi enquanto nos aproximávamos.

Do lado dela, na frente dela e onde mais fosse necessário.

Havia poucas famílias naquela parte da praia, e saboreei a calmaria. Em poucas semanas, quando chegássemos à alta temporada, não haveria espaço nem para sentarmos ali.

— Hudson! — Minha mãe se levantou da sua cadeira enquanto eu deixava o cooler ao lado do de meu pai, então me inclinava para um abraço rápido. — Allie! — Ela girou de repente e jogou os braços ao redor de Allie.

Allie ficou imóvel por um segundo, então a abraçou de volta, sem graça.

— Sra. Ellis.

— Me chame de Gwen, querida. — Minha mãe se afastou e apertou os ombros de Caroline, então sorriu para Beachman. — Eric! Há quanto tempo!

— Sra. Ellis. — Ele praticamente engoliu minha mãe em um abraço.

— Os pais dela não eram muito de dar abraços, imagino — sussurrou meu pai ao meu lado.

— Ela é carinhosa. — Meu tom se tornou irritado. — Especialmente com as irmãs.

— Não falei que não era. — Meu pai me deu um tapa nas costas. — Ela é durona, disso não há dúvidas.

— Porque ela cresceu com o Thatcher e a Sophie? — insinuei, notando que Caroline, no terceiro guarda-sol, não tinha se dado ao trabalho de tirar os olhos de seu livro.

— O Thatcher não era má pessoa — refletiu meu pai. — Ele ia à cafeteria todo dia de manhã para ler seu jornal e pedia café forte puro. Sempre falava muito bem das filhas. Da sua namorada em específico, apesar de mimar bastante a caçula. Eu disse que a Allie é durona porque voltou depois da Caroline mostrar as garras. Ela deve gostar de você.

— Ela é incrível — falei, observando Allie ocupar corajosamente a cadeira ao lado de Caroline, colocando sua bolsa entre as duas.

— Deve ser mesmo, se você sentiu a necessidade de escondê-la de nós quando era garoto. — Ele me lançou *o* olhar, aquele que mostrava que estava decepcionado, mas não falaria nada.

— Vocês nunca foram o problema. — Abri o cooler e peguei duas garrafas de Smartwater. — Bom, quem sabe a Caroline fosse um pouco.

— Ela odeia aquela família desde o dia que a Sophie Rousseau mandou a Madeline tirar a melhor amiga dela da turma avançada pra dar a vaga pra filha mais velha dela. Como era o nome dela? — Meu pai coçou o queixo barbeado.

— Lina. — Franzi a testa. — Não me lembro disso.

— Ah, faz uma eternidade que isso aconteceu. Você era pequeno. As meninas deviam ter uns sete ou oito anos de diferença entre elas, e depois disso você já sabe. A Sophie construiu o estúdio delas no ano seguinte e começou a trazer um monte de profissionais para dar aula, e o Clássico nasceu disso. Foi ótimo para a economia da cidade, mas difícil para o pessoal local. — Meu pai ajustou o primeiro guarda-sol para minha mãe ficar melhor protegida quando ela sentou.

Fui até Allie e lhe entreguei a água, olhando dela para Caroline a fim de determinar se havia tido uma troca de farpas. Eu não me incomodaria em jogar minha irmã na água depois de como ela tratara Allie na festa.

— Obrigada. — Allie aceitou a garrafa, e sentei ao seu lado. Beachman já estava esparramado na cadeira à minha esquerda. — Não acredito que você se lembra da água que eu gosto.

— Eu me lembro de tudo. — Virei o boné para trás para não precisar tirá-lo, e Allie fez o mesmo com o dela, encaixando a aba embaixo da bolsa de praia. Ficar olhando enquanto ela prendia o cabelo em um coque não era uma opção, então me voltei para Caroline. — Cadê a Juniper?

— Está vindo. — Caroline virou uma página do livro. — Já faz uns meses que ela tem ficado com o Gavin aos domingos de manhã, o que tem me ajudado muito a conseguir resolver coisas ou arrumar a casa sem aquele tornado pra bagunçar tudo. E é bom os dois passarem tempo juntos, apesar de eu ter questionado se ele não ensinaria Juniper a plantar bananeira em cima de um barril de chope ou coisa do tipo. E ele *nunca* perdeu a hora.

Nossa, isso era impressionante para Gavin.

— Ela podia ficar na nossa casa todo domingo se vocês morassem perto da gente — disse minha mãe da cadeira dela. — Ou eu poderia ir te ajudar com as roupas e a comida. Você não está sozinha, sabia?

Não era a primeira nem a milionésima vez que ela se oferecia assim.

— Eu tenho o Hudson e o Gavin — respondeu Caroline. — Não estou sozinha.

E era por isso que eu tinha colocado Cape Cod como minha primeira opção de base quando haviam me pedido para preparar a lista para minha próxima transferência. Afastei o lampejo irracional de impaciência por ter que esperar pelo menos mais três anos antes de pedir para ir a Sitka. Talvez, até lá, Juniper e Caroline conseguissem se virar sozinhas, e eu poderia ser apenas o tio divertido em vez de o tio necessário.

— A Juniper é ótima. Nunca conheci uma menina de dez anos tão esperta. — Allie tirou os chinelos com os pés e enfiou os dedos na areia.

Caroline tentou controlar um sorriso, mas fracassou.

— Ela é uma figura. Você já devolveu o celular dela, Hudson?

Meu estômago embrulhou.

— O celular?

Allie se recostou na cadeira, nitidamente tentando sair da linha de fogo.

Caroline me fitou por cima dos óculos escuros.

— Fala sério. Eu vivo ocupada, mas não sou completamente desligada. Só deixo vocês pensarem que me passam a perna.

— Há quanto tempo você sabe?

— Desde a primeira vez que ela se conectou ao wi-fi — respondeu Caroline. — O que ela fez pra você confiscar o celular?

— Acho que isso está classificado como *sigilo entre tio e sobrinha.* — Eu me recostei na cadeira.

— Hum. — Ela olhou para trás de nós e sorriu. — Oi, querida!

Juniper veio correndo pela areia, segurando os chinelos, e abraçou a mãe.

— Oi, mãe!

Gavin veio logo atrás e pôs a mochila de Juniper na cadeira vazia mais próxima.

Caroline se afastou e passou a mão na cabeça e no cabelo de Juniper.

— O que é isso no seu cabelo? Está grudento. — Ela lançou um olhar acusador para Gavin.

— Eu acabei de convocar o sigilo entre tio e sobrinha, se ajudar — disse para ele.

— Sigilo entre tio e sobrinha — declarou Gavin, jogando uma mão para cima. — É bom te ver, Allie.

— Oi, Gavin. — Allie acenou.

— Allie! — Juniper agarrou a mão dela. — Vamos construir um castelo de areia?

— Parece divertido. — Ela abriu um começo de sorriso.

— Mãe, vem junto — pediu Juniper.

Ah, merda. *Lá vamos nós.*

Dez minutos depois, nós quatro estávamos ajoelhados com um saco de brinquedos de praia, construindo um castelo enquanto Beachman e Gavin jogavam frisbee. Allie havia tirado sua blusa de botão, revelando um top preto que me obrigava a fazer um enorme esforço para não encará-la.

— Assim está bom. — Juniper supervisionava enquanto eu tirava um balde de areia molhada, abrindo espaço para o centro da cidade. — O seu também, Allie.

— Valeu. — Ela abria um sorrisinho enquanto fazia a mesma coisa, mas com um balde menor.

Imediatamente voltei a encher o balde, tendo dificuldade para tirar os olhos de Allie, como se ela fosse desaparecer se eu me focasse em outra coisa por tempo demais.

— Você fazia muitos castelos de areia no verão? — perguntou Juniper. — Com suas irmãs.

— Não muito. — Allie se sentou sobre os calcanhares, segurando o baldinho verde no colo. — Nós não tínhamos muito tempo pra brincar durante o verão, e quando tínhamos gostávamos de catar conchas ou ficar lendo no píer.

— Ou sair escondido para olhar estrelas — comentei.

— Ou sair escondido para olhar estrelas — concordou Allie, os olhos escondidos por trás daquelas porcarias de óculos.

— Porque vocês dançavam o tempo todo? — Juniper continuou cavando seu buraco, e Caroline parou no meio de encher o outro balde de areia.

— É. — Allie empurrou os óculos para cima do nariz. — Conforme fomos crescendo, nosso tempo livre foi diminuindo, e acabávamos passando dez horas treinando, entre a academia, as aulas com os professores que minha mãe trazia e os ensaios à tarde.

Durante aqueles verões, ela vivia triste e eufórica ao mesmo tempo, e eu só tinha entendido esse sentimento depois dos primeiros apuros no mar. Amar algo que tentava ativamente destruir seu corpo era uma droga.

— Parece que você não pôde ser criança — observou Caroline, voltando a usar sua pá.

Allie olhou para mim, depois para Juniper.

— Existe um ponto de equilíbrio. — Ela pôs mais areia molhada no balde. — Não sei se eu seria o que sou hoje se minha mãe não tivesse nos pressionado daquele jeito. Mas também acho que o balé poderia ter sido uma parte importante da minha infância, em vez da minha infância *inteira*. Um ponto de equilíbrio teria sido bom, e acho que era por isso que meu pai queria que a gente viesse pra cá nos verões, pra forçar esse equilíbrio, mas a minha mãe construiu o estúdio, e... — Ela suspirou. — Bom, eu amo balé, mas nunca consegui saber quem sou sem ele.

Talvez fosse por isso que ela estava tendo tanta dificuldade agora.

— A cafeteria também foi meio assim. — Caroline concordou com a cabeça. — Eu entendo.

Eu ainda estava focado na confissão de Allie. Era verdade, ela era uma estrela nos palcos, mas com ou sem sapatilhas iluminava todo cômodo em que entrava. Balancei a cabeça.

— Você é inteligente — falei, sabendo muito bem que eu devia ficar de boca calada, que eu estava ultrapassando o limite entre o que ela considerava um namoro de mentira e meus sentimentos muito reais.

Allie se sentou sobre os calcanhares.

— O quê?

— Eu disse que você é inteligente — insisti, olhando para o meu reflexo nos óculos de sol dela e desejando ver seus olhos. — E legal, protetora, observadora, obstinada, gentil, e um paradoxo de hesitação e coragem, e mais um milhão de coisas que não têm nada a ver com balé. Eu entendi isso tudo sobre você nos primeiros cinco minutos depois de te conhecer, e você não estava nem perto de um estúdio.

Allie abriu os lábios.

Caroline se atrapalhou com o balde.

— A mamãe não deixa eu fazer balé — anunciou Juniper enquanto cavava o buraco na frente dos joelhos de Allie.

Puta merda, ela tinha falado com todas as letras.

Allie ficou encarando Juniper enquanto ela passava engatinhando, franzindo a testa.

— Do jeito que você fala, parece que eu não te dou comida. — Caroline terminou de encher o balde. — Eu dou comida pra ela, aliás.

— Posso perguntar por quê? — Allie agia como se aquela informação fosse uma novidade.

Caramba, ela é uma ótima atriz.

Caroline enfiou mais areia no balde.

— Primeiro, porque é caro. Depois, não tenho tempo pra ser uma dessas mães que fica fofocando com as outras sobre qual criança é melhor. E também… — Ela deixou o balde de lado. — As únicas bailarinas que eu conheço não são pessoas com quem quero conviver.

— Caroline… — Puta merda. Ela tinha prometido.

— Não. — Allie levantou uma mão. — É bom ouvir a verdade. Eu poderia dizer a mesma coisa sobre vários esportes diferentes. Mas seria uma pena julgar todas as bailarinas com base nas poucas que você conheceu, mesmo que eu esteja incluída nesse grupo.

Caroline se esticou para a frente, virou o balde no lugar estipulado antes de voltar a olhar para Allie.

— Eu prometi ao meu irmão que te daria uma chance e que não te julgaria pelas ações da sua família. Porque a verdade é que eu não te conheço.

— Esse parece um bom ponto de partida, já que eu também não te conheço. — Allie pôs mais um pouco de areia no balde.

Meu peito ficou apertado. Caramba, eu estava orgulhoso dela. Era melhor batermos em retirada enquanto ainda estávamos vencendo.

— Acho que precisamos de um pouco de água.

— A areia já está molhada. — Juniper cavou a parte de trás do castelo.

— Não foi isso que eu quis dizer.

Balancei a cabeça para Allie, abrindo um sorriso vagaroso. Ela havia tido um dia de merda ontem e, se havia uma chance de eu cumprir minha promessa de distraí-la, eu a aproveitaria.

Ela ergueu as sobrancelhas por trás dos óculos de sol e imediatamente foi se levantando.

— Eu conheço esse olhar, Hudson, e está frio. — Ela mexeu nos chinelos com o dedão e olhou para a direita, procurando uma rota de fuga.

— Eu diria que está quente demais pra época do ano. — Levantei e tirei a camiseta, jogando-a na areia. Meus óculos de sol a seguiram.

Ela deu alguns passos para trás, olhou duas vezes para mim e ficou me encarando, levemente boquiaberta.

Ela tinha suspirado? *Merda.* Eu não conseguia ver seus olhos, não conseguia interpretar sua expressão.

— Se eu fosse você, tiraria os óculos, a não ser que queira perdê-los — alertei, passando por cima da torre de Caroline e não pisando por pouco no buraco.

— Hudson Ellis — alertou Allie, dando mais alguns passos para trás, mas sem dizer não.

Nós dois sabíamos que essas palavras me fariam parar imediatamente.

— É sério. Eles parecem caros. — Abri um sorriso imenso.

— Com a covinha e tudo? — resmungou ela, arrancando os óculos e os jogando do lado do balde. — Jogo sujo.

— Eu nunca disse que jogava limpo. — Esse foi o único aviso que dei antes de sair correndo na direção dela.

Ela gritou quando a ergui para cima do meu ombro.

— Você só pode estar de brincadeira!

— Não estou. — Segui direto para o mar, passando no meio de Gavin e Eric. — Eu nunca brinco quando se trata de você.

— Eu juro que, se você me jogar nessa água… — As mãos dela buscaram apoio nas minhas costas, e Allie se esticou para não ficar pendurada.

— Você vai fazer o quê? Aproveitar um pouco a vida? Sentir um pouco de frio? Ficar molhadinha? — Pisei na água do mar, e o frio subiu por minhas canelas.

— Molhadinha? Você não conseguiu pensar em nada melhor que isso? — As mãos sujas de areia dela chegaram aos meus ombros, e apertei os braços nas suas coxas para ela não escorregar para a água enquanto se mantinha esticada. — Que tristeza. Você precisa melhorar seus métodos de sedução, Ellis.

— Você nunca me viu tentando ser sedutor, Rousseau. — A água bateu nos meus joelhos, e continuei andando. Merda, estava bem fria. — Pode acreditar, se eu estivesse me esforçando, você saberia.

— Caras que sabem seduzir não parecem estar se esforçando — rebateu ela enquanto minha orelha roçava suas costelas.

— Você precisa parar de sair com bailarinos. Se você não conseguir perceber que alguém está louco por você, essa pessoa não te merece.

Uma onda bateu nas minhas coxas, e Allie arfou quando a água molhou seus pés.

— Está um gelo!

— Revigorante, né? — Eu a deixei escorregar por alguns centímetros quando a próxima onda bateu, e ela gritou. — Faz a gente se sentir vivo.

— Se você me jogar nessa água, vou te matar!

Ela me pegou completamente desprevenido, se soltando de mim e enroscando as pernas ao redor da minha cintura. Suas coxas fortes se prenderam ao meu redor, e ela hesitou com as mãos, como se não soubesse onde colocá-las.

Eu estaria gargalhando se não estivesse distraído com a sensação obliterante do corpo dela contra o meu. Sua pele quente, macia, enviava sinais para meu sistema nervoso nos pontos em que nos encostávamos.

— Não vou te deixar cair — prometi, erguendo as mãos para segurar suas coxas, ficando longe da perfeição que era sua bunda.

Ela se afastou, seu olhar encontrando o meu enquanto suas mãos pairavam centímetros acima dos meus ombros. Havia fogo naquelas profundezas cor de uísque, e uma faísca de interesse que cativou toda minha atenção enquanto a respiração dela acelerava.

— Você pode encostar em mim, sabe. — Outra onda bateu, mas não alcançou Allie. — Eu prometi uma distração.

— Usar sexo pra se distrair sempre causa complicações. — Ela passou a língua pelo lábio inferior, depois o mordeu.

— Quem falou de sexo? — Apertei as coxas dela enquanto acompanhava o movimento. Eu queria chupar aquele lábio, tracejá-lo com minha língua, me afundar, em sua boca finalmente prová-la. Eu estava acostumado a desejar coisas que jamais teria quando se tratava de Allie, mas o jeito como ela me encarava agora me enchia de curiosidade, de *desejo.* — Eu só queria te poupar de parecer uma Frankenstein esquisita com as mãos para cima.

Ela soltou uma risada irônica.

— Só estou seguindo as regras do nosso acordo. A gente combinou que você podia me tocar em público — lembrou. — E não que *eu* podia te tocar. Não quero tirar vantagem de você no calor do momento.

— Então você admite que tem calor.

Porra, a boca de Allie estava a centímetros da minha. Achei que eu já soubesse o que era tesão, mas não. Não até aquele momento.

— Admito que você sentiu calor.

— Que apegada a tecnicalidades. — Eu me obriguei a parar de encarar aquela boca e a peguei me observando. Nossos olhares se encontraram… e esquentaram. — Vamos adicionar mais regras. A minha é que você pode tocar em mim sempre que quiser, Alessandra. Em público. Quando estivermos sozinhos. Não me importa. Em qualquer parte de mim. Com qualquer parte sua. Sempre que você quiser. — Outra onda gelada bateu nas minhas coxas, e desejei que tivesse sido um pouquinho mais em cima. — Agora, seria um bom momento, já que estamos fingindo e tal.

Ela pousou levemente as mãos nos meus ombros.

— Bom, se é pra fingirmos — sussurrou ela, e deslizou os dedos por minha pele antes de entrelaçá-los na minha nuca.

O desejo subiu pelas minhas costas, e a puxei para mais perto por puro instinto. Nada além de um toque, da sensação dela nos meus braços, e *fogo* corria por minhas veias. Havia um motivo para eu nunca ter dado em cima dela na adolescência, nunca ter cruzado esse limite. No fundo, eu sabia que, se um dia colocasse as mãos nela, nunca mais a soltaria.

Porra, na época eu não tinha a menor ideia do que fazer perto dela, mas isso tinha mudado. Eu sabia centenas de formas de *distraí-la*, e suspeitava que ela faria cada uma delas parecer uma novidade.

Allie deslizou as mãos por meu cabelo com um suspiro baixo, e prendi a respiração.

Ela olhou para minha boca, abriu os lábios, então piscou duas vezes.

— Vou voltar pra areia. — Suas coxas me soltaram enquanto ela desentrelaçava os tornozelos, e parei de segurá-la com tanta força.

— Eu te levo — protestei, engolindo um gemido quando ela deslizou pelo meu corpo.

Fazê-la passar frio na água nunca tinha sido parte do plano.

— Já estou acostumada com água fria. — Ela correu as mãos pelo meu peito enquanto seguia para a areia, o mar batendo na sua cintura. Mostrando que suas palavras não tinham sido em vão, ela nem se encolheu, mesmo quando uma onda bateu e deixou sua blusa ensopada até a altura das costelas. — E talvez seja melhor você passar um tempinho aqui se acalmando antes de voltar.

Ela sorriu, seus olhos brilhando enquanto tirava a blusa.

Biquíni cor-de-rosa filho da puta.

As curvas dos seus seios me deram água na boca, e o declive da sua cintura me fez fechar as mãos. Ela tinha razão. Eu precisava de alguns minutos, porque estava duro para cacete.

— Viu, só? — perguntou ela, inclinando a cabeça enquanto continuava se afastando.

— O quê? — respondi, vergonhosamente embasbacado com a visão dela de biquíni.

— Sedução, Hudson. — Ela esticou as mãos, ainda segurando a blusa. — Sedução sem esforço.

Ela se virou e foi andando para a praia, e parei de tentar segurar meu sorriso, entrando ainda mais no mar para me acalmar. Eu não sabia o que tinha sido mais delicioso, o toque delicado dos seus dedos escorregando por minha pele ou o brilho vívido que eu tinha visto nos seus olhos enquanto ela se afastava.

Por um segundo, eu tinha visto *ela*.

É por sua causa que ela... começou minha consciência, mas interrompi a babaca no mesmo instante, afundando sob as ondas e mergulhando a cabeça. Uma distração, tinha sido só isso. Nada daquilo era verdade para ela; ela estava só me sacaneando, e eu tinha adorado cada instante. Até cogitei lhe pedir para me sacanear mais.

Só depois de eu conseguir recuperar o controle sobre meu corpo — e meus pensamentos —, voltei para a praia. Allie havia desaparecido.

— Você viu a Alessandra? — perguntei a Juniper, que continuava construindo seu castelo com Caroline.

— Eu esqueci meu chapéu no carro do tio Gavin e ela se ofereceu pra buscar porque deixou o celular no seu — respondeu Juniper, cavando areia embaixo da ponte que construía.

— Que legal da parte dela.

— Porque ela é legal. — Juniper lançou um olhar para a mãe e passou para a torre principal.

Caroline revirou os olhos quando Juniper se distraiu, mas não deu um pio contra Allie enquanto trabalhávamos no castelo.

Alguns minutos e duas torres depois, Allie voltou, seu biquíni coberto por um vestido rosa que batia nas coxas e que quase me fez morder as juntas dos dedos. Ela deixou seu celular sobre a cadeira e veio até nós com uma expressão que eu não conseguia decifrar.

Havia duas rugas entre suas sobrancelhas.

— Está tudo bem? — perguntei, levantando enquanto Gavin passava correndo por nós.

— Aham — respondeu ela, sua voz inexpressiva de novo. — Aqui, meu amor.

Ela deu aquele sorriso falso enquanto entregava o chapéu para Juniper, e os pelos na minha nuca se eriçaram.

— Valeu! — Juniper o pôs na cabeça, prendendo a alça sob o queixo.

— De nada. — Allie voltou na minha direção.

— Cuidado! — berrou Beachman, e enfiei uma mão na frente da cabeça de Allie, pegando o frisbee a centímetros do seu rosto.

Ela piscou rápido, encarando o disco amarelo-fluorescente.

— Puta merda.

— Presta atenção pra onde você joga esse negócio! — Eu me afastei de Allie, dobrei o pulso e o lancei na direção de Eric.

— Obrigada. — Ela pigarreou. — Isso que é reflexo.

Inclinei a cabeça, deixando a boca a centímetros da orelha dela.

— Algumas pessoas chamariam isso de um método de sedução.

Ela bufou, me fazendo sorrir. Aquilo era o mais perto de uma risada que eu tinha conseguido, mas era uma vitória.

A tarde passou rápido. Meus pais elogiaram o castelo de Juniper e a levaram para fazer uma caminhada pela praia enquanto Gavin tirava uma soneca. Allie puxou assunto com Caroline sobre a cafeteria, e as duas tiveram uma conversa surpreendentemente civilizada, o que me deixou esperançoso.

Então fiquei assistindo, completamente hipnotizado, enquanto Allie mostrava a Eric como fazer um *arabesque* — se equilibrando no pé esquerdo e levantando a perna direita às costas em um ângulo impressionante.

Nossa, como ela era linda.

— Ela é graciosa, isso é inegável — disse Caroline.

— Eu diria maravilhosa. Quando a gente era mais novo, eu passava horas assistindo os ensaios dela. — Eu me inclinei para a frente, apoiando os cotovelos nos joelhos.

— Ela te obrigava a assistir aos ensaios? — Caroline juntava os brinquedos de Juniper.

— A Allie não me obrigava a fazer porra nenhuma. Não fica distorcendo as coisas desse jeito. — Eu ri quando Eric tentou imitar Alessandra e caiu de cara na areia. — Eu queria estar onde ela estivesse, o que significava entrar escondido no estúdio sempre que a mãe dela se distraía com outra coisa. Mas ela também passava bastante tempo escondida no Grizzly Bear ou no meu quarto pra ficar comigo. — De soslaio, notei Caroline me encarando. — A escada do lado de fora da minha janela não servia só como saída de incêndio.

— Preciso me lembrar de nunca deixar a Juniper ficar com aquele quarto — resmungou ela.

Por volta das quatro horas, limpamos nossa bagunça, e ajudei meu pai a levar os guarda-sóis para o carro. Depois de colocarmos tudo na picape, fui lavar meus pés no banheiro público, para não sujar o carro de areia.

Depois de me limpar, saí para o deque e fiquei olhando para o mar enquanto esperava Allie. Nós tínhamos conseguido passar uma tarde inteira com minha família sem Allie fugir nem Caroline criar caso.

Além do mais, levando em consideração que Allie havia se pressionado contra mim na água, tinha sido um dia bom para cacete, mesmo que ela tivesse nitidamente se afastado de mim depois disso.

— Ah, que bom, você ainda está aqui. — Caroline se aproximou do corrimão e parou ao meu lado, prendendo o cabelo loiro comprido em um rabo de cavalo. — Eu queria dar uma palavrinha com você.

— O que houve? Se você precisar que eu passe mais tempo com a Juniper agora que as férias estão chegando, a gente pode combinar alguma coisa dependendo da minha escala.

Afinal de contas, era por isso que eu morava ali.

— Não é isso. — Ela apertou o corrimão. — Você é meu irmão caçula, e eu te amo. Você sabe disso, né?

— O que está pegando? — Franzi a testa.

— Eu tentei. Eu tentei de verdade. — O rosto dela se contorceu em uma expressão de pura tristeza. — E ela é ótima, mas esse namoro não vai dar certo, Hudson.

15

ALLIE

Andreamaaay: A essa altura, já estou começando a questionar se sua irmã continua viva, @4IrmãsRousseau.

Usuário60981: Se não estiver, quem sabe tem uma vaga aberta na companhia!

Pus o pé embaixo da torneira, que batia na altura do meu joelho, e o lavei, tomando cuidado para não molhar a barra do meu vestido cor-de-rosa esvoaçante enquanto mexia os dedos para tirar a areia. Por mais que eu tivesse detestado a ideia de vir, hoje tinha sido… divertido.

Passar tempo com uma família que claramente se amava, construir um castelo com Juniper, até flertar com Hudson — algo que eu nunca achara que teria coragem de fazer — havia sido surpreendentemente legal, e tão diferente de ficar sozinha.

E eu não tinha pensado em balé, pelo menos não nas partes difíceis, em nenhum momento. Até ficar me exibindo para Hudson enquanto eu ensinava Eric havia sido incrível. Eu não tinha ficado remoendo minha lenta recuperação, me estressado com a possibilidade de alguém tentar roubar meu lugar, nem com medo de Vasily cortar nosso balé do cronograma se eu não melhorasse. Claro, eu tinha perdido uma tarde de treino, porém, por mais que eu hesitasse em admitir aquilo, valera a pena.

Tinha sido o bálsamo perfeito para acalmar as novas feridas que minha mãe havia causado no dia anterior.

Lavei o outro pé, depois olhei para o estacionamento. Jessica havia passado para buscar Eric depois de sair do trabalho, e Hudson ainda não estava na picape, o que significava que devia estar me esperando. A água desligou no tempo programado, e calcei meus chinelos antes de voltar para o deque ao redor do banheiro público em formato de diamante, passando por quatro cabines de chuveiro à esquerda.

Apenas um momento havia me incomodado naquele dia, e eu ainda não tinha decidido o que fazer com o que vira no carro de Gavin. Ou se eu ao menos tinha o direito ou a responsabilidade de fazer alguma coisa.

— Você prometeu que pararia com isso! — A voz de Hudson me fez interromper os passos.

— Eu disse que eu daria uma chance pra ela, e dei — argumentou Caroline, e meu coração apertou.

Talvez eles estivessem falando sobre outra pessoa. Havia uma chance, não havia? Pressionei as mãos na parede reformada e me encostei nela, espiando pelo canto.

— E não é que ela não seja linda, inteligente ou não trate bem a Juniper… — continuou Caroline, fitando Hudson com uma expressão de desconforto.

— Estou ciente de como a Allie é incrível — interrompeu ele, cruzando os braços.

Lá se iam minhas esperanças de a conversa não ser sobre mim.

— … porque ela é tudo isso. E, em qualquer outra situação, eu a acharia maravilhosa. — Pelo menos Caroline parecia chateada com a própria desaprovação.

— Em outra situação que ela não fosse uma Rousseau. — Hudson balançou a cabeça. — Porra, você é inacreditável.

A felicidade do dia desapareceu como se nunca tivesse existido. As coisas com ela nunca mudariam, mudariam? Talvez essa fosse a maldição de cidades pequenas — você nunca conseguia escapar do papel que lhe atribuíam.

— O fato de a família dela ser repugnante não tem nada a ver com o que eu estou tentando te falar. — Ela se esticou para tocar o braço de Hudson, mas ele deu um passo para trás.

Repugnante? Fiquei irritada. Eu era uma Rousseau. Meu sobrenome abria portas em todas as companhias de balé do mundo, e faria o mesmo por Juniper se ela quisesse.

— Um dia, você vai se arrepender de ter *dito* essas palavras — prometeu Hudson, e meu estômago se revirou.

Caroline nem desconfiava que falava mal da própria filha.

— Me escuta, Hudson. Por favor. — O tom suplicante dela me acertou no peito. *Senti* o desespero dela tentando fazer o irmão escutá-la como se o sentimento fosse meu. — Ela é maravilhosa. Só não é pra você.

Eu finquei as unhas na parede.

— Não começa com essa merda de "ela vai embora quando o verão acabar". — Ele curvou a aba do boné. — Nós somos adultos capazes de tomar decisões quanto a relacionamentos a distância, ou quanto a nos mudarmos, ou quanto a uma infinidade de outras formas de estar com a pessoa que queremos.

Droga, ele era convincente. *E eu achava que eu era uma boa atriz.*

— E você acha que ela quer ficar com você? — desafiou Caroline.

Todos os músculos no meu corpo se retesaram, e senti minhas bochechas ficarem vermelhas como se ela tivesse questionado isso na minha cara. Querer Hudson nunca tinha sido o problema. A questão era ele continuar do meu lado.

— Tenho certeza, e eu conheço a Allie melhor do que praticamente todo mundo.

Ele retesou o maxilar, e enfiou as mãos nos bolsos da frente da bermuda de praia. Fazia anos desde a última vez que eu o vira perder a calma, mas os sinais continuavam os mesmos. Ele ia explodir.

— Você *conhecia* ela — corrigiu Caroline. — Você conhecia ela fazia uma década. Fiz uma pesquisa…

Gelei. Que pesquisa?

— Porra, você fez *o quê*? — Os ombros dele murcharam. — Se você não fosse minha irmã, eu nunca mais olhava na sua cara.

Eu sabia muito bem como era essa sensação.

— Ela só sai com bailarinos. Só pessoas da mesma área, naquele nivelzinho de elite, na mesma faixa de renda. E você não se enquadra em nada disso.

Ela havia descoberto isso pela internet? Até que ponto eu deveria continuar parada ali, ouvindo? A raiva borbulhava no meu peito.

— Eu já sei disso. — Ele deu de ombros, as mãos ainda nos bolsos. — E daí? Até agora, eu só saía com mulheres que não queriam compromisso. As coisas mudam, e estou cagando para os caras com quem ela já namorou, porque ela está *comigo* agora.

Tudo bem, isso tinha sido meio excitante. Muito excitante... se não estivéssemos fingindo tudo.

— Ela não te quer! — berrou Caroline. — Você precisa terminar antes de as coisas ficarem mais sérias. Passei o dia todo prestando atenção nela. Prestei atenção na festa também. Você toca nela, tenta segurar a mão dela, pega comida pra ela e cuida dela, mas ela não faz o mesmo. Ela já te convidou pra festança que a companhia de balé dá todo verão?

Eu me afastei e apoiei a testa na parede, fechando os olhos enquanto a fúria ardia cada vez mais a cada recriminação de Caroline, mostrando todas as formas como eu já tinha decepcionado Hudson. Ele havia convencido todo mundo, e eu não fizera minha parte.

Devia. Ter. Sido. Você. As palavras de minha mãe se entocaram no meu cérebro. Fracasso parecia ser o tema daquela semana. Eu tinha fracassado com Hudson e Lina, e agora estava fracassando com Juniper e Anne.

— A gente *ainda* não falou sobre isso — rebateu Hudson.

— Exatamente. Hudson, ela não encosta em você. Eu diria que ela até faz questão de não encostar em você, e não é assim que mulheres agem com o homem que elas querem.

Dane-se ela. Aquilo não era um fracasso; aquilo era de propósito. Eu *queria* Hudson, e era por isso que eu tomava cuidado para não encostar nele, não ceder à conexão entre nós, não cometer um erro que novamente me deixaria arrasada no fim do verão. Merda, será que eu já tinha estragado nosso plano por ser — como sempre — cuidadosa demais?

— E daí se ela é discreta…

E ele continuava me defendendo. *Puta merda.*

— Ela nem sorri pra você! Nem uma vez. Pode ser que vocês sejam ótimos amigos, e pode ser que ela esteja entediada ou se sentindo sozinha, mas estou te dizendo: ela não se sente do mesmo jeito que você, e ela vai partir seu coração se você não terminar tudo.

Já chega. Eu me desencostei da parede e respirei fundo para reunir coragem.

— Chega — alertou Hudson. — Eu não vou terminar com a Allie. Nem hoje. Nem amanhã. Nem nunca, se depender de mim. Abrir mão dela foi o pior erro que já cometi na vida, e não vou deixar que a sua teimosia me custe a única chance que tenho com ela.

Meu coração disparou enquanto eu me afastava da parede. Estava na hora de cumprir minha parte do combinado. *É só um papel. Isso é só um papel.* Mas não, não era.

Me forçando a abrir um sorriso tranquilo, fui até eles.

— Te achei!

Hudson empalideceu.

— Alessandra…

— Eu estava esperando na picape.

Antes de perder a coragem, fui direto na direção dele, fiquei na ponta dos pés tanto quanto meu tornozelo permitia, segurei seu rosto com a barba por fazer com as duas mãos e o beijei.

Senti ele puxar o ar e rezei para não ter ido longe demais. Nós nunca tínhamos conversado sobre nos beijarmos. Ou não nos beijarmos. Mas ali estava eu, colando meus lábios nos dele… finalmente. Eu me demorei por um instante, só o tempo de meu coração acelerar, da minha boca assimilar a maciez da dele, então me preparei para bater em retirada e enfrentar as consequências do meu ataque sorrateiro.

Ele me apertou com o braço ao redor da cintura, e me beijou de volta uma vez, duas vezes, depois chupou de leve meu lábio inferior, mordiscando-o suavemente, despertando cada nervo no meu corpo e roubando meu fôlego.

Deus me perdoe, mas tinha acabado antes de eu me sentir pronta para isso.

Ele me encarou como se nunca tivesse me visto.

— Chega de conversa, Caroline. — Seu olhar não se afastou do meu. Era impossível imaginar uma vida em que eu me cansaria de olhar nos seus olhos.

— Já nem estou mais aqui — murmurou ela.

Seus passos foram desaparecendo enquanto eu e Hudson continuávamos nos encarando.

— Você me beijou. — O foco dele passou para minha boca.

— Eu te beijei. — Minha voz tinha se tornado um sussurro, e tirei as mãos do rosto dele. Eu tinha ido longe demais. — Você está irritado?

— Irritado? — Ele soltou minha cintura e deu um passo para trás. — Estou sentindo um monte de coisas agora, mas acho que raiva não é uma delas. Depende da sua resposta para o seguinte: você ouviu a briga?

— Ouvi. — Se fosse qualquer outra pessoa, eu teria hesitado, me perguntado qual seria a resposta que ele gostaria de ouvir, mas eu tinha concordado em sempre falar a verdade.

— Merda. — Ele se encostou no corrimão e virou o boné para trás. — Você me beijou porque ficou puta com a Caroline.

— Sim. — O vento ficou mais forte, e segurei a barra do vestido contra as coxas. — Mais ou menos.

Uma família com duas crianças pequenas subiu os degraus da praia e seguiu para a plataforma, parando para admirar a vista a alguns metros de nós.

Hudson murmurou um palavrão, depois se desencostou do corrimão, pegando minha mão enquanto passava por mim.

— Nós não vamos ter essa conversa aqui.

Meu coração disparou enquanto eu o seguia pela lateral da construção, entrando pela primeira porta que ele abriu. *Você estava interpretando um papel.* Mas estava mesmo? Sentimentos complicados e caóticos vieram à tona, e me esforcei para erguer as barreiras que me mantinham viva, só que era impossível fazer isso enquanto meus lábios ainda formigavam do beijo em Hudson.

Ele soltou minha mão e ligou o interruptor, iluminando a cabine do chuveiro com seus azulejos brancos e verdes-azulados, então fechou e trancou a porta. O som do trinco reverberou por minha cabeça.

Nós estávamos sozinhos, o que significava que eu precisava decidir se interpretaria o papel e desdenharia do que tinha acontecido com uma risada ou se seria verdadeira e mostraria uma parte real de mim, sabendo que talvez eu nunca mais a recuperasse.

— Você ouviu o que ela disse e quis vencer a briga. — Ele enfiou as mãos nos bolsos e se encostou na porta.

— Exatamente. — Era a verdade. No geral. O maxilar dele se retesou, e ele jogou a cabeça para trás, encostando-a na porta, encarando o teto. — Acho que isso significa que você está irritado agora.

Aonde tinha ido parar minha coragem de antes? Nossa, era tão mais fácil quando eu podia dizer para mim mesma que estava fingindo. Mas tudo parecia real demais naquele espaço apertado.

— Não era assim que nosso primeiro beijo devia ter acontecido.

— Nunca achei que você fosse o tipo romântico. — A piada não teve graça.

— Eu esperei onze anos pra te beijar. — Centímetro a centímetro, ele foi baixando a cabeça, me imobilizando com aqueles olhos verdes como o mar. — Onze anos pensando como seria ultrapassar esse limite, imaginando todas as formas... — Ele balançou a cabeça. — Você queria? Ou foi só pra mostrar que ela estava errada?

— Você passou onze anos pensando em me beijar? — Meu peito apertou.

— Passei. Você queria? — repetiu ele.

Aquele com certeza era o momento de me proteger e mentir. Mas eu não podia fazer isso. Não com Hudson.

— Queria. — Minha confissão ecoou pelas cabines. — Por que você acha que eu fui embora tão rápido quando estávamos no mar? Eu não devia querer te beijar. Isso é de mentira, lembra?

— Nesse momento, não é.

Os olhos dele se turvaram, e meu coração disparou.

— O que isso significa?

Minhas bochechas arderam. Ele nunca tinha olhado para mim daquele jeito, como se eu fosse alguém que ele desejasse — não, por quem ansiasse. Na verdade, eu tinha minhas dúvidas se qualquer homem já tinha me olhado com tanto desejo.

— Significa que eu quero cinco minutos.

Ele tirou o telefone do bolso e mexeu na tela.

— Pra gente fingir o quê? — Cruzei os braços e tentei controlar meu coração disparado. — Que eu não te odeio? Que o que estamos fazendo é real? Que papéis vamos interpretar?

Qualquer máscara seria melhor que nenhuma.

— Cinco minutos *sem* a gente fingir nada. Só eu e você. — Ele me mostrou o temporizador e apertou "iniciar". A contagem regressiva começou a rodar, e ele enfiou o aparelho de volta no bolso. — Você aceita?

— Cinco minutos. — Apalpei meu vestido só para me certificar de que eu não estava tão exposta quanto subitamente me sentia. — Tudo bem. Não vamos fingir nada.

Ele concordou com a cabeça.

— Agora seria um bom momento para ir embora se você não quiser isso.

Ele se endireitou e começou a se aproximar devagar, me dando bastante tempo para fugir. Para recusar. Não fiz nada disso.

Erguendo o queixo, dei um passo para trás e bati na pia enquanto ele me alcançava.

— Você continua aqui.

Ele pôs uma mão em cada lado meu, me cercado com seus braços, então se inclinando para perto.

— Continuo. — Meu olhar desceu para sua boca enquanto eu me esforçava para respirar. Eu podia ir embora, mas não conseguia me convencer a sair por aquela porta. — O que você quer, Hudson?

— Quero aquele primeiro beijo. — Ele segurou minha bochecha e passou o dedão por meu lábio inferior. — Você quer?

— Não é uma boa ideia. — Ai, meu *Deus*.

— Você quer? — repetiu ele.

Beijá-lo — beijá-lo de verdade — seria extrema e completamente irresponsável, e essa palavra *nunca* se aplicava a mim. Mas a vontade de beijá-lo era maior do que a segurança da minha solidão. Eu o olhei nos olhos e descruzei os braços, levando as mãos ao peito dele.

— Quero.

— Allie — sussurrou ele ao baixar a cabeça.

Então segurou minha nuca, e me beijou.

Isso. Aquilo era exatamente o que eu queria, a boca dele se movendo na minha, *com* a minha, a pressão dolorosamente doce. Ele acariciou o centro do meu lábio inferior com a língua, e me abri para ele.

Ele gemeu, e nos perdemos em uma loucura completa. Ele me devorou com movimentos habilidosos da sua língua junto com a minha, dominando cada área sensível da minha boca e destroçando meu mundo muito cuidadosamente construído.

Corri as mãos por sua camisa e seu pescoço, puxando-o para mais perto. A eletricidade percorria minha pele, e retribuí o beijo com uma década de desejo acumulado enquanto uma febre explodia entre nós, descontrolada e perigosamente volátil. Ele me segurou pouco abaixo da bunda, e me levantou para a borda da pia, mantendo a boca colada na minha, impossibilitando qualquer pensamento e lógica, substituindo-os por uma urgência e uma ânsia que pareciam impossíveis de saciar.

Puta merda, ele era *bom* naquilo.

Ele afastou minhas coxas e parou entre elas, unindo nossas bocas uma vez atrás da outra, entrelaçando os dedos entre o cabelo na minha nuca e inclinando minha cabeça para se aprofundar. Foram necessários apenas poucos segundos para o beijo sair do nosso controle, e deixamos acontecer. Nós seguimos em frente com mãos errantes e fôlegos ofegantes, desesperados demais para pararmos para fazer algo tão trivial quanto respirar.

Mordi o lábio inferior dele.

Ele chupou minha língua, e gemi.

Tirei seu boné e passei os dedos por seu cabelo, segurando sua cabeça contra a minha.

Ele roçou a mão sob meu vestido e pela parte externa da minha coxa, então apertou meu quadril, me puxando com força para si. Ai, meu *Deus*. Ele estava duro, e *bem ali*.

— Hudson — gemi, e ele respondeu me beijando com mais intensidade, com mais força, por mais tempo, até eu conhecer sua boca tão bem quanto a minha, até seu gosto e o gosto de sal estarem gravados na minha memória.

Isso. Isso *mesmo*. Era assim que um beijo devia ser. Como eu tinha passado vinte e sete anos sem experimentar aquela euforia que fazia meu coração disparar? Aquela fome avassaladora? Eu queria ele. Eu *precisava* dele. Ele era calor e carinho, e eu tinha passado tanto tempo sentindo frio. Se ele me pedisse qualquer coisa, eu lhe daria, contanto que não parasse de me beijar. Eu queria me entregar, queria sentir cada centímetro da pele dele na minha, queria que ele tirasse meu biquíni do caminho e me tocasse.

Eu queria tudo.

Ele arrancou a boca da minha para continuar beijando meu pescoço, voltando para os pontos que me faziam arfar, chupando os que me faziam gemer. Finquei as unhas na sua nuca enquanto beijava sua clavícula, e impulsionei meu quadril, arrancando gemidos de nós dois com a fricção.

Aquilo não era química. Era uma combustão. E eu estava adorando.

— Minha demais — sussurrou ele antes de voltar a dominar minha boca.

Finquei o tornozelo na lombar dele, suas mãos apertando meu quadril enquanto eu o beijava de volta sem parar, como se eu pudesse compensar onze anos de fantasias naquele único momento.

Onze anos. Nós poderíamos ter tido isso — um ao outro — esse tempo todo.

Mas ele tinha ido embora. Sem falar nada. Como se nossos anos de amizade não significassem nada.

Gemi com a dor repentina no meu peito, e Hudson interrompeu o beijo, nós dois ofegantes enquanto seus olhos analisavam os meus.

— Allie?

Minha visão embaçou, e senti meus olhos arderem.

— Você partiu meu coração. Mesmo quando a gente era só amigos, você *partiu* meu coração.

O peito dele subiu e desceu enquanto ele apoiava a testa na minha, gentilmente acariciando minha nuca.

— Eu sei.

— Como você pôde fazer uma coisa daquelas comigo?

Eu devia tê-lo empurrado, mas, em vez disso, o puxei para mais perto, como se me agarrar a ele agora pudesse obrigá-lo a ter ficado comigo naquela época.

— Eu sinto muito. — Ele deu um beijo forte na minha testa. — Muito, muito.

O alarme tocou no bolso dele.

— Merda. — Ele pegou o celular e desligou o alarme.

Cinco minutos. Tinha sido só isso? Como ele tinha conseguido me desmoronar tão completamente em apenas cinco minutos? O que teria acontecido em mais cinco? Por que eu era tão fraca quando se tratava dele?

— Allie. — Ele tentou encontrar meu olhar, mas não deixei.

Minhas mãos foram para seu peito, e o empurrei.

— O tempo acabou.

O suspiro de frustração dele preencheu o espaço, mas ele se afastou, me oferecendo uma mão para eu descer da pia. Ignorei e desci sozinha, depois saí com as pernas trêmulas.

Isso não pode acontecer de novo. Fiquei repetindo as palavras sem parar na minha cabeça enquanto Hudson me levava para casa no que devia ser a viagem de carro mais tensa e silenciosa da minha vida. Por que eu tinha feito aquilo?

Hudson parou na frente de casa, e peguei minha bolsa antes de levar a mão à maçaneta do carro.

— A gente vai ficar bem? — perguntou ele enquanto eu escancarava a porta.

— A gente não existe de verdade, lembra? — Saí da picape. — Mas, se você está perguntando se eu vou punir a Juniper por causa das minhas decisões idiotas, a resposta é não.

Usando o cotovelo, fechei a porta da picape, então segui para a escada da varanda.

Você só precisa se segurar até entrar.

A porta de tela rangeu quando a abri e, para minha surpresa, Sadie não largou o que estava mastigando para vir correndo me receber. Larguei a bolsa ao lado da porta e murchei, minha compostura desaparecendo por completo, me deixando tão exposta quanto um fio desencapado.

Tinham sido necessários apenas cinco minutos para ele derrubar as barreiras que eu havia construído ao longo dos anos, a ilusão de que raiva e apatia eram as únicas emoções que eu sentia quando se tratava de Hudson.

Abri os olhos ao som das unhas de Sadie contra o piso de madeira, e me virei para a sala.

Kenna estava na porta, usando uma blusa sem manga marrom, um tom mais claro que seus braços cruzados, exibindo um olhar que dizia "quero ver você me ignorar agora" e uma única sobrancelha erguida, enquanto Sadie balançava o rabo ao seu lado.

— Eu disse que ia enviar uma busca.

Ela estava aqui. Minha melhor amiga havia ignorado as chamadas recusadas, as mensagens não respondidas, e tinha saído de Nova York, deixando para trás toda a companhia de balé que dependia de seus cuidados ortopédicos. Ela estava ali comigo, elegante e tranquila, e eu estava um *caco*.

Desmoronei, cobrindo o rosto com as mãos.

Kenna suspirou.

— Mas que merda, hein.

16

ALLIE

> **NYMargot505:** Estou começando a achar que a Alessandra Rousseau pode ter morrido mesmo. Alguém sabe se já preencheram a vaga dela?

— Isso é… pesado — observou Kenna uma hora depois, enquanto estávamos de costas para o penhasco, jogando a bola de tênis no quintal para Sadie buscar.

— Eu sou uma pessoa terrível, não sou? — Puxei as mangas do suéter até as mãos.

— Você acha que existe a possibilidade de eu me dignar a responder essa pergunta? — Ela me olhou de canto de olho enquanto Sadie voltava correndo para nós.

— Eu me sinto terrível.

Peguei a bola ainda não grudenta de Sadie e a arremessei de novo, tomando cuidado de não jogá-la na piscina. Eu tinha descoberto que goldens adoravam água, mas levavam uma eternidade para secar.

— Porque você beijou um homem por quem se sente balançada pela metade da sua vida? Porque você está mentindo pra mãe daquela menina pra tentar manipulá-la? Ou porque você fugiu de toda sua rede de apoio enquanto se recupera de uma lesão grave, se recusou a atender o telefone e me obrigou a alugar um carro no menor aeroporto do mundo e vir *dirigindo*, coisa que eu não fazia desde que me mudei pra Manhattan, afinal não existe Uber na cidade praiana de Nicholas Sparkslândia? — Ela jogou as tranças pretas compridas por cima do ombro conforme o vento ficava mais forte.

Senti um gosto amargo na boca diante da situação que Kenna ilustrava. *Nada como ter a realidade jogada na sua cara.*

— É — respondi enfim. — Por causa disso tudo. — Sadie encontrou a bola e veio saltitando pela grama, dando a volta na piscina. — O que eu devia fazer? Em relação a *tudo*?

— Por que eu saberia a resposta? — Ela se inclinou e pegou a bola de Sadie.

— Porque você é a mulher mais inteligente que eu conheço. Pelo amor de Deus, você se formou da faculdade com vinte anos e terminou a especialização em medicina com vinte e três.

Eu nem tinha feito faculdade. A companhia havia consumido minha vida aos dezessete anos, o mesmo ano em que eu tinha terminado o ensino médio pela internet.

— E sou especializada em medicina esportiva, não em psiquiatria. — Ela jogou a bola, que aterrissou perto dos arbustos. — E que ideia insana foi essa de adotar uma cadela? Você sabe que o Vasily não vai deixar ela entrar no estúdio. Aquele homem detesta qualquer coisa que traga alegria. E você passa quase doze horas por dia lá dentro. Que confusão você foi arrumar, hein, Allie.

— Eu sei. — Observei Sadie correr para buscar a bola e desejei que ser feliz fosse fácil daquele jeito. — Como está o Matthias?

Ela abriu um sorriso.

— Continua sendo o namorado perfeito. Continua passando tempo demais no hospital, mas isso é esperado durante uma residência de cirurgia. E nem adianta tentar mudar de assunto. A minha vida não está desgovernada. Como está a sua mãe?

Sadie voltou correndo, pulando por cima de uma espreguiçadeira.

— Continua maldosa. A Rachel disse que sua mãe fez uma visita duas semanas atrás. — Eloise era a única outra pessoa cuja entrada minha mãe tinha autorizado. As duas tinham passado quase duas décadas dançando juntas. — Ela está bem?

— Diz ela que sim. — Kenna suspirou. — Vive se metendo em todas as palhaçadas da diretoria da companhia. Acho que ela está tentando compensar a ausência da sua mãe e tentando se manter ocupada pra fugir do fato de que sua melhor amiga não vai voltar para Nova York.

— E você nem é especializada em psiquiatria. — Sadie depositou a bola aos meus pés, sua língua caindo para o lado enquanto ela arfava. — Me desculpa mesmo por não retornar suas ligações.

— Tudo bem. Você estava errada, mas não é como se eu nunca tivesse sumido também.

— Enquanto você fazia residência. Não é a mesma coisa. — Havia amigos que notavam quando você tinha um dia ruim. Eu e Kenna sabíamos quando a outra estava tendo um ano ruim. — Última vez — falei para Sadie, então arremessei a bola com toda minha força. — Você vai me perguntar sobre o tornozelo?

— Só se você quiser falar sobre isso. — Kenna olhou para mim. — Não estou aqui como médica da companhia. Estou aqui como sua amiga. Tirei três dias de licença. A única pessoa que sabe que estou aqui é o Matthias.

Com os braços em volta da minha própria cintura, olhei de Sadie para a imensidão do mar atrás do penhasco. Para o mar, não fazia diferença se eu continuaria dançando ou se me aposentaria, se eu beijasse Hudson ou o deixasse para trás. As ondas quebrariam independentemente do meu relacionamento com Juniper, e continuariam quebrando por muito tempo depois de nos tornarmos apenas lembranças. De certa forma, minha insignificância era reconfortante o suficiente para eu enfim conseguir falar a verdade.

— Eu fico dizendo que vou melhorar, mas não sei se vou conseguir me recuperar disso — sussurrei, deixando a confissão escapar dos meus lábios pela primeira vez. Dando voz a ela... dando poder a ela. — Só sei que não vou conseguir me recuperar lá, com todas as solistas me olhando, torcendo de forma consciente ou inconsciente para eu fracassar.

— Dá pra entender. — Ela olhou para o quintal. — Mas não sei se ficar escondida aqui vai adiantar de muita coisa. Não me importa os equipamentos que vocês têm, eles não me substituem.

— Disso, eu tenho certeza. — Peguei a bola de tênis e fiz carinho na cabeça de Sadie.

— Você quer minha ajuda? — ofereceu Kenna.

Uma onda de esperança inundou meu peito, mas rapidamente se dissipou.

— Não posso me recuperar em Nova York, e não existe a menor possibilidade de o Vasily deixar você ficar aqui comigo. Você é importante demais para a companhia.

— Isso não é uma resposta. E você se surpreenderia com o que o Vasily faria por você. Ele não tirou *Equinócio* do cronograma do outono, e você nem voltou *ainda*.

Ela se agachou para acariciar Sadie, cobrindo de pelos sua calça perfeitamente ajustada.

— Eu agradeceria se você pudesse me ajudar enquanto está aqui. — Pronto, eu tinha pedido ajuda.

— Então é isso que vamos fazer.

Ela se levantou, então ficou na ponta dos pés e espiou a praia lá embaixo.

— O que você está procurando? — Eu me juntei a ela.

— Só vendo se encontro um homem branco de meia-idade passeando pela praia, buscando por redenção e uma garrafa de velhas cartas de amor.

Soltei uma risada irônica.

— Não ria de mim, Alessandra. Eu dei uma volta pela cidade. Nós duas sabemos que, assim que o Dia de Ação de Graças chegar, essa cidade vai ser inundada por fazendeiros que cultivam pinheiros de Natal loucos pra conquistar uma garota de Manhattan e ensinar pra ela o verdadeiro significado das festas de fim de ano.

Ela estremeceu de repulsa.

Nós viramos de volta para a casa e nos deparamos com Anne saindo pela porta dos fundos, segurando outra amostra de arranjo de festa. Ela tomou um susto, então sorriu.

— Kenna! Eu não sabia que você vinha!

Kenna abriu um sorriso que eu não desejaria nem para meu pior inimigo.

— E aí, cúmplice da fujona?

— Vou mudar a configuração, e vamos ver como você se sai — disse Kenna dois dias depois, enquanto eu estava deitada na prancha de salto da nossa academia. Até agora, eu a deixava mais leve do que o meu peso.

— Parece tortura. Vamos lá. — Crispei as mãos ao lado do corpo e firmei meus pés na plataforma.

— É melhor você ter dificuldade aqui do que cair. — Kenna voltou a se empertigar ao lado do equipamento. — E, pelo que eu vi, você está pronta. — Ela foi até a extremidade da plataforma, depois se inclinou de leve para a frente, seu olhar focado nos meus pés. — Dobre os joelhos em um *plié*.

Dobrei, os apoios do ombro do equipamento desceram comigo.

— Estica em meia-ponta — instruiu Kenna.

Transferi meu peso para a bola dos pés, me concentrando nas articulações e em manter os tornozelos estáveis. Tudo abaixo da minha cintura doía, e ignorei a sensação. Aquele era meu segundo treino do dia e, depois das sessões completas que eu tinha feito no dia anterior, meu corpo me lembrava em alto e bom som que eu estava fora de forma.

— Agora em *relevé* — ordenou ela.

O tornozelo direito ameaçou tremer, mas me estiquei, alongando as pernas enquanto a prancha de salto oferecia resistência para simular meu peso. O suor se acumulava na minha testa.

— Eu meio que te odeio agora — grunhi.

— Blá-blá-blá. Pode descer de novo.

Devagar, levei os calcanhares para a plataforma.

— Ele parece instável.

Passos vieram da frente do estúdio; pela cadência deles, era Anne.

— Você vai precisar voltar a confiar no seu corpo em algum momento. — Kenna se levantou, cruzando os braços. — De novo.

— Tem certeza de que ela devia fazer o *relevé*? — Anne franziu a testa ao parar ao lado de Kenna.

— Tenho certeza de que eu sou a única médica aqui — rebateu Kenna.

— Não briguem. — Eu afugentei a dor e aguentei outra repetição.

— Não é uma briga quando eu ganho automaticamente. De novo. — Kenna analisou meu tornozelo enquanto eu repetia o movimento. — Você parece firme.

— Ela está sentindo dor — protestou Anne.

— E daí? Me diz uma vez que dançar não te causou dor. — Kenna passou para meu lado direito e se agachou enquanto eu fazia outra repetição. — Eu examinei ela ontem de manhã e à noite, depois dos treinos. Ela não está nem perto de cem por cento, mas está pronta pra começar a evoluir. Faz quase cinco meses desde a cirurgia, e ela fez um ótimo trabalho fortalecendo os músculos da panturrilha. A única coisa que está faltando é confiança.

— Parem de falar de mim como se eu não estivesse aqui — arfei durante outra repetição, e meu celular vibrou no chão, do lado direito da minha cabeça.

— Continua fazendo as repetições enquanto eu olho o telefone. — Kenna pegou o aparelho enquanto eu executava o *relevé*. — Ah, se não é a quarta mensagem de um tal de Hudson Ellis desde que cheguei aqui.

— O que ele disse? — Anne se inclinou para a frente.

— Adoro ser espectadora da minha própria vida — murmurei, descendo devagar.

— Então para de ficar assistindo e toma uma atitude. — Kenna me entregou o celular.

HUDSON: Podemos conversar?

HUDSON: Por favor?

HUDSON: Eu já pedi desculpa?

Todas essas tinham chegado nas últimas trinta e seis horas.

HUDSON: Só para deixar claro, não estou pedindo desculpa por te beijar.

Argh. Seria mais fácil ignorá-lo se eu não me lembrasse daquela porcaria de beijo sempre que fechava os olhos. Suspirei e me sentei, deixando as pernas de lados opostos do equipamento.

— Vamos almoçar.

Comemos na bancada da cozinha, e não respondi as mensagens, já que não sabia o que dizer.

— Está bem gostoso, Anne. — À minha direita, Kenna deu outra garfada no salmão. — Obrigada pela comida.

— De nada. É bom ser útil — respondeu Anne da minha esquerda, cortando o peixe com certa impaciência. — E quer saber? Não sou cúmplice dela.

Eu gemi e me curvei para arrumar minhas polainas, já que eu tinha a sensação de que Kenna me mandaria para a barra depois do almoço.

— Ainda não engoliu essa, né? — perguntou Kenna.

— Ela estava morrendo em Nova York — rebateu Anne, se inclinando para olhar para meu outro lado.

— Ela? — perguntou Kenna. — Ou você?

Meu garfo tilintou sobre o prato.

— Ela não fazia nada além de malhar, pôr gelo no tornozelo e dormir. A Eva não conseguia convencê-la a ver outras pessoas nem a *ir* para o estúdio pra ter um pouco de contato humano. Então, sim, eu trouxe ela pra nossa casa de praia, onde existe uma academia completa com os mesmos equipamentos que a companhia tem, um estúdio de balé completo e, de quebra, novos ares. Se você acha que isso é ser cúmplice, então tudo bem. — Anne jogou as mãos para o alto. — Sou cúmplice.

— Anne — reclamei.

— E quem diria que você sempre foi a que fazia o esperado — resmungou Kenna.

— Mas nós duas sabemos que eu faria de tudo pela Allie — continuou Anne. — Incluindo sair de Manhattan e resolver *tudo* do baile daqui. E, sim, eu quero que ela se recupere, eu quero que ela volte aos palcos se for isso que ela quiser, mas me importo mais com ela ser feliz do que ser bailarina principal. — Ela se recostou no banco.

— Eu preciso estar aqui pra essa conversa? — perguntei.

— Seus argumentos são todos válidos — concordou Kenna. — Mas você continua sendo cúmplice. Você é uma ótima irmã, Anne. Só não é professora de balé.

— Isso eu não sou mesmo. — Anne suspirou e começou a pegar mais leve com o peixe. — Mas a Allie já superou o nível da Madeline's — brincou ela.

Mas Madeline não podia ser a única pessoa com um estúdio nas redondezas. Não abrindo apenas à tarde.

— Quem mais dá aula por aqui? — perguntei. — Não para mim, só estou curiosa pra saber quais estúdios são convidados pro Clássico. — Que aconteceria em dois meses.

— Tem alguns. — Anne concordou com a cabeça. — O Gerard's, o da Winnie Waters, o da Quinn Hawkins...

— A Quinn Hawkins abriu um estúdio? — Ergui as sobrancelhas.

— Aham, há mais ou menos um ano. — Ela gesticulou com o garfo. — Lá em Cedarville. Por quê? Quando foi a última vez que você viu ela?

— Acho que no último ano da Eva no Clássico. — Ela tinha dezoito anos, se não me falhava a memória. — Então, há uns sete anos? Tenho quase certeza de que ela ficou em segundo lugar.

Anne concordou com a cabeça.

— Acho que ela rompeu um ligamento no joelho ou coisa parecida. Seja lá o que tenha sido, a carreira dela terminou bem rápido.

— Que triste — murmurei.

— Sempre é — concordou Kenna. — Mas não é o seu caso.

Terminamos o almoço, então Kenna me mandou para a barra.

Descalça, fui para o lugar que sempre tinha sido o meu, o terceiro painel de espelho, e me preparei para sofrer.

Ela me pressionou como uma professora, como sua mãe fazia, e com o olhar de uma médica, enquanto Anne assistia toda nervosa, anotando os exercícios que Kenna queria que eu fizesse nas próximas semanas.

— Eu não consigo. — Balancei a cabeça após sua última ordem.

Minhas costas estavam molhadas de suor, e todos os músculos do meu corpo berravam.

— Consegue, sim — corrigiu ela. — Você só não quer, e acho que isso é parte do problema.

Ela tamborilou os dedos na barra.

— Isso é mentira — rebati, um pouco ríspida.

— Então prova. — Ela gesticulou para meus pés.

O medo me torceu.

— Anda. Você já passou por isso. Sabe como é a sensação. — Ela se inclinou para perto e baixou a voz. — E todo mundo aqui está pouco se fodendo se não sair perfeito. A Sophie não está aqui. Se você não quiser melhorar, ninguém vai te culpar. Você quer se aposentar cedo? Fugir da tirania da companhia? Posso mandar um e-mail dizendo que é impossível você se recuperar da lesão. Vou ficar do seu lado. Mas, se você quiser continuar sendo bailarina principal, mesmo que um pouco, vamos lá. O tempo de descanso ficou para trás, agora é o momento de se esforçar. O que você quer, Allie?

Por que todo mundo me perguntava isso ultimamente?

Olhei para a foto de nós quatro, para o sorriso radiante e contagioso de Lina, então para Anne, que anotava algo no caderno. Se qualquer uma das duas estivesse na minha situação, elas lutariam com todas as forças para se recuperar.

Minha mãe não aceitaria nada além de eu voltar a ser bailarina principal na sua companhia.

Movi os pés para a primeira posição e desci em um *demi plié*, ignorando a queimação acima do meu calcanhar direito. Costelas fechadas. Ombros para baixo. Então me levantei em *relevé*, ficando na bola dos pés.

A dor subiu pelas minhas panturrilhas, embotada porém insistente. Eu me desliguei dela com meu método habitual, fingindo que ela era simplesmente normal, e firmei as coxas e o tronco. Meus quadríceps e glúteos me lembraram de que fazia tempo demais.

Mas meu tornozelo nem cedeu, nem balançou, nem tremeu. Ele estava irritado, mas fez o que eu queria.

Kenna sorriu.

— De novo.

Completei todas as repetições que ela passou, e quando terminamos o tornozelo latejava com uma insistência impossível de ser ignorada.

— Ponha gelo. Você está melhor do que imagina — disse Kenna enquanto eu fazia os alongamentos após a aula. — E vinte semanas depois da cirurgia? Você com certeza pode usar salto no baile. Isso vai calar a boca da Charlotte e das outras fofoqueiras.

— Daqui a duas semanas? — perguntou Anne.

— O baile é daqui a duas semanas? — Eu me sentei com as pernas cruzadas e me inclinei para a frente, para aliviar as costas.

— É. — Anne estreitou os olhos. — E estou organizando tudo há meses, então nem pense em faltar. Você vai estar naquele museu nem que eu tenha que te arrastar até lá.

— Viu só, *isso* é não ser cúmplice — disse Kenna com um sorriso.

— Não fica do lado dela. — Balancei a cabeça. — É claro que eu vou. O Vasily me mandou um e-mail hoje dizendo que quer conversar comigo e com o Isaac, e só pode ser sobre *Equinócio*.

— Eu diria que ter um papel criado pra você é um bom incentivo. — Kenna sentou na bola de pilates verde.

— Já confirmei a sua presença e a do Hudson. — Anne enfiou o caderno embaixo do braço.

Hudson? Senti um frio na barriga.

— Não vou levar o Hudson. Tenho quase certeza de que nosso namoro de mentira só existe dentro dos limites do estado.

Levar Hudson para Nova York? Mesmo que ele quisesse ir — algo de que eu duvidava — seria deixá-lo entrar na minha vida de verdade... onde ele poderia me magoar de novo se quisesse.

— Ah, mas vai, sim. — Anne concordou com a cabeça a cada palavra. — Você me disse que a Caroline já tinha criado caso com isso.

— É verdade. — Kenna pulou na bola.

— Mas vai ter jornalistas e fotógrafos...

— Exatamente. — Anne gesticulou para mim com a caneta. — A Caroline vai ver as fotos, e vamos estar um pouco mais perto de ela aceitar seu namoro e, por tabela, nossa família. Tarefa que, caso você não tenha percebido, não está parecendo promissora, e meio que temos um prazo apertado, já que você pretende voltar pra Nova York em agosto.

— Você também. E todo mundo vai ver as fotos. Você está me pedindo pra assumir em público um namoro que não existe. — Descruzei as pernas. — Você pode me ajudar? — Ergui as sobrancelhas para Kenna.

— Acho que essa situação toda é uma bomba-relógio. — Ela pulou. — Mas, se houver uma chance de eu ver o homem que basicamente sabotou todos os seus relacionamentos, mesmo sem saber disso, passando sufoco pra se encaixar no seu mundo por uma noite, estou do lado da Anne nessa. Vai ser uma noite e tanto.

— Obrigada. — Anne sorriu e se empertigou, então inclinou a cabeça para o lado. — Espera, você disse que acha que a situação...

— É uma bomba-relógio que vai explodir na cara de vocês. — Kenna concordou com a cabeça. — Eu entendo que ela seja filha da Lina e que vocês tenham sentimentos intensos e complicados a respeito de ela ser a única parte viva dela, algo que vocês precisam tratar na terapia, mas me escutem. — Ela firmou a bola sob seu corpo. — Se ela fosse filha de vocês, o que vocês pensariam dessa palhaçada toda? E o que fariam quando descobrissem o que está acontecendo?

Fiz uma careta. Eu já tinha me questionado sobre isso.

— Se ela fosse minha... — A voz de Anne falhou, e meu peito se apertou enquanto ela pigarreava e se esforçava para se recompor. — Eu gostaria de pensar que ficaria feliz por saber que mais pessoas no mundo a amam. E eu não seria tão difícil a ponto desses atos moralmente questionáveis serem necessários. Nós só queremos conhecer nossa sobrinha.

Kenna olhou para mim.

— Eu me importo com o que a Juniper quer. — Peguei minha garrafa de água e me levantei. — Não me parece justo que ela precise esperar mais oito anos pra descobrir de onde veio ou as doenças que pode herdar. E, sim, tenho sentimentos muito complexos a respeito do que devo à Lina, mesmo que isso inclui ajudar ou não sua filha a dançar como ela dançava.

— Eu não queria estar na pele de vocês — reconheceu Kenna, se levantando. — Acho que chega por hoje.

— Você foi muito bem, Allie. Vou pegar o gelo pro seu tornozelo.

— Valeu.

— É pra isso que servem irmãs mais velhas cúmplices. — Anne saiu do estúdio, e Kenna se aproximou de mim.

— Você devia começar a se exercitar na plataforma, ir aumentando a resistência.

Concordei com a cabeça.

— Obrigada por vir até aqui.

— Claro. Você faria o mesmo por mim. — Seu olhar foi para a porta aberta. — Duas coisas. Você tem autorização médica pra ficar em ponta. Não vou te tratar feito criança e dizer que é melhor ir devagar. Você conhece seu corpo. Faça o que quiser com essa informação.

Tomei um gole rápido de água para ajudar a engolir o bolo que surgiu de repente na minha garganta.

— E a segunda coisa?

— Você não deve *nada* à Lina — disse ela, baixinho. — Não quando se trata da Juniper, da sua mãe, das suas irmãs e da sua carreira.

Só que eu devia.

— Eu consegui escapar — sussurrei.

— Viver por ela não vai trazê-la de volta. — Ela abriu um sorriso triste, compreensivo, e saiu do estúdio, me deixando sozinha com a cacofonia dos meus pensamentos.

Fechei os olhos, depois me concentrei, forçando a zorra a se acalmar para eu conseguir tomar as decisões necessárias, começando pelas mais fáceis.

Primeiro, se eu estava liberada para ficar em ponta, eu começaria amanhã, e ponto-final.

Depois, peguei o telefone e mandei uma mensagem para Hudson.

ALLIE: O baile da minha companhia é daqui a duas semanas e meia. Dia 28 de junho, em Nova York. Black tie. Talvez seja uma boa ideia você ir comigo.

Em terceiro lugar, abri o buscador.

HUDSON: Combinado.

Fui até o site, cliquei na página dos horários. Assim que eles abriram, arrastei a tela para baixo, depois suspirei de pura frustração, irritada.

— Mas que droga, Juniper.

17
HUDSON

NaPonta34: A pessoa que te disse que você ficaria bem nessa roupa mentiu.

BrilhaEstrela: O ângulo está ruim. Ela está um espetáculo nesse collant.

NaPonta34: O collant está querendo morrer.

— Parece que você vai pro baile de formatura da escola. — Eric riu, esticando o braço no encosto do sofá de veludo verde no meio da alfaiataria.

— Ele era mais baixo quando foi ao baile de formatura — murmurou o dono da loja, o sr. Franklin, enquanto analisava o corte do terceiro smoking que eu provava naquela manhã.

— Ainda não entendi por que você não usa a farda de gala branca. — Ele cruzou as pernas. — As mulheres adoram aquela vibe de *A força do destino.* Pelo menos a Jess curte.

— A Allie disse que é black tie, e vou obedecê-la.

Ainda mais porque o convite tinha sido a única conversa que tivemos desde o fim de semana passado. Aquela era a primeira e única vez que uma mulher não havia respondido uma mensagem ou retornado uma ligação após eu beijá-la. *Isso que era ferir o ego.*

O beijo em si não tinha sido o problema — ele podia ser classificado como mais do que perfeito. Por um instante, ela estava bem ali comigo, pegando fogo e tudo. Sem máscaras, sem barreiras, apenas Allie. Porra, eu ainda conseguia sentir o gosto dela, sentir seus lábios, ouvir o gemido que tinha ido direto para meu pau. Nós tínhamos entrado em combustão no instante em que nossas bocas se encontraram e, por mais que eu detestasse ver a mágoa que eu tinha causado nela, também me sentia grato por ela ter nos interrompido naquele momento. Eu estava por um fio, e a primeira vez que eu me perdesse nela com certeza não seria na cabine do chuveiro de um banheiro público. Depois daquele beijo, eu sabia que haveria uma primeira vez. E uma milionésima vez. Eu nunca tinha tido uma química parecida na vida. Nós éramos um fim inevitável.

Conhecendo Allie, era por isso que ela não tinha ligado, porque o beijo tinha sido de verdade. E enquanto ele tinha me feito perceber que eu queria que *nós* fôssemos de verdade, mesmo que só pelo verão, ela havia ficado aterrorizada.

— Vira. — O sr. Franklin gesticulou com o indicador, e eu obedeci, fazendo uma careta ao me ver no espelho.

— Podemos pular a gravata-borboleta? — Parecia que só me faltava um coelho e uma cartola para completar a fantasia.

O sr. Franklin me analisou, encontrando meu olhar no espelho.

— Também dá pra usar uma gravata normal.

Puta merda, ainda bem.

— Você vai passar o fim de semana em Nova York? — perguntou Eric, mexendo no celular.

— Não tenho a menor ideia. — Nós íamos ficar juntos? Separados?

Ele riu.

— É incrível ver que você não tem controle absolutamente nenhum sobre essa situação.

— Que bom que você está se divertindo. — Eu me virei de novo quando o sr. Franklin mandou. — Pedi folga no trabalho, então, se ela quiser passar o fim de semana lá, vamos passar o fim de semana lá, e estudei o site da companhia, então estou bem preparado pra conhecer os amigos de Allie. — A ideia de ver a vida dela, o apartamento dela e o trabalho dela era fascinante. Nós só tínhamos passado tempo juntos por causa de Juniper. Allie nem tinha ido à minha casa. *Se é que ela vai continuar sendo sua casa.* — Já saiu?

Eric balançou a cabeça.

— Já devia ter saído. Juro que fazem essas merdas só pra tirar a gente do sério.

O sr. Franklin lançou um olhar reprovador para Eric; não que ele tivesse percebido, atualizando a página do navegador sem parar.

— Não vão publicar as notas no domingo. — Eu estava desesperado para saber e com medo ao mesmo tempo.

— É claro que você não está nervoso. — Eric largou o celular no sofá. — Todo mundo sabe que você tirou nota alta. A única questão é sua classificação pra lista de promoções.

E quais bases eu colocaria na lista que deveria entregar em oito semanas. *Você precisa ficar aqui.* Mas precisava mesmo?

Se eu escolhesse Nova York, poderia ter uma chance com Allie? *Não com seu passado.* Eu só podia torcer por um caso clássico de verão, e já sabia que isso não seria suficiente.

— Você também passou — falei para Eric. — Tenho certeza.

— Acho que esse vestiu melhor do que os outros. — O sr. Franklin concordou com a cabeça, dando a volta no suporte sobre o qual eu estava, parecendo um cavalo em exposição. — O que você acha?

— Bem modesto. As damas de companhia das princesas do recinto vão aprovar. Só não esquece das flores. — Eric fez uma joinha.

— Por que foi mesmo que eu achei que você seria útil? — Olhei para o smoking, depois para o sr. Franklin. — Ficou ótimo. O senhor consegue fazer os ajustes em até dez dias?

— Sem problema. — O sr. Franklin gesticulou para o provador.

— Agora que seu terninho foi escolhido, posso ir para o brunch com a minha namorada? Ou você também quer que eu te ajude a escolher os sapatos? — Eric enfiou outro chiclete na boca e começou a mascar.

— Diz pra Jessica que mandei um abraço. — Saí do suporte.

— De jeito nenhum. Ela ainda está puta por você ter esnobado a Beth.

Ele se levantou do sofá e acenou enquanto seguia para a porta. Eu entrei no provador.

Meu telefone tocou assim que vesti a camisa, e arrastei a tela para atender assim que o nome de Gavin apareceu na tela.

— E aí?

Ouvi som de água correndo.

— O que você está fazendo agora? — perguntou Gavin.

— Terminando de provar um smoking — respondi, sentando em uma cadeira de plástico para pôr os tênis. — O que você está fazendo? Rafting?

— Não exatamente. — A voz dele exalava estresse. — Um cano explodiu no bar, e a porcaria da cozinha inundou. Estou esperando o encanador, porque o Scott está viajando.

— Que droga. — Pus os tênis e amarrei rápido os cadarços. — E você resolveu me ligar porque...

Juntei o smoking e saí do provador.

— Porque eu fiz merda.

— Sei. — Ergui as sobrancelhas. — Merda tipo quando você levou a Melanie Dunn escondido pro nosso quarto e precisava tirar ela da casa antes de a mãe encontrá-la? — Pousei o smoking no balcão e peguei a carteira. — Ou do tipo que vou precisar levar uma pá?

— O pagamento é na entrega — disse o sr. Franklin. — Eu ligo quando estiver pronto.

— Obrigado. — Saí da loja, minha desconfiança aumentando a cada segundo em que Gavin não me respondia. — Gav, se eu precisar levar uma pá, ligar pro meu celular vai fazer a gente virar protagonistas de um podcast de true crime.

— Não matei ninguém — resmungou ele, o som levemente abafado pela água. — Mas ela vai *me* matar se descobrir.

— Quem?

Pisei na calçada e abri a picape com o controle no chaveiro. A rua principal já estava lotada de turistas, e havia uma fila diante do restaurante do outro lado da rua. A cafeteria também devia estar abarrotada.

— A Caroline.

Fiquei imóvel na beira da calçada. Era domingo. A desconfiança se tornou um alarme berrando na minha orelha.

— Cadê a Juniper?

— Escuta. Eu sei que você vai ficar puto, mas ela me pediu pra ajudar, e eu não queria dizer não. Você não é a única pessoa capaz de ajudá-la. E eu nunca me esqueci de buscar a Juniper. Nem uma vez em cinco meses, mas a situação meio que saiu do controle. Não vou conseguir chegar lá na hora, e não quero que ela fique me esperando, entendeu?

— Cadê ela? — Dei a volta na picape correndo e abri a porta do motorista.

— Você precisa prometer que não vai contar pra Caroline. — Ele suspirou. — Não é como se eu estivesse fazendo algo pior do que o seu plano com a Allie.

— Puta que pariu, Gavin, cadê nossa sobrinha? — Entrei no carro e apertei o botão para ligá-lo, largando a chave no porta-copo.

— Ela está em Cedarville. Se você sair agora, quem sabe consegue chegar antes da aula acabar. Vou te mandar o endereço.

Meu telefone vibrou com uma mensagem, que logo abri. Encarei o nome do lugar por dois segundos antes de colocá-lo no GPS. Então voltei a colocar o celular na orelha.

— Você não precisa se preocupar com a Caroline…

— Valeu…

— Porque eu mesmo vou te matar.

Desliguei.

Dezenove minutos e quatro infrações de trânsito depois, parei na única vaga diante do shopping e desliguei o motor. Ainda faltavam nove minutos para a aula acabar quando entrei no estúdio de balé.

Aquele irresponsável.

Porra, como ele ousava comparar o que eu estava fazendo com Allie com o fato de ele estar escondendo aquilo nos últimos cinco meses? Abri caminho pelo mar de pais à espera, a maioria sentada diante da vidraça que separava a recepção do estúdio, passando direto pelos que conversavam no fundo da sala.

Olhei para a primeira fileira de cadeiras cheias, então fiquei encarando enquanto a mulher na esquerda, mais perto da parede, inclinava de leve a cabeça e revelava o rosto por baixo de um boné preto. *Allie?*

Mas que porra estava acontecendo?

Fui andando até a parede, então me espremi para passar pelo corredor estreito diante dela, desviando de bolsas e copos de café até chegar na frente, onde Allie estava sentada. Ela puxara a aba do boné para baixo, e cobria boa parte das mãos com as mangas do moletom escuro, que tinha fechado na frente da boca.

Ela parecia *irritadíssima*.

— Pela sua cara, imagino que você também não gostou da ideia — supus.

O rosto dela virou imediatamente na minha direção. Seu olhar penetrou no meu antes de ela voltar a se concentrar na aula.

— Abaixa, ou ela vai te ver.

— Eu meio que estou torcendo pra ela me ver mesmo — admiti, cruzando os braços. — Porque aí ela vai entender quanto está encrencada.

— Bem, eu estou prestando atenção na aula e não quero que ela *me* veja — rebateu. — Então abaixa.

Tudo bem. Agachei, fazendo balançar a cadeira de Alli com meus ombros enquanto me espremia no espaço em que só um bebê caberia. O cheiro do perfume de Allie me acertou como uma dose perfeita de tequila, e respirei fundo, mais do que disposto a me embebedar. Pelo menos aquela manhã traria algo de bom.

— Quando você descobriu?

— Vi a bolsa dela no carro do Gavin na praia e terminei de juntar os pontos há uns cinco dias, mas eu queria ter certeza antes de te contar — disse ela, apoiando os cotovelos nos joelhos e se inclinando para a frente. — E você?

— O Gavin me ligou há uns vinte minutos pra avisar que não conseguiria vir buscá-la. — Trinquei o maxilar. — Então ainda estou assimilando a informação. — Analisei a turma, que parecia conter duas dezenas de meninas, e encontrei Juniper na primeira fileira. — Ela está usando sapatilhas de ponta?

— Aham — praticamente cuspiu Allie, seu olhar seguindo para o relógio acima da minha cabeça. — Só tem mais sete minutos.

— Não acredito que ele escondeu isso de mim — murmurei.

— Não acredito que ela *fez isso*. — A raiva dela era cheia de sarcasmo. — O que estou dizendo, é claro que eu acredito que ela fez isso. Olha só o que ela convenceu *a gente* a fazer.

— É verdade. — Olhei para meu relógio. Faltavam seis minutos, e eu precisava aproveitá-los ao máximo. — Comprei meu smoking hoje.

— Ah. — Ela voltou a olhar para mim, então rapidamente se virou para a frente. — Obrigada.

— Você vai passar o fim de semana em Nova York?

— Você não precisa ficar. Tenho umas reuniões sexta à tarde, então, contanto que você esteja lá na noite de sábado, deve dar tudo certo. — Ela puxou a manga por cima da mão quando ela escorregou.

— Tirei folga pra ir com você — eu disse, sem graça.

— Tudo bem, seria bom.

Deixei alguns segundos de silêncio passarem, mas eu precisava perguntar, precisava saber.

— Sua mãe vai ao baile?

— Não. — Ela balançou a cabeça, focada em Juniper. — Duvido que volte a pisar em Nova York. Ela escolheu onde quer estar.

Certo, porque estava dando aula em algum canto. Bem, era uma preocupação a menos.

A professora gritou, o som abafado pela vidraça, e os olhos de Allie se estreitaram enquanto a garota ao lado de Juniper começava a chorar.

— Eu queria ver o que aconteceria se ela gritasse com a Juniper — murmurei.

— Megan, acho que a Olivia está chorando — gritou uma das mães à direita.

— De novo? Ela precisa aprender a aceitar críticas construtivas.

Allie crispou as mãos.

— Você quer que eu reserve um hotel em Nova York? — perguntei, e me surpreendi quando meu estômago embrulhou.

— Não. — Ela balançou a cabeça. — Lá é tudo caro demais. Você pode ficar no meu apartamento.

Vitória.

— Tudo bem. — Lutei para segurar meu sorriso.

A voz da professora aumentou enquanto as garotas repetiam a coreografia, e então ela jogou uma garrafa de água em direção à parede de espelhos.

Ah, mas nem por um caralho.

— A Quinn está de mau humor hoje — comentou uma mãe, como se aquilo não tivesse sido nada.

Fiz menção de levantar, mas Allie segurou meus joelhos.

— Não. Você só vai piorar as coisas.

— Eu tenho que ficar parado, vendo uma adulta atirar coisas na minha sobrinha? — grunhi.

— Tem. — O braço de Allie permaneceu firme, como se ela fosse o cinto de segurança e eu, uma criança na cadeirinha. — E depois você vai confiar em mim pra lidar com isso. Essa é a *minha* praia.

Ergui as sobrancelhas.

— Beleza, mas se a próxima coisa que ela jogar acertar a Juniper...

— Não vai acertar. Ela não quer machucar as meninas no sentido físico, só emocional. — Ela removeu o braço.

Mas que porra era aquela?

Só restavam quatro minutos. Não era o melhor momento do mundo, mas tínhamos um pouco de privacidade ali no canto, e aquilo precisava ser dito.

— Escuta, sobre o que aconteceu na praia...

— Não vamos falar disso. — Ela ficou tensa.

— Allie...

— É sério, Hudson. Não vamos falar disso. — Ela empinou o queixo. — No que depender de mim, aqueles cinco minutos nunca aconteceram.

Droga. Senti um aperto nas costelas, fazendo com que respirar se tornasse difícil.

— Só que eles aconteceram. Você também sentiu. Foi de verdade. Pelo menos tenha coragem de admitir isso. Nós não somos mais crianças.

Segundos preciosos se passaram antes de ela responder. Três minutos.

— Tudo bem. Foi de verdade, e uma idiotice. — Ela virou a cabeça, e nossos olhos se encontraram. — Se você quiser continuar com isso, aquilo nunca mais vai se repetir.

A sensação de vitória desapareceu com a mesma rapidez que tinha surgido.

— Isso é uma regra?

Porque a gente com certeza a quebraria. Eu adoraria usar todas as cartas na minha manga — incluindo nossa química — para conseguir outro momento de verdade com ela.

Ela franziu a testa e voltou a olhar para a frente.

— Se a gente precisar demonstrar afeto daquele jeito em público, tudo bem. Mas vai ser rápido e sem envolvimento.

— Allie, nada entre a gente é rápido ou sem envolvimento, ainda mais quando nos tocamos.

— O problema é exatamente esse.

Ela cruzou os braços, e eu quase conseguia enxergar cada tijolo das barreiras que eu queria derrubar. Dois minutos.

— Você realmente está lutando com unhas e dentes, né? — perguntei.

Ela enrijeceu.

— Aquele beijo te deixou apavorada. — Esperei até ter certeza de que ela não responderia. — Por quê? Porque você gostou? Porque nós dois perdemos o controle? Ou porque, por cinco incríveis minutos, eu enxerguei por trás dessa máscara que você adora usar?

Ela enfiou as mãos nas mangas do moletom e se inclinou para a frente, apoiando os cotovelos nos joelhos.

— O negócio é o seguinte. Eu não tenho medo de admitir que quero você.

Aquela era a mais fácil das confissões que eu devia a ela.

Allie abriu os lábios.

— Ainda não consegui fazer você parar de me odiar, e esse *acordo* é uma coisa de verão. Você já deixou isso claro. Mas você também me quer. Eu sei disso. Você sabe disso. — Uma veia pulsava na garganta dela, e engoli em seco. — E quando você estiver pronta pra admitir isso, cinco minutos não vão ser suficientes. Vou dedicar horas, dias, noites, pra ser *bem* íntimo com você.

— Horas? — Ela arqueou uma sobrancelha para mim, mas até seu impecável autocontrole não conseguia impedir o rubor que subia por suas bochechas. — Eu quase tinha me esquecido do quanto você é arrogante.

Ela balançou a cabeça.

— Não é arrogância quando estou falando a verdade. — Continuei olhando nos olhos dela. — É só você topar.

As bochechas dela ficaram iguais a dois tomates, e ela tirou os olhos de mim.

— Ah, olha só, a aula acabou.

Assim como o momento.

Ela se levantou, pegando a bolsa e uma garrafa térmica de alumínio de debaixo da cadeira enquanto as meninas atrás da vidraça tiravam as sapatilhas de ponta, pegavam suas bolsas e começavam a sair pela porta à direita.

Eu me levantei, cruzei os braços e fiquei esperando Juniper nos ver.

Demorou uns três segundos.

Ela parou do outro lado da vidraça, seus olhos se arregalando enquanto ela se alternava em fitar Allie e a mim. Ela apertou a alça grossa de lona de sua bolsa e deu um passo para trás.

— É, eu também daria no pé se fosse você — resmungou Allie.

Apontei o dedo para Juniper.

Ela andou devagar no começo, então empinou o queixo e acelerou o passo, saindo pela porta como se aquele fosse um domingo normal. Se eu não estivesse tão irritado com ela, teria sorrido para aquela ousadia toda.

— Lá fora, agora — disse Allie, ríspida.

Juniper comprimiu os lábios, mas obedeceu. Nós seguimos o fluxo para fora do prédio e chegamos ao estacionamento.

— Se você vai gritar comigo, é melhor gritar logo.

— A última coisa que você quer é levar uma bronca minha — alertou Allie.

Juniper fixou os olhos no asfalto.

Olhei por cima da cabeça dela e fitei Allie, dando a ela o poder de decidir o que faríamos naquele momento, mais do que pronto para qualquer que fosse sua decisão.

— Leva ela pra minha casa. Agora. — Ela se virou, o rabo de cavalo balançando enquanto seguia para a Mercedes de Anne.

Juniper suspirou e encontrou meu olhar.

— Você vai gritar comigo?

— Acho que vou deixar a profissional lidar com isso. — A picape apitou quando a destranquei. — Entra. Só porque eu te amo, vou dirigir devagar. Se eu fosse você, passaria cada segundo da viagem torcendo pra ela já ter se acalmado quando a gente chegar.

18
ALLIE

4IrmãsRousseau: Bailarinas têm o direito de tomar decisões sobre o próprio corpo, especialmente sobre os próprios pés.

Quando enfim entrei em casa, a raiva tão ardente que ameaçava estilhaçar a vidraça do estúdio de Quinn tinha diminuído a ponto de só borbulhar: ainda quente o suficiente para causar queimaduras feias, mas sob controle.

Subi pela escada dos fundos, rapidamente vesti uma legging e um top, e então coloquei um suéter leve de amarrar antes de descer e esperar, me restando tempo apenas para enviar um e-mail rápido ao meu contato na Associação Nacional de Escolas de Dança.

— Quase acertou uma garrafa de água na minha sobrinha — resmunguei.

Não demorou muito para Hudson estacionar e subir para a varanda com Juniper. Ela havia vestido um casaco de zíper, mas ainda parecia estar de meia-calça e collant quando abri a porta.

— Sei que você está irritada… — começou Juniper.

— Vai pro estúdio.

Gesticulei para as portas à direita enquanto Anne entrava pelos fundos com Sadie.

— Ei, você voltou! — O tom dela mudou conforme seus passos foram se aproximando. — O que houve? — Ela chegou ao hall de entrada, então espiou dentro do estúdio. Ao ver Juniper, ergueu as sobrancelhas. — Ela está aqui?

— Ela estava fazendo aula com a Quinn Hawkins — expliquei, me inclinando para fazer carinho em Sadie.

— Fazendo aula? — Anne ficou boquiaberta e lançou um olhar acusador para Hudson.

— Nem adianta olhar para mim. Eu descobri hoje de manhã.

Ele pôs somente os dedões nos bolsos e rapidamente desviei o olhar, antes que me distraísse. Aquele não era o momento nem o lugar certo para isso.

— O que nós vamos fazer? — perguntou Anne, soltando Sadie da guia.

— Vou resolver isso — prometi.

Os olhos de Anne brilharam por um segundo, e ela abriu a boca, mas então pareceu pensar melhor.

— Tudo bem. Vou estar na cozinha.

Um suspiro minúsculo passou por meus lábios. Eu não tinha entendido quanto precisava que ela confiasse na minha decisão, na minha capacidade, até ela fazer isso.

— Pode vir — falei para Hudson enquanto eu entrava no estúdio, encontrando Juniper parada bem no meio do cômodo, mexendo nervosamente no casaco. — Você mentiu para mim.

Juniper deu um pulo, seu olhar voando para Hudson em uma súplica óbvia.

Ele passou por mim, se apoiou na parede diante do terceiro painel de espelho e cruzou os braços, permanecendo em silêncio.

— Você mentiu — repeti.

— Eu nunca disse que não estava fazendo aula, só que minha mãe não deixava. — Ela retorceu as mãos.

— Mentir por omissão é mentir do mesmo jeito. — Eu sabia bem disso.

— Só pensei que, se eu fizesse aula e conseguisse competir no Clássico, eliminaria um dos motivos para ela me proibir de dançar. — Juniper passou o peso do corpo para o outro pé.

— Porque as garotas que se classificam costumam receber uma bolsa — adivinhei.

Juniper concordou com a cabeça.

— Eu não queria chegar na elite. Não sou tão iludida assim. Mas as iniciantes e intermediárias costumam receber desconto na Madeline's.

No ano que vem, certo? Ela só podia estar falando do ano que vem.

Ela se virou para Hudson.

— Pedi pro tio Gavin porque sabia que você não deixaria. Tentar mudar a opinião da mamãe já era forçar a barra, mas me matricular na aula seria demais.

— É verdade. Eu não deixaria. Mas não tenho nada a ver com essa conversa. — Ele apontou para mim.

Há quanto tempo você está planejando isso?

Quatro meses.

Ela achava que era minha filha na época, não de Lina, mas seu plano já envolvia mais do que apenas o teste de DNA.

— E você procurou a Quinn porque é em outra cidade? — chutei.

Ela concordou com a cabeça.

— As avaliações dela eram meio ruins. Tá, muito ruins, mas duas meninas e um menino do estúdio dela se classificaram pro Clássico no ano passado, e achei que, como eu já estava aprendendo com vídeos no YouTube...

— Você achou que o YouTube poderia substituir uma professora? — perguntei, conseguindo manter um tom calmo.

Aquele estúdio já tinha escutado gritos demais ao longo dos anos, e eu não precisava acrescentar mais gritaria.

— Não seja elitista. — Ela cruzou os braços. — Nem todo mundo tem acesso a mães profissionais, professores particulares e seu próprio estúdio. Você tem sorte.

"Sorte" não era a palavra que me vinha à mente.

— Então, em vez de dar ouvidos às preocupações da sua mãe, você procurou um estúdio com avaliações ruins e uma professora abusiva que joga coisas pra chamar sua atenção...

— Ela só faz isso quando as garrafas estão vazias, e é só...

— Uma ou duas vezes durante a aula? — concluí por ela. — E sempre perto do espelho durante a parte do ensaio, mas não quando vocês estão na barra, né?

Juniper piscou.

— Como você sabe?

— Porque ela aprendeu isso com a *minha mãe*. — As palavras escapuliram, e imediatamente quis alcançá-las no ar e enfiá-las de volta nos cantos sombrios dentro de mim que ficavam fora de vista. Finquei as unhas na palma das mãos e, de canto de olho, vi Hudson enrijecer. — O que é irônico, levando em consideração que minha mãe não aprovaria a técnica terrível que ela ensina.

— Minha técnica não é terrível! — Juniper esticou os braços ao lado do corpo.

— Das três pessoas nessa sala, sou a única com conhecimento pra fazer essa avaliação. — Dei passos cuidadosamente controlados na direção dela. — E você *não* tem condições de ficar na ponta.

Juniper arfou, jogando a cabeça para trás com o tapa verbal.

— Eu me esforcei muito, e a dona Quinn disse que eu podia, se me sentisse pronta. Você não tem direito de me dizer que não me sinto pronta.

— Mas tenho o direito de dizer que ninguém tem condições de ficar na ponta com dez anos de idade. — Senti as bochechas ruborizarem, mas engoli boa parte da raiva.

Ela inclinou o queixo.

— Não existe consenso sobre quando é a fase ideal de começar a ficar na ponta. E bailarinas têm o direito de tomar decisões sobre o próprio corpo, especialmente sobre os próprios pés.

— Não sei quem te disse isso...

— A Eva falou no Seconds. — Ela apontou para a foto mais próxima de Hudson.

Claro que ela falou essa idiotice.

— É, porque ela é a mais nova e sempre se irritava quando minha mãe fazia ela esperar, e ela gosta de falar coisas escandalosas para receber visualizações. Para de usar o Seconds.

Respirei fundo, me concentrando e me lembrando de que ela tinha apenas dez anos, sabendo que a raiva indignada que a fazia franzir a testa e crispar os punhos era algo que eu conhecia bem. Dedo por dedo, fui relaxando minhas mãos.

Uma figura se moveu no espelho, e olhei por cima do ombro, encontrando Anne à espreita na porta com os olhos em Juniper e um misto de surpresa e aparente fascínio. Geralmente, seria nessa parte da briga que ela interferiria e tomaria a frente, mas permaneceu afastada, porque eu tinha pedido. Isso fazia toda a diferença.

— Você acha que está pronta pra ficar na ponta? Coloque as sapatilhas — ordenei a Juniper, então fui até Anne. — Eu estou errada? — perguntei baixinho.

— Não. — Ela balançou a cabeça, então afastou os cachos do rosto. — Você está certíssima, e estou adorando essa confiança toda. Ela é esperta, e não duvido que já esteja pensando em formas de te enrolar.

— Ela é a Lina.

Anne abriu lentamente um sorriso.

— Então lide com ela como você lidaria com a Lina.

— Até parece que *alguém* conseguia lidar com a Lina. — Bufei.

Ela apertou meu braço de leve.

— Boa sorte.

Lina vivia brigando com nossa mãe. Ela não era o estereótipo de filha mais velha, com essa personalidade de algum jeito sendo transferida para Anne, mas certamente era a que menos tinha papas na língua. E jamais mudava de opinião — mesmo quando estava errada — sem provas nítidas, inegáveis.

Juniper precisava de explicações.

Ela amarrou as fitas das sapatilhas de ponta, e me controlei para não falar nada quanto à sua escolha específica enquanto voltava na sua direção. Não era de admirar que seus pés parecessem meio machucados na praia.

— Você não precisa ficar — falei para Hudson.

— Estou gostando de assistir ao show do meu lugar favorito na casa. — Um canto de sua boca se ergueu.

Obviamente, ele estava no mesmo lugar em que costumava passar horas me assistindo sempre que minha mãe saía. Só que, da última vez que ele estivera ali, eu ainda não tinha provado seu gosto, e era impossível escapar desse fato àquela altura. Deixei essas memórias de lado e me concentrei em Juniper enquanto ela se levantava e mantinha os pés firmes no chão.

— Vamos lá. Me mostra o que você sabe fazer.

Juniper engoliu em seco, então passou os pés para a primeira posição e se esticou para ficar na ponta dos pés.

— Viu, só? — Seus tornozelos oscilaram, e ela deu um passo para a frente a fim de recuperar o equilíbrio. — Eu sei.

Anne gemeu às minhas costas, dando voz aos meus sentimentos.

— Nenhuma professora minimamente decente deixaria você ficar na ponta. — Esfreguei o nariz. — A culpa é da Quinn. Não sua.

— Que maldade! — As pernas dela começaram a tremer.

— A verdade é essa, e o balé é assim, Juniper. Alguns poucos momentos lindos construídos em uma base de muitas verdades dolorosas, não só entre você e seus professores, mas entre você e seu próprio corpo. Não vou te tratar feito boba nem ficar encher sua cabeça de elogios falsos que só vão servir pra te machucar depois.

Ela voltou a baixar os pés com um baque.

— Só porque você se machucou não quer dizer que eu vá me machucar também.

Ai.

— E eu achando que você respeitava minha opinião porque sou uma das melhores bailarinas do mundo. Ou você encontrou alguém mais especializado pra te dar conselhos?

Ela fechou a boca.

— Brigar comigo não vai mudar o fato de que você não tem a força, o controle ou o alinhamento necessários para ficar na ponta. Sem falar que você está usando as sapatilhas erradas.

— Elas são da Bloch, que nem as suas. — Juniper cruzou os braços e comprimiu a boca.

Tudo bem, isso até que era fofo, mas eu me recusava a ceder para o calor que se expandia pelo meu peito.

— E aqui vai sua primeira lição: só porque uma bailarina gosta de uma coisa não significa que essa coisa seja a melhor pra você. Sem os pés enfaixados, você vai se machucar, e essas sapatilhas não têm a altura certa pra espessura dos seus pés, algo que eu já percebi. A marca até pode ser a melhor, mas o modelo com certeza está errado. Você precisa de um *fitting*, Juniper.

Os olhos dela se iluminaram.

— Você pode me levar pra fazer isso?

— Claro, quando eu achar que você está pronta. Tira as sapatilhas.

Passei para a barra e fiz alguns alongamentos rápidos, já que fazia algumas horas desde o meu treino matinal.

Juniper se aproximou, e suspirei ao ver a condição em que seus pés estavam.

— Se posiciona na frente do primeiro espelho — instruí quando ela parou diante do segundo.

— Por quê? — Ela voltou alguns passos para me obedecer. — Achei que iniciantes sempre deviam ficar no meio e deixar as extremidades para as bailarinas melhores.

— Isso é verdade. — Concordei com a cabeça. — Mas você estava no lugar da Anne. Agora, está no da sua mãe.

Os olhos dela brilharam, e seu peito inflou enquanto olhava ao redor, analisando o espelho e o piso de madeira antes de finalmente focar a barra. Ela se segurou na mais baixa das duas opções.

— Ainda está aquecida da aula? — perguntei.

Ela concordou com a cabeça.

— Que bom. Vamos começar. *Pliés.*

Guiei-a pelos elementos básicos, demonstrando os movimentos enquanto avaliava silenciosamente seus pontos fortes e fracos.

Quando terminamos, ela já havia parado de discutir. Ficou parada em silêncio, esperando com um olhar cheio de expectativa e o queixo levemente erguido.

— Você é maravilhosa, mas eu já sabia disso.

— Sim. — Concordei com a cabeça. — Você também pode ser, se estiver pronta pra prestar atenção no que eu digo.

Ela olhou para Hudson, que permanecia apoiado na parede como se tivesse sido embutido na estrutura da casa, então concordou com a cabeça para mim.

— Você dança de um jeito muito bonito. Assisti a aula toda, não só a barra. E você é incrível pra alguém que só faz aula há cinco meses, Juniper.

Ela abriu um sorriso largo.

— Sou uma Rousseau.

Concordei com a cabeça.

— Mas o talento precisa ter uma base, e você ainda não desenvolveu tudo de que precisa pra conseguir ficar na ponta. Não estou falando só do fato de os ossos dos seus pés ainda não terem se desenvolvido o suficiente. Por favor, me escuta quando eu digo que, se você continuar fazendo isso, vai acabar quebrando ou torcendo um tornozelo.

Ela suspirou, mas não discutiu, e eu aceitaria isso como progresso.

— Você precisa treinar as articulações dos pés, precisa conseguir mover cada parte deles, cada dedo. — Apontei para meu pé direito, então o deslizei pelo chão à minha frente em um arco. — Existe uma diferença entre isso — disse, e voltei para a primeira posição, então estiquei o pé de novo e o impulsionei para a frente — e isso. Existe um motivo para ficarmos repetindo os movimentos básicos.

— O que mais? — O queixo dela levantou mais um centímetro.

— Força e controle. Você desenrola os pés para subir em *relevé*, o que significa que precisa fortalecer os músculos para conseguir realizar o movimento, e então precisa enrolá-los devagar de forma controlada, e tudo isso exige tempo e prática para ser desenvolvido. Seu alinhamento também precisa melhorar. Quaisquer problemas que você tenha com os pés no chão serão exagerados na ponta, e isso te faz perder o equilíbrio.

— Então… — Ela soltou a barra. — Sou péssima em tudo.

— Não. — Cheguei mais perto dela. — Eu já disse que você é incrível. Faz só cinco meses que você começou a aprender. Seja mais gentil com você mesma, mas controle seu ego. Eu acabei de te explicar por que você não está pronta para ficar na ponta, não que você é péssima. Você não é péssima. O balé exige uma evolução contínua, e não podemos nunca nos contentar com as habilidades que temos agora, mesmo quando sabemos que podemos ser sensacionais. Sempre precisamos buscar a sensação inalcançável de perfeição.

— E diversão — acrescentou ela. — Precisa ser divertido.

— Sim. — *Em teoria.* — E tenho certeza de que você vai estar pronta para o Clássico ano que vem, e que *será* fenomenal por ter aperfeiçoado os elementos básicos. Em sapatilhas de meia-ponta. A maioria das iniciantes compete em sapatilhas de meia-ponta. Eu e a Eva fizemos isso até completarmos treze anos.

— Mas a dona Quinn me inscreveu pro Clássico desse ano.

De algum jeito, consegui me manter inexpressiva.

— Ela fez isso? — Com só cinco meses? O que ela tinha na cabeça? Juniper enfrentaria bailarinas com *anos* de experiência e treinamento. — Só para dançar, sem fazer parte da competição?

— Não, na categoria iniciante. — Juniper passou um dedo pela barra.

Ergui o olhar para Anne, implorando por ajuda, mas ela ergueu as mãos, parecendo tão chocada quanto eu.

— Tudo bem, e o que você acha disso? — perguntei a Juniper.

— Não quero passar vergonha. — A voz dela baixou para um sussurro. — Eu achava que teria mais chances de chegar ao top vinte se já conseguisse ficar na ponta. — *Mais chances de se machucar, talvez.* — Não quero desistir da competição. O que eu faço?

Toquei a mecha solitária de cabelo que havia escapado do seu coque e a prendi atrás de sua orelha.

— Eu acho que você devia pensar em conversar com sua mãe.

Juniper se enrijeceu.

— Ela não vai entender. Você sabe que ela detesta balé.

— O que eu sei é que ela *te* ama. E aposto que ela dá ótimos conselhos.

Ela pareceu refletir sobre isso, então balançou a cabeça.

— Não posso. Se eu conseguir chegar no top vinte, ela vai ver que sou boa, que eu poderia ser tão incrível quanto você se ela me deixar dançar. E, até lá, já vamos estar no meio de agosto, e ela vai te amar também. Então, quando você estiver pronta pra voltar pra Nova York, quem sabe ela deixa eu visitar você e a tia Anne.

Anne respirou fundo e mordeu os lábios.

— A Eva também, óbvio. Vai dar tudo certo.

— Juniper… — Quanto mais nos afundávamos naquela farsa, mais desconfortável eu me sentia.

— Não vou ficar na ponta — garantiu ela, rápido. — Vou fazer tudo que você mandar se continuarmos seguindo o plano.

Meu coração apertou enquanto eu amolecia e olhava para Anne em busca da resposta certa, das palavras certas.

— Que tal a gente dar um tempo pra tia Allie pensar? Me ajuda a pegar umas barrinhas de cereal na cozinha? — sugeriu Anne. — Elas têm chocolate.

Juniper olhou para mim e para ela por um segundo, então para Hudson.

— Tudo bem.

— Maravilha.

Anne a guiou para fora do estúdio, então fechou a porta.

— Acho que devemos contar pra Caroline — falei para Hudson.

— Concordo.

Ainda de meia, ele atravessou o estúdio.

Minhas costelas apertavam tanto meus pulmões que ameaçavam me deixar sem ar.

— Isso pode fazer a Juniper passar os próximos oitos anos sem ver a gente.

— Depois de a gente mentir tanto? É bem provável.

Ele ergueu uma mão, depois a deixou cair, como se tivesse desistido de me tocar, o que provavelmente era um bom sinal, levando em conta que nós quase tínhamos transado em um chuveiro na última vez que ele havia encostado em mim. *E ele quer horas. Dias. Noites.*

— E ela a tiraria do balé. — A barra pressionou minhas costas enquanto eu me apoiava nela.

— Depois do que vi naquela aula, não sei se isso seria uma ideia tão ruim assim. — Ele cruzou os braços.

— Nem todo mundo ensina desse jeito.

Merda, eu parecia estar na defensiva. Olhei para a foto de Lina, e meu peito apertou ainda mais.

— No que você está pensando?

— A Lina adorava dançar. — Analisei o sorriso dela, as ruguinhas nos seus olhos apertados. — Quer dizer, ela adorava de verdade. Ela nasceu pra dançar, não era uma questão de obrigação. Ela acordava todo dia empolgada para as aulas, e passava mais tempo nesse estúdio do que qualquer uma de nós. Era algo que ela respirava, que a alimentava. Ela *amava* dançar de um jeito que eu nunca… — Fechei a boca tão rápido que meus dentes bateram.

— Você também amava — sussurrou ele.

Afastei meu olhar da foto para encontrar o dele.

— Eu via, Allie. Você também amava. — Ele tocou meu rosto, e me esforcei para não encostar nele. Procurei por todas as minhas defesas e não encontrei nada. — Nunca vi nada parecido com o jeito como você ganhava vida no palco. Talvez não nos dias em que sua mãe te enchia o saco, mas no dia em que você dançou a coreografia de *Giselle* em vez da que ela tinha escolhido… aquilo foi amor, e paixão, e empolgação. Eu vi nos seus olhos.

— Variação — murmurei, ignorando a maioria de suas palavras. — Se chama variação.

— Tá bom. Variação. Seja lá qual for o nome, você adorava aquilo do mesmo jeito que ela. Se isso mudou…

— Não estamos falando de mim. — Eu me afastei da mão dele. — A Juniper é tão igual à Lina que chega a ser assustador, e a Lina não sobreviveria sem o balé. Se a Juniper se sente da mesma forma, o que parece provável, vendo tudo que ela fez pra enganar a Caroline, então… — Suspirei. — A Lina devia estar aqui, mas não está, e é minha obrigação ajudar a Juniper por ela, mas não existe uma boa solução pra nada disso.

— Eu sei. — Ele enfiou as mãos nos bolsos. — E eu fiz de tudo pra respeitar a promessa que fiz ao Sean sobre não deixar os medos da Caroline limitarem a Juniper, mas quero deixar claro que ela nunca mais vai voltar naquele estúdio. Prefiro perder a confiança dela a deixar alguém fazer mal a ela.

Faltavam dois meses para o Clássico, e Juniper estava determinada a competir.

— Então as opções são parar de dançar, voltar pra Quinn e se machucar, ou você contar tudo pra Caroline, obrigando-a a desistir... — Soltei um suspiro demorado. Ela nunca conseguiria frequentar a Madeline's sem que ninguém soubesse, e eu não conhecia nenhum estúdio local bom o suficiente a que confiar a filha de Lina, fazendo com que só restasse uma alternativa viável. — As férias de verão dela já começaram? Como é a rotina dela?

— Começaram na semana passada. — Ele analisou meu rosto. — Ela participa de um programa local de atividades nos dias em que a Caroline trabalha, e eu e o Gavin tentamos buscá-la quando estamos de folga, pra ela não ficar presa lá até as sete.

Concordei com a cabeça.

— Como é a sua escala?

— Agora você está interessada na minha vida? — Ele arriscou um sorriso.

Que perigo.

— Só nos seus sonhos. Como é a sua escala?

— Eu sonho com isso mesmo. Costumo ter um expediente quase normal das nove às cinco. Tenho de quatro a seis plantões de vinte e quatro horas por mês, e dois dias de folga por semana, mas nem sempre sábado e domingo. Por quê?

Ele inclinou a cabeça, e eu *não* olhei para sua boca.

Mentirosa.

— Você pode trazer ela aqui. — Falei rápido, antes de perder a coragem. — Posso dar aula pra ela. Vamos torcer pra Juniper conhecer a mãe melhor do que nós. Com um pouco de sorte, vou ter conseguido conquistar a Caroline até agosto, e a essa altura do campeonato... não tem muito o que eu possa fazer pra melhorar a situação.

O estrago já tinha sido feito mesmo, então era melhor mergulharmos de cabeça.

Ele franziu a testa.

— É sério? Você tem tempo pra isso?

— Eu arrumo. — Concordei com a cabeça.

— Ela precisa ficar de castigo por ter enganado a gente. Não sei se recompensá-la com a melhor professora particular do mundo é a solução certa. — Duas linhas surgiram entre as sobrancelhas dele.

— Você tem alguma solução que não envolva contarmos tudo pra mãe dela? — rebati.

— Ainda não, mas preciso pensar em *alguma coisa*. Ela quebrou regras, mentiu, fez intriga e manipulou todo mundo ao redor pra conseguir o que queria. — Ele retesou o maxilar.

— Pois é, e ela só tem dez anos. — Segui na direção da porta do estúdio. — Sem querer justificar o comportamento dela, mas você sabe que, em adultos, esse comportamento é associado a tipos específicos de pessoas.

— Criminosos? — sugeriu ele. — Nem *pense* em dizer que isso é coisa de gente impulsiva. Eu não sou assim.

— Talvez. — Abri as portas do estúdio. — Eu estava pensando mais em executivos de sucesso.

19

HUDSON

PontaCostaOeste: Não vou mentir, eu mataria por um convite pro baile da Companhia Metropolitana de Balé.

Aquele lugar era um zoológico de animais em black tie disfarçado de baile no museu. Abri caminho entre a multidão vestida de tabuleiro de xadrez, seguindo pelo que torci ser o salão de exibições mais estreito, tomando cuidado para não esbarrar em ninguém nem derrubar uma gota sequer dos martínis de trinta dólares que as pessoas seguravam.

Cataloguei todos os rostos que vi.

— Hudson! — Anne acenou do fim do salão, e lentamente fui na direção dela. — Que bom que você conseguiu vir. — O sorriso dela exibia um ar de nervosismo. — A Allie está numa reunião com o Vasily, senão estaria aqui pra te encontrar.

— Desculpa o atraso. — Lutei contra a vontade de ajeitar a gravata. — Eu pretendia vir com a Allie ontem, mas um dos mergulhadores caiu da escada e quebrou a perna, e a esposa de outro entrou em trabalho de parto, então perdi minha folga.

— Não tem problema. — Ela deu batidinhas no meu braço enquanto seguíamos para o centro do museu, um espaço aberto de no mínimo cinco andares de altura, cercado por sacadas nas galerias superiores.

Mesas redondas para dez pessoas preenchiam o espaço, com exceção do que claramente era um palco no fim do salão. — Você veio, e é isso que importa. Gostou? — Ela gesticulou para o salão. — Passei os últimos oito meses planejando a paleta de cores. Achei que a iluminação rosa-escuro ficaria incrível com todo mundo vestindo preto e branco. E acho que encomendei uma dezena de amostras de arranjos de mesa antes de escolher as orquídeas e as dálias.

— Ficou espetacular. — Ofereci um sorriso que esperava ser tranquilizador. — E você também está linda.

— Obrigada. — Ela olhou para seu vestido branco longo, então sorriu. — Quer que eu te explique por cima quem é todo mundo? A Kenna está em algum lugar por aqui. Ela é a melhor amiga da Allie, então é uma boa pessoa pra você pedir ajuda, caso precise. Se bem que tenho minhas dúvidas. Pode ser que ela ache engraçado deixar você se enrolar.

— Acho que não vou precisar de nada. — Balancei a cabeça enquanto passávamos pelas mesas. — Dei uma olhada no site, e a Allie ficou me testando, mostrando fotos no celular sempre que eu ia buscar a Juniper. Mas acho que vi uns atores na galeria que não estavam na lista dela.

— Não se preocupa, eles não são da companhia — respondeu ela. — O meu conselho é o seguinte: se você não conseguir reconhecer alguém que parece ser importante, é só dizer que adora o trabalho da pessoa, mas sem entrar em detalhes. — Ela deu a volta no palco com pouco menos de um metro de altura, nos levando até o pé de uma escadaria larga, ladeada por obras de arte. — Ela deve estar saindo daqui a... aí está ela! Missão cumprida. A gente se fala mais tarde.

Anne foi embora.

Olhei para o topo da escadaria e tive que fazer um esforço para não me engasgar com minha própria saliva enquanto Allie descia na frente de dois homens, olhando por cima do ombro enquanto conversava.

Ela estava absolutamente perfeita.

O vestido preto longo parecia fluir por suas curvas antes de se juntar no lado esquerdo de sua cintura e então — puta que *pariu* — se abrir em uma fenda da curva de seu quadril até o chão, expondo sua perna impossivelmente longa a cada passo. Ela havia prendido um lado do cabelo atrás da orelha, deixando o restante solto, as ondas roçando as alças finas do vestido, com o decote em formato de coração erguendo seus seios como petiscos.

De repente, fiquei faminto.

Ela virou para a frente e, ao me ver, seus olhos brilharam. Dos pés à cabeça, seu olhar me analisou com nítida aprovação, seus lábios se abrindo enquanto ela diminuía o passo, parando ao ficarmos na mesma altura.

— Hudson.

— Porra, você parece ter saído de um sonho, Allie. — Um sonho que, pelas próximas horas, não só eu podia, como deveria, tocar. Levando a palma da mão à sua cintura, puxei-a contra meu peito, pairando a boca a centímetros da dela. — De tirar o fôlego.

Rocei os lábios nos dela, tomando cuidado para não borrar sua maquiagem.

— Obrigada. — Um canto de sua boca se ergueu enquanto eu a devolvia em segurança para o degrau. — Você ficou tão bonito de smoking que acho que vou te proibir de sair assim de casa.

Mesmo sabendo que ela só estava interpretando um papel, foi impossível não sorrir.

— Argh. Ainda mais quando você faz isso. — Ela acariciou minha covinha com a ponta do dedo.

— Acho que ainda não fomos apresentados. — O homem mais alto chegou ao fim da escadaria. A iluminação fazia seu cabelo grisalho e sua pele pálida ganharem tons rosados. — Vasily Koslov, diretor artístico da Companhia Metropolitana de Balé.

— Hudson Ellis — respondi, apertando sua mão macia.

— Ah! O novo namorado da Alessandra! — Ele abriu um sorriso sofisticado que me fez pensar que todo mundo na companhia de balé de Allie tinha feito o mesmo curso para aprender a sorrir. — Você virou tema de muitas fofocas na companhia. Espero que não fique chateado quando a roubarmos de volta no outono.

— Se ela estiver feliz, eu também vou estar.

Fofocas?

— Essa, sim, é a reposta certa quando alguém namora uma pessoa tão extraordinária quanto a Alessandra. — Ele a fitou com admiração. — Devo admitir que tive minhas dúvidas quando ela disse que traria alguém. Sei como você é com seus romances — ele baixou a voz e alterou para um tom brincalhão —, e foi por isso que pedi à Anna pra manter o nome do cartão dele como *convidado*, para o caso de você mudar de ideia.

Ergui as sobrancelhas. Era esquisito pra cacete ele prestar atenção em uma coisa dessas.

— Anne — corrigiu ela, mostrando os dentes por um instante. — E eu e o Hudson nos conhecemos há mais de uma década. Você podia ter colocado o nome dele no cartão.

— Não importa. — O olhar de Vasily passou para a esquerda, o sorriso aumentando enquanto ele erguia um braço. — Ah, minha querida. — Uma mulher com cabelo preto e grisalho parou ao seu lado, passando um braço ao redor da cintura dele, assim como ele fazia com ela. — Quero apresentar minha esposa, Danica, diretora-executiva da companhia. Dani, esse é o atual amado da Alessandra. Ele é salva-vidas ou coisa assim.

Ah, mas que babaquice. Ainda bem que meu ego não era frágil.

— Mergulhador de resgate da Guarda Costeira — esclareceu Allie, seu sorriso ainda afiado. — Ele pula de helicópteros e salva pessoas quando os barcos delas afundam. — Ela desceu um degrau e mudou a bolsa de mão para entrelaçar seus dedos aos meus, e tive que me segurar para não me inclinar e beijá-la feito louco. — Na verdade, é um dos trabalhos mais difíceis do mundo. A maioria das pessoas não consegue nem entrar no treinamento, que dirá se formar.

— Que impressionante! — Danica inclinou a cabeça na minha direção. — Você salva muitas pessoas?

— De vez em quando. — Concordei com a cabeça.

— Ele já me salvou — disse Allie, seu dedão acariciando o meu. — Foi assim que nos conhecemos quando éramos mais novos.

— Que fofura. — Danica deu um tapinha no braço de Vasily. — Querido, precisamos cumprimentar os Jemond antes do espetáculo começar.

Eles estão conversando com o Maxim, e suas doações são tão generosas que seria um erro não irmos até lá.

— O dever nos chama. — Vasily sorriu para Allie. — Mal posso esperar pra você estar de volta ao estúdio, agraciando nosso palco com sua presença. Essa queda será seu triunfo. — Ele olhou para o cara parado perto de Allie, que parecia confortável demais grudado nela. — O triunfo de vocês dois. Nem sei como pôr em palavras quanto estou ansioso para mostrar ao mundo o que vocês criaram.

— Obrigada — respondeu Allie, ruborizando.

— Agora que você conheceu o velho e a conta bancária ambulante que ele chama de esposa — disse um cara descendo os últimos degraus aos pulos e esticando uma mão —, sou Isaac Burdan.

Apertei a mão dele, olhando para seus cachos pretos curtos, a pele marrom-dourada e seu sorriso radiante, instantaneamente me lembrando das fotos de Allie.

— O coreógrafo. É um prazer te conhecer.

Ele riu enquanto baixava a mão, focando o olhar em Allie.

— Foi só isso que você contou pra ele? Que interessante. Bom, vou tomar alguma coisa pra comemorar — disse ele, e então voltou a encarar Allie. A maneira como sua expressão se amenizou me apresentou os detalhes que Allie tinha deixado de fora. — Você vai embora pra praia amanhã?

Ela concordou com a cabeça.

— Volto antes de setembro, para os ensaios.

— Não vou nem conseguir respirar enquanto conto os dias. — Ele pegou a mão livre dela e a beijou. Bile subiu por minha garganta. — O brilho de Nova York praticamente se apaga sem a sua presença radiante, Alessandra.

Um último sorriso, e ele desapareceu na multidão.

Mas que porra é essa?

— Desculpa. — Allie desceu o último degrau, seus saltos deixando-a quase da altura do meu queixo. — Ele é meio exagerado às vezes, mas é genial.

— Ele falava assim com você na cama? — Franzi a testa.

— O quê? — Ela ficou boquiaberta por um milésimo de segundo. — Para de fazer essa cara.

— Que cara?

— Como se você tivesse acabado de sentir cheiro de esgoto.

Era uma descrição bem exata de como eu me sentia.

— Mas é sério. É isso que você curte? Um cara que não consegue respirar e que fala de brilhos? Deixa eu adivinhar... ele não diz que vai gozar, ele declara que chegou ao clímax.

Allie soltou uma risadinha, mas se conteve antes de dar uma gargalhada, e então olhou para mim.

— E imagino que você seja um tipo diferente? Que avisa as garotas que é melhor elas terminarem o serviço por conta própria porque você não consegue nem finalizar a primeira volta da corrida? Ou é do tipo que fica quieto, só grunhindo?

Ah, ela queria fazer piada?

Puxei nossas mãos entrelaçadas contra meu peito, passei o braço ao redor da cintura dela e me virei, pressionando-a na parede do outro lado da escada, ao lado de uma placa que identificava uma obra de arte.

— Você quer pular o restante do baile e descobrir? Se não me falhe a memória, eu te prometi horas.

A respiração dela se entrecortou, e ela baixou o olhar para minha boca.

— Não podemos.

Não tinha sido "não quero". Interessante.

— Você só precisa terminar o serviço por conta própria se quiser. — Baixei minha cabeça até a dela. — Você vai gozar pelo menos duas vezes *antes* de eu te comer, Allie — prometi. — Eu não sou de ficar quieto e sei usar a boca pra garantir que você também não fique.

As pupilas dela dilataram e, mesmo sob a luz cor-de-rosa, dava para ver que suas bochechas estavam vermelhas enquanto ela abria e então fechava a boca.

— Agora, vamos fazer o que as pessoas costumam fazer num evento desses?

Eu precisava me afastar pelo menos alguns centímetros dela, ou a calça do smoking começaria a cortar a circulação para o meu pau.

Ela concordou lentamente com a cabeça, e me afastei, mantendo nossos dedos entrelaçados enquanto encarávamos a crescente multidão buscando por seus lugares.

— Nossa mesa fica pra cá — disse ela, nos guiando entre o amontoado de gente. — Eu devia ter te avisado sobre o Isaac. Desculpa.

— Não precisa se desculpar. Eu também não te mandei uma lista de todas as mulheres com quem já transei.

— Pelo menos nenhuma delas está no mesmo lugar que a gente. — Ela abriu um sorriso falso e acenou para alguém que chamou seu nome.

— Até onde você sabe.

Desviei de um babaca bêbado que cambaleou para trás, então me posicionei de modo que ele não esbarrasse em Allie.

Ela me fitou com as sobrancelhas erguidas.

— Relaxa. Estou brincando. — Dei de ombros. — Pelo menos eu acho, já que não vi a lista de convidados nem nada. Por quê? Você ficou incomodada com a possibilidade de eu ter transado com alguém que esteja aqui?

O corredor ficou livre, e voltamos a andar.

— O fato de eu ter transado com pelo menos dois homens que estão aqui te incomoda? — rebateu ela.

Senti uma pontada de ciúme.

— Você pretende transar com algum deles enquanto estamos juntos?

— Nós não estamos juntos de verdade — sussurrou ela enquanto passávamos por outra mesa na frente do palco.

— É só uma questão de semântica. Me responde.

Puxei-a para perto quando voltamos a nos aproximar de um espaço cheio de gente.

— Não. — Ela balançou a cabeça. — Quando termino com alguém, é de vez. Não gosto de coisas… complicadas. Esse é um dos motivos pra eu só sair com bailarinos. Mesmo estilo de vida, mesma agenda, mesmas prioridades. Sem complicações.

— Nós somos complicados, e você me adora quando esquece que ainda me odeia.

Seria uma missão impossível manter as mãos longe dela naquela noite.

— Nós somos complicados porque eu am… — Ela balançou a cabeça, e a encarei por tempo suficiente para quase esbarrar em duas mulheres que também não estavam prestando atenção aonde iam. — Eu gostava de você. Esse foi um erro que nunca mais cometi. Sexo é divertido, até necessário, e gosto do conforto de manter o mesmo parceiro. Mas não fico com ciúme, porque não me apego.

Aquela provavelmente era apenas afirmação, mas eu ouvi um alerta.

— E isso dá certo porque é assim que o Vasily quer que você seja — observei.

— Ele prefere que eu permaneça focada. Ele prefere que todos nós permaneçamos focados. — Ela apontou para a frente. — Aquela é a nossa mesa, depois da que está no meio. E agora é você que está fugindo da pergunta.

— Eu descobri uma coisa durante aquele beijo. — Passamos pela mesa do meio. — Não o primeiro, quando você me pegou desprevenido, mas o segundo…

— Eu sei de que beijo você está falando — interrompeu ela.

— Que bom. — Um sorriso se espalhou pelo meu rosto, e encontrei os cartões que marcavam nossos lugares à mesa. — Eu entendi que o fato de o primeiro ter sido de mentira não importava, porque aquele era de verdade. Não importa quem ficou com você primeiro nem quem fez… qualquer coisa comigo primeiro.

Paramos atrás de nossas cadeiras, e peguei meu cartão. *Convidado de Alessandra Rousseau.* Meu peito apertou. Por algum motivo, o "convidado" me incomodava mais do que o coreógrafo. Vasily tinha dado a ordem, mas Anne ainda tinha obedecido, como se não acreditasse que Allie me traria.

— Primeiras vezes são superestimadas — disse Allie, pousando a bolsa na sua cadeira.

Convidado. Meu peito queimava como um fósforo aceso diante da súbita compreensão de que eu queria meu nome naquele cartão. Eu não queria ser um convidado anônimo, passageiro, que podia ser apagado da vida dela como os outros que tinham vindo antes de mim. Eu queria ser gravado, marcado, entalhado tão fundo em sua alma que ela jamais conseguiria me tirar de lá.

Ela havia me dado seu verão de mentira, mas eu queria *tudo*, e meu coração não parecia se importar com quanto isso era inalcançável. Eu simplesmente teria que me virar para transformar aquilo em realidade.

— Que bom que pensamos do mesmo jeito. — Concordei com a cabeça para mim mesmo, então baixei o cartão e me virei para Allie. — Então, apesar de, sim, eu estar com ciúme de dois caras aqui já terem te visto nua, me sinto mal por eles, porque nunca mais vão ter essa oportunidade. — Eu a puxei para perto e deixei as palavras fluírem como a revelação que elas eram. — Mas eu terei. O primeiro não significa nada. O último significa *tudo*.

E é por isso que dizem que você é impulsivo.

— Você não pode falar esse tipo de coisa pra mim. — Os dedos dela se curvaram nas lapelas do meu paletó. — Mesmo que faça só parte do seu papel — sussurrou ela. — Você precisa seguir o combinado, Hudson.

Mas eu não estava interpretando um papel. Aquilo era um problema muito complexo, muito *complicado*, para o qual eu não tinha solução. Por enquanto.

— Achei que nós tínhamos combinado que não mentiríamos. — Subi os dedos por sua coluna, e ela prendeu a respiração, se arrepiando. Em resposta, meu pau ganhou vida, como sempre acontecia quando Allie demonstrava o menor sinal de interesse. — E como você mesma lembrou pra nossa sobrinha, omissões são mentiras. Eu disse que te quero. Cansei de ficar escondendo isso. Em público. Em particular. Não me importo. Pra mim, isso é real. E está prestes a ficar complicado.

Continuei olhando nos olhos dela, observando sua expressão passar de surpresa para confusão, então para uma irritação indignada enquanto ela dava um passo para trás.

Aí está minha garota.

Era o primeiro deslize de sua máscara naquela noite.

— Alessandra!

O nome dela foi o único aviso antes de sermos totalmente *cercados*.

Havia pelo menos meia dúzia de pessoas puxando Allie para abraços e selfies. Ela não abriu um sorriso verdadeiro para ninguém.

Aquele era o pessoal dela. Ela não devia estar feliz?

— Que saudade! — Uma mulher de cabelo preto e sorriso gentil segurou os ombros de Allie, e minha mente se voltou para as fotos do site. Reagan Huang, bailarina principal, que estava no mesmo patamar de Allie. — Você faz muita falta.

— Pois é, sem você não tem ninguém pra fazer a gente parecer ruim em comparação. — Essa piada foi feita por uma loira com olhos de gato e um sorriso difícil de interpretar. Harlow Oren. Solista. Um nível abaixo de Allie.

— Fala sério, até parece que alguém precisa ver a Alessandra dançando pra saber que você é ruim. — Um cara loiro esbelto com smoking monocromático puxou Allie para um abraço. — Argh. Eu estava com saudade. Você não liga. Você não manda mensagem. Você não responde quando eu ligo *e* mando mensagem. — Ele se inclinou para baixo, apoiando o queixo no ombro dela. — É muita babaquice. — Everett Carr. Bailarino principal. — Só vou te perdoar se você voltar.

— Sai de cima dela, Ev. — Uma morena de vestido de baile preto puxou Allie para longe de Everett e lhe deu um abraço rápido antes de segurar seu rosto. Candace Baron. Bailarina principal. — Me diz que você está se cuidando.

— Estou — prometeu Allie, concordando com a cabeça, e não consegui determinar se ela estava mentindo.

O último cara parecia ter saído diretamente de um outdoor. Cabelo preto, olhos azuis. Jacob Harvey. Solista. Ele sorriu e abriu os braços. Allie se atirou direto nele.

Meu olhar se concentrou nas mãos dele, que estavam bem acima da lombar de Allie. Aquele provavelmente não era o segundo ex misterioso, então.

— É um pouco atordoante, né? — perguntou uma mulher à minha direita, puxando seu cabelo preto comprido por cima do ombro. — Ficar tentando entender quem é falso e quem é verdadeiro. Sou a Kenna, aliás. A melhor amiga de Allie.

— É. — Ofereci uma mão. — É um prazer te conhecer. Sou o Hudson…

— Sou uma das poucas pessoas aqui que *realmente* sabem quem você é. — Ela apertou minha mão, então inclinou a cabeça e me analisou. — Você já tomou uma atitude? Estou falando de uma atitude de verdade. Não essa palhaçada de mentira nem nada num chuveiro.

Gostei dela logo de cara.

— Ela te contou do beijo? — Uma chama de esperança se acendeu em mim.

Ela ergueu as sobrancelhas.

— Tinha uma praia inteira esperando por um momento romântico digno de cinema, e você escolheu *um chuveiro de banheiro público*?

— Não me arrependo. Eu precisava saber se ela queria aquilo, se ela não estava só interpretando um papel. — Enfiei as mãos nos bolsos, prestando atenção de canto de olho nas pessoas que se reuniam ao redor de Allie. — E ela fica nervosa quando tomo atitude.

— Imagino por quê. — Ela me lançou um olhar que seria capaz de destruir cidades inteiras.

— A culpa é minha mesmo. — Concordei com a cabeça, então olhei na direção de Allie e deparei com o mesmo sorriso lindo, porém falso, enquanto ela falava com os outros bailarinos. — Algum conselho?

— Até parece. Eu sou amiga dela, não sua. — Kenna estreitou os olhos castanhos. — Mas você *vai* tomar uma atitude, não vai? Porque ela precisa ficar com você ou te *superar*. Está me entendendo?

— Estou.

Allie não ia me superar, do mesmo jeito que eu jamais a superaria.

— Que bom. — Ela concordou, então olhou para Allie. — E é melhor você se preparar pra se encaixar na vida dela, porque o único lugar em que bailarinas se desdobram pelos outros é no palco.

— Vou me encaixar — prometi, baixando a voz. — Pra ser dela, estou disposto a me virar do avesso.

Dizer isso em voz alta tirou *toneladas* das minhas costas e desembolou o primeiro dos três milhões de nós que tinham se formado entre mim e Allie.

— Então tá. — Os ombros de Kenna relaxaram, e ela se virou para ficar ao meu lado. — Pessoal, esse é o Hudson Ellis — anunciou ela para os bailarinos. — O namorado da Allie.

Todos os olhares se voltaram para mim, com mais de um me analisando com segundas intenções.

— É um prazer conhecer... todo mundo.

— Mas que olhos são esses — murmurou Everett. — Allie, onde você conheceu essa delícia de homem?

Allie bufou, então se aconchegou ao meu lado esquerdo.

— Na praia, quando eu tinha dezesseis anos.

— Tecnicamente, você estava a quase dois metros da costa — corrigi com uma piscadela, passando um braço ao redor dela e acomodando minha mão no seu quadril.

Reagan levou uma mão ao peito e suspirou.

— Ah, Alessandra, me diz que ele vem com você pra Nova York.

— Só um instante. — Kenna entrou na nossa frente e ergueu o celular. — Sorriam.

Nós posamos e ela tirou a foto. O objetivo da noite tinha sido cumprido.

— Divirtam-se, vocês dois. Consegui o Matthias pela noite toda, e vou aproveitá-lo. — Ela acenou, então desapareceu entre as mesas.

Jacob acompanhou com o olhar uma loira de rosto delicado.

— A gente se fala mais tarde. — Ele foi atrás da mulher.

— Sério?

Allie ergueu as sobrancelhas.

— Ah, eles começaram a trepar assim que os ensaios de verão começaram — comentou Everett.

— Não fica com ciúme. — Harlow beijou a bochecha dele.

— Fala sério, o Michael já me distrai mais do que o suficiente. — Ele balançou a cabeça. — Aliás, é melhor encontrarmos nossos lugares. A Candace e a Reagan estão aqui com vocês, mas me colocaram com os outros principais.

— Você devia estar com os solistas — brincou Harlow, de um jeito que não parecia muito brincadeira. — Foi bom te ver, Allie.

Ela seguiu para a fileira de trás.

Everett se inclinou e deu um beijo na bochecha de Allie.

— Volta logo pra Nova York.

— Estou me esforçando — garantiu Allie enquanto os outros se afastavam. Ela se apoiou em mim. — Acho que te obriguei a aprender o nome deles em vão.

— Eu gosto de saber quem são seus amigos.

Eu me inclinei e beijei a testa dela, só porque podia.

Ela suspirou e se apoiou em mim.

— Além da Kenna, eu só considero dois deles meus amigos — explicou ela, baixinho. — A Reagan — disse, e apontou com a cabeça para o outro lado da mesa larga — e o Everett.

— Eu avisei que você ia *arrasar* nesse vestido. — Eva veio andando entre as mesas, seguida de perto por uma morena com um olhar predatório. — Puta merda, Hudson Ellis.

— Oi, Eva. — Acenei com a cabeça.

— Eu avisei que ele vinha. — Allie fez um círculo com o dedo. — Vira de costas, suas alças estão emboladas.

— Achei que ele não fosse aparecer.

Eva obedeceu, e Allie soltou duas da dezena de alças que se cruzavam pelas costas de Eva, prendendo-as no lugar certo.

— Eu vou aonde sua irmã mandar. — Olhei por cima da cabeça de Allie e notei a morena parada perto de nós. Nariz arrebitado. Olhos azuis astutos. Charlotte Larsen. Solista.

— Prontinho — disse Allie para Eva.

— Obrigada. — Eva se virou para mim e me analisou. — Você sempre foi tão gostoso assim? Quer dizer, eu me lembro de você ser bem gato, mas, *nossa*, você cresceu bem, hein? — Ela gesticulou com uma mão para mim. — Cinco estrelas. Sem reclamações.

Ergui as sobrancelhas.

— Eva — reclamou Allie, mas a irmã apenas sorriu. — Não.

Eva estalou a língua.

— Uma irmã legal dividiria, sabe.

— Uma irmã possessiva vai te dar uma *surra* — avisou Allie em um tom cantarolado, e tive que me controlar para não puxá-la para um beijo.

— Fica tranquila. — Eva revirou os olhos. — Eu só estava brincando. Até parece que eu cogitaria me meter depois de vocês demorarem tanto tempo pra engatar.

Eu pisquei. Allie não tinha contado a verdade para Eva.

— Você encontrou seu lugar? — Allie mudou de assunto.

— Lá na terceira classe? Quer dizer, com o corpo de baile? É claro. — Ela pegou a mão de Allie, toda a marra desaparecendo do seu rosto. — A Charlotte roubou seu armário.

Allie ficou tensa.

— O quê?

— Hoje de manhã, depois do ensaio, ela tirou todas as suas coisas do armário e guardou as dela lá dentro.

Uma ruga de preocupação surgiu entre as sobrancelhas de Eva.

— O que foi que ela fez com as minhas coisas? — As palavras de Allie estavam carregadas de irritação.

Lancei um olhar para a morena, que se aproximava cada vez mais.

— Ela deixou em cima do banco. Guardei tudo no meu armário. Não se preocupa. — Os ombros dela murcharam. — Allie, ela já pegou seu lugar na barra. Ela quer sua vaga de bailarina principal. Me diz que você está melhorando. Você vai conseguir voltar, né?

Allie concordou com a cabeça e apertou a mão da irmã.

— Está tudo bem. O Vasily já me disse que *Equinócio* entrou no cronograma do outono. Vou estar pronta até lá. — Ela forçou um sorriso para a irmã. — Não se preocupa com a Charlotte. Não por minha causa. Bailarinas principais são promovidas e se aposentam. Se alguém for melhor do que eu, vai ficar com o meu lugar. É simples assim.

— Posso colocar um laxante no iogurte dela, se você quiser.

Eu tinha quase certeza de que aquela era uma ameaça real.

Allie bufou.

— Para com isso e vai pra sua mesa.

Eva suspirou, então foi embora, seguindo para uma mesa uma fileira atrás da nossa, à esquerda.

— Ela não mudou muito — comentei.

— Ela é meio encrenqueira, mas é um amor. — Allie deu um passo para se afastar de mim. — O que você achou do meu mundo, Ellis?

— Parece... complicado. — Segurei a cadeira dela pelo encosto e a puxei. — Você meio que é um camaleão aqui, né? Se disfarçando de acordo com a pessoa na sua frente pra não ser devorada? — Ela se misturava aos outros um pouquinho bem demais. — Quantas pessoas no mundo de fato te conhecem, Allie?

— Poucas — admitiu ela, baixinho. — E, para meu azar, acho que você é uma delas.

— Atenção — alertei enquanto Charlotte se aproximava.

Allie se virou, então vestiu o sorriso mais falso que eu já tinha visto, como uma armadura.

— Oi, Charlotte.

— Que bom que você estava se sentindo bem pra vir hoje — respondeu Charlotte, seu sorriso afiado como uma lâmina. — Já que você não tem participado de nenhum dos ensaios nem das aulas com a gente.

— Você fez um trabalho incrível em *Giselle*.

Os músculos nas costas de Allie se enrijeceram, e ela empinou o queixo. Juniper não puxava apenas Lina nesse aspecto.

— Eu sei. — Ela olhou para trás de Allie e praticamente me comeu com os olhos.

Fechei a cara, para mostrar que seu olhar não tinha sido bem-recebido.

— Eu só queria dizer — falou e voltou a se concentrar em Allie — que todos nós queremos que você tire o tempo que for necessário pra melhorar. Um tendão rompido já é um desastre, mas dois? — Ela fez uma careta. — Imagina só se você se afobar demais e sofrer uma terceira lesão? Sua carreira acabaria, e ninguém quer que isso aconteça. Você faz praticamente parte da realeza da companhia.

Allie se empertigou.

— Obrigada por se preocupar, mas estarei de volta para os ensaios no outono, como imagino que você já tenha perguntado por aí e certamente já saiba.

Dei um sorrisinho.

— Bom, só pra garantir, não quero que você se preocupe. — Um sorriso extremamente doce se abriu no rosto de Charlotte, e ela baixou a voz. — Estou aprendendo a coreografia de *Equinócio* com o Isaac, depois dos ensaios. Aquela variação no primeiro ato é fantástica. Mas pode ser um pouco demais pra alguém que sofreu uma lesão no tornozelo.

Equinócio... Esse não era o balé de Allie? Que Isaac tinha coreografado e criado para ela?

Allie nem piscou.

O mesmo não podia ser dito sobre mim. Mas que porra de ninho de cobras era aquele, e por que Allie queria tanto voltar para lá?

— Melhor você ir pra sua mesa, Charlotte. Acho que o espetáculo já vai começar. — O tom de Allie seria capaz de congelar um vulcão.

— Aproveitem a noite.

Ela acenou com os dedos para Allie, então seguiu para uma das mesas de solistas.

Se aquele salão fosse um naufrágio, Charlotte seria a última pessoa que eu colocaria no helicóptero.

— Allie? — sussurrei.

— Está tudo bem? — perguntou Reagan, se inclinando para o lado para nos enxergar por trás do arranjo no meio da mesa. — A Charlotte foi a vaca que sempre é?

Allie se espantou, então abriu o sorriso falso.

— Ela só veio desejar melhoras.

Ela agarrou a bolsa e sentou graciosamente na cadeira antes de eu fazer o mesmo à sua direita.

— Acho que entendi por que você constrói barreiras. Quer dizer, estão mais pra barricadas. O irônico é que sou eu que estou nas Forças Armadas — falei baixinho, me inclinando enquanto ela encarava o palco, seu rosto tomado por uma máscara impecável de autocontrole. — Mas suspeito que seja você quem luta em guerras.

Ela me fitou quando Vasily entrou no palco e, por um segundo, a máscara caiu, mostrando a raiva que escondia.

— Eu me incomodaria.

— Com o quê? — Estiquei o braço na direção do seu colo e segurei sua mão, forçando meus dedos por entre seu punho fechado, então segurando-a apertado.

— Se você tivesse transado com alguém aqui. Se alguém como ela tivesse ficado com você... — A raiva ardia em seus olhos. — Eu me incomodaria, Hudson.

Ela virou a cabeça de volta para o palco, e Vasily começou a falar antes de eu conseguir responder.

Allie ficou fervilhando de raiva, a postura rígida, apertando com força minha mão durante o discurso de Vasily, e não me soltou nem quando as crianças da escola de balé da companhia subiram no palco e começaram a se apresentar.

— Não consigo mais ficar aqui. — Ela pegou a bolsa e me encarou. — Já chega. Me leva pra casa. Agora.

Ela não precisava me pedir duas vezes.

20

ALLIE

SanFranFouette: Nossa. Estou amando as atualizações @4IrmãsRousseau.

> **CaçadoradeLuz:** Se ela não aguentou nem um jantar, duvido que aguente um ensaio. Que vergonha.

Joguei as chaves na mesinha do hall de entrada do meu apartamento e tirei os saltos com os pés quando entrei na sala de estar. O sol estava se pondo, lançando um brilho fraco pelas janelas de dois andares com vista para a cidade enquanto eu largava a bolsa sobre a mesa de centro surpreendentemente limpa. Ou Eva estava se esforçando para manter a ordem, ou nossa empregada merecia um aumento.

Eu sentia a raiva fervilhar em mim, seu calor fazendo rachar a máscara cuidadosamente construída que eu me esforçava tanto para manter em Nova York. Eu não tinha conseguido aguentar nem o jantar.

— Você quer conversar? — perguntou Hudson, o som de seus passos atrás de mim se abrandando quando ele alcançou o tapete.

O que ele devia estar achando do apartamento? Minha mãe o escolhera a dedo por ser perto do estúdio e o decorara para Lina, apenas para me entregar as chaves um mês após a morte dela.

Será que ele gostava das pequenas rebeldias que eu e Eva cometíamos com as obras compradas de artistas de rua nas paredes e as fotos espontâneas de noites mais espontâneas ainda em seus porta-retratos aleatórios pelas estantes? Ou ele só enxergava as superfícies enceradas feitas para um olhar mais superficial?

— Allie?

Ele passou pelas cestas de vime com sapatilhas que deixávamos perto do sofá para quando ficávamos com vontade de laceá-las enquanto maratonávamos alguma coisa na Netflix.

— Ainda estou assimilando.

Fui até as janelas, olhando do topo de vinte e dois andares, e observei as pessoas seguindo com suas vidas, passeando com seus cachorros, levando os filhos para as compras, talvez chegando ao restaurante da esquina para um encontro.

— Você pode assimilar em voz alta. — Ele parou ao meu lado.

— Encerrei as atividades por hoje. — Era engraçado, mas eu achava que ali, no meu apartamento, com o pé-direito alto, ele não pareceria tomar conta de tudo. Eu tinha me enganado. Ele ocupava todos os espaços, seu cheiro salgado de mar nos meus pulmões, sua voz nos meus ouvidos, seu toque marcado na minha pele. O tempo todo, eu me sentia dividida entre manter o máximo de espaço possível entre nós e puxá-lo para perto. Droga, eu estava completamente perdida. — Você encontrou o quarto de hóspedes quando chegou, né?

Ele concordou com a cabeça.

— Obrigado por pedir ao porteiro pra me deixar entrar.

Contorci os lábios em um meio sorriso zombeteiro.

— Você tem esse ar de super-herói e tal, mas achei que seria demais pedir pra você dar uma de Clark Kent e trocar de roupa em uma cabine telefônica.

Ele desabotoou o paletó do smoking.

— Seus amigos pareceram legais nos três minutos que passei com eles. Gostei do jeito protetor da Kenna.

Ele tirou o paletó e o dobrou no meio antes de colocá-lo sobre o encosto da poltrona de couro.

— Sei cuidar de mim mesma. — Cruzei os braços, como se isso pudesse impedir outra rachadura na minha fachada. — Só porque sou quieta ou contida não significa que eu não saiba brigar nem defender meu lugar na companhia.

— Eu jamais diria que você é quieta. Não perto de mim, pelo menos. Observadora e pensativa, sim, mas não quieta.

— Sempre preciso tomar cuidado com o que eu digo e para quem digo quando estou aqui. As paredes têm ouvidos. Sempre há um telefone pronto pra fazer uma gravação.

Olhar para ele foi um erro. Em um dia normal, Hudson era mais do que bonito. Sem camisa? Tão gostoso que dava água na boca. O gato tinha comido minha língua ao vê-lo de smoking. Mas vê-lo parado ali, casualmente, em um colete preto, dobrando as mangas da camisa, fez todos os pensamentos coerentes sumirem da minha mente e minha libido passar de *Claro, isso seria divertido* para *Preciso sentar nesse homem agora*. Tesão instantâneo.

E bastaria eu *pedir* para tornar essa ideia uma realidade. Ele havia deixado isso bem claro.

— Estar ligada o tempo todo deve ser exaustivo. — Ele olhou para a vista, analisando o horizonte de Nova York.

— Ficou mais difícil depois que eu caí — admiti. — A cultura da companhia muda a cada ano, conforme trocamos de bailarinos, mas, no geral, todo mundo se apoia bastante, mesmo mantendo uma postura competitiva. — Crispei as mãos, as unhas se fincando na pele. — Mas, quando eu caí, aí a coisa ficou séria, especialmente pra Charlotte. — A raiva voltou a ganhar força. — Ela está ensaiando com o Isaac. — Eu sabia que Hudson tinha escutado tudo antes do espetáculo, mas eu precisava falar aquilo, deixar a realidade, o perigo muito real, ganhar voz. — Ele está ensinando pra ela a coreografia que criou pra *mim*. Nunca tive um papel feito pra mim. Claro, partes da coreografia já foram adaptadas em certos espetáculos, mas nunca um balé inteiro. É um desses momentos que podem acontecer só uma vez durante uma carreira, e ele está ensinando tudo pra *ela*.

— Ela parece difícil.

Ele focou aquele olhar em mim, e o calor que corria por minhas veias se transformou em uma ardência completamente diferente.

Merda. Ele estava perto demais, acessível demais, ameaçador demais para meu gosto.

— Eu não devia ter te contado nada disso.

Saí de perto dele antes de fazer uma besteira, como agarrá-lo. Mas isso não me impediu de pensar em todas aquelas promessas arrogantes que ele tinha feito no baile. Segurando o vestido para não tropeçar, segui para a cozinha.

— Você pode me contar qualquer coisa. Não vou usar nada contra você, Allie.

Ele me seguiu, mas permaneceu do lado oposto da ilha enquanto eu abria a geladeira.

— Você está com fome? — Tirei alguns potes de comida de restaurante. — Eu te prometi um jantar, e aí resolvi ir embora antes de servirem o primeiro prato.

— Estou mais preocupado com você do que com comida.

— O que você quer que eu diga, Hudson?

Empurrei uma caixa de leite muito questionável, encontrando apenas potes de iogurte e lanches prontos para levar ao estúdio. Merda. Bater a porta da geladeira devia ter sido a primeira pista de que eu estava perdendo meu precioso autocontrole. Começar a me abrir para Hudson devia ter sido outra.

— Se você quiser começar com o que está sentindo, seria bom.

Ele cruzou as pernas e se apoiou na bancada ao lado da pia.

— O que eu estou sentindo? Estou com raiva. Que tal esse sentimento?

Eu me virei para o freezer, escancarando a porta.

— Ótimo começo.

— Tudo pelo que eu me esforcei está prestes a ser arrancado de mim. Estou correndo o risco de perder meu contrato, meu balé, e minha mãe... Meu Deus, ela não tem orgulho nenhum de mim. Sou só uma substituta pra Lina, porque a Anne não conseguia dançar, e se eu fracassar o foco dela vai passar pra Eva. No fim das contas, sou só outra irmã Rousseau, completa e totalmente substituível. — Encontrei dois potes de sorvete, alguns pacotes de legumes congelados e meia dúzia de potes com caldos prontos. — E por que não tem comida nenhuma nessa merda de casa?

Bati a porta do freezer também, e então virei para encarar Hudson. Ele continuava parado lá, todo calmo e controlado, me observando como se eu fosse um furacão e ele estivesse esperando ver para que lado eu seguiria.

Nós tínhamos trocado de papel, mas continuávamos sendo... nós mesmos. Não havia sentido em continuar escondida atrás das minhas barreiras cuidadosamente construídas. Eu não precisava ser tranquila ao lado dele nem me fazer de perfeita, porque ele já sabia que, no fundo, eu não era nada disso.

Por dentro, eu era imperfeita, complicada e uma bagunça, igual a ele.

E só ele tinha o poder de pôr um pouco de ordem na bagunça. Aquele beijo na praia tinha me dominado de um jeito que nunca havia acontecido com nenhum outro beijo, ocupado espaço demais para eu conseguir sentir qualquer outra coisa além dele. Até a mágoa do nosso passado girava em torno dele. Não havia balé quando eu estava nos seus braços, não havia politicagem da companhia, não havia uma mãe decepcionada, não havia pressão para eu me recuperar. Eu não precisava me preocupar com o futuro quando ele exigia cada instante do meu presente.

E, se fosse só o presente, não haveria risco de eu me magoar, certo?

— No que você está pensando, Allie?

Ele apoiou os braços na beira na bancada.

— E se eu quiser cinco minutos?

Dei a volta na ilha.

— O que vamos fingir dessa vez?

Ele contraiu as mãos enquanto eu me aproximava.

— Que você me quer.

Parei bem na frente dele.

Seu olhar pegou fogo.

— Isso não passa de um fato óbvio. Vivo em um estado constante de querer você. Sou assim desde que eu tinha dezessete anos. Querer você é a única coisa que eu sei fazer.

Ignorei a onda de… alguma coisa… que essa confissão despertou em mim.

— Eu me lembro de você ter dito alguma coisa sobre eu gozar duas vezes. Você falou por falar? Ou estava só se exibindo?

Meus olhos analisaram os dele, e minha pele formigou de ansiedade.

— Aquilo foi uma promessa. — Ele ergueu uma mão e passou as costas dos dedos lentamente por minha bochecha. Eu não fugi. — Para uma hora em que você não esteja querendo usar sexo pra fugir dos seus sentimentos.

Meu coração deu uma cambalhota. Ele estava sendo todo nobre, e eu não conseguiria lidar com isso no momento.

— Estou me inspirando em você e quebrando as regras. Os últimos cinco minutos foram seus. Esses são meus.

Recuei dois passos.

— Allie…

Ele retesou o maxilar.

— Então, se você me quiser mesmo, acho melhor aceitar a oferta. Porque essa é a única vez que ela vai sair da minha boca. — Em um instante, abri o gancho embaixo do braço e então baixei o zíper que corria pela lateral do vestido. — Dos dois, você é o decidido, então acho melhor escolher. É agora ou nunca.

— Eu queria fazer a coisa certa.

Ele observou o progresso dos meus dedos como se tivesse passado meses sem comer e eu estivesse prestes a liberar um bufê.

Só aquele olhar já era suficiente para acelerar meu coração.

— A coisa certa é superestimada.

Cheguei com o zíper na altura na cintura, e o vestido se abriu na altura das costelas.

— Eu quero você — grunhiu ele.

— Acho que já deixamos isso claro.

Tirei uma alça do ombro.

Ele balançou a cabeça.

— Eu te quero por inteiro. Sem máscaras. Sem barreiras. Sem continuarmos fingindo que o que temos é falso quando nós dois sabemos que é dolorosamente real. Eu te quero por mais do que cinco minutos.

O pânico inundou meu sangue feito gelo, mas logo derreteu com o calor arrebatador que me percorria.

— Isso não vai acontecer.

Eu nunca seria idiota o suficiente a ponto de me entregar por completo a ele de novo, não quando ele tinha um histórico de sumiços.

— Vai, sim. — A certeza no seu olhar não me impediu de levar uma mão ao outro ombro. — E eu queria não estar disposto a usar sexo como um jeito de conseguir você, de ficar com você. Mas eu estou.

— Não se preocupe, você não vai conseguir. — Empurrei a outra alça do vestido e a deixei cair sobre o braço, me deliciando com a maneira como ele acompanhava o movimento. — Não vou deixar. Eu te disse que não gosto de complicações.

Para mim, sexo não era algo associado a emoções, e ele não mudaria isso.

Hudson balançou lentamente a cabeça.

— Isso não é um debate. É um aviso. Nós só falamos a verdade um pro outro, lembra? — Cada centímetro do corpo dele ficou tenso. — Você está usando isso como um jeito de fugir, mas estou avisando que essa vai ser minha forma de te conquistar.

Arqueei uma sobrancelha.

— O que você vai fazer, Hudson? Me comer tão bem que nunca mais vou querer arredar o pé da sua cama? Que eu vou estar disposta a esquecer todo nosso passado só porque você tem talento pra provocar orgasmos múltiplos?

Isso nunca aconteceria. Meu vibrador era uma máquina de orgasmos múltiplos, e eu não tinha problema algum em substituí-lo todo ano.

— Sim.

O olhar dele desceu para meu decote, e deixei o vestido escorregar um centímetro. Ele engoliu um gemido, e esbocei um sorriso. Ele estava na palma da minha mão. Nós dois sabíamos disso.

— Então você pode ficar à vontade pra tentar.

Ergui o queixo.

Ele veio para cima de mim, e me preparei para o impacto.

Não me decepcionei.

Sua boca colidiu com a minha no mesmo instante em que sua mão segurou meu rosto e a outra tocou minhas costas, me empurrando contra ele.

Isso. Cada célula no meu corpo gritava a palavra enquanto meu foco, minha existência inteira, se limitava à sensação dos lábios dele contra os meus.

Ele apertou meu queixo com o dedão, e minha boca se abriu, sendo imediatamente invadida pelo deslize habilidoso de sua língua. Aquilo era tão delicioso e avassalador quanto a primeira vez tinha sido e, por um segundo, fiquei com medo de ele ser capaz de fazer o que tinha ameaçado fazer e acabar me deixando viciada.

O pensamento desapareceu assim que a mão dele deslizou pela minha garganta, passando por meus seios e pela pele que o zíper havia exposto. O toque despertou cada nervo meu, me deixando arrepiada. Ele intensificou o beijo, agarrando minha bunda com as duas mãos, passando a me segurar pelo quadril antes de me levantar.

Passei os braços por seu pescoço, e as alças do vestido apertaram meus braços enquanto eu o beijava com todas as minhas forças, lambendo sua boca para marcar meu território. Minha bunda aterrissou no granito frio da ilha da cozinha, e nem me retraí com a temperatura; ele continuava me beijando sem parar. Hudson abafara o barulho do mundo exterior ao se tornar o centro do meu. Havia apenas sua boca, sua língua, suas mãos e o desejo incandescente que dominava tudo entre nós.

O calor se acumulou entre minhas coxas enquanto ele passava as mãos por elas, uma roçando minha pele pela fenda do vestido. Então ele as empurrou para abrir espaço para seu quadril, preenchendo mais espaço do que havia, afastando ainda mais minhas pernas para acomodá-lo.

Ele puxou meu lábio inferior com os dentes, então passou para minha orelha, roçando os lábios pela área sensível.

— Se você quiser parar, é só avisar. Se você não gostar de alguma coisa que eu fizer, é só avisar. Se eu chegar perto de algum limite, é só avisar. — Seus olhos encontraram os meus quando ele ergueu a cabeça. — Entendeu?

— Sim. — Essa era a única palavra que ele ouviria de mim.

Ele acariciou minha nuca antes de deslizar as mãos para meu cabelo.

— Você é bonita pra cacete. Não tem *ninguém* igual a você, Allie.

Segurei o colete dele e o puxei de volta para minha boca. Ele gemeu no beijo, o som me inundando com uma sensação de poder enquanto eu abria os botões do colete e puxava a peça com pouca ajuda dele. Passei para os botões da camisa enquanto ele descia a boca para meu pescoço, e me atrapalhei uma ou duas vezes quando ele passou a se dedicar a todos os pontos sensíveis que tinha descoberto na praia, arrancando uma arfada dos meus lábios.

Ele se lembrava exatamente do que eu gostava e usava esse conhecimento para vencer todos os meus pontos fracos até eu estar praticamente vibrando. Minhas coxas se apertaram de ansiedade. Aquilo seria bom para cacete. Já estava sendo bom, e nós dois ainda estávamos vestidos.

Puxei a camisa dele de dentro da calça conforme ele seguia para um novo território, seus lábios roçando cada centímetro de pele sob minha clavícula, diminuindo a velocidade para explorar meus seios ao mesmo tempo que sua mão deslizava pela fenda do vestido e subia por minha coxa.

— Tira — ordenei, puxando a camisa dele.

Ele sorriu contra minha pele, então me soltou por tempo suficiente para a camisa cair no chão. Abri as mãos sobre seu peito quando ele se inclinou para me beijar, e o empurrei de leve. Ele entendeu e se empertigou.

Puta merda, *sim*.

Suspirei enquanto eu olhava, olhava e olhava mais um pouco, me dando todo o tempo que havia negado a mim mesma na praia. Bailarinos eram altos e magros — até os homens. Hudson era imenso, cheio de músculos perfeitamente esculpidos, desde as linhas curvas de seu peitoral até o tanquinho esculpido de sua barriga. Eu já o tinha visto sem camisa, mas, naquele momento, eu não conseguia *tirar* os olhos dele, lutando contra a única palavra que não saía da minha cabeça: *meu*.

Eu nunca tinha me sentido possessiva com ninguém além dele, e agora eu o tinha.

— Como você é de verdade?

Meus olhos encontraram os dele enquanto eu tracejava os gominhos de sua barriga. Eles tensionavam sob meu toque.

— Você vive cercada por dançarinos profissionais — lembrou-me ele com um sorrisinho nos lábios. — Vê corpos atléticos o tempo todo.

— Assim, não. — Corri os dedos pelo caminho da felicidade até o cós da calça dele. — Não como o seu.

Meu corpo ficava mais quente só de olhar para ele.

Ele partiu para o ataque, capturando minha boca em um beijo que me deixou desnorteada.

— Estou tentando me comportar, mas vou acabar te comendo se você continuar falando coisas assim, Allie.

— Sim, por favor — respondi contra sua boca.

Nós perdemos controle do beijo, que se tornou completamente carnal, e libertei meus braços das alças do vestido, confiando na estrutura do corpete para manter o vestido no lugar enquanto a mão dele subia pela minha coxa. Arranquei minha boca da dele, ofegante, quando Hudson roçou com os dedos ao longo do tecido de seda da minha calcinha fio-dental.

Ele enfiou a outra mão no meu cabelo e puxou. Minhas costas se arquearam quando joguei as mãos para trás, e o vestido deslizou para minha cintura, expondo meus seios.

— Cacete — murmurou ele, seu olhar me percorrendo com tanta avidez que meu coração acelerou ainda mais. — Não teria como você ser mais perfeita.

Ele abocanhou um mamilo meu, lambendo-o, e gemi com a onda de tesão ardente que me atravessou.

Meu Deus, como aquilo era gostoso. De algum jeito, ficou melhor ainda quando ele passou para o outro seio e começou tudo de novo.

Meu quadril se impulsionou, ele tracejou o elástico da minha calcinha descendo pela minha coxa desde o quadril, parando na minha virilha. Um centímetro para a esquerda e ele estaria exatamente onde eu queria.

Ele estava me fazendo derreter toda com sua boca e as provocações leves, ritmadas, de seus dedos. Eu precisava de mais. Eu nunca tinha sentido tanta pressa antes, como se o mundo de fato pudesse acabar se ele não tocasse em mim, se não apaziguasse a ânsia cada vez maior que crescia entre minhas coxas.

— Agora seria um bom momento pra me pedir pra parar.

Ele acariciou minha virilha, com apenas um pedacinho de pano nos separando, e roçou os dentes no meu mamilo antes de erguer a cabeça e me olhar nos olhos.

— Mais. — Não havia possibilidade de pararmos.

— Allie? — Ele se inclinou para a frente e roçou os lábios nos meus enquanto seus dedos desciam pela borda da calcinha. — Acho que aqueles cinco minutos já acabaram. Você quer uma prorrogação?

— Ai, meu Deus, Hudson, só toca em mim.

Eu me equilibrei em uma mão enquanto segurava a nuca dele com a outra.

Ele analisou cada centímetro da minha expressão ao mesmo tempo que seus dedos me encontravam, e então seus olhos fecharam enquanto ele gemia.

— Porra, *Allie*. Você está ensopada.

Arfei enquanto ele tocava meu clitóris.

Os olhos dele abriram de repente, e eu não sabia o que me dava mais tesão, os círculos que ele tinha começado a fazer com os dedos ao redor, mas não em cima, do meu clitóris, ou a maneira como ele me olhava, como se eu fosse a resposta para todas as suas perguntas.

— Macia. — Círculo. — Gostosa. — Círculo. — Molhada. — Círculo. — Perfeita.

Ele desceu a mão da minha nuca pelas minhas costas, apoiando completamente meu peso quando eu arqueei as costas e impulsionei meu quadril, buscando fricção, pressão, alguma coisa para liberar a tensão crescente que ele criava a cada círculo dos seus dedos. Prendi a perna esquerda ao redor do seu quadril e usei o apoio para mudar o ângulo, fazendo o próximo movimento dele encontrar o ponto exato que eu queria.

Puta *merda*. O prazer inundou minhas veias, agudo e doce.

Meu gemido ecoou pelas paredes. Uma vez atrás da outra, rebolei na mão dele, determinando a pressão, o ritmo que eu queria, buscando o auge do prazer, cujo gosto eu quase conseguia sentir.

— Me diz, amor. — Ele pairou a boca sobre a minha enquanto se afastava de leve, se recusando a me dar o que eu queria. — Você está acostumada a fazer as coisas do seu jeito?

Joguei os braços ao redor do pescoço de Hudson e respondi com um beijo, impulsionando o quadril de novo, gemendo de frustração quando ele continuou mantendo os toques leves e provocantes, apesar dos meus esforços.

— Está, né? — Os olhos dele analisaram os meus, e detestei que conseguisse falar com tanta coerência, que estivesse completamente no controle enquanto eu me contorcia. — Você sabe exatamente do que seu corpo precisa pra chegar lá, e é isso que você quer. Rápido. Fácil. Você tem parceiros, não amantes.

— Sim. — Impulsionei o quadril de novo, e ele se afastou. Gemi de pura frustração enquanto o auge do prazer saía de vista. — O que você está fazendo?

— Negando o orgasmo fraco que você quase teve pra poder te arruinar com o que vou te dar.

Os dedos dele circularam meu clitóris, recuperando o que ele tinha roubado de mim, e ele baixou a boca para meu seio, fazendo círculos com a língua no mesmo ritmo até aquele tesão reprimido brilhar mais forte e mais quente do que antes.

Então fez a mesma coisa, se afastando quando cheguei ao limite e recomeçando, alimentando ainda mais o fogo, me deixando ainda mais tensa, até eu estar completamente descontrolada. Minhas unhas desceram por seu cabelo e seu pescoço.

— Hudson — implorei.

Os olhos dele brilharam, famintos.

— Repete.

Seus dedos desceram, e só então percebi que eu tinha desistido de manter o controle da situação... e ganhado poder.

— Hudson. — Ele deslizou o dedo para dentro de mim. Eu arfei e apertei a virilha ao redor da intrusão bem-vinda. — Hudson. — Um segundo dedo se juntou ao primeiro, e gemi com a sensação maravilhosa de ser alargada. Fazia tanto tempo. — Hudson — suspirei e arqueei o quadril.

— Gostosa pra caralho. — Um gemido reverberou pelo peito dele, e minha missão de vida se tornou escutar aquele som de novo. — Nossa, você está louca por mim, né?

Puxei a cabeça dele na direção da minha e o beijei antes de sussurrar:

— Hudson.

— Isso.

Ele capturou minha boca em um beijo intenso enquanto seus dedos começavam a se mover, me acariciando fundo e com força, mantendo um ritmo estável, delicioso, viciante, que mostrava exatamente como ele usaria seu pau. Era muito e, ao mesmo tempo, pouco.

— Eu te quero — gemi contra sua boca.

— Estou bem aqui.

Seu dedão acariciava meu clitóris enquanto seus dedos bombeavam, e aquela tensão brilhante, espiralada, fez todo meu foco se voltar para dentro.

Fechei os olhos enquanto minhas coxas se fechavam ao redor das mãos dele.

— Olha pra mim, Allie — ordenou ele, e obedeci, sem desviar o olhar dele enquanto ele encontrava meu ponto G com os dedos.

Ai, meu Deus. Se ele parasse, eu morreria. Eu simplesmente entraria em combustão bem ali e minha existência se extinguiria. Eu ofegava, e impulsionava o quadril em busca de mais.

Ele me deu mais, e a tensão que me cercava aumentou até explodir.

— Você está quase lá, né, amor?

— Hudson — murmurei, quase sem voz. Todos os músculos no meu corpo estavam tensionados.

— Isso. Minha demais — sussurrou, e o movimento seguinte bastou.

Eu desmoronei. Uma onda de prazer atrás da outra me inundou, cada uma tão intensa quanto a outra, vindo sem parar enquanto eu gemia, agarrada a Hudson como se ele fosse a única coisa que me mantivesse presa ao mundo.

Ele deu um beijo leve sobre nos lábios enquanto eu me acalmava, então afastou a mão.

— Você é incrível pra cacete. Uma revelação. Eu podia te assistir gozando o dia todo, todo dia, e nunca ficar entediado.

Ele me analisou com admiração, e eu sorri.

— Não tem como você ter certeza disso depois de só uma vez.

Estiquei a mão para o cinto dele.

Ele ficou paralisado, me encarando com uma expressão esquisita. Era fascínio? Choque?

— O que foi?

Baixei as mãos, sem querer esbarrando em seu pau muito duro.

— Faz isso de novo.

Encontrei a fivela do cinto dele.

— Isso, não. Sorrir — implorou ele.

— O quê?

Eu sorri diante da maneira como seus olhos se arregalavam, incrédulos.

— Aí está ela. Nossa, como senti sua falta.

Ele me deu um beijo demorado e intenso, enroscando os dedos nas laterais da minha calcinha e puxando-a pelas minhas coxas, sua boca abandonando a minha quando ele acabou de remover o tecido.

O olhar completamente faminto com que me fitou fez meu corpo voltar a ser inundado pelo prazer, me surpreendendo. No geral, eu ficava satisfeita só com uma vez, mas o tesão voltou com tudo enquanto ele se movia entre minhas coxas. Puta merda — eu não queria só fazer ele gozar, eu queria *ele* de verdade.

Sentei e colei minha boca à dele, acariciando-o com a língua. Ele afundou os dedos no meu quadril enquanto eu esticava o braço entre nós e o segurava por cima da calça. Quente. Duro. Grosso. Exatamente o que eu precisava.

O gemido dele foi o tipo de som que eu queria gravar e ficar ouvindo sem parar, mas ele me pegou desprevenida ao capturar minhas mãos e as afastar do seu corpo.

— Hudson — chamei entre beijos enquanto ele me deitava contra o granito.

— Eu cumpro minhas promessas.

Ele deslizou para longe de mim e afundou entre minhas coxas, então empurrou o emaranhado que era meu vestido para cima da minha cintura.

Ai, *merda*.

— Hudson, eu não costumo gozar duas vezes.

— Eu aceito o desafio.

Ele pôs a boca em mim, e gemi com sua primeira lambida no meu clitóris supersensível. Nossos olhos se encontravam enquanto ele repetia o movimento, e eu arqueei as costas.

— Seu gosto é melhor do que eu sonhava. E eu sonhei por anos, Allie. — Ele colocou minhas coxas por cima dos seus ombros e arrastou minha bunda para a beira da ilha. — Onze longos anos.

Joguei a cabeça para trás enquanto ele lambia, chupava e provocava. Cada contato da sua língua me deixava enlouquecida, cada estocada contra meu clítoris me fazia arfar por mais. Eu me contorcia com o prazer intenso que só aumentava e espiralava, chegando a quase doer, e enfiei os dedos no cabelo dele para afastá-lo, mas acabei trazendo-o para mais perto.

— Ai, meu Deus, não para.

Ele não parou.

— Hudson — gemi, balançando a cabeça de um lado para o outro enquanto ele incansavelmente me levava para um auge que eu nem imaginava existir.

Ele parou de me provocar e começou a me devorar.

E, quando minhas pernas tensionaram, ele aumentou ainda mais a intensidade, usando a parte posterior da língua e enfiando os dedos em mim até eu começar a tremer, meu corpo tão impossivelmente rijo que minhas opções eram gozar ou morrer bem ali, na ilha da cozinha, com Hudson entre minhas coxas.

Ele levou a ponta da língua ao meu clítoris e eu berrei algo que parecia seu nome enquanto sentia meu corpo explodir, a tensão me destruindo com violência. Impulsionei o quadril na direção do seu rosto, e ele jogou um braço sobre minha barriga, me prendendo no lugar conforme continuava a me acariciar durante o orgasmo mais intenso da minha vida.

Quando voltei a mim, estava completamente mole, uma poça de êxtase e satisfação.

— Você não falou por falar — consegui dizer enquanto ofegava, tentando acalmar meu coração.

Ele teve a pachorra de sorrir, a covinha aparecendo por um segundo enquanto ele delicadamente tirava minhas pernas dos ombros e deixava-as pendendo da beira da ilha. Ele se levantou. O tesão em seus olhos ao me fitar fez com que eu me empurrasse contra o granito para sentar.

— Agora.

Abri a fivela do seu cinto antes que ele tentasse me arruinar pela terceira vez.

— Allie — sussurrou ele com um toque de desespero, seu pau pressionando a calça enquanto eu…

Ouvi uma chave virando na fechadura e, um segundo depois, a porta da frente se abrir, batendo na trava.

Fiquei *paralisada*, meus dedos parados no cós da calça de Hudson.

— Merda — grunhiu ele, então se moveu como um ninja.

Ele puxou meu corpete para cima e me arrancou de cima da ilha, me colocando de pé para o vestido me cobrir, então prendeu meu quadril à bancada com o seu para estabilizar meus joelhos bambos. Seu pau estava mais duro que o granito, pressionando minha barriga como se gritasse em protesto, e eu concordava com ele.

Aquilo não *podia* estar acontecendo.

— Vocês estão aqui? — gritou Eva, os saltos estalando no piso enquanto Hudson fechava meu zíper. Ela virou no corredor e entrou na cozinha. — Aí estão… — Ela arregalou os olhos e se virou de costas para nós. — Ai, meu Deus. Vocês estão mesmo… — Ela virou de novo. — A gente *come* aqui. — Ela gesticulou para os bancos na extremidade da ilha, então olhou de novo, encarando o peito de Hudson, e movi o corpo para impedir que ela tivesse qualquer visão do pau dele. Vestido ou pelado, ele era meu, e Eva não podia vê-lo. — Eita. Quer dizer. *Eita.* — Ela fez uma joinha. — Meus parabéns, Allie.

Eu queria que o chão me engolisse. Naquele exato momento.

O olhar dela desceu para o chão, mas não foi a camisa de Hudson que chamou sua atenção. Segui sua linha de visão e imediatamente quis morrer. Ela ergueu bem as sobrancelhas para meu fio-dental rosa-choque.

— E meus parabéns, Hudson.

— Eva! — Minha voz falhou.

— Certo. — Ela virou de costas para nós. — Desculpa ter interrompido um momento obviamente divertido. Eu vi vocês dois saírem correndo do baile e fui embora logo depois do jantar, pro caso de você querer conversar, mas estou vendo que você encontrou algo *muito* melhor pra te consolar.

Enterrei a cabeça no peito de Hudson, e ele pressionou a boca contra meu cabelo.

— Enfim, acho que vou pra cama. — Ela cruzou o corredor rumo à escada que levava ao andar de cima. — Acho que a Anne vai dormir na casal dela, então vocês podem continuar suas aventuras na cozinha. Só tentem não fazer muito barulho. As paredes são finas, e eu posso *dispensar* isso. Ah, e, puta merda, passem uma cândida nessas bancadas antes de cozinharem.

O som da porta do quarto dela fechando finalmente me permitiu respirar.

— Isso não acabou de acontecer. — Ergui a cabeça.

— Ah, aconteceu, sim. — Hudson pegou suas roupas no chão, então me passou minha calcinha. — E é exatamente por isso que eu moro sozinho.

Porque ele não queria ser interrompido com a multidão de mulheres que levava para casa?

Só de pensar nisso, fiquei instantaneamente incomodada.

Mas ele tinha o direito de fazer o que quisesse assim que nossa mentira terminasse. Em sete semanas, ele estaria livre, leve e solto... porque eu não continuaria com ele. Eu não podia. Era impossível confiar em alguém que tinha me abandonado no meu momento mais vulnerável.

E, ainda assim, eu o usara de um jeito descarado. Duas vezes. E ele tinha *deixado*.

Qual era o meu problema?

— Seja lá o que você estiver pensando, para com isso.

Ele ergueu meu queixo com o dedão e o indicador, inclinando meu rosto na direção do seu. Ele tinha mesmo olhos incríveis.

— Eu te usei pra me distrair da minha raiva. — Minhas entranhas se retorciam de culpa. — Sinto muito.

— Eu não sinto. — Ele deu um passo para trás, soltando meu rosto. — Mas que bom que paramos. Quero que você transe comigo porque me quer.

A vergonha fez meus ombros se curvarem.

— Mas eu queria...

— Só porque você me quer — esclareceu ele, inclinando a cabeça para o lado. — Não, porque precisa de mim. Precisar é melhor. Nenhuma das outras merdas, só porque você precisa de mim. — Ele olhou para o corredor — Vou dormir no quarto de hóspedes. Não se preocupe, acordo antes de a Eva perceber.

— Você está... — Meu Deus, eu tinha sentido quanto ele estava duro. — Bem?

Ele concordou com a cabeça.

— Nada me tira o tesão tão rápido quanto ver sua irmã caçula.

— Certo. — Abracei minha cintura. — Desculpa mesmo. Não vai acontecer de novo.

— Não prometa isso. — Ele enfiou os braços na camisa e veio até mim. — Eu estava falando sério. Cada palavra. E, se você quiser usar alguém pra se distrair, esse alguém será eu. Claro, eu preferia que você transasse comigo porque precisa de mim, mas aceito o que eu conseguir de você, Allie.

— Eu me sinto uma idiota.

— Sério? — Ele olhou para meu corpo como se estivesse me vendo nua. O que ele meio que já tinha feito. — Era de esperar que você estivesse se sentindo bem relaxada depois de eu te fazer chegar lá duas vezes.

Abri a boca.

Um sorrisinho arrogante surgiu no rosto de Hudson enquanto ele se afastava.

— O que foi mesmo que você disse que eu devia fazer? Te comer tão bem que você nunca mais ia querer sair da sua cama, e ter múltiplos orgasmos? Os dois já foram. Acho que está tudo seguindo de acordo com o plano.

Ele se virou e atravessou o corredor rumo ao quarto de hóspedes.

Argh. Ele realmente tinha cumprido o que prometera com os orgasmos.

Minha versão do presente odiava minha versão do passado. Não podíamos de jeito nenhum fazer aquilo de novo.

Daquela vez, eu estava falando sério.

21

ALLIE

OrgulhoTigreTendu: Técnica INCRÍVEL. Deviam ter colocado VOCÊ como substituta, ou só te dado o papel desde o começo.

Junho se transformou em julho, e me acomodei no que passei a chamar de minha rotina de Haven Cove, ensaiando o dia todo, dando aulas para Juniper no fim da tarde, mantendo pelo menos três metros de distância de Hudson sempre que possível.

Principalmente agora, enquanto ele treinava sem camisa na nossa piscina ao passo que Juniper começava uma nova série no estúdio. Ainda bem que as únicas janelas com vista para o quintal dos fundos ficavam no fim do salão — na academia e não ali, no estúdio, onde eu precisava me concentrar.

Ele não havia mencionado nossa noite em Nova York, provavelmente porque não ficávamos a sós desde então, nem tínhamos fingido mais nada, já que não houve eventos de família para Caroline implicar comigo. Por outro lado, a falta de eventos de família também significava que eu não tivera outra chance de conquistar Caroline. Nós estávamos nos afundando cada vez mais na mentira, e tudo que eu tinha conseguido fazer era me tornar mais apegada a uma garotinha do que eu tinha direito.

Pelo menos três vezes na semana, Hudson trazia Juniper em casa depois do trabalho, então ficava nadando até chegar a hora de levá-la embora.

Olhei para o relógio. Em poucos minutos, ele sairia da piscina, iria até a varanda e entraria no banheiro do andar de baixo, onde vestiria roupas secas. O que queria dizer que eu poderia parar de lutar contra o impulso de dar uma corridinha na esteira só para ter uma desculpa para olhar para ele. Não que eu precisasse me lembrar da sua aparência; eu o via se agigantando sobre mim, gloriosamente sem camisa, sempre que fechava os olhos.

Eu não podia repetir a dose, não com ele desejando que aquilo fosse de verdade, mas, de certa forma... era. Sem motivo para interpretarmos papéis, nós simplesmente éramos nós mesmos, e, apesar de eu não incentivá-lo, também não o tratava com indiferença.

Juniper terminou a série com um floreio, e apertei o botão de pausa no controle remoto, interrompendo a música clássica.

O sorriso dela sumiu, e seus ombros murcharam.

— Eu fui melhor mais cedo.

— Mais cedo você não estava tão cansada, e acho que você foi ótima.

— Você sempre diz isso — murmurou ela, mexendo na saia.

— Não, hoje à tarde eu disse que sua rotação de quadril não foi tão boa. — Segui para o armário ao lado das portas do estúdio e guardei o controle ao lado do aparelho de som. — Quando eu faço um elogio, estou falando a verdade.

Passamos para os alongamentos, para esfriar o corpo.

— Você está empolgada pra ir acampar com a gente? — perguntou ela enquanto alongávamos as pernas.

— Não sei muito da viagem pra ficar empolgada.

Eu precisava dos dias de treino de que abriria mão para viajar, ainda mais com Charlotte em cima de mim, fazendo intriga para roubar meu papel, mas também não podia perder uma oportunidade de passar tempo com Caroline. Três dias sendo analisada pela irmã de Hudson apenas para não ser considerada boa o bastante não era minha ideia de diversão, mas aquele era um momento que teríamos juntas, então eu precisava progredir a qualquer custo antes daquele plano dar espetacularmente errado.

— É muito legal. — Juniper sorriu, passando para outro alongamento. — Nós alugamos uns chalés pequenininhos perto do lago. Eles não são nada de mais, não têm eletricidade nem nada, são só duas camas de solteiro com colchão meio esburacado. — Ela franziu o nariz. — O do meio é melhor, porque fica mais perto do banheiro externo, pra... você sabe...

— Entendi. — Comecei a alongar meus quadris. — Colchão esburacado, cama de solteiro, banheiro externo.

— A vovó e o vovô sempre juntam a cama deles. Meus pais também faziam isso. — A voz dela foi sumindo. — Eu costumava ficar com meus primos no chalé quatro, com as beliches, mas, depois que o papai morreu, minha mãe não gosta de eu ficar tão longe dela, por causa do lago e tal, então agora dormimos juntas. Mas quem sabe ela deixe eu dormir com o Mason e a Melody dessa vez.

— Quem sabe. — Uma pontada de compaixão apertou meu peito. A ansiedade de Caroline em relação a Juniper era compreensível. — Quando meu pai morreu, nós três ficávamos nos revezando pra dormir na casa da minha mãe até ela se sentir pronta pra ficar sozinha. É legal da sua parte dar apoio pra ela.

Ela franziu a testa enquanto fazia uma torção, alongando as costas.

— Como o vovô morreu? — Ela se retraiu. — Não precisa responder. Não quero que você tenha um ataque de pânico.

Como eu tive ao falar de Lina.

— Não, está tudo bem. Falar sobre a morte dele é mais fácil, talvez porque eu não estava lá. — Essa angústia tinha se transformado em uma dor latente. — Ele escorregou na neve saindo de casa. Bateu a cabeça no gelo e quebrou o pescoço. Ele morreu na hora, e sou grata por isso, mas pareceu um jeito muito idiota de morrer.

Sem sentido, até.

— Sinto muito — disse ela, baixinho, então girou para o outro lado. — Mas não foi nada genético.

— Só um acidente.

Balancei a cabeça, e meu estômago embrulhou. Ela precisava fazer exames. Um histórico genético e médico era o mínimo que Juniper merecia, e só poderíamos lhe oferecer metade disso, pois não sabíamos quem era seu pai.

— Voltando à viagem — disse Juniper enquanto nós duas começávamos a alongar a panturrilha.

— Preciso levar repelente e protetor solar?

Meus músculos berravam, mas mantive o rosto inexpressivo. Passar tempo demais na ponta significava que eu teria que usar a bola hoje à noite para relaxar o músculo.

— Com certeza, e você também devia levar um bom saco de dormir, porque esfria à noite — acrescentou ela. — Ah, e lanternas também são úteis. O chalé dois talvez seja o segundo melhor, porque fica mais perto do pavilhão, então dá pra sentir o cheiro de café da manhã quando você acorda. — Os olhos dela se iluminaram, e foi impossível não sorrir. Sua empolgação era contagiante. — A mamãe sempre faz torrada com ovo para mim, que é meu café favorito, e então prepara uma cesta de piquenique pro almoço, já que não costumamos ficar no camping o dia todo.

— O que vocês fazem?

Eu me controlei para não abrir uma careta de dor, e passei para o lado esquerdo do corpo.

— Trilhas. Tirolesa. Salto de pêndulo na parte mais funda do lago... você vai amar. — Ela sorriu.

— Hum... — Pressionei os lábios entre os dentes.

— A Allie não gosta muito de correr riscos — respondeu Hudson da porta.

Meu olhar voou para o dele. Nossa, como ele estava bonito. *Muito* bonito. Seu cabelo continuava molhado, e a camiseta azul se esticava sobre músculos, que eu não tivera tempo suficiente para explorar. Era uma tortura saber que, se eu quisesse, poderia fazer isso, mas escolhia me privar.

Aceito o que eu conseguir de você, Allie.

É, aquelas palavras tinham estrelado alguns sonhos bem vívidos naquela semana.

— Isso não é verdade — rebati. — Eu me arrisco.

— Diz aquela que só aprendeu a andar de bicicleta com dezesseis anos.

Quando ele me ensinou. Hudson ergueu uma sobrancelha para mim.

— Minha mãe não gostava de nada que pudesse nos machucar.

Levantei e me esforcei muito para ignorar o interesse no olhar de Hudson ao percorrer meu conjunto de calça legging e top.

— Ou que fosse divertido — acrescentou ele. — Vamos ver se eu me lembro de tudo. Nada de bicicleta, nada de scooter, moto então nem se fala. Nada de pula-pula…

— Você me apresentou à maioria dessas coisas, e sabendo quantas crianças se machucam no pula-pulas dá pra entender essa parte.

Eu só tinha cedido para a moto aos dezessete anos.

Juniper trocou as sapatilhas por chinelos e guardou o restante das suas coisas na bolsa.

— … nada de esportes… — continuou Hudson.

— Eu diria que balé é um esporte — interrompeu Juniper.

Ergui uma mão. Juniper bateu nela ao passar por mim, seguindo na direção de Hudson.

— Ah, e com certeza nada de garotos. — Ele balançou a cabeça. — Quando se trata das filhas, o que ela acha de homens hoje em dia?

— Ela confia na gente pra tomarmos nossas próprias decisões. — Dei de ombros. — E não conto muita coisa pra ela. Mas ela sabe sobre nós.

O corpo dele enrijeceu, e deve ter sido uma questão de iluminação, porque seu rosto também pareceu empalidecer um pouco.

— E como ela reagiu?

— Como minha mãe.

Não havia a menor possibilidade de eu repetir os comentários horríveis dela.

— Pois é, é com isso que eu me preocupo — disse ele devagar, dando uma batidinha na cabeça de Juniper enquanto ela saía do estúdio.

— Calma. — Esbocei um sorriso. — Ela não vai aparecer aqui e te expulsar nem ameaçar me deixar de castigo por um milhão de anos. Ela fez um comentário maldoso, como sempre, e deixou pra lá. — Eu me aproximei dele. — Não contei exatamente a verdade, e ela deve achar que não vamos durar tempo suficiente pra valer a pena criar caso. Além do mais, continua superirritada comigo por eu ter estragado a apresentação de *Giselle* e feito ela passar vergonha.

A confissão escapuliu. Merda, era fácil demais falar com ele.

Ele franziu a testa.

— Você rompeu seu tendão. Como ela passou vergonha por causa disso?

Mordi o lábio inferior e cogitei dar uma resposta cínica que manteria certa distância emocional entre nós. Mas, naquela casa, naquele cômodo, era quase fácil esquecer que a última década havia acontecido. Ele era apenas Hudson, o garoto que tinha me tirado do mar e me obrigado a sair da minha zona de conforto, que tinha me dado apoio infinito sem nunca dar qualquer sinal de que queria algo além da minha amizade.

Eu esperei onze anos pra te beijar. Eu nem imaginava.

A menos que fosse sobre isso que ele queria conversar naquela noite.

Me encontra na enseada mais tarde? Uma versão mais jovem da voz de Hudson surgiu no meu cérebro, mas a memória estava incompleta. Tentar me lembrar daquele dia era como caminhar em meio a uma névoa espessa. Instantes de clareza iam e vinham sem jamais apresentar a cena completa. Mas eu sabia que, naquela noite, ele tinha me pedido para sair mais cedo da festa da companhia — quando contratos eram cerimoniosamente oferecidos como troféus — para conversarmos.

E eu não conseguia lembrar por que, mas sabia que eu não tinha ido. Eu e Lina estávamos voltando da festa quando ela…

— Allie? — chamou Hudson, se inclinando para perto de mim. — Tudo bem?

Eu pisquei. Meu tornozelo, nós estávamos falando sobre meu tornozelo.

— Eu podia ter evitado a lesão. — A ideia da resposta cínica tinha ido por água abaixo. — Eu sabia que precisava poupar o tornozelo, que a melhor decisão seria pedir à Charlotte pra me substituir e tirar a noite de folga, quem sabe até o mês inteiro. Mas ignorei os sinais e segui em frente. Eu me arrisquei, me desequilibrei e, agora, preciso lidar com as consequências. — Ouvi a porta da frente abrir e fechar. — A Juniper foi embora?

Olhei na direção das portas.

— Estou com as chaves, então pelo menos ela não pode pegar o carro.

Ele passou a mão na minha lombar enquanto atravessávamos as portas do estúdio.

Quando chegamos ao hall de entrada, meu estômago se revirou.

Juniper não tinha ido embora. Ela tinha companhia.

Eva estava parada ao lado da porta, com os óculos de sol pousados no topo da cabeça e uma bolsa de lona pendurada no ombro, encarando Juniper com um olhar obviamente confuso.

— Tia Allie, olha! — Juniper estava radiante. — A tia Eva chegou!

Ah, *merda*. A mão de Hudson se flexionou nas minhas costas.

— *Tia* Eva? — repetiu Eva, seu olhar indo direto para mim, depois passando para a sala de estar enquanto Anne vinha correndo, tirando os óculos de leitura. — Sei que vocês passaram o verão todo aqui, mas não é possível que vocês tiveram tempo de produzir uma criança inteira.

Aquilo era ruim. Muito, muito, *muito* ruim.

22

ALLIE

BaléÉVida97: Você está tentando misturar Vaganova com Balanchine? Porque não está dando certo.

— Você devia ter avisado que vinha — disse Anne, dando um abraço sem graça em Eva. — Eu teria arrumado seu quarto.

— Ou pelo menos guardado a criança — resmungou Eva enquanto Anne se afastava, lançando um olhar preocupado na minha direção. — Mas é sério. O que está pegando?

Ela deixou a bolsa cair no chão.

— Eu me chamo Juniper Mecarro — respondeu Juniper. — Sou filha do Sean e da Caroline Mecarro, mas a Lina era minha mãe biológica. Ou minha genitora. Depende do termo que você preferir. Gosto mais de mãe biológica, mas posso mudar de ideia com o tempo.

— Lina? — O olhar chocado de Eva encontrou o meu, e concordei com a cabeça. Ela recebeu a mesma reação de Anne. — A Lina teve uma filha sem ninguém saber, então… — Suas sobrancelhas bem-feitas franziram. — Caroline Mecarro, tipo a sua irmã? — perguntou ela para Hudson.

— A própria — respondeu Hudson, sua mão quente e firme nas minhas contas.

— Deixa eu adivinhar, o Gavin é pai dela. — Ela analisava Juniper como um experimento científico.

Eu gelei com essa possibilidade, mas Hudson balançou a cabeça.

— Não. Fiz um teste de DNA depois da Allie só pra descartar essa possibilidade.

— Você não me contou isso — sussurrei, o que era uma besteira, já que todo mundo conseguia me escutar.

— Achei que não fosse nada de mais, já que não existe uma relação de sangue.

Ele acariciou com o dedão minhas costas expostas em um gesto tranquilizador.

— Que ótimo, então quem é o pai? — perguntou Eva, puxando o cabelo castanho comprido por cima do ombro.

— Não sabemos — respondeu Juniper, e franziu a testa. — Seu vídeo no Seconds hoje cedo foi meio maldoso.

Eva virou a cabeça no mesmo instante para nossa sobrinha.

— Eu estava mostrando a técnica correta do *piqué tour*, e você não é nova demais pra usar redes sociais?

— Ficou parecendo que você estava mostrando que podia ter dançado *Giselle* melhor, já que usou gravações do espetáculo pra fazer a comparação. E nem excluiu os comentários falando mal da Allie. — Ela deu de ombros. — Mas eu não sei de nada. Só tenho dez anos.

Eva tinha feito *o quê*? Minhas costas enrijeceram.

— Hum. — Eva abriu um sorriso de espetáculo para Hudson. — Que garota fofa.

— Valeu. — Juniper sorriu, exibindo uma dupla de covinhas nos cantos inferiores da boca, e Eva estreitou os olhos.

— Vamos embora antes que o clima fique mais pesado. — Hudson tirou as mãos das minhas costas, e fingi não ter imediatamente sentido sua falta. — Allie, te busco na segunda?

— Às oito da manhã — concordei. — A gente se vê em dois dias, Juniper.

— Tchau! — Ela acenou para nós. — Você vai se divertir muito acampando com a gente! — prometeu ela enquanto Hudson a guiava para fora, fechando a porta ao passarem.

— Eva — começou Anne.

— Você não acha que já está na hora de tirar as alianças? — interrompeu Eva, deixando a bolsa no hall de entrada e seguindo para a sala. — Conheço uns caras, se você estiver pronta pra voltar ao mercado. E umas garotas também.

— Ah. — Anne passou o dedão sobre as alianças de casamento e noivado. — Não. Ainda não.

Encarei Eva em toda sua imprevisibilidade. O que ela faria com a informação sobre a existência de Juniper? Ela podia ser bem mesquinha quando queria, mas eu não conseguia imaginá-la indo contar tudo para Caroline só por birra.

— Então, não sei o que é mais esquisito. — Eva pegou o livro de Anne na poltrona e o fechou, então o depositou na mesinha lateral ao sentar. — O fato de a Lina ter tido uma filha escondida ou você ir acampar.

— Estou feliz em te ver, mas o que você está fazendo aqui?

Eu me empoleirei na beira do sofá, longe o suficiente do meu celular para não ceder à tentação de ver o que as pessoas estavam comentando no tal vídeo desdenhoso de Eva. Anne sentou ao meu lado.

— Como se eu aparecer na casa de praia da nossa família fosse mais esquisito do que tudo que acabou de acontecer. — Ela gesticulou para o hall de entrada. — Nós terminamos os espetáculos de verão ontem à noite. Inclusive, valeu por ter ido, Allie.

Baixei o olhar, corroída pelo arrependimento. Ir a Nova York só tinha servido para me mostrar que eu não sabia se gostava de quem eu era lá. Se eu ao menos *sabia* quem eu era. Eu só me sentia eu mesma quando estava com Hudson.

— Eu já disse, é difícil pra ela — ralhou Anne.

— Não precisa me defender. — Olhei nos olhos de Eva. — Desculpa. Da próxima vez, vou me comportar melhor.

— Da próxima vez, você já vai estar de volta. — Ela deu de ombros, tirando os sapatos com os pés antes de se sentar nas pernas. — Eu trouxe uns bagels daquela padaria que você gosta, porque achei que estaria sentindo falta de casa.

— Obrigada. — Seria um pedido de desculpas pelo vídeo? — Que legal da sua parte.

— Ah, e o Vasily anunciou o cronograma do outono. — Ela me lançou um olhar astucioso.

— No site?

Respira. Vasily vivia mudando de ideia. Só porque ele tinha me dito que *Equinócio* seria um dos três espetáculos do outono não significava que isso de fato aconteceria. Não até ele publicar o cronograma.

— Sim, no site. — Ela sorriu, e seus olhos brilharam. — Ele anunciou *Equinócio*, Allie. Você finalmente vai ter um papel criado só pra você! Parabéns!

Fiquei totalmente sem ar.

— Que incrível! — Anne se inclinou e apertou meus ombros. — Mal posso esperar pra assistir.

Alegria, descrença, orgulho, todas as emoções me inundaram ao mesmo tempo, mas ansiedade era a que mais apertava meu peito.

— Ele anunciou. A gente vai mesmo conseguir se apresentar. — Eu sorri, escolhendo deixar a alegria vencer.

— O elenco ainda não foi decidido, é claro, apesar de todo mundo saber que vai ser você e o Everett, mas... — Os olhos de Eva brilharam de esperança. — Achei que, se você me ajudasse por um ou dois dias, eu teria uma vantagem quando os ensaios começarem e uma chance de virar solista. Diz que sim, por favor.

— O Isaac divulgou a coreografia? — Isso provavelmente só aconteceria dali a seis semanas.

— Não, mas todo mundo sabe que ele está trepando com a Charlotte, e ela está... — Ela se remexeu na poltrona, desconfortável. — Ela está ensaiando, Allie. Eu já vi a Charlotte no estúdio depois de todo mundo ir embora, com o Isaac. Se você não estiver pronta, ela vai atrás do papel.

Meu estômago revirou de náusea.

— Ela é solista. Se eu não estiver pronta, o papel vai ficar com a Reagan ou com a Candace. Elas são principais.

— Você *vai* estar pronta — declarou Anne.

Não, eu estava prestes a tirar *alguns dias* de folga para passear no mato. Merda.

— Então, a Lina teve mesmo uma filha? — Eva mudava de assunto tão rápido que me deixava confusa. — Por que ela a daria pra Caroline? Ela odeia a gente. — Eva franziu o nariz. — A Caroline não se incomoda de ela estar aqui? Tenho quase certeza de que ela iria preferir tacar fogo na nossa casa do que deixar a filha passar tempo aqui.

— Ela não sabe — explicou Anne. — Ainda não. Vamos te contar tudo que sabemos...

— Não precisa. — Eva deu de ombros. — Ela é bonitinha. É a cara da Lina nas fotos, mas duvido que a gente vá ter muito contato.

— Estamos tentando mudar isso. — Anne abriu um sorriso otimista.

— Por quê? — Ela pegou a garrafa de água de Anne na mesinha lateral, abriu a tampa, tomou um gole. — Se ela está feliz, vamos deixá-la em paz. É bem óbvio que a Lina não queria que a gente se metesse, ou teria nos contado. — Ela baixou a garrafa. — Mas vocês não sabem mesmo quem é o pai?

— Não. — Anne se enrijeceu. — Achamos que deve ter sido alguém em San Francisco.

— Hum. — Ela se levantou, então alongou os braços esticando-os para cima. — Vocês podem perguntar pro Jacob. Acho que ele estava lá na época. Passou uns anos no corpo de baile. Pode ser que ele saiba pra quem ela estava dando. É sério mesmo que você vai acampar? — Essa pergunta era endereçada a mim.

— É. — Concordei com a cabeça. — Estou tentando conquistar a Caroline pra ela não pedir uma medida cautelar quando contarmos que somos a família biológica da Juniper.

Ela estava certa: Jacob seria um bom ponto de partida. Todas as outras pessoas que eu conhecia e em quem confiava tinham começado e permanecido em Nova York.

— Por quanto tempo?

— Três dias — respondi.

— Você vai passar *três dias* sem treinar pra se enfiar no meio do mato? — Ela elevou a voz. — Você não pode tirar tanto tempo de folga.

— Pode, sim — argumentou Anne, prendendo os cachos atrás das orelhas. — Ela precisa ter uma vida fora da companhia. Nós estamos apoiando essa ideia, Eva. — O tom dela ficou um pouco parecido com o de nossa mãe.

— Nós estamos apoiando a ideia de ela ligar o foda-se e não levar o trabalho nem o próximo papel a sério só pra passar tempo com uma filha que a Lina não *quis* contar pra gente que teve? — Ela bufou. — Muito responsável, Allie. A mamãe ficaria tão orgulhosa.

— Que golpe baixo. — Eu me levantei. — Vou compensar os dias perdidos, e minha terapeuta acha que é uma boa ideia dar um tempo do estúdio e acampar — esclareci. — Não mentir pra Caroline. Vou fazer as malas.

— Não entendo como você pode ter *tudo* e não lutar pra isso não escapar das suas mãos — disse Eva, me seguindo para o hall de entrada. — Eu mataria pra ter metade do seu talento, e você está jogando tudo fora. Que injusto.

— Parem de brigar — mandou Anne.

— Foi por isso que você publicou o vídeo? — Cheguei ao primeiro degrau, mas então me virei. — Pra se vingar por eu não ter ido ontem? Ou pra mostrar ao mundo que você é mais talentosa? Você está tão desesperada pra mostrar que é boa que precisa ouvir de um milhão de pessoas que você é melhor do que eu? Vale a pena receber elogios em troca de me expor a críticas na internet?

O rosto dela murchou.

— Nosso número de seguidores não estava aumentando, você não filmou conteúdo se recuperando e concordou que eu usasse gravações suas...

— Eu concordei em ajudar minha irmã! — O grito ecoou pelos corredores vazios da casa.

— Nós duas sabemos que as pessoas só querem ver *você*! — As mãos dela se fecharam em punhos. — Você é a *Alessandra Rousseau*! O mundo inteiro te ama, te idolatra, te elogia! Eu sou só a irmã caçula que a companhia aceitou pra te deixar feliz.

— Isso é mentira, e você sabe. — Balancei a cabeça. Ninguém me conhecia bem o suficiente para me amar, só minhas irmãs. — O Vasily não trabalha com nepotismo. Ele não contratou a Lina na primeira temporada, lembra? Ele fez ela se esforçar, passar mais um ano treinando antes de tentar de novo, que nem você. Para de ficar se fazendo de vítima, Eva.

— Sei — respondeu ela, sarcástica. — Porque o sobrenome do Maxim não teve nada a ver com ele conseguir o cargo de coreógrafo. — Ela revirou os olhos. — Para de bancar a humilde e admite logo. Você é a rainha...

— Parem já! — Anne se enfiou no meio de nós, esticando os braços e balançando as mãos. — Parem com isso agora! Nós *nunca* passamos tempo aqui juntas, e vocês duas não vão fazer essa palhaçada. — O olhar dela alternava entre nós. — Não era isso que a mãe queria quando pediu pra passarmos tempo juntas...

— Vamos ligar pra ela e perguntar. — Eva enfiou a mão no bolso, então olhou para mim. — Ou você continua recebendo só respostas monossilábicas? Ela continua com vergonha de você, né?

Finquei as unhas no corrimão.

— Chega! — bradou Anne. — Você sabe muito bem que o pai jamais te deixaria falar assim com ela, e a Lina teria... — Ela fechou a boca e respirou fundo.

A culpa me acertou com a força de um caminhão desgovernado, e Eva desviou o olhar, abraçando a própria cintura.

— Nós somos tudo que resta, gente — disse Anne, baixinho. — Somos só nós três. Ninguém aqui teve um ano fácil, mas precisamos ser melhores que isso, melhores umas para as outras. É caso de necessidade.

Eu murchei. Nós éramos os últimos três pilares do píer. Não aguentaríamos outra tempestade se não tivéssemos o apoio umas das outras. Se publicar outro vídeo sobre minha lesão já notória fazia Eva se sentir bem, paciência. Aquele era um pequeno preço a pagar para minha irmã conseguir fosse lá o que ela queria com aquele aplicativo idiota.

— Desculpa — sussurrou Eva, lentamente erguendo os olhos até encontrar os meus. — Vou apagar o vídeo.

— Obrigada. E estou arrependida mesmo. Eu devia ter ido ontem à noite. — Olhei para Anne e suspirei diante do desespero em seus olhos suplicantes. De nós três, era ela quem tivera o mundo virado de ponta-cabeça, e merecia mais da gente. O mínimo que eu podia fazer era tentar amenizar as coisas. — Vou te ajudar — falei para Eva. — Tenho dois dias antes da viagem com o Hudson, e vou te ensinar o que sei sobre o papel das solistas em *Equinócio.*

— Obrigada! — Eva se iluminou, mas foi o alívio nos olhos de Anne que fez aquilo valer a pena.

Ouvi um tilintar metálico acima de mim e, ao olhar para o topo da escada, vi Sadie vindo correndo, recém-acordada de sua soneca.

— Oi, garota.

— Puta merda, vocês têm um *cachorro*? — exclamou Eva. — Que anda acontecendo nesta casa?

— Só segue o fluxo — explicou Anne. — Esse é nosso novo lema.

Nós ensaiamos durante o fim de semana inteiro, fazendo pausas apenas para pôr gelo nos pés, e Eva foi embora segunda de manhã dominando boa parte da coreografia. Ela deixou seu quarto completamente bagunçado, atacou o armário de Lina em busca de um suéter extra, mas pelo menos se sentia mais confiante ao seguir para o aeroporto.

Minha motivação para me matar de treinar tinha sido Charlotte. Estava fora de cogitação ela roubar o papel que tinha sido criado para mim. Mas, apesar dos dias no estúdio terem renovado o ânimo de Eva, eles me mostraram quanto eu ainda precisava progredir na minha recuperação. Eu tinha caído mais vezes do que gostaria de admitir, principalmente pela falta de prática na ponta, por insegurança e pelo medo de machucar de novo o tornozelo. Dessas três coisas, o medo era o que mais destruía carreiras. Se eu não conseguisse superá-lo, seria mais fácil me aposentar logo.

— Você passou o caminho inteiro quieta — disse Hudson assim que entramos no estacionamento com chão de cascalho perto do lago. — Devo me preocupar?

— Não. Só estou matutando. — Nós saímos da picape, e encarei as belas e frondosas copas das árvores. Era tão tranquilo ali. — Esqueci de te contar. Liguei pro Jacob há uns dias... Você conheceu ele no baile...

— Harvey. Bailarino principal. Eu me lembro.

Hudson enfiou uma mão na caçamba abarrotada da picape e jogou para mim a mochilinha de viagem que Anne tinha insistido que eu comprasse para levar.

— Valeu. — Eu a pendurei nos ombros enquanto analisava os carros que já estavam no estacionamento. *Todo mundo* tinha chegado. — Ele disse que se lembra da Lina ter se machucado em janeiro e tirado uma licença pra se recuperar. Pelo visto, foi por isso que ele não questionou por que preferi me reabilitar fora da companhia. Ele achou que fosse assim que nossa família lidava com lesões.

— Ele não sabia que ela estava grávida — concluiu Hudson, pegando a própria mochila.

— Não. — Fechei a alça da mochila no peito. — Voltamos à estaca zero.

— Merda. Bem, vou te mostrar tudo e te levar até o chalé, e então volto pra buscar o restante das coisas — disse Hudson, colocando a mochila nas costas.

— Bora.

Ofereci um sorrisinho.

Ele sorriu, então entrelaçou os dedos com os meus enquanto seguíamos pelo caminho largo de cascalho.

— Só pro caso de alguém estar vendo — sussurrou ele antes de erguer minha mão e dar um beijo nas costas dela.

Meu peito esquentou, me deixando toda boba. Não havia ninguém por perto, e nós dois sabíamos disso, mas não puxei minha mão.

— Pronta pra passar três dias inteiros com a família Ellis? — perguntou ele.

— Daqui a alguns dias, vou ser a pessoa predileta da Caroline — prometi, principalmente para me motivar.

— Você já é a minha.

Revirei os olhos, mas o quentinho no meu peito ganhou força.

— Isso não é de verdade, você sabe.

— Se você quiser continuar dizendo isso pra você mesma, Allie, tudo bem. — Ele apertou minha mão. — Além do mais, é de verdade pelos próximos três dias. Quando formos embora, já vou ter te convencido a tentar pelo restante do verão.

— Que arrogante. — Lutei contra um sorriso enquanto seguíamos por uma parte mais inclinada da trilha e avistávamos a beira do lago. — Não vamos juntar nossas camas.

— Como você sabe a história de juntar as camas?

Ele me fitou de soslaio com um sorrisinho malicioso.

— A Juniper me contou. — Minhas coxas protestaram contra o ângulo da descida, e me esforcei para ignorar a dor. Todas as porcarias de músculos do meu corpo doíam depois de eu ter passado tantas horas no estúdio com Eva. — E que o melhor chalé é o quatro, porque fica perto do banheiro.

Ele riu, e o som do seu riso não me ajudou em absolutamente nada a dispersar a pressão doce, inconveniente, nas minhas entranhas. Na verdade, foi quase como se a tivesse *aumentado*.

— Pra mim, o melhor é o sete. Fica mais perto do lago, mas chegamos tarde, então tenho certeza de que um dos meus tios já está lá. E relaxa. Só vamos juntar as camas se você pedir.

Espantei um mosquito com a mão.

— Não vai acontecer.

Eu me derreteria toda no instante em que a boca dele encostasse em mim, e minha sobrevivência dependia de eu continuar em estado sólido em todos os momentos. Em estado rígido.

— Veremos.

Daquela vez, a covinha dele surgiu, e rapidamente desviei o olhar. Aquele homem era bonito demais para seu próprio bem, e para o meu.

— Hudson! Allie! — gritou a sra. Ellis, abrindo um sorriso largo ao chegarmos no pavilhão. O pátio coberto abrigava quatro mesas de madeira e uma churrasqueira, tendo uma vista espetacular para o lago cercado por árvores. Ela abraçou nós dois, e aceitei o carinho com um pouco mais de naturalidade do que tinha aceitado na praia. — Que bom ver vocês. — Ela entregou para Hudson uma chave com chaveiro de canoa. — Seu chalé é o nove.

— Esse é de vocês — argumentou ele. — Não vou ficar no seu chalé favorito.

— Bom, todos os outros já estão ocupados — falou, fitando-nos por cima de seus óculos de armação roxa —, e quem chega por último é mulher do padre. Todo mundo já está arrumando as coisas, então é melhor vocês irem logo.

— Mas esse é *seu*. — Ele olhou para mim como se houvesse qualquer possibilidade de eu me meter naquilo, e ergui as mãos.

Eu não ia brigar antes mesmo de desfazer minha mala.

— Seu pai queria o quatro. O nove fica mais distante, e parece que ele comeu alguma coisa que não bateu bem ontem à noite...

— Já entendi. — Hudson fechou a chave na mão. — Então vamos ficar no nove.

— Tudo bem. — Ajeitei a mochila nos meus ombros.

— Ah, e esse ano reformaram o nove, o oito *e* o sete — comentou a sra. Ellis com um sorriso empolgado. — Depois me conta o que você achou. Aposto que vão dar uma melhorada no seis, no cinco e no quatro para o próximo verão.

— Pode deixar — prometeu ele.

— Vamos almoçar ao meio-dia — lembrou ela para o filho antes de se virar para mim. — Allie, estamos tão felizes por você ter vindo. Se a Caroline começar a te encher o saco, ninguém vai julgar se você jogar ela no lago.

Abri a boca, mas a sra. Ellis se virou e seguiu por um dos caminhos, provavelmente para o chalé quatro.

Depois de uma caminhada de cinco minutos, nos deparamos com a porta aberta do chalé nove, encarando o interior com decoração rústica, surpresos.

— Isso não está acontecendo — sussurrei.

Hudson esfregou a nuca.

— Vamos pedir pra alguém trocar com a gente.

— Nem pensar. Vão achar que eu sou uma idiota — sibilei, analisando o espaço de quatro por quatro metros como se houvesse outra solução.

De algum jeito, nós tínhamos nos metido em um clichê digno dos livros de romance que Anne lia.

— Quer dizer… o lado bom é que não vamos precisar juntar as camas — comentou Hudson.

— Seria meio impossível, levando em consideração que só temos uma.

23

HUDSON

NYFouette92: Meu Deus. Não acredito. Vim CORRENDO ler os comentários!

Acordar ao lado de Allie podia ser classificado como um dos melhores momentos da minha vida. Estava um degrau acima da minha formatura na academia de busca e salvamento marítimo, e bem abaixo da primeira vez que eu a vira, agarrada àquele barco afundando, com as bochechas coradas e os grandes olhos castanhos.

Apoiei a cabeça em uma mão e fiquei descaradamente observando-a dormir, seu corpo curvado na direção do meu apesar de estarmos em sacos de dormir diferentes, e notei as olheiras sobre as quais seus cílios compridos se apoiavam. Nós tínhamos voltado cedo para o chalé, depois de eu perceber que ela havia caído no sono encostada no meu ombro diante da fogueira, mas nem dez horas de sono conseguiriam combater a exaustão que ela mesma se impunha. Era um cansaço que não tinha relação alguma com a trilha do dia anterior nem com o mergulho no lago ao fim da tarde.

— Não quero te acordar — sussurrei. — Mas sei que você adora bacon e, se demorarmos mais, não vai sobrar nada pra gente.

Não com os esfomeados dos meus sobrinhos.

Ela respirou fundo e se remexeu, afundando ainda mais no travesseiro.

— Allie — chamei, baixinho.

Ela abriu os olhos, e meu coração perdeu o compasso quando ela sorriu para mim.

— Hudson — murmurou ela, e voltou a dormir.

É, seria fácil me acostumar a acordar assim todos os dias pelo restante da minha vida.

Você não consegue nem convencê-la a aceitar um verão inteiro. Mas eu a convenceria. Ô, se convenceria.

Se não fosse por nossa missão de conquistar Caroline, eu deixaria Allie dormir e traria café para ela, mas infelizmente minha irmã interpretaria isso como Allie sendo mimada, não como eu sendo carinhoso.

— Amor. — Tentei de novo. — Se você não acordar, vai ter que pegar uma vara de pesca pra conseguir comer proteína no café da manhã.

— Eu não sei pescar — murmurou ela, abrindo os olhos de novo.

Eu sorri.

— Eu sei. Precisamos ir.

Ela concordou com a cabeça, soltando um gemido de protesto, e nós dois abrimos nossos sacos de dormir.

— Olha só pra gente, aguentando a noite toda sem cairmos no tropo de "só tem uma cama".

Ela pôs os pés no chão.

— No quê?

Nós dois reviramos nossas mochilas nos lados opostos da cama queen, pegando nossa roupa.

— Sabe num livro ou num filme quando o casal não se suporta, mas só tem uma cama no hotel, e os dois acabam dormindo juntos? Então.

Ela virou de costas, e fiz o mesmo, repetindo a mesma dança esquisita da noite anterior, quando nos trocamos para dormir. Chalés de um cômodo não ofereciam muita privacidade, e nenhum de nós queria correr o risco de ser pego no flagra pela minha família esperando na varanda enquanto o outro se vestia.

— Não conta vitória. — Enfiei a cabeça na camisa. — Ainda temos hoje à noite.

— Merda — murmurou ela enquanto eu vestia o short.

— Algum problema?

Mantive o foco nas minhas meias e no meu tênis para não me virar.

— Sujei meu moletom de marshmallow ontem à noite tentando ajudar a Juniper a torrá-los na fogueira, e a floresta inteira grudou nele.

Enfiei a mão na minha mochila e peguei meu moletom preto, jogando-o por cima da cabeça na direção dela.

— Usa o meu.

— Já me vesti. Pode se virar — disse ela, com um toque surpreendente de felicidade em sua voz. — E obrigada.

Enfiei o celular no bolso para tirar fotos, então virei e fiquei paralisado ao ver Allie dando a volta na cama.

Puta que pariu, ela era perfeita.

— Vamos? — Ela prendeu o cabelo ondulado em um coque.

Meu moletom a engolia, cobrindo até o short. Dava a impressão de que ela estava nua por baixo, e chamava minha atenção para suas pernas longas e incríveis. Pernas perfeitas, torneadas, macias como seda, que tinham se apoiado nos meus ombros, suas coxas apertando belamente minha cabeça enquanto eu lambia…

— Hudson?

Engoli em seco.

— É, vamos.

— Você está bem? — Ela puxou as mangas para cima dos braços.

— Aham. — Eu a segui pela porta, para o ar fresco da manhã. — Só estou me lembrando do seu gosto.

Era sempre melhor ser sincero… quando possível.

Ela tomou um susto.

— Eita, bom dia.

— Teria sido bem melhor se eu tivesse te acordado com um orgasmo. — Começamos a seguir o caminho batido rumo aos outros chalés. — Adoro tomar café da manhã na cama.

— Você não pode ficar falando esse tipo de coisa.

Ela corou. Os passarinhos cantavam nas árvores.

— Você gosta quando eu falo esse tipo de coisa. — Passamos pelo chalé oito. — Você também gosta quando te chamo de amor, quando beijo seu pescoço e com certeza quando uso meus dedos e minha língua ao mesmo tempo pra…

Ela cobriu minha boca com a mão, fazendo com que nós dois parássemos de andar.

Eu beijei o centro da sua palma.

Os olhos dela brilharam, e ela tirou a mão.

— Alguém pode ouvir.

— Essa é sua única reclamação? — perguntei, sorrindo.

Ela olhou para minha boca. Continuou olhando. Então suspirou e virou a cabeça para a frente, puxando as mangas do meu moletom até as mãos.

— Não vai acontecer de novo.

Eu fui atrás enquanto ela voltava a caminhar, acelerando o ritmo quando passamos pelo chalé sete.

— Foi o que você disse na primeira vez.

— O que é isso? — Ela apontou para o logotipo acima do peito.

— Ótimo jeito de mudar de assunto. É o emblema dos mergulhadores de resgate. — Eu a analisei, então me forcei a encarar o caminho. — Você fica bem com as minhas roupas.

Merda, eu *não* estava pronto para a onda imediata de possessividade que inundou meu peito.

— *Para que os outros possam viver* — leu ela de cabeça para baixo.

— É nosso lema. — Passamos pelo chalé seis.

— Tipo vocês estão dispostos a *morrer*? — Ela me lançou um olhar indignado.

— Meio que está subentendido. — Era impossível não rir do jeito como ela estreitava os olhos. — Fala sério, você sabia o que eu queria fazer. Você sabia que era perigoso.

— Pensar na carreira dos sonhos quando você tem dezesseis anos é meio diferente de arriscar sua vida todos os dias.

Duas rugas surgiram entre suas sobrancelhas enquanto ela olhava para a frente e nós passávamos pelo chalé cinco.

— Qual é a diferença da carreira dos sonhos que você imaginava e a carreira dos sonhos que vocês tem?

Saímos do caminho principal e seguimos por um mais estreito, que dava no que ela havia chamado de latrina, mas que era um banheiro completo, com encanamento e tudo.

— Sei lá. — Ela balançou a cabeça. — É tudo que eu queria, às vezes até melhor do que eu sonhava, ainda mais quando estou no palco. Mas também é muito pior.

— Calma aí. — Segurei o braço dela, parando bem na frente da construção. — Você não está feliz?

Eu estava errado em achar que a lesão era a culpada por ela perder a alegria que a dança lhe dava?

— Defina feliz. — Ela ergueu as sobrancelhas. — Eu estou no auge, ou pelo menos estarei depois de me recuperar, e tenho um contrato como bailarina principal em uma das companhias de balé mais prestigiosas do mundo. Faço o que eu amo todo santo dia, e me pagam pra isso.

— Não que você precise do dinheiro — lembrei.

— Estou feliz. Ou pelo menos satisfeita.

Ela seguiu para o banheiro.

— Sei — murmurei enquanto ela fechava a porta.

Alguns minutos depois, tendo já escovado os dentes, seguimos para a algazarra do pavilhão, onde o café da manhã rolava solto.

Meu pai e Caroline pilotavam o fogão elétrico, rindo enquanto cozinhavam, e minha mãe empilhava pratos para nos servirmos.

— Allie! — Juniper veio correndo e se jogou em Allie, abraçando sua barriga.

— Oi, meu amor. — Allie a abraçou de volta, então afastou o cabelo dos olhos dela. — Dormiu bem?

De soslaio, notei Caroline nos observando.

— Nada mal! — Ela pulava. — Hoje é dia de salto de pêndulo!

— Ah. — Allie ficou tensa. — Que… legal.

— Você vai se divertir muito! — Ela saiu correndo para brincar com os gêmeos.

— E, do nada, eu deixei de existir. — Levei uma mão ao peito.

— Poxa. — Allie segurou minha mão, se inclinou sobre mim e sorriu, franzindo seu nariz sardento. — O Hudson não é o favorito pela primeira vez na vida?

Os olhos dela brilhavam com um ar travesso; se eu não tivesse me apaixonado por ela onze anos atrás, aquele olhar já bastaria para me conquistar. Eu. Estava. Caidinho.

— Tudo bem. Você pode ser a favorita da Juniper. — Cerquei a cintura dela com um braço e inclinei a cabeça na direção da dela. — Contanto que eu seja o seu.

Eu a beijei, devagar e com delicadeza, saboreando o gosto de menta que permanecia em seus lábios. Ela se esticou e me beijou de volta, e seriamente cogitei ligar o foda-se para minha família e carregá-la de volta para nosso chalé, mas mantive a língua atrás dos meus dentes.

Eu nunca me cansaria daquilo.

— Por que vocês se deram o trabalho de sair da cama? — questionou Gavin ao passar por nós.

— Boa pergunta — falei contra a boca de Allie enquanto interrompia o beijo.

— Se comporta — ordenou Allie, seu sorriso fazendo meu coração dar uma cambalhota.

— Essa palavra não faz parte do meu vocabulário.

Eu a soltei com relutância para irmos pegar comida, então gemi por dentro quando Allie sentou à mesa com Caroline e Gavin. *Hora de botar a mão na massa.*

— Que moletom bonito — disse Gavin com um sorriso.

— Gostou? — Allie olhou para baixo. — Estou pensando em acrescentá-lo à minha coleção de moletons do Hudson.

Ela mordeu um pedaço de bacon.

Se ela usasse aqueles dentes em mim, eu lhe daria todos os meus moletons.

— E aí, quando é o grande dia da sua promoção? — perguntou Caroline para mim.

— Você vai ser promovido? — Allie ergueu as sobrancelhas para mim.

— Você não sabia? — rebateu Caroline antes de tomar um gole de café.

— Eu não tinha contado pra ela. — Estreitei os olhos para Caroline antes de me virar para Allie. — Porque não sei quando vai acontecer. Eu me classifiquei, mas o *tempo* pra subir de patente depende de quantas pessoas são promovidas por mês e da velocidade da fila, então isso só deve acontecer em setembro. De repente outubro.

— Parabéns. — Ela sorriu.

É, eu também nunca me cansaria *daquilo.*

— E pra onde você está pensando em ir agora, já que tem que entregar suas preferências de base daqui a... algumas semanas? — perguntou Gavin, olhando de soslaio para Caroline.

— Sua o quê? — Caroline se atrapalhou com a xícara, mas não deixou o café cair na mesa. — Você não vai embora, né?

— Você pode escolher pra onde vai? — perguntou Allie.

Lancei um olhar irritado para Gavin, e ele teve a pachorra de dar de ombros.

— Mais ou menos. Meus três anos aqui estão quase acabando. Nós entregamos uma lista com as bases que preferimos, e tentam nos alocar de acordo com as necessidades da Guarda Costeira.

— Cape Cod é sua prioridade, né? — Os olhos de Caroline foram tomados de pânico. — E como assim *tentam*?

Allie levou uma mão ao meu joelho.

— É claro que vou pôr Cape Cod como minha primeira escolha... — Allie enrijeceu, e sua mão oscilou. — Mas, como todo mundo nas Forças Armadas, eu faço o que mandam. Ser promovido significa que vou poder estar à frente da minha própria base.

— Sei. — Caroline franziu a testa.

— É um cargo. Não vou só mergulhar. Nós já temos um líder aqui e, se ele ficar, não vai ter vaga pra mim. E, se me deixarem ficar mesmo assim, isso…

Merda, como eu diria aquilo para ela?

— Isso seria um atraso pra carreira dele — completou Gavin, pousando sua caneca de metal na mesa. — Se nosso caçula quiser continuar a crescer, precisa abandonar o ninho.

Caroline ficou me encarando, em pânico.

Merda. O pessoal que determinava as bases me devia um favor, e aquele olhar me dizia que eu provavelmente o usaria para continuar ali.

— Tem alguma vaga pra você em Sitka? — perguntou Allie.

— Quem sabe — respondi, baixinho.

— É o que você sempre quis.

Ela acariciou meu joelho com o dedão, e concordei com a cabeça, sorrindo. Cobri os dedos de Allie com os meus, e continuamos comendo com só uma mão.

— Você não pode ir pro *Alasca*. — Caroline balançou a cabeça. — Como…

— Você iria se virar? — interrompeu Gavin. — Essa é sua preocupação, né? O que *você* faria se ele fosse viver a própria vida. De repente você pode, sei lá, aceitar a ajuda que a mãe e o pai vivem oferecendo, ou contratar uma babá, feito todos os pais que trabalham fora de casa nesse país.

Ah, merda.

— Para com isso — alertei Gavin. — Eu sei me defender.

Caroline se retraiu.

— Você precisa se *defender* da ideia de morar perto da sua família?

— Não foi isso que eu quis dizer — respondi, baixo.

— Você sabe que a cafeteria não dá lucro *nenhum* — sibilou ela para Gavin.

— Vende aquela merda. Todo mundo sabe que você odeia trabalhar lá. — Ele gesticulou para Allie. — Até a Allie já deve saber disso, e ela não pisa lá desde que era adolescente.

Allie rapidamente tomou um gole de café para não precisar responder.

— Fala baixo. A mãe e o pai vão te ouvir. — Caroline atacou seus ovos mexidos. — Eles construíram tudo do zero, e ao contrário do que todo mundo acha eu amo aquele lugar. Só tem sido mais difícil trabalhar sozinha do que eu imaginava. Nunca achei que teria que cuidar de tudo sem o Sean. Sei quanto vocês me ajudam com a Juniper, e odeio ter que precisar tanto dos outros.

— A gente sabe — falei com carinho, e Gavin recuou.

— Você não confia em mais ninguém pra tomar conta dela? — perguntou Allie em um tom cuidadoso.

— De jeito nenhum. — Caroline balançou a cabeça. — Já vi documentários demais sobre crimes.

Allie pigarreou.

— Ela pode ficar lá em casa quando você precisar de ajuda.

— Obrigada. — Caroline enrijeceu. — Mas não precisamos da caridade das irmãs Rousseau só pra vocês ficarem se sentindo bem com vocês mesmas. E não quero uma casa cheia de bailarinas profissionais distorcendo a imagem corporal dela nem lhe enfiando ideias de coisas que não posso bancar nem apoio. — Ela fez uma careta, e foi só por isso que não perdi a calma. — Com todo respeito. Desculpa, também vi um monte desses documentários.

— Eu entendo. — Allie enfiou um pedaço de bacon na boca, e apertei a mão dela para lhe demonstrar apoio antes de lançar um olhar raivoso para Caroline.

Ela me fitou com ar pesaroso e murchou no banco.

O restante do café da manhã foi dominado por um silêncio desconfortável; não soltei a mão de Allie em nenhum momento.

— Que tal a gente ir lavar a louça? — perguntou Allie para mim quando acabamos.

Caroline ficou boquiaberta.

— Ótima ideia. Eu gosto de tudo que te deixa molhada — brinquei.

— Com licença — disse Allie para meus irmãos enquanto levantava da mesa. — Preciso ir lavar a boca dele.

Eu a segui, todo contente.

— Tenta não sugar todas as energias dele — gritou Gavin. — Vamos fazer salto de pêndulo à tarde!

— Ah, que ótimo — murmurou ela.

— Acho que não — disse ela enquanto estávamos sentados na canga perto da beira do lago naquela tarde, observando Gavin puxar a corda pela ribanceira na base da árvore gigante.

Os anos tinham levado parte da terra sobre as raízes mais próximas da água, mas ela permanecia de pé.

— Você vai adorar — prometeu Juniper, sentada no meio das pernas esticadas de Allie.

As unhas dos pés delas estavam pintadas com o mesmo cor-de-rosa. Quando aquilo tinha acontecido?

— É muito fundo? — perguntou Allie, trançando habilmente o cabelo de Juniper. — O que acontece se ele bater numa árvore? Ou cair em cima de alguém? Está muito úmido hoje. E se suas mãos escorregarem da corda?

— Você é tão divertida quanto a mamãe — acusou Juniper.

— Isso significa que ela é incrível? — Caroline sentou do outro lado de Allie, e lancei um olhar de alerta para ela. — Obrigada por fazer uma trança nela. Não precisava ter tido esse trabalho todo.

— Não é nada de mais. — Allie prendeu a trança com um elástico. — Tenho três irmãs. Faço tranças com um pé nas costas.

Três. Ela ainda contava Lina.

Gavin se impulsionou na corda, sentado no disco de madeira do tamanho da tampa de um barril que era usado como assento, então pulou. Ele voou por no máximo um segundo, então bateu na água encolhido, como uma bola de canhão.

— Nota oito — gritei batendo palmas, e Juniper soltou um grito de incentivo.

— Mãe, posso pular? — perguntou ela.

— Vai lá. Mas só quando tiver um adulto na água! — concluiu Caroline com um grito, porque Juniper já estava correndo para a árvore, onde os gêmeos esperavam.

— Ela puxou você. — Allie me cutucou, então dobrou as pernas compridas e abraçou os joelhos.

Ela havia tirado o moletom, e as alças rosa-choque do seu biquíni apareciam sob a gola de sua camisa da Companhia Metropolitana de Balé.

— Puxou mesmo — concordou Caroline. — Quem sabe ela também vira mergulhadora de resgate.

— Ou você pode deixar ela dançar — rebati, deixando a raiva acumulada naquela manhã vencer.

— Não começa. — Caroline prendeu o cabelo.

— Ela pode ser incrível — insisti, passando um braço ao redor do quadril de Allie. — Ela nunca vai saber se você não deixá-la tentar.

— A sua opinião foi afetada pela sua proximidade com as Rousseau — respondeu Caroline, observando Juniper. — Um talento como o da Allie é raro.

Allie piscou.

— Apesar de eu achar que essa é a coisa mais legal que você já me disse, eu argumentaria que o talento do Hudson é bem mais raro.

Puta merda, isso tinha sido um elogio? Virei a cabeça na direção dela, encontrando-a focada em Mason enquanto ele voava sobre o lago e caía na água.

— Mais do que uma bailarina profissional? — Caroline pegou o filtro solar na mochila.

— Claro. Somos mais ou menos quatro mil em todo o país, mas só existem trezentos e cinquenta mergulhadores de resgate na Guarda Costeira. — Ela se encostou em mim. — Isso faz dele bem mais raro.

— Hum. — Caroline analisou Allie por um instante. — Você é bailarina principal, né? No topo da carreira?

— Sim. — Allie concordou com a cabeça, ficando um pouco tensa. — Contanto que eu consiga me recuperar.

Caroline olhou para os pés de Allie.

— E o que te resta conquistar? O que te motiva quando não há competição, possibilidade de promoções — falou, o foco dela passou para mim —, bases dos sonhos?

— Não sou primeira bailarina, muito menos absoluta. — Allie deu um meio sorriso. — Algo que minha mãe adora me lembrar. Então existe esse objetivo maior pra almejar. E, se por algum milagre, eu receber esse título, continuo tendo que competir com minha maior rival, como sempre. — Ela olhou para minha irmã. — Eu mesma. Sempre há algo que pode ser feito melhor, alguma técnica que sempre vou querer alcançar, mas nunca conseguirei aperfeiçoar.

— Porque a meta é ser perfeita? — perguntou Caroline, mas não havia maldade em seu tom.

— Sempre. — O sorriso de Allie vacilou, mas ela rapidamente o recuperou. — E como isso é impossível, sempre existe motivação.

— Pra mim, você já é bem perfeita. — Rocei os lábios por sua têmpora. Ela bufou, mas seus olhos brilharam.

— Diz o homem que precisou me ensinar a andar de bicicleta.

— Allie! — chamou Juniper, curvando as mãos ao redor da boca. — Você pode fazer uma trança na Melody antes de ela pular?

Allie concordou com a cabeça.

— Você tem um elástico sobrando na mochila? — perguntou ela para Caroline. — Os meus ficaram no chalé.

Caroline mexeu nas suas coisas e entregou o elástico para Allie.

— Valeu. — Ela me deu um beijo rápido na boca e se afastou antes de eu conseguir beijá-la mais. — Já volto.

— Quantos bailarinos principais? — perguntei enquanto ela se levantava. — Tem trezentos e cinquenta mergulhadores como eu, mas, dos quatro mil bailarinos profissionais, quantos são principais como você?

— Ah, querido. — Ela se afastou com um sorrisinho. — Não me obriga a te magoar.

Eu bufei, e ela seguiu para o lago.

— Tem alguma coisa diferente entre vocês dois — observou Caroline, espirrando protetor solar nas pernas. — Ela está mais… leve. Não estou falando de mais magra nem de nada sobre seu peso…

— Eu entendi do que você está falando. — Fiquei observando Allie se aproximar de Melody e começar a trançar seu cabelo loiro encaracolado. — A lesão foi difícil tanto no sentido físico quanto psicológico, mas ela está se recuperando. Aos poucos, ela vai chegar lá.

— Ela está sorrindo também. — Caroline borrifou os braços. — Imagino que seja por sua causa.

— Eu não acharia ruim ser o motivo. — Sorri quando Juniper riu de algo que Allie disse. — Mas não vou levar o crédito pelo esforço que ela está fazendo pra melhorar.

— Você sempre foi apaixonado por ela? Ou isso só aconteceu agora?

Meu olhar imediatamente encontrou o de Caroline.

— Ah, fala sério, você é tão discreto quanto um hipopótamo em um pet shop. — Ela ofereceu o protetor, mas neguei com a cabeça, porque já tinha passado. — Não estou julgando. Só sendo enxerida.

— Sempre fui — respondi enquanto Allie terminava a trança de Melody. — Eu demorei até aquele segundo verão pra entender meus sentimentos, mas me apaixonei no dia em que conheci ela. Ela estava se segurando num barquinho caindo aos pedaços, mas empinou o queixo e mandou eu salvar a Eva primeiro, apesar de ela estar sangrando. Ela perguntou se eu tinha irmãos e disse que suas irmãs eram as pessoas mais importantes do mundo. Fiquei de quatro na mesma hora.

Caroline inclinou a cabeça enquanto seu olhar ia de mim para Allie e de Allie para mim sem parar.

— Isso é… compreensível de um jeito irritante. E admirável.

— Porque você botou na cabeça que não gosta dela?

Tirei o boné e o coloquei ao lado do chapéu de Allie, então comecei a tirar os tênis.

— Sei que ela não é igual à irmã. — Caroline fez beicinho. — Mas tem alguma coisa nela, naquela família inteira, que deixa meu cérebro em alerta. Elas sempre usaram o dinheiro e a influência pra levarem vantagem. Dane-se quem estivesse pelo caminho.

— Porque a mãe dela tirou sua melhor amiga da aula de balé? — Deixei os tênis e as meias em cima da canga. — E, sim, eu sei essa história. É meio escroto você ter feito aula de balé, mas proibir a Juniper.

— Um dos motivos pra eu proibir é justamente esse — argumentou Caroline. — Foram dois anos, e aquelas garotas eram maldosas. As professoras eram maldosas. Você ouviu o que a Allie disse. Existe um padrão de perfeição impossível, que sempre te dá a sensação de que você não é boa o suficiente. Você acha que não notei as olheiras da Allie?

Não dava para discutir com essa última observação.

— Mas você acha que ela é admirável, então estamos fazendo progresso.

Caroline revirou os olhos.

— Acho que ela *fez* algo admirável, mas as irmãs Rousseau sempre foram grudadas, então não me surpreendo. — A testa dela franziu de preocupação. — Mas ainda tenho medo de ela partir seu coração quando for embora, igual da primeira vez.

— Não foi isso que aconteceu.

Tirei a blusa e me levantei, vendo Allie balançar a cabeça para Gavin enquanto ele apontava para a corda.

— Eu vi — rebateu Caroline, esticando as pernas na canga. — Eu não sabia por que você estava triste e quieto antes de ir embora pra academia, mas, agora, faz sentido. Eu me lembro de como você parecia arrasado, de como seu olhar era vazio. Você não queria conversar comigo nem com ninguém, e o Gavin me disse pra não insistir. — O tom dela se tornou mais irritado. — Então não venha me dizer que ela não partiu seu coração. Eu vi a verdade com meus próprios olhos.

— Você viu a sua verdade. — Virei para encarar minha irmã mais velha. — Mas quer saber a minha verdade? Fui eu quem deixou *ela*. Fui eu quem partiu o coração *dela*. Puta merda, ela estava no hospital, ciente de que teria que fazer meses de fisioterapia. A irmã dela tinha *morrido*, e eu sumi. Ela acordou e nunca mais me viu. Eu fui o babaca da situação e parti meu próprio coração. A culpa não foi da Allie.

— Você não faria uma coisa dessas. — Caroline estava boquiaberta, me encarando como se, de repente, eu tivesse me transformado em um desconhecido. — Você salva as pessoas, Hudson. Você não abandona ninguém.

— Mas foi isso que eu fiz. — Se ela soubesse quanto eu estava para ela, não teria tanta certeza assim sobre meu caráter. Por enquanto, eu era o herói da história de Juniper, mas me tornaria o vilão de Caroline no momento em que ela descobrisse o que eu vinha escondendo. Eu me agachei para olhar nos olhos dela. — A verdade sempre varia dependendo de quem conta a história e, em situações complicadas, tem inúmeras versões. Só que, quando se trata daquele verão, em todas as versões, eu fui o babaca que não teve força suficiente pra ficar do lado dela.

O som de água espirrando soou atrás de mim, e as crianças berraram o nome de Gavin.

— Por que você… — Ela balançou a cabeça.

— Eu fui um merdinha egoísta. Fiquei mais preocupado com o que eu queria do que com o que ela precisava. — Senti um aperto no peito. — Sou eu quem precisa se esforçar pra ganhar ela de volta, não o contrário, e me ajudaria muito se você pudesse pegar mais leve e ser menos um obstáculo, porque ela é a mulher da minha vida, Caroline. Pode ser que só dure esse verão, mas ela é a mulher da minha vida.

Caroline piscou, surpresa, então olhou para Allie.

— Tudo bem — disse ela devagar, e então concordou com a cabeça para mim. — Tudo bem.

— Obrigado.

Pelo menos uma tonelada fora tirada das minhas costas.

Segui na direção do lago enquanto Juniper se balançava na corda, mergulhava no lago e então voltava à superfície com um grito de vitória, enquanto Gavin se mantinha boiando na água.

— Nós vamos depois da Melody — informei Allie quando a alcancei.

— Muito engraçado.

Ela ficou observando, completamente hipnotizada enquanto Mel segurava a corda e começava a tomar distância da ribanceira na beira do lago.

Eu conhecia aquele olhar. Ela o exibira na noite em que eu a encontrara no bar com a moto de Gavin. Ela queria pular, mas achava que não devia.

— É sério.

Allie soltou uma risada irônica.

— De jeito nenhum. O Gavin deve ter voado uns quatro metros no último pulo. Se eu cair do jeito errado...

— É água, não concreto. Sua mãe não está aqui, Allie. Você pode se divertir um pouco. Vai te fazer bem. — Observei sua expressão mudar, a testa franzindo no começo, então se esticando de leve enquanto ela mordia os lábios e inclinava a cabeça para o lado. — O lago deve ter uns seis metros de profundidade aqui. É de boa.

Ela me fitou de soslaio.

— É uma corda velha presa numa árvore meio podre capaz de aguentar sabe-se lá quantos quilos, pra pular em...

Ela prendeu a respiração quando Mel pulou no banco e tomou impulso, soltando no momento perfeito para cair no lago, berrando até alcançar a água.

— Você quer — insisti. — Dá pra perceber.

— Até parece que você sabe quando eu quero alguma coisa — resmungou ela, cruzando os braços. — Eu sou uma ótima mentirosa.

Allie imediatamente estragou tudo ao percorrer meu peito com os olhos, mordendo o lábio.

— Talvez para os outros. — Segurei a cintura dela e a virei, puxando-a contra mim. — A água está do jeitinho que você gosta, amor. Molhada. Funda. Segura. Vamos nos divertir.

— Você *não* acabou de fazer uma piada sexual.

Ela analisou a água.

— Pode confiar em mim. Não vou deixar nada ruim acontecer com você.

Todos os resquícios de brincadeira desapareceram da minha voz.

Isso chamou a atenção dela. Ela fez uma careta, então rapidamente adotou uma expressão neutra.

— Você não pode prometer uma coisa dessas.

Toquei a bochecha dela com minha mão esquerda, desconfiando que ela não estivesse falando apenas da corda.

— É exatamente isso que estou prometendo. Vamos pular juntos.

— E se eu ficar com medo de soltar a corda? Você vai sair voando e me deixar pendurada?

Ela engoliu em seco.

— Só vou soltar depois de você — prometi, acariciando sua bochecha. — Nós vamos voltar pro chão, tomar impulso e tentar de novo. Quantas vezes você precisar. — Senti um frio na barriga. — Você só precisa confiar em mim.

Ela analisou meus olhos.

— Você acha que sou ridícula por ficar nervosa? Quer dizer, as crianças não estão com medo.

— Você não é ridícula. — Minha boca repuxou com um sorriso. — Elas também ficaram com medo na primeira vez. Você só está começando mais tarde.

— Você ficou com medo? Espera. Não precisa responder. — Ela jogou uma mão para cima e se afastou de mim. — Você nunca sente medo de nada, então não dá pra me comparar. — Ela soltou o ar devagar. — Tudo bem. Vamos lá.

— Sério?

Meu sorriso foi instantâneo.

— Para de ficar me perguntando e vamos logo, antes que eu perca a coragem.

Ela puxou a blusa por cima da cabeça, e me esforcei ao máximo para não ficar olhando para seus seios.

Que memória sacana a minha, porque eu ainda conseguia sentir os mamilos duros dela na minha boca, ouvir seus gemidos baixos de prazer. *Agora, não.* Puta merda, nós estávamos cercados pela minha família, e eu tinha vinte e oito anos nas costas, não era mais um adolescente cheio de hormônios. Aquele com certeza não era o momento para aquilo.

Ela rebolou para tirar o short.

Deixa para lá. Eu era um garoto em uma loja de doces, e Allie era açúcar puro. Cada centímetro dela era deliciosamente perfeito. De algum jeito, consegui não babar, e fui com ela até a corda.

As crianças saíram da água, e Gavin veio atrás delas.

— Não sei como é que você consegue viver nadando — disse ele, ofegante. — Preciso começar a malhar.

Eu ri, então segurei a corda enquanto Allie espiava por cima da ribanceira de três metros de altura.

— Pronta?

— Não dá pra nós dois sentarmos nesse negócio.

Ela gesticulou para o disco de madeira.

— Nós vamos ficar em pé. — Segurei a corda com firmeza. — Você sobe primeiro, vou dar impulso, e aí pulo com você.

Ela ficou encarando o disco.

— Você pode me soltar sozinha.

— Posso, mas isso seria muita babaquice. — Ofereci a mão para ela. — Vamos, Allie.

— Essa é a coisa mais idiota que eu já fiz na vida.

Ela agarrou a corda com as duas mãos, então firmou os pés em lados opostos do disco.

Eu nem imaginava o que aconteceria se algum dia eu a levasse para fazer bungee jumping.

— Boa menina. — Meus olhos encontraram os dela, então firmei os pés no chão e fui andando para trás, tomando distância do lago. — Só vou pular quando você quiser.

— Se não me falha a memória, você disse que eu tinha que *precisar* — murmurou ela.

— Agora quem está fazendo piada sexual? — Eu me controlei para não sorrir, e chegamos ao lugar perfeito para pularmos. — Me avisa quando você estiver pronta.

Ela respirou fundo uma vez, depois outra, depois outra, ajustando as mãos na corda.

— Como vou saber a hora de soltar pra não cair no chão em vez de na água?

— Eu te aviso.

— Tá bom. Vamos lá.

Ela concordou com a cabeça.

— Tem certeza?

Eu me preparei para me impulsionar.

— Agora! — ordenou ela.

Pulei e subi no disco, o impulso nos lançando pela ribanceira.

Allie berrou, e soltei uma mão, passando o braço ao redor da cintura dela quando chegamos à borda e voamos sobre o lago. Esperei a água ganhar o tom azul-escuro que indicava os lugares mais fundos, e berrei:

— Agora!

No instante em que a vi soltar a corda, fiz o mesmo, e saímos voando.

Fomos ao encontro do lago, e prendi a respiração antes de chegarmos nele. Fomos cercados pela água. Soltei a cintura dela e segurei sua mão antes de bater as pernas até a superfície.

Voltei à tona um segundo antes dela.

Ela puxou o ar ao sair da água, e soltei sua mão para ela conseguir nadar, sabendo que algo tão natural para mim não seria tão fácil para ela.

— Foi... — Seus olhos encontraram os meus, e ela abriu um sorriso enorme. — Foi incrível!

E então ela riu.

Eu me apaixonei de novo. Não pela garota quieta e observadora que ela havia sido nem pela amiga que eu tinha decepcionado, mas pela mulher em quem ela se transformara, linda e forte, assustada, mas rindo mesmo assim.

Ela se jogou para a frente, passou os braços ao redor do meu pescoço e me beijou.

Eu nos mantive boiando, e então a beijei forte, inclinando a cabeça e impulsionando a língua para dentro de sua boca. Gemi ao sentir seu gosto, o delicioso arranhar das suas unhas na minha nuca, o calor do seu corpo pressionando o meu.

Ela gemeu, e isso me deixou excitado em questão de segundos.

O tesão desceu por minhas costas, e segurei sua nuca enquanto Allie enroscava as pernas na minha cintura, confiando em mim para não nos deixar afundar. Eu nunca tinha desejado ninguém — nada — como desejava Allie. Eu a beijava como se ela fosse o ar e eu tivesse passado a última década nadando, tentando voltar à superfície.

— Ei! Tem crianças aqui, sabiam? — berrou Gavin.

Allie se afastou com a respiração ofegante.

Foda-se o restante do dia, nós íamos voltar para o chalé.

Ela deve ter visto minha intenção nos meus olhos, porque os seus brilharam e ela se soltou de mim, nadando lentamente na direção da margem.

Fui atrás dela e torci para a água acalmar meu pau o suficiente para eu não traumatizar minha família pelo restante da vida. Foi por pouco, mas eu estava apresentável quando chegamos lá.

Eu e Allie saímos do lago e fomos para a pequena praia embaixo da ribanceira, que nos dava um pouco de privacidade momentânea. Eu a puxei para meus braços, e ela levou as mãos ao meu peito, mas não me afastou.

— Eu te quero. — Encostei a testa na dela. — Vou fazer de tudo pra ficar com você, pra conquistar você, pra fazer isso dar certo. Nada nunca foi tão real na minha vida.

Ela prendeu o ar.

— Nunca daria certo. Eu vou voltar pra Nova York.

— Não me importa. Você está aqui *agora*. Me dá o seu agora. — Apertei sua cintura. — Me diz que você sente a mesma coisa.

Ela apertou os olhos, então concordou com a cabeça.

— Eu sinto. É de verdade.

Obrigado, *Deus*.

Um vulto passou voando sobre nós, e viramos a cabeça enquanto Juniper se balançava sobre o lago, então gritava de felicidade ao se soltar. Ela mal fez a água espirrar; Mason e Melody a incentivavam lá do alto.

— Ela não devia fazer isso sem ninguém na água — murmurei, encarando a superfície do lago.

Franzi a testa quando ela não voltou à superfície de imediato, e comecei a contar em silêncio enquanto os pelos na minha nuca se arrepiavam.

— Hudson — sussurrou Allie, suas mãos escorregando do meu peito quando cheguei a nove.

Saí correndo para o lago, chegando a doze quando a água alcançou minha cintura.

— *Hudson!* — berrou Caroline acima de nós.

— Fica aqui — gritei para Allie, e então mergulhei.

24
ALLIE

Bailarina6701: Ah, a coroa caiu. Foi mal, @4IrmãsRousseau, você está acabada. Hora de sair de cena.

Meu coração batia disparado enquanto Hudson cortava a água como uma faca, nadando mais rápido do que eu já tinha visto qualquer um nadar.

— Se você estiver aí em cima, salve sua filha — sussurrei para Lina.

Hudson ergueu a cabeça, e então ele desapareceu na água mais ou menos no mesmo lugar em que Juniper havia pulado.

Abracei minha cintura, como se isso fosse impedir meu estômago de se embrulhar cada vez mais a cada segundo que ele passava submerso. Ele fazia aquilo todo dia. No mar, com ondas de seis, nove metros. Se ele tinha conseguido encontrar aquele capitão que pulara do barco no meio do oceano, conseguiria achar Juniper em um lago. Não havia outra opção.

Notei terra caindo do caminho à minha esquerda, e Gavin passou em disparada por mim, entrando correndo na água. Caroline veio cambaleando pela trilha e parou ao meu lado.

— Ela está de laranja — sussurrou ela, levando as mãos ao queixo. — O Hudson sempre disse que ela precisava nadar usando cores fortes, pro caso de...

Dei um passo para o lado e passei um braço por seus ombros trêmulos.

— Trezentas e cinquenta — lembrei a ela. — Existem só trezentas e cinquenta pessoas no país tão boas quanto ele. Ele vai encontrar ela.

Lidei com o pânico da mesma maneira que fazia com a dor, enfiando-o em uma caixa na minha cabeça.

Não havia a menor possibilidade de Hudson deixar sua sobrinha — nossa sobrinha — se afogar. Ele simplesmente não permitiria que isso acontecesse.

— Quanto tempo faz?

— Ela consegue segurar o fôlego por muito tempo. — Esfreguei os ombros dela, meus olhos grudados no lago. — Já vi a Juniper passar mais de um minuto embaixo da água quando está nadando com o Hudson lá em casa.

Aquilo não estava acontecendo. De novo, não.

— Um minuto. — Ela começou a se tremer toda. — Já passou um minuto?

— Acho que não. — Era uma mentira inofensiva, porque eu não tinha a menor ideia. — O Hudson não voltou pra tomar fôlego, então isso é um bom sinal — disse, da boca para fora.

Quanto tempo *Hudson* conseguia prender a respiração?

Eu não sabia. Estava tão concentrada em mantê-lo distante que não tinha feito esse tipo de pergunta; eu não sabia nem onde ele morava. Era ele quem se esforçava ao máximo para manter fosse lá o que tínhamos, e eu o afastava em toda oportunidade que surgiam, a menos que envolvesse Juniper.

E agora Juniper estava...

Não pensa assim. Senti o coração acelerar, e meu estômago se revirava enquanto minha mente entrava em parafuso. Juniper jamais conseguiria conhecer Lina, porque eu não tinha sido capaz de salvar minha irmã, e agora Hudson era a melhor chance de manter Juniper aqui, onde ela devia ficar, e não com Lina.

Gavin estava quase chegando lá.

— Por favor, por favor, por favor — sussurrava Caroline sem parar, meus pensamentos ecoando sua súplica.

Hudson voltou, virado para a direção oposta, e meu coração travou na garganta.

— Peguei! — berrou ele, então começou a nadar de lado na nossa direção, com Gavin junto a ele.

— Ai, meu Deus! — Caroline correu para dentro da água.

— Ela está respirando! — gritou Gavin.

Escutei Juniper tossir, e meus joelhos cederam, me fazendo cair imediatamente na areia.

— Obrigada — sussurrei para Lina. — Obrigada. Obrigada.

Hudson a pegou no colo assim que o lago deu pé, então a carregou para fora da água enquanto ela tossia de novo.

— Juniper! — Caroline saiu do caminho de Hudson e rapidamente o seguiu de volta para a margem, suas roupas ensopadas até o peito.

— Ela está bem — garantiu Hudson para a irmã, olhando para Juniper antes de me fitar. — Ela está bem.

Juniper tossiu de novo, e Hudson a pousou na areia a alguns metros de mim, então agachou diante dela.

— Como você está se sentindo, Juju?

Ele segurou o pé dela.

Caroline ajoelhou ao lado de Juniper e fez carinho na cabeça dela enquanto Gavin saía da água, desabando do outro lado de Hudson.

— Estou bem. — Juniper puxava o ar com força, rouca, e olhou para a mãe. — Fui tão fundo que meu pé prendeu em um galho ou coisa assim. Eu não conseguia enxergar nada. Tentei me soltar, mas não consegui. — A respiração dela começou a se estabilizar. — Mas o tio Hudson me soltou.

Meu peito apertou.

— Tudo bem. — Caroline deu um beijo na testa de Juniper. — Obrigada, Hudson.

Ele concordou com a cabeça.

— É um arranhão e tanto. — Ele olhou para o corte no dorso do pé direito dela. — Mas acho que você vai sobreviver. Você engoliu água?

Juniper balançou a cabeça.

— Passei o tempo todo prendendo o ar.

— Estou orgulhoso. — Hudson sorriu para ela, o sorriso desaparecendo ao olhar para a irmã trêmula. — Ei. Ela está bem. A roupa laranja me ajudou a encontrá-la. Você fez tudo certinho. Estamos todos aqui. Ela está bem — repetiu ele.

Caroline engoliu em seco e concordou com a cabeça.

— Você não pode nadar sem um adulto na água — ralhou Hudson antes de se levantar e ajudar Juniper a ficar de pé, Caroline e Gavin rapidamente fazendo o mesmo.

— Pensei que você estivesse por perto — resmungou ela enquanto Caroline a puxava para um abraço apertado. — E eu tinha razão. Mas desculpa. Vou tomar mais cuidado da próxima vez.

Caroline enrijeceu, e vi nos seus olhos que ela queria dizer que não haveria próxima vez, mas ela apenas concordou com a cabeça.

— Eu te amo.

Eu tinha minhas dúvidas se seria capaz de fazer o mesmo.

— Também te amo. — Juniper afundou em Caroline.

— Precisamos prestar atenção se ela vai apresentar excesso de tosse, febre, letargia, qualquer sinal de que tenha água no pulmão, mas, fora isso, acho que está tudo bem — disse Hudson para Caroline. — Que tal vocês irem limpar esse arranhão?

Ele indicou a trilha com a cabeça.

— Você consegue andar? — perguntou Caroline para Juniper.

— Acho que sim.

As duas começaram a subir o caminho íngreme, com Gavin em seu encalço para segurar Juniper caso ela caísse.

Fiquei olhando os três até Hudson surgir na minha frente.

— Allie? — Ele me ofereceu uma mão, e aceitei automaticamente, oscilando ao levantar com sua ajuda. — Ei. Tudo bem? Você está tremendo.

Eu estava?

— Eu amo a Juniper — sussurrei, meus olhos ardendo.

— Eu sei.

Ele passou os braços ao meu redor, me puxando para si.

— Eu não queria me sentir assim. Achei que eu só a ajudaria, que isso compensaria o fato de eu estar viva e a Lina, não, mas eu amo ela, Hudson. — Minha voz falhou.

— Ela está bem.

Ele subiu e desceu a mão por minhas costas.

— Você está bem? — perguntei, batendo os dentes.

— Eu estava me cagando de medo antes de encontrar ela, mas estou mais preocupado com você agora. — Ele apoiou o queixo no topo da minha cabeça. — Espera só um pouco, a adrenalina já vai passar.

Nossa, eu estava agarrada nele.

— Estou bem.

Tentei me desvencilhar dele.

— Só pra variar, me deixa te abraçar? — Ele me apertou. — Você não precisa enfrentar tudo sozinha, Allie. Você pode ficar assustada, e pode amar a Juniper mesmo que seja complicado. Coisas complicadas são boas, amor. Coisas complicadas são as melhores partes da vida. Você não precisa controlar tudo. Não há nada de errado em desmoronar. Prometo que vou estar aqui pra te ajudar, se você deixar.

Talvez não doesse tanto me entregar, mesmo que só por um instante. Relaxei contra o peito dele, a cabeça apoiada em seu coração ritmado, lento. A situação com Juniper podia ter sido um susto para ele, mas não o abalara. Eu estava começando a achar que nada poderia abalá-lo.

— Obrigada por salvar ela.

— É o que eu faço — disse ele no meu cabelo. — Além do mais, admito que tenho um interesse pessoal no assunto.

Dei um meio sorriso, e os tremores diminuíram, mas ele não me soltou. Era isso que ele fazia, mas eu mal sabia qualquer coisa além disso sobre sua vida real.

— Onde você mora?

— Na Warren Street, a uns quatro quarteirões de você. É a casa azul-escura com porta branca. Por quê?

— Eu nunca perguntei.

Mas eu sabia qual era a casa. Eu passava por ela todo verão no caminho para a cafeteria dos pais dele — de Caroline.

— Hum. — O ritmo das carícias dele nas minhas costas diminuíram. — Você quer ir lá quando voltarmos?

Era um passo em uma direção que não envolvia Juniper... nem nosso acordo. Fechei os olhos e deixei o ritmo do coração dele acalmar o meu, e ainda bem que ele não insistiu nem me pressionou para responder rápido. Isso tornou as coisas mais fáceis. Concordei com a cabeça.

— Quero, sim.

O restante do dia passou sem ninguém chegar perto de morrer. Fizemos trilha, jogamos cartas no pavilhão até o vento ficar forte demais, preparamos o jantar em meio a um coral de risadas e à algazarra que eu estava começando a amar — principalmente porque Caroline não estava sendo apenas educada, mas... legal.

E muito engraçada, quando não estava determinada a implicar comigo.

Enquanto a fogueira ia enfraquecendo, os tios de Hudson foram dormir mais ou menos na mesma hora em que os pais dele seguiram para seu chalé, me deixando sentada em um tronco com Caroline diante das brasas. Observei Hudson girar Juniper em um balanço de pneu próximo a nós, perto do lago.

— Ele é ótimo com crianças — mencionou ela em um tom não tão casual. — Vai ser um ótimo pai. Sabe, se você quiser filhos.

Filhos?

— Eu...

Minha boca abriu e fechou algumas vezes enquanto eu imaginava Hudson segurando um bebê — nosso bebê —, e apertei minha garrafa térmica. O que era aquele sentimento logo atrás da repulsa causada pelo comentário dela? Era interesse?

— Parece que você vai vomitar. — Ela riu. — Está tudo bem se você não quiser ter filhos. Eu só estava dizendo que o Hudson é bom com crianças.

— Você não precisa me convencer das qualidades dele, prometo. — Eu suspirei. — Nunca pensei muito em ter filhos. A maioria das pessoas que eu conheço espera até se aposentar. Na verdade, foi por isso que minha mãe parou de dançar. Ela engravidou da Lina e casou com nosso pai.

— Ah. — Ela se inclinou para a frente e atiçou as brasas. — Agora dá pra entender um pouco por que ela parecia tão rígida com vocês quatro.

Concordei com a cabeça.

— A Juniper é sensacional — falei para mudar de assunto. — Ela é decidida, bem-humorada, esperta. Você fez um ótimo trabalho.

Caroline se afastou da fogueira e olhou para Juniper no balanço.

— Ela é impulsiva igual ao Hudson — resmungou ela. — O Sean também era assim, nunca pensava duas vezes, só que ela é mais cabeça-dura do que deveria e me dá trabalho todo santo dia. Essa teimosia deve ser genética. Acho que vamos descobrir quando fizer dezoito anos. É bem capaz de ela ir atrás de um advogado pra pedir seu arquivo de adoção no dia do seu aniversário.

Minha garganta apertou, e tomei um gole de água rápido.

— Você quer que ela espere tanto tempo? Não fica preocupada com o histórico de saúde e tal?

— Um pouco. — Ela concordou com a cabeça. — Vai ser bom pra ela ter acesso a essas informações, ou pelo menos ter um ponto de partida para fazer perguntas, mas a adoção foi fechada por um motivo. Não sei quem são os pais biológicos dela nem o que fariam se ela… — Caroline enrijeceu. — Esperar até os dezoito anos é um jeito de proteger a Juniper, e também de preservar a privacidade deles.

Lina tinha morrido, mas e o pai de Juniper?

Caroline suspirou.

— Sei que todo mundo pensa que sou uma bruxa por não deixar que ela procure a família biológica…

— Ninguém acha que você é uma bruxa — retorqui.

Ela bufou.

— Acham, sim. Mas nenhum dos adultos que gosta de dar opinião perdeu o marido, viu o pai da filha morrer em seus braços porque ele não aguentava mais lutar. Essa dor é só minha, e da Juniper. — Ela sorriu triste enquanto Hudson girava Juniper no balanço. — Acho que eu não aguentaria passar por outra perda assim, e fico com vontade de colocá-la em uma bolha só de pensar que algo pode acontecer com ela. Não posso correr o risco de perdê-la, não depois de perder o Sean, e ver o sofrimento dela… — Ela respirou fundo, estremecendo. — Eu e o Sean fizemos promessas, e agora sou a única que pode cumpri-las, pra garantir que ela cresça em segurança e rodeada de amor. Podem me chamar de mãe coruja, mas ela só tem dez anos, e por enquanto não me incomodo de ser a bruxa da situação se isso poupar ela de mais sofrimento, de mais decepções, e isso inclui o balé. Você pode dizer que dançar nunca foi difícil pro seu coração? — Ela olhou para mim. — Ou pro seu corpo?

Puxei as mangas do moletom de Hudson até as mãos.

— É algo que tem seus desafios — admiti, finalmente começando a entender Caroline.

Ela não era uma bruxa — ela ainda estava de luto, ainda estava com medo.

— Pois é. — Ela concordou com a cabeça. — Sei que você perdeu uma irmã. Pessoas como nós, que já passaram por um sofrimento assim, sabem que é impossível ter tudo e, quando se trata do desconhecido, há preços que não estou disposta a deixar que a Juniper pague. Então, por enquanto, vou tomar as decisões difíceis. Vou ser a vilã da história.

— Eu entendo. — Pigarreei e decidi não forçar a barra fazendo mais perguntas. — Vou dar uma olhada neles.

Ela concordou com a cabeça.

— Avisa a Juniper que estou esperando ela, tá? Quero garantir que a fogueira apague.

— Pode deixar.

Eu me levantei, e o moletom de Hudson batia nas minhas coxas enquanto eu dava a volta na fogueira e seguia para a margem do lago. Por sorte, a lua estava cheia, iluminando o caminho e me ajudando a desviar das raízes e pedras em que eu poderia tropeçar.

Juniper ria enquanto Hudson a girava de novo, e meu coração se apertou. Se Hudson não fosse tão bom no que fazia, talvez ela não estivesse ali. Eu achava que teríamos tempo para ela descobrir mais sobre Lina, tempo para ela nos conhecer melhor, mas o dia de hoje tinha me mostrado que o tempo não era uma garantia.

— Oi — disse Hudson, sorrindo para mim enquanto Juniper se desenrolava do último giro, rindo.

— Oi. — Olhei rapidamente para a fogueira às minhas costas. — Você pode me fazer um favor e distrair a Caroline por um segundo?

Seu sorriso desapareceu, mas ele concordou com a cabeça e seguiu para a fogueira.

Juniper se recuperou da crise de riso com um suspiro, abraçando o topo do pneu, e agachei diante dela.

— Você está se sentindo bem depois de hoje? — perguntei, baixinho.

Ela ficou séria.

— Por um instante, antes do tio Hudson me encontrar, achei que eu fosse morrer… que nem a minha mãe.

Meu coração apertou.

— Mas isso não aconteceu.

— Não. — Ela franziu a testa. — Mas passei o dia inteiro pensando que minhas últimas palavras seriam *olha só*, pra Melody. E aí pensei que pelo menos eu teria dito minhas últimas palavras, mas ninguém se lembra das da minha mãe — concluiu ela com um sussurro. — É esquisito, eu sei. Mas eu queria que alguém dissesse pra mim o que ela disse.

— Eu também. — Concordei com a cabeça. — Ajudaria se eu te contasse o que lembro?

— Não se você sofrer.

— Vamos ver até onde eu consigo chegar. — Forcei um sorriso. — No geral, é difícil porque boa parte do que eu me lembro não bate com as provas, então eu não podia tocar no assunto.

Não antes de começar a fazer terapia, alguns anos atrás.

— Tudo bem — disse Juniper, devagar. — Eu quero saber.

Respirei fundo e me esforcei para acalmar as batidas do meu coração.

— Não tenho qualquer lembrança muito clara depois do Clássico. Eu me lembro de vencer, das ofertas de contrato e de falar com seu tio. Nós combinamos de nos encontrar naquela noite, mas... — Engoli em seco. Era óbvio que eu não tinha aparecido, e talvez isso tivesse contribuído para ele desistir de mim. — Enfim, me contaram que estávamos voltando pra casa depois da festa da companhia. Eu me lembro de estarmos ouvindo Coldplay e da Lina rindo enquanto fazíamos a curva... ela estava sempre rindo, sempre fazendo piada. Acho que, de nós quatro, ela sempre foi a mais... viva, a mais confiante. Que nem você.

— Que nem eu — sussurrou Juniper.

— É. Tem muito dela em você. Seu sorriso, sua risada, sua graciosidade no estúdio... isso tudo veio da Lina. — Olhei para trás e vi Hudson jogar água na fogueira. — Em resumo, eu me lembro das sensações daquela noite, mesmo que os eventos estejam meio que embaralhados na minha cabeça, tipo um filme esquisito.

Ela se inclinou para a frente, apoiando o queixo no pneu.

Escolhi minhas próximas palavras com cuidado.

— Eu lembro, mas posso estar errada, de ela dizer que me amava e que eu devia seguir meu coração. — Não senti a garganta apertar do jeito como acontecia quando eu rejeitava essa lembrança. — E ela enfiou seu anel no meu bolso, me pediu pra cuidar do que ela estava deixando pra trás. — Apertei a mão de Juniper. — Eu achava que ela estava falando da Anne e da Eva, mas agora me pergunto se era de você.

Ela apertou a minha mão de volta, seus olhos focados nos meus.

— Ela te deu um anel?

— Aham. — Olhei para trás e vi Hudson e Caroline vindo na nossa direção, Hudson nitidamente me pedindo desculpa por não ter conseguido nos dar mais tempo. O tempo havia acabado. — É uma herança da nossa bisavó. Sua tataravó. Meu pai o deu pra minha mãe como uma aliança de compromisso, e ela o deu pra Lina no ano em que ela ganhou o Clássico. Acho que era mais um compromisso de se casar com seus sonhos em vez de com um cara. A Lina não tirava ele do dedo. Só pra dançar.

Suspirei.

— E aí ela te deu o anel quando você ganhou o Clássico — concluiu Juniper.

— Acho que sim. Alguns dias depois, quando acordei no hospital, a enfermeira me entregou uma sacola com as coisas que eu estava usando na ambulância, e o anel estava lá. Então sei que essa parte aconteceu, mas bater a cabeça mexe com as lembranças.

Ela não precisava saber do restante, das partes aleatórias que surgiam do nada em meus sonhos ou quando uma música tocava no rádio.

— Você mostrou o anel como prova?

Ela se remexeu no balanço.

Neguei com a cabeça.

— Você é a única que sabe que tenho o anel. — Eu tinha medo da minha mãe tirá-lo de mim e me deixar sem nada de Lina. — A questão é que eu escolhi acreditar que as últimas palavras dela foram um pedido pra eu cuidar das pessoas que ela amava, e acho que não teria problema se você também escolhesse acreditar nisso.

Ela concordou com a cabeça.

— Está ficando tarde, né? — disse Caroline ao chegar mais perto. — Sobre o que vocês estão conversando?

Juniper piscou duas vezes.

— Eu perguntei pra Allie como ela rompeu o tornozelo enquanto dançava.

Ela até mentia como uma Rousseau. Impressionante.

Eu me levantei quando Caroline nos alcançou, levemente boquiaberta.

— Juniper, esse não é o tipo de pergunta que se faça — brigou ela.

Juniper deu de ombros e saiu do balanço.

— Não é como se não estivesse na internet. Você acha que foi esforço repetitivo?

— Hum. Sim. — Concordei com a cabeça, e nós quatro seguimos para o caminho que levava aos chalés. — Eu sabia que devia ter descansado, mas tomei a decisão errada de insistir em dançar.

— E ele simplesmente… rompeu? — perguntou Juniper.

— Allie, me desculpa — disse Caroline, lançando um olhar sério para a filha. — Você já foi gentil demais com tudo que compartilhou.

— Não tem problema. Eu me distraí um pouco, me perdi durante os *piqué tours*, e isso provavelmente não me ajudou. — Dei de ombros, e Hudson enrijeceu ao meu lado. — Mas não me lembro de cair nem de nada que pudesse ter causado a lesão. Ele simplesmente rompeu. E, se isso não tivesse acontecido no fim da variação, aconteceria no segundo ato. — Chegamos ao caminho para os chalés. — Quando você não dá tempo pro corpo se recuperar, ele mesmo te obriga a parar.

Juniper concordou com a cabeça.

— E, agora, vamos pra cama. — Caroline levou uma mão às costas de Juniper. — Até amanhã.

Demos um boa-noite e seguimos na direção do nosso chalé, mas antes demos uma passada no banheiro.

— Acho que é melhor não contar pra Caroline — sussurrei enquanto voltávamos para o caminho principal.

— O quê? — Hudson parou, e me virei para encará-lo.

— Depois de perder o Sean, ela tem tanto medo de que aconteça alguma coisa com a Juniper. Acho que não podemos simplesmente dizer pra ela que não somos uma ameaça nem que a Juniper tem um dom. A Caroline é muito parecida com a Lina, de certa forma. Ela precisa de provas, precisa ver pra crer. Então vamos provar pra ela. Vamos deixar que ela veja com os próprios olhos como a Juniper é talentosa, no Clássico. Do jeito que a Caroline é teimosa, quem sabe essa seja a única oportunidade pra Juniper mostrar isso.

Hudson baixou a cabeça, pensativo.

— Pode dar certo, e eu vou aguentar as consequências, mas é bem possível que a Caroline volte a te odiar por ter mentido pra ela, mesmo que entenda que vocês não querem roubar a Juniper.

Fiz que sim, meu estômago embrulhando.

— É um risco que estou disposta a correr. O importante aqui é a Juniper, não eu. Nem a Anne. Vale a pena sermos excluídas da vida dela por oito anos se isso significar a felicidade da Juniper.

E eu conseguiria dormir à noite sabendo que fiz o que estava ao meu alcance, o mínimo que eu devia a Lina.

— Tudo bem. — Hudson concordou com a cabeça, e voltamos a andar. — Você se distraiu? — perguntou ele, nós dois banhados pelo luar. — Durante a apresentação de *Giselle*?

Minhas bochechas esquentaram.

— Aham.

— Mas não acha que isso teve ligação com o rompimento?

Ele franziu a testa.

— Não. — Balancei a cabeça. — No começo, eu até achava, mas só estava tentando encontrar um culpado. Eu oscilei um pouco, mas nada que pudesse me machucar. — Uma risada seca subiu por minha garganta. — A parte engraçada, que eu nunca contei pra ninguém, e nem quero que você diga nada, porque é vergonhoso, é que...

Ele olhou para mim.

— Eu achei que tinha te visto. — Enfiei as mãos no bolso da frente do moletom dele e com certeza *não* olhei na sua direção para ver como ele me encarava. — Pensei ter te visto na última fileira, mas, quando olhei de novo, você não estava lá, é claro. Era só meu cérebro me pregando uma peça, provavelmente porque você estava me assistindo na única outra vez que eu dancei aquela variação pra uma plateia.

Ele continuou me encarando, e desejei voltar trinta segundos no passado e retirar minhas palavras. Qual era o meu *problema*? Só porque ele tinha dito que eu não precisava controlar tudo, não significava que eu devia ir de zero a mil no quesito falar demais.

— Sabia que eu não pensei nos meus treinos hoje? Nem uma vez — falei a primeira coisa que me veio à mente para mudar de assunto.

— Allie... — Ele tentou segurar meu braço, mas segui andando rápido.

Dizer que eu me sentia como uma idiota seria pouco.

— Nem uma vez. Não me senti culpada por não treinar, por não passar o dia todo no estúdio. Eu não me divertia tanto desde... — Soltei uma risada. — Provavelmente desde que você me obrigava a sair e fazer coisas divertidas. Parei de fazer coisas divertidas depois de você... A dança tomou conta de tudo depois disso, mas, olha só, virei bailarina principal, então deu tudo certo.

— Você pode ter um equilíbrio, sabe — disse Hudson, me alcançando quando chegamos aos degraus do chalé. — Você pode estar no auge da sua carreira e ter uma vida ao mesmo tempo. Ter dias como hoje. Não precisa ser só isso ou aquilo.

— Não sei como fazer as coisas de outro jeito. Mas é uma ideia muito boa, ter equilíbrio.

Era mesmo. Entrei na frente dele e imediatamente dei uma topada no escuro.

— Fica aí. Não quero te ver tropeçar — disse Hudson, passando a mão pela minha lombar enquanto dava a volta em mim para ir até o seu lado da cama. Depois de dois cliques, a lanterna acendeu. — Pronto.

Ele se virou e veio direto na minha direção, sua mandíbula pulsando enquanto ele curvava a aba do boné.

Por que raios ele estava nervoso?

— Sei que você disse que não era pra eu falar nada…

Alguém me mata.

— Por favor, não fala.

— Mas eu preciso falar.

Ele segurou meu rosto.

— Não precisa, não.

Olhei para a porta, para a parede, para o teto, para qualquer coisa, exceto para ele.

— Olha pra mim. — Ele acariciou minhas bochechas. — Por favor, amor.

De algum jeito, consegui pôr a vergonha de lado e olhar para ele.

— Era eu. — Ele respirou fundo enquanto eu prendia o ar. — Era eu, Allie. Eu estava lá.

25

ALLIE

OuchPouchhtr5: Que mentirosa do caralho. Ela não vai se recuperar. Ela está acabada.

— Oi? — Dei um passo para trás, e as mãos dele pairaram no ar por alguns segundos antes de ele as baixar.

— Eu estava lá — repetiu ele, devagar.

— Não estava, não.

Apertei o suporte grosso do pé da cama para manter o equilíbrio.

Ele sentou na ponta do suporte e apertou a madeira crua.

— Eu estava na penúltima fileira. Bem no meio. Você *me* viu.

Meus lábios se abriram, e meu estômago deu uma cambalhota.

— Não estou entendendo.

— Tentei comprar o assento do meio da última fileira, mas não consegui. Alguém deve ter comprado segundos depois de abrirem as vendas. — Ele ficou olhando para a frente, para a porta fechada do chalé. — Fiquei tão irritado quando vi que a pessoa não apareceu. Vi a sua mãe no camarote com a Anne, vi a Eva no corpo de baile, vi você… — Ele fechou os olhos, e finquei as unhas na madeira. — Você estava tão linda.

Respira. Eu precisava me lembrar de respirar.

— Eu te vi cair de joelhos no fim, um pouco mais desajeitada do que eu me lembrava de quando éramos adolescentes, mas só me liguei quando você gritou. — Ele baixou a cabeça. — E então a orquestra parou. O lugar inteiro ficou em silêncio quando tiraram você do palco. Passei por cima de todo mundo naquela fileira pra chegar ao corredor, mas não é como se deixassem qualquer um plateia ir atrás de uma das bailarinas mais famosas do mundo, sabe.

— Você estava lá?

Uma dor doce, ardente, ameaçava destrinchar meu peito, ameaçava se desencavar de dentro de mim após ter passado uma década sendo ignorada, para expor a verdade inconveniente e perigosa que eu não queria aceitar. Mas eu estava tão cansada de me sentir entorpecida, de não me permitir sentir nada além de raiva e tristeza.

— Eu estava lá. — Ele ergueu o olhar para mim, acompanhando meus movimentos com aqueles olhos lindos enquanto eu me aproximava lentamente dele até parar na sua frente. — É claro que eu estava lá. Você tinha me dito que precisava de mim na plateia pra essa apresentação, lembra?

— Antes do Clássico — sussurrei.

Minha mãe tinha me dito para escolher algo diferente, porque Lina tinha acabado de receber um convite para o papel no cronograma de outono da Companhia Metropolitana de Balé e ela não queria que fizessem comparações, já que os membros da companhia integravam o júri. Eu tinha mantido minha escolha mesmo assim, meu primeiro e único ato verdadeiro de rebeldia.

Hudson havia entrado escondido e sentado na última fileira, para não ser visto por minha mãe. Essa parte do dia continuava bem clara na minha memória.

— Eu já tinha te decepcionado da pior forma possível. — Ele baixou a voz. — Eu sabia que aquilo não compensaria nada, que você nem me veria, mas eu estava lá.

— Como você ficou sabendo que eu tinha conseguido o papel?

Meus miolos tentavam entender aquilo, mas meu coração queria jogar qualquer lógica pela janela.

— Eu programei... — Ele ruborizou. — Eu programei um alerta pra me avisarem por e-mail se o seu nome aparecesse em qualquer notícia atrelada a *Giselle*, mas não sabia que você não tinha voltado a dançar, quanto a lesão tinha sido ruim, até a Juniper me contar que você estava na casa de praia. — Ele analisou meus olhos. — Eu não sabia que você tinha me visto, e com certeza não me passou pela cabeça que eu poderia te distrair. Me desculpa.

— A culpa não foi sua. Os giros não causaram a lesão. Teria acontecido com ou sem a sua presença. — Dei um passo para a frente, parando entre os joelhos dele. — Você deixou um alerta programado por todos esses anos?

Ele concordou com a cabeça.

O silêncio ficou pesado enquanto meu coração continuava travando uma batalha contra minha mente, para então finalmente ganhar. Ele estava lá. Ele tinha ido. Juniper não o obrigara a fazer nada, ele tinha ido a Nova York por *minha* causa.

— O assento do meio da última fileira sempre fica vazio. Está no meu contrato.

Duas rugas surgiram entre as sobrancelhas dele.

— E, se você tivesse dado seu nome na bilheteria, teriam te dado esse ingresso. Isso está no meu contrato também. Aquele é sempre o seu lugar. Em todos os teatros. Em todos os espetáculos. Nem sei por que eu fazia isso, acho que por nunca ter perdido a esperança de você aparecer um dia.

Pronto, eu tinha dito.

— Esses anos todos? — A voz dele parecia ter sido arranhada pelas brasas da fogueira.

— Esses anos todos. — Meu olhar baixou para sua boca, e meu coração acelerou. Passei os braços ao redor do seu pescoço e aceitei o fato simples de que eu sempre o desejaria e que, naquele momento, eu *poderia* tê-lo. — Hudson?

— Diga.

Ele pegou no meu quadril.

— Eu preciso de você.

Ele não hesitou, nem por um instante. Nossas bocas se colidiram, e me derreti com o primeiro contato da sua língua, me rendendo completamente enquanto ele me beijava até me deixar sem ar. Calor e tesão explodiram entre nós como um fósforo jogado em uma lata de gasolina.

Ele deslizou as mãos para a parte de trás das minhas coxas enquanto se levantava, me erguendo contra seu corpo. Passei as pernas ao redor da sua cintura, prendendo os tornozelos na sua lombar, então joguei seu boné no chão para enfiar os dedos em seu cabelo.

Bati as costas na parede, e a usei como apoio, interrompendo o beijo para tirar a camisa dele. Observá-lo andando por aí sem camisa nos últimos dois dias tinha sido uma *tortura*. Baixei a boca até seu pescoço, a barba por fazer de dois dias arranhando meus lábios, e saboreei cada respiração dele enquanto eu descia até a área firme, quente, em que seu pescoço encontrava o ombro.

Antes de eu conseguir exigir outro beijo, ele segurou meu moletom e começou a puxá-lo para cima.

— Por mais que você fique uma delícia com as minhas roupas, preciso que tire isso.

Eu também precisava. Ergui os braços, e ele rapidamente o tirou. O moletom caiu no chão, e agarrei a barra da minha blusa de alça, puxando-a do corpo e a jogando longe, para sentir a pele dele na minha.

Nossas bocas se fundiram, e nosso beijo foi demorado, intenso, enquanto eu acariciava seus braços, suas costas, seu peito — qualquer lugar que eu conseguisse alcançar —, e ele massageava meu quadril e minhas coxas, grunhindo quando meu short bloqueou o acesso que ele queria tomar.

Ele enfiou uma mão no meu cabelo, passou o braço embaixo da minha bunda, e então voltamos a nos mover. O quarto girou por um instante, e senti a cama nas minhas costas, depois o peso perfeito dele sobre mim.

Desenlacei suas costas, deixando os joelhos dobrados para minhas pernas cercarem seu quadril. Ele roçou meu sutiã, e gemi de frustração. Aquilo também precisava ser tirado. Agora. Mordi o lábio inferior dele, empurrei seu peito e rolei.

Ele entendeu o recado, nos girando para que eu sentasse com uma perna de cada lado do seu quadril.

— Você me quer. — Sorri contra a boca dele, então pressionei o tronco no seu pau duro, arfando com a onda de prazer. O gemido dele em resposta foi tudo.

— Todos os dias desde que te conheci. — Ele sentou e me beijou até eu perder a noção de que dia era. O tempo começava e terminava ele. — Você é a protagonista de todas as fantasias que eu já tive. — Ele desceu a boca para o meu pescoço, e impulsionei o quadril quando ele foi ao encontro daquele ponto sensível. — Porra, você está acabando comigo.

— Que bom.

Estiquei os braços para trás e abri o sutiã, tirando-os dos meus braços e arremessando-o longe.

— Se você soubesse metade das coisas que quero fazer com você…

Ele subiu as mãos da minha cintura para meus seios, e suspirei quando ele acariciou meus mamilos duros com os dedões.

— Parece ótimo.

Eu o beijei mais uma vez, então saí do seu colo para ficar de pé à sua frente, rapidamente tirando as sandálias com os pés. Peguei no botão do short, e ele segurou minha mão.

— Tem certeza de que você quer fazer isso agora?

O calor nos seus olhos me escaldou.

— Tenho.

Soltei minha mão, então abri o botão.

— Você não quer esperar até a gente estar numa cama de verdade?

— Essa cama é de verdade o suficiente pra mim. — Desci o zíper devagar e observei o maxilar dele se retesar enquanto ele acompanhava o movimento com os olhos. — Você quer esperar?

— Não estou pensando em mim. — Ele apertou o saco de dormir com as mãos. — Eu não estava brincando quando disse que aceitaria o que conseguisse de você. Na minha cama. Na sua cama. Nessa cama. Naquela parede. No banco de trás do meu carro. Não me importo se isso significar ouvir sua respiração ofegar logo antes de você gozar.

Senti um calor insistente na parte inferior da barriga.

— Tudo isso também parece ótimo. — Prendi os dedões no cós do short, pegando as laterais da minha calcinha, e desci os dois ao mesmo tempo. Chutei tudo para o lado e me empertiguei. — Mas não, não quero esperar.

— Ah, *caralho*. — O olhar dele me percorreu como uma carícia, o calor dominando minha pele em todos os pontos onde ele se demorava. — Você é mais que perfeita, Allie. Linda pra cacete. — Nossos olhos se encontraram. — Vem aqui, amor.

Meu coração galopou quando ele agarrou meu quadril, afundando de leve seus dedos na minha pele ao me erguer para seu colo. Ele dominou minha boca com um beijo intenso que me fez gemer por mais, perseguindo sua língua com a minha enquanto ele deitava para trás, meu cabelo caindo ao nosso redor conforme eu o seguia.

Ele deslizou a mão entre minhas coxas, e senti um gemido vibrar por seu peito ao mesmo tempo que o meu respondia ao toque dos seus dedos talentosos.

— Quentinha e molhada. — Ele mordiscou meu lábio inferior, depois lambeu a pele macia do meu pescoço antes de deslizar a boca aberta por ele. — Quantas vezes você quer gozar, Allie? De quantos jeitos? Me diz, e eu faço.

Lutei para conseguir respirar enquanto ele me acariciava e me provocava, então arfei ao sentir seu dedão passar rápido por meu clitóris.

— Contanto que você não me faça esperar pelo primeiro, não me importo.

— Pelo primeiro. — Ele pegou meu quadril, e me puxou por seu torso. — Você está aprendendo.

— Você vai fazer todo mundo parecer horrível em comparação, não vai?

Caí para a frente, apoiando as palmas da mão na cama, acima da sua cabeça, enquanto ele acariciava meus seios com a boca, a curva das minhas costelas, enviando pequenos choques de êxtase pelo meu corpo.

— Ninguém mais faz diferença. — Ele roçou os lábios pela minha barriga, e segurou minhas canelas com as mãos. — Nunca fez. Pra nenhum de nós dois. — Ele beijou a curva do meu quadril, então passou meu joelho por cima do seu ombro. — Os outros eram só um tapa-buraco.

Estremeci enquanto ele virava o rosto para a parte superior da minha coxa e chupava, deixando uma marca antes de também posicionar esse joelho acima do seu ombro.

— A única coisa que sempre importou fomos nós dois. — Ele prendeu minhas coxas com os braços, então arqueou o pescoço e lambeu da minha entrada ao clitóris.

Arfei, impulsionando o quadril por puro instinto.

— Senta pra eu te ver gozar. — Não era um pedido.

Lutei contra todos os impulsos para me derreter toda bem ali e ajoelhei, pairando a centímetros da sua boca. Meu coração disparou, e prendi a respiração quando nossos olhares se encontraram.

— Senta — ordenou ele.

Todos os músculos no meu corpo se enrijeceram.

— Senta, Alessandra.

Ele puxou minhas coxas, e cedi.

Ele me recompensou com um gemido, então me puxou para sua boca e roubou toda minha alma com seus lábios e sua língua. Calor e tesão me inundaram. Abafei o primeiro grito com o punho fechado, mas o segundo escapuliu quando deixei a mão cair.

Não havia qualquer pensamento, apenas sensações. Eu existia só para ele, meu quadril se impulsionando, minha respiração ofegante, minha visão dominada pela cena absurdamente erótica dele embaixo de mim, assistindo a todas as minhas reações. Ele se ajustava de imediato ao que me excitava, ao que enrijecia meu corpo, me fazendo perder a cabeça.

Ele estava me arruinando de verdade, e eu estava deixando.

— Hudson — gemi, então pus a mão na boca, me lembrando de que não estávamos sozinhos ali. — É gostoso demais.

E isso tinha sido alto *demais*.

Ele esticou o braço, cobrindo minha boca com uma mão e me puxando com mais força para sua boca com a outra, me mantendo prisioneira para cada investida de sua língua.

Eu me segurei em seu braço para manter o equilíbrio enquanto meus músculos travavam, e essa espiral de tensão tornou minha respiração ofegante. Incansável, ele me levou até a beira do abismo, me fazendo voar. O êxtase me tomou em ondas colossais que faziam minhas costas se arquearem para trás, me afogando em um prazer tão intenso que quase me esqueci de respirar. Ele abafou com a mão meu grito e cada gemido que se seguiu enquanto ele me acariciava, prolongando cada resquício de sensação até eu cair de lado, arfando em busca de ar.

Ele me seguiu, me virando de barriga para cima, então tracejou levemente meu clitóris com a ponta da língua, causando outro tremor de puro prazer.

— Não me canso de você. — Ele repetiu a carícia.

— Eu quero *você*, Hudson. — Passei os dedos pelo cabelo dele e o puxei. — Dentro de mim. Agora.

— E eu quero que você fique desesperada. — Ele me deu mais uma série de lambidas delicadas, e eu arqueei as costas conforme aquela tensão deliciosa voltava a crescer dentro de mim. Meu Deus, como aquilo era *gostoso*. — Se contorcendo, cheia de tesão, implorando por mim.

Eu me apoiei nos cotovelos e observei sua próxima lambida.

— Eu não... — Arfei enquanto ele passava a língua no meu clitóris intumescido. — Imploro.

O sorriso vagaroso dele foi a coisa mais sensual que eu já vi na vida.

— Mas vai implorar — prometeu ele, saindo da cama e tirando o restante das roupas.

Fiquei assistindo ao show, umedecendo com a língua o lábio inferior enquanto ele tirava o short, depois a cueca boxer preta. Cada centímetro dele era definido, esculpido por horas na água e na academia. Ele estava em um patamar além das palavras, além da minha capacidade de conceber o que era a perfeição. Só de olhar para ele eu ficava excitada, e me demorei observando seu pau duro enquanto ele se livrava das roupas.

— Você é... — Engoli em seco. — Você é lindo. Por favor, me diz que você foi mais consciente do que eu e trouxe camisinha.

Pela primeira vez na vida, eu tinha minhas dúvidas se realmente me importaria com isso. Eu tomava anticoncepcional, confiava em Hudson mais do que em qualquer outro parceiro que já tivera, e precisava dele dentro de mim. Era bem simples.

— Eu diria que fui mais esperançoso do que consciente.

Ele enfiou a mão na mochila e tirou um pacotinho metálico.

Sentei e o tirei da mão dele.

Seus olhos brilharam enquanto eu o abria e jogava a embalagem na mesa de cabeceira, ao lado da lanterna. Então fui desenrolando lentamente a fina camada de látex nele, sorrindo ao vê-lo prender a respiração, tensionando a barriga, crispando a mão no meu cabelo. Finalmente, cheguei à base, então fechei a mão ao redor dele.

O gemido baixo que ele soltou me encheu de vida.

— Tem certeza que você quer esperar até eu implorar?

— Puta merda, Allie. — Ele agarrou minha cintura e praticamente me jogou na cama, então veio por cima de mim, se posicionando entre minhas coxas. — Se contorcendo. Cheia de tesão. Implorando. A gente esperou tempo demais.

Ele me beijou com um ardor que exigia resposta, que eu dei, arqueando na direção da sua boca enquanto ele me explorava com as mãos, me fazendo pegar fogo com cada toque. Arqueei enquanto ele idolatrava meus seios com a boca, então gemi de frustração quando ele me virou de barriga para baixo e começou a beijar minhas costas.

Eu me inclinei para trás quando sua boca chegou ao meu pescoço, impulsionando a bunda contra ele, em um convite claro. A ânsia que crescia dentro de mim *latejava*.

— Porra, você está quase lá. Mas ainda falta. — Ele me virou de novo como se eu não pesasse nada e passou a mão pelo interior da minha coxa.

— Hudson...

Contorci o quadril, tentando levar a mão dele aonde eu precisava.

— Você precisa de mim? — Ele afundou os dedos entre minhas coxas, e gemi quando ele acariciou os nervos hipersensíveis. — Seu corpo precisa pra cacete. Nossa, você está muito molhada.

— Eu preciso de você!

Aquele homem tinha o autocontrole de um santo, e eu pegaria fogo se ele não cedesse.

— Agora?

Ele circulou meu clitóris, então enfiou um dedo dentro de mim. Eu me fechei ao redor dele, e gemi. Estava tão, tão, tão gostoso, mas não era o suficiente.

— Agora. — Eu rebolei, finquei as unhas nos ombros dele e, quando ele deslizou um segundo dedo para dentro e os curvou para cima, vi estrelas. — Mais. Preciso de mais. — Se não fosse pelo jeito como ele olhava para mim, ou como seus braços tremiam, eu acharia que ele estava completamente inabalado. — Hudson. — Subi as mãos por suas bochechas com a barba por fazer enquanto eu me contorcia. — Não me faz esperar. *Por favor.*

Os dedos dele sumiram, apenas para serem substituídos pela cabeça grossa do seu pau.

Finalmente.

Ele se apoiou nos antebraços, se inclinou para baixo e roçou os lábios nos meus.

— Você está desesperada?

— Sim.

Dobrei os joelhos, tão dominada pelo desejo por ele que não me importava com o que teria que confessar. Eu confessaria qualquer coisa que ele quisesse.

— Enlouquecida?

Ele me penetrou.

— Sim!

Puta merda, a sensação dele era *incrível.*

— Como se você não fosse sobreviver ao próximo segundo sem mim?

Outro roçar de lábios.

— Sim.

Desci as mãos para a nuca dele e rebolei.

Ele soltou um gemido baixo, apoiando a testa na minha.

— Ótimo. Porque é *exatamente* assim que eu me sinto a cada minuto de todos os dias. Estou perdendo a porra da cabeça por você.

— Eu também.

Mesmo que aquilo acabasse comigo.

— Está, sim.

Ele segurou minha nuca e arremeteu para dentro de mim com uma estocada forte, ocupando cada centímetro meu e me alargando. Ele era demais, e *divino*.

Nós abafamos os gemidos um do outro com um beijo, e ele estremeceu, os músculos das suas costas ondulando sob meus dedos enquanto eu abria as mãos.

— Minha Allie. — Ele ergueu a cabeça, seu olhar fascinado encontrando o meu, e recuou, acertando cada terminação nervosa dentro de mim. — Você é tão gostosa. Apertada. Perfeita. *Feita* pra mim, porra, e quero ir com calma…

— Não. — Agarrei sua bunda. — Não vai com calma nem com cuidado. Me come com vontade, Hudson.

Seus olhos brilharam de novo, e ele veio com tudo. O prazer me fez parar de pensar, e um grito escapuliu de mim.

— Assim?

— Assim mesmo.

Nossa, sim.

Ele me beijou intensamente enquanto se afastava, então inclinou o quadril, começando um ritmo firme, profundo, que me deixava ávida pela próxima estocada. Eu ia de encontro a ele todas as vezes, enroscando a perna em seu quadril para deixá-lo ir mais fundo.

— Não para — implorei.

Eu não sobreviveria se ele parasse.

— Nunca vou me cansar de você — disse ele contra minha boca dando mais uma estocada. Meus gemidos se amenizaram para ofegadas enquanto o suor lubrificava nossas peles. — Você. É. Gostosa. Pra. Cacete. Allie.

Ele pontuou cada palavra com uma estocada, e perdi a capacidade de formar frases.

— Mais. — Essa era minha única exigência. Meu único pensamento.

Ele nos posicionou no meio da cama, então passou um braço por minhas costas e me levantou, nos esticando.

— Cabeceira.

Estiquei as mãos para cima, segurei a madeira e me preparei, usando-a para tomar impulso em direção a ele, para ele me acertar com mais força. Mais fundo. E, porra, ele fez *exatamente* isso. A madeira estalava enquanto ele arremetia em mim sem parar, e a visão de seus olhos enlouquecidos, seu corpo se movendo sobre o meu, fez com que minha temperatura disparasse. Cada estocada fazia aquela tensão deliciosa aumentar dentro de mim, me esticando como um arco até meu corpo começar a vibrar e pulsar. Eu sentia Hudson em tudo. Ele estava na minha medula, no ar em meus pulmões, nas batidas extenuadas do meu coração — era tudo dele.

— Eu te quero por trás, pra ver essa bunda perfeita balançar enquanto meto meu pau em você — grunhiu ele sem parar de impulsionar o quadril, arrancando gemidos baixos, ávidos, dos meus lábios. — E encostada na parede. E, em cima de mim, me cavalgando. Uma vez não vai ser suficiente. Eu quero tudo.

— Isso. Tudo.

Rebolei mais rápido, exigindo que ele acelerasse. Aquela foda lenta, minuciosa, era uma delícia, mas eu não aguentaria se ele me fizesse esperar muito mais para gozar.

— Da próxima vez. — Ele me beijou com força e me deu o que eu queria, impulsionando mais rápido o quadril, mas ainda indo fundo. — Dessa vez, quero seus olhos. — Ele não tirou os olhos dos meus, então desceu uma mão entre nossos corpos. — Você está quase lá, consigo sentir. Todos os seus músculos estão tensos, sua respiração está ofegante. Preciso sentir você gozar em mim, Allie. — Ele tocou meu clitóris, e parei de ir ao encontro de suas estocadas, capaz apenas de receber enquanto meu corpo enrijecia com o novo assalto de sensações, minhas coxas apertando o quadril dele. — Isso aí, amor.

Ele me apertou de leve, e vi estrelas. Minha visão escureceu conforme o orgasmo me atravessava, me destroçando enquanto Hudson, de algum jeito, me segurava, jamais interrompendo os movimentos incansáveis do seu quadril. Ele cobria minha boca com a sua para capturar meus gemidos. Meu corpo arqueava sem parar.

Apenas quando desmoronei sobre o travesseiro, ofegante e completamente destruída, ele perdeu o controle.

Ele passou um braço sob meus ombros para me impedir de bater na cabeceira e se soltou, perdendo todo o ritmo em uma série de estocadas fortes, vorazes.

Levei uma mão ao rosto dele e peguei emprestado sua frase enquanto ele se libertava.

— Meu demais.

Seus olhos brilharam, e ele me beijou com força, abafando meu gemido. O som vibrou por seu peito, baixo e gutural, enquanto ele gozava com uma última estocada funda que alcançou até a minha alma. Ele desabou sobre mim por um instante antes de girar para o lado, me abraçando.

Não tiramos os olhos um do outro nem por um segundo enquanto nos acalmávamos, nossa respiração aos poucos voltando ao normal enquanto o suor esfriava.

— Nós somos muito bons nisso — falei depois que meu coração parou de martelar o peito.

— Aham. Somos mesmo. — Ele passou o dorso da mão por minha bochecha. — Nunca senti nada parecido na vida.

— Nem eu.

Deixamos as palavras pairarem entre nós por um momento tranquilo e perfeito que, eu sabia, não duraria.

— Vamos ficar amanhã — sugeriu ele, me pegando de surpresa. — Minha família vai embora, mas tenho mais uma folga, e reservei os chalés por um dia extra só pro caso de mudarmos de plano. Então vamos mudar de plano.

Engoli em seco.

— Pra fazer o quê?

— Só sair do quarto pra necessidades básicas.

Ele passou o dedão por meu lábio inferior inchado.

Aquilo parecia uma ótima ideia, mas eu precisava voltar. Eu precisava me dedicar ao estúdio. Mas também queria estar ali. Talvez ele tivesse razão, e eu pudesse encontrar um equilíbrio. Eu podia estar no auge e também ter uma vida — ficar com ele, mesmo que só por enquanto.

— Tudo bem. — Concordei com a cabeça.

Ele sorriu, e não senti o menor pingo de culpa em cabular os treinos quando aquela covinha surgiu em sua bochecha.

Ficamos na cama naquela noite, abafando os gemidos um do outro inúmeras vezes, e então passamos o dia seguinte no chuveiro, na margem do lago, e em uma das mesas externas depois de a família dele ir embora.

Quando cheguei em casa no dia seguinte, eu estava dolorida em lugares que nem lembrava que existiam e me sentia completamente... feliz.

— De quem é esse carro? — perguntou Hudson ao estacionar do lado de um carro que eu não reconhecia.

— Não sei.

Subimos a escada de mãos dadas, com Hudson levando minha mochila.

A porta se abriu antes mesmo de a alcançarmos. Era Anne.

— Onde você estava? A gente não para de te ligar desde ontem.

— O sinal é ruim na floresta, então desliguei o celular. — O pânico no olhar dela fez meu estômago dar uma cambalhota. — O que houve?

Kenna apareceu atrás do ombro de Anne, se espremendo para passar por ela e sair para a varanda.

— O que houve? — repeti. — Por que você está aqui?

— Eu tenho um mês de férias que estava prestes a perder e uma melhor amiga precisando de ajuda. — Ela assumiu uma expressão de... Espera, aquilo era *pena*? — Acho que você não entrou na internet?

— Não.

Balancei a cabeça. Eu estava distraída demais com Hudson para me interessar pelo mundo real.

Kenna soltou um palavrão, então tirou o celular do bolso.

— Não sei o que deu no Vasily, mas ele anunciou o elenco parcial de *Equinócio*.

— Ele nunca anuncia ninguém com tanta antecedência. Ainda estamos no meio de julho. — A tensão dominou meus ombros. — Por favor, me diz que a Charlotte…

— Não. Não foi ela. — Os ombros de Kenna murcharam quando ela virou a tela para mim.

Li o anúncio do elenco, e meu estômago embrulhou. Minha boca foi inundada por saliva, e bile subiu por minha garganta. Soltei de repente a mão de Hudson, me inclinei por cima da balaustrada da varanda e vomitei o café da manhã nos arbustos.

— Que diabo aconteceu? — Hudson segurou meu cabelo enquanto meu estômago se rebelava.

— A Eva roubou o papel dela.

26

HUDSON

> **Sarahen45:** Dá pra entender por que ela sumiu. Eu também iria querer desaparecer.

Era um tipo de inferno especial passar dias ao lado de Allie, até finalmente termos tempo de descobrir o que poderia acontecer se tentássemos ficar juntos, apenas para ser emocionalmente afastado de todas as maneiras possíveis depois de voltarmos para Haven Cove. Fazia dois dias que ela não retornava nenhuma ligação nem respondia uma mensagem.

Depois que saí do trabalho, como o planejado, levei Juniper para a casa dela sob uma chuva torrencial, apenas para encontrar Allie ensopada de suor no estúdio com Kenna.

— Boa sorte — murmurou Anne, me dando um tapinha no ombro antes de voltar para uma enorme pilha de papéis sobre a mesa de centro da sala.

— Chegamos numa hora ruim? — perguntei da porta do estúdio enquanto Allie andava em um pequeno círculo com uma mão na lombar, fazendo uma careta a cada passo.

— Eu diria que na hora perfeita — respondeu Kenna, se afastando da parede. — Ela precisa fazer um intervalo.

— Fazer intervalos foi o que causou isso tudo — rebateu Allie, irritada.

Merda. Ergui as sobrancelhas.

— Sua irmã ser uma traidora... — As palavras de Kenna sumiram quando Juniper surgiu atrás de mim. Ela olhou da minha sobrinha para mim. — Tenta convencer ela a descansar.

Por algum motivo, eu duvidava que Allie fosse me escutar.

— Oi, tia Allie. — Juniper foi até a janela e deixou a bolsa no lugar de sempre.

— Juniper... — A boca de Allie se abriu e se fechou antes de ela suspirar, seus ombros murchando. — Preciso de cinco minutos, e então começamos.

— Tem certeza? — O rosto de Juniper franziu por um segundo. — Você parece... brava.

— Ah, estou furiosa — garantiu Allie, arrancando uma toalha da barra e a pondo na nuca. — Mas não com você. Já volto pra sua aula.

Juniper concordou com a cabeça, e Allie passou por mim sem nem olhar na minha direção, seguindo para o hall de entrada.

— A tia Eva roubou o papel da tia Allie no balé que fizeram pra ela — sussurrou Juniper ao sentar do lado da sua bolsa.

— Eu sei disso, mas como você sabe? — Eu tinha tomado cuidado para não tocar no assunto com ela.

— Porque, ontem, a Eva postou um vídeo no Seconds com a tia Allie falando que ainda não conseguia fazer um monte de coisas na coreografia, e pareceu... — Ela franziu o nariz.

— Pareceu o quê? — Merda, eu ia mesmo ter que baixar o Seconds para entender o que estava acontecendo?

— Pareceu que a Eva escondeu a câmera — sussurrou Juniper. — E hoje de manhã ela publicou que a Allie não estava melhorando, que tinha sido contratada como bailarina principal pra próxima temporada, então olhei o site. — Ela tirou as sandálias com os pés e começou a remexer na bolsa. — Ninguém vai direto do corpo de balé pra bailarina principal. Ele deve ter se sentido mal pelo papel ter sido criado pra Allie, então dado pra ela por serem irmãs.

Então tinha sido assim que Eva conseguira o papel. Que sacanagem.

— Certo. Espera aqui, meu amor. — Deixei Juniper no estúdio e segui para a sala. — Tudo bem com você? — perguntei para Anne, que estava sentada no chão, diante da mesa lotada de papéis, com Sadie dormindo ao seu lado.

— Aham, só estou revirando três décadas de documentos, torcendo pra minha mãe ter guardado alguma coisa sobre a adoção da Juniper. — Ela passou um envelope amarelado para uma pilha no chão. — E não me pergunte por que não estou no escritório. Como já falei pra Allie um milhão de vezes, parece que ele ainda é do nosso pai. E a mamãe também não guardava nada lá, já que encontrei metade dessas coisas em caixas no armário dela.

— E você está olhando documentos porque... — Ergui as sobrancelhas para ela.

— Porque a Juniper quer saber quem é o pai dela. — Ela jogou outra pasta na pilha com um baque. — E já terminei de planejar tudo do Clássico, não tenho trabalho nenhum agora, apesar de eu nunca ter *feito* o trabalho para o qual estudei, porque, afinal de contas, eu devia focar todas as minhas energias em engravidar.

Mais uma irmã Rousseau em crise. Merda.

— E uma das minhas irmãs está por aí, roubando o papel da outra, trocando a senha da conta conjunta delas no Seconds pra Allie não conseguir apagar o vídeo, e não atende a porcaria do telefone — continuou Anne. — E a outra passou dois dias sem sair da cama, e agora voltou a ficar se matando pra conseguir algo que ela nunca quis de verdade, só porque nossa mãe disse que era isso que ela devia querer. — Ela ergueu um dedo. — E não vou nem mencionar minha mãe guardando os segredos da Lina como se ela fosse a única pessoa que importasse no mundo. Allie passou dois dias sem...

— Espera. — Crispei as mãos ao meu lado. — A sua mãe sabia da Juniper?

— Temos quase certeza de que sim, apesar de ela se recusar a falar disso com a gente. Fui vê-la de novo ontem, e não deu em nada. — *Paf*. Outro envelope bateu na pilha. — Ela está ocupada — Anne fez uma careta — com as *aulas*. Não tem tempo pra mim.

— Que… droga.

Um buraco se abriu no meu estômago, e respirei fundo para superar o pânico imediato que pertencia a uma versão mais jovem de mim mesmo. Eu teria que esclarecer algumas coisinhas para a sra. Rousseau se quisesse ter uma chance de verdade com Allie.

— Então, em vez de ser completamente inútil enquanto a Kenna recupera o tornozelo da Allie e a Eva destrói nossa família com seu ego, vou deixar *alguém* feliz, o que significa encontrar uma cópia dos documentos da adoção pra Juniper poder saber quem é seu pai biológico. — *Paf.* As pastas se desequilibraram, caindo em uma avalanche de papéis. — Merda! — bradou Anne, apontando o dedo para mim quando me estiquei para ajudá-la. — Não tenta me ajudar.

Sadie ergueu as orelhas, então decidiu que seu sono era mais importante.

— Entendido.

Estiquei o braço para fazer carinho na cadela, então atravessei a sala até a cozinha, procurando por Allie. Kenna estava sentada à bancada, mexendo no celular e comendo uma cenoura.

— Pois é, está tudo uma merda por aqui — comentou ela sem erguer o olhar.

— Deu pra perceber. — Dei uma olhada na sala de jantar, mas não havia sinal de Allie. — A Allie não conseguia sair da cama?

Por que diabos eu estava sabendo disso por outras pessoas?

— Se um vídeo destruindo sua reputação tivesse mais de um milhão de visualizações, fosse republicado e comentado várias vezes por aspirantes a bailarinas e até por advogados, críticos e gente sem nada pra fazer na internet, que não te conhece e nunca nem assistiu um balé, *você* iria querer encarar o mundo?

Merda.

— Ninguém me contou. — O jantar embrulhou no meu estômago. — Ela fechou a porta na minha cara depois que voltamos da viagem. Por que ela não retornou minhas ligações? Melhor ainda, por que nenhuma de vocês duas me ligou? Eu viria correndo pra cá.

— Eu e a Anne ficamos com ela. — Kenna me analisou por cima do celular. — Ela não queria falar com mais ninguém, e não insistimos.

— Ela não me queria aqui — falei, baixinho.

Isso já tinha ficado óbvio com as ligações recusadas e as mensagens não lidas, mas ouvir a verdade em voz alta era como ter meu coração arrancado do peito e esfregado em cacos de vidro.

— Ela está de mau humor hoje, só pra te avisar. — Kenna pôs o celular na bancada. — O Vasily tentou ligar pra ela duas vezes no dia em que vocês não voltaram pra casa e, agora, não atende mais as ligações dela.

Merda. Aquilo tinha acontecido por minha causa. Eu me apoiei na bancada do lado oposto da pia enquanto a culpa me consumia, entalando minha garganta. Não era de admirar que ela se recusasse a falar comigo. Se eu a tivesse trazido para casa, como planejado, talvez nada daquilo tivesse acontecido. Isso que dava querer *equilíbrio*.

— A culpa não é dele. — Allie veio do hall de entrada com roupas de ginástica limpas, seu rosto uma máscara perfeita de controle. Puta merda, ela tinha reerguido todas as barreiras. — A culpa não é sua — repetiu ela na minha direção, ao abrir a geladeira e pegar uma limonada, sem fazer contato visual comigo.

É, a limonada era sinal de que ela estava estressada para cacete.

Ela bateu o jarro na ilha.

— Você não teve culpa por eu desligar o celular. Você não teve culpa por eu resolver esticar um dia na viagem. Você não teve culpa por eu ter ensinado pra Eva a mesma coreografia que ela com certeza usou contra mim.

Os dois primeiros comentários arderam como um tapa, mas permaneci firme quando Allie veio na minha direção.

— Ainda sinto muito por ter tido qualquer participação nisso.

— Não foi culpa sua. Foi só minha. Eu sou uma adulta que tomou decisões e agora precisa lidar com as consequências. — Ela inclinou a cabeça para o lado. — Preciso de um copo.

Eu fui dez centímetros para a esquerda, para tirar o ombro da frente do armário, e Allie arqueou uma sobrancelha antes de abrir a porta com força, esbarrando o braço no meu a caminho de pegar o copo.

Para minha surpresa, ela tirou dois do armário, então voltou à ilha para servir a limonada.

Talvez ela *não* estivesse irritada comigo. Relaxei um pouco.

O alívio durou uns trinta segundos, o tempo antes de ela entregar o segundo copo para Kenna, que o aceitou articulando um obrigada com a boca enquanto atendia uma ligação no celular.

— Ora, ora, Isaac Burdan, suas orelhas estavam quentes?

Ela apertou um botão na tela e colocou o celular sobre a bancada.

O coreógrafo.

— Também é bom ouvir sua voz, dra. Lowell — disse Isaac no viva-voz, e Allie enrijeceu. — Desculpa incomodar, mas a Alessandra não atende minhas ligações.

Pelo menos eu não era o único.

— Hum. — Kenna tomou um gole da limonada. — Será que isso tem alguma coisa a ver com o fato de você ter entregado o balé que coreografou pra ela para a Eva? Desconfio que possa ser por causa disso.

Allie cruzou os braços.

— Eu não tive *nada* a ver com isso, juro. Você precisa falar pra ela. — A voz dele se tornou aguda. — O Vasily me mostrou uma gravação da Alessandra ensinando a coreografia pra Eva, disse que ela não ia conseguir voltar a tempo pra se apresentar e avisou que tinha tomado a decisão de dar o papel pra Eva. Acho que as palavras exatas dele foram, "dar destaque pra nova estrela da companhia".

— Conversa mole — rebateu Allie.

— Alessandra? Ah, minha querida, sinto tanto por isso ter acontecido. Você sabe que criei o papel só pra você. Ele é produto do nosso trabalho, da nossa paixão…

Paixão? O ciúme ardeu nas minhas entranhas, mas consegui me controlar para não mandar aquele escroto parar com os termos carinhosos, porque ela não era mais nada dele. Não que ela fosse exatamente minha, já que não tínhamos entrado em detalhes quanto ao que éramos.

— Pode parar com essa palhaçada, Isaac. Você já estava ensinando a coreografia pra Charlotte, sem dúvida querendo investir na paixão *dela*. — Allie balançou a cabeça e parou do outro lado de Kenna, virada na minha direção.

Uma fúria gélida brilhava nos seus olhos enquanto ela encarava o celular.

— Você fica... linda com raiva, minha querida. Você devia mesmo deixar suas emoções tomarem conta com mais frequência. — Quando Allie não respondeu, ele suspirou alto suficiente para ser ouvido do outro lado da linha. — Eu estava comendo a Charlotte, não tinha nada de mais. Trabalhar com ela foi só uma consequência.

— E você continua fazendo isso? — questionou Allie.

— Comendo a Charlotte? Continuo, mas posso parar se você quiser retomar nosso...

Meu sangue ferveu.

— Trabalhando com ela, Isaac. Você continua trabalhando com a Charlotte? — Ela esfregou o nariz. — Não me importo com quem você transa, nem agora nem nunca.

Ele bufou.

— É por causa daquele cara que você levou pro baile, né?

Eu enrijeci, e o olhar de Allie voou para o meu.

— Preciso dizer que estou um pouco surpreso — continuou Isaac. — Ele não faz seu tipo. Tão grudento em público, e você sempre preferiu ser discreta. Além do mais, você gosta de homens menos parrudos, mais resistentes do que brutamontes, por assim dizer. Vou estar aqui quando a graça disso tudo passar pra você.

Allie ficou corada, e Kenna levantou as sobrancelhas.

Se ele estivesse aqui, teria aprendido a definição de *quem procura, acha*.

— Isaac, te desejo muita sorte com a Eva. Nós dois sabemos que ela vai destruir a variação; você vai ter que diminuir o nível de dificuldade em *tudo* pra ela ter a mínima chance de conseguir chegar até a metade da apresentação. — A mão de Allie pairou sobre a tela. — Ah, e quanto ao Hudson, ele tem o corpo de um deus grego e também fode feito um, então estou muito bem resolvida.

Ela desceu o dedo e desligou a ligação.

Apertei a beira da bancada para não ir até ela, mesmo sabendo que ela só tinha dito aquilo para irritar Isaac.

Kenna olhava de Allie para mim, e vice-versa.

— Depois *dessa*, vou pro estúdio. — Ela pulou da cadeira e acenou para mim. — Estou torcendo por você.

Assenti com a cabeça em agradecimento, e Allie voltou ao meu lado da ilha para guardar a limonada na geladeira.

— Eu não devia ter dito aquilo pra ele.

— Não me incomodei. — Esbocei um sorriso, mas o tirei da cara antes de ela se virar para me encarar. — Mas me incomoda você também não atender as minhas ligações.

Ela se retraiu.

— Você precisava falar sobre a Juniper?

— Não. — Cruzei os braços. — E você sabe disso.

— Então não há motivo pra ligar. — Ela deu de ombros. — O que aconteceu na viagem foram dois adultos que aceitaram liberar um pouco de tensão acumulada. Só isso.

— E eu achando que não fôssemos mentir um para o outro.

As palavras dela passaram direto por mim, porque eu sabia exatamente o que ela estava fazendo. Mas não ia permitir.

— Não significou nada.

A máscara patética dela era tão bem colocada que eu quase acreditaria nisso se não fosse pelo tumulto em seu olhar.

— Mentira. — Eu me aproximei, nos deixando cara a cara. As pupilas dela dilataram, e sua respiração acelerou. — O assento do meio da última fileira por onze anos não é nada.

Ela inclinou a cabeça.

— Mas precisa ser… A gente não se encaixa no mundo um do outro, Hudson. Não fora dessa cidadezinha, em que nenhum de nós deveria estar. Viu o que aconteceu quando eu tirei uns dias de folga? Perdi o papel da minha *vida*. Eu devia estar aqui, ensaiando. É isso que acontece quando tento equilibrar minha carreira com qualquer outra coisa, com qualquer outra pessoa que não esteja na minha área. A gente — ela gesticulou entre nós — não pode ter nada sério, e não tenho tempo pra ficar discutindo sobre isso com você.

Meu estômago se revirou. Tínhamos voltado à estaca zero. Meu celular vibrou no bolso, e o saquei para olhar. Era a base.

— Calma aí — falei para Allie, então atendi a ligação. — Ellis.

— Oi, chefe…

— Ainda não — cortei. Faltavam no mínimo meses para eu ser promovido. — O que houve?

— Desculpa te ligar, suboficial de primeira classe Ellis, sei que seu turno acabou de acabar, mas já temos duas baixas e uma chamada de resgate acabou de chegar.

Merda. Aquele dia estava ficando cada vez melhor.

— Chego em quinze minutos. — Desliguei e enfiei o celular de volta no bolso da farda. — Parece que também não tenho tempo pra discutir. Pode levar a Juniper pra casa quando vocês terminarem?

— Por quê?

Ela franziu a testa de preocupação, o que só serviu para me deixar frustrado para caralho depois de ela ter falado toda aquela merda sobre nós não significarmos nada.

— Porque uma chamada de resgate acabou de chegar, e preciso ir. Você pode levar a Juniper pra casa ou não?

Ela piscou, então se inclinou para olhar pela janela atrás de mim.

— Você não pode ir com o tempo assim. Está caindo uma tempestade.

— É, amor, e isso é o que acontece em *toda* tempestade.

E o tempo estava passando.

Ela arregalou os olhos.

— Você vai…

— Vou. — Concordei com a cabeça. — Você pode levar a Juniper pra casa? Se não, ligo pro Gavin no caminho e peço pra ele dar um pulo aqui. Allie, eu preciso ir *agora*.

— Eu levo ela pra casa — disse ela, baixinho, partes da sua armadura caindo. — Hudson…

— Obrigado. Diz pra ela que tive que ir, mas não dá detalhes, por favor. Ela fica preocupada. — Ignorei a vontade de beijá-la e me afastei. — Eu te ligo amanhã. Obviamente, você que sabe se vai me atender.

Pouco antes de meia-noite, parei o carro na minha garagem e xinguei meu eu passado por ter alugado uma casa em que eu precisava andar na chuva para chegar à porta da frente.

Não seria a primeira vez naquela noite que eu ficaria ensopado.

Exausto, dolorido e mais do que um pouco frustrado com a bailarina de língua afiada por quem eu estava perdidamente apaixonado, atravessei o pedaço de grama que separava minha casa da garagem e subi os degraus da varanda da frente, só levantando a cabeça quando me livrei da chuva. Fiquei paralisado ao me deparar com Allie. Descalça, ela estava sentada no balanço da varanda, abraçando os joelhos cobertos por uma legging, as sapatilhas descartadas ao lado da bacia gigante e familiar de água embaixo dela.

— Você está bem? — Ela ergueu o queixo dos joelhos e me analisou da cabeça aos pés, franzindo a testa de preocupação.

Porra, aquele olhar tinha ajudado muito a melhorar parte da minha frustração.

— Há quanto tempo você está aqui?

— Não sei, pouco mais de uma hora. Por um tempo, fiquei preocupada de estar na casa errada.

— Casa certa.

Atravessei a varanda e peguei a bacia, me retraindo um pouco com a dor nas minhas costelas, e então joguei a água por cima da balaustrada. A Mercedes de Anne estava estacionada do lado oposto da rua.

— Eu estava deixando meu pé no gelo — murmurou Allie.

— Já te conheço há tempo suficiente pra reconhecer a bacia de gelo para os pés. E leva bem mais do que uma hora pra derreter tanto gelo.

Pus a bacia ao seu lado na balança, e ela desdobrou as pernas. Eu estava cansado demais para brigar, mas também não queria que ela fosse embora.

Ela puxou o cardigã para o peito.

— Tudo bem, foram umas duas horas.

Meus ombros murcharam. Ela devia estar morrendo de frio.

— Entra pra se esquentar.

Destranquei a porta da frente, segurando-a aberta enquanto ela pegava os sapatos e entrava.

Ela olhou para a esquerda, para a sala, e para a direita, onde ficava meu escritório, então fitou a escada íngreme para o segundo andar.

— Gostei da carpintaria original.

— Eu agradeceria, mas a casa é alugada.

Fechei a porta e, para minha surpresa, ela colocou os sapatos no chão e seguiu direto para meu escritório.

— Porque você não pretende ficar aqui — disse ela olhando para trás, ligando o interruptor.

Senti um frio na barriga ao tirar o boné, pendurando-o no cabideiro. Pendurei meu casaco logo depois, e lutei contra a sensação absurda de que eu estava prestes a passar por um teste. Ainda bem que eu sempre deixava a casa arrumada.

— O combinado era que eu só ficaria até ajudar a Caroline a se restabelecer. Está demorando um pouco mais do que eu pretendia.

Eu a segui, observando sua expressão se tornar curiosa enquanto ela prendia o cabelo atrás das orelhas e olhava para as estantes, parando para analisar as lombadas, se detendo ao se deparar com uma foto emoldurada.

— Savannah — expliquei enquanto ela observava minha fotografia com Juniper na praia, quando ela tinha cinco anos. — Foi minha segunda base. Eu estava lá quando o Sean morreu, e tive que implorar pra todo mundo que eu conhecia pra me transferirem.

— Você gostava de lá? — Ela seguiu em frente, seu olhar percorrendo um punhado de prêmios que eu tinha enfiado no meio de livros em suas caixas estofadas.

— Aham. Eu gostava de morar em outro canto, de ver lugares novos, conhecer pessoas novas, esse tipo de coisa.

Eu mataria para saber no que ela estava pensando. Sua presença ali era uma admissão de que ela tinha sentimentos de verdade por mim, mas isso não queria dizer que ela cederia a eles, não quando sentia que eu tinha ameaçado sua carreira.

Mas, na sua defesa… eu tinha feito isso mesmo, sem querer.

— E esses? — Ela puxou alguns dos prêmios.

— A gente recebe quando salva alguém, mas são só pedaços de papel. Dei de ombros.

— Bravura e heroísmo — leu ela antes de fechar a caixa e devolvê-la para o lugar. — Parece você mesmo. — Seu olhar passou para o mapa emoldurado do Alasca em cima da minha mesa. — Você nunca pediu pra ir pra Sitka?

— Duas vezes — respondi, o cansaço me dominando. — Mas eu não tinha uma patente alta o suficiente, e minha vontade não se encaixava com as necessidades da Guarda Costeira.

— E, agora que você tem a chance de pedir de novo, vai preferir ficar aqui. — Ela pegou um desenho emoldurado de Juniper sobre minha mesa. — Por ela.

— Pelo mesmo motivo que você não queria entrar no barco antes da Eva.

Nós podíamos ser completos opostos, mas éramos estranhamente semelhantes em um aspecto: nossa família vinha em primeiro lugar, e era por isso que o que estava acontecendo entre nós não tinha a menor chance de durar além de agosto.

— Ando questionando essa decisão ultimamente. — Ela se virou e passou entre a mesa e a poltrona de couro gasta, seguindo direto por mim, rumo à sala. — Você questiona sua decisão de voltar?

— Não.

Eu a segui, meu lado direito do corpo latejando enquanto seu olhar analisava o espaço, sem dúvida catalogando tudo, desde os quadros que eu tinha comprado em uma viagem para Miami com Beachman, em que passamos a maior parte do tempo bêbados, até a planta que, de algum jeito, eu conseguia manter viva em um vaso no canto.

— Você pensa em ir embora?

Ela passou os dedos pela manta macia esticada sobre a poltrona e bocejou.

— Todos os dias.

Mas eu a queria comigo, passando os fins de semana aconchegada em mim no sofá, sua risada tomando conta daqueles cômodos. Eu queria brigar por tudo e por nada, e então fazer as pazes e decidir o que comeríamos no jantar. Queria as interações corriqueiras de um relacionamento. Uma ânsia dolorida atravessou minhas costelas e penetrou meu coração. Mesmo que eu a convencesse de que poderíamos fazer aquilo dar certo em longo prazo, em algum momento teríamos que lidar com nosso passado. Ela jamais me perdoaria pelo que eu tinha feito. Era apenas uma questão de tempo antes daquilo nos separar.

— Talvez você devesse ir.

Ela voltou a se focar nas fotos presas na parede, e bocejou de novo.

Passei as mãos pelo cabelo.

— Allie, adoro que você finalmente esteja aqui, mas estou exausto de nadar em um mar com ondas de quase dez metros e salvar uma família muito assustada que achava que eu era uma escada em que precisavam subir. Minhas costelas estão me matando…

— O que aconteceu com as suas costelas?

Ela virou o rosto para mim, e seus olhos brilharam.

— Nada que umas noites de sono não resolvam.

— Deixa eu ver.

Ela se aproximou e ergueu minha camiseta antes de puxá-la para cima, e levantei os braços porque não tinha forças para brigar com ela… e porque adorava suas mãos.

Ela puxou o ar com força.

— Hudson.

— Está tudo bem. Só fiquei com um hematoma feio. — Eu já tivera piores. — As pessoas fazem coisas irracionais quando estão assustadas.

Ela pairou a mão sobre a marca roxa de mais ou menos trinta centímetros, mas não a tocou.

— Sinto muito.

— Não foi culpa sua.

— Não foi isso que eu quis dizer. — Ela baixou minha blusa. — Você merece um pedido de desculpa. Há pouquíssimas pessoas na minha vida em quem confio pra... me abrir, mas nunca me protegi das minhas irmãs. E, quando a Eva me apunhalou pelas costas, descontei minha raiva em você, e não devia ter feito isso. Desculpa.

Ela subiu lentamente o olhar até encontrar o meu.

— Eu te perdoo.

Ela ergueu as sobrancelhas.

— Simples assim?

— Simples assim. — Concordei com a cabeça. — E me desculpa por te afastar do estúdio.

— Não foi culpa sua. Eu queria ficar com você. — Ela soltou um suspiro frustrado. — Eu sempre quero ficar com você. O problema é esse.

— Então vamos pra cama.

Estiquei a mão.

Ela se afastou um pouco.

— Não vim transar, Hudson.

— Eu já imaginava. — Esbocei um sorriso. — Eu estou cansado. Você está cansada. E, a menos que você queira voltar pra tempestade lá fora, é melhor irmos logo pra cama descansar. — Ergui as sobrancelhas quando ela franziu as dela. — Você quer ficar comigo? Então fica.

— Só hoje? — esclareceu ela.

— O tempo que você quiser. Eu te disse que aceitaria o que conseguisse de você, mesmo que seja um dia de cada vez.

Curvei os dedos, sabendo muito bem que eu estava em uma situação delicada com uma mulher extremamente arisca.

— Parece uma boa ideia.

Ela concordou lentamente com a cabeça.

Porra, ainda bem. Apaguei as luzes, verifiquei as portas e as janelas, então a guiei pela escada barulhenta, passando pelo quarto de hóspedes onde Juniper dormia às vezes, até o meu quarto.

Ela analisou o cômodo com os móveis escuros e os detalhes em verde.

— Às vezes, esqueço como você é organizado. Não tem nada bagunçado.

— É mais eficiente assim. Vem.

Eu a levei para o banheiro, então tirei uma escova de dente nova do armário.

— Você tem escova reserva pra quando alguém dorme aqui? — Ela ficou encarando as cerdas.

— Eu tenho escova reserva do mesmo jeito que tenho várias outras coisas. — Abri o armário e mostrei as fileiras organizadas de produtos antes de fechá-lo novamente. — Não tem mais ninguém. Você sabe disso. Para de ficar procurando motivos pra fugir.

Ela suspirou, e fizemos as coisas domésticas que passam despercebidas por casais, como dividir a pia e desviar um do outro na porta.

Então me esqueci completamente de quanto estava cansado quando ela saiu do banheiro usando uma camisa minha. A temperatura do meu corpo aumentou em pelo menos um grau. É, eu realmente curtia vê-la com as minhas roupas.

Ela se enfiou embaixo das cobertas, então deitou de costas, encarando o teto.

— Você tem um carregador reserva?

Eu me mexi com cuidado por conta das minhas costelas doloridas, abri a gaveta da mesa de cabeceira e peguei o outro carregador, entregando-o para ela.

— Obrigada. — Ela o pôs na tomada e deixou o celular na mesa de cabeceira antes de voltar a encarar o teto. — Você perdeu sua vocação como escoteiro.

— Sempre a postos.

Ela tamborilou os dedos no edredom.

— Puta merda, Allie, vem aqui.

Virei na direção dela em cima do meu lado não machucado, passei um braço nas suas costelas e a puxei.

Ela imediatamente se aconchegou em mim, roubou metade do meu travesseiro e pressionou sua maravilhosa bunda no meu pau enquanto se ajeitava.

— O que você quer fazer com a Eva? — perguntei, apoiando a mão no seu quadril exposto.

— Além de esganá-la? — Ela suspirou. — Depois que ele faz o anúncio, só um milagre mudaria a decisão do Vasily. Não sei se existe alguma coisa que eu possa fazer além de nunca mais olhar na cara dela, o que também parece… fora de questão.

— É, acho que eu também não conseguiria cortar o Gavin ou a Caroline da minha vida. — Acariciei sua pele, distraído. — Você pode sair da companhia.

— E você, da Guarda Costeira — rebateu ela.

— Entendi. — Lutei contra um sorriso. — Mas eu posso ser transferido e continuar fazendo a mesma coisa. Você pode dançar em qualquer lugar do mundo. Seu contrato ainda está valendo?

— Por mais um mês — respondeu ela. — Até quinze de agosto.

— O dia do Clássico.

Estava se aproximando rápido.

Ela concordou com a cabeça.

— Passei dois dias sentada no escuro, tentando decidir se era melhor mudar de nome e fugir pra outro país ou dar uma surra metafórica na minha irmã.

— E o que você decidiu?

— Quero meu papel de volta.

Ela se remexeu.

— Um milagre, então. — Eu gemi. — E para de ficar rebolando, ou todas as minhas respeitáveis intenções vão desaparecer.

— Se não me falha a memória, você fez coisas *nada* respeitáveis comigo há uns dias.

— Isso não está me ajudando. — Beijei o topo da sua cabeça, enterrando o nariz no seu pescoço e inalando o aroma floral único que tinha passado mais de uma década me assombrando. — Vai dormir.

— Você devia colocar Sitka no topo da sua lista.

— Em primeiro lugar, a Caroline não está pronta pra eu ir embora. Em segundo, isso me deixaria do lado oposto do país da única pessoa de quem quero ficar perto, que, caso ainda não tenha ficado claro, é você. E, em terceiro, vai dormir.

Passei um braço pela cintura dela.

Ela enrijeceu por um segundo, então se aconchegou, algo que não me incomodou nem um pouco.

— Foi só da boca pra fora. Quando eu disse que a gente não significava nada, foi só da boca pra fora. Passei aquelas horas todas sem conseguir pensar em nada além de você na tempestade, e eu...

— Eu sei. Eu sabia na hora que você falou. — Dei um beijo atrás da orelha dela. — E tenho um índice de cem por cento de retorno quando se trata de tempestades.

Ela se virou nos meus braços e me encarou.

— Não gosto quando as pessoas se aproximam demais — sussurrou ela.

— Eu também sei disso. — Acariciei seu quadril. — Na verdade, eu sei disso há uns onze anos. E, apesar de essa ser uma das suas características mais frustrantes, tenho que admitir que isso deixa as coisas interessantes. E, para sua defesa, você me avisou logo no começo. — Pelo visto, nós não íamos dormir tão cedo, mas eu não conseguia dar bola para isso, não quando ela finalmente estava na minha cama. — Mas você podia fazer um favor pra nós dois e parar de lutar contra mim.

Ela abriu a boca, como se quisesse falar algo, mas repensou.

— Você aceitaria mesmo o que conseguisse de mim?

Eu me senti instantânea e completamente acordado.

— Aceitaria.

— E se houvesse um jeito disso ser de verdade, mas... seguro?

Ela apoiou as mãos no meu peito.

Puta merda. Aquilo estava acontecendo de verdade?

— Já é de verdade. Do que você precisa pra se sentir segura?

Corri a mão por suas costas.

Ela engoliu em seco.

— Precisa ser fácil. Simples. Sem ninguém se magoar.

— Tudo bem. — Eu já me magoaria mesmo, mas, contanto que ela saísse ilesa, eu daria o que ela quisesse. — Nada de complicações — adivinhei.

Ela concordou com a cabeça.

— Tudo na minha vida está de pernas pro ar, e preciso que você fique com as pernas no chão. — Ela apoiou o queixo nas mãos. — E sei que não é justo…

— O que eu conseguir de você — lembrei, e a culpa começou a corroer os recantos do meu estômago.

Havia tanta história entre nós.

— Mesmo que seja só até eu voltar pra Nova York?

Ela enrijeceu.

Merda.

— Você só quer ficar comigo por cinco semanas?

Mas aquele não era meu plano desde o começo? Usar o verão para fazer os olhos dela voltarem a ganhar vida? Então por que era como se meu coração estivesse sendo despedaçado?

— Só posso ficar com você por cinco semanas — esclareceu ela. — Quando eu voltar, vou precisar de todo meu foco. Vou lutar pelo meu lugar na companhia, e…

Facilita as coisas pra ela.

— Eu entendo. — Afastei o cabelo dela do seu rosto, e a culpa bateu mais forte em mim. Aquilo era um gostinho de tudo que eu sempre quis, e falar sobre o passado arriscaria *tudo*, mas era algo que eu precisava fazer. Eu não podia dizer para ela que aquilo era de verdade sem *falar* a verdade. — A gente devia conversar sobre o meu sumiço e, se você não me perdoar…

— Não. — Ela balançou rápido a cabeça e tocou meu rosto. — Eu te perdoei no instante em que você me contou que estava no espetáculo. Nós éramos adolescentes, e eu também errei, Hudson.

— Não como eu.

Apertei seu quadril, e ela pressionou os dedos na minha boca. Parei de respirar. Ela não podia me perdoar, não de um jeito tão indolor.

— Simples e fácil, lembra? — sussurrou ela. — Não consigo lidar com mais nada agora. Vamos só aceitar que, por enquanto, isso é tudo que importa. O passado já foi, e não podemos ter um futuro. Não vou abrir mão de Nova York, e você não vai sair de perto da sua família se puder evitar, e se não puder, só Deus sabe pra onde vão te mandar. — Ela tentou sorrir e fracassou. — Então, a menos que você consiga pensar em algo que te impeça de ser meu pelas próximas duas semanas, não me obrigue a pedir de novo. Essa é a única chance que vamos ter, e eu quero aproveitar ela. — Ele desceu os dedos para meu queixo. — Se você também quiser.

O pânico que tomou os olhos dela roubou minhas palavras e minhas boas intenções. Ela nunca tinha sido tão vulnerável comigo, mesmo quando éramos adolescentes. Se eu desse um passo em falso agora, ela transformaria aquelas barreiras em uma muralha.

— Hudson?

Ela se afastou.

— Cinco semanas não é o bastante. — Minha voz ficou rouca. Se nós fôssemos ficar juntos por mais do que cinco semanas, se pretendêssemos durar, eu imploraria de joelhos por suas desculpas. Mas trazer à tona o passado causaria uma tempestade que ela não aguentaria, não agora, não quando estava prestes a entrar em guerra para recuperar seu papel. Mas depois, quando tudo aquilo acabasse, ela precisaria me escutar. — Mas aceito.

Ela abriu um sorriso radiante, então se inclinou e me deu um beijo.

— Ótimo. Agora podemos dormir.

Ela se virou em meus braços e se aconchegou em mim.

Eu tinha cinco semanas para fazê-la tão feliz quanto possível, e eu não estragaria tudo. Fosse lá o que ela precisasse, eu daria.

Nossas respirações foram se acalmando, e eu estava quase dormindo quando a escutei dizer:

— Seus sonhos também são importantes, Hudson.

O único sonho com que eu me importava era o que estava vivendo naquele instante, podendo dormir ao lado dela. Foi o sonho de que despertei às cinco da manhã, quando o celular de Allie tocou.

Ela se afastou dos meus braços, bateu na mesa de cabeceira algumas vezes, então finalmente atendeu aquela porcaria.

— Eu vou te matar, Anne. Sim, estou no Hudson. Porque sou uma mulher adulta que pode dormir onde quiser, com quem quiser.

— Contanto que seja comigo.

Eu a puxei de volta para mim. Depois do resgate de ontem à noite, eu só precisaria voltar ao trabalho às nove, o que significava que eu tinha tempo suficiente para ver Allie gozar algumas vezes e ainda ter mais umas duas horas de sono. Uma manhã perfeita.

— Como assim, você não dormiu? — Allie enrijeceu. — O quê? Você só pode estar de brincadeira. Não, isso não faz sentido. Não tem como ser ele. — Ela se sentou, e meu braço caiu. — Não, vou ligar pra ele mais tarde. Porque às cinco da manhã as pessoas estão dormindo! — A coluna dela enrijeceu. — Não, você *não* fez isso. Você contou por quê? Tá. Volto pra casa às nove.

Ela desligou o telefone e o devolveu para a mesa de cabeceira.

— O que houve?

Abri um olho.

Ela me encarou com olhos arregalados.

— A Anne achou a certidão de nascimento original da Juniper.

27

ALLIE

BrilhaEstrela: Ela merece o que receber.

O relógio tiquetaqueava enquanto eu permanecia sentada na poltrona da sala, olhando o Instagram, curtindo algumas das publicações de Reagan e Harlow enquanto elas se preparavam para intensivos de verão.

Bom para elas. Eu tinha passado minha manhã tendo dois orgasmos espetaculares enquanto cavalgava Hudson, quase chegando ao segundo quando o vi perder completamente o controle embaixo de mim — depois de fazê-lo implorar, é claro. Isso certamente contava como exercício físico.

Anne estava sentada no sofá à minha frente, ao lado de Kenna, virando as costas para poder olhar pela janela, dedos tamborilando rápido no encosto estofado.

Eu e Kenna nos entreolhamos, e então ela ligou seu iPad.

— Anne, você vai ter que encontrar algum outro jeito de gastar essa ansiedade, porque já está *me* deixando ansiosa.

Os dedos de Anne pararam, mas ela não tirou o olhar da janela.

— Só estou nervosa.

— A gente percebeu — comentei, sentando sobre meus pés e pegando minha garrafa de água para Kenna não começar a me passar um sermão sobre me manter hidratada.

— Uma de vocês podia ler pra mim — sugeriu ela.

— Você quer ouvir sobre um novo procedimento minimamente invasivo pra reparar o maguito rotator que apresentou bons resultados em ensaios clínicos? — perguntou Kenna. — Porque é sobre isso que estou lendo.

— Achei que você não fosse cirurgiã. — Anne finalmente desistiu de ficar dobrada feito um pretzel e se virou na direção da janela.

— Não sou. Prefiro tratar o paciente por completo e encontrar formas de evitar que ele entre na faca. Mas isso não significa que eu não leia sobre as opções. — Ela mexeu novamente na tela do iPad, então lançou um olhar firme para a banana que estava na mesinha ao meu lado. — Essa banana não vai te servir de nada parada aí.

Revirei os olhos e comecei a descascar a fruta.

— O que você está lendo, Allie? — perguntou Anne. — Alguma coisa interessante?

— Parece que a Candace ficou noiva.

Sorri e virei o celular para elas verem a foto da morena exibindo uma aliança. Anne olhou para trás, então se virou de novo como se o carro não fosse vir se ela não estivesse prestando atenção na rua.

— Olha só pra você, de volta às redes sociais, e que legal pra Candace! — Kenna concordou com a cabeça. — A Jillian é ótima, e muito talentosa. Passei na galeria nova dela mês passado, e estava lotada.

— Uma artista? Nossa. Sempre achei que a Candace se casaria com outra bailarina — disse Anne.

— Você parece até a sua mãe falando — ralhou Kenna antes de olhar para mim. — Algumas pessoas gostam de ter uma vida fora do estúdio, de ter uma parceira que lhes ajuda a ter uma base fora da dança, pra elas conseguirem sobreviver *depois* do balé.

— Não começa. — Arrastei a tela com a mão direita e dei uma mordida na banana.

— Ela tem razão. Você sabe o que dizem — murmurou Anne. — Bailarinos morrem duas vezes. — Quando se aposentam e quando batem as botas. — Gosto de ver que você está quebrando sua regra de só bailarinos, Allie, e adoro te ver toda sorridente de novo.

— Mas? — Dei outra mordida na banana e abri o Seconds.

Ela cruzou os braços no encosto do sofá e apoiou o queixo nas mãos.

— É impossível não sentir que preciso te proteger, e sei que você disse que o Hudson estava lá na noite de *Giselle*, e isso é um grande ponto positivo depois da palhaçada que ele fez quando vocês eram mais novos, mas...

— Mas você nunca confiou nele de verdade.

Para mim, isso não era novidade alguma. Fiz login em um novo perfil anônimo no Seconds, então abri a página do 4IrmãsRousseau e fiquei encarando a tela. A conta tinha ganhado mais duzentos mil seguidores desde que eu viera para Haven Cove em maio, e quarenta mil nos últimos dois dias. Com sorte, o vídeo estaria perdendo força.

— As pessoas tomam decisões de merda antes de desenvolverem completamente o lobo frontal — interrompeu Kenna, me poupando. — Ele não soube lidar com o fato da Allie ter se machucado e se mandou pra academia. Isso torna ele um babaca imaturo de dezoito anos, mas não é algo impossível de perdoar. Não é como se ele tivesse causado o acidente nem nada. — Ela ergueu o olhar do tablet. — Ele não fez isso, fez? Não havia outras marcas de pneu ou coisa assim?

— Não, a culpa foi só da Lina. Ela era incapaz de obedecer limites de velocidade. — Anne suspirou. — Ou qualquer outra regra, na verdade.

— Não tinha mais ninguém com a gente — confirmei. — Disso, eu lembro.

Abri o perfil e cliquei no primeiro vídeo, diminuindo o volume para as duas não escutarem. Ele começava com a gravação que Eva tinha feito sem eu saber, comigo explicando por que não me sentia confortável ao executar *grand jetés* — ou qualquer outro tipo de salto — e se entremeava com cortes que ela havia feito dos meus erros vergonhosos durante nosso fim de semana, que tinha sido republicado pelo perfil PontaCostaOeste, que acrescentava seus comentários enquanto caminhava pelos corredores de uma companhia de balé na Califórnia. Graças às legendas, guardei minha humilhação para mim mesma.

— Então vamos analisar o último drama na companhia. A Alessandra sabia que estava sendo gravada? Duvido muito. Mas isso não muda o fato de ela claramente ainda estar muito no começo da reabilitação e, pelo que escutei da companhia, mentiu descaradamente pra *todo mundo* no baile deles sobre estar pronta pra voltar no outono, o que é uma questão ética bem grave, na minha opinião.

A banana virou uma massa sem gosto na minha boca. Isso não era verdade. Eu nunca tinha mentido.

O rosto da influenciadora se retorceu de nojo.

— Escutem, não é como se a companhia não fosse segurar a vaga dela se ela dissesse que demoraria um pouco mais pra melhorar. Afinal, ela é a *Alessandra Rousseau*. Mas mentir pra companhia sobre a lesão, quando montaram todo o cronograma de outono ao redor dela, é muito... É uma questão de falta de integridade, sabe? Nenhuma companhia respeitável vai querer saber dela depois disso. Escutem, já falei mais de uma vez, ela é arrogante e metida, mas era uma das melhores, e estou decepcionada. Ela deveria ser um exemplo. Me digam o que vocês acham nos comentários.

Eu nunca pedi para ser exemplo de nada. Apesar da náusea imediata, mordi a banana porque precisava desse combustível, então resolvi alcançar o nível máximo de masoquismo: entrei nos comentários.

PrincesadoPenche: Pois é. Aposto que ela achou que nunca descobririam.

AdrienneAdage14: É por isso que a reabilitação dentro da companhia deveria estar em contrato.

PontaCostaOeste: @AdrienneAdage14 Concordo plenamente.

AraThomas9164: Deviam processá-la por fraude.

DulcineaPraSempre: Ela é nojenta, e espero que não renovem seu contrato.

NaPonta34: Por que ninguém está falando sobre o fato de que ela foi substituída pela irmã? A companhia não consegue se manter sem uma Rousseau?

Perdoemeupasse: @NaPonta34 Duvido. Aquele lugar desmoronaria sem o $$$.

Tutulinda20: Parei de acompanhar ela há milênios.

ReeseNaPonta: Acho que a irmã dela foi bem babaca publicando o vídeo.

PontaCostaOeste: @ReeseNaPonta Discordo. A Eva fez um favor pra comunidade.

ReeseNaPonta: @PontaCostaOeste Elas são IRMÃS.

PontaCostaOeste: @ReeseNaPonta Pois é. Então imagina só como deve ter sido difícil pra Eva mostrar a verdade sobre a Alessandra. Tenho muito respeito por ela.

TanyaThomas97: @ReeseNaPonta Super concordo com você. Obs.: ela não sabia que estava sendo gravada.

BrandoQueso: Não sei como acabei no lado do balé do Seconds, mas adorei o drama.

ReaganHuang: Se a Alessandra diz que estará pronta no outono, é verdade. Ela não é mentirosa, e você não está ajudando sua imagem profissional acusando-a de mentir, Lila.

— Allie? — Kenna chamou, como se não fosse a primeira vez que ela tentava chamar minha atenção.

— Hein? — Pressionei o celular contra o peito, escondendo a tela, e a vi me encarando.

— Eu estava perguntando por que o Hudson não veio, já que isso também envolve ele. — Ela esticou a mão. — Me dá isso.

— Por quê? — Eu apertei ainda mais o celular.

— Porque você está pálida como fantasma, parou de prestar atenção na gente e, agora, está da cor de um tomate, a menos que o Hudson tenha te mandado alguma mensagem pornográfica que tenha te assustado. Me dá isso.

Ela dobrou a mão.

Deixei o orgulho e a vergonha de lado e mostrei a tela.

Ela leu os comentários, alternando entre bufar e suspirar.

— Você não devia estar lendo esse monte de merda. — Ela balançou a cabeça. — Adoraria ver alguém falando essas coisas na sua cara.

— Já falei pra ela parar de ler — disse Anne, ainda encarando a janela. — Se você precisa de dopamina, assiste um vídeo de filhotes de bode. Ou aquele cara que cozinha.

— Adoro o fato de a Reagan estar te apoiando — disse Kenna, devolvendo o celular. — Quer que eu me meta e comece a defender sua honra?

— Não. Vão dizer que você é minha cúmplice. Já estão me jogando na fogueira, não tem necessidade nenhuma de se arremessar nela também.

Meus dedos pairaram sobre a tela e, por um milésimo de segundo, a indignação venceu e cogitei responder para esclarecer as coisas. Cliquei no botão comentar.

— Não faz isso — alertou Kenna. — Sei que dói ficar quieta, mas, se você entrar na briga, os tubarões vão fazer a festa. Vão distorcer tudo que você disser pra se encaixar na narrativa deles e gerar uma nova onda de conteúdo monetizado. Você não precisa pagar o aluguel dos outros. Nós duas sabemos que semana que vem todo mundo vai estar comentando sobre alguma besteira nova. Agora, cadê o Aquaman?

Fechei o aplicativo.

— O Hudson não conseguiu folga.

— Ele chegou. — Anne se impulsionou para trás com tanta força que caiu do sofá, e fiz uma careta quando seus joelhos bateram no chão. — Ele chegou!

Ela cambaleou para ficar de pé, e eu me levantei.

— Para com isso. — Deixei o celular na mesinha lateral e me enfiei na frente de Anne. — Nós temos um plano. Você vai *seguir* o plano. Não sabemos como ele vai reagir.

Anne apertou os lábios antes de pegar o envelope amarelo em cima da mesa de centro e sentar no sofá.

— Obrigada — falei para ela, então segui para a porta da frente, abrindo-a enquanto Everett, de camisa polo justa e um short quadriculado, puxava sua mala da Louis Vuitton pelos degraus da varanda. Um nó de ansiedade se formou na minha garganta.

— Ai, meu Deus, aí está ela! — Ele largou a mala na porta, empurrou os óculos de sol para cima do cabelo loiro e veio correndo até mim, me carregando para dentro da casa em um abraço. Eu o apertei de volta, sabendo que aquele poderia ser o último abraço que ele me daria por vontade própria. — Droga, Alessandra. — Ele me apertou. — Eu estava esperando você falar comigo, mas, quando a Anne ligou, peguei o primeiro voo.

Ele me colocou no chão, subindo as mãos para o topo dos meus braços.

— Oi, Everett.

Sorri e me peguei analisando seu rosto em busca de sinais de que a descoberta de Anne tinha qualquer base na realidade.

— A decisão do Vasily foi... uma merda sem tamanho. A companhia inteira está irritada. Desde quando a gente anuncia o elenco no meio de julho? E você devia ter *visto* o ataque que a Charlotte deu quando a Eva foi promovida a bailarina principal antes de todas as solistas. A Reagan disse que ela quebrou um dos espelhos no vestiário feminino. Tenho certeza que o Vasily está torcendo para os ânimos já terem se acalmado depois de todo mundo voltar dos intensivos de verão, mas ouvi falar que algumas das solistas não pretendem renovar o contrato. Um drama que só. — Ele ergueu as sobrancelhas com um ar escandaloso. — O Vasily pelo menos se explicou pra você, ou mandou o Maxim fazer o trabalho sujo?

— Perdi as ligações dele, e agora ele não me atende. — O nó na garganta dobrou de tamanho.

— É claro que não. — Ele revirou os olhos e baixou as mãos. — Ele sabe que não vai ser demitido enquanto sua esposa for diretora-executiva, então não é como se ele tivesse que defender essa babaquice. O que aconteceu? Sua mãe ligou pra ele ou coisa assim? Não que eu ache que a Sophie fosse te ferrar só pra... — Ele inclinou a cabeça. — Bom, eu não duvido de nada quando se trata da sua mãe.

— Ela não ligou pra ele. — Engoli a gargalhada absurda que tentou escapar de mim diante daquela acusação. — Pela primeira vez na vida, tenho certeza absoluta que minha mãe não teve nada a ver com isso. Foi tudo coisa da Eva.

— A escrota da Eva. — Ele puxou a mala para dentro e fechou a porta. — Então, qual é o plano pra você recuperar seu papel?

— Eu… não pensei em nada. — Além de me tornar o milagre que Hudson havia sugerido.

— Fala sério. A dra. Lowell está aqui com você. Todo mundo sabe. Se você não tiver um plano, ela tem. Não é, Kenna? — Ele gritou a última pergunta.

— Tenho — respondeu Kenna, surgindo na porta. — Mas meu plano depende de três coisas darem certo.

— Bom, eu estou aqui, então uma coisa já está resolvida. — Ele gesticulou para a mala. — Imagino que a Anne tenha me chamado porque você precisa de uma dupla pra treinar, porque nem por um decreto vou dançar com a sua irmã em outubro. Antes que você pergunte, é claro que posso ficar o mês inteiro. O Michael vem me visitar, óbvio, mas quem não adora passar um verão em Cape Cod? Nossa, não venho aqui desde aquele último intensivo que sua mãe deu. Quantos anos a gente tinha?

Ele analisou o hall de entrada como se procurasse mudanças, e espiou dentro do estúdio.

Pigarreei.

— Eu tinha dezessete anos. A Lina tinha dezenove.

— Isso mesmo. — Ele nem pestanejou. — Então, qual é o segundo item do seu plano brilhante? — perguntou ele para Kenna.

— Essa parte é mais… — começou ela.

— Como você explica isso?! — Anne veio com tudo da sala, balançando no ar a certidão de nascimento original de Juniper.

— Isso que é seguir o plano — resmungou Kenna.

Everett ergueu as sobrancelhas feitas quando Anne enfiou o papel praticamente na cara dele, e prendi a respiração enquanto ele analisava o documento que mencionava Juniper apenas como "bebê Rousseau".

— Ah, puta merda. Eu tinha até me esquecido disso.

Fiquei boquiaberta, com o estômago embrulhado.

— É só isso que você tem a dizer?

Ele olhou para mim, depois para Anne, sua expressão murchando.

— Ah, merda, vocês não sabiam. Nesse caso, podemos beber alguma coisa? Preciso de uma bebida pra essa conversa.

Cinco minutos depois, entreguei um copo de limonada para Everett enquanto ele se acomodava em uma poltrona igual à minha, então sentei no meu lugar e li a mensagem no meu celular.

HUDSON: Não paro de pensar em você.

Sorri, apesar da situação, e digitei "Toma cuidado com suas costelas hoje" antes de voltar todo meu foco para Everett, que estava à minha esquerda e evitava o olhar de Anne a qualquer custo.

— Pode começar a se explicar — exigiu ela.

— Eu estava sentado ali no lugar da Kenna quando a Lina me pediu pra registrar o filho dela. — Ele passou um dedo pela borda do copo. — Ela disse que seria só pra documentação, que eu só seria responsável por algumas horas. Só pelo tempo de assinar a desfiliação.

Meu coração se apertou. Ela havia contado para ele, mas não para nós.

— Então você não é o pai da Juniper?

— Foi esse o nome que deram pra criança? Os pais dela, quer dizer. — Ele tomou um gole da limonada, então percebeu que continuávamos o encarando. — É claro que não sou pai dela. Pra isso, eu teria que transar com uma mulher. Não, obrigado. — Ele balançou a cabeça.

Anne murchou feito um balão perdendo gás hélio.

— Até parece que você não sabia que havia uma possibilidade minúscula disso ser verdade — murmurou Kenna para ela.

— Você sabe quem é? — perguntei.

— Não. — Everett se inclinou para a frente e pegou um porta-copos da pilha em cima da mesa de centro. — Ela disse que era um cara com quem transou quando chegou a San Francisco e que nem lembrava o nome dele. — Ele pousou o porta-copos na mesinha lateral e botou o copo em cima. — Não acredito que não sabiam disso. Achei que vocês falassem sobre tudo.

— Pelo visto, não, então você pode continuar. — Anne encarou o próprio copo. — Quando foi isso?

— Acho que na primeira semana de maio — respondeu ele.

— E ela estava aqui? — Olhei ao redor da sala como se Lina fosse aparecer em um passe de mágica.

— Aham. — Ele concordou com a cabeça. — Ela disse que fazia mais ou menos um mês que tinha chegado.

— Ela deve ter vindo depois das férias de primavera, quando voltamos pra Nova York — murmurou Anne. — A certidão diz que a Juniper nasceu numa cidade perto daqui. Ela ficou no condado de Barnstable.

— Faz sentido. Topei vir depois que o bebê nascesse e, quando isso aconteceu, assinei tudo que os advogados me deram.

— Por que você fez isso por ela? — perguntei.

— Ela estava grávida e precisava de ajuda. Os advogados disseram que a adoção seria mais fácil, mais rápida, se o pai concordasse com tudo e, do jeito que a Lina falava, ela já tinha escolhido a família perfeita pra criança. Quando eu hesitei... — Ele buscou as palavras, então tirou os óculos de sol do topo da cabeça e também os pôs sobre a mesa. — Vocês vão achar que eu sou um babaca.

— Eu jamais acharia isso. — Eu me estiquei sobre a mesinha lateral e apertei sua mão.

— Eu acharia — resmungou Anne.

— Para com isso. — Kenna jogou uma almofada nela, e Anne a pegou no ar, então a abraçou.

— Não entrei pro intensivo de verão da companhia naquele ano — admitiu Everett, passando os dedos pelo cabelo, bagunçando-o. — Fiz o teste em janeiro e não passei.

— Impossível. — Balancei a cabeça. — Você estava aqui naquele verão, e a nossa mãe só aceitava alunos que passavam no teste...

Fiquei sem ar.

— Aham. Pois é. — Ele concordou com a cabeça. — Esse foi o preço. Eu poderia treinar com as irmãs Rousseau, e ela pagaria minhas despesas na cidade, além de garantir uma vaga pra mim no Clássico, pra eu poder concorrer a um contrato na companhia.

Eu me obriguei a continuar respirando, então tomei metade do copo de limonada de uma vez só, me concentrando no gosto azedo, ácido.

— Maquiavel não chegaria aos *pés* da sua mãe — disse Kenna.

— Eu achava mesmo que você sabia — disse Everett para mim. — Eu pensava que era por isso que você sempre foi tão legal comigo.

— Eu sempre gostei de você porque você é... você.

Eu não podia culpá-lo por guardar segredos, já que eu também tinha vários.

O olhar dele passou para Anne.

— Disseram que seria confidencial. Sua mãe prometeu que ninguém saberia.

— Pelo que eu consegui encontrar, ela só guardou essa cópia da certidão — explicou Anne. — Mas você seria descoberto de qualquer jeito, Everett. A lei mudou há uns anos. Quando fizer dezoito anos, a Juniper vai ter acesso ao histórico dela.

— Ah, que... — Ele engoliu em seco. — Bom saber disso.

— Eu achava que conhecia ela — sussurrou Anne. — E a cada dia vejo que eu não sabia de *nada*.

— É impossível saber tudo sobre alguém — disse Everett. — Todo mundo tem segredos.

O som de um carro passando em cima do cascalho veio da frente da casa, e todos nós olhamos pela janela enquanto um Range Rover preto estacionava.

— Nós estamos dando uma festa e ninguém me avisou? — perguntou Anne.

— Esse é o terceiro elemento do meu plano pra recuperar seu papel — disse Kenna, se levantando do sofá e atravessando a sala. — Posso recuperar seu tornozelo, mas você precisa de uma professora.

— Ela ligou pra sua mãe? — sussurrou Everett.

Ela não faria isso. Meu estômago embrulhou.

— Duvido muito — respondeu Anne. — A mamãe anda... um pouco focada em si mesma no momento.

— O que você fez? — perguntei a Kenna, me levantando.

Todos os professores que eu conhecia estavam ocupados naquela época do ano, dando cursos intensivos.

— Eu jamais ligaria pra sua mãe — respondeu Kenna do hall de entrada, antes de abrir a porta.

— Meu bebê! — Eloise, com um vestido vermelho largo, entrou na casa e deu um abraço em Kenna, então fitou a roupa de ginástica dela por cima dos óculos de sol. — O que você está *usando*? Não importa. Minhas malas estão no carro. Vou ficar no quarto da Sophie, é claro.

Ah, puta *merda*.

Ela não tinha ligado para a minha mãe. Mas para a mãe *dela*.

28

ALLIE

Quando se tratava dos cursos intensivos de verão na minha infância, minha mãe não poupava dinheiro para trazer os melhores professores, escolhidos a dedo, para a praia, e sempre guardava a mais exigente e severa para o final.

O fato de essa professora ser sua melhor amiga não era coincidência.

Eloise desfez as malas, disse para Anne preparar o almoço e ordenou que eu e Everett fôssemos para o estúdio.

— Vamos ter trabalho, né? — disse ela apenas, enquanto mudava a música no aparelho de som.

Os próximos dois dias passaram em um piscar de olhos. Depois que Kenna confirmou que meu tornozelo estava liberado, sem restrições, Eloise foi uma *carrasca*. Ela exigia perfeição e, quando não a alcançávamos, nos obrigava a executar uma combinação atrás da outra até acertarmos ou ela decidir que estávamos exaustos demais para continuar.

Quando Hudson trouxe Juniper no fim da tarde do terceiro dia com Eloise, a professora ficou assistindo enquanto eu a ensinava. Ela observou, avaliou e, para minha surpresa, sorriu quando acabamos.

— Você sabe quem eu sou? — perguntou Eloise enquanto Juniper guardava as sapatilhas na bolsa. — Só pergunto porque você ficou me encarando pelo espelho como soubesse.

— Você é a Eloise Lowell — sussurrou Juniper em um tom reverente. — Era solista na Companhia Metropolitana de Balé antes de virar professora.

— Isso mesmo. — Ela concordou com a cabeça. — Quer que eu te ajude enquanto estiver aqui?

— Pense com cuidado na resposta, Juniper. — Tirei minhas sapatilhas, fazendo uma careta ao ver o estado dos meus pés. A bolha no meu pé direito tinha estourado, apesar de eu feito um curativo, e Eloise não gostava de ponteiras de silicone. — A Eloise é a melhor, mas não tem medo de magoar seus sentimentos.

Eloise arqueou uma sobrancelha.

— Sim, por favor — respondeu Juniper, erguendo o queixo. — Eu aguento.

Eloise riu.

— Acho que aguenta mesmo. Agora, pode ir com seu…

Ela lançou um olhar para a porta e, quando ergui a cabeça, encontrei Hudson esperando, seu cabelo ainda molhado do banho pós-piscina.

Meu coração disparou, e aquela pressão doce, ardente, que eu me recusava a nomear, preencheu meu peito. Eu já tinha passado do nível de apenas gostar dele. De apenas ter carinho por ele. Mas não queria dar um rótulo ao sentimento, sob pena de ser dominada por ele.

— Tio — completou Juniper, então enfiou os pés em um par de Crocs verde-fluorescente e pegou a bolsa. — Obrigada!

— Não me agradeça ainda — alertou Eloise, seu olhar encontrando o meu.

Eu me levantei, me desassociando da dor ao seguir na direção de Hudson. Por mais que eu detestasse admitir, tinha sentido saudade dele nos últimos dias.

Ele sorriu, a covinha surgindo em sua bochecha enquanto eu me aproximava, mas sua expressão logo mudou quando ele olhou para baixo.

— Que foi que aconteceu com seus pés?

— Não é nada. Estou pagando o preço de alguns calos perdidos, mas eles vão voltar. — Eu me estiquei e dei um beijo rápido nele. — Essa é a Eloise, a mãe da Kenna.

Ele esticou a mão, e Eloise a apertou devagar.

— Ouvi falar muito da senhora, sra. Lowell.

— Se você for quem eu penso que é, infelizmente posso dizer o mesmo. — Ela cruzou os braços sobre o suéter cor-de-rosa. — Você era uma pedra no sapato da Sophie.

— Com orgulho. — Ele concordou com a cabeça.

— Hum. — Ela voltou para dentro do estúdio enquanto Juniper se afastava correndo, seu coque já se desfazendo.

Acompanhei os dois até o lado de fora, girando meus ombros e pescoço duros, e então me despedi de Juniper enquanto ela entrava na picape de Hudson.

Na varanda, ele passou os braços ao redor da minha cintura.

— Parece que você resolveu seguir a estratégia do milagre.

— Tipo isso. — Levei as mãos ao peito dele. — Sabe aquela sua história de equilíbrio?

Ele concordou com a cabeça, duas rugas surgindo em sua testa.

— Não vai haver equilíbrio nenhum. Não pelo próximo mês. — Engoli em seco enquanto sentia meu peito apertar, se misturando com o gosto amargo do medo. — A Eloise, a Kenna e o Everett vieram pra cá por mim, e preciso treinar com eles todos os dias. Se eu quiser ter alguma chance de recuperar meu papel, eu não posso me desligar do estúdio.

Ele me puxou para perto.

— Você está diminuindo nosso tempo?

— Não quero fazer isso. — Subi as mãos por sua camisa, dando a volta por seu pescoço, e meu peito apertou. — Mas significa que você ficou na desvantagem. Só vou ter tempo livre à noite. Preciso treinar onze horas por dia e dormir pelo menos oito pra me recuperar. Com uma ou duas horas pra acordar e comer, não sobra muito.

— É babaquice da minha parte pedir o que sobrar?

— Não.

Balancei a cabeça e quase suspirei de alívio. Meu lado cético jurava que ele desistiria de mim.

— Então eu fico na desvantagem. — Ele se inclinou e me beijou. — Se isso fosse um filme, você estaria na parte que mostra várias imagens suas treinando, dando seu máximo por um objetivo. Eu entendo. Não me incomodo em considerar o sono como tempo juntos. Na sua casa. Na minha casa. Vou dar um jeito.

— Obrigada.

Eu sorri. E senti aquela ânsia familiar no meu peito.

— O que eu conseguir de você. — Ele me deu outro beijo, dessa vez intenso o suficiente para minha respiração acelerar e eu me apoiar no seu corpo. — Tenta conseguir umas nove.

— Nove? — perguntei enquanto ele me soltava e começava a descer os degraus.

— Nove horas na cama — respondeu ele olhando para trás. — Se você me der essa hora extra, prometo que vai dormir melhor pelas próximas oito.

Dei uma risada.

— A gente se vê hoje à noite?

— Bato à porta? Ou preciso escalar a treliça? — Ele sorriu ao chegar à picape.

— Vou deixar você entrar — prometi.

— Não faça promessas que não pode cumprir. Até logo.

Ele entrou na picape, e voltei para dentro depois que as luzes do farol desapareceram na rua.

Eloise me esperava no hall de entrada.

— Aquela garotinha tem um rosto muito familiar.

— Tem?

Fechei a porta e me esforcei para acalmar meu coração acelerado.

— Ela é a cara da Lina. Mesmos olhos. Mesmo sorriso. Até perde o equilíbrio da pirueta no mesmo ponto. — Ela me encarou. — Tem alguma coisa que você queira me contar?

Minha mãe não tinha contado para *ela*.

— Acho que não.

— Hum. — Ela concordou com a cabeça. — E o tio? Ele é uma distração?

Eu me empertiguei.

— Não, senhora.

— Ótimo. Eu detestaria desperdiçar tanto trabalho por causa de um namorico de verão.

Ela seguiu para a escada.

Não era de admirar que Eloise fosse tão próxima da minha mãe. As palavras das duas eram sinistramente parecidas. Estava na ponta da minha língua argumentar que aquilo não era um namorico… só que era exatamente isso que nós tínhamos. Eu havia pedido para ser assim, tinha dito que não conseguiria lidar com mais nada, e todo mundo — até Hudson — sabia disso.

Mas só porque eu sabia que não daria certo depois do meu retorno para Nova York não significava que eu quisesse que fosse assim. Era apenas uma questão de me proteger da inevitável devastação que nosso fracasso causaria. Então era melhor me concentrar no que tínhamos, e eu estava apostando tudo no *agora*.

Dias se transformaram em semanas, voando em um ciclo interminável de treinos, dor e recuperação. Aos poucos, meu corpo foi se adaptando. Meus calos engrossaram. Meu tornozelo se fortaleceu.

Toda manhã em que estava em casa, eu abria a gaveta da minha mesa de cabeceira enquanto Hudson tomava banho, olhava para o anel de Lina para me lembrar por que aquilo tudo valia a pena e me jogava nos treinos. Eu passava os dias no estúdio e as noites com Hudson, mergulhando mais fundo na bagunça dos meus sentimentos por ele em vez de fugir, como todos os meus instintos mandavam. Ele se encaixou na minha vida como areia despejada em um pote de seixos, se acomodando facilmente no espaço entre as pedras. Ele estava por todo canto, sem jamais se considerar uma prioridade.

Fosse na casa dele ou na minha, quando ele não estava de plantão, passávamos todas as noites na cama. Ele me obrigava a seguir a regra das oito horas, nunca deixando que eu perdesse o sono para agradá-lo, o que só me fazia ir para a cama mais cedo, determinada a aproveitar cada segundo que tínhamos juntos. Ele deixava um carregador de celular na minha casa, na mesa de cabeceira do seu lado da cama. Eu deixava algumas roupas minhas em uma gaveta na casa dele.

Julho se transformou em agosto. Michael veio passar os fins de semana com Everett, e Matthias visitava sempre que tinha um tempo na agenda. Tempestades vieram, Hudson foi trabalhar em todas elas, e eu aos poucos aprendi a respirar em meio ao medo e a confiar que ele voltaria para casa, a confiar *nele*.

Juniper desabrochou sob as orientações de Eloise, aprendendo mais rápido do que eu na sua idade, e apesar de Eloise nunca mais ter tocado no nome de Lina eu a pegava observando Juniper com um sorriso triste de vez em quando, e sabia que… ela sabia.

— Ela é talentosa — comentou Eloise em uma sexta de agosto, enquanto Juniper arrumava suas coisas após a aula. — Não vai vencer, mas também não vai passar vergonha. Acho que vai entrar pelo menos no top vinte da sua categoria.

— Espero que sim — respondi, tentando ignorar a culpa que pesava em meu estômago como chumbo.

A cada dia que passava, nós chegávamos mais perto do dia Clássico e tornávamos a situação com Caroline cada vez pior. Todos nós tínhamos ficado terrivelmente confortáveis com a mentira, egoístas a ponto de nos recusarmos a arriscar a felicidade delicada da nossa convivência. Eu só podia torcer para termos tomado a decisão certa, que mostrar para Caroline a facilidade com que nossas vidas poderiam se mesclar, pelo bem de Juniper, seria suficiente para aplacar seus medos.

— Encomendei um figurino pra ela — disse Eloise com um sorriso rápido. — Pro Clássico. Vai chegar amanhã, pra ela conseguir usar no ensaio. Tirei as medidas dela na semana passada, enquanto você estava distraída olhando para o tio na piscina.

Eu olhei para ela.

— Não precisava.

— É claro que precisava. Eu vi o que vocês duas estavam considerando comprar na internet. Uma Rousseau não pode dançar usando qualquer figurino, pode? — Ela me lançou um olhar igualzinho ao de Kenna.

— Quem disse que ela é uma Rousseau?

Arranquei minhas sapatilhas de meia-ponta e mexi os dedos dos pés. Os músculos ainda estavam quentes, mas travariam bem rápido.

— Essa é a pergunta que não quer calar.

A semana seguinte chegou de penetra, de fininho, como o fim do verão sempre fazia — antes de todos nós nos sentirmos prontos para isso.

Juniper dançou com a roupa cor-de-rosa com o sorriso mais largo que eu já tinha visto, e qualquer culpa quanto a esconder seu segredo de Caroline evaporou. No instante em que ela visse a filha tão feliz no dia seguinte, deixaria que ela continuasse. Para mim, isso era inegável.

— Ela parece a Lina — sussurrou Anne enquanto observávamos Juniper girar.

— Sim e não. — Um sorriso lento se espalhou por meu rosto. Juniper se arriscava mais do que Lina nessa idade, acrescentava mais de sua personalidade em cada movimento. Eu e Lina interpretávamos papéis e nos transformávamos neles, mas Juniper, de algum jeito, fazia os papéis se adaptarem a ela. — Ela é única.

— Você está pronta pra amanhã? — Anne olhou para mim.

— No sentido físico ou emocional? — perguntei.

— Emocional. — Anne bateu um ombro no meu. — Sei que você está ótima fisicamente.

— Não. — Balancei a cabeça. — Coisas demais podem dar errado.

Não era só o Clássico ou Caroline; era o prazo que eu tinha determinado para Hudson. Mas eu não podia pensar nisso, não se quisesse sobreviver pelas próximas vinte e quatro horas.

— Vai dar tudo certo.

Ela entrelaçou um braço ao meu.

— E se a Caroline nos proibir de ver a Juniper por quebrarmos todas as regras que ela estabeleceu pra filha?

Meu estômago revirou.

— Ela não vai fazer isso. — Anne balançou a cabeça com um sorriso. — Vamos implorar pelo perdão dela, e tudo vai dar certo. É uma dessas situações em que o fim justifica os meios.

Eu queria ter a mesma certeza.

— Quem dera você parecesse tão feliz durante seu ensaio — disse Eloise ao vir na nossa direção, gesticulando em direção a Juniper. — Posso encomendar um igual do seu tamanho.

— Se você achar que vai ajudar — respondi.

— Contanto que você se permita brilhar no palco amanhã, vai dar tudo certo, Alessandra. — Ela olhou para Juniper. — Para as duas. Agora, vou ligar pra sua mãe pra contar todas as fofocas da companhia. É meu momento favorito da semana.

Eloise saiu do estúdio.

— Pelo menos ela é legal com a Eloise — murmurou Anne.

Peguei meu celular, que praticamente morava no peitoril da janela, já que Eloise o jogaria na piscina se eu desperdiçasse um segundinho de treino olhando para ele, e vi que tinha duas mensagens.

REAGAN: Acabei de fazer check-in no hotel. Está um saco sem você. Você vai na festa amanhã à noite, né? Ele precisa renovar seu contrato.

Meus dedos pairaram sobre o teclado. Todos os bailarinos principais da companhia tinham entrado em contato comigo, mas Vasily não tinha me ligado nem uma vez nas cinco semanas desde que anunciara o elenco. Nem Eva.

ALESSANDRA: Estarei lá. Prometo.

Abri a conversa com Hudson.

HUDSON: O Gavin está indo buscar a Juniper.

ALESSANDRA: Pode deixar que não vou me confundir e ir pra cama com ele.

— Sete horas. Pode começar a se arrumar pra ir embora — avisei Juniper.

— Ah. — Ela seguiu dançando uma melodia que ninguém mais ouvia. — Já?

— Aham. — Meu celular vibrou. — O tempo voa quando estamos nos divertindo.

HUDSON: Nem brinca com uma coisa dessas. Minha mãe ficaria arrasada se eu cometesse fratricídio.

Soltei uma risada.

ALESSANDRA: Estou odiando a ideia de não poder te ver hoje.

Hudson estava em um plantão de vinte e quatro horas e só seria liberado pouco antes do Clássico começar, de manhã. Respirei fundo enquanto era tomada por uma onda irracional de pânico. Nós não tínhamos tido tempo suficiente, mas era esse o tempo que havíamos combinado.

— Pelo menos vou poder me vestir assim de verdade amanhã. — Juniper suspirou, então saiu do estúdio com a bolsa, e torci para ela estar indo ao banheiro se trocar.

Senti o cheiro do jantar, de dar água na boca, enquanto andava pela casa, desviando de uma das malas que Anne já tinha arrumado para nossa partida. Ela era incrível, cozinhava todas as refeições segundo as orientações exatas de Kenna, brincava com Sadie enquanto eu passava tempo demais no estúdio, e até preparava as sapatilhas infinitas que eu gastava.

Sadie veio correndo até mim da sala, com um bichinho de pelúcia na boca.

— Oi, garota. — Eu me inclinei para fazer carinho atrás de suas orelhas.

— Espero que o Vasily esteja pronto pra conviver com um cachorro — comentou Everett, descendo a escada, o cabelo ainda molhado do banho.

— Você acha que ele vai me deixar levá-la para os ensaios?

Everett sorriu.

— Acho que ele vai dar absolutamente tudo que você pedir depois de amanhã. — Ele me puxou para um abraço. — Nós estamos prontos, Allie. Você está pronta.

Eu o apertei de volta.

— Só para o caso de eu me esquecer de dizer isso amanhã.

Meu celular vibrou, e o tirei do bolso para ler a mensagem.

HUDSON: Eu também. Mas vou estar exatamente no meio da última fileira amanhã.

Eu contava com isso.

29
HUDSON

BriellePiers73: O melhor "se arrume comigo" que assisti ultimamente. Boa sorte hoje!

— Não acredito que vocês estão me obrigando a fazer isso — resmungou Caroline enquanto abríamos caminho pela multidão no teatro de Haven Cove, e eu protegia o buquê de peônias rosas que tinham custado uma boa fatia do meu salário. — Por que é mesmo que eu vim?

A última vez que eu tinha ficado ansioso e apavorado ao mesmo tempo havia sido no dia de ir para a academia. Fazia sentido que aquele dia também girasse em torno da família Rousseau.

Aquele era o último dia oficial do meu relacionamento com Allie. Todas as células no meu corpo se rebelavam contra a ideia de abrir mão dela. De algum jeito, na noite anterior, eu tinha conseguido lutar contra o impulso de faltar ao trabalho, machucar as mãos enquanto subia a treliça para o quarto dela como quando eu tinha dezoito anos e fazer um discurso longo e exaustivo sobre por que ela deveria dar uma chance de verdade para nós. Isso ficaria para aquela noite.

— Primeiro, porque queremos dar apoio ao nosso irmão e, segundo, porque um pouco de cultura faz bem. — Gavin cumprimentou com a cabeça um morador que passava correndo com o filho usando figurino, ambos exibindo sorrisos empolgados.

— Diz o homem que defende que *Duro de matar* é um clássico. — Caroline virou de lado, abrindo espaço para uma fila de quatro garotas com tutus de cores diferentes passar. — Nenhuma dessas meninas é local. Meninas locais não se inscrevem no concurso?

— Deve ter alguma — respondi.

— Não reconheço nenhuma. — Caroline analisou os corredores, e torci para Juniper estar escondida.

— Confia em mim, tem mais estúdios de balé por aqui do que você imagina — murmurei.

— Além do mais, não vamos cuspir no prato que comemos — argumentou Gavin. — Gostando ou não da Sophie Rousseau, a gente precisa admitir que ela trouxe dinheiro pra *caralho* pra uma cidadezinha. Esse tipo de coisa só acontece em Nova York ou Boston. Não aqui.

— Tudo bem — resmungou ela enquanto virávamos à esquerda para entrar no teatro. — Admito que a cafeteria lucrou bem mais do que o normal essa semana, e é lá que eu deveria estar.

— Achei que você estivesse treinando um novo gerente — comentei, passando direto pela mesa cheia de programas e guiando meus irmãos para a última fileira. — Como parte da sua ideia de equilibrar o trabalho e a vida pessoal.

— Ele não está... pronto — murmurou ela.

— Ou você é controladora demais — comentou Gavin.

— Pode ser — admitiu ela. — Estou tentando melhorar. Mas ainda não consegui.

Analisei o teatro, morrendo de medo e ao mesmo tempo de vontade de ver a mãe de Allie, mas não a encontrei.

— Merda — murmurei enquanto passávamos pelas outras pessoas na última fileira, pedindo licença até alcançarmos o meio, e então sentei, depositando o buquê enrolado em papel de seda no meu colo.

— Quem você está procurando? — perguntou Caroline. — Posso ajudar.

— A Sophie Rousseau.

A mesa dos jurados ainda estava vazia, então talvez Allie tivesse se enganado e ela aparecesse.

— Você vai se meter com ela? — Gavin se inclinou para a frente em sua cadeira e ergueu as sobrancelhas.

— Não tenho muita opção. — Medo e determinação eram perigosos quando misturados, e eu havia passado as últimas semanas andando de mãos dadas com ambos, desde que tinha mudado minha lista de bases escolhidas. — Se eu quiser tentar fazer as coisas darem certo com a Allie, vou ter que encarar a mãe dela. A escola onde ela dá aula disse que ela não quer falar comigo, e quero resolver logo isso. — Antes que Sophie entendesse que eu pretendia permanecer na vida de Allie e acabasse com qualquer chance que tivéssemos. — E eu sei que a Allie disse que ela não viria, mas como alguém não assistiria o retorno da filha aos palcos?

— Ela sempre foi uma cobra. A Sophie, não a Allie. — Caroline olhou para as rosas no colo de Gavin. — Você acha mesmo certo dar flores pra namorada do seu irmão?

Na verdade, aquelas eram para Juniper.

— A Allie merece dois buquês. — Gavin deu de ombros.

— Acho esquisito, mas beleza. Tudo bem, me explica...— Caroline baixou a bolsa e gesticulou para a frente. — Como isso funciona. Nunca cheguei nessa etapa.

— Os participantes competem em categorias — comecei uma explicação resumida enquanto buscava por qualquer sinal de Allie no teatro. — Do juvenil ao sênior. Nesse caso, dos dez aos dezenove anos. Os jurados oficiais sentam ali. — Apontei para as mesas alinhadas a quatro fileiras de nós, as cadeiras vazias iluminadas por pequenas luminárias sobre as mesas, cada uma identificando a companhia que tinha sido convidada para avaliar os bailarinos. Os outros ficavam espalhados pelo teatro, com pranchetas no colo, e eu sabia que eles eram apenas uma fração dos que estariam presentes na final no dia seguinte. — Os vencedores ganham prêmios.

— Como bolsas de estudo pra Madeline's — disse Caroline, concordando com a cabeça. — Eu sei dessa parte.

— Não. — Dei um sorrisinho. — A Madeline só dá algumas bolsas para os participantes locais que se classificarem entre os vinte primeiros. — Com sorte, Juniper estaria entre eles. Uma onda de náusea fez eu me remexer no assento. — Tenho quase certeza de que a Sophie Rousseau só as convidava pra passar a impressão de que era inclusiva. Os vencedores principais passam pra etapa final, em que vão disputar os prêmios de verdade.

— E alguns já saem contratados do teatro — acrescentou Gavin.

— Então é a chance de um time contratar jogadores antes de a temporada começar. — Ela concordou com a cabeça. — Entendi.

— Hã… — Gavin inclinou a cabeça, franzindo o rosto.

— Quase isso. — Abri um sorriso pela primeira vez em seis dias, mas ele rapidamente desapareceu quando os jurados começaram a chegar.

Londres, Paris, Nova York, San Franscisco e Hudson ocuparam seus lugares, deixando a mesa do centro vazia.

— Com licença. — Eva e alguns solistas da Companhia Metropolitana de Balé se aproximavam pela fileira à nossa frente. Ela tomou um susto, ficando paralisada ao me ver, e sentou no mesmo instante, ocupando o assento à frente de Gavin.

— Até tu, Brutus? — Gavin abriu um sorriso quando ela olhou para trás.

— E a Allie vai competir? — Caroline franziu a testa. — Isso não é… meio abaixo do nível dela? — concluiu ela com um sorriso.

— A Allie vai fazer uma apresentação — respondeu Gavin, alto.

Eva se virou de repente, boquiaberta, seu olhar assustado encontrando o meu.

— A Allie vai fazer o quê? — A pergunta estridente dela chamou atenção de outros membros da companhia.

— Uma. Apresentação — repetiu Gavin devagar, arrastando a última palavra.

— Isso não está no programa — comentou Harlow Oren, folheando as páginas. — E por que só tem três estúdios locais? Achei que nós aceitávamos quatro.

— A Quinn Hawkins fechou — respondeu Jacob Harvey do lado direito de Harlow, focado no celular. — Lembra do bafafá no mês passado? Só se falava disso na hashtag do Clássico de Haven Cove por uns três dias.

— Ah, é. — Harlow concordou com a cabeça, ainda analisando o programa. — A Associação Nacional de Escolas de Dança recebeu uma reclamação de abuso, e todo mundo sabe que eles só se metem quando isso vem de alguém importante.

Allie. Tentei não sorrir. Ela havia dado um jeito na professora que jogara a garrafa de água na turma de Juniper.

— É sério, a apresentação da Allie não está aqui. — Harlow balançou o programa e se virou para Eva. — Ela conseguiu se recuperar?

— Claro que não — rebateu Eva, irritada. — Então por que ela vai dançar? — perguntou ela para mim, mas eu não confiava em mim mesmo para responder de forma educada.

— Porque, agora, você entrou na fase do procurou, achou — respondeu Gavin. — Sabe, porque quem procura...

— Eu entendi — disse ela, irritada. — Hudson?

Deixei minha raiva transparecer apenas o suficiente para ela ver, e Eva empalideceu sob as luzes do teatro, mas fiquei quieto. Allie cuidaria dela, da mesma forma que havia cuidado de Quinn.

O olhar de Caroline alternava entre Eva e mim, e então ela se eriçou.

— Escuta, não sei que diabo você fez pra irritar meu irmão...

— Ela acabou com a reputação da Allie, então roubou o papel que tinha sido criado pra ela — explicou Gavin.

Caroline ficou boquiaberta.

— Mas... você é *irmã* dela. — Seu tom indicava que não existia crime pior do que aquele. — Ela te defendeu. Ela fez questão que o Hudson te levasse pro barco primeiro. Ela... — Caroline fechou a boca. — Quer saber? Você não existe pra mim. De agora em diante, a Allie é a única Rousseau que me interessa.

— Tem certeza? — Eva arqueou uma sobrancelha para mim.

— Nada disso. — Gavin balançou a cabeça. — A Anne também é superlegal, e a Lina... bom, posso dizer com propriedade que a Lina teria vergonha de você.

Eva se retraiu, como se tivesse levado um tapa, e Caroline olhou para Gavin como se nunca o tivesse visto antes.

— Escuta — sibilou Eva —, se a Allie não consegue dançar, ela precisa se despedir educadamente pra não prejudicar o Isaac. O balé também é dele.

Por um instante, me perguntei se ele também a chamava de *minha querida*.

— Você é uma coi... — começou Gavin, mas ficou quieto quando as luzes do teatro diminuíram e Anne pisou no palco com um microfone. Ela abriu um sorriso radiante enquanto a plateia aplaudia.

— Obrigada. Eu me chamo Anne Rousseau, sou presidente do Clássico de Haven Cove e filha da fundadora do nosso evento, Sophie Rousseau. É uma honra, em nome da nossa família, dar pessoalmente a todos boas-vindas ao Clássico de Haven Cove!

— Ela não era casada? — sussurrou Caroline enquanto aplaudíamos.

— Está se divorciando — respondi, notando a aliança ausente na mão esquerda de Anne.

Aquilo era novidade.

— Mas nenhum de vocês namorou com ela, né? — Caroline lançou um olhar para Gavin. — Porque acho que notei uma tendência.

Balancei a cabeça enquanto os aplausos diminuíam.

— Minha mãe está ocupada se dedicando à próxima geração, então vocês vão ter que se contentar comigo. — A plateia riu. — Ela criou o Clássico para alimentar o espírito da comunidade, espalhar a beleza do balé e oferecer a bailarinos de todos os níveis socioeconômicos acesso a críticas profissionais, oportunidades de crescer e bolsas de estudos em escolas locais e até companhias internacionais.

Ela fez uma pausa para outra salva de palmas, e um vislumbre de cor-de-rosa chamou minha atenção à esquerda. Juniper espiava na beira de um dos camarotes.

Meu estômago se revirou. Puta merda, nós seríamos descobertos antes mesmo de ela *começar*.

— Como sempre, queremos agradecer à nossa patrocinadora, a incrível Companhia Metropolitana de Balé! — Ela gesticulou para o auditório, e um holofote iluminou a porta. Reagan Huang e Candace Baron entraram sorrindo de orelha a orelha, seguidas por Vasily, que apenas meneou a cabeça enquanto eles ocupavam seus lugares no centro da fileira dos jurados. — Naturalmente, o foco dos eventos dessa manhã são nossos jovens, começando pela categoria de iniciantes, antes da competição sênior à tarde. Eu e minha irmã achamos que a próxima geração gostaria de ver o que é possível realizar quando seguimos nossa paixão. — O sorriso dela se tornou mais afiado enquanto ela olhava para os jurados, parecendo direcioná-lo para Vasily. — Da Companhia Metropolitana de Balé, por favor, deem as boas-vindas aos bailarinos principais Everett Carr e, pela primeira vez desde sua lesão, minha irmã Alessandra Rousseau!

Anne gesticulou para a lateral do palco antes de rapidamente se retirar para os bastidores enquanto Everett e Allie entravam de mãos dadas.

O teatro explodiu em aplausos, e Caroline levou dois dedos à boca, assobiando. Bati palmas sem parar enquanto observava Allie.

Ela estava radiante como a luz do sol, representada em seu figurino cor de crepúsculo, as joias e o bordado metálico refletindo as luzes do palco enquanto ela se curvava em uma reverência baixa, elegante, e Everett, usando preto e prata, a personificação da noite, fazia uma mesura.

Allie se empertigou, o sorriso iluminando seus olhos conforme seu olhar percorria o auditório, se detendo em Vasily, depois passando para mim.

Aplaudi com ainda mais força, e meu peito apertou. Dez anos atrás, eu tinha sentado naquele mesmo lugar e assistido à mesma mulher ocupar o palco, com os mesmos sentimentos, só que agora eles eram dez vezes mais intensos. Eu mal conseguia respirar diante da imensidão do que ela significava para mim. Aquele não podia ser o último dia de nossa única chance. Não quando eu me sentia daquele jeito.

Espera pra ver o que ela acha depois de você confessar o que fez. Ignorei minha consciência. Eu lidaria com isso depois, e também não dava para saber se eu conseguiria minha primeira opção de base. Mesmo assim, eu precisava contar o que havia acontecido. Ela merecia cada gota da verdade.

Everett falou algo para ela, que quebrou o contato visual, os aplausos silenciando conforme os dois se posicionavam no palco.

— Nossa. Ela está linda — sussurrou Caroline. — Tem certeza de que você não quer ir lá pra frente?

— Esse é o melhor lugar da casa.

A música começou e, logo nas primeiras notas, Vasily enrijeceu como se lhe tivessem enfiado um cabo de vassoura na bunda, e Eva se recostou na cadeira.

— Não acredito — sussurrou Eva.

— Procurou, achou — lembrou Gavin, baixinho.

Todo meu foco passou para Allie enquanto os dois começavam, se movendo sem qualquer esforço pelo *pas de deux* do primeiro ato do que seria *Equinócio*. Os dois dançavam belamente juntos, confortáveis um com o outro, e fizeram a porra do palco pegar fogo enquanto interpretavam o romance entre o dia e a noite, o sol relutante e a escuridão desesperada para sentir seu calor.

Allie completou todos os saltos, gabaritou uma série de *fouettés* italianos, dançando sem esforço com Everett, sempre no tempo certo, totalmente impecável. A alegria dela era palpável conforme ele a seguia pelos *piqué tours*, e senti um frio no estômago quando a música acelerou e ele finalmente a capturou. Eu sabia bem como era a sensação de ir atrás da luz do sol.

Prendi a respiração quando ela se ergueu na ponta direita e abriu a perna esquerda por mais de cento e oitenta graus, apontando-a para o teto, os braços graciosamente arqueados, ostentando um *penché* perfeito. Cada grama de seu peso estava belamente equilibrado e apoiado pelo tornozelo que, sete meses antes, a traíra.

Que naquele momento não tremeu nem por um instante.

O orgulho inundou meu peito, anestesiando a dor no meu coração enquanto Everett a girava no mesmo lugar, como se a noite quisesse analisar seu prêmio por todos os ângulos, então a segurava em seus braços e a carregava para fora do palco conforme a música acabava.

O salão inteiro se levantou, e os aplausos faziam tremer os apoios de braço, as luminárias sobre as mesas dos juízes, o mundo inteiro.

— Ai, meu Deus. — Caroline aplaudiu enquanto nos levantávamos. — Ela foi... ela foi...

— Perfeita — concluí por ela, segurando desconfortavelmente o buquê em um braço para conseguir bater palmas.

O barulho aumentou quando Allie e Everett voltaram ao palco para fazerem uma reverência, e senti o sorriso dela em todas as células do meu corpo enquanto ela analisava a plateia, apertando os olhos ao ver Juniper. Nossos olhares se encontraram, e ela meneou a cabeça, sem deixar de sorrir enquanto Everett a guiava para os bastidores e, aos poucos, todos voltaram aos seus assentos.

— E é assim — disse Anne ao lado da cortina — que se faz. Em cinco minutos, vamos começar a apresentação dos iniciantes. Naturalmente, vamos adaptar nossas expectativas.

Todo mundo riu, menos Vasily. Ele se virou na cadeira e lançou um olhar de completo desdém para Eva, que se encolheu no assento e permaneceu olhando para a frente, inexpressiva.

— Isso, sim, foi um espetáculo — comentou Caroline, pondo a bolsa no ombro. — Foi incrível de assistir. — Ela levantou e baixou o olhar para Gavin. — Vamos?

Ah, *merda*. Anne havia organizado o cronograma de forma que Juniper fosse uma das primeiras, mas não tínhamos pensado em como mantê-la ali durante a competição.

— Hum... — Ele ergueu as sobrancelhas para mim. — Claro. Mas preciso ir ao banheiro primeiro.

— É sério? Não dá pra segurar? Você é uma criança? — perguntou ela, mas então Allie passou pelas portas principais, e me esqueci da existência dos meus irmãos.

Pulei por cima do encosto da minha cadeira feito um adolescente e corri até o corredor para alcançá-la, desviando de algumas pessoas atrasadas para a competição.

— Allie! — berrei enquanto um fotógrafo a chamava para o lado de fora.

Ela disse algo para Everett antes de se virar e vir direto na minha direção. Nossos sorrisos se espelhavam quando ela se jogou em cima de mim, passando os braços ao redor do meu pescoço. Eu a abracei apertado, uma mão sobre a pele exposta entre seus ombros, a outra tomando cuidado para não esmagar o buquê em que eu tinha gastado uma fortuna.

— Você foi perfeita — sussurrei ao seu ouvido enquanto ela enterrava o rosto no meu pescoço. Assim como dez anos antes, eu estava pouco me fodendo para sua maquiagem na minha blusa. — Linda. Maravilhosa. Impecável.

O peito dela martelava contra o meu.

— Obrigada por estar aqui. Te ver na última fileira fez toda diferença.

— Estou orgulhoso pra caralho de você. — Eu me afastei e segurei seu rosto, me afogando em seus olhos. — Estou tão feliz pelo restante do mundo ter te visto brilhar do mesmo jeito que eu vejo.

Ela se esticou e me deu um beijo leve na boca. Precisei me controlar ao máximo para não agarrá-la ali mesmo, mas eu acabaria borrando todo seu batom, e ela precisava tirar foto. Além do mais, aquele momento não se tratava do que eu queria.

— Dessa vez, elas não vieram do mercado — falei quando ela se afastou, e lhe entreguei as flores.

— São lindas. — O sorriso dela ao aceitá-las era mais radiante que as luzes do palco. Ela levou as peônias ao nariz e as cheirou. — E gostei tanto delas quanto das últimas que você me deu. Obrigada.

— Você é uma cara de pau sem-vergonha — bradou Eva, batendo os pés ao entrar no corredor com os olhos tomados de fúria, seguida de perto por meus irmãos e por algumas solistas sorridentes da Companhia Metropolitana de Balé.

Soltei Allie enquanto ela se virava para a irmã.

— Por que eu sou a cara de pau, Eva? Porque dancei o papel criado pra *mim*?

— Você fez isso só pra me deixar mal na fita! — O rosto corado de Eva exibia o mesmo tom que sua blusa. — Você fez a mesma coisa com a Lina, dançando a variação de *Giselle* pouco antes do dia que ela ia se apresentar.

Allie arregalou os olhos.

— A Lina me *disse* pra dançar a variação de *Giselle*. Não existia competição entre nós, e a gente com certeza não roubava os papéis uma da outra.

— Então essa foi sua vingança? Me fazer passar vergonha na frente do Vasily? Meu Deus, Allie, será que você não pode sair um pouco da merda do meu caminho pra eu também poder brilhar?

Eva balançou os punhos fechados.

Everett se apoiou na parede à minha esquerda, mexendo no celular — não, espera, era o celular de Allie — como se nada estivesse acontecendo.

— Era isso que você queria quando me filmou sem me contar e depois publicou na internet um dos meus momentos mais frágeis pro mundo inteiro ver? Me tirar do caminho porque você é incapaz de brilhar em outro lugar que não seja Nova York? — Ela deu um passo na direção de Eva, que recuou. — Você deixou a internet me atacar e me chamar de mentirosa. A mamãe ficaria tão orgulhosa.

Eva fechou a boca, e a música recomeçou no teatro. A primeira iniciante devia estar entrando no palco.

— A pior parte é que eu teria te dado o papel. — A voz de Allie falhou, e ela apertou o buquê. — Se você tivesse me dito que se sentia assim, eu teria pedido ao Isaac pra ensaiar com você, pra bolar o papel perfeito pra destacar o seu talento, pra você conseguir brilhar sozinha e crescer, em vez de ficar alimentando os futriqueiros e as especulações deles sobre o que exatamente você fez pra conseguir passar por cima de todas as outras bailarinas da companhia. Eu teria cuidado de você do mesmo jeito que fiz desde que você nasceu. Eu te fiz passar vergonha com aquele *pas de deux*? Você tem sorte de eu não ter dançado a variação.

— Isso teria sido impressionante — disse Vasily, passando por Gavin e Caroline em seu terno cinza de colarinho aberto, erguendo uma sobrancelha para todos os outros membros da companhia antes de chegar a Allie. Ele pegou a mão dela e a beijou. — Estou, como sempre, completamente maravilhado com você, Alessandra. — Ele sorriu, exibindo as covinhas nos cantos da boca. — Ouso dizer que, hoje, você superou sua mãe naquele palco. O papel é seu, naturalmente.

Allie empertigou os ombros e fez uma mesura.

— Obrigada, Vasily.

Eu comemorei jogando os punhos para o alto e balançando-os. Ela havia conseguido — se recuperado de uma lesão que teria levado a maioria dos bailarinos à aposentadoria e recuperado seu lugar como a melhor.

— Mas já foi anunciado! — argumentou Eva.

O olhar de Vasily endureceu, e ele olhou para as bailarinas da companhia atrás dela.

— Voltem para os seus lugares, *agora*. — Todas foram embora lançando olhares de pena para Eva, e vi que mais de uma mexia no celular. — Eva, eu te dei o papel por respeito à sua mãe, e você mentiu pra mim a respeito do retorno da Alessandra. Me diga, sobre o que mais você mentiu?

Eva ficou pálida.

— Eu não menti. Eu sou boa suficiente pro papel. Consigo fazer todos os elementos da coreografia...

— Boa o suficiente não é nada comparado à perfeição. Vamos conversar sobre isso depois da competição. Preciso de ar fresco.

Ele ajeitou a gravata e saiu pelas portas duplas de vidro.

— Por favor, Allie. — Eva se virou e segurou os ombros de Allie. — Por favor, não faz isso comigo. Diz pra ele que o papel devia ser meu. Ele vai te escutar. Não é como se você tivesse acabado de dançar no Met; nós estamos em Haven Cove. Tudo isso pode ser desfeito. Só diz pra ele que você não quer. — A expressão dela desabou quando Allie permaneceu em silêncio. — Ai, meu Deus. Você *não* quer, né?

Eu estreitei um pouco os olhos, notando como Allie comprimia de leve os lábios enquanto a música diminuía no auditório.

— Ela pode não ter dançado no Met, mas quase um milhão e meio de seguidores estão vendo ela acabar com você naquele palco — disse Everett, virando o celular de Allie para exibir a tela, onde um vídeo passava no Seconds.

30

HUDSON

— Não — sussurrou Eva, suas mãos voando para a boca, seus olhos se arregalando ao encarar a tela, onde Allie e Everett dançavam.

— O quê? — Everett deu de ombros. — Não era você que vivia enchendo o saco da Allie por nunca criar conteúdo? Até a Anne fez a parte dela enviando o vídeo assim que a apresentação acabou, e nem foi difícil adivinhar a senha nova. "Equinócio" e seu aniversário.

Ergui as sobrancelhas. Por essa, eu não esperava.

Eva fitou o chão por alguns segundos desconfortáveis, e então entrou correndo no teatro enquanto outra apresentação começava, esbarrando em Caroline — que lia o programa, completamente calma.

Ah, merda. Minha mão voou para a lombar de Allie quando os olhos de Caroline se arregalaram, e me preparei para o impacto.

— Mas que droga é essa? — berrou Caroline, seu olhar percorrendo nós três. — Vocês só podem estar de brincadeira!

Gavin balançou as mãos no ar.

— Surpresa?

— Não. — Ela balançou a cabeça e amassou o programa com as duas mãos. — Não. Não pode ser. — Seu olhar encontrou o meu. — Vai atrás dela. Não pode ser.

— Já foi — respondi, baixinho.

O pânico dela me deixou arrasado.

— Achamos que, se você visse quanto ela é boa, desistiria dessa regra idiota — disse Gavin. — Como você nunca daria a ela a oportunidade de te mostrar, então cá estamos nós.

— Allie, o fotógrafo? — chamou Everett, indicando a porta com a cabeça.

— Preciso de um minuto — respondeu ela com a voz trêmula.

Ele concordou com a cabeça e lhe jogou o celular. Ela o pegou com uma mão, mantendo o buquê na outra enquanto Caroline se virava na sua direção.

— Isso foi tudo ideia sua, né? — Ela balançou o programa na direção de Allie.

— Ei. — Meu tom ficou irritado, e eu assumi a frente de Allie. — Não foi ela. Fui eu.

— Na verdade, primeiro fui eu — se gabou Gavin. — Ela confiou em mim pra levá-la às aulas. O que você acha que a gente fazia domingo de manhã? Espera só até ver quanto ela é boa... Caroline, você vai chorar. É sério, sei que você odeia balé e tal, mas e se *ela* amar?

— Vocês não entendem. — Caroline balançou a cabeça e deu alguns passos para trás, o medo dominando seu olhar. — Nenhum de vocês entende! Vocês acham que eu gosto de ver minha filha triste? Vocês acham que eu quero viver tendo a mesma briga? — Ela focou o olhar em Allie. — Vocês acham que sou uma mãe ruim que se recusa a deixar a filha ser feliz só porque guarda rancor de garotinhas ricas e mimadas desde que era pequena?

— Eu achava — respondeu Gavin. — Menos a parte de você ser uma mãe ruim.

— Você não está ajudando. — Balancei a cabeça para ele.

— Não — respondeu Allie, baixinho, franzindo a testa de preocupação enquanto olhava para Caroline. — Você é uma ótima mãe, Caroline. Só achei que você tivesse medo de ela descobrir que não era boa o suficiente e ficar de coração partido, e que te mostrar que ela é talentosa fosse melhor do que te explicar isso.

— Sei que mentimos pra você — acrescentei. — Foi mal. Digo isso por *nós três*. Mas só queríamos dar uma chance a ela. E, Caroline, ela é incrível.

— Vocês são uns baitas de uns idiotas. — Lágrimas se acumularam nos olhos de Caroline, e ela apertou ainda mais o programa. — Eu não tinha medo de ela se decepcionar com o balé. Eu e o Sean fizemos duas promessas *por escrito* pra conseguir a adoção. A agência ligou do nada e disse que tínhamos sido escolhidos pelos pais biológicos pra adotarmos uma menina linda, mas precisávamos aceitar certas condições se quiséssemos seguir com o processo.

— Você nunca contou nada disso pra gente. — Meu estômago se embrulhou, como se soubesse que todos nós estávamos prestes a nos deparar com um problema imenso.

— É claro que não — rebateu ela, com raiva. — O documento foi assinado em sigilo.

— Quais eram? — Allie enrijeceu e deu um passo à frente. — As condições?

— Além do sigilo? A primeira era que ela nunca poderia dançar balé — disse Caroline, tentando segurar o choro.

— Impossível. — Allie balançou a cabeça. — Isso é simplesmente impossível. — Ela me encarou, e a negação em seus olhos me acertou direto nas costelas. — Hudson, ela jamais faria uma coisa dessas.

— As pessoas fazem coisas irracionais quando estão com medo. — Peguei sua mão e a apertei. — Você não sabe no que ela estava pensando.

— Ela não faria isso. — Allie se virou para Caroline, e meu coração se apertou com o olhar horrorizado que surgia no rosto da minha irmã. — A Lina não faria isso! Ela adorava dançar. O palco era tudo para ela. Ela jamais limitaria a própria...

Allie mordeu os lábios e arregalou os olhos. O papel de seda sob seu braço amassou.

— A própria o quê? — perguntou Caroline, sua voz enganosamente calma. — A própria *o quê*, Allie?

Merda, tudo tinha dado tão errado, tão rápido.

— Filha — respondeu Allie, por fim. — A Lina não faria isso com a própria filha.

— Ai, meu Deus. — Caroline cambaleou para trás, lançando um olhar acusatório para Gavin, depois para mim, antes de se concentrar em Allie. — Você é tia dela. Como eu não vi antes? Ela é a cara de vocês quatro. Você é tia dela… e *todos* vocês sabiam. — Ela cruzou os braços, como se precisasse se proteger. — Desde que ela era bebê?

— Não. Ninguém sabia da Juniper nem que a Lina deixou ela com você. — Allie balançou a cabeça. — Só descobrimos em maio. A Juniper juntou os pontos muito antes de nós. No começo, ela achou que eu fosse mãe dela, mas é a Lina.

— Essa… — A respiração de Caroline acelerou. — Essa era a segunda condição. Que ela não procurasse a família biológica. Que os pais biológicos permanecessem anônimos. O que você *fez*?

Ela foi para cima de Allie.

Eu me meti no meio, segurando os ombros de Caroline e abaixando a cabeça para olhar no fundo dos seus olhos.

— Nada disso é culpa da Allie. A Juniper foi atrás dela. A Juniper fez um teste de DNA. Se você quiser sentir raiva de alguém, que seja de mim ou do Gavin, mas a Allie está do seu lado desde o primeiro dia. Lembra o que eu te disse no lago? A verdade varia dependendo de quem conta a história. Tenta ouvir o lado dela, porque ela passou o tempo todo pensando no seu.

Caroline murchou.

— A culpa é minha de ela estar se apresentando no Clássico — esclareceu Allie. — Sei que você queria uma adoção fechada, e esse deve ser seu pior pesadelo. E sinto muito por não termos te contato. Você sempre detestou nossa família, e achamos que fosse nos proibir de ver ela. A gente sempre teve a intenção de te contar. Só queríamos que você gostasse de mim primeiro, que entendesse que não éramos uma ameaça, pra podermos continuar participando da vida da Juniper. As coisas saíram de controle… Sinto muito, de verdade.

— Eu nunca quis uma adoção fechada — corrigiu Caroline, e a música parou. — Sempre gostei de saber que ela poderia procurar legalmente seu histórico quando fizesse dezoito anos, e eu não teria me incomodado em nada com uma adoção aberta na época, mas assinei...

— A Lina morreu — interrompeu Allie —, e o Everett consta como o pai legal da Juniper. Vocês estão seguras. Ninguém vai cobrar o que foi combinado antes da adoção. Ninguém vai lutar com você pela guarda dela, nem por visitas, nem por qualquer outra coisa que coloque sua família em risco. E nenhuma de nós vai reclamar se ela dançar. Só queremos que ela seja feliz.

— O pai legal? — Caroline ficou boquiaberta, e o medo invadiu seu olhar. — Não o pai biológico?

— Não sabemos quem é o pai biológico — admitiu Allie.

— Ai, meu Deus. — Caroline se afastou, balançando a cabeça. — Se o pai biológico dela nunca foi informado do nascimento, da adoção, ele pode contestar tudo. E se ele souber que ela existe, que não cumpri o que eu e o Sean prometemos... nós não estamos *seguras*. Ele pode entrar em qualquer tribunal e pedir que ela seja tirada do único lar que conhece. O que vocês fizeram?

Ela lançou um olhar mortífero para cada um de nós.

Nós três caímos em um silêncio atordoado, e refleti sobre a minha própria ignorância. Nenhum de nós tinha pensado direito nessa parte.

— Caroline, eu sinto muito, de verdade — sussurrou Allie. — A Lina disse pro Everett que era um cara com quem ela só ficou por uma noite, então as chances de ele saber são mínimas.

— Mas não é impossível — rebateu Caroline. — Caso contrário, por que teriam nos obrigado a concordar com essas condições?

— Devia ser pra proteger a Lina — disse Allie. — Ninguém está procurando a Juniper. A gente saberia, porque *nós* estávamos procurando ele.

Outra música começou, e a reconheci imediatamente.

— A Juniper está no palco.

Caroline lançou um olhar fatal para cada um de nós enquanto a primeira lágrima escorria por sua bochecha.

— Se alguma coisa acontecer com ela, eu nunca vou perdoar vocês. Nenhum de vocês.

Ela esfregou a bochecha, então voltou à plateia.

Nós três a seguimos em silêncio, então nos apoiamos na parede dos fundos ao lado de Caroline, que abraçava a própria cintura, apertando o programa em uma mão.

— Fizemos merda — sussurrou Allie para mim enquanto Juniper dançava.

— De todas as formas possíveis e imagináveis.

Assisti à minha sobrinha com um sorriso triste, ciente do que aquela apresentação poderia custar a ela — a todos nós. Mas, droga, ela parecia tão feliz no palco. Feliz, graciosa, completamente encantadora.

Caroline estava fascinada, e Allie balançava a cabeça no ritmo da música, o rosto franzido de preocupação, como se fosse ela quem estivesse no palco. Um sorriso surgiu em seu rosto quando Juniper acertou um movimento, com um sorriso incentivador ainda maior aparecendo quando ela errou outro.

— Dá pra ver que ela é mesmo uma Rousseau — sussurrou Gavin do outro lado de Allie.

— Pois é — respondi, também sussurrando.

— Ela é uma Rousseau. — O rosto de Allie perdeu a expressão, e seu foco passou para a plateia.

O olhar dela começou a pular de uma pessoa para a outra com uma velocidade que beirava o pânico quando a música finalmente acabou.

— O que houve? — perguntei enquanto aplaudíamos Juniper.

— O mundo do balé profissional é um ovo — sussurrou ela. — E há pelo menos vinte olheiros na plateia. Boston. — Os olhos dela foram para a direita, depois para a esquerda. — Houston. Atlanta. San Francisco.

Ela empalideceu.

— Ela é linda — disse Caroline com um sorriso choroso, alternando entre bater palmas e secar as lágrimas. — Tão delicada. E boa. — Ela olhou por cima de mim, para Allie. — Ela é boa, né? Ou é só porque sou mãe dela? Estou sendo tendenciosa?

— Ela é extraordinária. — O sorriso de Allie vacilou. — E, se você deixar ela dançar, nunca vai precisar se preocupar em pagar nada. Vamos ajudar a cuidar dela, se você deixar. — Caroline parou de sorrir, e Allie parou na minha frente para segurar a mão dela. — A Juniper não vai a lugar nenhum, prometo. Vou resolver isso.

Allie soltou a mão de Caroline e se afastou.

— Allie? — Tentei pegar sua mão, mas ela a puxou de volta. — Você não quer falar com a Juniper?

— Quero, só que é mais importante que ela veja a Caroline. Preciso ir. Sei o que preciso fazer. — Ela apertou o celular e as flores, se afastando. — Confia em mim, Hudson.

Eu não tinha a menor ideia de que ela estava falando, mas seu olhar suplicante me fez concordar com a cabeça.

— Obrigada. — Ela se virou e saiu correndo.

31

ALLIE

ReaganHuang: Eu disse que a Alessandra não era mentirosa. Tenho certeza de que vão soltar o elenco novo a qualquer momento.

Eu precisava consertar aquilo. Se eu e Hudson tínhamos colocado Juniper em qualquer situação incerta ou perigosa, era meu dever consertar aquilo. Eu precisava da única pessoa que conhecia Lina melhor do que eu — Anne.

Depois de trocar de roupa, guardei meu figurino e coloquei as peônias na pia cheia de água no camarim. Então fui atrás de Anne e a encontrei nos bastidores, do lado da cortina.

Ela olhou para mim, entregou o microfone para um assistente e veio na minha direção, oferecendo um sorriso educado para todo mundo que passava pelo caminho.

— O que houve?

Eu a puxei pelo corredor e para dentro de um depósito, então acendi a luz e fechei a porta.

— Nossa, mas que tanto de mistério é esse? — Ela olhou para a infinidade de produtos de limpeza e prendeu um cacho solto do penteado atrás da orelha.

A porta se escancarou.

— Achei ter visto vocês. Por que se enfiaram no depósito? — perguntou Kenna, erguendo as sobrancelhas. — Mãe, elas estão aqui.

Merda.

— Só... — Não havia tempo para pensar direito naquilo. Balancei a cabeça e segui o método preferido de Hudson: impulsividade. — Entrem, entrem.

Eu e Anne nos apertamos no fundo enquanto Eloise e Kenna se enfiavam lá dentro e fechavam a porta.

— Quem diria — falou Eloise, e analisou os arredores e cruzou os braços sobre seu vestido Prada feito sob medida — que, de todos os lugares nessa cidade minúscula, você iria querer comemorar sua maior vitória *aqui*?

— Já vamos chegar nessa parte — prometi. — Escutem, a Lina fez a Caroline prometer duas coisas em sigilo pra poder adotar a Juniper — falei, imediatamente conquistando a atenção de todas. — Que ela nunca dançaria balé e que não procuraria a família biológica...

— Impossível. — Anne balançou a cabeça.

Eloise piscou e inclinou a cabeça, Kenna fez a mesma coisa. *Tal mãe, tal filha.*

— Mas foi o que ela fez — garanti a Anne. — É óbvio que a última parte se torna nula quando a Juniper completar dezoito anos, mas ela fez isso por escrito...

Anne ficou embasbacada.

— Proibir o balé? A Lina nunca faria uma coisa dessas. Tudo que fizemos esse verão foi porque a Lina *jamais* impediria a filha de dançar.

— Acho que ela pode ter feito. — Baixei a voz para um sussurro enquanto o nervosismo corria como um calafrio por minhas costas. Se eu estivesse certa, a situação era pior do que eu imaginava. — Pensa um pouco. A Juniper é a nossa cara...

— Ela não tinha como saber disso — argumentou Anne.

— Para de me interromper e *escuta* — rebati, irritada.

— Faz sentido — comentou Kenna.

Anne piscou.

— Então tá. Continua, por favor.

— Os genes da mamãe são fortes. Nós quatro somos parecidas o suficiente pra chamar atenção. Se a Lina ao menos cogitasse que o mesmo aconteceria com a Juniper e não quisesse que ninguém descobrisse sua existência, faria o possível pra ninguém do mundo do balé se deparar com uma garotinha que parece e dança que nem uma Rousseau, daí a regra.

Cruzei os braços e torci para não estar falando feito uma lunática.

— Ah, isso ficou bem claro no instante em que ela subiu no palco. É nítido que ela é uma Rousseau — disse Eloise. — Ainda mais em um lugar cheio de pessoas que conheceram duas gerações da sua família nas últimas cinco décadas e estão no Clássico criado por vocês. A fofoca vai rolar solta nas festas de todas as companhias hoje.

— Esse é o meu medo. — Minha garganta ameaçou entalar.

— Vamos imaginar que essa teoria é verdadeira. — Anne concordou com a cabeça. — Adoções fechadas são muito comuns, mas tudo bem, digamos que a Lina estivesse determinada a escondê-la. Por quê?

— Será que a Lina ficou com vergonha? — perguntou Kenna.

— Era impossível envergonhar a Lina. — Balancei a cabeça, e meu estômago se revirou. — Pensei em três motivos possíveis pra ela inventar essa regra da Juniper não poder dançar. Primeiro, ela sabia que nos envolveríamos se descobríssemos sobre ela… e fizemos isso mesmo.

— É verdade. — Anne fez uma careta.

— O segundo seria pra proteger a adoção. A gente sabia que o Everett não era o pai desde o instante que vimos a certidão, mas… será que o pai biológico da Juniper pode mesmo anular a adoção? Esse é o maior medo da Caroline agora.

Todas viraram a cabeça para Anne.

— Hum… — Um conjunto de rugas surgiu em sua testa. — Em Massachusetts? Estou meio enferrujada, mas, até onde eu sei, não existe registro de paternidade aqui. Se o pai não foi informado do nascimento da Juniper e depois estabelecer paternidade, ele poderia entrar com um processo. Tecnicamente, a Lina cometeu fraude. O Everett não tinha direito algum de assinar nada como pai da Juniper.

Minha garganta apertou. Então Caroline tinha toda razão em ficar apavorada.

— Tudo bem, mas se a Lina conseguisse impedir a Juniper de procurar a família, ninguém jamais descobriria sobre o Everett. Ninguém entraria com um processo. E, depois de ela completar dezoito anos, ninguém conseguiria sua guarda.

— As duas coisas fazem sentido — concordou Kenna. — Qual seria o possível terceiro motivo pra não querer que a Juniper encontrasse vocês?

Meu coração se apertou, e abri a boca uma, duas vezes, mas não conseguia dizer aquilo, dar voz à pior opinião possível que eu já tivera sobre as atitudes da minha irmã.

— Allie? — incentivou Anne, segurando minha mão.

Ergui o olhar para a única pessoa no cômodo que poderia não desdenhar do meu raciocínio só porque amava Lina, a única que poderia de fato concordar, porque compreendia completamente a variável naquela equação — minha mãe.

Eloise arqueou uma única sobrancelha enquanto eu a fitava, então estreitou os olhos como se estivesse pensando e tivesse dúvidas se gostava daquela linha de pensamento.

— Pode falar — ordenou ela. — Não estou presa num armário de vassouras só pra você *não* dizer o que está pensando, Alessandra.

Se eu falasse, jamais poderia voltar atrás; por outro lado, se eu ficasse quieta, havia uma possibilidade real de eu deixar Juniper exposta. *Sinto muito, Lina.*

— Acho que ela usou a Juniper pra conseguir alguma vantagem. — As palavras saíram da minha boca emboladas.

Kenna ergueu as sobrancelhas.

Anne arfou e soltou minha mão.

— Ela não faria uma coisa dessas.

Eloise lançou um olhar astuto para Anne.

— A Lina tinha muitas qualidades incríveis, mas você se esqueceu de quem ela é filha?

Anne empalideceu e levou uma mão à barriga.

— Acho que vou vomitar.

— A mamãe sabia — lembrei gentilmente a ela. — A mamãe armou com o Everett. Não foi só a Lina que determinou essas condições. Foi nossa mãe. Acho que a Lina fez o que podia pra proteger a Juniper. Ela a confiou à família de dois homens que nós amamos. Ela sabia que a Juniper estaria segura. Mesmo que não tivesse uma relação boa com a Caroline, a Lina sabia que ela seria uma boa mãe. E com certeza sabia que o Gavin e o Hudson ficariam de olho nela, mas, Anne... Tenho quase certeza de que ela também usou a existência da Juniper pra se dar bem de alguma forma. — Meu coração se apertou enquanto eu montava o quebra-cabeça com as peças mais prováveis. — E acho que ela não foi a única.

Anne empalideceu.

— Você sabe quem é o pai dela, não sabe? — Ela analisou meus olhos. — É o Jacob, né? Ele estava com a Lina em San Francisco, e a mãe dele faz parte da diretoria de lá. Ela não iria querer que nada ameaçasse a carreira dele.

— Você ainda pode trabalhar como advogada em Massachusetts? — perguntei, ignorando a pergunta.

— Posso. — Ela franziu a testa. — Por quê?

Meu telefone vibrou no bolso de trás da calça.

— Porque precisamos fazer o que a Lina não pôde e proteger legalmente a Juniper.

Peguei o celular e abri a mensagem.

REAGAN: Você foi INCRÍVEL. Nos vemos na festa no late, né?

— Precisamos que o Jacob assine uma desfiliação parental — disse Anne. — Um punhado de termos de sigilo e confidencialidade também ajudariam a convencê-lo.

— E seu histórico de saúde — acrescentou Kenna.

— Boa ideia. — Anne concordou com a cabeça.

— Deixa o nome do pai em branco — falei para Anne. — Só pra garantir.

Ela concordou com a cabeça.

— Tudo bem. Posso fazer isso tudo hoje à tarde se a Eloise topar ficar aqui como apresentadora.

— É claro. Nunca recuso um microfone. — Eloise sorriu. — E eu faria quase tudo pra conseguir sair desse depósito.

Fomos embora em fila com um ar tão indiferente quanto possível para quatro mulheres adultas saindo de um depósito.

Anne e Kenna seguiram para o estacionamento, e Eloise foi para o palco enquanto eu digitava uma resposta para Reagan.

ALESSANDRA: Obrigada! Nos vemos lá.

Então passei para a conversa com Hudson.

ALLIE: Quer bancar meu namorado hoje à noite?

Chantagem era uma atividade que exigia reforços.

Ele respondeu rápido.

HUDSON: Todas as noites, de preferência.

— Allie — chamou Eloise, e eu me virei para ela. — Não acho que *você* esteja errada. Mas também acho que você precisa ficar de olho na sua irmã.

Concordei com a cabeça, sem precisar perguntar de qual ela estava falando.

Eu a encontrei em trinta minutos, mas a deixei ficar se lamentando por mais algumas horas antes de subir.

— Para de chorar e levanta — ordenei a Eva, toda encolhida no canto do armário de Lina.

— Como você sabia que eu estava aqui?

Eva esfregou a manga da blusa vermelha no rosto inchado.

— Porque você sempre vem pra cá quando se mete em algum apuro. — Saí da porta e voltei para o quarto de Lina. — Parece até que você esquece que a Lina não está mais aqui pra te ajudar. Agora, levanta. Você precisa se arrumar pra gente ir pra festa da companhia.

— Desde quando você se importa com eventos da companhia?

Ela se levantou, balançando o que restava das roupas de Lina nos cabides.

— Desde sempre. Estou lá há mais tempo que você, lembra?

Olhei ao redor do quarto de Lina e me lembrei por que eu fazia questão de nunca entrar ali. O luto habitava aquele espaço. Ele havia cravado suas garras, se acomodado, criado um lar para si mesmo, aferrado às fotos e aos troféus empoeirados.

Um gosto amargo preencheu minha boca quando pensei no que ela tinha feito, ou pelo menos do que tinha sido parte, e tentei acreditar no que Hudson havia me dito várias vezes. Pessoas faziam coisas irracionais quando estavam assustadas.

Ou talvez a verdade fosse que a Lina que eu acreditava conhecer não era a mesma que minha mãe amava, a mesma por quem Anne chorava, a mesma atrás da qual Eva se escondia. Talvez ela fosse uma dezena de coisas diferentes para uma dezena de pessoas diferentes, talvez ela trocasse de máscara conforme necessário.

Talvez apenas Lina conhecesse a verdadeira Lina.

E até eu voltar para aquela casa, até Juniper empurrar Hudson de volta para minha vida toda entusiasmada, eu estava correndo o risco de dizer o mesmo sobre mim.

— Você odeia a companhia. — Eva fungou e saiu do armário.

— Eu não… odeio — falei, baixinho, olhando para as fotos de Lina. — Só não sei se gosto de quem eu sou lá. — Olhei na direção dela e a encontrei agarrada ao celular. — E não gosto de quem você é lá. O que você está fazendo com esse telefone?

— Estão me cancelando — admitiu Eva, sentando na beira da cama de Lina e pondo o celular no colo. — Já publicaram pelo menos uns cinquenta vídeos, e tenho certeza de que você vai dizer que eu fiz por merecer.

Sentei ao lado dela, afundando no colchão velho.

— É, que droga. O melhor conselho que tenho pra te dar é ignorar completamente os comentários.

— Eu meio que te odeio — sussurrou ela, fechando o aplicativo.

— Eu entendi isso quando você armou pra que *eu* fosse cancelada. Pra nossa sorte, acho que é só um caso do seu bom senso sendo devorado pela inveja, não ódio de verdade.

Eu me deparei com uma foto emoldurada de nós quatro na primeira e única vez que nosso pai nos levou escondido para um parque de diversões.

— Como é ser a irmã perfeita? — Mais uma vez, ela esfregou a manga da camisa na bochecha.

— Como é ser a irmã dramática? — rebati. — É sério, Eva. Você tem vinte e cinco anos, não quinze. Ninguém te deixou pra trás. Ninguém está dançando na ponta enquanto você só sonha em fazer isso também. Entendo querer se destacar, mas quem sabe a resposta seja procurar outros holofotes.

— É a companhia — sussurrou ela. — A companhia da mamãe.

Suspirei.

— Eu falo por experiência própria quando digo que a aprovação que você quer não virá dela…

Ela estremeceu.

— … nem de mais ninguém. — Apontei para o celular. — Nós duas sabemos que ela é incapaz de dizer que está orgulhosa, e isso é uma merda imensa e muito injusta que você vai precisar digerir com alguns anos a mais e muitas horas de terapia.

— Quanto tempo você demorou? — perguntou ela.

— Levando em consideração que acabei de quase me matar pra provar pro Vasily que continuo sendo uma das bailarinas principais dele? Eu te aviso quando descobrir. — Olhei para o celular dela. — Também vou te passar a nova senha, pra você pelo menos apagar o vídeo.

— Você não está com raiva de mim? — Ela franziu a testa.

— Estou com muita raiva de você, sim. — Dei de ombros. — Mas, infelizmente, ainda te amo. Você é minha irmã. Você traz bagels pra mim de Nova York e guarda minhas coisas quando a Charlotte as tira do meu armário, então vou te dar a senha e *uma* chance de acertar as coisas entre nós.

— Não adianta apagar o vídeo. Um monte de gente já repostou. — Os ombros dela murcharam. — E é só você dançando. Você não fez nada de errado. Eu que fiz. — Lentamente, ela ergueu os olhos inchados e vermelhos para mim. — Que sensação horrível.

— Aham. Dói bastante. — Eu peguei a mão de Eva. — A vida real acontece aqui fora, sabe. Comigo, com a Anne, com seus amigos, na barra, no palco. Isso aí... — Lancei um olhar incisivo para o celular. — Isso aí é só uma galeria bonita de espelhos, e passar tempo demais pensando em como as outras pessoas te enxergam acaba distorcendo a sua visão de você mesma. Apaga a conta, ou pelo menos desativa isso por um tempo, mesmo que seja só pra você não fixar residência no armário da Lina.

— Eu tenho muitos seguidores — sussurrou ela, cobrindo o celular com ar defensivo.

— Foi só uma sugestão. — O piso de madeira estalou sob meus pés quando me levantei, soltando a mão dela. — Mas você não pode se dar ao luxo, como eu me dei, de se esconder na cama. Preciso que você se arrume pra festa enquanto eu tomo banho e faço a mesma coisa, porque temos que ajudar nossa sobrinha. Um pedido de desculpa é mais do que palavras, Eva, e estou te dando *uma* chance de consertar seu erro, ou juro que nunca mais olho na sua cara. Está me entendendo?

Ela concordou com a cabeça.

— O que eu preciso fazer?

Peguei a foto de nós quatro e suspirei.

— Infelizmente, nada que você já não tenha feito antes.

32

ALLIE

CassidyFairchild61: As duas são bailarinas incríveis. Espero que resolvam seus problemas de família.

— Eu já disse que você está maravilhosa? — A mão de Hudson aquecia minha lombar através da fina seda verde do meu vestido assimétrico enquanto caminhávamos pela marina lotada.

Nós precisávamos embarcar em dez minutos, ou perderíamos a festa.

— Eu já te disse a mesma coisa? — Olhei para o terno dele, mais do que admirando o jeito como adornava seus ombros largos.

— Vocês são nojentos — comentou Eva às nossas costas enquanto entrávamos no píer de madeira.

— *Você* é nojenta — rebateu Gavin ao lado dela.

Eu tinha chegado à conclusão de que dois reforços eram melhor do que apenas um, e Gavin havia concordado em vir como convidado de Eva.

Hudson lançou um olhar de alerta para o irmão, e me concentrei em não prender meus saltos nos vãos entre as tábuas do píer. Vi membros de pelos menos quatro companhias diferentes do país enquanto seguíamos na direção do iate que a Companhia Metropolitana de Balé havia alugado para a festa daquela noite.

— Alessandra! — gritou alguém, vindo correndo de um barco à direita.

Apertei o envelope amarelo que Anne havia me dado como se minha vida dependesse de seu conteúdo, e mudei de posição para Eva não trombar na loira agitada. Fiquei com a sensação desconfortável de que a reconhecia de algum lugar.

— Oi! — Ela sorriu e acenou. — Eu sou a Lila Morris, do Balé Metropolitano de Los Angeles. Vim ajudar com as avaliações do Clássico e precisava te dizer que a sua apresentação foi fora de série.

— Obrigada, é muita bondade sua. — Pisquei ao ouvir o nome, e minha garganta se apertou quando a ficha caiu. — Você é a PontaCostaOeste.

— Você conhece meu perfil? — Ela sorria radiante, vacilando apenas quando viu Eva. — Eu só queria dizer que acho que você é uma das melhores da nossa geração, e espero que tenhamos a chance de trabalhar juntas um dia.

— Que engraçado, eu jurava que você tinha dito que ela era arrogante e metida — disse Eva, séria, encarando Lila.

Gavin abafou uma risada, e Lila ficou vermelha como um pimentão enquanto nos afastávamos.

— Isso não foi legal — censurei minha irmã.

— Eu sei. — Eva deu de ombros quando chegamos ao iate com o logotipo da Companhia Metropolitana de Balé e nos deparamos com os motores já ligados. — Acho que é aqui.

— Puta merda — murmurou Gavin. — Setenta pés?

— Aposto que é mais de noventa — respondeu Hudson. — Tem certeza?

A mão dele passou para minha cintura.

— Eu nunca tenho certeza de nada. — Meu coração disparou conforme nos aproximávamos da rampa. — Geralmente, costumo deixar essa parte pra você.

A equipe estava ocupada preparando o barco para a partida, então ninguém verificou nossos nomes. Entramos no enorme iate, seguindo para a reunião barulhenta que começava no convés de trás, perto de um pequeno bote, e continuava no interior e no andar de cima.

— Onde você acha que ele está? — perguntou Hudson.

— Geralmente, numa sala particular na proa.

Indiquei a frente do barco com a cabeça e segui naquela direção.

Hudson passou um braço ao redor da minha cintura e me tirou do caminho de um grupo de crianças correndo pela multidão de gravata e vestidos de verão, em direção à escada que levava ao deque superior.

— Obrigada. — Levei uma mão ao peito para acalmar meu coração disparado.

— Tem crianças na festa? — perguntou Hudson enquanto seguíamos na direção da cabine.

— Algumas frequentam a escola de balé — respondi, assentindo com a cabeça e sorrindo para colegas enquanto passávamos. — A maioria se classificou acima do top cinco na sua categoria hoje.

— A Juniper ficou em décimo sétimo — anunciou Gavin, orgulhoso.

— Pois é — concordei com um sorriso.

Tinha sido a melhor notícia que eu recebera o dia inteiro, levando em consideração que eu precisara ir atrás de Eva.

— Allie! — Everett se afastou de Michael e do grupo de solistas com quem conversava no bar. — Pronta pra comemorar? Os martínis estão excelentes. — Ele fechou a cara ao ver Eva. — Que lugar mal frequentado.

— Pega leve — retorqui. — Ela teve um dia difícil.

— Porque mereceu. — Ele abriu um sorriso afiado para Eva enquanto a buzina do iate tocava. — Ah, estamos partindo. — Ele se inclinou para a frente e me deu um beijo na bochecha. — Você sabe que ele está te esperando. Assina logo seu contrato e vem comemorar.

— Preciso resolver uma coisa primeiro, mas pode deixar. — Concordei com a cabeça. — Me faz um favor, e faz companhia pro Hudson e pro Gavin um minutinho?

Hudson enrijeceu.

— Esse não era o combinado.

— Calma — disse Everett. — Namorados não participam de reuniões de contrato. Deixa ela fechar negócio, e então vocês dois podem se divertir por aí *depois* que fizermos um brinde.

Ele ergueu as sobrancelhas para mim.

— Vamos fazer um brinde depois de eu receber uma oferta de verdade — prometi.

— É claro que você vai receber uma. — Everett revirou os olhos. — E, se ela for parecida com a minha, bom, nosso lugar está garantido. Acho que o Jacob está lá dentro, mas já deve sair. Faz um tempo que os dois estão conversando. Vai lá.

Chegamos na hora certa. Eu me virei para Hudson.

— Não gosto disso — resmungou ele enquanto eu ajeitava sua gravata.

— Você está bem gostoso com ela. — Puxei a gravata, e ele se inclinou para baixo, seu rosto ficando a centímetros do meu. — Se não voltarmos em vinte minutos, pode ir me procurar.

— Você quer que eu espere vinte minutos? — Ele franziu a testa e segurou minha cintura com as duas mãos quando o iate começou a se mover, saindo da marina. — Muita coisa pode acontecer em vinte minutos.

— Vai contando de cinco em cinco minutos, se ajudar. — Apertei o envelope amarelo e dei um beijo rápido na boca dele. Não era assim que eu pretendia passar nossa última noite juntos, mas eu estava feliz por ele estar ali comigo. — Já volto.

Ele parecia dividido, e me apertou antes de me soltar e concordar com a cabeça, pegando o celular no bolso.

— Eva? — Olhei para minha irmã.

— Bora. — Ela abriu um sorriso educado.

— Oi, Caroline — atendeu Hudson. — Acabamos de chegar à festa.

Dei uma última olhada em Hudson, só porque ele estava lindo demais para eu não fazer isso, então o deixei com Gavin e Everett. Membros da companhia acenaram para mim enquanto caminhávamos pela cabine, mas suas mãos vacilavam quando eles viam Eva.

Olhei pelas janelas que ladeavam a cabine enquanto o sol se punha e seguíamos para mar aberto. Se não corresse como o esperado, as próximas horas daquela festa seriam um climão terrível.

A ansiedade contra a qual eu havia passado a tarde inteira lutando ganhou vida na forma de uma pontada no coração quando nos aproximamos da porta da sala particular.

— Me explica uma coisa — falei para Eva quando vi Maxim esperando perto da porta com alguns membros da companhia. Era agora ou nunca. — Como você descobriu tão rápido? Você só passou alguns minutos com ela.

— A covinha — respondeu Eva, e ergui as sobrancelhas, surpresa. — O que foi? Eu tive aula de biologia. Entendo o suficiente de genética pra saber disso. Além do mais, fez sentido quando parei pra pensar nas datas.

— Entendi.

Meu coração batia tão rápido quanto as asas de um beija-flor quando alcançamos Maxim.

O sorriso dele não alcançava os olhos, mas isso nunca acontecia mesmo.

— Ora, se não são as protagonistas das fofocas mais cabeludas de hoje. — O olhar dele alternou entre mim e Eva. — Eu não esperava ver as duas juntas.

— Vou entrar — informei a ele, esticando a mão para a maçaneta.

— Boa sorte. — Ele ergueu seu copo em um brinde.

— Eu te aviso quando for pra você entrar — sussurrei para Eva antes de abrir a porta da sala particular e entrar.

— Aí está ela! — Vasily sorriu e deu um tapa nas costas de Isaac de onde eles estavam sentados, atrás de uma longa mesa de ébano, com seis ou sete envelopes empilhados à sua frente.

A porta a estibordo estava fechada, mas a porta a bombordo estava aberta, deixando entrar a brisa do oceano que vinha do convés rumo à proa.

Jacob fechou seu envelope e se levantou na frente da porta aberta antes de empurrar sua cadeira para trás e passar os dedos pelo cabelo escuro.

— Alessandra. Eu já estava indo. Sua apresentação hoje foi incrível.

Passamos por uma onda grande, e segurei a cadeira à minha frente para me equilibrar.

Essas merdas de iates.

— Obrigada. É bom te ver, Jacob — respondi.

Ele concordou com a cabeça, então passou por mim e saiu pela porta.

— Alessandra, você vai adorar nosso novo contratado — disse Vasily com um sorriso. — Fazia muitos anos que eu não via alguém tão bom. — Ele se inclinou para perto de mim e pegou um envelope separado à esquerda. — E é claro que preparei o seu novo contrato.

Meu olhar encontrou Isaac, e ele inclinou a cabeça.

— Minha querida.

— Não sou sua querida — lembrei a ele.

— Por enquanto — cedeu ele.

— Você se incomoda de nos deixar a sós? Precisamos conversar sobre uma questão de família. — Meu sorriso seria capaz de partir a mesa no meio.

Vasily empurrou meu envelope sobre a mesa, então se recostou no banco.

— Pode ir, Isaac. Os termos do contrato da Alessandra sempre são sigilosos. Uma cortesia da mãe dela, é claro.

— Naturalmente. — Isaac se levantou da cadeira e veio na minha direção. — Não vou mentir e dizer que não fiquei irritado ao ver que você resolveu estrear minha coreografia sem me avisar, mas a execução foi esplêndida e gerou muito interesse na internet.

— Impecável — corrigi, encontrando seu olhar enquanto ele passava por mim. — Eu fui impecável. A Eva está esperando lá fora. Pode pedir pra ela entrar, por favor?

— Impecável. — Ele concordou com a cabeça, exibindo um sorrisinho arrogante. — E é claro. Pena que vou perder o que será uma briga deliciosa.

Abri o envelope que eu segurava e tirei os outros dois que Anne guardara lá dentro enquanto o burburinho da festa tomava conta da sala. Eva entrou e fechou a porta, cortando todos os sons além do das ondas batendo no casco.

— Vamos negociar um cachê de família? — Vasily se remexeu no banco, os olhos se estreitando ao nos observar. — A Eva também quer um assento vazio no teatro?

Eva parou ao meu lado e continuou em silêncio.

— Você precisa tomar uma decisão. — Mostrei o primeiro envelope na minha mão direita. — Pode aceitar esses termos de sigilo e confidencialidade assinados em troca de preencher um formulário de histórico de saúde anônimo e uma desfiliação parental...

Ele se balançou para a frente e bateu as mãos na mesa. Meu coração disparou.

— Você, não. Eu esperava isso da sua mãe e da Eva, mas não de você.

— Ah. A Lina te pegou desprevenido? — perguntei, inclinando a cabeça. — Ou a minha mãe fez o trabalho sujo por ela? Por favor, me conta qual delas teve a audácia de olhar no fundo dos seus olhos e te subornar pra Lina receber uma oferta de contrato naquele ano?

Ele tamborilou os dedos na mesa, então se recostou na cadeira.

— Ele não vai responder — disse Eva, baixinho.

— Claro que não, ele não vai admitir uma coisa dessas. Não é? — Baixei o envelope sobre a mesa. — Não tem problema. Eu liguei os pontos. A Lina veio implorar por outra chance depois que não foi contratada quando tinha dezoito anos. Todas nós sabíamos disso.

Ele nem pestanejou.

— E você não cedeu, é claro. Você só aceita os melhores e já tinha se convencido de que ela não merecia uma vaga. Mas abusou da dinâmica de poder e aceitou o que ela estava oferecendo, né? Uns meses depois, ela fingiu se machucar pra tirar licença de San Francisco porque estava grávida e, em vez de ligar pra você, ela ligou pra nossa mãe. Foi mais ou menos isso? — *Paf. Paf. Paf.* Bati o canto do envelope na mesa. — Tenho quase certeza de que você não sabe de nenhum detalhe por ótimos motivos, então vamos pular pra parte em que te chantagearam. Imagino que tenha sido a Lina.

Ele continuou me fitando de forma desconcertante, mas sua sobrancelha direita estremeceu.

— E imagino que ela tenha dito algo parecido com o que a querida da minha irmã caçula disse um mês atrás, mais ou menos assim: *Sei que ter um filho fora do casamento seria uma violação do seu acordo pré-nupcial muito conhecido e muito rígido. Um filho faria com que você perdesse a companhia que passou a vida inteira construindo. Eu sei onde essa criança está e, se você me der o que quero, o segredo ficará entre nós.* Foi mais ou menos isso?

— É tão parecido que chega a irritar — comentou Eva.

Seu tom tranquilo não combinava com a força com que apertava o encosto da cadeira enquanto o iate balançava.

Um movimento à esquerda chamou minha atenção, e voltei a segurar a cadeira. A água espirrou no deque enquanto subíamos com a próxima onda. A primeira meia hora sempre balançava mais, e aquele dia não era exceção.

— É isso que *você* está me dizendo, Alessandra? — Vasily entrelaçou os dedos diante do peito.

— De forma alguma. — Balancei a cabeça. — Apesar de eu estar um pouco curiosa pra saber se foi assim que minha mãe também garantiu o *meu* contrato.

— Um pouco? — Ele deu um sorrisinho. — Conhecendo você, essa pergunta deve estar te corroendo. Você é merecedora da sua posição? É boa o suficiente?

Meu estômago *quase* se revirou.

— Alguns meses atrás, isso teria acabado comigo — admiti. — Mas parei de me importar. Não estou aqui pra conseguir um contrato ou um papel. Não pra mim. Nem pra Eva. — Soltei a cadeira e empurrei os dois envelopes sobre a mesa. — Você precisa escolher. O primeiro envelope: todo mundo que suspeita de que você seja o pai dessa criança assinou um termo de sigilo e confidencialidade, e você pode ficar com eles se assinar uma desfiliação parental e preencher um formulário médico. Ou o segundo: nossas declarações assinadas e uma cópia da certidão de nascimento original da criança vão parar nas mãos da primeira pessoa que encontrarmos quando sairmos por aquela porta. Quer dizer, imagino que você não tenha vontade alguma de ser pai da criança, mas também acho que isso deve ter sido deixado claro dez anos atrás.

Ergui o queixo e reuni toda coragem que tinha para não deixar aquela máscara específica cair.

Ele me analisou em um silêncio desconfortável por um minuto inteiro, então se inclinou para a frente e pegou o envelope na direita, enfiando a mão no paletó em busca de uma caneta. A sala foi tomada pelo silêncio enquanto ele abria o envelope.

— Bebê Rousseau — repetiu ele, lendo a declaração.

— Você não merece saber o nome dele. — Balancei a cabeça.

Anne tinha elaborado a declaração com base na certidão de nascimento original, excluindo o gênero. Não era algo infalível, mas precisava ser o suficiente para entregar a um juiz caso Vasily, um dia, resolvesse mudar de ideia.

— Não sei do que você está falando. Estou apenas assinando um documento de desfiliação de uma criança que nunca foi minha. Mas, se fosse, esse pequeno deslize prejudicaria bastante minha reputação, se não considerarmos a infração casual de simples leis de trânsito.

Meu corpo inteiro travou, e me obriguei a engolir a bile que rapidamente subia por minha garganta diante da menção despreocupada dele do acidente.

— Eu só aceito os melhores, como você bem sabe. Ainda bem que nunca tive deslizes desse tipo.

Ele correu rápido a caneta pelo documento, e então pelo formulário médico, e fiquei respirando rápido até ele enfiar os dois de volta no envelope e empurrá-lo sobre a mesa.

Eu peguei o envelope pela borda, então joguei o outro na direção dele.

— Para seus arquivos, para usar como você quiser. Obrigada.

A raiva rapidamente foi substituída por uma onda de alívio, que me inundou tão rápido que fiquei tonta. Juniper estava a salvo. Caroline jamais a perderia.

— Leve seu contrato, por favor. — Ele gesticulou para o documento à minha frente. — Nós não seríamos a Companhia Metropolitana de Balé sem você como uma de nossas bailarinas principais. Digo isso de coração, Alessandra. Eu só aceito os melhores, e não há dúvida de que você seja a melhor, como mostrou hoje. Eu te dou a minha palavra de que o que aconteceu hoje jamais será repetido. Os ensaios começam em duas semanas. Volte para o seu lugar e assuma o papel que foi criado pra você. Quem sabe você acabe se tornando a próxima prima da nossa era.

Fiquei encarando o envelope como se ele fosse capaz de me morder.

— Três anos. Um bom aumento de salário. O assento do meio da última fileira, como sempre — disse Vasily, guardando seu novo envelope no bolso. — Não sou bobo, Alessandra. Sei que você já recebeu ligações de San Francisco, Houston e Londres.

— E Paris — acrescentei. — Ou eu podia virar freelancer e escolher todas as opções.

— E Paris. Mas nenhuma delas é como nós. Nenhuma delas é sua família, e sei quanto você gosta de dançar com sua irmã. O contrato dela só será renovado no próximo ano. Talvez... — Ele bateu os dedos uns nos outros e olhou para Eva. — Talvez ela consiga ser promovida a solista essa temporada. Só leia tudo, aceite os termos e assine, ou mande um e-mail pra minha assistente, e ela enviará a versão digital.

— Allie — sibilou Eva, e ela estava certa de fazer isso.

Aquilo era tudo pelo que eu tinha me esforçado, tudo com que nossa mãe havia sonhado, e garantiria o futuro de Eva também.

— Quero levar minha cadela pro estúdio.

Vasily franziu o nariz.

— Posso incluir isso.

O contrato parecia pesado quando o peguei.

— Obrigada pela oferta.

— Até Nova York. — Nova York. Minha casa. Meu apartamento e minha vida. Minhas irmãs e Kenna. Minha companhia e meu papel. Mas sem Hudson. — É sério, Alessandra. Isso nunca aconteceu. Não existe criança nenhuma.

Um gemido soou à esquerda conforme o iate balançava de novo, e virei a cabeça na direção da porta.

Meu Deus, não. Minha alma saiu do corpo quando não vi mais a cabeça de Juniper pela porta, e a vi, pela janela, andar para trás, as mãos cobrindo a boca enquanto se aproximava da amurada, como se estivesse com pressa de se afastar de nós.

— Para! — Joguei todos os papéis em cima de Eva e saí correndo na direção da porta.

Juniper cambaleou para trás, seus olhos paralisados de choque, encarando a sala atrás de mim. O iate se levantou com a próxima onda, e a água bateu no deque, passando por cima da amurada e molhando o vestido lilás de Juniper. Meus saltos escorregaram quando cheguei ao deque, e me joguei na direção dela...

Só que ela não estava lá.

— Não!

O barco se inclinou, e fui jogada para o lado. Um vislumbre de lilás na água lá embaixo me fez subir a amurada molhada e escorregadia.

— Allie! — berrou Eva às minhas costas.

Eu pulei.

33
ALLIE

ReeseNaPonta: Elas são irmãs. Espero que se entendam. Assistir aos vídeos delas me ajudou muito na minha jornada.

WendyCook52: Concordo. Elas são inspiradoras, mas também são humanas.

O oceano estava *congelante*.

O frio roubava meu fôlego enquanto eu lutava para voltar à tona, batendo as pernas com todas as minhas forças, abrindo caminho pela água.

Arfei quando cheguei à superfície, então virei a cabeça, procurando Juniper. Levei menos de um segundo para localizá-la alguns metros à minha esquerda, cuspindo água e se debatendo, desaparecendo por um segundo quando uma onda nos separou. Meu coração disparou enquanto eu nadava, tentando me lembrar dos dois verões que eu tinha passado velejando e fazendo aulas de natação, mais de uma década atrás.

Não havia tempo para sentir medo, e meus recursos físicos não podiam ser desperdiçados. Eu precisava ser calma, contida e decidida como Hudson.

— Allie! — berrou Juniper quando a alcancei.

— Continua nadando! — ordenei, agarrando um pedaço das costas do seu vestido e nos impulsionando para longe do barco enquanto ele passava.

Nós nadamos enquanto eu terminava de contar até dez, e então nos viramos para o iate à medida que a traseira dele se afastava.

— O que vamos fazer? — choramingou Juniper enquanto eu a segurava, batendo as pernas para permanecer na superfície ao mesmo tempo que analisava o iate.

Ali. A luz do pôr do sol atravessava as janelas da cabine, desenhando a silhueta dos passageiros, e mal consegui distinguir o vulto correndo pela festa — Eva. Dois segundos depois, Hudson e Gavin vieram correndo para o deque traseiro, parando na amurada.

— Hudson! — gritei, acenando o braço esquerdo.

— Socorro! — berrou Juniper ao mesmo tempo.

Hudson se impulsionou por cima da amurada, e Gavin o puxou de volta, berrando algo inaudível por causa do barulho da festa e dos motores, enquanto eles se afastavam.

— Estão indo embora! — gritou Juniper, sua voz tão aguda que quase furou meus tímpanos.

— Está tudo bem — garanti a ela enquanto todo mundo no deque traseiro se mobilizava.

Hudson voltou para a amurada e ergueu uma mão, exibindo os dedos e articulando com a boca algo que parecia ser *cinco minutos.*

— Está tudo bem — repeti para mim mesma enquanto o iate nos deixava para trás.

— A onda vai bater na gente, então fica na superfície. Não luta contra as ondas, só segue o ritmo delas. — Voltei todo meu foco para Juniper. — Entendeu?

Ela concordou com a cabeça, e apertei ainda mais as costas do seu vestido, sem parar de bater as pernas e o outro braço na água. A água se avolumou na direção oposta contra a qual lutávamos, e não desviei meu olhar do dela enquanto subíamos e descíamos com a primeira onda, depois com a segunda.

A buzina do iate tocou, mas ele seguiu navegando para a frente.

— Eles não vão voltar! — bradou Juniper, a água escorrendo por sua testa.

— Vão, sim — prometi enquanto boiávamos por ondas bem mais tranquilas. — Seus tios não vão deixar a gente aqui. Só precisamos aguentar cinco minutos nadando. Você consegue fazer isso?

Juniper concordou com a cabeça, se mantendo à tona como se tivesse aprendido a fazer isso com um especialista.

— Perdi meus sapatos.

— Eu também. — Forcei um sorriso. — Agora, temos um motivo pra fazer compras quando formos resgatadas.

— Eu não devia estar no barco — admitiu ela.

— Eu sei. — O frio penetrou meus músculos, mas continuei agarrada ao vestido dela. — E vamos ter uma longa conversa sobre isso.

— Aquele homem… — O lábio inferior dela tremeu, e torci para ser por emoção e não pelo frio. — Ele é meu pai, né?

Concordei com a cabeça. Mentir não ajudaria em nada.

— O que você escutou?

— Eu estava com as outras crianças na proa. A gente tinha acabado de descer a escada e ouvi sua voz, então fui pra perto da porta e escutei você perguntar se a Lina tinha pegado ele desprevenido.

A água escorreu entre as ruguinhas no meio de suas sobrancelhas. Meu coração se apertou.

— Você ouviu tudo.

— É isso que eu sou? — Os dentes dela bateram. — Um jeito de entrar na sua companhia?

— Pra mim, não. — Balancei a cabeça com veemência. — Não tem desculpa pro comportamento das outras pessoas, mas eu, eu te amo, Juniper.

— Era isso que você estava fazendo? Me usando pra reconquistar seu papel?

Ela se retraiu, mas segurei firme, me recusando a soltá-la e correr o risco de nos separarmos.

— Não. — Era exaustivo me manter com a cabeça acima da água com apenas três membros do corpo. — Fui pedir pra ele assinar uma documentação pra te proteger, pra ele não poder te tirar da sua mãe. Meu contrato já estava pronto quando cheguei lá.

Não toquei no nome de Eva, e torci para Juniper não ter escutado todos os detalhes.

Seus olhos se encheram de lágrimas.

— Eles não me queriam. Eles não me amavam.

Minha garganta entalou. Eu estava tão despreparada para ter aquela conversa, mas não era como se eu tivesse a opção de ficar quieta ali.

— Não posso falar por ele, mas a Lina te amava — respondi, e rezei para não estar errada. — Sei que ela te amava porque ela escolheu quem seriam seus pais. Ela conhecia o tio Gavin e o tio Hudson. Ela escolheu sua família inteira, pessoas que sabia que te amariam e protegeriam, e deixou você em um lugar onde conseguiria te vigiar. Ela te deixou num dos seus lugares favoritos no mundo, pra você crescer cercada pelas coisas e pelas pessoas que ela também amava.

As lágrimas dela se misturaram com o mar.

— Você não tem como saber.

— Acho impossível alguém te conhecer e não te amar, Juniper. Seus pais, seus avós, seus tios e seus primos, todos eles te amam. Eu e a Anne te amamos. — Um barulho agudo soou atrás de nós. — E sei que isso pode não ser suficiente pra diminuir a dor que você está sentindo, e sinto muito.

Ela franziu a testa conforme o barulho aumentava. Um motor de barco.

— Os documentos que você deu pra ele? Lá diz que eu preciso ser um segredo?

Meu maxilar começou a tremer incontrolavelmente.

— Não — me forcei a dizer. — Eles dizem que alguns de nós não podem mencionar que ele é seu pai. Mas você? — Eu a puxei para mais perto. — Você pode dizer o que quiser, quando quiser. Você tem total liberdade. Tiramos o poder dele, nunca o seu.

Ela concordou com a cabeça. Seus lábios tinham ganhado um tom azulado.

Olhei para trás enquanto o bote salva-vidas se aproximava, e quase afundei de alívio.

— Eles estão chegando.

O piloto desligou o motor, e Hudson apareceu na beira da popa enquanto o bote flutuava na nossa direção. À medida que o bote perdia velocidade, a ponta da proa a cerca de três metros de nós, eu via o medo estampado em cada traço do rosto de Hudson.

— Allie! Juniper!

— Nós vamos nadar! — berrei antes de ele cogitar pular no congelador que se passava por mar. — Você consegue? — perguntei para Juniper.

— Aham.

Ela concordou com a cabeça, e fomos nadando.

Não tirei a mão do seu vestido e atravessei a água nadando de lado, ignorando as câimbras que lentamente dominavam meus músculos, enquanto dávamos a volta na popa do barco oscilante.

Tanto Hudson quanto Gavin esperavam na pequena plataforma de mergulho, Gavin agachado, e Hudson com um joelho apoiado no chão.

— Pega ela! — berrei para Gavin quando o alcançamos primeiro, então segurei a cintura de Juniper com as duas mãos e a empurrei para a plataforma, batendo as pernas com todas as minhas forças.

— Peguei! — berrou Gavin, e eu a soltei, afundando de volta na água.

— Allie! — berrou Hudson, e tirei os olhos do corpo emergente de Juniper e fitei a mão esticada de Hudson, então voltei a encarar os pés descalços de Juniper saindo do mar. — Ele está com ela. Agora, entra na porcaria do barco, ou vou entrar pra te pegar!

Bati as pernas, me forçando para a esquerda, e me estiquei para Hudson.

Ele segurou minha mão direita, depois a esquerda, e me puxou para fora da água com uma força inimaginável, me puxando para seu peito antes de me abraçar. Deixei as mãos caírem sobre seus ombros enquanto ele virava e me colocava em cima da plataforma de mergulho.

— Você está bem? — Ele me percorreu com os olhos.

— E-e-estou — gaguejei.

— Tudo bem.

Ele concordou com a cabeça, então me puxou para seus braços e me levantou. O barco balançou enquanto ele me levava para dentro e então me sentava no banco em U que ocupava a popa.

Eu tremia sem parar enquanto procurava Juniper, que estava enroscada em um cobertor prateado no colo de Gavin, perto de nós. Dois membros da equipe do iate estavam a bordo com a gente, um no leme e outro abrindo um segundo cobertor.

Hudson o pôs nos meus ombros e agachou à minha frente.

— Você quebrou alguma coisa na queda?

— Vê como ela está primeiro — exigi, meus dedos congelados apertando a borda do cobertor.

— Ela está com o Gavin. Estou vendo como *você* está. — Ele analisou meus olhos, então levou os dedos ao meu pulso, ficando em silêncio por um instante antes de menear a cabeça. — Você inalou água?

— Acho que não. Não sei. Tudo aconteceu *muito* rápido.

Um músculo pulsou no maxilar dele.

— Não sai daí.

Ele atravessou o pequeno bote até Juniper, então sentou ao lado dela e a examinou enquanto os motores voltavam a ganhar vida.

— Duas sobreviventes no barco. Estamos voltando pra marina — disse um dos tripulantes para o rádio.

A resposta foi abafada pelos motores, e começamos a nos mover, atravessando o mar na direção oposta do iate.

Hudson voltou alguns minutos depois e me aconchegou ao seu lado, passando o braço ao redor dos meus ombros. Seu calor me cercou, e ele deu um beijo na minha têmpora.

— Meu Deus, Allie, você pulou atrás dela.

— Nem *pense* em me passar um sermão — berrei por cima do rugido do motor.

— Obrigado. — Ele aninhou minha testa gelada no seu pescoço. — Só... obrigado. Mas, por favor, não faz mais isso. Mesmo assim obrigado. Porra, estou desnorteado.

— A Caroline sabe que ela está aqui?

A marina surgiu no horizonte.

Hudson balançou a cabeça.

— Ela acha que a Juniper está dormindo na casa de uma amiga, mas vai descobrir já, já. Tenho quase certeza que a nossa sobrinha vai estar usando uma tornozeleira eletrônica até o fim da noite.

— Ela escutou — falei, alto. — Ela escutou minha conversa com o Vasily. Tudo.

Olhei na direção de Juniper, mas Gavin a segurava contra o peito, envolvendo seu corpinho com os dois braços, virado para o lado oposto do meu.

— Merda. — Hudson me apertou.

Essa palavra resumia tudo muito bem, então deixei o restante para lá e simplesmente absorvi o calor que irradiava do seu corpo enquanto íamos em direção à marina.

Uma ambulância nos aguardava na chegada.

Duas horas e um banho quente depois, eu me sentia quase humana ao sair da cozinha, segurando um brownie em uma mão e uma garrafa de água na outra.

— Não precisa ficar me vigiando — censurei Sadie enquanto ela me seguia para a sala de estar.

Havia uma hora que Gavin tinha me deixado em casa, depois de eu me recusar a pisar no hospital de Haven Cove, e Sadie não saía do meu lado desde que eu tinha entrado pela porta. Ela havia até sentado no tapete do banheiro enquanto eu tomava banho.

Era indiscutível que os cachorros tinham uma intuição forte.

Eu já tinha recebido três mensagens de Hudson me perguntando como eu estava, e o tom delas não parecia nada satisfeito, já que eu o obrigara a ir com Juniper para a emergência enquanto Caroline não chegava. Digitei uma resposta para sua última mensagem e desviei das duas caixas fechadas que Anne havia deixado ao lado de uma das poltronas.

ALLIE: Estou comendo e bebendo. Está tudo bem.

Era estranhamente silencioso, mas libertador, estar sozinha na casa. Levaria horas até todo mundo voltar da festa.

— Vai descansar, querida — falei para Sadie, apontando para sua caminha fofa no canto da sala de estar enquanto eu percorria o hall de entrada cheio de malas, que só serviam para me lembrar de que o verão tinha acabado. Assim como meu tempo com Hudson.

Meu coração se rebelou contra essa ideia enquanto Sadie soltava um suspiro resignado. Olhando para trás, eu a vi girando em círculos antes de desabar na caminha, bufando. Segui para o estúdio.

Liguei o segundo interruptor, e as luminárias na parede acenderam, iluminando o salão com um brilho fraco em vez das luzes fortes do teto que mostravam imperfeições quando nós treinávamos à noite.

Nós. Terminei o brownie, refletindo sobre essa palavra específica. *Nós* treinávamos ali. *Nós* tínhamos sido destruídas e remodeladas. Eu só não sabia o que exatamente cada uma de nós havia se tornado.

Eu não havia ligado para minha mãe para contar que tinha recuperado meu papel.

Deixei a garrafa de água no chão e segui para a posição de Lina na barra, buscando por qualquer lembrança dela no meu próprio reflexo, descalça, com uma calça de pijama de algodão e um top. Mas não encontrei Lina nem minha mãe. Vi apenas eu mesma, uma bailarina principal em qualquer companhia que eu escolhesse da pilha de contratos que me ofereceram. Eu poderia ir para Paris ou para San Francisco, ou voltar para Nova York, para morar no apartamento que minha mãe tinha escolhido, trabalhar na companhia que ela idolatrava e dançar o papel criado para mim. Eu também podia garantir a posição de Eva. Eu teria que ver Vasily todos os dias, mas iria para *casa*.

Meu peito se apertou, e esfreguei meu esterno com a mão como se isso pudesse amenizar a dor que acompanhava o fato de que cada uma dessas escolhas me afastaria de Hudson. Ele receberia suas diretivas a qualquer dia. Na melhor das hipóteses, iria para Sitka, que ficava a mais de novecentos quilômetros da companhia de balé profissional mais próxima, e, *meu Deus*, como eu queria isso para ele, mesmo que a ideia de me despedir me deixasse arrasada.

Na pior das hipóteses, Hudson continuaria aqui, limitado porém cercado pelo amor de sua família, e, mesmo que eu quisesse ficar com ele, jogar tudo para o ar e me entregar de verdade, isso acabaria com a carreira que eu tinha acabado de recuperar. A companhia de balé mais próxima ficava em Boston.

A melhor companhia ficava em Nova York.

Nenhuma das opções me permitia sequer cogitar permanecer com ele.

A menos que ele vá para uma base em algum lugar que tenha uma companhia, como San Francisco. Mas algum de nós ficaria feliz com essa opção, sabendo que nosso relacionamento custara nossos sonhos?

Um par de faróis iluminou as janelas do estúdio, e quando me virei vi o carro de Gavin subindo o longo caminho até a frente da garagem sob a luz fraca do começo da noite. Mas não foi Gavin quem estacionou o carro nem subiu correndo as escadas como um homem enlouquecido.

Foi Hudson.

A porta da frente se escancarou e se fechou com a mesma força um segundo antes de ele entrar no estúdio, a gola da camisa desabotoada, sem gravata, e o cabelo bagunçado como se ele tivesse passado mil vezes as mãos pelos fios. Seus olhos exibiam um desespero selvagem que fizeram meu coração tropeçar quando nossos olhares se encontraram.

Como era possível que aquela fosse minha última noite com ele?

— Eu queria te trazer pra casa. — Ele veio na minha direção, percorrendo meu corpo com os olhos. — E você pediu pro *Gavin* fazer isso?

— Sapatos — lembrei a ele, o calor inundando meu corpo enquanto eu recuava a cada passo que ele dava. — E é você quem tem treinamento médico. Fazia sentido que você fosse pro hospital com a Juniper, já que a Caroline se encontraria com vocês lá.

— Fodam-se os sapatos. — Ele os tirou com os pés. — E você não quis ser atendida...

— Os socorristas me liberaram na marina — lembrei a ele, passando pelo lugar de Anne na barra e entrando no território familiar do meu, onde parei de recuar. — E tenho memórias suficientes daquele hospital, muito obrigada.

Ele se retraiu, e imediatamente me arrependi de lembrá-lo disso.

— Te ver no meio daquele mar... — Ele balançou a cabeça, se aproximando de mim. — Você me assustou pra caralho.

— Eu também fiquei com medo — admiti enquanto ele me alcançava. — A Juniper...

— Não só a Juniper. — Ele segurou minha nuca e se inclinou sobre mim. — Você, Allie. Você me assustou pra *caralho*. Tem noção do que você significa pra mim? Você é meu ar. E sei que você não quer nem pensar em complicar as coisas entre a gente, que precisa que tudo seja simples e fácil, mas as coisas já se complicaram. Estou tão perdido que eu não conseguia *respirar* naquele hospital, porque precisava estar aqui com você.

Meu coração se inflou, batendo tão alto que quase abafou as dúvidas traiçoeiras que sacudiam as grades de sua jaula, exigindo que eu deixasse aquele mesmo coração no lugar onde estava, seguro dentro do meu peito. Eu não poderia entregá-lo para Hudson, não quando o fracasso era o único resultado possível. Mas, droga... era isso que eu queria fazer.

— Hudson — sussurrei, subindo as mãos para seu peito. Eu não tinha forças para afastá-lo.

— Sou eu quem precisa de você. — Ele baixou a cabeça para a minha. — Eu preciso de você, Allie. Sempre precisei.

34

ALLIE

O USUÁRIO DESABILITOU OS COMENTÁRIOS.

Aquelas palavras acabaram comigo, destruíram os resquícios do meu autocontrole, me deixando sem chão. Fechei os punhos na camisa dele e me impulsionei para cima, colando meus lábios aos seus.

Ele soltou um gemido baixo no fundo da garganta e tomou minha boca com uma intensidade que inundou minhas veias e fez meus nervos pegarem fogo. O beijo era escandalosamente carnal, apenas línguas se chocando e dentes batendo enquanto nos esforçávamos para chegar mais perto um do outro.

Arrebentei os botões da camisa dele e, com relutância, me afastei do beijo pelos três segundo inteiros que Hudson levou para arrancar meu top, me deixando nua da cintura para cima. Então sua boca se fundiu à minha novamente, e chupei sua língua enquanto tirava a camisa de seus ombros. Fui recompensada com outro gemido quando a camisa caiu no chão.

Ele segurou meu seio, e o toque de seu dedão no meu mamilo o enrijeceu no mesmo instante. Um calafrio percorreu minhas costas, e me arqueei na direção da mão dele enquanto ele me beijava com mais força, por mais tempo, se transformando no centro do meu mundo.

Eu já conhecia de cor as linhas entalhadas em seu torso, e as tracejei com a ponta dos dedos conforme descia as mãos por seu corpo, rapidamente encontrando seu zíper e o abrindo. Havia roupas demais, camadas demais entre nós. Eu precisava dele tão nu quanto eu me sentia, e só me daria por satisfeita com ele nu por completo. Em um gesto rápido abri o gancho da calça social dele. Enfiei a mão entre os músculos rígidos de sua barriga e o elástico de sua cueca boxer, encontrando-o quente e duro.

— Porra, Allie.

O gemido dele ecoou pelas paredes espelhadas enquanto eu envolvia seu pau com a mão e o acariciava da ponta até a base.

Minhas coxas se apertaram, o calor aumentando no meio delas enquanto eu fazia círculos com o dedão na cabeça do pau dele, então acariciava sua boca com minha língua, lambendo a faixa sensível atrás de seus dentes junto com o movimento das minhas mãos. Eu daria a minha vida pela forma como ele puxava rápido o ar, pelo jeito como ele puxava meu cabelo.

Abandonei sua boca para beijar seu peito e idolatrar sua barriga perfeita. Desci a língua pela linha que ia do topo do sua barriga até depois do cós da calça, e segurei o quadril dele, puxando as roupas do seu corpo para baixo com um único movimento, me ajoelhando à sua frente.

— Amor... — Havia fascínio naquele tom, mas também um toque de alerta que me mostrou que eu estava brincando com fogo.

— Tira — ordenei, e ele tirou a calça e a cueca boxer. Depois que tirei suas meias, sentei sobre meus calcanhares e fui subindo o olhar, me maravilhando com a perfeição do seu corpo. — Acho que nunca vi alguém tão perfeito.

— Al... — começou ele, mas terminou com um gemido retumbante quando voltei a ajoelhar e o enfiei na boca.

Seu pau deslizou por minha língua, e uma sensação intoxicante de poder fez minha pele enrubescer quando seu quadril se impulsionou uma, duas vezes.

— Puta merda. — Ele agarrou meu cabelo. — Allie. Amor. Você precisa.

— Humm?

Eu o levei mais fundo e saboreei o brilho nos seus olhos, a tensão no seu maxilar, o conhecimento de que eu tinha a capacidade total e absoluta de enlouquecê-lo.

— Parar — conseguiu dizer ele.

Lambi a cabeça do pau dele e o soltei.

— Tem certeza de que é isso que você quer?

— Eu sei exatamente o que eu quero.

O fogo no seu olhar seria capaz de causar um incêndio em uma geleira, e eu já estava fumegando, pronta para entrar em combustão ao primeiro toque. Ele segurou meus braços e me puxou para cima, então tirou minha calça de pijama e minha calcinha, acrescentando as peças ao mar de roupas jogadas ao nosso redor.

— Sabe? — perguntei, completamente ofegante.

Ele concordou com a cabeça, me devorando com o olhar enquanto enfiava uma mão na pilha das suas roupas.

— Tenho fantasias com o que eu faria com você nesse estúdio há mais tempo do que gostaria de admitir.

— É? — Engoli em seco e dei um passo para trás, passando por cima do meu top esquecido, chutando-o para o lado a fim de liberar o caminho para ele. — O que você está procurando?

Seja lá o que fosse, estava demorando demais.

— Carteira. — Ele pegou a calça. — Camisinha.

— Deixa pra lá. — Eu recuei até bater as costas na barra. — Não precisa. Eu tomo anticoncepcional. — E eu o queria *agora*. — Tem uma eficácia de noventa e nove por cento.

Ele encontrou um pacote metálico na carteira e balançou a cabeça para mim enquanto o abria.

— Não vou arriscar esse um por cento.

Ele desdobrou a camisinha no pau.

Pisquei. É claro que ele não faria isso. Nós não estávamos em um relacionamento sério…

— Você quer ter filhos? — continuou ele. — Eu te dou filhos. É só você pedir. — A ideia deveria ter me paralisado, mas a convicção que brilhava nos olhos dele, berrando que nossos futuros já estavam entrelaçados, fez meu coração bater duas vezes mais rápido enquanto ele vinha na minha direção, gloriosa e belamente nu. — Até lá, não vou arriscar tudo pelo que você se esforçou só porque estou com pressa.

A ânsia no meu peito explodiu, tão forte e doce que mordi o lábio inferior para não deixar as palavras escapulirem.

— Meu Deus, as coisas que imaginei fazer com você — murmurou ele, me analisando com uma gula palpável.

Ele consumiu minha boca com um beijo arrasador, então ajoelhou aos meus pés, passou um braço ao redor da minha perna esquerda e a ergueu para apoiá-la no seu ombro.

Prendi a respiração quando ele se inclinou e beijou a pele sensível do interior da minha coxa.

— Eu passava horas te assistindo, perfeitamente controlada, completamente disciplinada, e ficava me perguntando o que você faria se eu...

Ele deslizou a língua da minha entrada até meu clitóris.

Eu gemi, arqueando as costas enquanto pegava fogo. Minhas mãos foram até a cabeça dele, mas ele se desvencilhou dela.

— Põe as mãos na barra, Allie — ordenou ele.

Imediatamente obedeci.

— Perfeito — disse ele, então me atacou com sua boca, fazendo o prazer espiralando dentro de mim a cada golpe e lambida da sua língua. Apertei a barra enquanto meu quadril rebolava por vontade própria, perseguindo o êxtase que apenas ele era capaz de causar.

Ele permaneceu segurando minha coxa com um braço, me mantendo no lugar, e guiou meu quadril com a outra, me puxando para seu ataque arrebatador, até meus músculos começarem a tremer e meu desespero me fazer arfar e sussurrar súplicas.

— Era exatamente isso que eu imaginava — disse ele, e então fez um círculo com a língua. — Você tremendo, ofegante, explodindo de tesão.

— Hudson, por favor — implorei.

Ele enfiou dois dedos dentro de mim e bombeou.

— Mas ouvir você gemendo meu nome? Isso vai além de qualquer coisa que eu pudesse imaginar, Allie. E, agora, é algo que habita meus sonhos.

Ele usou a mão e a língua para me lançar pelo abismo.

Eu desmoronei, assolada pelas ondas de êxtase, e teria caído no chão se Hudson não me segurasse, arrancando cada tremor de mim e, de algum jeito, acendendo um novo fogo ao finalmente, lentamente, se levantar.

Meu peito oscilava, e minha perna levantou com ele. Ele inclinou o ombro, e minha coxa deslizou para baixo, apenas para ser presa em seu cotovelo e então baixada para o chão.

— Vira.

Eu me pus de frente para a barra, então dei dois passos para trás, encontrando seu olhar no espelho.

— Perfeita pra caralho — disse ele, descendo os dedos pelas minhas costas antes de apertar minha bunda com as duas mãos.

Eu me inclinei para a frente em um convite óbvio e afastei os pés, sem tirar os olhos dele.

— Hudson — sussurrei. — Eu preciso de *você*.

— É mútuo.

Ele enfiou os dedos entre minhas coxas, e estremeci diante da nova onda de urgência que me atravessou e permaneceu em mim, exigindo ser saciada. Por sorte, ele não me fez esperar dessa vez. Ele dobrou os joelhos, e senti a cabeça do seu pau pressionar minha entrada, então pausar.

— Isso. — Concordei com a cabeça e me joguei para trás, usando a barra como apoio e fazendo-o penetrar em mim.

— Você é *minha* demais.

Ele agarrou meu quadril e se impulsionou para dentro de mim.

Gritei seu nome, e fechei os olhos com o prazer sublime. Ele foi tão fundo, tão perfeito.

— Olha — exigiu ele. — Olha pra nós.

As palavras por si só já me fizeram derreter, mas a forma como ele se afastou apenas para me acertar de novo fez com que eu me *dissolvesse*. Ele determinou um ritmo que me fez ofegar, ansiando pela próxima estocada, pela próxima dose do êxtase em que eu estava descaradamente viciada.

— Sempre. Que. Você. Estiver. Em. Um estúdio. — Ele pontuava as palavras com os movimentos do quadril. — Quero. Que. Lembre. Exatamente. Como está. Se sentindo. — Seu rosto corou, o suor formava gotas em nossa pele, e ele só desviava o olhar de mim para observar o ponto em que nos uníamos. — O que. Fazemos. Um com o outro.

Porra, eu estava *condenada* a nunca mais olhar para um espelho do mesmo jeito.

Quando ele voltou o olhar para o meu, parecia *faminto*.

— Preciso da sua boca.

Ele se afastou de mim, e gemi em protesto, mas agarrou minha cintura, e a barra desapareceu das minhas mãos enquanto o mundo girava e Hudson preenchia minha visão.

Sua boca consumiu a minha ao mesmo tempo que ele me erguia e eu passava os braços ao redor do seu pescoço, as pernas ao redor de sua cintura. Minha bunda bateu na barra, e ele voltou para dentro de mim, indo fundo, aumentando o furor que me fazia gemer em sua boca.

Cada estocada era melhor que a anterior. Cada contato me fazia chegar mais alto, me deixava mais tensa.

— Merda de barra — grunhiu ele contra minha boca, e então nos movemos.

Minhas costas acertaram a parte do espelho em que a barra acabava, e então ele foi tão fundo que vi estrelas, o beijo abafando nossos gritos.

— Mais — exigi, usando o espelho para arquear contra cada estocada, e ele apoiou um braço ao lado da minha cabeça, apertando meu quadril com a outra mão, me dando tudo de que eu precisava.

Meu Deus, aquilo era a *vida*. Aquilo era o significado de respirar, o propósito da existência. Apenas Hudson.

A tensão se acumulou, me apertando tanto que perdi a capacidade de me impulsionar contra ele conforme meus músculos travavam, então começavam a tremer. E ele continuou me dominando, me beijando, me fazendo pegar fogo, se tornando o ar que eu respirava.

— Hudson — gemi, intoxicada de prazer.

— Estou aqui, amor.

Ele deslizou a mão entre nós, e o próximo toque me fez alcançar pura luz. Eu explodi em mil pedacinhos, mas, de algum jeito, Hudson me manteve inteira. Meu quadril se impulsionou sem parar enquanto o orgasmo pulsava em mim, me acertando como ondas infinitas na praia. Eu o senti enrijecer, e me segurei enquanto ele também gozava, abrindo meus dedos em seu cabelo e aninhando sua cabeça.

Voltamos juntos, arfando em busca de ar, olhando no fundo dos olhos um do outro, como se o início e o fim de tudo no universo estivesse entre nós. Meu coração foi se acalmando devagar, e lutei contra os pensamentos muito lógicos que pairavam pelos cantos da minha mente, sabendo que havia coisas que precisavam ser ditas, decisões que deviam ser tomadas. Sabendo que eu não queria abrir mão dele.

— Allie. — Hudson afastou o cabelo do meu rosto. — A gente devia...

Eu o interrompi.

— Me leva pra cama. Antes de alguém voltar pra casa. Só me leva pra cama.

Tudo poderia esperar até o dia seguinte.

Eu queria passar aquela noite com ele.

Ele me carregou até o andar de cima e me deu exatamente o que eu pedi, olhando para mim como se tivéssemos uma eternidade juntos, fazendo amor comigo como se nosso tempo estivesse acabando.

Eu mal estava acordada quando ele saiu da cama, e ao abrir um olho notei o céu cor-de-rosa do outro lado da janela.

— Que horas são? — Eu me afundei no travesseiro e sorri sentindo o cheiro de Hudson.

— Seis — respondeu ele, já vestindo uma das fardas no meu armário. Ele sentou na beira da cama e acariciou meu cabelo com uma mão. — Vou levar a Sadie lá fora pra você poder dormir. O Beachman vem me buscar pra uma reunião, e o Gavin vem daqui a uma hora pra buscar o carro. Só vou passar umas horas fora.

— Você devia ficar aqui. — Segurei sua mão e beijei a palma.

— Acredita em mim, eu ficaria se pudesse, mas quando eu voltar vamos ter uma conversa. — Ele franziu a testa. — Sobre suas malas, e a gente, e... coisas que eu preciso te contar. A gente tem que conversar.

— Tudo bem — concordei a contragosto. — Mas é difícil termos uma conversa séria quando não sabemos nem onde você vai morar.

— É. — Ele esboçou um sorriso e me roubou um beijo rápido, delicado. — Espero descobrir hoje.

— Sei que você pôs Cape Cod em primeiro lugar — falei, virando de costas. — Mas espero que você consiga Sitka. Você merece realizar esse sonho, Hudson.

— Sonhos mudam. — Ele sorriu ao se levantar, então seguiu para a porta. — Eu pretendia te contar antes, mas mudei minha primeira escolha pouco antes de entregar a lista.

— Pro Alasca?

Eu me apoiei nos cotovelos enquanto ele abria a porta do quarto.

— Não. — A covinha surgiu em sua bochecha. — Pra Nova York.

Ele foi embora antes mesmo de eu conseguir assimilar aquelas palavras, o significado daquela localização. Meu estômago embrulhou. Não, ele não tinha feito aquilo. *Ele não podia.* Ele não podia ter feito algo tão imprudente, tão... impulsivo.

Por que ele não tinha escolhido Sitka? Eu entendia Cape Cod, mas Nova York? A gente nem tinha debatido essa possibilidade.

Nós podemos ficar juntos. Imediatamente furei essa bolha de alegria ingênua. Nova York estragaria tudo que eu amava em nós, acabaria com a gente. Minha vida lá destruiria Hudson. Aproveitar algumas horas roubadas por mês era uma coisa, mas não poderíamos construir uma vida em cima disso. Ai, meu *Deus.* Ele tinha desistido da sua base dos sonhos para viver comigo o que se tornaria um pesadelo, e agora precisaria esperar mais três anos antes de pedir outra transferência.

Eu me levantei, tomei banho e me vesti; minha cabeça não parava de girar. Uma hora depois, quando o único táxi da cidade parou na frente da minha casa, eu já estava sentada na escada da varanda com Sadie enroscada ao meu lado.

Gavin daria um jeito naquilo. Ele não deixaria Hudson desperdiçar sua vida… comigo.

— O que houve? — perguntou Gavin assim que saiu do táxi. — Pela sua cara, aconteceu alguma coisa. O Hudson está bem? Houve algum problema? Ele me mandou mensagem há uma hora…

— O Hudson está bem — assegurei enquanto o táxi ia embora. — Pelo menos até eu colocar as mãos nele. Você sabia que ele mudou a primeira opção de base pra Nova York?

A postura de Gavin murchou de alívio.

— Não, mas não me surpreende. — Ele esfregou a nuca. — Porra, você me assustou. Achei que tivesse acontecido alguma coisa.

— Aconteceu!

Eu me levantei.

— Porque ele quer ficar perto de você? — Ele baixou os braços. — É sério que você está irritada porque ele está disposto a mudar a vida inteira dele e irritar nossa irmã, algo para que eu dou todo meu apoio, aliás, pra ficar com você?

Balancei a cabeça.

— Não, estou irritada porque ele não escolheu Sitka! Ele sonha com isso desde que a gente se conheceu, em ficar longe dessa cidade. — Meus ombros murcharam, e lutei contra a ânsia crescente e confusa dentro do meu peito, que eu não poderia nomear se quisesse manter a sanidade. — Os sonhos dele também deviam se tornar realidade, Gavin. E entendo deixá-los de lado pra ajudar a Caroline. Ele é um irmão incrível. Mas fazer isso por *mim*? Você precisa convencê-lo a mudar de ideia.

— Acho que não é assim que as coisas funcionam. — Gavin se balançou nos calcanhares e me encarou como se eu fosse um alienígena. — Droga, Allie, você ainda não entendeu?

— Que ele é altruísta? É, escolher uma carreira em que ele literalmente arrisca a vida por outras pessoas é um bom sinal disso.

Cruzei os braços.

— Não, que *você* é o sonho dele. Ele está apaixonado por você — rebateu Gavin.

Perdi todo o ar.

— Não está, não.

Ignorei a súbita onda de calor atrás das minhas costas.

— Está, sim. — Gavin meneou a cabeça, jogando as mãos para o alto. — É óbvio que ele vai escolher a base mais perto de você. Seria mesmo tão ruim assim ter um relacionamento de verdade com meu irmão? Ou você só passou o verão brincando com ele?

— Eu jamais faria isso.

Eu me retraí diante do insulto. Eu e Hudson tínhamos um acordo. Nós dois sabíamos o que estávamos fazendo.

— Tem certeza que você não está procurando um jeito de dar um pé na bunda dele agora que o Clássico acabou? As irmãs Rousseau são especialistas em arrancar o coração dos irmãos Ellis e devolvê-los quando chega setembro.

Ele estreitou os olhos.

Apontei um dedo na sua direção.

— Você está sendo injusto.

Ele suspirou.

— É verdade. Desculpa. Mas seria mesmo tão ruim se ele fosse pra Nova York? Esquece seu medo de deixar todo mundo além da Sadie se aproximar. Seria mesmo o fim do mundo se você chegasse em casa todo dia e desse de cara com o Hudson?

Respirei fundo enquanto pensava nisso, tentando ignorar todas as formas como minha vida afetaria ele, me concentrando na pressão crescente em meu peito.

— Não. — Balancei a cabeça. — Seria ótimo. — Essa era a resposta *egoísta*. — Mas seria difícil demais pra ele.

— Ele é capaz de decidir o que é difícil. — Gavin abriu e fechou as mãos, balançando suas chaves. — Escuta, eu estava lá. Eu vi como ele sofreu quando te perdeu pela primeira vez, então dá pra entender que ele queira fazer de tudo pra ficar com você agora. Puta merda, deixa ele fazer isso, Allie. Ele é forte o suficiente por vocês dois.

Franzi a testa.

— Como assim, você estava lá? Não me lembro de você no Clássico naquele ano.

— Não. — Ele balançou a cabeça e me encarou como se nunca tivesse me visto antes. — Quem é que você acha que foi buscar ele no hospital naquele dia? Eu. — Ele bateu no peito com uma mão. — Foi pra mim que ele ligou. Fui eu quem teve que arrancar as palavras dele quando ele saiu da emergência todo sujo com o *seu* sangue. Fui eu quem teve que inventar uma história capenga para nossos pais de por que ele tinha passado os quatro dias seguintes sem dar um pio antes de ir embora pra academia. Então me dá licença por eu querer que ele finalmente seja feliz!

Fiquei encarando Gavin e tentando respirar, tentando entender suas palavras.

— *Meu* sangue?

Ele empalideceu, e deu um passo para trás.

— Merda — murmurou ele, fechando os olhos.

— Que diabo você quis dizer com *meu sangue*? — gritei, lutando contra a sensação nauseante de perder o chão.

— Só... — Ele foi andando para trás, sem desviar os olhos de mim, como se eu fosse um tigre para o qual não poderia dar as costas. — Ele acha que você não vai perdoá-lo, mas você precisa fazer isso, Allie. Fica com ele dessa vez, e não só por ele. Vocês precisam um do outro. Essa coisa que vocês sentem um pelo outro já serviu de inspiração para um monte de poetas.

O que *isso* queria dizer?

— Gavin! — gritei quando ele chegou ao carro.

Ele deu partida e me deixou parada na varanda, questionando tudo que eu acreditava saber sobre os últimos dez anos.

35
HUDSON

Devon2Sharpe: @4IrmãsRousseau, eu só queria saber o significado do nome do seu perfil. Achei que fossem só duas irmãs.

ReeseNaPonta: @Devon2Sharpe, três estão vivas. Uma trabalha no administrativo da companhia, e elas perderam a mais velha em um acidente de carro, ao qual a Alessandra sobreviveu.

Devon2Sharpe: @ReeseNaPonta Ah, merda, eu não sabia. Valeu.

ReeseNaPonta: Imagina. A Alina também era uma bailarina incrível. Tem vídeos dela no YouTube.

Ela está na praia. Isso era tudo que Anne estava disposta a me falar quando cheguei à casa de Allie, mas o olhar com que ela me encarou dizia que a culpa era minha. É, soltar a bomba sobre Nova York e ir embora logo em seguida provavelmente não tinha sido a melhor decisão, mas eu estava me sentindo otimista.

Agora, nem tanto.

Soltei o ar devagar, aceitando meu destino. Atravessei o quintal e desci a escada. Ainda bem que eu tinha parado em casa para trocar a farda. Era uma merda quando areia entrava nas minhas botas.

Allie estava sentada no final do píer, encarando o mar. Meu peito se apertou enquanto eu caminhava pela madeira. A esperança daquela manhã havia se tornado o problema daquela noite quando meu e-mail apitara durante a reunião, transformando o que parecia ser um simples obstáculo em um desfiladeiro. Eu tinha recebido minhas diretrizes e não iria a lugar nenhum tão cedo.

Eu permaneceria em Cape Cod enquanto Allie provavelmente aceitaria o contrato em Nova York. Seria horrível, mas nós conseguiríamos aguentar a barra. Seria bom encarar aquele problema, seríamos obrigados a definir o que nós realmente tínhamos um com o outro, já que a classificação de casinho descompromissado tinha sido descartada semanas atrás, em algum momento entre eu dar uma chave e uma gaveta para ela, e ela abrir espaço no seu armário para algumas das minhas fardas. Casinhos descompromissados não se encaixavam na vida um do outro, como tínhamos nos encaixado.

— Oi — falei para não assustá-la, então sentei ao seu lado, deixando minhas pernas pairarem sobre a água.

Ela mexeu as mãos, mas não olhou para mim.

— Imagino que você esteja irritada por causa de Nova York — comecei —, mas acabou que não deu certo. Recebi minhas diretrizes, e vou ficar aqui. — Caroline ficaria empolgadíssima depois que cansasse de sentir raiva de mim. — Espero que você saiba que não quero que você aceite um contrato em Boston nem nada assim. Vou te dar todo o apoio pra voltar pra companhia, se for isso que você quiser.

Nenhuma resposta.

— Allie? — Analisei o perfil dela e me retraí quando ela nem olhou na minha direção. Merda. Nas três horas que eu tinha passado fora, todas as muralhas dela tinham sido reerguidas. — Sei que eu devia ter conversado com você sobre a mudança, mas… — Respirei mais fundo do que nunca e mergulhei no que seria a maior batalha de nossas vidas. Uma que eu não estava disposto a perder. Não de novo. — Mas não quero que isso acabe. Sei que logo, logo você vai embora, mas podemos dar um jeito. O pessoal que determina as bases está me devendo um favor e, se isso não der certo, posso te visitar nos fins de semana pra você não perder tempo de estúdio. Posso me encaixar na sua vida...

— Meu pai sempre dizia que as ondas vêm em grupos — interrompeu ela, encarando o mar enquanto as ondas batiam nos pilares lá embaixo.

Gelei. Eu estava mais encrencado do que imaginava se iríamos falar sobre ciência.

— Pode ser — concordei —, mas depende se elas são causadas pelo vento ou por tempestades, e também do formato do solo oceânico...

— Ele dizia que ondas sozinhas se movem mais rápido, só que, quando elas se juntam lá no fundo, se tornam mais lentas, porque estão conectadas pela mesma energia. — Allie pôs a mão esquerda sobre a direita, girando algo no dedo. — Elas andam juntas, percorrendo a água até chegarem à costa. — Ela fez uma pausa. — E então quebram ao mesmo tempo.

— Certo.

Aonde ela queria chegar com aquilo? Apoiei as mãos no píer e apertei a borda enquanto escutava, tentando encontrar alguma pista em seu rosto, mas ele estava coberto por uma máscara. Inacessível.

— E eu entendia a metáfora que ele estava fazendo, mas sempre achei que nós éramos mais parecidas com os pilares — continuou ela, seus dedos acelerando o movimento. — Nós éramos mais fortes juntas, mais capazes de aguentar o tranco, segurando o píer durante as tempestades, contanto que tivéssemos o apoio umas das outras. Só que, quanto mais tempo passo sentada aqui, mais percebo que perder um pilar pode até prejudicar o píer, mas não diminui a integridade dos outros. Eles são conectados por um propósito, não por uma energia. — Ela olhou para baixo enquanto uma onda acertava a madeira, a água espirrando logo abaixo de nossos pés. — E, agora, acho que meu pai tinha razão. Nós quatro éramos um grupo, ligadas por uma força inabalável, às vezes bloqueando o caminho umas das outras pra conseguirmos seguir em frente juntas, sem entender que a praia bonita pra onde corríamos nos quebraria uma a uma, e as outras estariam fadadas a ficar assistindo, sem conseguir impedir nosso fim. — A luz do dia destacou o dourado nos seus olhos enquanto ela olhava para a praia e as ondas quebrando às minhas costas. — Nós não somos os pilares. Somos as ondas. A Lina se quebrou primeiro, e o restante de nós, cada uma do seu jeito, continua seguindo pra costa.

— Allie, o que aconteceu?

Fui tomado por um profundo mau pressentimento, que me causou calafrios, a sensação idêntica ao momento em que meus pneus tinham perdido o contato com a estrada cheia de gelo e tudo que me restava era esperar que reencontrassem o chão — ou que o carro batesse.

— O problema é esse. Eu não sei. — Seus olhos encontraram os meus, e os pelos na minha nuca se arrepiaram. — Mas você sabe, não sabe, Hudson? Porque você estava lá.

— Do que você está falando?

Contraí tanto as minhas mãos que quase achei que deixaria marcas na madeira.

— O Gavin deixou escapulir que te buscou no hospital — falou, inclinando a cabeça — coberto com meu sangue.

Ah, *merda*. Meu estômago foi parar nas ondas lá embaixo e, pela primeira vez na vida, eu não sabia o que fazer. Fiquei paralisado.

— Você. Estava. Lá — acusou ela, com raiva. — No acidente. Não existe outra forma de você ter se sujado com meu sangue.

Eu queria sair correndo, voltar dois dias, duas semanas, *dois meses* no tempo, e fazer tudo diferente. Meu coração se apertou tanto que ele disparou em protesto, mas eu nunca tinha mentido para Allie, e não começaria a fazer isso hoje. *Só por omissão.*

— Estava — admiti. — Eu estava lá.

Ela arregalou os olhos, e meu coração berrou que aquelas palavras acabariam com qualquer chance de termos um futuro.

— Você estava no carro?

— Não. — Balancei a cabeça e lutei contra o bolo que se formava na minha garganta. — Eu estava atrás de vocês. Nós saímos da praia juntos…

— Da praia?

Ela franziu a testa.

— Da enseada onde a gente se beijou. — Fiz uma careta ao ver ela enrijecer no mesmo instante. — Onde a gente se beijou agora, não naquela época. Naquela época, eu quis esperar até a gente encarar seus pais, fazer tudo do jeito certo. E aí, tudo deu errado. Supererrado.

— A enseada. — A compreensão brilhou nos seus olhos. — Eu fui naquela noite?

— Você se atrasou, mas foi. — Concordei com a cabeça. Meu Deus, eu tinha pensado em contar para ela tantas vezes, e devia ter feito isso. Sem me importar com as consequências. Ela não devia ter descoberto por Gavin. — É a mesma estrada, então todo mundo achou que vocês estivessem voltando da festa.

— Você viu o acidente acontecer?

As mãos dela se crisparam.

— Não. Vocês sumiram na curva por uns trinta segundos na minha frente. Quando eu virei… — Afastei o olhar, meu cérebro ciente de que eu estava ali no píer, mas minha lembrança lutando para me convencer do contrário, preenchendo minha visão com metal retorcido, enchendo meus pulmões de fumaça. — Vocês tinham batido na árvore.

— A… — A voz dela falhou, e voltei a encará-la. — A Lina estava viva quando você chegou lá?

O lábio inferior dela tremia.

— Estava.

Meu peito se apertou, doendo. A cabeça dela estava virada para Allie, o rosto ensanguentado encostado no volante, mas não mencionei esse detalhe. Allie não precisava saber dos meus pesadelos.

— O que ela disse?

Os olhos dela se encheram de lágrimas, e minhas costelas ameaçaram se quebrar.

— Ela me pediu pra te salvar.

— Mas eu já estava a salvo. — Allie piscou, então balançou a cabeça. — Por que ela voltou pro carro? O que ela estava procurando?

— Voltou? — Ergui as sobrancelhas. — Do que você está falando?

— Ela *voltou*!

Ela se apoiou no píer e se levantou.

Rapidamente fiz a mesma coisa, um calafrio percorrendo minha espinha.

— Você se lembra de alguma coisa, não lembra?

— Lembro! — berrou ela. — A culpa foi minha. — O vento soprou com força de repente, e ela afastou o cabelo do rosto. — Ela me tirou do carro, então me levou pro acostamento e ficou sentada comigo.

Todos os músculos do meu corpo enrijeceram, mas fiquei quieto.

— Ela pressionou alguma coisa na minha cabeça pra estancar o sangramento, então me disse pra esperar, porque a ajuda estava vindo. — Allie falava com total e absoluta certeza. — Ela disse que me amava, que eu devia seguir meu coração e cuidar do que ela estava deixando pra trás, e aí colocou seu anel no bolso da minha saia.

Merda. Minha alma saiu do corpo. Lina havia dito pelo menos duas dessas coisas na enseada, enquanto eu acompanhava Allie de volta ao carro.

— Mas aí ela me disse que eu ficaria bem e voltou pro carro pra pegar alguma coisa, mas não consegui impedi-la. Eu tentei, mas não conseguia me mexer. Meu Deus, a minha mãe só sabia chorar e dizer que eu tinha me salvado e deixado ela morrer… — Allie balançou a cabeça com força. — Eu não podia contar que a verdade era muito pior, que não consegui convencê-la a ficar.

— Allie, a culpa não foi sua. Não foi isso que aconteceu.

Balancei a cabeça.

— Foi! — Ela ergueu a mão direita, e o anel brilhou sob o sol. — Está vendo?

— Puta merda, você está com ele.

Respirar exigia esforço.

— Por que ela voltou? — Allie deu um passo para trás. — Você estava lá, Hudson. Por quê?

— Ela não voltou. Ela não saiu do carro em nenhum momento. — Eu me aproximei dela e segurei seus ombros para ela não acabar caindo do píer. — E você não deixou ela morrer, Allie. Quem fez isso fui eu.

Pronto.

Ela tomou um susto.

— Eu a deixei lá. — Aquelas eram palavras que eu só tinha dito para uma única pessoa.

— Não entendi. — Ela franziu a testa. — Ela me tirou do carro...

— Não, amor. *Eu* tirei você do carro — falei devagar, para não haver qualquer chance de um erro de interpretação.

O rosto dela murchou.

— Quando cheguei, o carro já estava pegando fogo. Precisei de todas as minhas forças pra conseguir abrir sua porta. Tinha amassado tudo na batida. A Lina estava acordada, e você, desnorteada. Ela me disse pra te tirar de lá, pra te salvar, e nem discuti. Nem hesitei. — Segurei a lateral do rosto dela pelo que temi ser a última vez. — Você era... Meu Deus, Allie, você era tudo pra mim. Era claro que eu te salvaria.

— Você? — sussurrou ela, analisando meus olhos.

— Eu. — Concordei com a cabeça. — Eu cortei seu cinto de segurança com meu canivete, de algum jeito te tirei de lá e te levei pro acostamento. — Mesmo agora, eu ainda conseguia sentir o fogo às minhas costas, o peso leve de Allie nos meus braços. Eu via seus olhos, me observando com confiança absoluta mesmo sem conseguir manter o foco, e ela começando a perder a consciência. Meu coração batia forte, como se ainda estivéssemos lá, na estrada que eu evitava até hoje. — Eu ia voltar correndo, mas sua cabeça estava sangrando demais. O corte latejava, e eu só conseguia pensar que devia ter sido uma artéria, fiquei com medo de você perder sangue demais e morrer antes de alguém encontrar a gente. Você era meu mundo. Nada importava além de você. — Nem a Lina. — Eu te fiz sentar, tirei meu suéter e pressionei ele no corte.

— Você. — Dessa vez, não era uma pergunta.

— Eu te disse pra esperar ali e me virei pra buscar a Lina... — Minha garganta se fechou, e precisei respirar fundo e engolir em seco antes de continuar minha confissão. — Mas o fogo já tinha alcançado o tanque de gasolina, e o carro explodiu.

— Ai, meu Deus.

O rosto dela desmoronou, e seus olhos se encheram de lágrimas.

— Me escuta, Allie. — Eu me inclinei para a frente. — Você não a abandonou nem deixou que ela fizesse qualquer coisa. Nada do que aconteceu foi sua culpa. As coisas de que você se lembra são apenas sua mente tentando te proteger, juntando partes do que ela te disse na enseada pra te dar uma última lembrança. Fui eu quem tomou a decisão, e eu escolhi você.

— Mas eu tenho o anel — sussurrou ela.

— Eu te dei o anel na praia.

Meu Deus, se eu soubesse que essa era a memória dela, teria dito alguma coisa *anos* atrás.

— Não.

Ela se desvencilhou das minhas mãos e deu um passo para o lado antes de virar de costas para mim e seguir para a costa.

— A Lina me deu o anel antes do Clássico! — Eu a segui, parando quando ela parou, para lhe dar espaço. — Você pode perguntar pra Anne. Ela viu nós dois num corredor e achou que a gente estivesse tendo um caso escondido ou coisa assim. Mas a Lina me disse pra te dar o anel.

Allie se virou para me encarar.

— Por que ela faria isso? O anel foi um presente pra ela.

— Porque... — Agora era eu quem precisava de um segundo, e Allie ficou observando enquanto eu lutava para encontrar as palavras. — Porque eu estava apaixonado por você. — Como, de tudo aquilo, *essa* era a verdade mais difícil de confessar? — E a Lina viu o que eu achava que escondia muito bem de todo mundo.

— Nós éramos só amigos.

Allie abraçou a própria cintura.

— Até deixarmos de ser. — Estiquei a mão para a aba do boné, então o arranquei da cabeça e o arremessei no mar de pura frustração. — Porra, o fato de você não se lembrar do que poderia ter sido o momento mais importante das nossas vidas me assombrou por dez anos.

— *Te* assombrou? — rebateu ela, irritada. — Me conta o que aconteceu, Hudson.

Eu me virei para encará-la.

— Eu ia embora em quatro dias, e a Lina me disse pra eu pegar o anel e te dar como uma promessa de que, se decidíssemos ficar juntos, nos reencontraríamos quando eu terminasse o treinamento básico. Ela disse que o anel seria uma mensagem pra família inteira de que ela estava do seu lado, e ela tinha certeza absoluta de que você me escolheria porque também me amava, mesmo que não percebesse. — Minhas costelas pareciam ter se transformado em um tornilho. — Ela estava certa. Você me escolheu. E não lembra.

— Eu escolhi você em vez do balé.

Ela analisou meus olhos como se procurasse por uma mentira.

— Você me escolheu em vez da companhia da sua mãe. — Meneei a cabeça. — Você escolheu *a gente*. Você não assinou o contrato com a companhia na festa, disse que esperaria pra aceitar o de qualquer companhia que ficasse mais perto da minha base quando descobríssemos onde ela seria, que não se importava se isso te custasse uma temporada, e, porra, eu te amo ainda mais por isso. — Meus ombros murcharam, e meu peito ficou oco. — Você quis voltar pra casa com a Lina, pra irem bolando um plano de como dar a notícia para seus pais. — Soltei o ar devagar. — Deixar você entrar naquele carro é o maior arrependimento da minha vida.

Ela olhou para o anel, depois para mim.

— Minha mãe disse que os socorristas me encontraram sozinha no acostamento.

Eu bufei.

— Sua mãe mentiu. Ela faz isso. Com frequência. — Não me dei ao trabalho de esconder meu ódio. — Ela me expulsou do seu quarto no hospital e disse pra eu sumir.

Os olhos dela brilharam.

— E você *obedeceu*?

— Não. Voltei no dia seguinte, e ela me disse que você tinha acordado e não se lembrava de nada, e que, se eu insistisse em tentar tirar sua vida do caminho certo, ela te diria que eu tive tempo de sobra pra salvar as duas, mas havia demorado demais com você, deixando a Lina morrer, e você nunca me perdoaria.

O remorso me acertou com a força de um trem descarrilhado, como sempre.

Allie se retraiu.

— E você foi embora. Fim da história. — Ela se afastou de novo, e eu continuei seguindo-a, parando apenas quando ela voltou a se virar ao chegamos na plataforma do ancoradouro. — Eu merecia a verdade!

— Merecia. — Concordei com a cabeça enquanto as ondas batiam abaixo de nós. — Sinto muito. Eu quase te liguei um milhão de vezes, mas, quando finalmente consegui autorização pra usar o telefone na academia, sabia que ter sumido sem te dar nenhuma satisfação já era mais um motivo pra você me odiar. Conforme os meses e os anos foram passando, foi ficando impossível me redimir, então escolhi não interferir na sua vida.

— Você podia ter voltado a qualquer momento e me contado a verdade. — A voz dela falhou. — Deixei um assento pra você em todas as minhas apresentações por uma *década*.

Senti o sangue desaparecer do meu rosto; eu sabia que ele precisava proteger órgãos vitais que corriam o risco de sofrer uma hemorragia.

— Você teria me perdoado? — Dei um passo para a frente, e ela recuou. — No dia em que nos conhecemos, você me disse que suas irmãs eram tudo pra você, e eu caguei pra isso naquela noite. Eu pus os meus desejos na frente dos seus, e nem hesitei. Eu tomo decisões rápido, sempre fiz isso, e elas costumam dar certo, mas aquela custou a vida da sua irmã. Você conseguiria passar por cima do fato de eu ter tirado você daquele carro em vez da Lina? De eu ser o motivo pra você estar viva e ela não?

Allie se retraiu.

— Estou certo, não estou? — Murchei. — Sempre que você olhar pra mim, vai lembrar que eu abandonei sua irmã naquele carro. Ou vai ficar se questionando se a Lina continuaria aqui se eu não tivesse me afastado tanto do carro com você, se eu tivesse passado menos tempo estancando seu sangue, ou, cacete, te deixado sangrar um pouco.

Seus olhos foram de um lado para o outro enquanto ela pensava nessas hipóteses.

— Eu entenderia se você não conseguisse superar isso, porque é algo em que penso todo santo dia. Você é toda pessoa que eu salvo no mar. Há centenas delas, mas são todas *você*. Sinto muito por não ter conseguido salvar a Lina também, Allie. Você nunca vai saber quanto me arrependo disso.

Eu tinha esperado dez anos para dizer aquelas palavras, sabendo que elas jamais seriam suficiente, e a dor de estar certo ameaçava me destruir.

Ela puxou as mangas do seu moletom da Companhia Metropolitana de Balé por cima das mãos.

— Você me deixou viver por uma década acreditando que eu tinha me salvado e deixado minha irmã lá. Mesmo que eu pudesse entender por que você fez tudo isso há dez anos, por que não me contou assim que me reviu esse verão? Por que deixou eu me apaixonar por você quando sabia que isso iria...

Ela balançou a cabeça e olhou para o outro lado.

Me apaixonar por você. Essa foi a última gota. Meu coração se contorceu, então se partiu ao entender o que eu tinha perdido ao guardar aquele segredo por tanto tempo.

— Eu fiz merda. No começo, não queria que a Juniper pagasse o pato por você me odiar, depois fiquei na dúvida se você aguentaria outro golpe, e então você me disse que não iríamos além do verão, pra não te contar nada que fosse afetar nossas cinco semanas juntos. — Aquilo parecia uma desculpa esfarrapada, até para mim. — Mas a verdade é que não tenho como justificar meu egoísmo. Você tinha voltado pra minha vida, e fiquei apavorado de te perder de novo.

Lá estava. Tudo.

— Mas você escolheu Nova York. — Ela inclinou a cabeça para mim. — Você pretendia me contar? Ou achou que eu nunca descobriria?

— Eu ia te contar depois do Clássico, mas então tudo aconteceu — jurei. — Eu ia te contar e confrontar sua mãe, pra ela saber que não se livraria de mim de novo. Pra falar a verdade, fiquei surpreso por ela não ter te contado assim que você disse que estávamos juntos.

— Você achou que minha mãe contaria seu segredo? — Allie riu, mas parecia estar chorando. — Isso acabaria com a vantagem que ela tinha sobre mim. Meu Deus, Hudson, você tem noção de quantas horas eu passei na terapia tentando me lembrar do que tinha acontecido? Questionando por que eu teria deixado a Lina lá quando eu jurava que ela havia *voltado* pro carro? Você sabia esse tempo *todo*! Se você tivesse me contado isso quando eu tinha dezessete anos, pode ser que eu tivesse dificuldade pra entender por que você preferiu me salvar em vez da Lina, mas eu não te odiaria. Não como agora. — Ela balançou a cabeça. — E eu entendo de guardar segredos. Sou especialista nisso. Mas saber a verdade mudaria minha vida. Quem sabe as nossas vidas. Agora, não sei mais como confiar em você. Ou acreditar se *essa* é mesmo a verdade. E ainda assim... você me salvou.

— Allie... é tudo verdade.

A palavra *odiar* pegou o que restava do meu coração e o jogou na areia.

— Obrigada, Hudson.

Ela olhou para a água enquanto uma onda quebrava na praia.

Prendi a respiração.

— Eu devia ter dito isso primeiro. Obrigada. Se não fosse por você, eu teria morrido com a Lina naquele carro. Por outro lado, se não fosse por *nós*, acho que nem estaríamos nele.

— Para de ficar procurando um jeito de se culpar.

O olhar cansado dela encontrou o meu.

— Desejo tudo de melhor pra você, de verdade.

— Não. Não termina comigo. — Era exatamente isso que estava acontecendo, e cada parte de mim gritava para eu encontrar uma solução dessa vez. — A gente vai conseguir passar por cima disso.

— Não vamos, não. Não dá pra construir algo quando não existe confiança. — Ela olhou para mim. — A ironia, no fim das contas, é que nunca aprendi a me abrir completamente com alguém, mas cheguei perto disso com você. E, talvez, se eu tivesse feito isso, se você soubesse as coisas que minha família… — Ela balançou a cabeça. — Bom, talvez você tivesse tomado decisões diferentes, e não estaríamos aqui. Essa parte da culpa é minha.

Ela se empertigou, e fiquei assistindo, horrorizado, enquanto sua armadura voltava peça a peça ao lugar, as barreiras sendo reerguidas.

— O que isso quer dizer? — Franzi a testa.

— Não faz mais diferença. E isso não é um término. Foi besteira sequer cogitar que nós poderíamos ser algo a mais quando queremos coisas tão diferentes da vida. Nós sempre tivemos um prazo de validade, e simplesmente chegamos a ele. — Ela abriu aquele sorriso falso para cacete. — Mas foi bom por um verão, não foi?

Meu coração, ou o que tinha sobrado dele, parou de bater.

— Adeus, Hudson.

Daquela vez, eu não a segui quando Allie foi embora.

36

ALLIE

MelChelBarre: Mais alguém atualizando sem parar o site da companhia pra ver se mudaram o elenco?

Entrei furiosa em casa, remoendo a confissão de Hudson na minha cabeça e completamente atordoada com tudo que ele havia revelado, ao mesmo tempo que desejava que ele nunca tivesse me contado.

Assim, talvez tivéssemos tido uma chance de sermos felizes.

Ele salvou sua vida. E tinha carregado a culpa por isso desde então.

Mas ele também havia mentido… pelo menos por omissão.

A raiva era a emoção mais fácil de encarar, então me agarrei a ela para me sentir segura enquanto atravessava a casa e entrava na cozinha. Sadie balançou o rabo e voltou a massacrar seu mais novo brinquedo barulhento.

Eva, Kenna e Anne estavam sentadas à ilha, tomando um café da manhã atrasado diante de uma pilha de envelopes amarelos, e as três ficaram quietas, me encarando, enquanto eu seguia para a geladeira.

— Você já começou a dar uma olhada nos contratos? — perguntou Anne. — Não precisa decidir qual companhia…

Foda-se. Não era como se eu precisasse mais planejar minha vida para se encaixar com a de Hudson.

— Vou assinar com a Companhia Metropolitana. Preciso de *alguma coisa* normal na minha vida.

Os ombros de Eva cederam de alívio.

— Deixa o Vasily esperar uma semaninha ou duas — sugeriu Eloise, descascando sua laranja. — Um pouco de ansiedade vai fazer bem pra ele.

— Boa ideia. — Peguei uma garrafa de água na geladeira.

— Não te vi quando voltamos pra casa da festa — comentou Kenna com um olhar alerta. — Nem hoje de manhã.

— Não.

Abri a tampa e bebi metade em um gole. Como eu iria explicar aquilo tudo para elas quando eu nem tinha certeza se a versão de Hudson era verdade…

— Tudo bem, você quer entregar os documentos pra Caroline? — perguntou Anne.

Anne. Ela havia sido encarregada dos documentos da família.

Eu me apoiei na bancada ao lado da pia.

— Anne, você viu o Hudson com a Lina na manhã do Clássico?

As sobrancelhas de Eva bateram no teto, e tanto Kenna quanto Eloise passaram seu foco para Anne.

Ela pigarreou e baixou a colher em sua tigela de mingau de aveia.

— Vi.

— E parecia que eles não queriam ser vistos? — Tomei outro gole.

— Parecia. — Ela concordou lentamente com a cabeça. — E eu avisei pra ele que te contaria caso ele fizesse alguma coisa pra te magoar. Que eu não ia ficar quieta dessa vez.

— Dessa vez? — Soltei uma risada irônica. — Meu Deus, se qualquer um de vocês tivesse me contado a verdade de *primeira*, nada disso estaria acontecendo.

— Ele te magoou? — Ela enrijeceu.

— Você leu o relatório do acidente? — Ignorei completamente sua pergunta. — De quando a Lina morreu?

O cômodo inteiro caiu em silêncio.

— Li. — Ela colocou as mãos no colo. — Mais ou menos um ano atrás. Estava guardado no escritório do papai.

— Quando encontraram o corpo da Lina, o cinto de segurança dela ainda estava preso? — Inclinei a cabeça. — Não a faixa, ela obviamente teria derretido com o fogo. Mas a fivela ainda estava presa?

Anne olhou para Eva.

— Eu estou aqui. — Apontei para meu peito.

Anne arfou.

— Esse é o anel da Lina?

— É. O cinto dela ainda estava preso? — Eu precisava saber.

— Estava — respondeu Anne, me olhando nos olhos.

Meu peito se apertou. Lina não tinha saído do carro. Hudson havia contado a verdade.

— E minha porta estava aberta.

— Estava. — Ela se remexeu. — A culpa não foi sua, Allie. Sei o que a mamãe diz, mas é só o luto falando. Os detetives viram que a lataria do carro estava toda amassada. Foi um milagre você ter conseguido abrir a porta. Deve ter sido a adrenalina, porque ninguém conseguiu entender como você tinha sido capaz disso no estado em que estava.

Raiva. Continua se agarrando à raiva.

— Foi bem simples. Eu não fiz porra nenhuma.

Anne ergueu as sobrancelhas, em uma pergunta silenciosa.

— A gente precisa ir falar com a mamãe. Agora.

— A equipe consultiva dela se reuniu agora cedo, e hoje não é um bom dia — alertou Rachel enquanto eu seguia pisando duro pelo corredor que levava ao quarto de minha mãe, Anne correndo para me acompanhar enquanto Eva andava com calma.

— Nunca é — respondi.

As portas fechadas não conseguiam abafar a música de Tchaikóvski.

— Tem certeza que você não quer conversar sobre o que está te incomodando? — perguntou Anne, rápido. — Você passou o caminho todo até aqui em silêncio.

— Não. Estou guardando tudo pra mamãe.

— Vocês que sabem... — Rachel virou a maçaneta e entrou na minha frente. — Sra. Rousseau, suas filhas estão aqui.

Eu a segui, então fiquei olhando.

Minha mãe estava dançando, com um colã preto e uma saia rosa-clara, o lado esquerdo em perfeito alinhamento, mas a perna direita pouco firme. A mudança de tempo devia estar incomodando seu joelho de novo. Mas sua graça e sua elegância eram inconfundíveis enquanto ela realizava a coreografia. Ela continuava sendo uma ótima bailarina.

— *Lago dos cisnes* — sussurrou Anne ao parar do meu lado.

Concordei com a cabeça, observando os braços de nossa mãe, admirando as linhas claras, o posicionamento delicado dos dedos, algo que nunca tinha sido natural para mim.

— Ela continua na meia-ponta — observou Eva com um toque de fascínio.

— Tem certeza que querem interrompê-la? Ela costuma usar esse tempo pra se recompor antes das sessões da tarde. — Os dedos de Rachel pairaram sobre o aparelho de som à minha esquerda. — Um funcionário pediu demissão ontem, e ela deu uma bronca em duas garotas mais cedo, berrando em francês quando elas se atrasaram pra uma sessão. Até pra mim ela só está dando respostas monossilábicas, e sua agenda está lotada hoje.

Ela apertou a prancheta em seu braço direito.

— Respostas monossilábicas servem pra mim. — Segui em frente, e minha mãe encontrou meu olhar no espelho.

— Quinta — ordenou ela, interrompendo sua dança com um suspiro de frustração.

— Não. — Parei a alguns metros dela, me mantendo firme.

A música desapareceu.

— Quinta! — berrou ela.

— O Hudson me tirou do carro naquela noite, não foi? — Não fazia sentido medir as palavras.

Anne arfou pela segunda vez naquela manhã.

— Ai, meu Deus — sussurrou Eva.

Nossa mãe baixou os braços para o lado do corpo, e seus olhos faiscaram de raiva.

— Pois é, o segredo já era. Vou facilitar as coisas pra você — ofereci. — Vamos nos ater a responder só sim ou não. Não estou interessada nas suas explicações, de toda forma.

— Allie — sussurrou Anne, mas não tirei os olhos de nossa mãe.

— Ele me tirou do carro. Ele ficou comigo. E você sabia. — Cruzei os braços.

— Rachel, você se importa de nos dar um momento sozinhas? — pediu Anne, e a porta se fechou logo depois.

Rugas se formaram ao redor dos lábios de nossa mãe quando ela apertou a boca.

— Você sabia! — bradei. — Você passou esses anos todos me dizendo que eu deixei a Lina morrer. Você me disse um milhão de vezes que eu tinha uma dívida com ela porque, no fim, eu escolhi me salvar. Você sabia!

— Sim. — Minha mãe olhou pela janela. — Escolhi…

— Só sim ou não, mãe — interrompi, meu sangue fervendo.

Ela havia me mantido presa aos seus desejos, aos seus sonhos, por *décadas*, me amarrando com cordas que declarava serem amor. Mas, enfim, eu sabia que eram culpa, me moldando em algo quase irreconhecível para mim mesma, e eu tinha deixado isso acontecer.

— Ah, mãe — sussurrou Anne. — Como você pôde?

Eva sentou no braço do sofá à minha direita.

— Ele foi comigo pro hospital, banhado com meu sangue por ter tentado estancar o sangramento, e você o expulsou de lá. — Cada verdade rompia uma daquelas cordas, que ricocheteavam ao redor, fazendo minha alma arder.

— Sim — respondeu ela, parecendo quase entediada ao cruzar os braços.

— E ele voltou depois, né? — Eu apertava minhas mãos tão forte que as unhas deixavam marcas nas palmas. — E você disse pra ele que eu jamais o perdoaria por não ter salvado nós duas, que ele deveria ir embora. Que, se ele não fizesse isso, você diria pra mim que ele teve tempo de sobra pra salvar nós duas, mas tinha escolhido deixar a Lina morrer.

— Não acredito. — Anne afundou à minha direita, aterrissando na ponta do sofá, ao lado de Eva.

— Puta merda. — O olhar de Eva alternava entre mim e nossa mãe.

Ela ergueu o queixo, seus olhos se concentrando em algo do outro lado da janela enquanto uma a corda atrás da outra ia se desfiando e arrebentando.

— Mas a verdade era que *você* jamais perdoaria ele. Quer dizer, como você sabia que eu faria isso se nunca me contou nada? — Minha voz aumentou, e não me importei.

Eu me agarrei à raiva como se ela fosse um bote salva-vidas.

Ela engoliu em seco e, pegando uma garrafa de água, começou a beber. Era irônico como lidávamos com nossos ataques de pânico da mesma maneira.

— Talvez ela não esteja entendendo — sussurrou Eva.

— Allie, falar sobre a Lina sempre foi difícil pra... — começou Anne.

— Não me importa. — A raiva tomava minha visão. — Por quê, mãe? Porque você achava que ele, que meus sentimentos por ele, eram uma ameaça? Porque sabia que eu seria maior de idade dali a um ano, que você perderia seu controle sobre mim, e que o Hudson me daria forças pra ser quem eu era em vez de quem você queria? — Dei um passo para a frente, mas fiquei de olho na garrafa para o caso de ela decidir jogá-la em mim. — Ou você queria castigá-lo, castigar a nós dois, por ele ter salvado a filha errada?

— Sim. — Ela focou o olhar em mim e estraçalhou meu coração com o soco monossilábico.

— Sim o quê? — questionei.

— Ele... Lina... — Ela balançou a cabeça. Os músculos no seu pescoço pulsaram, e ela olhou para o meu lado, para a foto na parede. — Deixou. Minha. Filha.

— Eu sou sua filha! — berrei, batendo a mão no peito.

Ela se retraiu.

— A Anne — gesticulei para o sofá — é sua filha! A Eva é sua filha! Você teve *quatro* filhas, mãe, não só uma. Perder a Lina não te dava o direito de destruir a gente só pra tentar nos encaixar no molde dela. — *Paf. Paf. Paf.* As cordas arrebentavam, outras se esfarrapavam.

— *Não.*

— Ah, é. — Concordei com a cabeça. — Não era o molde dela. Era o seu. Você queria que a gente vivesse o seu sonho, e nunca parou pra perguntar quais eram os nossos. Você nem sequer perguntou pra Lina se ela queria ficar com a Juniper? Ofereceu apoio pra ela? Ou a relação de vocês foi mais uma vítima do seu egoísmo infinito?

— Lina. — Ela engoliu em seco. — Queria. — Ela balançou a cabeça como se a ideia fosse ridícula. — A bebê.

Meu estômago se revirou.

— E você a obrigou a dá-la pra adoção?

— Vocês podiam ter contado pra gente — disse Anne. — Nós teríamos ajudado.

— Fraca demais... pra... — Ela lutou com as palavras. — Eu. Fiz. A. Lina. Principal. — Ela ergueu a mão esquerda e apontou para mim. — E você.

— Você fez eu me tornar uma pessoa cheia de culpa que só consegue gostar de dançar *longe* da sua preciosa companhia. As últimas semanas foram a primeira vez em *anos* que me diverti dançando. — Eu fervia de raiva. — Eu nunca quis a companhia. Eu queria *ir embora*, dançar como freelancer pelo mundo, e você me disse que eu devia isso à Lina. Você fez minha culpa servir aos seus propósitos e me falou que eu precisava aceitar o contrato com a companhia, que era minha culpa a Lina ter saído de casa naquela noite, que a companhia não seria a companhia sem uma Rousseau no palco. — Essa última frase tinha tanta verdade que chegou a doer. — Você manipulou *todas* nós. A Lina escondeu a gravidez enquanto você chantageava o Everett pra ser mais fácil se livrar da Juniper. A Anne é uma advogada que usa a porcaria do diploma pra planejar eventos da companhia, porque todas nós sabemos que, se não formos dançar, devemos ajudar quem dança, né? E a Eva... — Eu ri. — A Eva me apunhalou nas costas e roubou o papel que foi criado pra mim!

Minha mãe se retraiu, seu olhar voando para Eva.

— Eu já pedi desculpas — murmurou Eva, empurrando as cutículas.

— E o Vasily mudou de ideia.

— Tenho certeza que ela não se importa. — Inclinei a cabeça para o lado, fitando minha mãe. — Afinal de contas, nós somos todas peças intercambiáveis do seu planinho, né? Quem se importa qual de nós estiver no palco, contanto que nosso sobrenome seja Rousseau?

— Allie — alertou Anne quando nossa mãe amassou a garrafa de água.

— Vocês. São. *Rousseau* — disse mamãe, lentamente.

— Ela piorou bastante — sussurrou Eva.

— Está avançando bem rápido — respondeu Anne.

Nossa mãe as fitou com um olhar carregado de malícia, mas era o leve ar de confusão que me fez querer *gritar*. Por que aquilo tudo não podia ter sido revelado no ano passado, quando ela poderia nos responder de verdade?

— Estou começando a odiar esse nome.

Eu odiava não saber se ela estava entendendo mesmo, me odiava por não conseguir parar. Pela primeira vez, eu podia dizer a ela exatamente como me sentia sem temer as consequências. Porém, sem as cordas me prendendo ao seu modelo de perfeição, minhas emoções escapavam com uma sensação pungente e perigosa de liberdade que eu não conseguia nem conceber, que dirá controlar.

Traição. Vergonha. Orgulho. Esperança. Perda. Luto. Raiva. Todas elas lutavam pelo primeiro lugar, mas era a ânsia no meu peito que reinava absoluta.

— *Rousseau* te deu sucesso.

— Você não me deu *sucesso*, mãe. Você me destruiu. — Meus olhos ficaram marejados, e meu nariz ardeu. — E quem sabe eu conseguisse te perdoar por isso, se você se importasse. Mas você destruiu o Hudson. Você o colocou em uma situação supercomplicada e acabou com qualquer chance que a gente tinha de ser feliz!

— Escolha… dele. — Ela teve a cara de pau de dar de ombros.

— Mãe — ralhou Anne.

— Escolha dele! — berrou ela, e a garrafa de água saiu voando, acertando o espelho à minha esquerda.

— *Ele* não teve escolha! — Minha voz falhou. — Ele era um garoto de dezoito anos, e você deveria ser a adulta da situação, deveria ser *minha* mãe. Você o convenceu que eu nunca o perdoaria. Que eu passaria o restante das nossas vidas o culpando pela morte da Lina. — Era isso que eu tinha ficado remoendo no caminho até ali, depois de abandoná-lo na praia, parecendo tão arrasado quanto eu me sentia. — Na cabeça dele, ele já tinha me perdido. É claro que ele foi embora. Ele era meu melhor amigo, mãe, e eu amava o Hudson! Eu já amava antes de entender o que essa palavra significava de verdade.

— Breve. — Ela balançou a cabeça. — Não. — Seus punhos se fecharam. — Passageiro. Menino do rio é passageiro.

— Ele não é passageiro. — Aquela ânsia se inflou até minhas costelas doerem com sua pressão e minha visão embaçar. Eu não precisava me lembrar da minha resposta à declaração dele na praia para saber com certeza absoluta qual tinha sido ela. E agora? Ele protegia sua família com todas as forças, protegia desconhecidos sempre que mergulhava no mar, me protegia a cada oportunidade. Ele me ajudava até quando não percebia, me tirava da minha zona de conforto sem ultrapassar meus limites, declarava suas intenções sem me colocar contra a parede. Ele me dizia exatamente o que queria de mim, de nós, e nunca exigia que eu fizesse o mesmo, me dando espaço para entender o que eu queria em vez de me obrigar a adotar outra máscara, outro papel, a me encaixar na sua ideia de perfeição. Seu sorriso fazia meu bom senso dizer tchau, seu toque me fazia pegar fogo, mas era a maneira como ele me ouvia que tinha quebrado todas as minhas barreiras. — Eu amo o Hudson — falei em voz alta, e a última corda se partiu, me libertando por completo e me deixando assustadoramente à deriva. — Estou apaixonada por ele.

Ela bufou.

— Talvez você não consiga entender essa emoção, mas é quando você abriria mão de *tudo* pela felicidade da outra pessoa. Quando o sorriso dela é essencial pro seu coração continuar batendo. Quando vocês conhecem as piores partes, as partes mais sombrias e feias um do outro, mas não vão embora por causa disso. — Olhei para minhas irmãs e vi Eva apertando a mão de Anne.

Meu coração doeu. Eu não tinha oferecido a Hudson a mesma generosidade que sempre oferecia às minhas irmãs. Ele havia me contado a verdade, e eu o deixara para trás. Mas havia certas feridas que nem o amor era capaz de curar.

— Lina! — argumentou ela, seus olhos se arregalando.

— O que ela quer dizer? — sussurrou Eva.

— Não sei — respondeu Anne. — Mãe, o que tem a Lina?

— Escolha. — Nossa mãe olhou para o teto, então respirou fundo. — Errada.

— A Lina sabia da minha escolha! — Ergui a mão direita, e o olhar dela foi atraído para o anel como um ímã. — Ela deu o anel pro Hudson pra mostrar pra você que eu não cederia como ela, que eu encontraria meu próprio caminho, que eu *seguiria meu coração* e escolheria o amor.

— Escolha dele. — Os olhos dela se arregalaram. — Garota. Errada.

— Mãe! — Eva se levantou com um pulo. — Allie, ela não sabe o que está dizendo.

— Sabe, sim — respondi. — Não há nada de errado com a memória dela, e não é a primeira vez que ela diz o que pensa. — Sem suas amarras, as palavras dela pairaram no espaço vazio entre nós, duras e feias, mas incapazes de me abalar. Dei um único passo na direção de minha mãe. — Cansei de tentar provar pra você que sou boa o suficiente, de ficar me matando, destruindo meu corpo, de buscar sua aprovação como se nós estivéssemos num jogo em que você vive mudando as regras. Chega. — Baixei as mãos. — Passei a vida toda te amando, te idolatrando, te admirando, mas não *quero* mais sua aprovação. Tudo que eu fizer de agora em diante será por mim.

Olhei para ela pela última vez, então virei de costas e segui para a porta.

— Quinta! — berrou ela.

— Tchau, mãe. — Anne se levantou e seguiu ao meu lado.

— Venho visitar mais vezes — prometeu Eva, então veio correndo na nossa direção.

— Quinta! — Uma pintura acertou a parede à nossa direita.

Eu me virei lentamente.

— Ah, e a filha da Lina dança. Ela é linda, inteligente, esperta… e talentosa. Eu e a Eloise estamos ensinando nossa sobrinha, e fico feliz de saber que você nunca vai fazer isso.

Anne segurou minha mão esquerda, e a apertei com todas as forças enquanto nos afastávamos de nossa mãe, com Eva nos seguindo de perto para irmos embora.

— Pés ruins! — berrou nossa mãe.

— Maternidade ruim — rebateu Anne por cima do ombro.

Consegui respirar bem pela primeira vez quando Eva fechou a porta às nossas costas. Anne pediu desculpas a Rachel por deixar nossa mãe agitada enquanto a dra. Wakefield se aproximava, e me concentrei em respirar pelo nariz e não pela boca, para não vomitar depois de ter tirado aquilo tudo do peito.

Eva esfregou minhas costas.

— Oi, doutora. Gostei do coque.

— Obrigada. — A dra. Wakefield deu um tapinha no cabelo preto brilhante. — Às vezes, é mais fácil ceder ao que sua mãe espera.

— Ela está pior do que quando vim algumas semanas atrás, e decaiu muito desde janeiro — comentou Anne. — Ela está demorando mais pra encontrar as palavras. Quando consegue formar frases, também são fragmentadas.

A dra. Wakefield concordou com a cabeça.

— Infelizmente, os exames dela mostram um avanço significativo no córtex. Pra nossa sorte, a memória e a mobilidade dela ainda não foram afetadas, mas os ataques de violência estão se tornando mais comuns. Estamos fazendo o possível para mantê-la segura e ativa nas sessões de fisioterapia, nas aulas de artes, tudo que já conversamos.

— Ela escreve? Lê? — perguntou Anne, e Eva enrijeceu.

— Faz meses que não conseguimos convencê-la a fazer nada disso, então não sei se ela não consegue ou se é só por teimosia — respondeu a dra. Wakefield, então olhou para cada uma de nós. — Nesse estágio… — Ela suspirou. — Não consigo estipular quanto tempo ela vai continuar sendo ela mesma. Vocês honraram todos os desejos dela pra prepará-la fisicamente, mas a doença está progredindo rápido.

Nós agradecemos, então passamos devagar pelos quartos dos outros pacientes e descemos a escada larga.

— Só mesmo a mamãe — disse Eva quando chegamos ao térreo. — Ela escolheu a clínica de repouso mais espalhafatosa do mundo.

— Não é um lugar conhecido — respondeu Anne com um sorriso triste. — Foi por isso que ela quis vir pra cá.

Passamos pelo emblema do Instituto Brookesfield e saímos para o ar úmido de agosto.

— Está se sentindo melhor? — perguntou Anne, tirando as chaves da bolsa.

— Não. — Balancei a cabeça. — Não foi uma briga justa.

— Ela nunca foi uma mãe justa — rebateu ela.

— O Hudson te tirou mesmo do carro naquela noite? — Eva prendeu os dedões nos bolsos da frente.

— Parece que sim — respondi, baixinho. — Só três pessoas sabem a verdade, né? A Lina morreu. A mamãe não é uma fonte confiável, e o Hudson… — Minha garganta ameaçou fechar. — Acho que preciso confiar na versão dele ou aceitar que nunca vou saber o que houve. Ele passou esses anos todos escondendo isso de mim, e não sei se ele me contaria se não tivesse sido pelo Gavin.

Ou talvez ele me contasse se eu simplesmente tivesse falado a verdade sobre minha mãe.

— Você ama o Hudson — lembrou Eva com um tom gentil.

— Isso não significa que somos bons um pro outro.

Saímos da calçada para o asfalto.

— Você podia perdoá-lo. — Anne entrelaçou um braço ao meu.

— Só preciso de um tempo pra pensar em tudo.

Os segredos, e a culpa, e o fato de que o amor dele havia determinado quem sobrevivera aquela noite. Se fosse Gavin quem estivesse lá, Lina estaria viva.

— Você? Quer analisar demais todas as possibilidades antes de escolher a opção mais segura? — Eva soltou uma risada irônica, seguindo para o banco traseiro. — Quem diria.

— Você pode levar o tempo que precisar. — Anne lançou um olhar sério para nossa irmã. — O mesmo vale para os contratos. Os prazos que se danem. Há um monte deles, mas só uma Alessandra Rousseau. Você só precisa decidir o que quer.

— Isso vale pra você também — lembrei a ela.

Ela concordou com a cabeça, então deu um tapinha no meu braço e seguiu para o banco do motorista.

Pela primeira vez na vida, eu me sentia livre de verdade, mas não tinha a menor ideia do que fazer com aquela liberdade. Eu sabia o que queria. Só não o tinha. Eva estava certa. Eu escolheria a opção mais segura, ou seja, a que fazia mais sentido.

Eu voltaria para Nova York.

37

HUDSON

NYFouette92: Vocês precisam ver o vídeo novo da @Bway11te. A Alessandra Rousseau voltou pro elenco.

Tutulinda20: Eu vi! Mas nenhum post da @4IrmãsRousseau.

Um taxista buzinou para um pedestre enquanto eu saía da cafeteria na frente do teatro da Companhia Metropolitana de Balé. As calçadas estavam tão lotadas quanto as ruas, mas pelo menos as pessoas se moviam mais rápido que os carros no engarrafamento.

Era difícil me imaginar morando ali, no meio da barulheira e de milhões de pessoas, mas se fosse isso que eu precisava fazer para ficar perto de Allie, eu me adaptaria. Além do mais, o emprego continuava igual. Podia não ser no Alasca, mas mar era mar. E eu teria outra chance de pedir Sitka em três anos.

Três anos era pouco em comparação com o tempo que eu amava Allie.

Olhei para o relógio e tomei um gole do meu café, que custara os olhos da cara, saindo do caminho para outros clientes conseguirem sair da cafeteria às minhas costas. Eram sete e meia, e eu tinha dez minutos para cruzar os dois quarteirões até o apartamento de Allie antes de ela sair para seu ensaio. Fazia vinte e quatro horas que eu não dormia. Tudo bem. Dormir era superestimado. Eu respirava ansiedade e exalava determinação.

Meu celular vibrou no bolso de trás da calça jeans, e meu coração disparou, como sempre quando isso acontecia, mas não era ela.

GAVIN: Já reconquistou a Allie?

HUDSON: Ainda não falei com ela.

Guardei o celular de volta no bolso e entrei no mar de rostos anônimos, seguindo para o apartamento de Allie ao leste.

Os últimos cinco dias tinham sido uma tortura. A casa da família Rousseau tinha perdido todas as habitantes com exceção de uma. Allie havia se despedido de Juniper. De Caroline. Tinha até passado no bar para dar tchau para Gavin. Pelo visto, ela achava que a conversa na praia fora suficiente para encerrar o que havíamos nos tornado, seja lá o que fosse.

Eu não concordava.

O ritmo dos pedestres diminuiu perto da esquina, e parei junto com os outros que faziam seu trajeto diário para o trabalho, esperando o sinal abrir para atravessarmos.

Engoli o café, então girei o pescoço. A viagem de Haven Cove tinha sido longa para cacete, mas valeria a pena. O que eu e Allie tínhamos não era apenas raro, mas extraordinário. Era assim desde que havíamos nos conhecido. Minha alma gêmea. O amor da minha vida. Não havia termo que conseguisse explicar corretamente nossa conexão.

Ela existia, e eu era dela.

E se isso significava me mudar para Nova York e implorar para ela me perdoar até meus joelhos ficarem em carne viva, então seria isso que eu faria. Eu não tinha muita experiência em rastejar aos pés de alguém, mas me tornaria mestre nisso pelo tempo que fosse necessário. Ela me amava quando tinha dezessete anos...

Ela nunca disse que ainda te amava.

Mas disse. Eu sabia disso com a mesma certeza que sentia sempre que saía de um helicóptero, sabendo que voltaria a ele. Eu a entendia como entendia o mar, seus ritmos e suas ondas, suas marés e correntes. Allie me amava. Ela dizia isso com seu sorriso e sua risada. Ela gritava isso com o corpo. Ela sussurrava isso nas madrugadas, quando me cobria com um cobertor e beijava minha cabeça. Ela revelava o medo que sentia disso sempre que tentava arrumar uma briga desnecessária. Ela tinha passado cada minuto livre que tivera no mês anterior comigo, e eu não havia reclamado nem uma vez, porque apesar de aquilo ser apenas quatro por cento dos seus dias, era cem por cento do que ela tinha para oferecer.

Agora, eu lhe ofereceria o mesmo.

Meu celular vibrou.

GAVIN: Você é lerdo demais.

GAVIN: Estou cuidando das coisas aqui em casa. Vai realizar seu sonho.

Terminei meu café e o joguei no lixo, então ergui o celular para digitar uma resposta enquanto o sinal abria e as pessoas andavam rápido para atravessar.

Um cachorro latiu do outro lado do cruzamento, e ergui o olhar.

E me detive no meio-fio.

Sadie trotava ao lado de Allie, usando uma guia e uma coleira rosa--choque, o rabo balançando enquanto as duas atravessavam o lado oposto da rua.

Allie. Meu coração começou a bater erraticamente, e isso não tinha nada a ver com a cafeína.

Imediatamente virei, lutando contra o fluxo de pessoas para não perdê-la de vista.

Os óculos de sol grandes dela escondiam seus olhos, mas ela usava uma blusa azul justa, calça legging e tênis, o cabelo já preso em um coque alto — indo para o ensaio.

Merda, eu tinha errado o cronograma dela.

Allie arrumou a enorme bolsa no ombro, e Eva surgiu ao seu lado. Tudo bem, se eu tivesse que implorar na frente da irmã dela, paciência.

— Com licença — falei, quase esbarrando em um cara usando um terno de três peças enquanto eu andava no contrafluxo, desesperado para não perder Allie de vista. — Allie! — gritei, mas ela não escutou.

Eva não parava de tagarelar, mas estava fazendo Allie sorrir enquanto as duas se aproximavam das portas do estúdio, e parei na beira da calçada, analisando minhas chances de atravessar no meio da rua e sair ileso.

— Allie! — tentei de novo, apenas para o som da minha voz se perder no meio da sinfonia de buzinas.

Everett saiu pela porta e abraçou apertado Allie, levantando-a do chão. Allie sorriu enquanto ele a girava, enrolando a guia de Sadie ao redor dos dois, e Eva tentou recuperar o náilon cor-de-rosa, segurando-o para eles não tropeçarem.

Tudo bem. Everett também poderia me presenciar de joelhos. Eu não me incomodaria em ter uma plateia maior.

Allie riu quando Everett a colocou no chão, e a ânsia no meu peito aumentou. Eu não precisava ouvir nada — só ver a felicidade dela já bastava para juntar os caquinhos do meu coração.

Reagan saiu pelas portas também, trazendo um ramalhete gigante de balões cor-de-rosa e brancos, então deu outro abraço risonho em Allie.

Meu bolso vibrou e, distraído, peguei o celular enquanto o grupo entrava no teatro da Companhia Metropolitana de Balé.

Allie estava em casa, bem, feliz, vivendo seu sonho.

Que direito eu tinha de foder com isso? De virar a vida dela de cabeça para baixo depois de ela ter lutado tanto para recuperá-la? A insegurança surgiu, e a determinação a jogou de volta para seu lugar. Ninguém no planeta amaria Allie tanto quanto eu amava.

Olhei para o celular, esperando encontrar o nome de Gavin, mas me deparei com a resposta que eu tinha passado dias esperando.

NIELSON: Fiquei sabendo que você quer sair de Cape Cod.

Meus dedos pairaram sobre o teclado. Eu tinha ido para Nova York em um impulso, mas não havia muito espaço para isso na vida de Allie, como dava para perceber pelo fato de ela ter chegado ao ensaio ainda mais cedo do que o normal. Qualquer decisão que eu tomasse agora deveria levar em consideração os interesses *dela*. Não apenas os meus.

Eu precisava me comprometer por completo, ser o homem que não apenas ela amava, mas que merecia. E o homem que ela merecia seria tão dedicado, tão entusiasmado e atencioso quanto ela. Nós estávamos conectados, ligados pelo destino, ou pela sorte, e isso jamais mudaria. Não importava quanto tempo passasse, ou até se ela nunca me perdoasse por guardar meus segredos, eu amaria Allie Rousseau até a morte.

Como ela havia dito, ondas vinham em grupos. Ela estava feliz aqui, e minha única opção era acompanhar sua energia. Eu era um sonhador que tinha se apaixonado por uma sonhadora, mas estava na hora de parar de sonhar e tomar uma atitude.

ELLIS: Preciso daquele favor.

— Você não vai mesmo contar pra ela?

Quatro semanas depois, Gavin estava sentado na poltrona de couro no meu escritório, me observando terminar de encher outra caixa.

— Não. — A ausência de Allie entorpecia as cores do céu, o gosto da minha comida, a paz de um banho quente… todos os clichês do mundo. Eu tinha perdido tudo isso, e estava na hora de seguir com a vida. — O espetáculo estreia em menos de um mês, e ela precisa manter o foco.

— E você vai simplesmente… se mudar. — Ele se esticou para pegar a bola de beisebol em um suporte de vidro na estante às suas costas. — Encaixotar sua vida toda sem nem conversar com ela sobre isso? Não me leva a mal, sou super a favor de você sair daqui. De ir atrás do seu sonho. Uhul, sonhos. Mas você sabe que precisa falar com ela pra ela te perdoar, né? Você tem um plano?

— Por enquanto, meu plano é atender o telefone se ela ligar…

— Desde quando você se contenta em esperar pelas coisas? — Gavin se recostou na poltrona. — Porra, liga pra *ela*. Melhor ainda, vai até a casa dela e fala alguma coisa dessa vez.

Balancei a cabeça.

— Quem precisa disso sou *eu*. A Allie precisa de um tempo pra pensar nas coisas…

— Ela já teve um mês — interrompeu ele.

— É, pois é… Eu tirei a Allie de um carro pegando fogo e deixei a irmã dela lá dentro, e depois nunca mais toquei no assunto porque tive medo pra caralho de perdê-la. — Guardei o último livro na caixa e peguei o rolo de fita adesiva. — Pode ser que demore mais do que um mês, ou até um ou dois anos, pra ela conseguir pensar em mim ignorando esse fato específico. — Dava para entender. — Pode ser que ela nunca me perdoe. Por que você acha que cobrei aquele favor?

— Se eu te perdoei, ela também vai te perdoar. — Ele jogou a bola para cima e a pegou. — Não estou dizendo que você precisasse ser perdoado. Você fez o que sempre faz e, por causa disso, a Allie está viva. E se você tivesse chegado um minuto depois?

Fechei os olhos diante da imagem agonizante gerada pela pergunta.

— O tempo era o inimigo, Hudson. Não você. — Ele jogou a bola para cima de novo.

— Você passou semanas sem falar comigo — lembrei a ele.

— Semanas, não meses, e me arrependi depois.

Ele repetiu o movimento, pegando a bola sempre que ela caía.

— Claro, depois de chegar à conclusão de que, se tivesse sido você, a Lina teria sobrevivido.

Outra realidade que eu me recusava a aceitar, mesmo que pelo bem de Juniper.

Ele concordou com a cabeça.

— A Lina teria sobrevivido.

A fita guinchou enquanto eu fechava a caixa.

— Só que, por mais que eu amasse aquela garota — continuou ele —, não era nada comparado a ver você com a Allie. — A bola subiu e desceu. — E eu falei isso pra ela. Falei que vocês deviam ficar juntos. — Ele esfregou o nariz. — Me desculpa, aliás. Acho que nunca disse isso. Dei mole quando falei do hospital.

— Obrigado. — Escrevi na caixa com uma caneta hidrográfica preta e a deixei de lado. — Eu devia ter contado pra ela. Tive um milhão de oportunidades e escolhi não ir em frente. A culpa foi minha. Não sua. Fui eu quem a perdeu.

Meu celular vibrou, dançando sobre a mesa, e o peguei antes que ele caísse no chão.

BEACHMAN: Grizzly hoje à noite?

Digitei uma resposta rápida.

ELLIS: Combinado. Mas vamos cedo. O caminhão da mudança chega amanhã de manhã.

BEACHMAN: Beleza, Cinderela. À meia-noite, você já vai estar de volta.

— Sei que você não está acostumado a implorar perdão, mas isso envolve *fazer* alguma coisa — continuou ele. — Sacrificar seu orgulho, ou seu ego…

— Dar o espaço que ela precisa *é* a porra do sacrifício! — rebati, com raiva. — Ela está feliz, Gavin. Quem sabe pela primeira vez na vida. Ela voltou ao auge. Você acha que não quero aparecer na casa dela? Ir até lá e deixar ela fazer o que quiser comigo? Você acha que foi fácil dar as costas pra ela naquela rua? Que *qualquer* parte disso será fácil? Vou ter que lutar contra minha vontade egoísta de ficar com ela todo santo dia. Vou estar perto assim — aproximei o dedão e o indicador, deixando um milímetro de espaço entre eles — de ter tudo que eu sempre quis, mas tão longe que poderia muito bem continuar aqui nessa merda.

— Você não vai continuar aqui de jeito nenhum. — Ele balançou a cabeça.

Apontei para as caixas.

— E é por isso que estou me mudando. A Allie coloca as necessidades de todas as outras pessoas em primeiro lugar, sempre foi assim, e não vai colocar as *minhas* também. Se isso significa ter que olhar de longe enquanto ela vive sem mim, vai ser uma merda, mas paciência. Eu a amo o suficiente pra abrir mão dela.

— Essa história de "amar é deixar ir" é balela. — Ele baixou a bola de beisebol. — Ainda acho que você devia ter agarrado ela na rua um mês atrás, colocado ela na sua picape e ido direto pra Sitka. Pronto, resolvido, felizes para sempre. Lugar dos sonhos? Sim. Garota dos sonhos? Sim. Vocês podiam ter conversado sobre a porra toda no caminho.

— Tirando a parte do sequestro — falei devagar, pegando outra caixa —, você queria que eu a levasse pra Sitka, onde não existe uma companhia de balé pra ela ser a fodona? Acho que isso seria como mandar o melhor quarterback da NFL ir morar no Havaí.

— Não existem times da NFL no Havaí.

Ele olhou para mim como se tivessem crescido asas nas minhas costas.

— Exatamente. Eu jamais faria isso com ela. O lugar dela é em Nova York. — Passei a fita pelo fundo da caixa. — A gente pode falar sobre outra coisa, por favor?

A porta se escancarou, e olhei para trás enquanto Juniper entrava, seguida de perto por Caroline, segurando uma travessa de vidro.

— Querida, leva isso pra cozinha, por favor?

— Tudo bem. — Juniper acenou, depois saiu correndo com a travessa.

— Certo, eu trouxe lasanha. — Caroline pendurou a bolsa no cabideiro. — É só deixar uns quatro… — Ela olhou para Gavin. — Me diz que você está ajudando ele a encaixotar as coisas e não parado aí, olhando, como se nosso irmão não fosse se mudar depois de amanhã.

Gavin deu de ombros.

— Não é como se as Forças Armadas não fossem mandar uma equipe de mudança.

— Levanta! — ralhou Caroline. — Agora. Pega uma caixa e começa a guardar as coisas.

— Que mandona — reclamou ele, se levantando da cadeira.

Não resisti a sorrir. Era exatamente aquilo que me deixaria com saudade. As brigas e as risadas. Ver Juniper crescer e tentar entender qual seria o próximo plano infalível dela para tentar mitigar o estrago. Eu sentiria falta da minha família. Nós visitaríamos uns os outros, mas não seria a mesma coisa.

Olhei para o mapa emoldurado do Alasca acima da minha mesa. Alguns sonhos exigiam atitude, mas outros precisavam esperar, então era isso que eu faria. Esperaria.

Abri a gaveta da escrivaninha e encontrei a foto com Allie que Juniper havia surrupiado das minhas coisas no começo do verão. Meu peito rachou no meio — pelo menos era essa a sensação que eu tinha.

Como diabo eu podia amá-la daquele jeito, precisar dela como precisava de ar, e não estar com ela? Como um amor assim poderia ser jogado no lixo sem mais nem menos? Ela me amava, e eu a amava, e mesmo assim não era suficiente. O tempo era minha única esperança para conseguir recuperá-la.

Guardei a foto no meu bolso traseiro e pus o restante do conteúdo da gaveta na caixa.

— Não acredito que você vai embora — murmurou Caroline, guardando livros em uma velocidade que me fez questionar meu próprio método de trabalho. — Quer dizer, acredito. Estou feliz por você. Você merece tudo de bom no mundo. Fita. — Ela esticou uma mão.

Chocado e um pouco assustado, entreguei o rolo a ela. Olhei para meu celular. Ela chegaria a qualquer minuto. Bem na hora.

— E nós vamos ficar bem. — Ela fechou a caixa e a entregou para Gavin. — Faz alguma coisa que presta e escreve o que tem na caixa. E, não, escrever *pornografia* não vai ter graça.

— Você é chata demais. — Gavin sorriu e, como o esperado, escreveu PORNOGRAFIA na lateral da caixa.

— Acho que o Tanner está pronto pra cuidar do turno da noite da cafeteria. — Ela encheu outra caixa, e me dediquei à próxima gaveta, para não levar uma bronca também. — O que significa que a Juniper não vai mais precisar de babá depois da escola.

— Ou eu posso ficar sozinha! — gritou Juniper da sala.

— Ah, *com certeza*. — Caroline balançou a cabeça.

— Ou você pode aceitar ajuda — sugeri, vendo o carro parar lá fora. Uma certeza sobre aquela mulher? Ela era pontualíssima.

— Não vou obrigar a mãe e o pai a voltarem pra cá. — Ela apontou o rolo de fita para Gavin. — E não vou vender a cafeteria. É uma relação de amor e ódio, mas aquele lugar é meu… e é *sério* que você escreveu isso na caixa depois de eu dizer pra não escrever?

— Não estou dizendo que a mãe e o pai precisem voltar pra cá. E com certeza não estou te incentivando a confiar nele. — Apontei para Gavin.

— Que grosseria — resmungou ele.

— É só um fato — rebati, saindo lentamente do escritório. — Só estou dizendo que há espaço pro amor e pra ajuda de mais pessoas na sua vida e na vida da Juniper, se você deixar. Quem sabe isso seja até um favor pra outra pessoa também. — Segurei a maçaneta.

— E pra quem você acha que eu posso pedir ajuda, Hudson? — perguntou Caroline, se apoiando no batente.

Abri a porta.

— Você nem imagina como chegou na hora certa.

Ou quanto doía vê-la. Mas aquela era a coisa certa para todo mundo, e ela havia prometido que não contaria para Allie o que eu estava fazendo.

— Eu me esforço — respondeu ela, prendendo um cacho atrás da orelha e equilibrando no quadril uma caixa com materiais para embalar a mudança enquanto entrava. Ela pôs a caixa no chão e foi direto até Caroline, esticando uma mão. — Oi, Caroline. Quanto tempo.

Caroline olhou para mim, então apertou a mão dela com cautela.

— Oi, Anne. Achei que você tivesse voltado pra Nova York com suas irmãs.

— Na verdade, resolvi ficar e começar meu escritório de advocacia muito pequeno e muito enferrujado aqui.

— Tia Anne! — Juniper veio voando da sala, passou correndo por mim e abraçou Anne.

— Oi, Juniper. — Anne a abraçou de volta. — Nossa, que saudade.

Juniper imediatamente começou a contar para Anne tudo que tinha acontecido em sua primeira semana na Madeline's e como achava que sua nova professora não chegava aos pés de Eloise, mas estava disposta a dar uma chance para ela, e fiquei olhando enquanto Caroline ria.

É, elas ficariam bem, e isso era tudo que importava.

38

ALLIE

ReeseNaPonta: Meu Deus. Você está incrível! Mal posso esperar pra assistir ao espetáculo daqui a duas semanas!

— Bom dia, Allie! — Jennifer, uma das novas integrantes do corpo de baile, acenou sorridente ao passar por mim no corredor. — Oi, Sadie!

— Bom dia, Jennifer — respondi, prendendo a guia de Sadie no pulso, então puxando a manga esfarrapada do meu moletom preto velho até a mão enquanto eu abria caminho pela maré de bailarinos que seguia para a aula.

Eu já devia estar lá, me aquecendo, sendo um exemplo para todos, como Vasily esperava, mas sua única condição para a presença de Sadie era que ela ficasse na sala de Kenna quando eu estivesse no estúdio, o que dava certo, porque Kenna a adorava.

— Não vai se atrasar — disse Everett, dando um beijo na minha bochecha enquanto passava correndo por mim.

— Ela sempre se atrasa — murmurou Charlotte, me lançando um olhar raivoso enquanto seguia Everett, acompanhada por seu grupinho de fofoqueiras. — Acho que isso não deve fazer diferença quando seu sobrenome é Rousseau.

Empertiguei os ombros, mas abri um sorriso educado, como Vasily esperaria de uma das principais de sua companhia. Estar de volta era fácil, normal, e voltei para a rotina com a mesma facilidade que voltei a usar as máscaras que eu havia deixado ali quase cinco meses atrás. Na verdade, fazia seis semanas que eu estava de volta, e era quase como se eu nunca tivesse saído dali.

E isso era parte do problema.

Tudo estava igual, só que ao mesmo tempo, não. Onde antes eu enxergava perfeição e excelência, agora só conseguia ver sujeira e falsidade. Aquele lugar era revestido de ouro, e depois que arranhei sua superfície bela e visto o que realmente existia por baixo, o brilho tinha desaparecido.

Ou talvez tudo tivesse perdido o brilho sem os sorrisos ocasionais de Hudson. Respirei fundo ao sentir a pontada imediata de dor que sempre surgia quando eu pensava nele, algo que, quando eu não estava dançando, acontecia mais ou menos a cada minuto. Eu passava mais horas no estúdio tentando fugir do meu coração partido do que na época em que estava treinando para me recuperar.

Eva veio a seguir, saindo correndo do camarim do corpo de baile enquanto eu me aproximava da porta. Ela imediatamente franziu a testa de preocupação.

— Posso levar a Sadie na Kenna pra você ir logo.

— Não. — Balancei a cabeça e sorri para minha irmã, mas sabia que meu sorriso não alcançava os olhos. — Não estou com pressa.

As rugas de preocupação se intensificaram.

— Certo.

Apertei a mão dela em um gesto tranquilizador, então a deixei ir embora. Simplesmente não fazia diferença para mim chegar atrasada. Não era profissional da minha parte, mas ninguém faria nada. Se Eva se atrasasse, bem... não valeria a pena correr esse risco.

Os bailarinos passaram apressados, se esforçando para vencer o relógio e chegar no estúdio antes de Eloise.

O corredor ficou vazio depois que eu e Sadie passamos pelos últimos camarins, então pegamos a escada e descemos para o terceiro andar.

Saímos perto do centro de treino de força, e Sadie balançou o rabo quando nos aproximamos da porta da sala de Kenna.

— Ah, Alessandra — chamou Maxim do fim do corredor, erguendo uma mão.

Quase. Eu quase tinha evitado lidar com ele ou com seu pai naquela manhã. Sempre que eu via os dois, pensava em Juniper, e minha raiva quase passava por cima da minha falsa educação.

— Posso ajudar? — perguntei, já segurando a maçaneta da sala de Kenna.

— A Sienna quer falar com você. — Ele arqueou a sobrancelha, igual ao pai. — Você precisa assinar seu contrato.

— Vou tentar passar na sala dela antes de ir embora. — Abri um sorriso e dei a mesma resposta que eu dava desde que tinha voltado. Não era como se eu precisasse do dinheiro.

— Se esforça. Sem contrato, você é um perigo. — Ele estreitou os olhos e tentou se enfiar entre mim e a porta da sala de Kenna, recuando ao ver que Sadie já ocupava o espaço. — Faltam duas semanas para o espetáculo, e meu pai pode ficar inventando desculpas por você, pelo carinho que tem pela sua mãe, mas é estranho você recusar a se comprometer, levando em conta que ainda estão te enviando propostas.

— Entendi. — Eu não vacilei o sorriso nem por um instante. — Agora, se você me der licença, vou me atrasar pra aula.

Ele bufou de irritação, então girou nos calcanhares e seguiu para os elevadores.

Bati duas vezes à porta de Kenna e entrei depois de ela responder.

— Bom dia, Sadiezinha. — Ela se inclinou para baixo e fez carinho em Sadie, então olhou para mim com o mesmo ar questionador com que me encarava nas últimas seis semanas. — Você *pregou o olho* ontem?

— Por algumas horas. — Soltei a guia de Sadie, e ela imediatamente correu para a caminha que Kenna deixava embaixo da janela. — E você?

— O Matthias estava em casa, então quase não. — Ela sorriu, foi até a escrivaninha e pegou uma pilha de envelopes. — Peguei esses na mesa da Sienna antes que o Vasily visse. Ofertas de... — Ela inclinou a cabeça para ler os remetentes. — Atlanta, Sydney, Paris, Vancouver e, de novo... San Francisco. — Ela sopesou os envelopes. — E não parecem contratos.

— São ofertas de papéis específicos.

Andei para a frente e sentei na beira da escrivaninha.

— Trabalhos freelance — comentou Kenna. — Só diversão, nenhuma politicagem. Dançar e ir embora. — Ela me entregou a pilha. — Estou começando a achar que você *quer* que o Vasily descubra.

Encarei os envelopes. Os rumores de que eu não tinha assinado meu contrato corriam à solta, e as ofertas que não chegavam fisicamente inundavam meu e-mail. A tristeza me tomou, sentando no meu peito e fazendo com que fosse difícil respirar.

— Odeio estar aqui — sussurrei.

— Eu sei.

Kenna se sentou ao meu lado na mesa.

— Sinto falta dele e odeio estar aqui. — Meus dedões pressionaram a pilha, curvando os envelopes. — Tá, ele escondeu a verdade de mim, mas eu escondi a verdade da Caroline. Todos nós estávamos fazendo a coisa errada pelo que achávamos ser os motivos certos, mas ele é o único que foi punido.

— Você está fazendo um ótimo trabalho em punir a si mesma — disse Kenna. — Quer parar com esse autoflagelo e ligar logo pra ele?

— Depois de seis semanas sem falar nada? — Balancei a cabeça. — Ele deve me odiar pelo jeito como terminei as coisas.

— Você deixou claro que ele tinha sido um babaca e terminou um relacionamento na data predeterminada. Não é como se você tivesse trepado com o melhor amigo dele, Allie. — Kenna tamborilou os dedos na mesa. — Aquele homem está caidinho por você. Se uma década separados não matou esse sentimento, seis semanas não devem ter causado nem um arranhão nele.

Olhei para as paredes da sala dela, cheias de diplomas e prêmios, então para a janela com vista para a área de treino, onde dois integrantes do corpo de baile malhavam. Aquilo tudo fazia parte do ciclo vicioso da dança, se machucar, se recuperar, voltar.

E eu estava presa nele.

— De que adiantaria ligar pra ele? — Dei de ombros. — Um dos motivos pra eu ter terminado tudo é que ele odiaria morar aqui.

Eu tinha minhas dúvidas se chegar em casa todas as noites e ver Hudson ali seria capaz de me fazer gostar daquele lugar, mas pelo menos eu seria feliz durante dez horas por dia, mesmo que estivesse dormindo em oito delas.

— Você também odeia — rebateu Kenna. — Não é como se você estivesse *vivendo*, Allie. Você só está... existindo. E eu te amo, mas não tenho tempo de te ouvir se lamentando na minha sala, ainda mais quando a solução está a um telefonema, uma viagem de carro ou um voo de distância. Você poderia estar feliz em dez minutos se voltasse pro camarim, pegasse o telefone e ligasse pra ele. Mas você insiste em sofrer e obrigar o restante de nós a ficar assistindo. É... decepcionante. Por que você é corajosa quando se trata de todas as outras pessoas, mas não por si mesma?

Ergui as sobrancelhas.

— Bom, você pode ficar à vontade pra ser sincera comigo.

— Acho que tem um motivo pra você não ter assinado contrato nenhum e, até você se sentir pronta pra falar sobre isso, o restante é só chororô. — Ela se esticou para pegar uma prancheta atrás da escrivaninha. — E não me incomodo em nada de te ouvir reclamar enquanto tomamos margaritas, mas minha mãe vai te dar uma bronca por se atrasar de novo, então é melhor você ir logo... — Ela me olhou nos olhos. — Ou *ir* logo.

Sim. Meu estômago deu uma cambalhota.

— Tenho meu papel — falei. — É o meu sonho. Não se abre mão de um sonho.

Mas ela tinha razão. Havia um motivo para eu não ter assinado nada. Eu tinha me esforçado tanto para conseguir voltar e, naquele momento, tudo que eu queria... era ir embora. Eu queria Hudson. Ter medo de admitir isso não mudaria o fato de eu ser mais feliz com ele do que já tinha sido nos palcos.

— Só se o sonho mudar. — Kenna pôs a prancheta embaixo do braço. — Sonhos não são estáticos, Allie. Eles crescem. Mudam.

Meu coração disparou.

— O Vasily me mataria se eu fosse embora duas semanas antes da estreia.

— Ele que se foda. — Kenna deu de ombros.

— A Eva precisa...

— Crescer. — Ela recuou para a porta da academia em sua sala.

— Mas você... — Balancei a cabeça.

— Estou *maravilhosa*. Tenho uma carreira que amo, um homem que acho incrível, talento e uma coleção invejável de bolsas de grife. Você precisa parar de se esconder atrás do que os outros querem, porque é a única responsável pela sua felicidade. Você pode até ter jogado na cara da sua mãe tudo que ela fez, mas continua vivendo a vida que ela escolheu pra você.

Apertei os envelopes.

— Eu ainda amo dançar.

— Essa pilha aí mostra que você não precisa estar aqui pra fazer isso. Allie, você pode ter *tudo* que deseja, basta parar de se sabotar. — Ela segurou a maçaneta embaixo do painel de vidro da porta, então respirou fundo e abriu um sorriso triste. — Eu vou fazer o trabalho que adoro — falou e virou a maçaneta —, e espero que você faça o mesmo. Não quero te encontrar nessa sala quando eu voltar. Vai, Allie. Seja feliz.

Oito horas e meia depois, pisei na varanda de Hudson com Sadie e bati à porta.

Bati de novo.

Respirei para tentar ignorar a náusea que revirava meu estômago, apertei a guia de Sadie e toquei a campainha.

Ela ganiu.

— Ele deve estar no trabalho — falei para ela, lhe fazendo carinho e seguindo para a janela mais próxima.

Não era assim que gestos grandiosos deveriam acontecer. Eu tinha alugado um carro, dirigido até ali com uma quantidade ridícula de malas, e ele nem estava em casa.

Espiei pela janela com as mãos em volta dos olhos. Meu estômago deu uma cambalhota. Estava tudo vazio. Nenhuma estante. Nenhuma poltrona macia de couro. Nenhum mapa emoldurado. Só o piso de madeira e paredes brancas.

Ai, meu Deus.

O pânico tomou conta enquanto eu me afastava. Onde ele poderia estar? Ele não teria se mudado enquanto a Caroline…

Caroline. Ela saberia onde ele estava. Coloquei Sadie no banco traseiro do SUV alugado, então fui direto para a cafeteria, ignorando os olhares feios dos moradores quando entrei com um cachorro. Vi Caroline atrás do balcão no mesmo instante.

— Cadê ele? — perguntei, atravessando o café.

Caroline ergueu o olhar, assim como o rapaz ao seu lado, a quem ela parecia estar ensinando alguma coisa. Seus olhos azuis se arregalaram.

— Allie?

— Cadê ele? — Parei em uma extremidade da bancada estilo anos 1950. — Porque eu peguei todas as minhas coisas, larguei minha companhia, aluguei um carro, vim até aqui, e a casa dele está vazia.

Minha garganta começou a se fechar.

— Eu estava me perguntando quando você ia aparecer — disse Caroline. — Tanner, pega um copo de limonada pra Allie.

— Pode deixar.

O rapaz pegou um copo embaixo do balcão e, dentro de trinta segundos, eu bebia a limonada como se minha vida dependesse daquilo.

— Obrigada — falei depois de tomar metade do copo. — Como está a Juniper?

Caroline ficou mais simpática.

— Ótima. Ela ia amar te ver, já que está na sua casa com a Anne agora. Você saberia disso se tivesse ligado.

— Eu sei. — Concordei com a cabeça e apertei um pouco mais o copo. — Eu só achei que seria mais intenso aparecer aqui e fazer uma surpresa pra ele, então começar a falar sobre a infinidade de motivos pelos quais não deveríamos ficar juntos, pra daí chegar no único motivo pelo qual deveríamos, sim, ficar juntos, que é... nós sermos feitos pra isso. — Fiz uma careta. — Na minha cabeça, parecia melhor. Escuta, sei que você me odeia por me meter na vida da Juniper e que não suporta minha família nem nosso sobrenome, mas eu também odeio ele. Agora, sempre que o escuto, penso na minha mãe. E tenho certeza de que existe um milhão de outras pessoas que você preferia que ficassem com o Hudson...

— Você ama meu irmão? — perguntou ela, interrompendo minha tagarelice.

Dei um pulo, e meu olhar passou para Tanner, que me encarava como se precisasse tomar um remedinho. Foi então que percebi que a cafeteria inteira estava prestando atenção em mim. Que ótimo.

— Acho que isso é algo que o Hudson devia escutar primeiro.

Caroline concordou com a cabeça.

— Eu não te odeio, Allie. Mesmo quando eu estava furiosa com todos vocês por terem armado com a Juniper, nunca te odiei. Só sinto muito que você tenha vindo até aqui.

Meu estômago se revirou, e me esforcei para manter uma expressão neutra, para recuperar qualquer vestígio de dignidade, mas todas as minhas máscaras tinham ficado em Nova York, e agora só restava... eu.

— É tarde demais, né? Esperei muito tempo e perdi minha chance.

Meus olhos ardiam, mas eu me *recusava* a chorar. Mesmo que eu tivesse que varrer os caquinhos do meu coração daquele chão de linóleo, eu não choraria na frente de Caroline.

— Ah, Allie. — Ela deu a volta na bancada e apertou minha mão, mesmo enquanto eu segurava a guia de Sadie. — Mesmo que você tivesse noventa anos, não seria tarde demais pro Hudson. Estou tão feliz por um de vocês ter tido bom senso. É claro que vou te contar onde ele está. Eu só quis dizer que é uma pena você ter vindo até aqui, porque dirigiu na direção errada.

Quase deixei o copo cair.

— O quê?

39

HUDSON

NYFouette92: Acho melhor vocês darem outra olhada no site, porque a porra do elenco mudou de novo. A companhia precisa se organizar melhor.

Três semanas e meia depois de arrumar a última caixa, pensei em Allie ao passar pelo lago Swan a caminho da minha nova casa.

Não que só o lago me fizesse pensar nela. Não, eu tinha pensado nela Quando desencaixotei tudo, quando resolvia caminhar pelas trilhas atrás da minha casa, quando acordava, quando estava no trabalho, e a cada segundo que passava na cama antes de dormir. Eu só não pensava em Allie quando estava no mar, e isso fazia com que eu me oferecesse para todos os plantões possíveis.

Fazia apenas vinte e sete dias que eu estava ali e já tinha a reputação de ser impulsivo, mas talvez essa observação estivesse anotada nos meus arquivos.

Todos os meus músculos doíam quando peguei o longo caminho que levava à minha nova casa, uma decisão pela qual eu logo me xingaria toda vez que tivesse que limpar a neve dele nos próximos meses, mas eu adorava a privacidade que ela proporcionava, em meio à floresta. Pela primeira vez em anos, minha vida parecia... minha de novo.

Franzi a testa ao ver um SUV vermelho novo parado bem na frente da minha garagem para dois carros. A placa dizia que ele tinha vindo de Massachusetts.

Gemi ao parar meu carro atrás dele. Por mais que eu sentisse falta de Juniper e Caroline, não estava no clima para uma visita surpresa nem queria dividir meu espaço com Gavin ou mostrar uma cidade ainda pouco conhecida para meus pais. Sem mencionar que eu pegaria um voo na manhã seguinte.

— Puta merda, será que nenhum deles sabe usar o telefone? — resmunguei.

Todos os músculos no meu corpo doeram quando saí da picape, protestando contra as horas que eu havia passado em um oceano muito bravo, mas guardei as chaves no bolso e me arrastei pelos degraus até a varanda vermelha que dava a volta na casa e que me deixara de quatro por aquele lugar. Ninguém me esperava na porta, então dei a volta até os fundos.

Parei de respirar, pisquei para ter certeza de que não estava alucinando.

— Boa menina.

Allie estava de costas para mim ao pegar a bola da boca de Sadie e arremessá-la pelo quintal. A golden saiu correndo pelos degraus e foi atrás do seu alvo.

Meu coração deu um solavanco com o som da voz dela, então disparou quando reconheci o moletom desbotado e esfarrapado que ela usava.

— Allie? — chamei, baixinho, como se ela fosse um fantasma que desapareceria se eu falasse alto demais.

Ela deu um pulo e se virou para mim com uma mão no peito, em cima do logotipo da Rip Curl.

— Droga, Hudson, você me assustou!

— Eu te assustei? Eu moro aqui.

Eu a percorri com os olhos, absorvendo todos os detalhes que tinha perdido nos últimos dois meses. Não havia grandes mudanças além do fato de que ela parecia ainda melhor. Mais saudável. Suas bochechas estavam coradas do frio, as olheiras tinham desaparecido, e seus olhos estavam brilhantes, mas ela girava o anel de Lina ao redor do dedo com um ar nervoso enquanto também me observava. Era doloroso admitir, mas me abandonar parecia ter feito bem a ela.

— Então, fiquei sabendo. — Ela jogou o cabelo para trás do ombro enquanto Sadie subia correndo a escada, balançando o rabo. Allie pegou a bola e a arremessou de novo, conseguindo o mesmo resultado. — Mas faz umas horas que estamos aqui, então você me assustou, só isso.

— Horas? — Que diabo estava acontecendo? — Você está bem? Está tudo bem em casa?

— Estou bem — garantiu ela com um sorriso trêmulo. — E imagino que todo mundo esteja do mesmo jeito desde que saí de lá, uma semana atrás. Espero que você não se incomode da Caroline ter me passado seu endereço. — Ela girou o anel de Lina e respirou fundo. — Hudson, minha mãe não está dando aula em um internato caro.

— Não?

A mudança de assunto me deixou confuso, mas ela tinha toda minha atenção.

Allie balançou a cabeça.

— Não. Ela tem demência frontotemporal com afasia progressiva primária. Faz quase dois anos que ela vive em uma clínica de repouso, e a Anne cuida de todos os assuntos dela. Ninguém sabe. Só a Anne, a Eva, a Eloise e a Kenna, e a Caroline… contei pra ela para a Juniper poder fazer o exame e ver se tem o gene. Nós três não temos, mas a Lina nunca soube que precisava fazer o exame. E, agora, você também sabe. Enfim, a última vez que ela saiu de lá foi pra assistir à estreia de *Giselle*, e seu estado piorou muito desde então.

— Puta merda, Allie. — Meu coração ficou partido por ela. Ela estava lidando com isso aquele tempo todo? — Sinto muito.

— Obrigada. — Ela girou o anel de novo. — Está tudo bem. Quer dizer, não está, mas é só um fato da minha vida, e achei que te contar seria o primeiro passo pra me abrir com você. De verdade.

— De verdade — repeti, meu neurônios tentando entender que ela estava aqui, que estava me contando coisas sem que eu precisasse convencê-la a fazer isso.

— Sabia que leva uma semana pra chegar aqui de carro? — perguntou ela.

— Sabia — falei, devagar. — Por que você veio de carro do Massachusetts?

— Porque foi lá que comprei o carro — disse ela, no mesmo ritmo lento. — Você viu? Eu nunca tinha comprado um carro. Ele é vermelho. — Seu sorriso aumentou.

— É, eu percebi. — Dei dois passos para a frente, então enfiei as mãos nos bolsos para me impedir de tocar nela. — Mas por que você veio de carro até aqui? E o que você vai fazer com um carro em Manhattan?

O sorriso dela vacilou.

— Eu não queria colocar a Sadie num avião. — Ela olhou para as próprias mãos. — E fiquei com medo de ligar e você dizer pra eu não vir. Então comprei um carro, e viemos. E pegamos uma balsa.

Dessa vez, quando Sadie voltou correndo, joguei a bola para ela depois de lhe fazer um carinho rápido.

— As chances de eu te dizer pra não vir são inexistentes, e me ligar não teria mudado isso.

— Então eu devia ter ligado — disse ela, baixinho. — Escuta, se você estiver ocupado ou esperando alguém…

— Esperando alguém? Como se eu simplesmente tivesse seguido em frente nos últimos dois meses? Como se houvesse alguém nessa merda de planeta capaz de tomar seu lugar? — Inclinei o rosto dela para cima, para olhar nos seus olhos. — Foi isso que você fez? Voltou pra Nova York e tentou me substituir?

— Claro que não. — Ela estreitou os olhos e afastou o queixo da minha mão. — Eu vim *dirigindo* da Costa Leste. Não acho que isso faria sentido se eu tivesse um namorado.

— Ah, puta merda. — Arranquei o gorro azul da cabeça e o enfiei no bolso de trás da calça. — Quer me explicar direito o que está fazendo aqui? Porque estou prestes a te levar pro meu quarto e cumprir aquele plano de te manter na minha cama.

— Ótima ideia. — Ela concordou com a cabeça.

Dei um passo para trás.

— Não brinca comigo.

— Você acha que eu viria até aqui pra *não* brincar com você?

Ela abriu um sorrisinho, e eu perdi a cabeça.

Três passos depois, eu a jogava contra a parede, com as mãos no seu cabelo e a língua na sua boca. Eu a beijei como se tivesse pensado nela a cada segundo desde que tínhamos nos separado, usando todas as minhas habilidades para deixá-la sem fôlego.

Ela me puxou e retribuiu o beijo, virando a cabeça daquele jeito que fazia quando queria que eu o intensificasse, então foi isso que fiz. Ela tinha gosto de limonada e praia, de dias quentes de verão com noites mais quentes ainda, e me entreguei à sensação de finalmente estar em casa. Eu queria sentir a pele nua dela, suas coxas macias ao redor do meu quadril...

Arranquei minha boca da sua e dei uns passos para trás para abrir um espaço muito necessário entre nós, notando que Sadie havia desistido completamente da brincadeira e estava deitada no chão.

— Por que você parou? — Allie se empurrou da parede.

— Não. — Estiquei uma mão. — Você vai ficar aí até me explicar por que veio aqui.

— Certo. — Ela enfiou as mãos nos bolsos traseiros da calça jeans que abraçava suas curvas, e minha força de vontade ficou por um fio. — Eu vim porque te quero.

Apertei a balaustrada da varanda e implorei ao meu corpo para obedecer à ordem de ficar parado.

— Você vai ter que ser um pouco mais específica, porque parece uma viagem muito longa só pra ter alguns orgasmos.

Eu me recusava a ficar esperançoso, não quando perdê-la me destruía sempre que ela ia embora. Se aquilo fosse só uma visita, eu precisava saber.

— O que mais você precisa saber quando meu carro está abarrotado com todos os meus pertences, Hudson?

Isso. E, *bam!*, minha boca se colou à dela de novo. O desejo subiu pelas minhas costas como um trem de carga enquanto eu a beijava sem parar, mordiscando seu lábio inferior, então o chupando antes de voltar a lamber sua boca e percorrer todas as curvas. Meu Deus, como eu tinha sentido falta dela. Como eu precisava dela. Como eu a amava. Ela não era uma onda nem um pilar; ela era o mar inteiro, tão linda quanto impossível de entender. Mas eu passaria a vida inteira tentando fazer isso.

Merda. Interrompi o beijo e me afastei, só que não havia espaço suficiente naquela varanda — cacete, no mundo inteiro — para me manter afastado quando ela dizia coisas assim.

— Você devia estar em Nova York, ensaiando pro balé criado *pra* você, que vai estrear amanhã à noite.

— Pois é. — Ela concordou com a cabeça, baixando o olhar para minha boca. — Mas não estou, porque quero estar aqui com você.

— Hã… — Balancei a cabeça. — Isso não faz sentido. Você não iria abrir mão disso. Tenho uma passagem de avião pra amanhã e tudo.

O sorriso dela parou meu coração.

— Você ia me ver?

— É claro que eu ia te ver. Eu não ia perder sua estreia. A estreia que *você* vai perder. E para de olhar assim pra mim.

— Assim como? — Ela deu um passo para a frente. — Como se eu te quisesse e finalmente tivesse tomado uma atitude? Virado minha vida de cabeça para baixo e me mudado pro *Alasca*?

— Aham. Tudo isso.

Se eu pegasse minhas chaves, poderia estar com ela na cama em menos de vinte segundos.

— Preciso admitir, achei bem sexy você finalmente ter tomado a iniciativa. — Ela olhou para o quintal. — Quer dizer, Sitka. — Aquela droga de sorriso acabaria me matando. — Você realizou seu sonho, Hudson.

Ela deu um passo na minha direção.

— Sim e não. *Você* é meu sonho, e coloquei um continente inteiro entre nós pra te dar espaço e tempo. — Apontei para Sadie. — Então fica parada ali e me explica por que você acabou de abrir mão de tudo pelo que deu seu sangue.

Ela arqueou uma sobrancelha para mim.

— Tudo bem, vamos fazer do seu jeito. Eu voltei pra Nova York e fiz de tudo pra não pensar em você, mas fracassei miseravelmente. Voltei pra companhia, e... — O silêncio reinou enquanto ela olhava para a floresta e lutava para encontrar as palavras certas. — E parecia que eu precisava ser um milhão de coisas diferentes para um milhão de pessoas diferentes, e nada disso era pra mim. Eu ficava sentada no vestiário enquanto os outros bailarinos passavam por mim, e só conseguia pensar que eu só me sentia eu mesma de verdade, sem fingimentos nem armaduras, quando estou com você. Eu detestei estar lá. — Seu corpo inteiro se moveu quando ela respirou fundo. — Então, fui embora sem assinar meu contrato. Não me importo com quem dançar *Equinócio*, porque que diferença isso faz se eu estiver infeliz?

— Você é boa demais pra se esconder aqui comigo. — Dizer isso me matava. — A companhia profissional mais próxima fica a uns novecentos quilômetros, Allie.

— Não estou me escondendo, Hudson, estou vivendo. Espero que com você, mas estou começando a achar que superestimei seu mantra de aceito-o-que-eu-conseguir-de-você.

Ela cruzou os braços.

— Você não pode parar de dançar. Não por minha causa. Me recuso a deixar isso acontecer. Equilíbrio, sim. Largar tudo? Não.

Ela piscou.

— Ah, não vou largar tudo. Recebi um convite de praticamente todas as companhias onde eu gostaria de dançar.

— Nenhuma delas fica aqui.

Puta merda, eu estava mesmo tentando convencer o amor da minha vida a *não* ficar comigo?

— Claro que não. Vou passar umas três semanas fora umas três a quatro vezes por ano, dependendo dos papéis que me interessarem. Não vou assinar contrato com companhia alguma. Sou oficialmente freelancer. — Ela deu de ombros. — Você vai realizar seu sonho, e eu vou realizar o meu. A melhor parte é que podemos fazer isso juntos. Só preciso de espaço pra treinar e comprar alguns equipamentos. Se você não se incomodar de eu morar aqui. Caso contrário, posso encontrar uma casa por perto, e vamos devagar.

— Devagar? — Balancei a cabeça. — Allie, eu te amo há onze anos. Qualquer coisa que não seja acordar ao seu lado toda manhã seria andar pra trás.

O sorriso dela iluminou seu rosto todo.

— Então acorda do meu lado toda manhã.

Aquilo só podia ser uma pegadinha.

— E a Eva?

— Ela precisa encontrar seu próprio holofote, e você sabe que a Anne decidiu ficar na praia pra continuar perto da Juniper. — Ela inclinou a cabeça. — Mais alguma pergunta?

— Além da óbvia?

— Lina — sussurrou ela.

Concordei com a cabeça, silenciosamente me preparando para ter meu coração arrancado do peito.

— Eu não te odeio — admitiu ela, baixinho. — Isso é óbvio, porque estou aqui. Desculpa por eu ter dito isso. Demorei umas três horas pra entender que minha mãe te pôs em uma situação muito delicada e que nós dois sofremos por causa disso. E eu sei muito bem como é ficar presa em uma mentira. — Ela voltou a girar o anel de Lina. — Pensei no assunto, refleti de verdade sobre como seria olhar pra você todos os dias, além das partes positivas óbvias, e me perguntei se o fato de você ter tido um papel importante em uma das tragédias da minha vida anulava a verdade simples e inegável de que eu te amo, e, não, não anula. Você não teve culpa pela morte da Lina, Hudson. Só aconteceu de você estar lá. E, por você estar lá, eu estou viva.

Meu corpo inteiro enrijeceu.

— Repete.

— Você não teve...

— Não essa parte.

Acabei com a distância entre nós.

— Ah. — Ela sorriu e passou os braços ao redor do meu pescoço.

— Eu te amo. Eu sempre vou te amar. Aqui estou, escolhendo ficar com você. Não quero só cinco minutos. Quero uma vida inteira.

— Todo dia. Toda noite. Nós dois. — Baixei a testa até a dela e deixei tudo aquilo me dominar e penetrar meus ossos. — Ninguém vai embora. Nunca mais.

— É só isso que estou pedindo. — Ela roçou os lábios nos meus. — Topa?

— Claro que topo. — Eu a ergui nos braços, e ela entrelaçou os tornozelos às minhas costas. — Eu nasci pra isso.

EPÍLOGO

ALLIE

Cinco anos depois

A Ópera Metropolitana vibrava com uma empolgação palpável enquanto seguíamos para nossos lugares. Olhei para o camarote da família, que não era mais da nossa família, e sorri para o menino de olhos brilhantes que fitava ansioso o fosso da orquestra.

— Está com saudade de casa? — perguntou Hudson enquanto me guiava para o meio da última fileira, seus dedos entrelaçados aos meus.

— Não — respondi.

— Não mente — provocou Kenna atrás de nós. — Você sabe que não consegue encontrar aqueles bagels que você ama em Washington, ou seja lá onde vocês moram agora.

— Você sabe muito bem onde a gente mora — rebati enquanto chegávamos aos nossos assentos, onde Caroline estava sentada com Gavin e Anne.

Fazia dois anos que Hudson tinha sido transferido para Cape Disappointment, e era nosso lugar favorito até o momento. Mas eu também sentia saudade de nossa casa no Alasca.

— Estamos aqui, querido. — Ela apontou para os lugares deles, então olhou de novo para o marido, que digitava algo no celular. — Avisa o pessoal do trabalho que, não importa quem precisa ser operado, essa noite você é *meu*, Matthias.

— Só estou falando com a babá, Ken. — Ele enfiou o celular no bolso do terno, abriu o primeiro botão e sentou. — Ele está bem, aliás.

— Eu sei disso, porque mandei mensagem pra ela no saguão. — Kenna se acomodou ao lado dele, e deixei a cadeira seguinte vazia antes de sentar ao lado de Hudson. — Ela deve achar que somos malucos.

— Ou só pais corujas — rebati.

— Nenhuma convidada? — Hudson se inclinou para a frente e olhou por cima de Caroline e Anne, focando em Gavin.

— Nhé. — Ele deu de ombros. — Posso pegar a sua emprestada?

— Não. — Hudson se recostou e pôs uma mão na minha coxa. — Onde estão o Miles e o Tyler?

Uma adolescente ruiva deu um pulo à nossa frente ao me ver, então rapidamente se virou e sentou.

— O Ty está nos bastidores com as meninas — respondeu Caroline. — Todo mundo está uma pilha. — Ela olhou para mim. — Você deu um pulinho lá?

Concordei com a cabeça, sorrindo.

— Ela está maravilhosa, supercalma.

— O Miles teve um depoimento em Boston. — Anne sorriu, e corou. — Mas ele volta pra casa amanhã. Vocês vão querer seu quarto, né, Allie? Porque foi esse que eu arrumei.

— Claro.

Concordei com a cabeça. Amanhã seria o começo da semana em que todas nós liberávamos nossas agendas para ficar na casa de praia. Fazia quase quatro anos que nossa mãe havia falecido, mas ainda seguíamos suas regras.

Olhei para o assento vazio ao meu lado.

— Ela vai chegar. — Hudson beijou minha cabeça.

— Pontualidade nunca foi o ponto forte dela — lembrou Kenna, então virou o pescoço para olhar atrás de nós. — Mas olha só quem veio!

— Até parece que a gente perderia. — Everett se inclinou para a frente e deu um beijo estalado na minha bochecha. — Já vamos dar a volta.

Sua aliança de casamento reluziu quando ele segurou a mão de Michael, e os dois seguiram para o fim da fileira.

— Nem um pouquinho de saudade de casa? — perguntou Hudson, seus dedos acariciando o topo da minha coxa.

— Eu dancei aqui no ano passado — lembrei a ele, virando a cabeça para roubar um beijo rápido. — E você é meu lar. O melhor dos dois mundos.

Ele se inclinou e intensificou o beijo até quase chegar ao limite do que seria apropriado para o Met, e me deliciei com cada segundo. Eu jamais me cansaria de beijar aquele homem.

— Eca. Vocês são nojentos. — Eva passou por Kenna e afundou em sua cadeira, com um plástico vermelho envolvendo seu buquê.

— E você quase se atrasou. — A paz dominou minha alma, do mesmo jeito que sempre acontecia quando todas conseguíamos nos reunir sob o mesmo teto.

— Ainda não começou, então cheguei na hora — argumentou Eva. — Todo mundo trouxe flores? De quantos buquês uma garota precisa?

— Até agora, contei seis — respondeu Gavin.

— Faz sentido. — Hudson ajeitou as rosas no seu colo para protegê-las. — Caroline, tudo bem aí? Você parece à beira de um piripaque.

— Estou bem. — Caroline concordou com a cabeça, tamborilando os dedos no apoio de braço entre ela e Gavin. — Só estou nervosa por ela. Não é todo dia que um estúdio pequeno é convidado pra se apresentar no Met.

— Ela vai arrasar — prometi a Caroline.

— Relaxa, está nos genes dela — acrescentou Eva, então se virou para mim. — Quer saber a última fofoca da companhia? Nós, solistas, sempre sabemos de tudo. Ah, alguém pegou um programa?

Kenna suspirou e colocou um programa extra no colo de Eva.

— Não para as fofocas. — Balancei a cabeça. — Mas que bom que você está se divertindo.

A garota à nossa frente se virou na cadeira, então me encarou por três desconfortáveis segundos antes de pigarrear.

— Eu não queria incomodar, mas você parece a Alessandra Rousseau.

Eu sorri.

— É Alessandra Ellis, na verdade, mas, sim, sou eu.

Hudson apertou minha coxa e, de soslaio, vi sua covinha surgir na bochecha.

— Ai, meu Deus. Eu te amo. Assisto às suas apresentações o tempo todo — se derreteu a adolescente.

— Que gentil da sua parte. Obrigada. Como é seu nome? — perguntei.

— Celine. — O rosto dela se iluminou, e então seu olhar encontrou Eva. — E você é a Eva! Eu te sigo, e fiquei apaixonada com seus vídeos sobre as diferenças entre as marcas de sapatilhas.

— Obrigada. — Eva abriu um sorriso.

— É um prazer te conhecer, Celine — falei. — Espero que você goste do espetáculo.

— Vocês são lendárias — sussurrou ela antes de se virar.

Hudson se inclinou e roçou os lábios na minha orelha.

— Eu amo quando você fala seu nome inteiro, quase tanto quanto adoro ouvir você falar o meu.

Fiquei imediatamente sem jeito.

— Se comporta. Nós estamos no Met.

Eu havia levado três segundos para decidir usar o nome dele depois de nos casarmos, dois anos atrás. Eu simplesmente estava cansada de ser uma Rousseau.

— Não me lembro de você ter falado nada sobre eu me comportar no ano passado, quando estávamos no camarim — sussurrou ele, subindo os dedos para a barra do meu vestido preto curto. — Na verdade, eu me lembro muito de você pedir por mais, e mais forte, e *mais rápido* em determinada hora.

— Eu te amo.

E, naquele instante, eu meio que queria levá-lo para o camarim para repetirmos a dose.

— Eu te amo mais. Você é perfeita, Allie. Você sabe disso, né? — Um par de olhos verdes encontrou o meu, e eu tive a impressão de estar olhando para o mar. Perdi minha linha de raciocínio.

— Ah, olhem! — Eva sacudiu o programa. — "Dança Contemporânea de Have Cove", e o nome dela está aqui!

As luzes diminuíram, e Caroline começou a se balançar na cadeira.

Anne segurou a mão esquerda dela.

Eu me estiquei sobre o colo de Hudson e segurei a direita.

As cortinas subiram, e meu peito se inundou de alegria, como se fosse eu entrando no palco. Meu sorriso se alargou de uma forma impossível quando Juniper apareceu com o restante de sua turma.

Ela estava *impecável*.

Impresso no Brasil pelo Sistema Cameron da Divisão Gráfica da
DISTRIBUIDORA RECORD DE SERVIÇOS DE IMPRENSA S.A.